KB272894

우리시대 우리문학

사이버문학

우리시대 우리문학

사이버문학

나 은 진 지음

사이버 소설과 타자성의 환상적 지형도

KSi 한국학술정보㈜

　박사학위논문의 중압감에 눌리고 있던 20세기 막바지의 어느 늦은 오후에, 당시 일하고 있었던 한양대의 외국인을 위한 한국어교육전공 강사실에서, 나는 우리 문학의 소설 텍스트들을 찾아 인터넷 안을 돌아다니고 있었다.

　강의 준비를 다 마쳐 놓고 자투리 시간을 쪼개 논문을 쓰면서, 마감과 쓰고 싶은 것 사이의 밀고 당기기가 머릿속을 헤집어 놓고 있는 상황이었다. 그런데, 소설을 검색할 때마다 계속 엉뚱한 소설 텍스트들이 떴다. 생전 처음 듣는 제목의 소설 텍스트들이 개인 홈페이지에 있다고 알려 주는 것이 아닌가. 호기심에 열어서 읽기 시작했는데, 수준이 떨어지는 작품에서 제법 상징성이 농후한 작품들까지 다양한 작품들이 줄줄이 있었다.

　해야 할 일과 원고 마감과 소설 읽기 사이의 상호관계를 말하자면, 잠 줄이고 집중력 높이면 다 할 수 있다! 그 시절 경험한 것이다. 그렇게 사이버 문학과 나와의 인연은 시작되었다. 이 소설들을 읽다 보니 미완성작은 아직도 연재 중인 걸 알게 되었고, 마침 PC통신 중심에서 인터넷 게시판 형태로 전이해 가던 사이버 문학의 중간 과정에 내가 끼어들었다는 사실을 알게 되었다. 그리고 보니 80년대, 천리안과 나우누리, 하이텔이 서로 경쟁하던 전화선 모뎀 시대에, '윈도우즈'라는 개념 없이 도스 명령어를 구사해 가면서 286과 386 컴퓨터에 시커먼 텔넷 화면을 열고 각종 동호회를 기웃거렸던 것이 떠올랐다.

아하, 이 분야가 점차 확장되겠구나.

앞으로 우리 문학 활동의 장에서 정말 중요한 역할을 해 줄지도 모르겠다.

이 소설들을 챙기고 관련 자료들을 축적해 가면서 나는 어쩌면 우리 당대의 문학에서 태동하고 있는 신천지에 대한 흥분을 은근히 감추고 있었던 것일까? 90년대 이후, 포스트모던과 자본주의의 너울이 밀어닥치면서 '문학은 죽었다'는 외침이 들릴 때마다, 그래서 나는 더더욱 꼿꼿하게 "문학이 죽긴 왜 죽나? (   ) 달고 '어떤' 문학의 하위 갈래가 성장하다가 쇠퇴하고 있다고 할 것이지."라고 주장했는지도 모른다. 물론 그 이면에는 믿고 있는 구석, 곧 당대에 성장하고 있는 하위 갈래로서의 사이버 문학이 있었기 때문일지도 모른다.

그 후 약 10년의 세월이 흐르는 동안, 내 기대에 어긋나지 않게 사이버 문학은 문학이론가나 평론가들이 뭐라 하든 간에 스스로 자기 자리를 찾아들었다. 소설 창작에 대해 인터넷 게시판을 통해 스스로 토론하고, 독자와 작가의 상호작용을 통해 작품의 질을 추슬렀다. 그리고 오프라인 전문 출판사들이 가세하여 기존의 비디오 테이프, 만화 대여점 등과 연계하면서 출판을 활성화하여 도서대여점이라는 막강한 체제를 산출하기도 했다.

나 역시 그 동네 사설 도서관 도서대여점을 통해 다시 이 작품들을 만났다. 대학에서 강의하면서, 각종 논문을 쓰면서, 그리고 학술진흥재단의 도움을 받아 2004년도 신진교수연구지원사업과 2005년도 기초학문육성지원 인문사회분야 지원사업 심화연구분야(문화 연구)로 관련 주제의 연구를 공식화시켜 진행했다. 그리고

(재)해상왕장보고기념사업회와 이화여대의 한국문화연구원 등의 지원도 관련 분야의 연구로 확장하는 데 큰 도움을 주었다.

여기에 실린 이 글들은 10년의 세월 동안 축적된 내 사유의 궤적들이다. 당대의 학자로서 당대 문학을 지켜보고 연구 기록하며 자료를 축적하지 않으면 후대에 죄를 짓는 것 같은 강박관념의 소산이기도 하다. 아직도 많이 부족하고 채워야 하는데 미처 채우지 못한 부분들도 너무 많아서 이 부분은 다시 후일을 기약해야 할 것이다.

이 책은 모두 3부로 구성되어 있다.

1부는 '사이버 문학의 맥락과 본질'이라는 표제 아래 비교적 딱딱한 이론적 글들로부터 시작했다. '사이버 소설과 타자성의 환상적 지형도'는 10년 동안 지켜본 사이버 문학을 관통하는 핵심 키워드에 대한 이론적 틀이다. 이 작업에 연구원으로서 함께 참여해 준 동료들이 있었다. 연세대 최기숙, 서강대 류정월, 이화여대 곽승미, 양현진 선생님, 그리고 애써 주신 조교 여러분께 드려야 할 감사는 아무리 해도 부족하다. 또한 이는 뒤이은 '사이버 소설과 한국 서사의 전통'과 함께 연계하여 우리 시대 우리 문학으로서 사이버 문학과 한국적 문학의 문화 정체성을 재정립하고자 한 시도이다. 많은 양을 차지하고 있는 '사이버 매체와 현대의 대중 서사'는 그 서사 양식들이 구체적으로 어떻게 드러나고 있고, 어떤 공통점과 변별성을 가지고 있는지 구체적인 작품들을 통해 논의하는 데 힘을 기울였다. 학술잡지가 요구하는 논문의 분량이 워낙 작기 때문에 다루지 못했던 작품의 구체적 사례들이 이 부분에 쏟아져 들어갔지만, 글쎄, 아직도 여전히 부족하다.

1부가 큰 틀에서 경계선과 밑그림 그리기에 해당하는 것이었다면, 2부는 '사이버 문학의 결과 내면'이라는 주제로 사이버 문학의 주제의식들이 어떤 형태의 결을 타고 드러나는지에 주목한 글들이다. 'PC 통신문학과 유토피아 의식'에서는 가장 원초적인 텔넷 화면에서부터 넓은 의미의 주제의식으로 유토피아 의식을 논했다. 사실 2008년도에 맞는 것으로 고칠까도 생각했지만, 지금이 아니라면 이 텔넷 화면 자료들이 사장될지도 모른다는 강박관념이 이 글을 고치는 손가락을 막았다. 두 번째로 '사이버 공간의 소설에 나타난 남성성과 여성성의 신화화'는 이화여대 인문연구원에서 '디지털 시대의 여성신화'라는 주제로 청탁을 받아 발표한 것과 현대소설학회에서 발표하고 수록한 논문을 함께 재정리한 것이다. 첫 번째 글보다 인터넷 게시판 쪽으로 확연히 기울었을 때의 자료들을 기준으로 하고 있다. 세 번째 글은 '사이버 역사소설과 정치적 이상향'으로서 2004 학술진흥재단 신진교수연구지원의 결과물이기도 하다. 사이버 문학을 지켜보면서 느꼈던 문제의식을 연구비 받고 공식적으로 다룰 장을 만들어 주신 분들께 감사할 뿐이다. 마지막 글은 이화여대 한국문화연구원의 청탁을 받고 『한국문화연구』에 수록했던 글로서 '사이버 소설과 학교교육문화'라는 제목 아래 우리의 청소년들이 자신의 현실 세계의 상징물로서 '학교'에 대한 인식을 사이버 소설이라는 해방구에서 어떤 식으로 타자화시켜 드러내는지를 다루었다.

2부가 사이버 문학의 각론에 주목한 것이라면, 3부는 '사이버 문학과 지평의 확대'라는 차원에서 구성된 것이다. 그 첫 번째 글인 '장보고 소재 서사 텍스트의 양식과 담론'은 하나의 소재가 각 당대의 정치적 담론에 의해 어떤 문학 양식으로 변형되면서 계승되는지를 통시적으로 다룬 글이다. (재)해상왕장보고기념사업회의 지원을 받았고, 이 글을 쓰면서 사유할 수 있었던 정치성에 대한 관념과 통시적 시야는 이 책의 주요한 밑바탕을 이루었다. 두 번째 글인 '전쟁의 역사화 방식과 공유 기억의 문화적 재생산'은 학술진흥재단에 도전하기 위한 우리 드림팀의 두 번째 도전이었지만, 아쉽게도 떨어졌다. 그래도 이 책에서 의도한 사이버 문학의 '역사화와 타자성에 대한 기록'이라는 점에서 앞으로 더 채워 나가야 할 영역을 재확인시켜 주었다. 마지막 글인 '문학과 영화의 수사학적 상상력과 제목의 상호텍스트성'이라는 긴 제목의 글은 사이버 문학을 이루고 있는 환상성의 상상 방법을 영화라는 매체 텍스트로 전이시킨 것이다. 문학과 영화는 왜 같은 제목을 가지고 있으면서도 다르게 표현되는가? 겉으로 다르게 보이지만 내면으로는 질긴 상호텍스트성으로 이어져 있는 것 같은데, 그 실체가 도대체 무엇일까? 이런 개인적 호기심과 문제제기에서 출발한 글이다. 그래서 일단 '빈 집'이라는 제목을 공유하고 있는 기형도의 시와 신경숙의 소설, 김기덕의 영화를 각각 대비하면서 그 근원을 탐색했다. 잠정적인 결론은 은유, 환유와 같은 수사학적 메커니즘이 언어와 사유를 지배하기 때문에 가능한 것이라는 엄청난 거대담론이었다. 그러니 쓰면서 제대로 쓴맛을 봤다. 사실 이 글을 처음 기획할 때는 <결혼은 미친 짓이다>, <혈의누> 등의 다른 메커니즘도 같이 고찰되었다. 단지 글로 쓰이지 않았을 뿐, 각종 자료와 ppt는 아직도 움켜쥐고 있다. 언젠가 지면을 만나면 이 부분도 사이버 문학의 상호 텍스트 전환과 지평확대라는 관점에서 제대로 다루어 볼 생각을 하고 있다.

그런 관점에서 1부는 세심하게 그물망을 보완해야 하고, 2부는 각론의 층을 더 탄탄히 쌓아야 하고, 3부는 여전히 가능성만 따졌을 뿐 미완성이라고 할 수 있다. 머리글을 쓰다 보니 여전히 확인되는 것, "안다는 것은 결국 모르는 부분이 너무나 많다는 것을 새삼스럽게 인정해 가는 과정"이라는 스승님들의 말씀이다. 그러니 제자, 앞으로 더욱 힘을 내어 달려 보겠습니다. 미개척지를 밟았다는 데 의의를 두지 않고, 이론적 체계화와 자료의 축적이라는 학자의 본분을 절대 잊지 않고 현재를 통해 과거를 반추하고 미래를 준비하겠습니다.

　우연히 파일을 열어 읽어 본 대가로 일단 이 책을 내놓으면서 사과부터 해야 할 것이 있다. 그동안 인터넷 게시판 사이트들을 숱하게 돌아다니면서 중립을 유지하기 위해 제대로 유령 노릇 했음을 고백합니다. 시삽 여러분들, 열심히 작품 쓰신 작가 여러분들, 참아 주세요. 감사합니다.

2008년 11월 1일

나은진 드림

3 부   사이버 문학과 지평의 확대

사이버 문학의 맥락과 본질

Ⅰ. 한국문학의 타자성과 환상적 지형도[1]

1. 문학에서 왜 환상성을 논하는가

본 연구는 한국문학 연구에 대한 시각의 변화와 문화 연구로의 확장을 목표하고 있다. 이에 따라 현재 학계에서 고전문학 연구와 현대문학 연구의 간격이 점차 벌어지면서 각각 별도의 학문 영역으로 고착되는 현상, 그리고 문학 텍스트 개별 연구로 폭이 좁혀지는 현상에 문제제기를 하고자 한다. 이는 문학 연구를 문화 연구의 방법과 연계시켜 한국문화의 정체성 형성 과정을 해명해야 한다는 필요성과 목적의식에서 출발하는 것이기도 하다.

연구 대상으로는 신화와 민담 등의 구술문학 매체, 고전서사, 개화기 서사, 현대소설에 이르는 문헌문학 매체에서부터 사이버 소설과 서사만화, 애니메이션 등의 디지털 문학 매체와 아동문학을 포

1) 2005년도 기초학문육성지원 인문사회분야 지원사업 심화연구분야(문화 연구)의 지원을 받은 '타자성의 환상적 지형과 한국문화의 정체성 형성 과정'(과제번호 2005‒079‒AS0107)의 결과임을 밝힙니다.

함하는 서사 텍스트에 이르기까지 폭넓게 다루고자 했다. 궁극적인 지향점이 한국문학의 지형도와 계보학을 재구성하는 것이기 때문이다. 이를 위해 과거 비주류의 경향으로 간주되어 문학사의 영역에서 소외되어 왔으나, 사실상 폭넓고 다양한 깊이를 지닌 서사 텍스트를 생산하게 만든 '환상성'을 연구의 기준점으로 삼아, 타자성이 환상적으로 표현된 문학 텍스트를 선별해 냄으로써, 한국문화가 정체성을 확립해 가는 과정에서 타자로 지정해 온 대상물들의 특징과 그들이 처리되는 문화적 맥락에 관한 문화적 의미를 해명한다.

문학에서의 '환상'은 세계를 구성하는 주체와 타자, 그리고 그들의 관계에 대한 존재론적 사유를 수반한다. 환상은 현실에서 은폐하거나 억압되어 있던 이면의 진실을 가시화함으로써 재현의 표상 체계가 도달할 수 없었던 감추어진 세계, 배제된 세계에 대한 존재론적 표상 체계를 구축한다. 따라서 이것이 타자화되는 바로 그 지점이 한국문화의 정체성을 해명하는 주요한 단서로 분석될 수 있다. 현실에서는 없는 것, 혹은 불확실하거나 미신과 광기의 투영물로 간주되는 '타자성'의 영역은 문학에서 '환상적 존재'로 명명되어 등장함으로써, 한국문화가 배제하고 억압했던 문화 외적인 내역들을 분석할 수 있는 유력한 단서가 된다.

예컨대, 타자성의 환상적 지형을 표상하는 대표적 매개물인 괴물이나 귀신, 유령, 낯선 존재, 악마와 외계인 등은 인간의 질서와 규범에 의한 지배력을 넘어선 존재들로서, 문학 내부에서 '공포'와 '배제'의 대상으로 등장한다. 이들은 내부적 시선에 의해 '배제'와 '거부', '공포'와 '전율'의 대상으로 '타자화'되는데, 이때 구분된 '타자'는 인간의 경계를 넘어선 '나'의 영역 바깥에 위치하는 존재로 조명되지만, 결과적으로 '나'와 '타자'가 분리될 수 없음을 확인

하거나 '나'를 조명하는 대상적 거울로 기능함으로써 '나'의 영역
으로 귀환한다. 따라서 타자성의 환상적 지형에 관한 연구는 배제
의 논리를 통해 문화 바깥으로 구분 짓는 외부적 내역을 규명하는
동시에, 내부에서 자체적인 검열을 통해 억압의 대상으로 분리해
내는 문화 내적인 요소를 규명한다는 의미를 갖는다. 이러한 측면
에서 타자성의 환상적 지형에 관한 연구는 한국문화의 정체성 형
성 과정이 갖는 이중적 측면을 분석하는 유효한 수단이 된다.

기존의 고전문학 연구와 현대문학 연구의 영역에서 '환상성'은
주류의 문학이 아닌 비주류의 문학으로 간주되어 왔으며, 그 사회
적·문화적 가치 또한 현실의 외면이나 도피로서 폄하되어 왔다.
그러나 환상성을 드러내는 서사 텍스트는 발생과 수용이라는 소통
과정 면에서 상호간 공통적인 양상을 보여 준다. 사회적 수요에
의해 발생되고, 독자에 의해 수용되며 2차적인 문화적 양상으로의
확장이 이루어지기 때문이다. 한국적인 문화의 토대에서 환상성은
이질적인 타자의 존재에 대한 반응의 양상으로서 서사적 담론을
형성한다. 또한 환상성은 문학 텍스트의 '허구적 간접화'에 부합하
는 속성으로서 문학의 영역에서 쉽게 발원되는 것이기도 하다.

그러나 기존의 연구는 현대문학과 고전문학이 각각 다른 분야에
서 다른 양식을 지니고 있는 것처럼 분리되어 수행되어 왔으며,
각각의 개별 작품론에 치중하여 보다 넓은 시야에서 우리 문화의
정체성의 한 축을 이루는 환상성과 타자성의 포괄적인 심화연구는
이루어지지 못했다. 환상성이라는 테두리는 인지되어 있으나, 우리
의 서사문학 텍스트 전반을 통해 공통분모를 찾고, 현대의 보편화
된 환상성을 해명할 단서를 '타자성'이라는 통일된 기준에 의해 전
통적 기반으로부터 거슬러 올라가 찾는 데 소홀했기 때문이다. 그

러므로 이제, 환상성과 타자성, 서사 텍스트의 소통 과정과 서사전략, 문화적 정체성이라는 관점에서 일관되게 우리 문학과 문화의 사적 전개 과정, 시대별 장르별 지형도를 함께 그리는 거시적 협동 연구가 절대적으로 필요한 시점에 이르렀다.

본 연구는 다음의 세 가지 관점에 입각해서 이루어진다.

첫째, 문학 텍스트는 문화 텍스트 혹은 문화 생산물의 하위 양식이라는 점이다. 따라서 텍스트보다는 '텍스트성'으로 관심의 축을 이동시킬 필요가 있다. 텍스트가 생산되고 수용되는 사회·역사적 조건까지 시야를 확대하여, 문화적 생산의 사회적 조건을 규명하고 문화 상품의 생산 과정이 대중에게 미치는 영향에 대한 연구를 수반해야 하는 것이다. 그럼으로써 사회의 지배 구조에 대한 문제를 제기하고, 자연발생적인 과정으로 간주하는 사회관계의 저변에 깔린 역사성을 드러낼 수 있다. 타자성의 환상적 지형도를 작성하려는 본 연구가 문화 연구로 확대되어야 할 필요성이 이 점에 있는 것이다.

둘째, 사회·역사의 흐름이 단속될 수 없는 것처럼 그 안에서 형성된 문화와 문학 역시 과거와의 연속성에서 파악되어야 한다는 점이다. 이러한 점은 근대 계몽기와 그 이후의 문학적 생산물을 재평가해야 한다는 점을 시사한다. 한국문학사를 지속 혹은 연속적인 관점에서 보아야 한다는 문제의식은 꾸준히 제기되고 있다. 그러나 문학적 근대의 기점에 대한 논란이 아직도 계속되고 있고, 근대 이전의 문학과의 연속성도 소재적인 차원에서만 지적되고 있는 여러 정황들을 통해 볼 때, 문학사의 연속성에 대한 강조는 여전히 중요한 문제라 할 수 있다. 주변으로 밀쳐져 소수문화 혹은 하위 주체의 자리를 배치받은 타자성에 대한 연구는, 중심의 변화를 통해 읽게 되는 역사에 대한 관점에 근본적인 문제를 제기함으로써 과거에서부터 현재로 이어지는 환상성의 지속과 변화상을 면밀하게 재구할 수 있다.

셋째, 사적 연속성과 지속 혹은 변화의 관점에 서 있더라도, 한 시대의 문화적 분위기와 또 그 안에서 생산된 텍스트는 나름의 자율성을 가진 존재임을 인정한다는 점이다. 역사와 문화 연구는 종종 텍스트의 외부에 집중하게 함으로써 미리 규정된 잣대를 통해 텍스트를 재단할 위험을 안고 있다. 타자성의 환상적 지형도는 미리 규정된 잣대로는 그릴 수 없는 귀납적 논의가 필요한 영역이다. 환상의 표지는 텍스트마다 개별적으로 찾아낼 수밖에 없고, 그 환상적 요소가 구성하는 타자성 역시 개별 작품의 구체적인 고찰 없이는 고구할 수 없다. 개별 작품에 대한 연구를 통해 얻어진 환상의 표지와 의미화의 양상을 범주화함으로써, 타자성의 환상적 지형도를 그릴 수 있고, 또 그것을 통해 지형의 변화를 볼 수 있으며, 결국 이를 통해 한국문화의 정체성을 규명해 볼 수 있다.

2. 환상적 타자성과 우리 문학의 흐름

환상성과 연계된 타자성에 대해 그간의 문학 연구에서 축적해 온 연구 성과들을 재정립해 보면, 환상적 세계에서 포착되거나 환상적으로 형상화된 타자성의 대상물들이 어디에서 시작되었고, 어떤 변형을 거쳐서 지금에 이르렀으며, 장차 어떤 양상으로 변화할지 그 근원으로부터 추적할 수 있다. 이와 관련된 연구 내용들을 통시적 관점에서 정리하여 특징적인 사항을 중심으로 새로운 문학적 지형도를 작성해야 할 필요성이 요청된다.

이를 구체화하고 체계화하기 위해서는 기존 연구에서 독립적으로 전개된 연구 성과들을 '타자성의 환상적 지형도 작성'이라는 연구 목적을 중심으로 '환상적 타자성'이라는 일관된 기준에 의해 시대별, 장르별, 미학적 특성에 따라 분류하고 체계화하는 구체적인 방법론이 요청된다. 그리고 이들을 하나의 기준으로 연계시키고 변별함으로써 새로운 계보의 형성 과정을 설명해 내기 위해서는, 이것이 문학사의 영역 안에서 차지하는 위상과 그 미학적 특성과 문화적 의미를 분별해 내기 위한 심화적 협동 연구가 필요하다. 이를 통해 환상성의 기원과 재생산의 담론구조를 이해함으로써 우리 문학과 문화의 전통성, 정체성, 미래로의 가능성을 재정립하게 된다면, 이를 활용한 문화적 자원의 인문학적 콘텐츠를 풍부하게 창출해 낼 수 있을 것이다.

본 연구는 이러한 심화 협동 연구를 지향하며, 이를 통해 타자성의 환상적 지형도를 작성해 내려는 목적을 갖고 있다. 이러한 연구 과정과 결과가 지니는 독창성과 그 의의는 다음과 같다.

첫째, 구비 설화에서 사이버 텍스트에 이르는 서사문학에서 '타자성'이 역사적으로 구획되는 특정 지점을 포착함으로써, 한국문화의 정체성 형성 과정에서 배제되고 억압되거나 포섭되는 타자성의 문화적 실재성을 규명한다.

둘째, 문학에서 타자성이 환상적으로 표출되는 과정에서 동원된 수사학적 특징을 통해, 한국문화가 적대적, 위협적으로 간주한 타자성이 문화적으로 수용되는 양상을 분석하고, 그것이 문화 내적으로 정착하는 과정을 규명한다.

셋째, 한국문화의 정체성이 이질적인 문화를 환상적 타자로 이해하고 배척하거나 포섭하는 과정에서 내부 문화가 구분되고 차별화되는 구체적인 양상을 분석한다.

넷째, 타자성을 관찰하고 기술하는 과정에서 발행하는 정서적 반응과 태도에 대한 이해를 통해, 환상적으로 형상화된 타자성을 이해하는 향유층의 동일한 정서 반응과 이질적 반응의 양상을 규명하고, 이것이 한국문화의 공동체적 정체성을 형성하는 방식으로 특화되는 계층적, 세대적 특징을 규명한다.

다섯째, 구술문학 매체에서 야담, 문헌 설화, 인물 전, 소설에 이르는 문헌문학 매체, 사이버 소설, 무협소설, 애니메이션, 서사만화에 이르는 디지털 문학 매체, 그리고 아동문학을 포괄하는 서사문학 장르의 역사적 변이 과정에서 타자성의 환상적 지형을 통해 공유되는 접점을 규명하고, 그것이 각 양식 안에서 반복적으로 나타나거나 변용되어 수용되는 과정을 분석한다. 이를 통해 한국문학사에서 타자성의 환상적 지형이 한국문화의 정체성 형성 과정에서 갖는 문화적 위치를 규명한다.

이러한 연구의 목표와 수행 방법론들은 타자성이 환상적으로 구현되고 형상화되는 구체적인 문화적 지점을 규명해야 할 연구의 필요성을 제기해 준다. 이러한 연구의 목적을 실질적으로 수행함으로써 환상과 현실, 타자와 주체의 소통 과정을 통해 한국적 지형도를 작성할 수 있다. 이러한 연구 과정을 통해 한국문화의 정체성 형성 과정에 관한 실제적인 역사적 전개 과정을 살펴보아야 할 필연적인 연구의 의의가 확보되는 것이다.

각각의 환상적 지형에 따른 서사 텍스트의 타자성에 대한 성격 규명과 이를 통해 본 한국문화의 정체성 형성 과정에 대한 이해는 다음과 같은 문학사적 흐름에 따라 텍스트를 분석하는 과정을 통해 진행될 수 있다.

첫째, 구비 설화의 경우, 한국의 설화 텍스트에는 환상적 이야기가 방대하면서도 다양하게 구비되어 있다. 구술된 자료의 특성으로 인해 이 텍스트들 내에서 타자에 대한 놀라움이나 두려움에 대한 직접적 반응을 화자가 자신의 목소리를 통해 나타내는 것은 선택 상황일 수밖에 없다. 그러나 이들 텍스트를 환상적 이야기로 규정짓는 것은 타자로 인한 놀라움과 두려움이 사건을 이끄는 원동력이 되기 때문이다. 또한 설화 자료의 특성상, 환상과 문화와의 관계를 살필 때에는 자료의 밀도를 살피는 것도 유의미한 정보를 준다. 한국 설화에서 대부분의 괴물은 그 자체로 원래부터 괴물이었던 것은 드문 반면 오래 묵은 동물들이 변신해서 괴물로 나타나는 경우가 많으며 이에 대한 질문을 문화적으로 구성해 볼 수 있다.

둘째, 야담의 경우, 한문 해득권 위주의 사대부 남성 위주로 향유되어 온 장르적 특성상, 객관성을 표방하는 3인칭 시점의 형식으로 서술되는 해당 텍스트들은 기술 내용을 '자연스럽고' '당연한 것'으로 만드는 서사적 힘을 발휘해 냄으로써 역설적으로 '객관성'이라는 형식을 생성했지만, 이는 향유층의 시선을 자연화하는 서사적 기술에 기인한 것으로서, 해당 내용의 객관적 진실성과 동일시될 수 없다. 한문 해득권에 속하는 사대부 남성을 중심으로 향유되었던 패관 문학과 야담의 장르적 속성상, 삼인칭 객관적 시점을 취하는 이야기 형식은 실질적으로는 야담 향유층들의 '입장'과 '시선'을 '객관적인 사실'의 형식으로 전달하는 서술태도를 반영하는 동시에, 이야기의 '권력 창출' 효과를 생산하는 자연스러운 형식적 요건으로 기능하게 되는 것이다.

　이러한 서술 조건 속에서 타자성에 대한 이해는 한문 해득이 가능한 사대부 남성 문화의 경계 바깥의 지형에 대한 이해를 수반한다. 예컨대, 타자성이 환상적으로 표출된 대표적인 사례인 '이인'과 '귀신'의 형상화 사례를 보면, 제도권 바깥의 영역에서 남다른 가치를 추구하며 살아가는 존재를 기술하는 방식에서 타자를 배제시키는 독점적 문화 해독의 시선을 발견할 수 있으며, 남녀 성차에 따라서도 각기 상이한 시선으로 기술되고 있음을 발견할 수 있다. 후자의 경우, 억울함을 하소연하기 위해 목격자나 독자의 공포를 환기시키며 현실로 출몰하여 신원(伸寃)을 요청하거나, 현실에서 억압되고 배제되었던 자신의 의사를 대리적으로 실현시키고, 은폐된 욕망을 표출하는 존재는 모두 '자살'한 '여귀(女鬼)'로 제한된다. 이들은 사회와의 타협 불가능성을 전제로 죽음을 선택하며, 이후 '귀신'으로 출몰하여 존재 해명을 요청함으로써, 개인에 대한 제도와 이데올로기의 폭력적 행사를 노출시킨다. 이들을 타자로 호출하는 상황은 해당 시기의 한국문화가 여성들을 하위 주체로 호명하고, 그들의 존재와 삶의 영역을 지배적 담론에서 소외시킴으로써, 지배문화의 결속력을 강화시켜 왔음을 입증한다. 그러나 이들이 환상적 지형 속에서 형상화될 때 환기되는 경이와 공포의 시선은 이들을 '배제'시키고 '소외'시켜 온 지배문화의 문화적 반성력을 증명하는 문학적 현상이기도 하다. 자살한 원귀들은 인간이 죽어서 소멸하지 않는 것을 증명하는 존재들로서, 그들의 현실적 출몰은 곧 이들에 대한 현실적 배제와 억압의 원리가 불완전할뿐더러 완전히 실패하고 있음을 의미한다. 원귀들의 존재는 출몰 자체만으로도 현실적 제도나 질서, 원리나 이념에 대한 전복을 의미하는 반사회적인 의미를 갖는 것이다.

자살한 원귀들은 이승에서의 자기표현 의지 때문에 현실로 귀환한다. 이들에 대한 공포의 시선은, 죽음이란 배제와 억압의 현실을 심판하고 교정하기 위한 대안 세계로서 기능하고 있다는 현실적 존재들의 강박증을 대변하는 것이기도 하다. 이러한 관점에서 야담에 나타난 타자성의 환상적 지형에 관한 연구는 해당 시기 지배문화를 중심으로 한 한국문화의 정체성의 내역을 확인시키는 매개가 되는 동시에, 그들이 배제시킨 하부 주체의 문화적 힘을 환기시킴으로써, 지배문화의 정체성에 대한 반성을 요청한다고 해석할 수 있다.

셋째, 근대계몽기에 창작, 향유된 소설과 서사 양식에서 환상은 상상력보다는 어떤 기능을 담당하는 방법적인 차원에서 발견할 수 있다. 근대화되어야 한다는 계몽적 의도를 현실과 환상의 결합을 통해 흥미롭게 드러낸다. 타자성이 환상적 지형을 통해 형성화된 사례는, 환상이 주체화되는 경우와 타자화되는 경우로 나뉜다. 환상의 주체화는 다음과 같은 과정을 통해 이루어진다. 근대적 지식이나 정보 체계에 대한 확신과 이해가 결핍된 경우, 근대적인 것들을 현실 속에서 재현하기 위한 방법으로 환상을 동원한다. 낯선 것에 대한 인물의 정서적 반응은 놀라움, 거부감, 당연하게 받아들이기로 나뉠 수 있다. 낯선 근대적인 것에 놀라거나 거부하는 인물을 배제함으로써 '내부'를 타자화하고, 그것을 마치 이미 알고 있었던 세계인 양 당연하게 받아들이는 인물을 중심화함으로써 '외부'를 주체화한다. 후자의 경우에는 전통적인 문화를 '야만'적인 것으로 구분하여 배제하는 형식으로, 문화 내적인 것을 타자화하는 사례를 보여 준다. 이때 근대 이전의 문화에 침윤되어 근대문화로 이행할 필요성을 인정하지 않거나 이를 거부하는 인물은 신경증과 광기를 경험하는 것으로 형상화됨으로써, 근대문화의 체제에서 타자화되는 형식을 보여 준다.

넷째, 1920년대 이후 한국문화의 환상성은 일련의 역사적 시련에 대한 대응과 극복의 형상화 전략 속에서 발견된다. 1920~30년대에는 일제 식민통치하에서 좌절된 근대적 욕망이 광적인 폭력의 환상성으로 드러나는가 하면, 개인적이고 진보적인 가치 체계가 대두하면서 전통적 가치와 공동체적 규범은 배제되어야 할 타자성으로 그려진다. 특히 주목할 만한 것은, 조혼이나 정혼 등의 전통적 규범과 관습에 대한 저항이 여성 인물에 부가하는 독특한 형상화 양상이다. 여성은 공포스러운 귀신이나 범접 못 할 천상적인 이미지, 혹은 우스꽝스러운 괴물의 모습으로 그려지는데, 이는 전통적 혼례규범에 의해 희생되어야 했던 개인적 욕망의 표출로 볼 수 있다. 1940~50년대에는 수탈과 전쟁으로 해체된 공동체의 정체성이 가상의 현실 속에서 그 활로를 모색한다. 특히 가상현실로 구축된 현대소설의 금기 구조는 금기에 대한 적극적인 대면과 충돌을 통해 새로운 민족적 정체성의 발현으로 이어진다. 이것은 억압된 욕망의 존재를 암시하는 정도에서 멈추는 설화의 금기 양상과 변별되는 지점이다. 이어지는 1960~70년대에는 독재와 반공 이데올로기에 억압된 주체들이 고전문학의 낯선 담론 속에서 배제된 타자성을 드러냈으며, 1980~90년대 급격한 산업화로 인한 인간 소외 경험은 억압된 '나'를 찾아 나서는 형이상학적 탐구를 실험하게 했다.

다섯째, 80년대 이후 매체가 변화하면서 타자성의 양상도 함께 변화한다. 기존의 하위 문학 갈래가 매체를 타고 새롭게 재구성됨에 따라 판타지, 무협, 하이틴로맨스, SF 등이 각각 한국적 판타지, 신무협, 인터넷로맨스, 한국적 SF 등으로 정체성의 변화를 일으키기 때문이다. 이와 같은 정체성의 변화는 매체를 통한 다양한 하위 장르로의 변형이 타자성을 매개로 환상성을 장르 간 교섭을 통해 보편화시키는 현상에서 비롯된다. 환상성이 보다 저변화하고 일상화함에 따라 하위문화 주체는 가상의 타자를 적극적으로 변형시키려 노력하는 양상을 보여 준다. 따라서 타자는 더 이상 환상성에 의존하는 주변적 존재가 아니라 환상성을 매개로 탈주변화함과 동시에 개혁과 변혁의 대상으로 일상성의 연장선에 놓이게 된다.

이상을 종합하자면 다음과 같다. 본 연구는 한국문학사에 나타난 '타자성'에 대한 인식이 환상적 지형을 통해 형상화되는 사례 분석을 통해, 한국의 문화적 정체성이 형성되는 과정상의 특수성을 규명하고자 기획되었다. 문학에서의 환상은 주로 주류문화에서 배제되고 주변화되며, 소외된 존재들이 담론상에서 음화적으로 형상화되는 매개로서 등장하였는데, 이는 문학사적으로 각기 독특한 문화적 지형을 반영해 온 역사적 계기를 보유하고 있다. 환상을 통한 타자성의 형성을 둘러싼 사회적 배경에는 주류문화의 결속과 연대를 통한 동일화의 추구 현상이 나타나는 것을 발견할 수 있는데, 특히 타자성의 영역으로 포섭되는 대상은 지배문화에서 배제되고 소외되어 온 소수문화와 하위 주체로 제한되며, 이들은 문학의 영역에서 환상적 형식으로 포착됨으로써, 한국문화의 정서적, 사회적, 문화적 정체성으로부터 배제되는 효과를 발생시키고 있음을 발견할 수 있다. 이러한 문학적 현상은 한국문학사에서 형상화된 타자성의 환상적 지형에 관한 분석을 통해, 한국문화의 정체성을 규명하는 것이 가능함을 시사하고 있다. 이는 타자성의 영역으로 배제되고, 특히 환상의 형식으로 특수하게 인식되고 형상화되는 문학사의 일관된 지형을 통해, 한국문화가 타자성을 '구별'해 내고 '배제'시킴으로써, 문화 내적 연대와 결속을 도모하는 방식에 관한 연구를 가능하게 한다. 동시에 이러한 분석은 지배문화가 결속을 요청하는 위기 인식의 지점을 드러내는 문화적 지표를 확인하는 간접적 계기로 활용될 수 있을 것이다.

3. 환상적 타자성의 연구사

3.1. 이론적 측면의 연구 성과

환상 문학 혹은 문학적 환상에 관한 연구에 필수적으로 요청되는 사항은 바로 '환상성'에 대한 정의이다. 환상성에 대한 본격적인 이론적 접근은 90년대 중반, 서구의 환상 문학작품들과 그에 관한 비평적 접근이 소개되는 과정에서 새롭게 제기되기 시작한다. 그 가운데 대표적인 것이 이재실과 황병하의 논의이다. 이재실(1996)은 환상문학의 주제를 형태계열과 행동계열로 양분했다. 형태계열의 주제에는 유령, 흡혈귀, 분신, 인형, 괴물 들이 속하며, 행동계열에는 출현, 빙의, 파괴, 변신 유형이 포함된다.[2] 황병하(1997)는 서구 문학사에서 이루어졌던 환상 문학론을 상세하게 설명하면서 속성으로서의 환상과 장르로서의 환상 문학을 구분하려 한다. 그리고 기존 논의를 바탕으로 환상 문학의 논리를 열네 가지로 열거한다.[3] 그 외 김성곤(1996), 김욱동(1996), 박종탁(1996),

---

2) 이재실, 「환상이란 무엇인가」, 오늘의 문예비평, 겨울호, 1996.
3) 황병하, 「환상문학과 한국문학」, 세계의 문학, 여름호, 1997,

박영호(1997) 등이 외국 문학이론과 영화 이론에 기반을 두어 한국 환상 문학의 가능성을 역설한다.[4]

그러나 논의의 과정에서 이루어진 환상에 관한 다양한 정의의 이질성은 연구 대상 텍스트의 성격에 따라 각기 다른 귀납적 결론을 제안하고 있기 때문에, 이에 관한 총체적 조망이 요청되기에 이르렀다. 심진경(2001)은 논자마다 다양하고 이질적인 특성들에 주목하게 되는 환상문학론에 반기를 들면서 환상성 자체에 관한 개별적 정의보다는 환상문학을 논하려는 의도의 중요성을 강조하기도 했다.[5] 최기숙(2003)은 환상에 관한 정의를 층위를 달리하여 변별함으로써 환상성의 정의를 둘러싼 가중되는 논란을 정리하려 한다. 그것은 ① 모티프와 주제 분류에 의한 정의, ② 기본 규칙·구성요소·구조에 따르는 정의, ③ 단편적인 정의를 넘어선 장르적 접근이다.[6] 이들 논의는 서구의 환상성에 관한 이론들을 소개하기도 하고 적극적으로 정리하기도 하면서 한국문학에서 그 가능성을 본격적으로 논할 수 있는 토대를 마련했다는 데 의의가 있다.

3.2. 고전문학에서의 연구 성과

현대의 환상성에 관한 논의들이 서구 이론과의 소통을 통해 작품론과 작가론 분야에서 양산되었던 반면, 고전의 논의들은 한국문

---

4) 김성곤, 「SF문학, 어떻게 볼 것인가」, 외국문학, 1996, 겨울.
　　김욱동, 「환상적 상상력과 소설」, 상상, 가을호, 1996.
　　박종탁, 「중남미 현대소설과 환상적 리얼리즘」, 오늘의 문예비평, 겨울호, 1996.
　　박영호, 「환상성, 그 잃어버린 꿈을 찾아서」, 문학과 창작, 11, 1997.

5) 심진경, 2001.

6) 최기숙, 『환상』, 연세대출판부, 2003.

학작품들을 분석하는 가운데 장르와 모티프들의 특성을 설명하려는 자생적 관점에서 마련되었다. 고전소설에서는 전기소설, 몽유록(몽유소설), 영웅소설(적강소설), 몽자소설 등 고전소설의 유형을 설명하는 과정에서 공통적으로 한국적인 환상성의 내적 근거와 인식론적 지형에 관한 논의들이 전개되었다.

'몽유록', 또는 '몽유소설',[7] '환몽소설'[8]에 관한 연구는 몽유 서사의 구조적 특징과 함께 '몽중세계'에 반영된 작가 의식에 관심을 가지고 전개되었다. '전기소설'[9]에서는 자의식을 가진 주인공이 유일하게 소통하는 이계의 인물이 등장하는 데 주목하여 작중 인물의 개인성과 작가·향유층들의 낭만적 상상력을 조명하기에 이른다. 또한 영웅소설[10] 분야의 연구에서는 천상계 인간이 벌을 받아 지상으로 내려왔다는 적강화소에 대한 연구를 통해, 천상계와 지상계의 연속성을 영웅적 삶의 특성과 관련시켜 해석하는 방향으로 초점이 모아졌다. 고전소설의 세부 모티프들을 구성하는 차원에서 설화 분야의 연구방법과 성과들도 동원되었는데, 주로 '변신',[11] '원혼'[12] 등의 모티프들을 중심으로 전개되었다.

---

7) 차용주, 『몽유록계 소설의 분석적 연구』, 창학사, 1979.
   신재홍, 『한국몽유소설연구』, 계명문화사, 1994.
   신해진, 『조선중기의 몽유록의 연구』, 박이정, 1998.

8) 최창록, 『환몽소설과 꿈이야기』, 푸른사상, 2000.

9) 박희병, 『한국전기소설의 미학』, 돌베개, 1997.
   소인호, 『한국전기문학 연구』, 국학자료원, 1998.
   윤채근, 『소설적 주체, 그 탄생과 저변: 한국 전기소설사』, 월인, 1999.

10) 조동일, 「영웅소설 작품 구조의 시대적 성격」, 서울대학교 박사학위논문, 1975.
    박일용, 『영웅소설의 소설사적 변주』, 월인, 2003.

11) 강진옥, 「변신 설화에 나타난 '여우'의 형상과 의미」, 문학과 비평 vol.5, 1988.
    ______, 「변신 설화에서 정체 확인과 그 의미」, 진단학보 vol.73, 1992.

12) 강진옥 「원혼 설화의 담론적 성격 연구」, 『고전문학 연구』 vol.22, 2002.
    ______, 「욕구형 원혼 설화의 형성 과정과 변모 양상」, 한국문화연구 vol.4, 2003.
    김재용, 「귀신 이야기의 기호학, 한국학연구소」, 한국학 논집, 30, 2003.

　‘낯선 기괴함’, 또는 ‘개인적 환상 체험’이라는 허구적 상상력 차원에서 가장 많은 조명을 받은 고전소설은 『금오신화』13)와 『구운몽』14)이다. 『금오신화』는 중국적 환상의 유입과는 달리 한국적인 문화적 풍토와 관습에 대한 이해를 중심으로 한국문학의 환상성에 대한 특질을 규명하는 유력한 대상 작품으로 평가되었으며, 이에 관한 연구는 ‘귀신’이라는 경계적 존재의 출현을 둘러싸고 ‘고독’과 ‘소외’의 개인적 문제가 사회적 맥락 속에서 처리되는 방식에 주목했다는 점에서 기존의 연구 성과를 발전적으로 계승해 온 문학 연구사적 계보를 형성하고 있다. 『구운몽』은 불교적 환상체험의 문제를 자기 성찰과 세계 인식의 방법론적 틀로 원용했다는 점에서 미학적으로 평가받고 있으며, 환상성과 허구성의 의미 맥락에 대한 고찰을 통해 환상성에 대한 탐구가 문학적 상상력에 대한 원론적 이해에 도달할 수 있음을 보여 주는 성과를 보여 주기도 한다. 이는 『옥루몽』과 19세기 장편소설의 상상적 연대를 이어 가는 중심적 작품으로서, 한국문학의 환상성을 철학적 차원에서 승화시킨 문학적 성과를 계승하도록 추동한 작품으로 평가되었다.15) 이

---

13) 강상순, 「전기소설의 해체와 17세기 소설사적 전환의 성격」, 어문논집 vol.36, 고려대어문
　　연구회, 1996.
　설중환, 『금오신화 연구』, 고려대학교 민족문화연구소, 1983.
　이월영, 「초현실체험 분석을 통한 금오신화 연구」, 국어국문학 vol.109, 국어국문학회, 1993.
　진경환, 「『남염부주지』의 반어」, 『고전문학 연구』, 13, 한국고전문학회, 1980.
　윤경희, 「『만복사저포기』의 환상성」, 『한국고전연구』 4, 한국고전연구회, 1998.
　박일용, 『조선시대의 애정소설: 사실과 낭만의 소설사적 전개양상』, 집문당, 1993.
　＿＿＿, 「금오신화와 전등신화에 나타난 애정 모티프의 형상화 방식과 그 의미」, 『민족문화
　　연구』 vol.35, 고려대 민족문화연구소, 2001.
　최기숙, 「귀신의 처소, 소멸의 존재론 ―『금오신화』의 ‘환상성’을 중심으로」, 『돈암언어문학』,
　　16, 돈암어문학회, 2003.

14) 강상순, 「구운몽의 상상적 형식과 욕망에 대한 연구」, 고려대 박사학위논문, 1999.
　설성경, 『구운몽 연구』, 국학자료원, 1999.
　최기숙, 「깨달음을 통한 자기 완성의 서사: 『구운몽』 읽기」, 『동방고전문학 연구』 창간호,
　　1999b.

처럼 자생적이면서도 다양한 관점에서 이루어진 이 논의들은 한국
문학의 '환상적 지형도'라는 큰 틀 속에서 자리매김 될 때 그 의의
와 위상이 새롭게 평가될 수 있다.

영웅소설의 환상성에 관한 연구는 주로 적강 구조를 중심으로
논의되었으며, 운명론에 대한 인식과 유교적 세계관이 도덕적으로
완전한 천상계로 가상되어 소설의 구조로 정착한 사례 연구에 집
중되었다.[16] 이는 문학 텍스트가 향유되던 당대 문화에 대한 인식
적 접근을 통해 문학적 상상력의 구조를 규명한 연구사적 성과로
서 수용되었으며, 고전소설이 민속학과 연계되는 연구사적 지점을
형성하는 계기로 작용하기도 하였다.

환상성이라는 개념적 틀을 가지고 이루어진 본격적인 고전 논의
의 장은 2003년 <고소설학회> 환상성 특집호를 통해 만들어졌다.
이러한 학회 차원의 관심은 환상성이 고전소설을 이해하는 주요한
서사적 근거가 된다는 학계의 판단을 반영하고 있다. 이들 논문에
는 현대문학과 다른 고전의 환상 양식들을 찾아보려는 일관된 노
력들이 있었다. 김성룡은 고소설에서 경이로움의 감정은 등장인물
이 느끼는 것이 아니라 서술자가 느끼는 것이라는 점에서 고소설
이 현대소설과 다른 환상적 특징을 가지고 있다고 언급했다.[17] 강
상순은 특히 환몽소설의 환상성에 대해 언급하면서 작가가 처한

---

15) 장효현, 「옥루몽의 문헌학적 연구」, 고려대 석사논문, 1981.
　　설성경·심치열, 『옥루몽의 작품세계』, 1994.

16) 조동일, 『한국 소설의 이론』, 지식산업사, 1977.
　　민긍기, 「영웅소설의 의미 체계 연구」, 연세대학교 박사학위논문, 1985.
　　서대석, 『군담소설의 구조와 배경』, 이화여대출판부, 1985.
　　임성래, 『영웅소설의 유형연구』, 연세대학교 박사학위논문, 1986.
　　김현양, 「조선조 후기의 군담소설 연구」, 연세대학교 박사학위논문, 1994.
　　박일용, 『영웅소설의 소설사적 변주』, 월인, 2003.

17) 김성룡, 「환상적 텍스트의 미적 근거 연구」, 『문학교육학』 2, 1998.

욕망과 현실 사이의 괴리를 봉합한다는 데에서 그 역사적 의의를 찾았고, 환상성의 심리적 근간을 파악하고자 했다.[18] 이상의 논의는 서사적 측면에서 고전문학의 환상적 특수성을 밝히려는 시도들이었다. 장을 달리하여, 서사 외적 측면에서 고전문학의 특수성을 밝히려는 시도도 있었다. 최기숙은 『양풍전』의 환상성과 상상력의 원천을 탐색하면서 그것이 민속학적 차원에 뿌리를 두고 있음을 밝히고 있다. 그리고 이 환상 요인은 비단 『양풍전』에만 한정된 것이 아니라 고소설 전반에 걸친 보편적인 것으로 보면서 논의의 타당성 검증을 위해 사회적·정치적·경제적 연구가 뒤따라야 할 필요성을 역설한다.[19] 고전적 현상에 대한 본격적 조명을 위해서는 연구 시각의 확대가 필요함을 시사하는 논의이다.

3.3. 현대문학에서의 연구 성과

환상성에 관한 이론들을 한국문학에 적용하려는 시도들이 본격적으로 이루어진 것은 현대문학 분야이다. 이들 논의는 특정 작가의 상상력 혹은 작품의 특질을 설명하기 위해 환상 이론들을 이용한다. 환상성을 통해 가장 많은 조명을 받은 작가는 최인훈이다.[20] 그 외에도 이상,[21] 이청준,[22] 조세희,[23] 이제하[24]에 관한 작가론

18) 강상순, 「구운몽의 상상적 형식과 욕망에 대한 연구」, 고려대학교 박사학위논문, 1999.
19) 최기숙, 「〈양풍전〉의 환상성과 상상력의 원천 탐색」, 『연세어문학』 28, 1996a.
20) 황순재, 「최인훈 소설의 환상기법 연구」, 부산대학교 석사학위논문, 1989.
    정혜영, 「최인훈 소설의 환상성 연구」, 숭실대학교 석사학위논문, 1992.
    윤초선, 「최인훈의 반사실주의 소설 연구」, 이화여자대학교 석사학위논문, 1998.
    송명진, 「최인훈 소설의 사실효과와 환상효과 연구」, 서강대학교 석사학위논문, 2000.
    김미영, 「최인훈 소설의 환상성 연구」, 한양대학교 석사학위논문, 2003.
21) 최혜실, 「이상 문학이 '환상성'을 가지는 두 가지 이유 – 공포의 승화와 재귀 – 지식 탐색의

혹은 작품론이 환상성이라는 관점을 통해 이루어졌다. 이 가운데 최혜실은 이상 작품에서 나타나는 환상적 양상들을 정리하는 것을 넘어서서, 그것이 이상의 무의식 즉, 죽음과 공포로부터의 도주, 재귀 – 지식 탐색의 무한역행과 관련되어 있음을 체계적으로 밝힌 바 있다.25) 최근에 박정수는 뚜렷한 환상적 표지를 드러내는 최인훈의 작품 외에도 장용학과 박상륭의 작품들을 환상성의 틀로 분석함으로써, 환상성이 기존의 관념소설 혹은 비사실주의 소설을 분석하는 데에도 유용한 방법적 틀을 제공해 줄 수 있음을 보여 주었다.26)

환상을 통해 좀 더 거시적인 논의의 장을 확보하려는 시도들도 있었다. 환상성을 주제로 한 일련의 전국 규모 학회의 발표회와 학회지 특집호가 그것이다. 이러한 학계의 현상은 고전문학 연구에서의 학술대회의 개최와 아울러 한국문학에서 '환상성'에 관한 연구가 중요한 비중을 차지하며, 협동적 논의를 통해 총체적인 조망을 요청하고 있음을 반영하는 현상이기도 하다. 2000년 '한국현대소설학회'에서 환상성을 주제로 김병욱, 김영민, 유철상, 최혜실, 한금윤, 한명환이 발표하였다. 이 학술대회에서는 개화기부터 최근의 소설까지를 대상으로 삼았다는 시기의 포괄성과, 과학소설이나 무협소설 등 장르문학까지 다루었다는 대상의 포괄성을 그 의의로 삼을 수 있다. 가장 최근인 2004년에 '국어국문학회'에서 '국어국

<hr>

무한 역행」,『현대소설 연구』, 12, 2000.

22) 김혜영,「근대소설에 나타난 환상의 존재 방식 연구 – 이청준의『이어도』를 중심으로」,『한국언어문학』 48, 2002.

23) 신명직,「조세희의 난장이가 쏘아올린 작은 공 연구 – 환상성을 중심으로」, 연세대학교 석사학위논문, 1997.

24) 송여정,「1960년대 소설의 환상성」, 고려대학교 석사학위논문, 2003.

25) 최혜실,「이상 문학이 '환상성'을 가지는 두 가지 이유 – 공포의 승화와 재귀 – 지식 탐색의 무한 역행」,『현대소설 연구』, 12, 2000.

26) 박정수,「현대소설의 환상적 상상력 연구」, 서강대학교 박사학위논문, 2002.

문학의 통합적 연구'로서 환상성을 주제로 학술대회를 개최하여, 언어학에서 임지룡, 고전문학에서 김성룡, 현대문학에서 김경수가 주제 발표를 하였다. 환상을 주제로, 고전과 현대, 문학과 어학을 아우르려는 시도였다. 이 과정에서 리얼리즘 소설에서 보편화된 환상의 기술,[27] 90년대 이후 소설의 공통적인 환상적 특성,[28] 과학소설에 나타나는 환상성의 기능[29]에 대한 다각도의 접근이 이루어졌다. 그 외에 성신여대에서 주최한 '돈암어문학회'에서도 '한국문학과 환상성'이라는 주제로 현대문학과 고전문학을 아우른 협동연구발표회(2003년 9월)가 있었으며, 별도의 단행본으로 출간한 바 있다.

또한 이들 학회 발표회에서는 단편적이기는 하지만 환상성을 중심으로 문학사의 흐름을 파악하려는 관점들도 나타났다. 김병욱은 "환상적 서사물이 리얼리즘 서사물의 역사보다 훨씬 길다. 이것은 동서양 모두 같다. 우리의 고전소설은 대부분이 환상 서사물이라 해도 과언이 아니다. 1920년대 서구의 리얼리즘이 인식되면서 환상 서사물은 가장자리로 내몰리게 된 것이다."라고 하면서 환상 서사물의 역사적 전통성을 강조하였다.[30] 김영민은 "사실성과 계몽성을 중시하는 개화기 서사문학의 작가들은, 현실성과 함께 환상성을 중시했다."라고 하면서 개화기가 사실성을 위해 환상성을 사용(예컨대, 신문 논설에서 환상적 요소들을 사용)한 시기였음을 주장한다.[31] 이들은 모두 환상과 미메시스의 긴장 관계를 통해 문학사

---

27) 명형대, 「리얼리즘 소설의 환상성」, 『현대소설 연구』, 12, 2000.

28) 신성환, 「낯설게 읽기의 새로움」, 『한국언어문학』, 19, 1980.

29) 한금윤, 「신채호 소설의 미적 특성 연구 – '환상성'」, 『현대소설연구』, 9, 1998.
_______, 「과학소설의 환상성과 과학적 상상력」, 『현대소설 연구』 vol.12, 2000.

30) 김병욱, 「한국 현대 환상소설의 위상과 기능」, 『현대소설연구』, 12집, 2000.

31) 김영민, 「한국 근대 서사문학에 나타난 환상성과 사실성」, 『현대소설 연구』, 12집, 2000.

의 발전을 언급하고 있다는 데 공통점을 가진다. 최혜실은 개화기가 소설에서 환상을 제거하기 위한 노력의 시기였다고 하면서 환상적 요소는 꿈의 형식을 빌린 우화소설에서 찾아볼 수밖에 없으며 이 요소들은 현실 비판을 위한 알레고리라고 한다.[32] 개화기가 환상성과 관련하여 어떤 위상을 가지고 있는가에 대한 관점의 차이는 있으나 환상적 관점에서의 연구가 미흡했던 시대에 관한 통찰의 단초를 마련했다는 데에서 위 논의들의 의의를 찾을 수 있다.

3.4. 문화 연구와 연계된 환상성에 관한 연구

기존의 환상 이론은 환상적 사건이란 무엇인가, 환상 문학에는 어떠한 반응 양상이 나타나는가, 기대되는 장르적 특징은 무엇인가 등등에 관해 논자에 따라 다양하면서도 서로 이질적인 관점들을 양산했다. 환상성의 핵심적 특징을 정리할 필요가 절실한 때이다. 여러 환상 이론들에서 공통적으로 언급했지만 명시화하지 않았던 '타자성'에 초점을 맞추어 문학적 환상을 연구할 필요가 있다고 본다.

고전문학과 현대문학에서 이루어진 논의들은 환상성에 관한 다양한 연구 성과들을 축적하였다. 이러한 노력들은 환상성에 관한 일목요연한 결과물들을 제시하기 위한 것이라고 보기는 어렵다. 가령 한국문학에서 환상은 고전과 현대를 연결하는 꾸준한 흐름인가 아니면 고전 양식과 최근의 양식을 결합하는 단편적 양상인가에 관해서도 논자에 따라 이견을 보인다. 선행 연구들은 환상을 매개로 고전과 현대의 유사성을 논하는 데 있어 분명한 기준점을 제시

---

32) 최혜실, 「개화기 소설의 현실성 획득과정」, 『국어국문학』, 111, 1994.

하지는 못하였다. 이것은 논자의 전공과 관심사를 통해 논의의 범위가 정해질 수밖에 없는 개별 연구의 한계에서 연유한, 당연한 결과이다. 결국 고전문학과 현대문학을 통해 체계화된 지형도 작성이 이러한 논란들을 해결해 줄 유일한 대안으로 떠오른다.

환상성이 문학의 중요한 요소 가운데 하나인 상상력이라고 한다면 분명 작품 속에서 간과되어서는 안 될 요소이다. 그 토대에 관한 연구는, 오히려 환상을 탄생시킨 사회와 문화가 되어야 한다. 그러나 지금까지 선행 연구 가운데에는 환상의 토대로서 한국의 사회와 문화에 체계적으로 초점을 맞춘 연구는 거의 없었다. 그 가장 큰 이유는 그 주제가 개인적 연구로는 감당하기 어려운 부분이기 때문이다. 이제 각 문학 연구 분야에서 쌓인 성과를 바탕으로 환상성을 연구해야 하며 그 최종 귀결점은 그러한 시대별 환상을 야기한 한국의 문화가 되어야 한다.

이상의 한국문학과 문화 연구가 한국을 중심으로 해외에 소개될 때, 한국학 연구의 실질적인 구심점 역할을 할 수 있을 것이다.

4. 환상적 타자성을 규명하기 위하여

4.1. 연구방법

4.1.1. 텍스트의 소통 구조

본 연구는 개별 작품의 환상성이 지니는 텍스트 내적 구조와 그 구조가 결정되는 맥락을 파악하는 데서 본격적인 분석 작업을 시작한다. 이를 위하여 텍스트 내부에서 환상성이 환기되는 방식과 환상성이 수용되고 통용될 수 있게 하는 텍스트 내부와 외부의 상호작용의 두 가지 측면에서 접근하고자 한다. 이렇게 텍스트가 의미를 생산하고 소통하는 구조에 주목함으로써 텍스트가 당대에서 어떻게 발생하고 수용되었는지 추적할 수 있고, 이 과정에서 환상성이 문화적 정체성을 형성하는 데 수행한 역할을 확인할 수 있다. 따라서 텍스트 내부의 맥락과, 텍스트 외부에 존재하는 현실 세계의 맥락, 그리고 이 두 맥락의 상호작용 속에서 어떤 지형에 환상성의 텍스트가 위치하는지 파악되어야 한다.

우선 텍스트 내부에서 환상성이 환기되는 방식은 다음과 같다.

텍스트 내부에 존재하는 행위의 주체자, 곧 행위자는 대상으로서의 타자를 만남으로써 환상적 체험을 하게 된다. 예를 들어 꿈에서 신이한 현상을 보거나 현실에서 이인을 만남으로써 일상에서 일탈한, 일상을 낯설게 만드는 타자를 대면하게 되는 것이다. 따라서 텍스트 내부 맥락에서 행위자는 타자와의 접촉점에 의해 환기되는 환상을 경험함으로써 환상의 이야기, 그 서사구조가 작동된다. 행위자와 타자 사이의 접촉점에 해당하는 부분은 각 서사체마다 다르고, 그 다양함은 곧 우리 서사에서 환상성의 스펙트럼을 형성한다.

텍스트 내부 맥락에서 주체로서의 행위자는 크게 두 부류로 분류될 수 있다.

첫째는 초월적 능력을 천부적으로 지니고 태어난 '타고난 행위자'이다. '타고난 행위자'는 아기장수처럼 이미 행위의 주체자로서 환상성을 매개할 수 있는 존재이다. 따라서 낯선 타자를 만날 때

자신의 능력을 발휘하여 환상성을 매개하거나, 일상의 타자를 만남
으로써 역으로 타자에게 행위자를 환상성을 매개하는 타자로 느껴
지도록 하는 역할을 한다.

둘째는 낯선 타자를 만나, 그 접촉점을 매개로 하여 환상성을
경험하는 '잠재적 행위자'이다. 이른바 경험자로서 두 번째 유형의
행위자는 평범하고 일상적인 삶을 누리는 인물이다. 그러나 타자와
대면하는 접촉점이 환상성을 환기함에 따라 텍스트 내부 맥락에서
환상의 서사를 만들어 내는 행위자의 역할을 수행한다. 예를 들면
이인을 만나 다른 세계를 여행하는 인물이다.

텍스트 내부 맥락은 이처럼 행위자와 타자의 대면에 따라 환상
성의 다른 지형을 형성하게 된다. 그러나 텍스트 내부 맥락은 단
일하지 않고, 때로는 중층의 액자구조에 기대고 있다. 예를 들어
발화자가 행위자가 아닌 경우, 발화자는 행위자의 경험담을 듣고
그 서사를 기록하면서 논평을 첨가하는 경우가 있는데, 그때 발화
자의 텍스트 맥락은 행위자의 텍스트 맥락과는 다른, 외부 액자에
속하는 것이다.

발화자의 외부 액자는 발화자의 시대성을 기반으로 해서 텍스트
내부 맥락을 현실의 차원과 연계 지어 주는 매개의 역할을 한다.
예를 들어 '기이하나 허무한 이야기이다'라고 발화자가 논평을 하
는 경우, 발화자가 위치한 사회문화적 맥락은 텍스트 내부 맥락을
지배하는 상위층의 문화적 태도를 드러내는 것이다. 이와 같은 상
위층의 문화적 태도는 이른바 타자에 대한, 환상의 서사에 대한
사회의 태도를 드러내는 것이다.

본 연구는 이와 같은 과정에 주목하여 타자성의 환상적 지형도
에 의한 한국문화적 정체성을 추적하고자 한다. 텍스트 내부 세계

가 만들어지는 맥락은 반드시 텍스트 외부세계의 현실 맥락과 연관되기 때문이다. 예를 들어 『임진록』에서 사명대사는 신이한 능력을 타고난 행위자이다. 타고난 행위자의 행동을 통해 구성되는 텍스트는, 독자의 현실적 요구나 욕망을 충족시키기 위해 허구적으로 만들어진 것이다. 그러므로 환상적 서사의 텍스트 맥락은 대부분 텍스트 외부의 현실 맥락과 어떤 형태로든지 관계를 맺고 있다.

환상적 서사는 그 소통 구조에서부터 이렇게 발생과 수용에 이르기까지 현실 맥락의 문화적 양상과 뗄 수 없는 긴밀함으로 연계되어 있다고 할 수 있는 것이다. 특히 수용의 문화적 양상에 따라 현실 맥락에서 환상적 서사의 텍스트 맥락을 수용하는 태도는 포섭과 배제의 두 양상으로 나뉜다. 이를 좀 더 세분하면 포섭, 배제, 공포, 경이, 경계의 다섯 양상으로 나뉜다 할 수 있다. 이 다섯 양상은 환상적 서사를 대하는 현실 맥락의 당대적 문화 정체성과 지형도를 형성하는 데 핵심요인을 형성한다.

4.1.2. 텍스트 선별 방식

문학에서의 환상은 주류문화에서 배제되고 주변화되며, 소외된 존재들이 담론상에서 음화적으로 형상화되는 매개로서 등장하는데, 이는 문학사적으로 각기 독특한 문화적 지형을 반영해 온 역사적 계기를 보유하고 있다. 환상을 통한 타자성의 형성을 둘러싼 사회적 배경에는 주류문화의 결속과 연대를 통한 동일화의 추구 현상이 나타나는 것을 발견할 수 있는데, 특히 타자성의 영역으로 포섭되는 대상은 지배문화에서 배제되고 소외되어 온 소수문화와 하위 주체로 제한되며, 이들은 문학의 영역에서 환상적 형식으로 포착됨으로써, 한국문화의 정서적, 사회적, 문화적 정체성으로부터 배제되는 효과를 발생시키고 있음을 발견할 수 있다.

이러한 문학적 현상은 한국문학사에서 형상화된 타자성의 환상적 지형에 관한 분석을 통해, 한국문화의 정체성을 규명하는 것이 가능함을 시사하고 있다. 이는 타자성의 영역으로 배제되고, 특히 환상의 형식으로 특수하게 인식되고 형상화되는 문학사의 일관된 지형을 통해, 한국문화가 타자성을 '구별'해 내고 '배제'시킴으로써, 문화 내적 연대와 결속을 도모하는 방식에 관한 연구를 가능하게 한다. 동시에 이러한 분석은 지배문화가 결속을 요청하는 위기 인식의 지점을 드러내는 문화적 지표를 확인하는 간접적 계기로 활용될 수 있다.

문학사에서 타자성이 환상적 지형 속에서 담론화되는 과정은 일차적으로 타자성의 환상적 지형을 드러내는 문학 텍스트에 대한 선별 작업을 전제로 체계화되어야 한다. 이를 위해 타자성의 환상적 지형을 드러내는 문학 텍스트를 창작층과 수용층의 향유 매체별로 구분하고, 이를 다시 문학사의 흐름에 따라 통시적으로 연구하는 체재를 따르기로 한다.

문학 텍스트를 매체별로 구분하기 위해 일차적으로 구술문학 매체, 문헌문학 매체, 디지털 문학 매체(멀티 텍스트 문학 매체 포함)로 나눈다.

구술문학 매체는 구비 설화 양식을 포함하며, 문헌문학 매체는 다시 문학사의 시기별 전개에 따라 고전 산문(문헌설화, 야담, 고전소설, 인물전), 개화기(애국 계몽기, 근대 전환기), 근대소설로 나눈다. 디지털 문학 매체에는 판타지 문학, 사이버 무협소설, 사이버 역사소설, 애니메이션 등이 포함된다.[33]

　　본 연구는 문학 연구를 통해 문화 연구로 나아가는 구체적인 연구방법론을 동원함으로써, 한국문학과 문화 연구의 효율적인 연계 지점을 마련하고자 한다. 본 연구에서는 일차적으로 문학 연구방법론에 따라 문학 텍스트에서 타자성이 환상적 지형을 통해 형상화되는 과정에 관한 문학사적 계보를 작성한다. 이후 타자성이 환상적으로 표현되는 서사적 상황에서 인물 간의 관계 갈등을 통해 현실적 맥락에서의 문화적 위치를 규명한다. 이러한 과정을 분석하는 도구로 특수한 역사적 조건과 상황에서 성립된 서구의 문화 이론만으로는 적절하지 않다. 따라서 한국인의 문화적 경험과 이념적 지향이 투영된 문학 텍스트를 대상으로 타자성의 환상적 지형이

---

33) 위의 사항을 도표로 정리하면 아래와 같다.

문학 텍스트 향유 매체	하위 문학 매체	세부 구분
구술문학 매체	구비 설화	신화
		전설
		민담
문헌문학 매체	고전 산문	문헌설화
		야담
		고전소설
		인물전
	개화기 서사 텍스트	신소설
		신문 매체
		잡지 매체
	근대 서사 텍스트	소설
디지털 문학 매체	사이버 문학 텍스트	판타지 문학
		사이버 무협소설
		사이버 역사소설
	애니메이션	장편 애니메이션
		단편 애니메이션
	서사만화	장편서사만화
	아동문학	아동서사문학

포착되는 지점을 선별하고, 이것이 현실적인 맥락에서 차지하는 문
화적 의미를 규명해 내려는 독자적인 연구 과정이 요청된다.

4.1.3. 텍스트 분석 방법

본 연구의 텍스트 선별 방식에 따라 목록화한 대상 텍스트 중에
서 타자적 환상성을 드러내는 문학 텍스트를 선별해 내는 조건은
텍스트 내에서 환상을 경험하고 관찰하는 행위자의 특성에 따라
분별해 낸다. 이는 다시 행위자가 타자적 환상성을 타고난 경우와
행위자의 특성이 잠재되어 있어, 환상계에서 등장하는 타자적 대상
과의 만남을 통해 그 역량이 표출되는 경우로 구분하여 분석한다.
이는 환상을 체험하고 목도하는 행위자 주체의 반응과 체험 내용
에 대한 분석을 통해 타자적 환상성의 현현과 경험에 대한 문화적
특성의 해명이 가능하다고 판단하기 때문이다. 행위자 주체의 경험
과 반응 양태는 한국문화의 정체성 형성에 있어서 타자적 대상을
배제하고 포섭하는 문화적 양태를 해명하기 위한 문학적 단서로서
의 의미를 갖는다.

각각의 경우에 있어서 일차적으로는 경험 주체, 또는 행위자 주
체가 타자성을 포섭하거나 배제하는 원리를 배타적으로 분석한다.
이는 타자적 환상성이 포섭되고 배제되는 과정을 통해 한국문화의
정체성이 형성되고 유지, 존속되며 변모되는 지점이 포착된다는 판
단에 기인한다. 이후 포섭과 배제의 양태가 드러나는 순차적 과정
이나 공존하는 과정에 대해 분석한다.

문학 텍스트에서 타자적 환상성이 포착되는 지점은 경험 주체
또는 행위 주체가 타자적 환상성을 경험하는 양태와 이에 대한 반

응의 양상에 따라 아래와 같은 방법으로 구분하여 분석한다.

첫째, 타자를 '낯설고 이질적'인 것으로 차별화하고 구분함으로써, 이들을 지배문화의 경역 바깥으로 '배제'시키는 과정으로 귀결되는 방식이다. 지배문화는 낯선 타자를 선별해 내고, 공동체 바깥의 것으로 이질화시키는 문화 전략을 발휘함으로써, 공동체 내적인 결속력을 도모하고, 현재 통용되는 문화적 정체성을 강화하는 문화적 힘을 유도해 내게 된다. 이때 환상적 지형으로 타자화된 소수 문화와 하위 주체들은 현실의 경역에서 실질적인 삶의 물리적 근거를 확보할 수 없는 환영물로서의 유약한 지위를 드러낸다.

예컨대, 구비 설화와 야담, 고전 설화 등에서 발견되는 이류 교혼의 모티프를 통해, 인간과 비인간을 구분하는 문화적 상징체계를 분석하고, 비인간적 대상이 제거됨으로써 공동체의 평화를 도모하거나, 비인간적 대상을 인간화함으로써, 공동체의 문화적 역량을 강화하고, 내적 힘으로 포섭하는 지점을 규명할 수 있다. 그때, 인간과 비인간적인 요소의 대립 지점에 대한 해석을 통해, 인간, 공동체 내적인 것, 지배문화의 연계성을 규명할 수 있으며, 그 역 또한 가능하다.

둘째, 낯설고 이질적인 타자를 포섭함으로써, 지배문화의 문화적 역량을 강화하고, 내부적 통제력을 보강하는 계기로 활용하는 방식이다. 이 경우, 타자가 포섭되는 계기를 규명하고, 그것이 포섭되는 문화적 위치를 규명함으로써, 한국의 문화적 정체성이 위기를 드러내고, 그것을 보강하는 지점을 포착할 수 있다.

예컨대, 전란 등 위기의 순간에 낯설고 이질적인 문화적 타자적 힘은 지배문화의 취약점을 보강하는 하부 주체로 간주되고, 유용한 문화적 지형물로 분석되어, 지배문화의 포섭 대상이 된다. 이때,

타자가 지닌 문화적, 경제적, 정치적 가치와 유용성은 타자를 포섭하여 내면화하는 계기로 작용한다. 문화 내부에서는 자문화의 역량을 강화하기 위해 그간 배제되었던 소수문화를 포섭하는 판단을 내리게 되는데, 이러한 변화는 자국 문화의 성장과 위기를 동시에 드러내는 이를 극복하는 방안에 대한 문화적 역량을 발견하는 유력한 표지가 된다.

셋째, 환상이 경이의 시선과 결합되면서, 소수문화와 하부 주체는 지배문화가 이해할 수 없고 접근이 불가능한 영웅적 탁월성으로 인지되어, 지배문화를 압도하는 문화적 힘으로 설득되는 경우이다. 환상적이고 신이한 징표는 신성한 신적 권위에 힘입어 권위적 담론으로 인지, 전파되고, 문화적 설득력을 발휘하게 되는데, 대부분의 건국 영웅 신화는 이러한 서사적 전략에 의존하고 있다. 특수한 경우, 환상적 지형으로 표상된 소수문화, 하부 주체의 문화적 위력이 지배문화의 정당성을 설득하는 문화 기제로서 동원되는 과정을 보여 주기도 한다. 이때 환상적 힘에 대한 몰이해의 시선은 지배문화의 통치력을 자연화(naturalize)하는 '신화화'의 기제로 포섭되어, 특수한 능력을 보유한 자만이 감지할 수 있는 탁월성의 표지, 신비화의 문화적 코드로 작용한다.

넷째, 서사 내적인 환상 체험이 공포의 정서적 반응과 연계되면서, 지배문화가 배제한 소수문화, 하위 주체의 억압성과 그 현실적 영향력을 표현하게 된다. 예컨대, 서사문학에 등장하는 '귀신'들은 순탄한 죽음을 맞이하지 못한 원귀들로서, 죽은 뒤에도 현실과 부단히 관계를 맺으면서 영향력을 행사하려는 의지와 욕망을 드러내고 있는데, 이들은 삶과 죽음, 현실과 사후 세계의 단절성을 해체하면서 그 경계에 위치한 인간의 욕망과 의지의 지점들을 포착해 내는 '타자성'을 드러낸다. 이들이 담론화되는 지점은 현실과 죽음의 상관관계를 반영하며, 배제되고 억압된 죽음 세계의 현실적 영향력을 반영한다는 특징을 지닌다. '귀신' 이야기들은 죽음에 대한 당대적 상상력의 문학적 표현 영역을 구축할뿐더러, 삶에 대한 인간의 욕망과 의지를 반영한다. '귀신'으로 표상된 하부 주체들의 존재 방식을 통해, 그들을 배제시킨 지배층의 잠재적 무의식을 규명할 수 있고, 그들을 바라보는 공포의 시선을 통해, 이들에 대한 현실적 배제와 억압의 불완전성을 포착할 수 있다. 원귀의 출몰은 그 자체로서 실적 제도나 질서, 원리나 이념에 대한 전복을 의미하는 반사회적인 의미를 가지며, 그것이 구체화되는 지형에 대한 분석을 통해, 반사회적 힘이 형성되고 포착되는 문화적 위기의 지점을 규명할 수 있다.

그 외에, 음화적 존재로서의 환영물들은 실패한 권력이 현실적으로 위력을 과시하는 미시적 힘으로서 형상화되기도 한다. 이때, 환상은 권능의 미시적 행사를 상징하는 동시에, 통제를 가능케 하는 유력한 징표로 설득된다.

다섯째, 문화적으로 이질적인 종교적 체험이 환상적으로 형상화됨으로써 타자에 대한 경계와 몰이해의 시선을 노출시키는 경우이다. 예컨대 삼국시대 초기에 불교가 유입되면서 불교를 전파한 승려와 그 삶이 이질적이고 낯선 존재로 조명되고, 그의 종교 활동이나 신앙의 표현이 환상적으로 형상화되는 경우를 들 수 있다. 이는 이질적인 종교의 문화적 포용력이 형성되지 않았던 초기 단계에서 이들을 낯설게 바라보는 방식으로 타자화함으로써, 공동체 내부의 결속감과 연대감을 확인하는 문화 경험으로 전환되는 과정을 보여 주는 사례이다.

이와 같이 종교적 영성 체험이나 해당 종교가 전제하거나 수반하는 이질적이고 낯선 문화에 대한 이해와 포용의 시선과 문화적 여건이 마련되지 않았을 때, 이를 환상적인 형식으로 표현함으로써 타자화하는 서사문학의 사례에 대한 분석을 시도한다. 구체적으로는 불교와 도교, 무속, 기독교적인 영성 체험이 환상적 형식으로 포착되는 원인과 그 구체적인 변모 과정을 분석한다. 종교 체험에 대한 환상적 형상화는 한 종교가 전제하고 있는 인식론적 기반을 공유하지 못할 경우에 대한 몰이해의 시선을 표지하는 동시에, 이해할 수 없으나 실재하는 문화적 힘으로 설득하는 문학적 기호 체계로 작동하고 있음을 규명한다.

4.1.4. 문화 연구와의 연계

이 연구는 문학 연구를 통해 문화 연구로 나아가는 구체적인 연구방법론을 동원함으로써, 한국문학과 문화 연구의 효율적인 연계 지점을 마련하고자 한다.

이를 위해 일차적으로는 문학 텍스트 내에서 타자적 환상성이 포착되는 지점들에 관한 서사 분석을 시행한다. 이때에 일반적인 서사 구조 분석과는 달리, 타자적 환상성이 현실로 출몰하는 지점의 서사 내적 조건들에 주목하고, 이들이 현실의 문화 맥락의 실제적인 내역들을 투영하거나 굴절시키는 양식, 문학적 장치에 의해 전이되는 조건들에 관한 맥락 분석을 시행한다. 이는 이차적으로 문학 텍스트의 생성과 향유의 문화 기호를 매개하는 당대 현실의 문화적 맥락에 대한 연구 수행을 필요로 한다. 그 과정에서 문학과 현실의 관계 맥락에 대한 이론화가 선행되어야 한다.

이를 위해 타자성의 환상적 지형이 포착되는 지점이 갖는 서사 내적 상황이 현실적 맥락에서 차지하는 문화적 의미를 규명하고, 그들을 경험하는 행위자 주체와의 관련성, 관련 방식 등에 관한 현실적인 의미를 규명한다. 환상계에 서식하거나 현실로 출몰하는 타자들을 현실 세계의 지배문화가 통제하고 조절하며 관리하는 방식의 실제적인 내용과 이들을 지배문화의 바깥 영역으로 소외시키거나 억압하는 통제의 전략과 방법을 규명한다. 다른 한편, 현실의 지배문화가 환상적으로 출몰하는 타자들을 현실의 안쪽으로 포섭하고 동화하는 관리의 규율들을 규명해 낸다.

환상적 타자성이 경험 주체의 내면 의식상에서 분열적으로 드러나는 경우, 주체 인식의 방식, 경험과 인식을 통한 주체의 정체성 형성 과정이라는 측면에서 인물의 내적 의식이 외부 세계와 소통하는지의 여부, 소통 방법상의 실제에 대한 규명을 통해 근대적 자아의 형성 과정이 한국문화의 특수한 역사적, 문화적 맥락에서 구체화되는 방식의 실제를 규명하도록 한다.

본 연구에서는 일차적으로 문학 연구방법론에 따라 문학 텍스트에서 타자성이 환상적 지형을 통해 형상화되는 과정에 관한 문학사적 계보를 작성한다. 이후 타자성이 환상적으로 표현되는 서사적 상황에서 인물 간의 관계 갈등을 통해 현실적 맥락에서의 문화적 위치를 규명한다. 이를 분석하는 과정에서 서구의 역사적 조건과 사회적 상황, 문학작품의 특성을 바탕으로 성립된 서구의 문화 이론을 분석의 도구로서 활용하는 데에는 무리한 지점이 발견된다.

따라서 본 연구에서는 한국의 역사적, 사회적, 문화적, 문학적 특성을 유효하게 설명해 낼 수 있는 방법론을 귀납적으로 도출하고, 이를 통해 한국문학과 문화 연구의 방법론을 모색하여 유효성이 입증된 연구방법론을 창안해 내고자 한다. 이는 문화 연구방법론이 각 문화의 특수한 조건 속에서 도출되어야 함을 구체적인 분석과 실험의 절차를 통해 입증함으로써, 그 유효성을 확보할 수 있을 것으로 판단된다.

4.2. 연구 가능한 분야

본 연구는 타자성이 환상적으로 포착되는 문학적 지형을 각기 구술문학 텍스트, 문헌문학 텍스트, 디지털 문학 텍스트를 중심으로 선별하여 문학사적 흐름에 따라 분석하는 심화적 협동 연구를 수행한다. 연구 영역별로 선정한 연구 분야와 주제는 아래와 같다.

첫째, 구술문학 텍스트로서 구비 설화를 중심으로, 타자성에 대한 인식과 수용 양상을 파악하는 것을 일차적 연구 내용으로 삼는다. 그중에서도 역사와의 관계 속에서 만들어진 환상적 설화들을 대상으로 이물담, 이형담, 변신담과 풍속·무속· 점복에 관한 이야기들에 투영된 환상적 타자성의 문학적 지형도를 작성하고 그 문화적 의미를 해명한다.

둘째, 문헌문학 텍스트로서 고전 산문과 근·현대 서사문학을 문학사적 전개에 따라 시기별로 구분한다.

① 고전 산문 분야의 연구에서는 고전소설과 야담, 문헌설화, 인물전 등을 대상으로 살해담, 자살담, 귀신담, 환생담, 원혼담, 이인담 등 환상적으로 포착된 타자성의 영역이 각각의 문화적 맥락 속에서 위치를 점유하는 방식과 현실과의 관계, 문화적 기능과 역할의 지점을 규명한다.

② 근대 계몽기 서사문학 분야의 연구에서는 1900－1910년대 소설 및 신문 수록 서사를 중심으로 근대문화가 유입되는 과정에서 전통문화와의 충돌이 타자로 경험되거나 개인의 내면이 타자화되는 양상, 이것이 환상적으로 인지되는 내역에 관한 지형도를 작성하고, 이것이 갖는 문화적 의미 맥락을 분석한다.

③ 근·현대 서사문학 분야의 연구에서는 1920대부터 현대에 이르는 서사문학 텍스트를 중심으로 현대사의 문화 변동에 따른 타자성의 환상적 표출 양상에 관한 지형도를 작성하고, 이를 통해 일상적인 것이 타자화되는 과정에 이르는 역사적 변모 과정에 대한 문화적 해명을 기술한다.

셋째, 디지털 문학 분야의 연구에서는 사이버 문학, 서사만화, 장·단편 애니메이션, 그리고 아동문학을 대상으로, 사이버 공간에서 타자가 생성되는 문학적 특성을 향유 세대의 문화적 특성과 관련시켜 해석하고, 타자성이 탈주변화하는 과정에 개입된 수용층의 문화적 위치와 특성을 해명한다. 또한 아동문학의 공간에서 타자성이 환상적으로 표현되는 과정에 개입된 윤리적, 문화적 맥락이 갖는 의미와 그것이 문화적으로 확산되는 과정을 규명한다. 이는 환상성에 대한 계보적 인식을 통해서만 이 변형의 의미를 명확하게 규명할 수 있다고 판단하기 때문이다.[34]

____

34) 이상의 연구 내용을 분야별로 정리하면 아래와 같다.

5. 환상적 타자성과 한국문학 연구의 가능성과 전망

  기존의 문학 연구 중 특히 환상성에 관한 연구는 개별 작품을 중심으로 환상적 요소들이 형상화되는 방식을 분석하거나 그 문학적 의미를 규명하는 데에 치중해 왔다. 그 결과 개별 작품 연구를 넘어서 계보학적 연구나 문화적 정체성을 해명하는 단계까지는 나아가지 못하고 있다. 이는 현대 한국 사회의 문화적 정체성에 대한 논의는 통시적·공시적 틀을 종합적으로 아우르는 지평 속에서만 파악될 수 있다는 연구 과제의 특수성에 기인한다.

  이러한 맥락에서 볼 때 본 연구는 다음과 같은 방법론적 장점을 지니고 있다.

  첫째, 한국 현대 문화의 정체성을 해독할 수 있는, 역사적·문화사적 소통 구조를 확보하고 있다.

  둘째, 과거 문학 연구의 방법론에서 제외되었던, 배제되고 억압된 타자의 형상화 방식에 근거함으로써 한국 현대 사회의 문화적 원동력과 잠재력에 대한 보다 깊이 있는 탐구를 지향한다.

  셋째, 타자성의 환상적 지형과 계보의 형성이라는 관점에서 한

분 류	연구 분야	소주제명
소주제 1	구비 설화	역사 인물 설화에서 환상적 타자성의 문화적 배제와 포섭 과정
소주제 2	고전 산문	소수문화·하위 주체의 타자화 과정과 문화적 위치
소주제 3	1900-1910년대 소설 및 신문 수록 서사	근대 계몽기 문화의 재배치와 '내부'의 타자화 과정
소주제 4	1920-현재 소설	현대 사회의 문화 변동과 일상의 타자화 과정
소주제 5	하위 문학(사이버 문학, 만화, 애니메이션, 아동문학 등)	문학 매체의 변화와 타자성의 탈주변화 과정

국문학사를 이해하고, 각 문학 양식이 포섭하는 창작 집단과 향유 층의 성격에 따라 타자성이 기획, 포섭, 배제, 억압, 전파되는 양상 에 대한 이해를 통해 한국문화의 정체성 형성 과정을 이해하고자 한다.

5.1. 문학을 통한 문화 연구의 가능성

모든 정치·사회적 체제가 삶으로서 체험되는 방식은 문화적이 다. 문화는 의미화 실천 행위가 수반되며, 문학도 마찬가지이다. 이러한 점은 문학도 문화 생산과 소비의 한 부분으로서 이해되어 야 할 필요성을 제기한다. 텍스트가 생산되고 수용되는 사회·역 사적 조건까지 시야를 확대하여, 문화적 생산의 사회적 조건을 규 명하고 문화 상품의 생산 과정이 대중에게 미치는 영향을 고구해 야 하는 것이다. 그럼으로써 사회의 지배 구조에 대한 문제를 제 기하고, 자연 발생적인 과정으로 간주하는 사회관계의 저변에 깔린 역사성을 드러낼 수 있다. 타자성의 환상적 지형도를 작성하려는 본 연구가 문화 연구로서의 성격을 가져야 할 필요성이 이 점에 있는 것이다. 문화의 한 부분이면서도 특권화되었던 문학 연구의 한정성을 벗어나 주변적으로 여겨졌던 여러 하위문화들, 특히 사회 적 규정성이 크지 않다고 여겨졌던 일상생활의 다양한 영역이나 대중문화 연구와의 교류를 통해 권력과 지배관계에 따라 구성되는 문학의 사회적 위상을 재검토할 수 있다. 삶의 모든 형식이 텍스 트라고 할 때, 문학의 텍스트 분석 방법은 문화 연구에 의미 있는 방법론을 제공할 수 있을 것으로 기대한다.

5.2. 문화 콘텐츠 구성 자료 제공

그간에 축적된 문학 연구를 바탕으로 문화 연구와의 연계 지점을 포착하여, 문학 연구와 문화 연구를 포괄할 수 있는 새로운 연구방법론을 계발함으로써, 더욱 심화된 인문학 연구의 새로운 지형을 개방하는 데 기여할 수 있다. 나아가 본 연구는 20세기에 본격적으로 근대적 문학 연구가 수행된 이후의 축적된 문학 연구방법을 바탕으로 문화 연구와의 접점을 포착하고, 이에 대한 구체적이고 실제적이며 활용 가능한 연구 방안을 제공하여, 문학 연구가 실질적인 문화 콘텐츠 구성의 응용 자료로서 활용될 수 있도록 기여할 수 있다. 이는 의식주의 실제적 삶을 지배하는 풍속, 생활 금기에 대한 이해, 종교 체험과 의례화 과정 등 현실 문화를 구성하는 전반적 문화 내용과 연계 지점을 포착하는 유력한 문화적 단서를 제공함으로써, 환상적 타자성이 한국문화의 정체성을 형성하고 계승하며 성장시키는 실질적인 문화적 힘으로 기능하게 되는 한국문화 이해의 유용한 기반 연구로서 활용될 수 있을 것으로 기대한다.

5.3. 국내외 한국학 연구의 콘텐츠 제공

해외에서 한국문화에 대한 소개는 중국과 일본으로 대표되는 동아시아학의 주변적인 지위를 점유해 온 것이 사실이다. 소개되는 문화 역시 대표적인 몇몇 부분에 한정되는 경우가 많다. 환상성을 중심으로 한 본 연구가 완성될 때, 다양한 문화 자료를 제공함으로써 한국문화에 대한 편협한 이해를 벗어나게 할 수 있을 것이며,

한국문화의 정체성의 질적 내용 구성과 문학적 형상화를 통한 형식적 특성에 대한 이해를 도출할 수 있을 것이다. 그리고 한국문학 연구를 한국학 연구, 나아가 동아시아학의 교육용 콘텐츠로 연계시킬 수 있는 유용한 교육 자료로 활용할 수 있을 것이다. 그리고 이를 해외의 한국학연구소에 교육용 콘텐츠로 제공함으로써 국내의 학문적 성과를 해외에 소개하고 적극적으로 이끌어 갈 수 있는 한국학 연구의 중심적 역할을 수행하는 데에 기여할 수 있을 것으로 기대한다. 이를 위하여 본 연구의 대상이 되는 작품과 내용, 그 의미를 데이터베이스화함으로써 실제적인 이해의 자료를 제공할 것이다.

5.4. 실제적인 교육 콘텐츠 제공

실제 청소년 독서의 경향은 교과서에 수록되거나 권장도서로 선정된 작품 읽기와 취미로서의 독서, 즉 만화·애니메이션·판타지·SF·사이버 소설 등 읽기로 나뉘어 있다. 이 둘의 연계성을 밝힘으로써 주체적인 교양과 시각 위에서 책을 선별하여 읽을 수 있는 능력을 함양시킬 수 있다. 또한 다양하고 흥미 있는 고전 서사의 자료와 그 서사에 대한 실제적이고도 흥미로운 감상법을 제공함으로써 독서의 폭을 넓힐 수 있을 것이다. 또한 현재 디지털 서사나 영상매체 등에서 보여 주는 환상의 주류화 현상이 과거에서부터 이어져 오는 하나의 흐름임을 알게 함으로써, 시대의 민감한 조류와 흐름뿐 아니라 문화의 연속성을 읽어 낼 수 있는 시각을 갖추게 할 수 있다.

5.5. 한국문화의 정체성 규명

문학작품이 '미적 공감'의 형식으로 향유층의 정서와 심리, 문화적 연대감을 형성하고 전파하며 심화하는 문화적 매개가 된다고 할 때, 본 연구는 문학에서 형상화된 타자성의 환상적 지형을 통해 정서적, 문화적으로 형성되고 설득된 한국문화의 정체성 형성 과정을 밝히는 데 기여할 수 있다. 이것은 '한국적인 것'에 대한 새로운 표상을 제기할 것이며, 한 국가 혹은 민족에 대한 표상이 구체적인 문화의 현장에서 역동적으로 구성된다는 점, 그리고 지배를 거부하는 하위 주체들의 역동적인 힘의 상승 작용이라는 점을 증명함으로써 '한국적인 것'의 실체를 규명할 수 있을 것이다. 문학 텍스트 안에서 작중 인물들의 혈연적, 지연적, 정치적, 종교적 문화 체험의 영역이 갖는 상이성에 따라 그들의 현실적 관계가 연계되고 확장되거나 축소되고 배제되는 서사적 상황을 발견하고, 이것이 텍스트 창작층과 수용층과 현실적, 문화적으로 연계되는 방식을 설명할 수 있다. 이것을 통해 한국문화의 정체성이 형성되고 생장하며, 부분적으로 변용되는 실제적 과정에 대한 이해에 도달할 수 있다. 역사적인 특정한 계기나 전근대에서 근대로 이어지는 분기점에서 드러나는 특정한 문화적 사건을 포착하여, 타자적 환상성의 형식과 내용을 규명함으로써, 한국문화의 주요한 흐름을 이해하는 문화 지도가 마련될 수 있을 것으로 기대된다.

5.6. 사회·문화의 문학 내재적 요소 파악

환상이라는 인문학 혹은 문화의 주요한 문제 틀을 중심으로 한 본 연구가 완성될 때, 근대적인 사실주의 미학이나 합리성에 기반을 둔 문학 연구로서의 한정성을 벗어나 근대 이전과 이후 한국의 역사와 사회를 이해하는 데 의미 있는 도움을 줄 수 있다. 환상은 그 시대의 가치관이나 이데올로기, 문화를 이해하는 데 유효한 지점이기 때문에 문학에 나타난 환상의 상징성을 종합한다면 그 시대를 구체적이고 내재적으로 이해할 수 있다. 이는 구체적인 문학 텍스트에서 현실적 문제를 상상적으로 전이시켜 자리바꿈한 사례를 통해 논증하는 실증적 연구로서, 문학과 현실이 관계 맺는 구체적인 방식을 이해하는 사례로 활용할 수 있다. 나아가 문학적 상상력이 현실의 정치적, 지역적, 혈연적, 종교적 이해관계나 취향, 선택 등을 윤리적인 당위성이나 신성한 권위를 갖는 정당한 것으로 설득시키는 '문화 논리'에 대한 구체적인 이해를 도출하는 데에 기여할 수 있다. 그 과정에서 한국문화의 정체성의 형성 과정의 구체적인 지류를 시기적, 계층적, 성적, 공간적으로 변별할 수 있으며, 정체성 형성 내용의 유동성과 고정성을 파악할 수 있다. 고전과 현대를 아우르는 텍스트 분석을 통해 한국문화가 음화적으로 배제해 온 문화 내용과 그것의 현실적인 의미 맥락을 도출함으로써, 한국문화 정체성 형성의 핵심 키워드에 관한 '문화 지도'를 작성할 수 있다.

5.7. 비교문학적 연구

환상은 문학뿐 아니라 문화, 예술에 공통적인 화두이면서도 국가와 민족에 따라 독특한 양상으로 나타나고 또 의미화된다. 근대 이전의 문화생산물뿐 아니라 현대의 서사 속에서도 환상은 매우 중요한 지표로서 기능한다. 따라서 한국문학을 세계문학 안에서 이해하는 데 환상을 중심으로 한 본 연구가 중요한 길을 열어 줄 것이다. 환상적 서사물이 중심을 차지하고 있는 남미 지역이나 현실 초월의 욕망을 강하게 품고 있는 인도, 도시적 일상 속에서 환상적 경험과 현실의 경계가 무너지는 미국·일본 등의 경향과 한국문학의 경향을 비교함으로써 한국문학의 정체성을 새롭게 규명해 볼 수 있을 것이다.

5.8. 새로운 문학사 서술

그간의 문학 연구는 고전과 현대를 분할하고, 문학을 배태시키고 성장시키며 향유해 온 수용자층을 주변적으로 다루거나, 문화에 관한 이해를 문학 연구의 주변적인 배경 연구로만 활용해 온 경향이 있다. 그러나 근대적 학문의 출발 이후, 문학과 문화 연구, 고전과 현대에 관한 문학 중심의 분야별 연구는 이미 오랜 연구 성과를 축적해 왔고, 이를 바탕으로 문학 연구와 문화 연구를 연계하고, 고전 연구와 현대문학 연구를 연계할 수 있는 학문적 토대가 마련되었다고 판단된다. 따라서 본 연구는 고전에서 현대, 문학 연구와 문화 연구의 각 분야별 심층, 심화 연구를 바탕으로 분야

별 연구 성과를 연계적으로 이해할 수 있는 구체적인 사례 연구로
서 제안할 수 있다. 환상을 중심으로 한국문학사를 통시적으로 봄
으로써 새로운 시각의 문학사 서술에 도움을 줄 것이다. 환상을
중심으로 한 기존의 연구는, 고전문학에서 비현실성으로서의 환상
성을 다루거나, 근현대문학에서는 특정한 작가의 경향으로 분류하
고, 1990년대 이후 몇몇 작가나 장르문학을 중심으로 다루는 등
단편적이고 산발적으로 이루어져 왔다. 그러나 본 연구는 고전부터
현대까지 서사체에서의 환상성을 통시적으로 살핌으로써 한국문학
적인 환상의 역사를 새로 쓸 수 있다. 동시에 한국문학사에서 그
간 본격적인 연구를 시도하지 않아 온 대상들에 관한 연구를 활성
화할 수 있다. 기존의 문학 연구가 작품과 작가를 중심으로 이루
어져 온 것에 반해, 새로운 영역, 즉 대중성과 예술성, 대중매체와
문학의 상호관계뿐만 아니라, 애니메이션, 만화, 사이버 문학 등과
같은 미개발 영역에 대한 전문적인 연구를 확산시키는 데 기여할
수 있다.

참고문헌

(1) 환상성 관련 참고문헌

① 단행본

박정수, 『현대소설과 환상』, 새미, 2002.
이재복, 『판타지 동화 세계』, 사계절, 2001.
최기숙, 『환상』, 연세대출판부, 2003.
곰브리치 저, 차미례 역, 『예술과 환영』, 열화당, 1989.
기브슨 저, 김숙 역, 『히에로니무스 보스』, 시공사, 2001.
벨 저, 김진욱 역, 『자본주의의 문화적 모순』, 문학세계사, 1990.
브레트 저, 심명호 역, 『공상과 상상력』, 서울대 출판부, 1979.
래드퍼드 저, 김남주 역, 『달리』, 한길아트, 2001.
레이몽 외 저, 고봉만 외 역, 『환상문학의 거장들』, 자음과 모음, 2001.
렌 저, 윤현옥 역, 『판타스틱 영화와 그 신화들』, 도서출판 정주, 2001.
뢰트라 저, 김경온 외 역, 『영화의 환상성』, 동문선, 2002.
사모라 저, 우석균 외 역, 『마술적 사실주의』, 한국문화사, 2001.
스콜즈 외 저, 김정수 외 역, 『SF의 이해』, 평민사, 1993.
잭슨 저, 서강여성문학연구회 역, 『환상성』, 문학동네, 2001.
지젝 저, 김소연 외 역, 『삐딱하게 보기』, 시각과 언어, 1995.
______, 김종주 역, 『환상의 돌림병』, 인간사랑, 2002.
타운젠드 저, 강무홍 역, 『어린이 책의 역사』, 1, 시공주니어, 1996a.
__________, 강무홍 역, 『어린이 책의 역사』, 2, 시공주니어, 1996b.
토도로프 저, 이기우 역, 『환상문학서설』, 한국문화사, 1996.
톰슨 저, 김영무 역, 『그로테스크』, 서울대출판부, 1986.
프로이트 저, 김종엽 역, 『토템과 타부』, 문예마당, 1995.
__________, 정장진 역, 『창조적인 작가와 몽상』, 18, 열린책들, 1996.

피어스 저, 이봉진 역,『톨킨, 인간과 신화』, 자음과 모음, 2001.
호신 저, 홍희 역,『신의 기원』, 동문선, 1993.
흄 저, 한창엽 역,『환상과 미메시스』, 푸른나무, 2000.

② 논 문

고영진,「한국 현대소설에 나타난 환상기법 연구」, 충남대학교 석사학
　　　위논문, 2004.
김경복,「한국 현대시에 보이는 환상성의 의미」,『외국문학』, 가을호,
　　　1997.
김경수,「현대소설의 전개와 환상성」,『국어국문학』, 137, 2004.
김명희,「한국 동화의 환상성 연구」, 전주대학교 석사학위논문, 1999.
김미영,「최인훈 소설의 환상성 연구」, 한양대학교 석사학위논문, 2003.
김미현,「여성소설에 나타난 환상성 연구」,『국어국문학』, 138, 2004.
김병욱,「한국 현대 환상소설의 위상과 기능」,『현대소설연구』, 12집,
　　　2000.
김성곤,「SF문학, 어떻게 볼 것인가」,『외국문학』, 겨울호, 1996.
김성룡,「환상적 텍스트의 미적 근거 연구」,『문학교육학』, 2, 1998.
_____,「고전 서사문학을 중심으로 본 환상의 미학적 특성 연구」,『국
　　　어교육』 vol.102, 2000.
_____,「고소설의 환상성」,『고소설 연구』, 15, 2003.
김영민,「한국 근대 서사문학에 나타난 환상성과 사실성」,『현대소설
　　　연구』, 12집, 2000.
김욱동,「환상적 상상력과 소설」,『상상』 가을호, 1996. 김진량,「팬 소
　　　설의 대중성과 서사적 환상」,『한민족문화 연구』, 9, 2001.
김현숙,「현대 아동문학의 팬터지 연구」, 동덕여대 대학원 국어국문학
　　　과 석사논문, 2001.
김현주,「성장 신화 속에 춤추는 욕망과 환상 – 박범신의『죽음보다 깊
　　　은 잠』연구」,『여성문학 연구』, 6, 2001.
김혜영,「근대소설에 나타난 환상의 존재 방식 연구 – 이청준의『이어도』
　　　를 중심으로」,『한국언어문학』, 48, 2002.

류경환, 「한국적 서정과 환상의 회복」, 『한국아동문학 연구』 vol.5, 1996.
명형대, 「리얼리즘 소설의 환상성」, 『현대소설 연구』, 12, 2000.
박영호, 「환상성, 그 잃어버린 꿈을 찾아서」, 『문학과 창작』, 11, 1997.
박상재, 「한국 창작동화에 나타난 환상성 연구」, 건국대학교 석사학위
　　　논문, 1998.
박정수, 「최인훈 소설의 환상성 연구」, 『서강어문』 vol.15, 1999.
＿＿＿, 「현대소설의 환상적 상상력 연구」, 서강대학교 박사학위논문,
　　　2002.
박종탁, 「중남미 현대소서로가 환상적 리얼리즘」, 『오늘의 문예비평』
　　　겨울호, 1996.
송명진, 「최인훈 소설의 사실효과와 환상효과 연구」, 서강대학교 석사
　　　학위논문, 2000.
송여정, 『1960년대 소설의 환상성』, 고려대학교 석사학위논문, 2003.
송효섭, 「이조소설의 환상성에 대한 장르론적 접근」, 『한국언어문학』
　　　23, 1984.
신명직, 「조세희의 난장이가 쏘아올린 작은 공 연구-환상성을 중심으
　　　로」, 연세대 석사학위논문, 1997.
신성환, 「낯설게 읽기의 새로움」, 『한국언어문학』, 19, 1980.
신은영, 「조세희 소설의 환상성 연구」, 전남대학교 석사학위논문, 2003.
오양진, 「이제하 소설의 환상성 연구」, 고려대학교 석사학위논문, 1999.
유철상, 「최근 소설의 환상적 경향과 그 의미」, 『현대소설 연구』 vol.12,
　　　2000.
윤경희, 「『만복사저포기』의 환상성」, 『한국고전연구』 4, 한국고전연구회,
　　　1998.
윤초선, 「최인훈의 반사실주의 소설 연구」, 이화여대학교 석사학위논문,
　　　1998.
이유선, 「환상문학 소고」, 『뷔히너와 현대문학』, 17, 2001.
이재실, 「환상이란 무엇인가」, 『오늘의 문예비평』, 겨울호, 1996.
이해년, 「사이버시대 한국의 환상 문학-환상소설의 전근대적 양식 수
　　　용과 포스트 모더니즘적 다원성」, 『비교한국학』, 8, 2001.
임수현, 「남염부주지의 환상성 연구」, 『서강어문』, 15, 서강어문학회, 1999.

임지룡, 「환상성의 언어적 양상과 인지적 해석」, 『국어국문학』, 137, 2004.

정재서, 「중국 환상문학의 역사와 이론」, 『중국어문학지』, 8, 2000.

정혜영, 「최인훈 소설의 환상성 연구」, 숭실대학교 석사학위논문, 1992.

최기숙, 「『양풍전』의 환상성과 상상력의 원천 탐색」, 『연세어문학』 28, 1996a

______, 「『삼국유사』 소재 꿈의 서사적 의미와 성격」, 『열상고전연구』 9, 1996b.

______, 「깨달음을 통한 자기 완성의 서사: 『구운몽』 읽기」, 『동방고전문학 연구』 창간호, 1999b.

______, 「불멸의 존재론, '한'의 생명력과 '귀신'의 음성학」, 『열상고전연구』 vol.16, 열상고전문학회, 2002.

______, 「이인(異人), 소수문화, 그 차별화 전략과 동화의 처세술」, 『한국문화연구』 3, 이화여대 한국문화연구원, 2002.

______, 「귀신의 처소, 소멸의 존재론-『금오신화』의 '환상성'을 중심으로」, 『돈암언어문학』, 16, 돈암어문학회, 2003.

최명표, 「동화의 환상성을 드러내는 방식」, 『兒童文學評論』 2001.3.

최선희, 「동화에 나타난 환상연구-강소천의 『인어』와 안델센의 『인어공주』 비교를 중심으로-」, 『睡蓮語文論集』 제15집, 1988.

최 용, 「동화적 체험과 상상력의 숙성·감동의 깊이와 울림」, 아동문학평론, 2000.

최혜실, 「개화기 소설의 현실성 획득과정」, 『국어국문학』, 111, 1994.

______, 「이상 문학이 '환상성'을 가지는 두 가지 이유-공포의 승화와 재귀-지식 탐색의 무한 역행」, 『현대소설 연구』, 12, 2000.

한금윤, 「신채호 소설의 미적 특성 연구-'환상성'」, 『현대소설연구』 9, 1998.

______, 「과학소설의 환상성과 과학적 상상력」, 『현대소설 연구』 vol.12, 2000.

한명환, 「무협소설의 환상성 고찰」, 『현대소설연구』 vol.12, 2000.

홍성식, 「아동문학의 환상성 실현방식」, 『한국문예비평연구』, 2003.

황국명, 「한국현대소설에 나타난 환상기법 연구」, 『인제대 인문과학논총』6집, 1992.

_____, 「90년대 소설의 환상성, 그 상상력의 모험」, 외국문학, 가을호, 1997.

황병하, 「환상문학과 한국문학」, 세계의 문학, 여름호, 1997.

황순재, 「최인훈 소설의 환상기법 연구」, 부산대학교 석사학위논문, 1989.

모레티 저, 조형준 역, 「공포의 변증법」, 세계의 문학, 여름호, 1997.

레이 저, 송병선 역, 「<알렙>과 『백년 동안의 고독』-두 개의 현미경 적인우주」, 『가르시아 마르케스』, 문학과 지성사, 1997.

브러쉬우드 저, 송병선 편역, 「가르시아 마르케스 소설의 현실과 환상」, 『가르시아 마르케스』, 문학과 지성사, 1997.

아메리카, 「테크노픽션: 디지털 몰입의 시대로 들어가기」, 외국문학, 겨 울호, 1995.

예엠리히 저, 박상배 역, 「SF연구와 그 문제점」, 외국문학, 봄호, 1991.

쿠버, 「하이퍼픽션: 컴퓨터를 위한 소설들」, 외국문학, 겨울호, 1995.

토도로프 저, 하태환 역, 「문학과 환상」, 세계의 문학, 여름호, 1997.

프랭클린, 「민주주의의 영원한 안전: 미국 SF소설의 최종적 해법」, 『외 국문학』 겨울호, 1996.

피들러, 「SF문학의 비평에 대하여」, 외국문학, 봄호, 1991.

Rabkin, *The Fantastic in Literature*, Princeton: Princeton University Press, 1976.

Singer, *The Inner World of Daydreaming*, New York: Harper & Row Publishers, 1975.

Todorov, *The Fantastic: a structure approach to a literary genre*, N.Y: Cornell University Press, 1975.

Wang, *Fantastic Modernity: Dialectical Readings in Romanticism and Theory*, Baltimore and London, The Johns Hopkins University Press, 1996.

Zeitlin, 「*Historian of the Strange*」, California Stanford: Stanford University, 1993.

(2) 문화론 관련 참고 문헌

① 단행본

강내희, 『문화론의 문제설정』, 문화과학사, 1996.

강신표 편, 『한국문화연구』, 현암사, 1985.

고길섶, 『소수문화들의 정치학: 세상을 바꾸는 새로운 힘』, 문화과학사, 2000.

고혜령 외 공저, 『조선시대의 사상과 문화집문당』, 2003.

김성곤, 『영화 속의 문화』, 서울대학교출판부, 2004.

김열규, 『고독한 호모디지털 – 사이버토피아를 꿈꾸는 인간의 자화상』, 한길사, 2002.

김용호, 『문화 촉발과 문화 전략』, 박영 출판사, 1996.

김용환, 『머리 사냥과 문화 인류학: 문화의 다양성을 통한 인간 본성의 탐구』, 열린책들, 2002.

김재국, 『사이버리즘과 사이버소설 – 디지털 시대의 새로운 소설과 이론』, 국학자료원, 2001.

김종회 외, 『사이버 문학의 이해』, 집문당, 2001.

김채수 편, 『문화와 과정학』, 세손, 1995.

변학수, 『문화로 읽는 영화의 즐거움』, 경북대학교 출판부, 2003.

설성경 외, 『미디어 문학의 이해』, 새미, 2001.

송효섭, 『문화기호학』(민음사, 1997)

양건열, 『비판적 대중문화론』, 현대미학사, 1997.

원승룡 외, 『문화이론과 문화읽기』, 서광사, 2001.

원용진, 『대중문화의 패러다임』, 한나래, 1996.

유태용, 『문화란 무엇인가?』, 학연문화사, 1996.

윤선희, 『사이버 문화와 여성』, 한나래, 2000.

이동연, 『하위문화는 저항하는가』, 문화과학사, 1998.

이명현 외, 『근대성과 한국문화의 정체성』, 철학과 현실사, 1998.

이영란, 『근대성과 한국문화의 정체성』, 철학과 현실사, 1998.

이용욱, 『문학, 그 이상의 문학』, 역락, 2001.

이용욱, 『사이버 문학의 도전』, 토마토, 1996.

이화여대 기호학 연구소, 『성과 젠더 그리고 문화』, 글냄, 2000.

정재철 편, 『문화연구 이론』, 한나래, 1998.

정재호, 『문화연구이론』, 한나래, 1998.

정진홍, 『아톰@비트』, 푸른숲, 2000.

조혜정, 『성, 가족, 그리고 문화: 인류학적 접근』, 집문당, 1997.

최혜실, 『모든 견고한 것들은 하이퍼텍스트 속으로 사라진다』, 생각의
나무, 2001.

홍성태, 『사이버공간 사이버 문화』, 문화과학사, 1999.

황상민, 『사이버공간에 또 다른 내가 있다(인터넷세계의 인간심리와 행
동)』, 김영사, 2000.

가메야마 요시아키 외 저, 최샛별 역, 『문화사회학으로의 초대: 예술에
서 사회학으로』, 이화여자대학교 출판부, 2004.

그람시, 『그람시와 함께 읽는 문화: 대중문화, 언어학, 저널리즘』, 새문
화, 1992.

글레스너 저, 연진희 역, 『공포의 문화』, 부광, 2005.

기어츠 저, 문옥표 역, 『문화의 해석』, 1998.

라쉬, 『나르시시즘의 문화』, 문학과 지성사, 1989.

미쇼 외 저, 강주헌 역, 『문화란 무엇인가』, 시공사, 2003.

밀러 외 저, 이기우 편역, 『문화연구』, 한국문화사, 1998.

바르트 저, 김주환 외 역, 정화열 해설, 『기호의 제국』, 민음사, 1997.

베네딕트 저, 황선명 역, 『문화의 유형』, 종로서적, 1980.

볼프강 루페르트, 『일상의 기호: 대량소비문화의 역사적 탐색』, 근현교
육, 2000.

스윙우드, 『대중문화의 신화』, 현암사, 1984.

스토리 편, 백선기 역, 『문화연구란 무엇인가?』, 커뮤니케이션북스, 2000.

스토리 저, 박만준 역, 『문화연구의 이론과 방법들』, 경문사, 2002.

알렉산더 외 편, 윤민재 외 역, 『문화와 사회: 현대적 논쟁의 재조명』,
사회문화연구소, 1995.

에드거 외 편, 박명진 외 역, 『문화 이론 사전』, 한나래, 2003.

워드나우 외 저, 최샛별 역, 『문화분석』, 한울, 2003.

윌리암스 저, 박만준 역, 『문학과 문화이론』, 경문사, 2003.

젠크스 저, 김윤용 역, 『문화란 무엇인가: 문화의 사회학적 개념』, 현대미학사, 1996.

커런 외 편, 백선기 역, 『대중문화와 문화 연구』, 한울아카데미, 1999.

컨 저, 박성관 역, 『시간과 공간의 문화사』, 휴머니스트, 2004.

컨, 『육체의 문화사』, 의암출판사, 1996.

케네스, 『만족의 문화』, 동화일보사, 1933.

터너 저, 김연종 역, 『문화연구 입문』, 한나래, 1995.

Kelly, 『*Encyclopedia of Aesthetics*』 Vol.2 – 4, New York: Oxford University Press, 1998a – c.

Leeds – Hurwitz, *Semiotics and communication: signs, codes, cultures*, Lawrence Erlbaum Associates, 1993.

Littré, É. & Beaujean, A, *Dictionnaire de la Langue Francaise*, Éditions Univerisitaires, 1900.

Littré, Émile, *Dictionnaire de la Langue Francaise, Tome3*, Hachette: Gallimard, 1972.

Plato, Translated with Introduction and Commentary by R. Hackforth, *PLATO'S PHAEDRUS*, F.B.A, Cambridge: Cambridge University Press, 1972.

Walter Rewar, "Notes For a Typology of Culture", *Semiotica* 18, 1976.

Easthope, Antony. *Literary into Cultural Studies*, London: Routledge, 1991.

Hall, Stuart. "Cultural Studies: The Two Paradigms", *Media, Culture and Society* 2, 1980.

② 논 문

강내희, 「논문 / 대중문화. 주체형성. 대중정치」, 『문화과학』 vol.6, 문화과학사, 1994.

______, 「문화사회를 위하여」, 『문화과학』 vol.17, 문화과학사, 1999.

______, 「타자의 문화 연구와 숭고의 미학」, 『문화과학』 29집, 문화과
학사, 2002.

______, 「[특집: 오늘, 문화란 무엇인가?] '문화적 관점'」, 『문화과학』
38집, 문화과학사, 2004.

강현두, 「한국문화와 미국의 대중문화」, 『철학과 현실』 vol.21, 철학문
화연구소, 1994.

______, 「청년 문화, 혹은 소수문화론적 연구에 대하여」, 『문화과학』
vol.20, 문화과학사, 1999.

______, 「리토르넬로의 감수성과 소수문화 연구」, 『문화과학』 vol.29,
2002.

고길섶, 「문화와 질병」, 『문화과학』 vol.8, 문화과학사, 1995.

______, 「문화분석 글쓰기론: 생성 – 비판적 실천과 탈현대적 지도그리
기」, 『문화과학』 vol.12, 문화과학사, 2001.

구견서, 「[범세계화와 문화 변동] 다문화주의의 이론적 체계」, 『한국인
문사회과학회』 vol.27, 2003.

권연진, 「사이버 공간의 채팅문화와 언어적 특성」, 『인문사회과학논총』
vol.4, 부경대학교 인문사회과학연구소, 2003.

김미영, 「유교문화 속 여성의 존재적 단절 – 여성에게 전통이란 무엇인
가?」, 『철학과 현실』 vol.52, 철학문화연구소, 2002.

김민경, 「타자화 담론의 문화정치학」, 『영미어문학』 vol.72, 한국영미어
문학회, 2004.

김보영, 「육체, 가상육체, 그리고 사이보그」, GBC 가우리 정보센터.

김봉섭, 「WWW에 대한 욕망론적 접근 – 라캉의 '타자의식'을 중심으로 – 」,
GBC 가우리 정보센터.

김상봉, 「자유와 타자 – 한국문화의 지역성과 세계성에 대한 한 가지 반
성」, 『철학연구』 vol.88, 대한철학회, 2003.

김성곤, 「미국문화는 우리에게 무엇인가」, 『철학과 현실』 vol.57, 철학
문화연구소, 2003.

김성일, 「제국에 대항하는 다중의 문화정치」, 『문화과학』 vol.33, 문화
과학사, 2003.

김세서리아, 「한국의 유교문화와 여성」, 『철학과 현실』 vol.42, 철학문

화연구소, 1999.

김수영, E. 월러스틴, 「민족적인 것과 보편적인 것 / 과연 세계문화란 것이 있을 수 있는가」, 『문화과학』 vol.6, 문화과학사, 1994.

김용규, 「문학 연구에서 문화 연구로: 80년대 이후 영국이론의 변화」, 『새한영어영문학』 vol.44, 새한영문학회, 2002.

김용일, 「대중문화란 무엇인가?」, 『철학연구』 vol.58, 대한철학회, 1996.

김용일 외, 「비판이론의 문화비판」, 『철학연구』 vol.65, 대한철학회, 1998.

김우창, 「지식 사회와 사회의 문화」, 『문화과학』 vol.26, 문화과학사, 2001.

김우필, 「디지털 테크놀러지의 문화·예술 혁명」, '2000년 문학의 해' 문화관광부 후원 '인터넷문학세미나' 발표문, 2000.

김은실, 「한국 근대화 프로젝트의 논리와 가부장성」, 『당대비평』 vol.8, 생각의 나무, 1997.

김인규, 「'문화 금지 구역'에서의 문화 교육」, 『문화과학』 vol.27, 문화과학사, 2001.

김재국, 「과학소설의 사이버 문학적 가능성 고찰」, 『우암논총』 vol.18, 1997.

김종헌, 「탈식민주의 해체적 문화이론: 바바와 데리다를 중심으로」, 『현상과 인식』 vol.28, 한국인문사회과학회, 2004.

김채수, 「한국문화연구의 문제점과 극복 방안」, 『일본문화 연구』 vol.6, 동아시아 일본학회, 2002.

김태길, 「전통문화와 외래문화」, 『철학과 현실』 vol.42, 철학문화연구소, 1999.

김헌선, 「한국문화와 샤머니즘」, 『시안』 vol.18, 시안사, 2002.

김현미, 「문화 번역: 근대적 성찰의 비판적 작업」, 『문화과학』 vol.27, 문화과학사, 2001.

김혜숙, 「다문화 속의 여성철학」, 『철학과 현실』 vol.39, 철학문화연구소, 1998.

김흥규 외, 「가상공간에서의 아바타를 통한 다중적 자아의 요인 연구」, 『한국주관성연구학회』, 2002.

라도삼, 「가상공간의 담론체계와 하이퍼텍스트」, 『言論硏究』 vol.16, 1997.

______, 「한국 인터넷의 발전과 사이버 문화의 이해」, 『사상』 vol.15,

2003.

류은영, 「성과 인간 혹은 문화」, 『사회비평』 vol.23, 나남출판, 2000.

마이클 라이언, 임상훈, 「정치와 문화」, 『문화과학』 vol.7, 문화과학사, 2005.

문선영, 「생성으로서의 하위문화」, 『문화과학』 vol.15, 문화과학사, 1998.

문성화, 「사이버스페이스와 현실 공간」, 『哲學硏究』 80호, 2001.

박병영, 「지구화, 역사적 전환, 그리고 그 쟁점」, 『현상과 인식』 vol.27, 한국인문사회학회, 2003.

박이문, 「20세기 문화를 돌아본다」, 『철학과 현실』 제42권, 1999.

박현선, 「극장 구경 가다: 근대 극장과 대중문화의 형성」, 『문화과학사』(문화과학 제28호), 2001.

백문임, 「한국의 문학담론과 문화」, 『문화과학』 vol.25, 문화과학사, 2001.

백승국, 「미디어 문화교육과 문화기호학 - 영화 <진주귀걸이를 한 소녀> 속 문화 콘텐츠를 중심으로 - 」, 『프랑스학회』(프랑스학연구 제31권), 2005.

성동규, 「한국 사이버 문화의 지형과 원리에 대한 고찰」, 『동서언론』 vol.6, 동서언론학회, 2002.

손상희, 「사이버공간에서의 캐릭터의 정체성에 대한 연구: A Study on the Identity of the Character in Cyber Space」, 『디지털디자인학연구』 vol.6, 2003.

신동원, 「변강쇠가로 읽는 성·병·주검의 문화사」, 『역사비평』 2004 여름, 역사문제연구소, 2004.

심광현, 「지형학적 실험과 문화정치적 실천의 전망」, 『문화과학』 vol.6, 문화과학사, 1994.

______, 「시각 문화와 문화 연구: 시각 / 이미지 / 공간의 탈육화와 육화」, 『문화과학』 vol.11, 1997.

______, 「시각 이미지, 공간, 문화공학」, 『문화과학』 vol.14, 문화과학사, 1998.

______, 「[특집: 오늘, 문화란 무엇인가?] 문화사회를 위한 문화 개념의 재구성」, 『문화과학』 vol.38, 문화과학사, 2004.

양혜경, 「문학 텍스트와 영상문화의 상관성」, 『동악어문논집』 vol.38,

한국어문학 연구학회, 2001.

연희원, 「문화의 논리를 위한 에코의 기호학적 방법론 – 해석의 원리를 중심으로」, 『철학연구』 vol.76, 대한철학회, 2000.

오창은, 「『문화과학』, 10년: 유물론적 문화론에서 탈근대적 문화정치로」, 『문화과학』 vol.30, 문화과학사, 2002.

완군, 「[특집: 오늘, 문화란 무엇인가?] 놀고 있는가, 아니 놀고 싶은가?」, 『문화과학』 vol.38, 문화과학사, 2004.

원용진, 「이미지 영역과 '문화공학'」, 『문화과학』 vol.14, 문화과학사, 1998.

______, 「문화 연구와 스튜어트 홀」, 『문화과학』 vol.23, 문화과학사, 2000.

______, 「철학으로 영상보기 / 영상으로 철학하기」, 『철학과 현실』 vol.54, 철학문화연구소, 2002.

______, 「한국의 문화 연구 지형」, 『문화과학』 vol.38, 문화과학사, 2004.

유종윤, 「사이버리즘, 해체, 정신분열: '육체시학' 서설」, 원대신문, 2002. 4.2.

윤선희, 「네트워크게임과 영상문화, 그 구조와 주체의 다이너미즘」, 『사상』 2003년 여름호, 사회과학원, 2003.

윤천근, 「문화 속의 우리와 타자 – 문화의 지역성과 세계성」, 『철학연구』 vol.87, 대한철학회, 2003.

윤혜린, 「몸에 대한 문화철학적 담론」, 『철학과 현실』 vol.36, 철학문화연구소, 1998.

이귀우, 「비판적 다문화주의와 문학 연구」, 『인문논총』 vol.6, 서울대 인문과학연구소, 1999.

이동연, 「문화사회로의 전환을 위한 예술운동의 과제들」, 『문화과학』 vol.17, 문화과학사, 1999.

______, 「문화자본은 어떻게 상징기호로 표상되는가: '하드코어'와 '테크노'의 유행형식」, 『문화과학』 vol.24, 문화과학사, 2000년

______, 「세대 문화 구별 짓기와 주체 형성 – 세대 담론에 대한 비판과 재구성」, 『문화과학』 vol.37, 문화과학사, 2003.

______, 「세대 정치와 문화의 힘」, 『문화과학』 vol.33, 문화과학사, 2003.

______, 「의미화 실천, 주체화 양식, 실험공학의 장: 한국문화연구의 생

산적 논쟁을 위해」, 『문화과학』 vol.13, 문화과학사, 1997.

이득재, 「[특집: 오늘, 문화란 무엇인가?] 문화산업과 문화경제학 비판」, 『문화과학사(문화과학 제38호)』, 2004.

이상엽, 「인문학 위기 극복을 위한 하나의 제안」, 『철학과 현실』 vol.50, 철학문화연구소, 2001.

이상철, 「[특집] 문화자본과 국가발전」, 『동서언론』 vol.7, 동서언론학회, 2003.

이성욱, 「한국전쟁과 대중문화」, 『문화과학』 vol.23, 문화과학사, 2000.

이영식, 「문화로 본 한민족의 정체성」, 『역사비평』, 1999년 봄호, 역사문제연구소, 1999.

이윤아, 「문화와 예술의 상관성에 관한 연구」, 『대한철학회』(철학연구 제87집), 2003.

이찬훈, 「후기 자본주의 사회의 문화와 이데올로기 - 현대적 삶의 상황에 대한 하나의 탐구」, 『철학연구』 vol.58, 대한철학회, 1996.

______, 「욕망과 현대 대중문화」, 『철학연구』 vol.68, 대한철학회, 1998.

이철우, 「유교 전통과 한국의 규범 문화」, 『오늘의 동양사상』 vol.2, 예문 동양사상 연구원, 1999.

이한구, 「현대의 사이버 문화에 대한 사회학적 성찰」, 『철학과 현실』 vol.57, 철학문화연구소, 2003.

이호종, 「사이버스페이스와 현실 공간의 관계에 관한 연구」, 『學術論叢』, 1999.

임종수, 「텔레비전 안방문화와 근대적 가정에서 생활하기」, 『언론과 사회』 vol.12, 2004.

임현경, 「사이버스페이스의 기술과 문화」, 『문화과학』 vol.10, 문화과학사, 1996.

장누리, 「[특집: 오늘, 문화란 무엇인가?] 청소년 문화생활」, 『문화과학사』(문화과학 제38호), 2004.

장영우, 「국어국문학과 대중문화의 통합과 확산」, 『국어국문학』 vol.131, 국어국문학회, 2002.

______, 「대중매체 문화와 국문학 연구」, 『국어국문학』 vol.129, 국어국문학회, 2001.

장원순, 「사회문화교육방법으로서의 '일상생활' 분석」, 『사회과교육』 vol.43, 한국사회과교육연구학회, 2004.

장윤수, 「현대 신유가의 현대화이론 – 문화선언을 중심으로」, 『동양사회사상』 vol.4, 동양사회사상학회, 2001.

장정우, 「시각문화와 육체의 정치성: 일방적 응시의 폭력성과 그 희생자」, 『비평과 이론』 vol.8, 한국비평이론학회, 2003.

전경수, 「성애의 문화론과 생물학」, 『사회비평』 vol.13, 나남출판, 1995.

정인재, 「문화철학의 고전」, 『철학과 현실』 vol.25, 철학문화연구소, 1995.

정재철, 「최근 한국의 문화전쟁」, 『문화과학』 vol.36, 문화과학사, 2003.

정정호, 「오리엔탈리즘, 탈식민주의, 타자의 문화윤리학 – 21세기 한국 지식인을 위한 추방자 지식인 에드워드 사이드 다시 읽기」, 『영미어문학』 vol.65, 한국영미어문학회, 2002.

정정호, 「'사이버스페이스 소설'의 미학과 정치학」, 『人文學硏究』, 27호, 1998.

조규형, 「후기인쇄문화로서의 가상공간: 소설미학과 디지털 내러티브」, 『비평과 이론』 vol.9, 한국비평이론학회, 2004.

채효정, 「사이버스페이스의 실재성, 공간성 및 기술적 세계 구성과 그 정치철학적 함의에 대한 분석」, 『高凰論集』, 24권, 1999.

최기숙, 「새 세대의 문화기호, 『해리포터』 읽는 아이들」, 『당대비평』 vol.16, 나남출판, 2001.

최유찬, 「디지털문화로서의 국어국문학 연구」, 『국어국문학』 vol.129, 국어국문학회, 2001.

최정윤, 「다 사용자 온라인 게임(MMPOG)의 상호작용과 가상현실 경험에 관한 연구 – 리니지를 중심으로 –」, 이화여자대학교 대학원, 신문방송학과 석사학위논문, 2000.

최혜실, 「문화산업과 인문학, 순수예술의 소통 방안을 위한 일고찰」, 『국어국문학』 vol.130, 국어국문학회, 2002.

추광영, 「커뮤니케이션 혁명과 미래문화」, 『철학과 현실』 vol.34, 철학문화연구소, 1997.

하상일, 「문화비평 – 새로운 허구성과 위장된 문화주의」, 『사회비평』 vol.33, 나남출판, 2002.

한상진, 「탈전통의 유교검증과 한국사회의 문화 변동」, 『사회와 이론』 vol.3, 한국이론사회학회, 2003.

홍명희, 「문화와 상상력」, 『프랑스학연구』 vol.23, 프랑스학회, 2002.

홍성민, 「한국 민주주의의 문화론적 이해」, 『문화과학』 vol.38, 2004.

홍성태, 「사이버 공간과 문화, 철학과 현실」, 『철학과 현실』 vol.54, 철학문화연구소, 2002.

홍성태, 「정보 사회와 문화의 정치 경제학」, 『문화과학』 vol.10, 문화과학사, 1996.

홍현길, 「문화 연구방법론에 관한 고찰 - 콜버그와 와츠지의 도덕문화 연구방법론을 중심으로 - 」, 『일본문화 연구』 vol.11, 동아시아연구학회, 2004.

(3) 기타 분야별 참고문헌

① 단행본

김열규, 『한국문학의 두 문제 - 원한과 가계』, 학연사, 1985.

김용범, 『도교사상과 영웅소설』, 문학아카데미, 1991.

김찬기, 『한국 근대소설의 형성과 전』, 소명출판사, 2004.

박일용, 『영웅소설의 소설사적 변주』, 월인, 2003.

_____, 『조선시대의 애정소설: 사실과 낭만의 소설사적 전개양상』, 집문당, 1993.

박희병, 『한국전기소설의 미학』, 돌베개, 1997.

서대석, 『군담소설의 구조와 배경』, 이화여대출판부, 1985.

설성경 · 심치열, 『옥루몽의 작품세계』, 1994.

설성경, 『구운몽 연구』, 국학자료원, 1999.

설중환, 『금오신화 연구』, 고려대학교 민족문화연구소, 1983.

소인호, 『한국전기문학 연구』, 국학자료원, 1998.

소재영, 『전의 근대적 성격, 근대문학의 형성 과정』, 문학과 지성사, 1983.

신재홍, 『한국몽유소설연구』, 계명문화사, 1994.

신태수, 『하층영웅소설의 역사적 성격』, 아세아 문화사, 1995.

신해진, 『조선중기의 몽유록의 연구』, 박이정, 1998.

심경호, 『김시습 평전』, 돌베개, 2003.

윤채근, 『소설적 주체, 그 탄생과 저변: 한국 전기소설사』, 월인, 1999.

이용욱, 『문학, 그 이상의 문학』, 도서출판 역락, 2004.

이재복, 『판타지 동화 세계』, 사계절, 2001.

임성래, 『영웅소설의 유형연구』, 연세대 박사논문, 1986.

정병헌, 『한국의 여성 영웅소설』, 태학사, 2000.

정상박, 『전설의 사회사』, 민속원, 2000.

조동일, 『한국문학사상시론』, 지식산업사, 1978.

_____, 『한국 소설의 이론』, 지식산업사, 1977.

조희웅, 『고전소설 이본 목록』, 집문당, 1999.

_____, 『고전소설 줄거리 집성』, 1 - 2, 집문당, 2002.

차용주, 『몽유록계 소설의 분석적 연구』, 창학사, 1979.

최기숙, 『어린이 이야기, 그 거세된 꿈』, 책세상, 2001.

최창록, 『환몽소설과 꿈이야기』, 푸른사상, 2000.

② 논 문

강상순, 「구운몽의 상상적 형식과 욕망에 대한 연구」, 고려대 박사학위
　　　논문, 1999.

_____, 「전기소설의 해체와 17세기 소설사적 전환의 성격」, 『어문논
　　　집』 vol.36, 고려대어문연구회, 1996.

강진옥, 「변신 설화에 나타난 '여우'의 형상과 의미」, 『문학과 비평』
　　　vol.5, 1988.

_____, 「변신 설화에서 정체 확인과 그 의미」, 『진단학보』 vol.73, 1992.

_____, 「욕구형 원혼 설화의 형성 과정과 변모 양상」, 『한국문화연구』
　　　vol.4, 2003.

_____, 「원혼 설화의 담론적 성격 연구」, 『고전문학 연구』 vol.22, 2002.

_____, 「원혼 설화에 나타난 원혼의 형상성 연구」, 『구비문학 연구』
　　　vol.12, 2001.

강진구,『근대 초기 소설론 연구: 우연성 논의를 중심으로』, 중앙대학교 박사학위논문, 2002.

강현모,「비극적 장수설화의 연구」, 한양대학교 박사학위논문, 1994.

권진숙,「Symbol in den kunstmarchen von Eichendorff: 아이헨도르프의 예술동화에 나타난 상징성 - '물의 요정에 대한 동화'와 '대리석상'」,『어문학 연구』vol.2, 1989.

김선정,「적강형 영웅소설 연구」, 경남대 석사논문, 1990.

김수봉,「현수문전의 영웅소설적 위상 연구」,『한국문학논총』, 14집, 1993.

김재용,「귀신 이야기의 기호학, 한국학연구소」,『한국한 논집』 30, 2003.

김정철,「그림형제의 구비동화와 구비전설에 대한 비교 연구」,『독어교육』vol.23.

김정헌,「마해송 동화의 저항적 양상에 관한 연구」,『청람어문학』vol.13, 1995.

김준오,「개화기소설의 장르적 문제」,『한국문학논총』vol.8.9, 1986.

김진곤,「중국 소설의 쟁점 - 신화, 역사, 서사 그리고 소설」,『중어중문학』vol.23, 1998.

김진국,「한국 현대 불교 소설의 성취와 한계 - 현대 불교 소설의 시학 시고 - 」,『한국언어문학』vol.36, 1996.

김현양,「조선조 후기의 군담소설 연구」, 연세대 박사논문, 1994.

민긍기,「영웅소설의 의미 체계 연구」, 연세대 박사논문, 1985.

박상란,「여성 영웅소설의 갈래와 그 구조적 특징」, 동국대 석사논문, 1992.

박일용,「금오신화와 전등신화에 나타난 애정 모티프의 형상화 방식과 그 의미」,『민족문화 연구』vol.35, 고려대 민족문화연구소, 2001.

박정수,「몽, 환, 그리고 되돌아온 욕망의 서사 구운몽」,『한국문학이론과 비평』vol.13, 한국문학이론과 비평 학회, 2001.

박희병,「이인설화와 신선전(1)」,『한국학보』vol.53, 1988.

______,「이인설화와 신선전(2)」,『한국학보』vol.55, 1989.

______,「조선후기 전의 소설적 성향 연구」, 서울대 박사논문, 1991.

방민호, 「전후 알레고리 소설에 관한 연구」, 『외국문학』, 여름호, 1994.

서신혜, 「만하몽유록을 통해 본 애국계몽기 선계서사의 양상」, 『도교문화 연구』 20집.

성기옥, 「전의 장르적 검토」, 『울산어문논집』 vol.1, 울산대 국어국문학과, 1984.

성현경, 「이조몽자류 소설 연구 - 특히 구운몽과 옥루몽을 중심으로」, 『국어국문학』 vol.54, 국어국문학회, 1971.

송경빈, 「한국현대소설의 메타픽션의 수용」, 『어문연구』 vol.25, 1994.

신동흔, 「역사인물담의 현실대응방식 연구」, 서울대학교 박사학위논문, 1993.

신재홍, 「몽유양식의 소설사적 전개에 관한 연구」, 서울대학교 박사학위논문, 1992.

안창수, 「구운몽에 나타난 현실과 내용의 관계」, 『영남어문학제』, 16, 1989.

오길주, 「한국 동화문학의 현실인식 연구」, 가톨릭대학교 석사학위논문, 2004.

우미영, 「시각장의 변화와 근대적 심상 공간 - 근대 초기 기행문을 중심으로」, 『어문연구』 vol.32, 2004.

우석균, 「마술적 사실주의의 근대성: 문화적 주체성 모색을 통한 탈식민서사의 확립」, 『라틴아메리카연구』, 2001.

유영대, 「설화와 역사인식 - 이성계 전승을 중심으로 - 」, 고려대학교 석사학위논문, 1981.

윤재근, 「조선시대 저항적 인물의 전승 연구」, 고려대학교 박사학위논문, 1988.

윤채근, 「금오신화의 미적 원리와 반성적 주체」, 『고전문학 연구』, 14, 한국고전문학회, 1998.

이도연, 「낭만적 정신의 현실적 구조」, 『민족문화 연구』 vol.37, 2002.

이상구, 「『구운몽』의 구조적 특징과 세계상」, 『민족문학사』 25, 2004.

이성훈, 「그림동화에 대한 구조분석」, 『중원인문논총』, 17, 1998.8.

이원수, 「아동문학의 위치와 기능」, 『한국아동문학 연구』 vol.5, 1996.

이월영, 「초현실체험 분석을 통한 금오신화 연구」, 『국어국문학』 vol.109,

국어국문학회, 1993.

이정석, 「전래동화의 현대적 수용」, 『한국아동문학 연구』 vol.4, 1995.

이주영, 「『구운몽』에 나타난 욕망의 문제」, 『고소설연구』, 13, 2002.

이지연 외, 「한국 전래동화와 현대동화에 나타난 이타주의 내용분석」, 『교육학연구』 vol.40, 2002.

이지호, 「그림동화의 내용 구성 방안 연구」, 『국어교육학연구』 vol.13, 2001.

이진호, 「인성교육과 아동문학의 효용」, 『새국어교육』 vol.53.

이춘아, 「兒童文學에 나타난 男女의 役割에 關한 一研究」, 고려대 석사학위논문, 1981.

이평호, 「현진건의 역사소설 연구: 『무영탑』, 『흑치상지』를 중심으로」, 국민대 교육대학원 석사학위논문, 1994.

이해년, 「*A Study of Korea Fantasy Literature in the Age of Cyber - Culture*」, 『비교한국학』 vol.8, 2001.

이현국, 「『구운몽』(九雲夢)과 『숙향전』(淑香傳)의 비교고찰 - 작가의 삶에 대한 인식과 세계관을 중심으로」, 『문학과 언어』 5, 1984.

이화형, 「구운몽의 연속적 반전구조」, 『어문연구』 81, 82, 1994.

장석규, 「『구운몽』과 『옹고집전』의 상관성」, 『국어교육연구』 23, 1991.

장효현, 「박씨전의 문체의 특성과 작품 형성 배경」, 『한글』 226집, 조선어학회, 1994.

장효현, 「옥루몽의 문헌학적 연구」, 고려대 석사논문, 1981.

전고호행, 「한국 근대소설과 상상의 공동체」, 『어문연구』 vol.95, 1997.

전성운, 「구운몽의 인물형상과 소설사적 의미」, 『한국문학이론과 비평』 vol.13, 한국문학이론과 비평 학회, 2001.

정길수, 「『구운몽』의 독자는 누구인가」, 『고소설연구』, 13, 2002.

정동숙, 「傳來童話를 통해 나타난 童心의 造形化」, 동덕여대 대학원 석사학위논문, 1996.

정미혜 외, 「한국 전래동화에 나타나는 사회화도구로써의 복식분석」, 『복식문화 연구회지』 제2권 1호, 1994.

정미혜 외, 「한국 전래동화에 나타나는 사회화도구로써의 복식분석」, 『복식문화 연구회지』 2 - 1, 1994.

정부래, 「창작동화의 특징분석」, 『청람어문학』, 1990.
정부래, 「창작동화의 특징분석」, 『청람어문학』, 1990.
정인한, 「구운몽 연구 - 그 사상성과 꿈 구조를 중심으로」, 『어문학』
　　　vol.38, 한국어문학회, 1979.
조동일, 「설화에 나타난 변신의 의미」, 『문학과 비평』 5, 1988.
＿＿＿, 「영웅소설 작품 구조의 시대적 성격」, 서울대학교 박사학위논
　　　문, 1975.
조상우, 「애국계몽기의 우언에 표출된 계몽의식 - 신문과 잡지에 게재된
　　　몽유우언을 중심으로」, 『동양학』 34집, 2003.
조희숙, 「한국 전래동화의 발달심리학적 분석 - 입사식 성격을 중심으로」,
　　　『유아교육논총』 vol.5, 1995.
＿＿＿, 「한국 전래동화의 사회심리학적 해석: 등장인물을 중심으로」,
　　　『유아교육논총』 vol.8, 1998.
＿＿＿, 「동물신랑 / 신부 모티프를 지닌 한국 전래동화와 미국 인디언
　　　동화와의 비교연구: 공간구조와 변신유형의 발달심리학적 의미」,
　　　『幼兒敎育硏究』 vol.23, 2003.
진경환, 「『남염부주지』의 반어」, 『고전문학 연구』, 13, 한국고전문학회,
　　　1980.
최삼룡, 「금오신화의 구조적 특질」, 『국어국문학』 21, 전북대국어국문
　　　학회, 1980.
최　용, 「동화적 체험과 상상력의 숙성·감동의 깊이와 울림」, 『兒童文
　　　學評論』, 2000.
최지훈, 「동화문학의 예술성과 대중성」, 『한국아동문학 연구』 vol.7, 1997.
황　진, 「헤세의 창작동화와 그의 소설작품에서의 마술적 요소와 시간
　　　문제 고찰 Ⅰ: 창작동화『플루트의 꿈』과 소설작품『싯다르타』
　　　를 중심으로」, 『독일언어문학』 vol.15, 2001.
＿＿＿, 「헤르만 헤세의 창작동화와 그의 소설작품에서의 마술적 요소
　　　와 시간문제 고찰 Ⅱ: 창작동화『이리스』와 소설작품『슈테판볼
　　　프』를 중심으로」, 『독일언어문학』 vol.17, 2003.

Ⅱ. 사이버 소설과 한국 서사의 전통

1. 사이버 소설은 어디에서 왔는가

사이버 문학은 이른바 첨단 매체의 힘을 입은 문학이라고 일컬어진다. 이 말은 곧, 사이버 문학은 우리 당대의 문학 중에서 가장 첨단을 걷는 문화적 성향을 지니고 있다는 뜻이다. 그러나 그럼에도 불구하고, 사이버 문학, 특히 소설은 읽으면 읽을수록 아련한 기시감이 울렁거린다.

사이버 문학을 주로 쓰고 읽는, 이른바 향유층도 우리 사회에서 첨단 문화를 즐기는 신세대 젊은이들이다. 그러나 여전히 사이버 문학은 첨단의 형태라기보다 어딘가 익숙한 양식과 모양새를 지니고 있다. 엘프, 드워프, 드래곤, 오크, 중세의 기사와 귀족 작위, 낯선 외국식 이름이 난무해도, 이 낯선 어휘들의 틈새를 헤쳐 나가다 보면 다시 친숙한 이야기의 흐름에 닿게 되는 것이다.

그러니 이제는 보다 진지하게, 사이버 문학의 문화적 정체성에 대해 문제를 제기할 때가 되었다. 사이버 문학, 특히 사이버 소설은 어디에서 왔는가? PC 통신 시절에 흔히 지적되었듯이 톨킨의 『반지전쟁』, 중세의 기사문학과 같은 서구의 판타지 문학을 모방한 것에 불과한 것인가? 중국과 대만의 전통적인 무협지 소설을 모방한 것이 사이버 소설의 무협 갈래인 것인가?

그동안 눌러 온 의문사항들에 대해 보다 진지하게 고찰하기 위해 이제 어휘의 표면적 유사성을 따지는 것에서 벗어나, 보다 본질적 내면의 문제를 드러내야 할 시점이다. 그러므로 타자성의 환상적 지형도가 우리 당대에 존재하고 있는 사이버 소설의 문화적 정체성을 어떻게 형성시키고 있는지, 그리고 이 문화적 정체성은 한국적 문화 정체성과 어떤 연관성을 가지고 있는지 살펴보고자 한다.

이를 위해 우선 사이버 문학의 담당층이라 할 수 있는 작가와 독자 계층에 대해 살펴보면서 당대의 새로움이라 할 요소를 규명할 것이다. 그리고 나서 우리 소설의 서사적 전통이라는 거대 맥락 위에서 대중성과 서사구조를 기반으로 사이버 소설들이 이를 어떤 양식으로 변화시켜 계승하고 있는지 각각 하위 갈래들을 중심으로 고찰할 것이다.

2. 사이버 소설의 담당층과 향유층, 매체와 소통 방식

사이버 소설은 개인의 컴퓨터 단말기를 연결한 인터넷 네트워킹이 형성한 가상의 공간 안에 비트의 형태로 존재한다. 이와 같은 논의는 전통적 문자 매체에 의한 문학을 아날로그 문학으로, 사이버 문학을 디지털 문학으로 양분화시키는 데 일조했다.[35] 더 나아가 아날로그 문학은 제도권 내부의 전문가에 의한 주류문학으로, 디지털 문학은 제도권 밖의 아마추어들에 의한 비주류문학으로 상호 변별하도록 금을 긋게 하였다.

이 양상은 담당층과 향유층에 있어서도 마찬가지로 작동했다. 기존의 창작 계층과 신세대 창작 계층의 구별은 기득권을 가진 중견 전문 작가와 소수 엘리트 독자들, 그리고 아마추어 신세대 작가와 대중 독자로 양분시켜 보고자 한 것이다.[36] 그러나 이와 같은 관점은 대립을 강화시킬 뿐, 사이버 문학의 본질에 접근하기에 효율적인 방식은 아니었다.

사이버 문학이 디지털 매체 혁명을 업고 나타난 이래 디지털 매체가 문학 행위의 장에 미친 영향과 양상에 대한 연구는 그동안 거듭되어 왔다.

수평적 소통의 장이자 열린 소통의 장, 쌍방향 소통, 능동적 소통, 세계화 소통, 개인 중심 소통의 장이라는 논의,[37] 익명성에 기반을 둔 작가-독자의 상호작용에 의해 일어나는 문학행위의 성격[38]이 다양하게 지적되었다. 이에 연관하여 사이버 문학의 양상을 새로운 소통 구조의 컴퓨토피아[39]로 간주하고 매스미디어에 대항하는 대

---

35) 유성호, 「사이버 문학의 양상과 그 대응」, 『한국문예비평연구』, 한국문예비평학회, 양문각, 1998, 398쪽.

36) 오양호, 「디지털 시대와 한국 소설」, 『한민족어문학』 41집, 313-335쪽.
    박상천, 「매체의 변화와 문학의 변화-인터넷상의 사이버 문학을 중심으로」, 『한양어문』, 202-227쪽.

37) 박성호, 「사이버 공간의 매체적 특성과 사회적 영향에 대한 연구-사이버 공간의 자유와 규제를 중심으로」, 『한국방송학보』 제17-1호, 2003년 봄, 75-113쪽.

38) 한강희, 「사이버공간에서 글쓰기 행위와 가능성」, 『반교어문연구』 제12집, 293-315.

39) 신상성, 「디지털 문화와 사이버 문학의 새로운 긴장」, 『한국문예비평연구』, 279-296쪽.

안매체로 이해하기도 하였다.[40]

지금까지 문학 행위와 소통의 장에 대한 논의는 주로 사이버 문학 쪽과 고전문학, 현대문학 세 영역에서 이렇게 별개로 진행되어 왔다. 디지털-사이버 매체의 혁명적 등장 이래, 이와 같은 관점의 단절과 분리는 자연스러운 현상으로 받아들여져 왔다. 그러나 이제는 이 괴리의 영역을 넘어서서 사이버 문학의 뿌리를 보다 깊숙이 고찰해야 할 시점에 도달했다.

과거 우리의 문학은 늘 사회적 경제적 토대 안에서 문학행위의 장을 획득해 왔다. 조선조 소설의 시대였던 17-8세기에, 고소설은 활발한 제지 산업과 출판업, 유통업에 힘입어 다양한 경로로 작품을 보급해 왔다.[41] 창작자로서의 작가는 전문 작가와 익명의 작가, 아류작을 주로 생산하는 모방 작가 등이 존재했다. 독자는 목판 출판본을 사서 소장하거나 필사본을 만들고 대여점에서 유료로 빌려 읽었다. 저잣거리에서는 강담사가 소설을 읽어 주거나 구술했고, 한글 덕에 문맹률이 낮았던 조선시대는 영·정조대의 산업 자본주의의 맹아기와 맞물려 소설의 황금기를 누렸다.

여기에 우리의 사이버 문학의 소통 양상을 대비해 본다면, 동질적인 요소가 대부분임을 알게 된다. 사이버 문학의 작가는 전문 작가, 아마추어 작가가 섞여 있다. 초, 중등 학생부터 40-50대 작가까지 인터넷 사이트 '조아라(유조아 http://www.ujoa.com/)'와 '문피아(구, 고무림 http://www.munpia.com/)' 등에서 인터넷 게시판이라는 특유의 형태[42]를 매개로 작품을 생산하고 있다. 사이버 문학

---

40) 강상현, 「대안매체로서의 사이버공간의 가능성과 한계」, 『한국방송학보 통권』, 14-1, 7-40쪽.

41) 김광순, 『한국고소설사』, 국학자료원, 2001, 85-98쪽.

42) 이용욱, 「디지털 서사체의 미학적 구조(2)-'전자 종이'로서의 인터넷 게시판의 문학적 가

전문 출판사가 게시판을 지켜보다가 조회 수가 높은 작품들을 선택해 작가와 출판계약을 한다. 그러면 저작권이 출판사에 넘어가고, 출판사는 출판된 작품을 오프라인 서점과 인터넷 서점, 도서관, 개인 사설 유료도서관 역할을 하는 각 지역의 대여점으로 출고시킨다. 마치 필사본과 방각본의 관계처럼, 게시판 소설과 출판본 소설의 이원화된 구조가 여기에도 내재해 있는 것이다.

독자의 반응에 따라 작품의 인기도와 수명, 유사한 갈래 작품의 지속적 생산이 결정되며, 도서 대여점이라는 한국적인 독특한 체제에 따라 문학작품의 소통이 매개된다는 점이 17 - 8세기와 현대의 사이버 세대가 공유하고 있는 공통점이라는 것은 참으로 시사하는 바가 크다고 할 수 있다.

물론 이 현상의 저변에는 고소설과 사이버 문학이 모두 일상성과 대중성[43]에 기반하고 있기 때문이라는 지적이 주요한 이유가 된다. 이제 우리의 소설사라는 관점에서, 고전소설, 전통적 서사와 사이버 소설의 연맥을 위해 우리는 당대의 '대중성'과 대중성에 기반을 둔 소통 구조라는 점에 주목해야 할 것이다. 그러나 대중성에 주목한다는 것은 통속성[44]으로 기울어진다거나 본격문학의 품격을 포기한다거나 하는 차원의 것이 아니다.[45] 일상에서 저변화되는 문학행위[46]와 문학작품에 대한 이야기인 것이다.

능성」, 『어문연구』 43집, 2003, 561 - 579쪽.

43) 김교봉, 「사이버 소설의 대중문학적 성격」, 『한국학논집』 제26집, 167 - 189쪽.

44) 하우저는 예술의 갈래를 교육계층에 따라 고급예술, 민중예술, 통속예술로 나누고, "통속예술이란 얼치기 교육을 받고 때로는 그릇된 교육을 받았으며, 대중화의 경향을 띤, 주로 도시의 감상층의 욕구에 영합하는 예술적인, 혹은 예술과 흡사한 생산"이라 규정하면서, 통속예술은 직업적 작가와 수동적인 도시의 감상층을 양 축으로 하여 형성된다고 주장한 바 있다. 볼프강 하우저, 『예술의 사회학』, 한길사, 1984, 184쪽.

45) 손경목, 「통속문학과 대안적 대중문학의 가능성」.
장영우, 「국어국문학과 대중문화 - 통합과 확산」, 『국어국문학』, 131집, 117 - 138쪽.

3. 우리 소설의 서사적 전통과 그 계승자 사이버 소설

사이버 소설이라면, 대표적인 하위 갈래로 무협과 판타지, 로맨스 소설들을 떠올리기 십상이다. 그리고 고소설이라면 군담소설, 염정 소설, 전기소설 등을 대표적인 것으로 떠올린다. 각각을 따로 놓고 보면 연계점이 보이지 않지만, 두 부류를 나란히 병행시켜 놓고 보면, 그리고 이 두 소설들을 모두 읽어 본 독자라면, 시대를 건너서 두 부류를 함께 이어 주는 내면의 동질성을 찾아낼 수 있다. 이는 사이버 문학에서 전대의 고소설로, 그리고 구비문학으로 이어지는 연계성의 맥락[47]이 있음을 의미하는 것이다.

이를 확인하기 위해 우선 신화에서 발원한 영웅의 일대기 신화와 고소설의 군담소설류, 그리고 현대의 사이버 무협소설로 이어지는 한 갈래를 살펴보고자 한다. 두 번째로 문학의 영원한 주제인 남녀의 애정 모티프가 전설이라는 비극적 설화 형태에서 고소설의 행복한 결말로, 그리고 인터넷의 로맨스 소설로 이어지는 맥락을 짚어 본다. 마지막으로는 현실에서 출발하여 환상적인 유토피아를 꿈꾸는 환상성의 모티프가 민담에서 전기문학으로 그리고 사이버 판타지 소설로의 흐름을 찾아보게 될 것이다.

물론 각개별 작품들은 무척 복합적이다. 영웅소설이면서 통속화하여 염정소설의 요소를 짙게 지니기도 하고,[48] 사이버 소설이지만 신화와 민담의 요소를 복합적으로 함유하고 있기도 하다. 그러므로 위와 같은 유형화는 연계성을 파악하기 위한 속성의 유형이

---

46) 신동흔, 「일상의 문학과 문학교육」, 『문학과 교육』 제3호, 봄호, 1998년.

47) 신동흔, 「현대 구비문학의 전파매체」, 『구비문학 연구』 제3집, 1996.

48) 김현우, 「영웅소설의 변화와 대중성의 길」, 『한국학논집』 제27집, 157 - 172쪽.

지 개별 작품의 유형화라 보기는 어려울 것이다. 그럼에도 불구하고 이와 같은 고찰을 통해서, 우리는 사이버 문학이 디지털 매체 혁명을 타고 하늘에서 돌연히 떨어진 낯선 존재가 아니라 그 내면의 논리에서부터 우리 문학의 서사적 전통을 면면히 이어받아 온 우리 당대의 계승자임을 재확인하게 될 것이다.

3.1. 영웅의 일대기 신화에서 군담소설로, 현대의 무협소설로

영웅이 서사의 주 인물인 경우, 이 서사는 '영웅의 일대기'라는 구조의 형태에 의존한다. 조선조의 영웅소설은 비범한 인물의 일생을 소재로 하는 것으로, 영웅신화의 원형 구조를 모태로 수용한 것이기도 하다. 『단군신화』, 『동명왕신화』처럼 천상에서 태어나 지상에서의 과제와 업적을 쌓고 다시 본원으로 귀환하는 순환론적 형태를 보여 주기도 한다. 서사무가인 『당금애기』, 『바리공주』와 같은 경우 남성 영웅이 아닌 여성 영웅의 원형을 이룬다.

영웅의 일대기 구조를 보여 주는 소설들은 흔히 군담류 영웅소설, 혹은 군담소설로 분류되었으며, 이 소설에 나타나는 영웅의 일대기 구조는 다음과 같이 분석되었다.[49]

① 고귀한 혈통을 지닌 인물이다.
② 잉태와 출산이 비정상적이다.
③ 범인(凡人)과는 다른 탁월한 능력을 타고났다.
④ 어려서 기아(棄兒)가 되어 죽을 고비에 이르렀다.

---

49) 조동일, 「영웅소설 작품 구조의 시대적 성격」, 『한국 소설의 이론』, 지식산업사.

⑤ 구출양육자(救出養育者)를 만나 죽을 고비에서 벗어났다.

⑥ 자라서 다시 위기를 맞는다.

⑦ 위기를 투쟁으로 극복하고 승리자가 되었다.

한편 서대석은 창작 군담소설의 구조를 '기자정성 → 태몽 → 주인공의 시련 → 국가의 위기 → 주인공의 입공 → 정적의 복수 → 부귀영화'로 요약하고 그 배경사상으로 무(巫)와의 유사성을 지적하기도 했다.[50]

신화에서 출발한 영웅의 일대기 구조는 고소설에 이르러 전형성 속에서 다양성을 확보한다. 창작 군담소설로 『유충렬전』, 『소대성전』, 『장백전』 등이 있으며, 역사 군담소설로 『임진록』, 『임경업전』, 『박씨전』 등이 있다. 인물의 영웅 일대기 구조는 두 부류 모두 공통적이나 역사 군담소설이 지니고 있는 역사 재해석의 담론 성격으로 보아, 이 부분은 뒤에서 다시 논하고자 하고, 우선 창작 군담소설과 사이버 무협소설과의 연관성을 먼저 이야기하고자 한다.

무협소설은 본래 중국의 것이라 생각하지만, 무협소설에 나타난 '중원'이라는 공간은 실존하는 지리적 공간으로서의 송, 원, 명 등의 중국이 아니라 오히려 가상공간의 성격이 두드러지게 나타나는 특수하고도 작위적인 공간이다.

고소설에서 언급하는 중국의 시공간 배경도 이와 유사하다. 현실의 리얼리티 그 자체일 필요가 없고, 단지 독자에게 상기시키면 되는 것이다. 그러다 보니 배경의 구체성은 중요하지 않고, 사건의 전개에 초점이 맞춰진다. 고소설 『전우치전』의 경우, 소설의 서두와 전개 과정에 나타난 시대 배경이 어긋나는 현상도 벌어진다.

---

50) 서대석, 「군담소설의 구조와 배경사상」, 『한국학보』 제8집, 일지사, 1977.

　　조선 초에 송경 숭인문 안에 한 선비가 있으니, 성은 전(田)이요, 이름은
우치(禹治)라.
　　일찍 높은 스승을 좇아 신선의 도를 배우되, 본래 재질이 표일(飄逸)하고
겸하여 정성이 지극하므로 마침내 오묘한 이치를 통하고 신기한 재주를 얻었
으니 소리를 숨기고 자취를 감추어 지내므로 비록 가까이 노는 이도 알 리
없더라.[51]

(중략)

　　상이 백관을 거느리시고 부복하시니, 그 선관이 전지(傳旨)를 내려 가로되,
"고려왕이 힘을 다하여 천명을 순종하니 정성이 지극한지라, **고려국**이 우순풍
조(雨順風調)하고 국태민안(國泰民安)하여 복조(福兆) 무량하리니 상천을 공
경하여 덕을 닦고 지내라."[52]

　서두에 조선 초라 명시했지만 중간에 고려왕과 고려국으로 바뀐
다. 다수의 이본과 창작자 개입 과정에서 벌어진 오차일 수도 있
지만, 이런 오차에 대해 문제시하지 않을 정도로 배경의 구체성에
대해서는 중시하지 않았다고 보는 게 더 옳을 것이다.

　이와 같은 태도는 현대의 사이버 무협소설에서도 나타난다. 단
지 이름만 빌렸을 뿐, 그 공간 안에서 활동하는 사람들은 여전히
한국적인 문화적 정체성을 지닌 사람들이다.

　다음 글은 사이버 무협 작가 중에서 중진에 속하는 조진행[53]이라
는 작가가 후배 작가의 출판본 『악공전기』[54]에 써 준 추천의 글[55]
이다.

　　장르소설이라 일컬어지는 무협과 판타지는 한국에서 독특한 위치를 가지
고 있습니다.

---

51) 김기동, 전규태 편저, 『김희경전・전우치전』, 서문당, 1994, 177쪽.

52) 김기동, 전규태 편저, 위의 글, 179쪽

53) 『기문둔갑 1 – 10(완)』, 『향공열전 1 – 6』 등을 출판했다.

54) 문우영, 『향공열전 1 – 7』, 드림북스((주)삼양출판사), 2008.

55) 조진행, 「이 암울한 시대에 던지는 빛나는 수작」, 문우영, 『악공전기 1 – 7』, 드림북스((주)
　　삼양출판사), 2008, 4 – 8쪽.

문자로 되어 있으면서도 문학작품의 취급을 받지 않으며, 학교와 가정에서도 환영받지 못하고 있으니 말입니다.

범국민적으로 사랑을 받았던 김용의 『영웅문』 시리즈나 『반지의 제왕』, 『해리 포터』 시리즈를 생각하면 이해할 수 없는 현상이기도 합니다.

그런 모습을 두고 혹자는 '문화적 사대주의다'라고 말할 수도 있겠지만, 사실 이유는 다른 데 있을지도 모릅니다.

외국에서 수입된 무협과 판타지는 이미 자국은 물론 세계적으로 그 작품성과 대중성을 인정받은 것들입니다. 뛰어난 작품이라 국적과 성별, 나이를 불문하고 호평을 받게 된 것은 아닐까 생각해 봅니다.

한국의 무협은 어떨까요?

번역무협의 시기니 창작무협의 시기니 하는 것들은 기록 이상의 의미가 없으니 생략하도록 하겠습니다.

오늘날 '무협'이라고 하는 독특한 장르의 정체성이 형성된 것은 '구무협'이라 일컬어지는 '한국형 공장무협의 시대'라고 감히 단언할 수 있습니다.

기연과 주인공의 이름만 다를 뿐 모두 비슷한 줄거리가 되고 마는 처량함, 성도착자가 아니고서는 쓸 수 없는 도색적인 글, 여러 사람이 쓴 글을 모아 하나의 필명으로 찍어 내기, 대필, 도작(盜作) 등등 상상을 초월하는 일들이 그 시기에 횡행했습니다.

그 암울한 시기를 거치는 동안 무협에서는 작가의 사상, 철학, 다양성 등이 서서히 잊혀 갔습니다.

그리고 그 자리에 '무협을 위한 무협'이라는 다소 편협한 개념이 자리를 잡아 갔습니다.

더불어 잔혹한 칼부림과 박투, 기형적인 인간 군상들의 맹목적인 세력다툼이 '무협의 향기'로 포장되어 확대 재생산되었지요.

더 이상 무협에서는 인생의 의미나, 문장의 아름다움, 글 자체가 주는 고아함은 찾아보기 힘든 것이 되고 말았습니다. 드물게 인용되는 시(詩)는 풍류나 비장함을 표현하기 위한 무대장치에 불과하고, 멋들어진 말은 여자를 홀리기 위한 것이나 표절이 대부분입니다.

하지만 21세기에 접어들면서 무협에도 변화가 일어났습니다.

그것은 단지 통신이나 인터넷 연재라고 하는 시대적인 현상이나, 한국형 판타지가 자리를 잡으면서 무협에 찾아온 퓨전의 바람을 의미하는 것이 아닙니다.

기존의 '무협을 위한 무협'에서 벗어난 다양한 종류의 글쓰기가 시도되고 있다는 뜻입니다.

많은 작가들이 칼부림, 박투, 맹목적인 세력다툼에서 벗어나 드디어 인간에게 주목하기 시작한 것입니다.

이계로 날아가든, 코믹함으로 무장을 했든, 정통을 고수하든, 21세기에 등장한 **새로운 조류의 글 속에서는 항상 사람이 중심입니다.**

문우영 작가님의 글도 구무협과는 동떨어져 있습니다.

『악공전기』 속에서 웃고, 분노하고, 슬퍼하고, 즐거워하는 석도명은 단지 무협에서만 볼 수 있는 괴팍한 인간이 아닙니다.

때로는 평범하고 때로는 비범한 그의 삶은, 생활 속에서 마주치게 되는 나, 혹은 당신의 모습과 지나치게 닮아 있습니다.

도움의 손길을 찾아 거리를 배회하던 소년은, 떳떳해진 자신을 보여 주기 위해 사춘각을 찾아가는 청년 악공은, 폭력에 굴하지 않기 위해 쉴 틈 없이 자신을 단련하는 석도명은, 어쩌면 우리가 못 이루어 낸 꿈을 대신해서 살아가고 있는지도 모릅니다.

(하략)

빈들 조진행

이 예문이 보여 주듯이, 사이버 무협소설 작가들은 무협의 주제의식과 내용에서 기존의 구무협이 가진 도식성을 부정하고, 중국문화와 다른 당대의, 그리고 일상적인 한국적인 문화와 주제의식의 중요성을 설파하고 있다.

신화와 고소설이 보여 준 영웅의 일대기 구조는 사이버 소설에 오면서 다양한 변형을 경험한다. 출생에서 죽음까지 이르는 모든 경로가 다 소설에 노출되는 것이 아니라, 주제와 유관하여 의미 있는 부분을 중심으로 재편성된다. 다음에 인용되는 권오단 작가의 『전우치전』[56]은 고소설의 『전우치전』과 대비할 때 더욱 유의미해진다.

번호: 9534
게시자: 권오단(KOVEL)
등록일: 1999 – 10 – 12 00:45
제목: [전우치전 1] 생과 사

(중략)

---

56) 권오단, 『전우치전 1 – 6(완)』, 북소리, 2003.

방에서는 박씨 부인이 조용히 앉아있었는데 금방이라도 숨이 넘어간다는 비탈이의 말을 믿을 수 없을 정도로 박씨는 단정히 앉아 있었으므로, 실권이는 안심이 되었다. 박씨 부인의 좌측에 어린 아기가 작은 몸을 뒤척이며 누워 있었는데 앉아 있는 박씨의 이마 위에는 이슬 같은 식은땀이 송송 배여 있었다. 박씨는 아기의 얼굴을 한 번 내려다보고는 왼편에서 비단에 싼 두루마리를 꺼냈다.

"서방님이 가시기 전에 이미 이런 때가 올 줄 알고 내게 당부한 것이 있었네."

박씨는 두루마리를 풀었다.

두루마리 안에는 푸른색의 둥근 옥패 하나와 한 권의 책이 있었다.

"서방님께서 가시기 전에 아이의 이름은 이미 정해 놓았네. 이 아이의 이름은 우치(禹治)라고 하네. 옛 우왕(禹王)이 물길을 다스려 천하 사람을 이롭게 하듯 후일에 여러 사람을 이롭게 하라는 뜻이라네."

주 - {{우왕(禹王) - 고대 성군(聖君)들의 하나로 흔히 요(堯), 순(舜), 우(禹), 탕(湯)의 4명 중에 물길을 잘 다스린 왕.}}

그녀는 이번에는 옥패와 한 권의 책 가리키며 말했다.

"이 옥패도 또한 서방님이 주신 것인데 아이가 항상 가지고 다닐 수 있도록 목에 걸어 놓겠네. 그리고 이 책은 서방님께서 가장 아끼시던 책으로 자네가 항상 간직해 있다가 우치가 20살 때 전해 주라 하셨네."

(중략)

그날 밤에 박씨는 자는 듯 조용히 우치를 안고 숨을 거두었다. 부인의 장례가 끝이 나자 사람들은 저마다 눈물을 흘리며 수군거렸다.

"으휴, 불쌍한 어린 도련님은 어떡한데?"

"하늘도 무심하시지. 태어난 지 하루도 안 돼서 혈혈단신 천애고아가 되시다니."

"이 사람 그게 무슨 큰일 날 소린가? 어르신께서 시퍼렇게 살아 계신데 망령이라도 들었는 거 아녀?"

"내 말은 그런 뜻이 아니라 지금 처지가 그렇다는 얘기지유"

"어디 가더라도 그런 소리 하질 말게. 천벌 받아 천벌."

다른 아낙들은 한숨을 내쉬며 눈물을 흘렸다.

이인 전유선 처사가 어렵게 얻은 아들 우치는 아버지와 떨어지고 어머니를 잃고, 보호자 손에서 벗어나 양부모와 스승 손에 넘어간다. 국가의 위기를 맞아 일본과 중국을 오가며 활약하는 전우치의 삶은 이름의 의미해석에 드러난 의미 그대로이다. 자신이 기아였음을 알게 되고 성장과 위기를 거듭하며 다섯 여인과 인연을 맺고, 마침내 헤어진 생부를 만나 국가의 위기를 극복함으로써 이야기가 종결된다.

권오단은 이 작품에서 다양한 실험을 시도한다. 퇴계 이황과의 만남과 대화, 고소설의 도술을 무공으로 설정하여 재해석한 것 등이 그것이다. 따라서 환상성을 구현하되, 역사적 사실과 전통문화의 세계관에 기반을 둔 환상성을 독자에게 보여 줌으로써, 타자화된 전통문화를 재인식하도록 하고 있다. 고소설 『전우치전』이 도술의 신이함과 사건의 에피소드 나열 구성을 통해 독자의 카타르시스 효과를 증폭시켰다면, 사이버 무협소설 『전우치전』은 우리 당대의 이상주의적 담론을 인물 '전우치'와 그의 시대에 투사하여, 그의 성장이 곧 독자의 성장 과정이 되도록 타자화시켜 드러낸다. 그 과정에서 『전우치전』은 비교적 정통 무협에 가까운 영웅의 일대기와 성장 서사의 유형을 보여 준다. 반면에, 다음에 인용하는 최진석의 『무법자 1 - 5(완)』[57]는 정통무협의 영웅서사 위에 현대의 관점에서 당대의 일상성을 반영하는 개성을 지닌 새로운 영웅의 유형을 보여 준다.

무법자(無法者) (1)

무법자(無法者)

제1부 진화운(振和運) 편
- 사내는 생애 단 한 번 찾아올 바로 그 순간을 위해 가슴속에 칼을 간다.

서장. 어딘가 어긋난 사내
- 가끔 평범함을 가장한 괴물이 우리 속에 있다.

---

57) 최진석, 『무법자 1 - 5(완)』, 자음과모음, 2004 - 5.

진화운. 현재 나이 서른 둘. 그의 양친은 비교적 부유한 지주이고 지금까지 건강하게 살아 계시며 그를 자랑스러워하신다. 한 살 위의 누님, 두 살 아래의 여동생, 네 살 아래의 남동생은 다들 착하고 사이도 돈독했다. 그는 사년 전에 결혼도 했다. 그리고 딸도 있었다. 별다른 부족함 없이 자라온 그가 무림인이 된 계기는 순전히 우연이었다. 생활은 그럭저럭 여유가 있으니 무술을 좀 가르쳐 두면 도움이 될까 하여 그의 부모님은 그를 근처 유명한 무술도장에 들여보냈다. 그런데 거기서 예상치 못한 그의 무술재능이 발견되어 정식제자로 받아들여진 것이다. 그렇다고 무슨 백 년에 한 번 나올까 말까 하는 경천동지한 재능이 아니었다. 그냥저냥 보통 사람보단 월등하지만 무림인들 입장에선 그럭저럭 쓸 만한 정도? 여기까지는 누구나 고개를 끄덕거릴 만큼 평범했다. 그러나 이다음부터는 보통에서 점차 어긋나기 시작한다.

애초부터 비장한 각오를 띠고 시작한 일이 아니었던 만큼, 그에게는 상승무공을 향한 열정이라든지 무림 최고위를 차지하고픈 야망이 없었다. 처음 배우던 일이 이것이다 보니 잘한다고 하는 거야 이것밖에 없고, 이제 와서 다른 걸 하기에는 망설여지기도 하여 여태껏 머무른 것뿐이다. 그래도 부모님께 물려받은 성격이 워낙 근면 성실한 터라 노력은 많이 하였다. 기왕 할 것이라면 그래도 평균 이상은 되어야 밥 벌어 먹고 살지 않겠는가 하는 마음에서였다. 세상 사람들 모두가 운명적인 사명감을 가지고 일에 뛰어드는 것은 아닌지라, 웬만한 재능과 상당한 노력은 그를 무림의 일급고수로 만들어 주었다.

정식 문파에서 체계적인 교육을 받고 많은 양의 노력을 기울였다는 사실은 모범 무림인이라 할 만했지만, 생계를 위한 집념으로 무술을 익혔다는 점을 보면 낭인(浪人)과 닮아 있었다. 허나, 여기까진 그나마 괜찮았다.

명문거파(名門巨派)를 제외하고 모든 무림인이 들어가길 열망하는 이 활익비천문에, 익숙한 지금까지의 생활이 좋다고 탐탁지 않아 하는 이 사내를 평범하다 보기에는 무리가 있었다. 납득하기 위해서는 억지를 발휘해야 했다. 사실, 이보다 훨씬 문제가 되는 것은 두 가지였다.

우선 마음가짐. 원래 기꺼워하는 심정으로 활익비천문에 들어온 것이 아닌지라, 지금 눈앞에 걸어가고 있는 소문주 주소진에 대한 진화운의 태도는 다른 동료들과 다를 수밖에 없었다. 물론, 그도 주소진을 좋아하긴 했다. 다만, 주소진을 흠모한 나머지 목숨조차 바칠 수 있다거나 앞뒤 없는 경애는 가지지 않았다. 맘씨 좋은 상관을 만나서 운이 좋다는 느낌이랄까? 덧붙여 주소진이 최고최상의 자리에 오르게 되면 그래도 안면이 있는 자신에게 무언가 콩고물이 떨어지지 않을까 하는, 동료들에 비해 매우 불손한(?) 사고방식을 그는 가지고 있었다. 당연히 자신의 목숨과 주소진의 목숨 중 자신의 목숨 쪽에 무게치를 더 두었다. 호위무사로서는 꽤나 치명적인 결함이었건만 그는 죄책감 따위를 느껴 본 적이 없었다. 심지어, '여차하면 처자식이 딸린 나야말로 살아남아야지, 이제 스물을 갓 넘긴 홀가분(?)한 청년 목숨이 더 중요하겠느냐!' ……라는 외침을 마음 한구석에 담아 둔 상태였다. 따라서 '불손하다'는 표현보다 '삭막하다' 혹은 '세상의 때가 많이 묻어 있다'는 표현을 써 주길 바라는, 의외로 안면 두꺼운 사나이가 진화운이었다.

이쯤 되면 이런 위험한 사상을 가진 사내를 귀한 소문주의 호위무사로 딸려 보낸 자의 사람 보는 눈을 의심할 수밖에 없다. 하지만 그를 너무 탓할 경우도 아니었다. 진화운은 자신의 속마음을 아무한테도 드러내 보인 적이 없었기 때문이다. 그는 사회적 통념을 가벼이 무시할 만큼 겁 없는 사람이 아니었다. 더욱이 평소의 근면성실함은 그의 음흉함을 충분히 가려 주고도 남았다.

이제 더 이상 그를 평범하다 볼 수 없거늘, 자신이 꽤나 냉철 무쌍하다 믿는 자들은 성악설(性惡說)을 기초 삼아 진화운은 지극히 인간답다 주장할 수도 있다. 인간의 악한 본성상 자신을 희생하여 남을 구하려는 행위는 불가능하다는 것이 그들의 요지다. 악한 본성을 지녔으니 악한 짓을 해도 된다는 그들의 논리가 옳은지 그른지는 일단 제쳐 두고, 그가 평범하지 않는 점은 또한 가지 있다.

바로 무공 실력.

그의 실력은 수준 높은 활익비천문 내에서 일급고수에 겨우 턱걸이할 수준이다. 그나마 삼 년 전 처음 들어왔을 시기에는 중상급의 이급고수로나 대접받았다. 널리 알려진 평가로는 그랬다.

진실은 전혀 다르다. 그의 진짜 실력은 초일류. 정확히 어느 만큼에 도달해 있는지는 본인조차 모른다. 확실하게 말할 수 있는 사실은, 지금 그의 앞에 걸어가고 있는 주소진을 훨씬 뛰어넘는다는 것이다. 만일 진화운 그가 아주 독하게 마음먹는다면 주소진과 마주 겨루어 단 일합 만에 베어 버릴 수 있다. 이런 비상식적인 무공을 그가 지니고 있다는 사실은, 하늘과 땅과 진화운 본인밖에 모른다. 왜냐하면 죽은 사람이 무공을 전해 주었으니까.

그렇다.

무림에서 남녀노소시대고금사방지역천지공간생사여부외모미추성장초말승낙불허정체확립명예유무탐심극저체면존망의욕고저지위상하(男女老少時代古今四方地域天地空間生死與否外貌美醜成長初末期承諾不許整體確立名譽有無貪心極低體面存亡意慾高低地位上下)……를 막론하고 제발 만나 보길 바란다는 기연(奇緣). 삼대(三代) 백 년간에 걸쳐 덕을 쌓는다 해도 만나지 못할 놈은 만나지 못한다는 그 환상의 틈새. 오죽하면 기연을 만난 사람은 한평생의 운을 다 써 버린 것이므로 나중에 행복한 인생은 꿈도 꾸지 말라는 악담을 탄생시킨 희귀성(稀貴性)과, 복수에 불타는 불쌍한 사람들만 기연을 만나는 이유는 다 그만큼의 대가를 치렀기 때문이라는 둥의 유언비어를 지어낸

이 소설이 말하는 것처럼, 그리고 조진행이 추천사에서 말했던 것처럼, 사이버 무협소설에 등장하는 영웅들은 중국문화에 걸맞은 영웅도 아니며, 고소설에 자주 등장하는 영웅과 전적으로 일치하지도 않는다. 이 영웅들은 영웅의 일대기 구조 틀을 공유하되, 한국적 문화 정체성 위에서 당대의 독자 욕망을 반영[58]한, 타자화된 존재들인 것이다. 판타지 소설에 나타나는 성장하는 개인들 역시 이와 유사하다. 중원이라는 가상공간이 아니라 판타지 세계라는 가상공간에서 존재할 뿐, 영웅으로서의 성장 서사는 한국적 문화 정체성에 깊이 뿌리박고 있으며, 작품의 전체 구도를 좌우하는 것이다.

3.2. 남녀의 사랑, 전설에서 염정소설로, 현대의 로맨스 소설로

남녀의 애정은 문학의 영원한 주제라고 할 수 있을 정도로 보편화된 주제이다. 남녀 애정의 서사에서 중요한 것은 애정의 진행에 장애가 되는 '남 / 여'의 대립을 이루는 장애요소가 무엇이냐는 것이고, 이 장애와 금기를 넘어서는 것이 서사의 진행 과정이다. 또한 장애와 금기가 구체적으로 어떻게 표상되는가에 따라 그 서사에 반영된 당대의 담론을 이해할 수 있는 단서가 되기도 한다. 예를 들어 전설에서 문제시되는 것은 신분의 문제라기보다 '인간 / 비인간'의 대립구도이다. 반면에 고소설에서 문제가 되는 것은 인간

---

58) 우찬제, 「욕망현시 소설유형론 연구」, 『한국언어문학』 제36집, 279 - 317쪽.

대 인간의 1:1 관계가 불가능하게 만드는 가문의 논리, 곧 신분격차의 문제이다. 신화나 서사무가도 물론 이 부분을 다루기는 하지만, 영웅의 업적을 이루기 위한 중간 단계나 도구 정도로 취급되었다.

조선조 영웅소설들은 점차 복수형 영웅소설과 애정형 영웅소설로 무게중심이 옮겨가는데,[59] 그러다 보니 쟁총형 염정소설 범주 분류와 겹쳐지는 부분도 많다.[60] 인터넷 로맨스 소설들은 대부분이 두 부류 중에서 쟁총형에 가깝다고 볼 수 있다. 특히 여성 인물의 입장에서 남성 인물을 상대로 한 로맨스 소설의 애정 구도는 3각, 4각, 5각 관계에 이르는 다각적 쟁총형이다. 남성 하나에 여러 여성의 구도이든, 한 여성에 여러 남성의 구도이든, 일상화된 평범한 여성이 쟁총 구도에서 승리하는 것이 인터넷 로맨스 소설이 노리는 카타르시스 효과이다.

그러나 사이버 문학에서 애정형 영웅소설은 그 구도가 다소 차이 난다. 인터넷 로맨스 소설이 여성 작가와 독자를 주 담당층으로 하여 향유되는 성향을 지닌 탓에, 여성 중심적 시각을 강하게 보여 준다면, 사이버 무협소설들은 남성과 여성의 구도에서 차이가 난다. 영웅인 남성 중심의 시각에서 보는 여성들은 늘 타자화되어 있고, 남성의 욕망이 투사된 여성들이다. 따라서 사이버 무협소설에 나타난 남성과 여성의 관계는 '영웅은 호색'이라는 명분과 함께 남성의 능력을 재는 잣대로 사용되기도 한다.

소설 『전우치전』에서 주인공 우치가 여성들을 만나가는 과정은

---

59) 김재용, 「영웅소설의 두 주류와 그 원천」, 『한국언어문학』 제22집, 167－186쪽.
　　김현우, 「영웅소설의 변화와 대중성의 길」, 『한국학논집』 제27집, 157－172쪽.
60) 김광순, 『한국고소설사』, 국학자료원, 2001, 85－98쪽.

『금오신화』, 『구운몽』 등에 흔하게 등장하는 장면과 유사하다. 시
와 음악, 대화로 풀어 가는 이 과정은 애정에 적극적인 여성을 등
장시켜 소극적인 남성이 원하는 욕망을 충족시킨다.

번호: 9717
게시자: 권오단(KOVEL)
등록일: 1999 - 11 - 09 00:03
제목: [전우치전 3] 족자의 비밀 2

　　우치는 정옥, 정란 자매와 함께 너른 대청마루 위에서 자리를 함께했다.
　　달은 중천에 떠올라 교교한 자태를 뽐내고 있었고 어디선가 가을 풀벌레
소리들이 어둔 밤의 적요함을 깨고는 정겹게 들려왔다.
　　정란은 가야금을 켜며 시 한 수를 읊기 시작했다.

　　가을도 밤이라 그리운 그대
　　거닐다 바라보면 머언 밤하늘
　　솔방울 떨어져 밤은 한결 고요한데
　　이 밤을 그댄들 잠을 이루겠나.

　　가을 밤하늘에 아리따운 가야금 선율과 함께 애절한 여인의 목소리가 울
려 퍼지자 우치는 자신이 신선의 세계에라도 올라온 것 같은 느낌이 들었다.
　　그러자 정옥도 달을 바라보며 소리를 하기 시작했다.

　　계수나무여……
　　도화 이화 향기로워
　　봄빛 간 데마다 무르녹는데
　　그대만 외로이 꽃이 없는가?

　　이번에는 두 자매가 함께 노래를 부르기 시작했다.

　　계수나무 대답하기를
　　언제까지 도화 이화 꽃이 피리
　　낙엽이 우수수 지는 가을엔
　　내 홀로 꽃 피는 것 그대 아는가?

　　두 여인의 목소리는 격양되어 있었는데 목소리 속에는 애절함이 가득 담

겨 있었다. 우치는 이들이 자신의 낭군을 기다리는 마음이 담긴 좋은 시라고
생각했다.
　노래가 끝나자 정옥이 가야금을 놓고 우치에게 말했다.
　"공자님께서는 족자에 담긴 뜻을 알고 계시지요."
　우치는 정옥이 애정이 담뿍 담긴 눈으로 자신의 얼굴을 뚫어지게 바라보
자 당황하여 얼른 고개를 다른 곳으로 돌리며 말했다.
　"나는 그림의 뜻을 모르오."
　정옥은 다시 말했다.
　"그 도사님께서는 저희의 배필감을 촉석루에서 만날 것이라고 말씀하셨습
니다. 저희가 열다섯 무렵부터 그곳에 찾아가 도련님처럼 학식이 높은 사람을
만나면 이곳으로 모셔와 족자의 비밀을 풀기를 원하였으나 아무도 아는 사람
이 없었습니다."
　"그, 그것은 나도 아는 바가 없소……."
　그러자 정란이 샛별 같은 두 눈을 반짝이며 말했다.
　"누이가 춘계문답(春桂問答)을 왜 부른 줄 아십니까? 이제 내년이면 제 나
이가 열여덟이고 제 누이 나이가 스무 살입니다. 이제는 누이가 혼기가 가득
차서 더 기다릴 수가 없습니다."
　우치는 시구를 생각하자 머리를 망치로 얻어맞는 것 같았다.
　'첫 구에 홀로 외로이 꽃을 피우지 않는다는 것은 누군가를 기다리기 때문
에 혼인을 하지 않았다는 뜻이고, 두 번째 시구에 낙엽이 우수수 지는 가을에
홀로 핀다는 것은 스스로 나를 선택하겠다는 말인가?'
　우치는 더듬거리며 말했다.
　"그, 그래서…… 나, 나를 선택한다는 말이오?"
　정옥이 다소곳이 말했다.
　"그렇습니다. 저와 동생은 공자님이 죽었던 사람을 살리는 것을 보고는 족
자 속에 사람을 치료하고 있던 의원이 문득 떠올랐습니다. 그때 저는 이미 작
정을 했습니다."
　우치는 크게 낭패라고 생각하며 한참을 생각하다가 말했다.
　"갑자기 음식을 많이 먹었더니만 속이 편치 않군요. 측간에 잠시 갔다 오겠소"
　그는 서둘러 측간을 향해 뛰어갔다.
　'큰일 날 뻔했다. 저들이 비록 기생이지만 아름답고 재주가 높은데 어디
나 같은 사람과 어울릴 수 있으랴?'
　우치는 이렇게 생각하며 측간 옆에 있는 쌍화원의 담장을 넘었다.[61]

이 장면에서 애정의 매개물이 등장한다. 남녀의 사랑을 확인하

---

[61] 권오단, 『전우치전』, 나우누리 연재본에서 일부 발췌.

는 신표는 전설에서부터 지속적으로 사용된 문학적 장치다.[62] '족자의 수수께끼'는 사랑을 위한 자격시험이며, 통과의례이자 사랑의 확인이다. 그러나 주인공 우치는 신분의 격차를 사랑의 장애물로 생각하는 것이 아니라 현대의 휴머니즘적 사유에 따라 인물의 됨됨이를 기준으로 평가하여 자신이 부족하다 생각하고 사랑을 거절하려고 한다. 이와 같은 점이 바로 작가와 독자의 공유지점, 우리의 당대성이 드러나는 대목이 될 것이다.

3.3. 환상적 유토피아와 현실, 민담에서 전기소설로, 현대의 판타지 소설로

민담은 전설이나 신화에 비해 사회의 소수자들의 목소리를 진하게 담고 있다. 하위 소수자일수록 전설의 비극성보다 전복의 카타르시스를 경험하게 해 주는 민담에 자신의 욕망을 투사하기가 쉽기 때문에, 민담이 꿈꾸는 이상적 세계는 대중에게 친숙한 형태로 쉽게 확산된다. 구비문학에서 민담이 가지고 있는 세계에 대한 상징적 사유, 상 / 하 등 위계질서를 전복시키는 논리, 현실의 결여를 채우는 이야기의 사회적 효용성 등이 바로 환상성이 구체화되어 개입하는 마디 결절일 것이다.

민담이 꿈꾸는 세상은 『삼국유사』의 '조신몽'처럼 '꿈'의 구도를 수용하면서 문학적으로 견고한 양식의 한 틀을 갖추었다. 몽자류, 혹은 몽유록, 환몽소설 계통의 서사[63]가 독자적인 구도를 형성하

---

62) 이지호, 「옛이야기의 환상성(2)」, 『우리초등교육』, 122 – 128쪽.

63) 강상순, 「고소설에서 환상성의 몇 유형과 환몽소설의 환상성」, 『고소설연구』, 15집, 2003, 31 – 54쪽.

면서 '꿈속의 세계 / 꿈밖의 세계'가 대립구도로 형성되었고, 입몽에서 각몽에 이르는 과정이 바로 서사의 진행 과정으로 생각되었다. '꿈속의 세상'은 환상성이 개입하는 지점이고, 꿈에서 깨어 현실로 복귀하는 과정은 돌아온 타자를 현실에서 맞대면하는 과정이다. 그러므로 환상적인 것은 '현실 / 비현실'의 관계, 여기에 참여하는 '작가(서술자)[64] / 독자(내포독자)' 사이의 상호작용으로 나타날 수밖에 없다.[65]

따라서 이런 성향을 가진 문학작품의 내면은 현실에 없는, 이상화된 유토피아를 추구하게 마련이다. 그러나 그 유토피아는 현실의 반면교사로서 오히려 현실에 대한 리얼리즘의 체감을 높이는 효과를 낸다. 가상의 공간은 환상을 구체화시켜서 또 다른 상상의 날개를 달아 주면서 리얼리즘의 지평을 다른 방식으로 확대시킨다. 그러므로 그것은 리얼리즘의 소멸이 아니라 재인식이다.[66] 시뮬라크르 안에서 리얼리즘이 추구하는 실체라는 것은 이미 의미가 없기 때문이다. 실상이 허상이고, 허상이 가상인 환경에서 상상력은 환상적 유토피아를 통한 현실의 카타르시스 쪽으로 기울어진다.

영웅소설이지만, 환상적 유토피아를 소설 속 가상공간 안에 제대로 구체화시킨 대표 공간 중의 하나가 바로, 『홍길동전』에 나타나는 '율도국'이다. 『홍길동전』에서 율도국에 대한 부분을 뽑아 보면 다음 예문과 같다.

김성룡, 「한국고전소설의 환상성에 대한 연구」, 『국문학 연구』, 70, 서울대, 1985.
_____, 「고전소설의 환상미학」, 『양포 이상택 교수 환력기념논총』, 상(上), 1998, 149 – 175쪽.

64) 이상섭, 「조선전기 몽유소설의 미의식과 이념적 성격 – 중세후기 지식인 소설의 인물유형고 1」, 『한국문학 연구』 제18집, 동국대 한국문학 연구소, 1995, 393 – 428쪽.
65) 송효섭, 「이조소설의 환상성에 대한 장르론적 검토」, 『한국언어문학』 제23집, 354 – 375쪽.
66) 신상성, 「디지털 문화와 사이버 문학의 새로운 긴장」, 『한국문예비평연구』, 284쪽.

각설, 길동이 제전(祭典)을 극진히 받들어 삼상을 마치매 모든 영웅을 모아 무예를 익히며 농업을 힘쓰니, 병정양족한지라, 남해(南海) 중에 율도국(聿島國)이란 나라가 있으니, 옥야(沃野) 수천 리요, 짐짓 천부지국(天府之國)이라, 길동이 매양 유의하던 바라 제인을 불러 왈,

"내 이내 율도국을 치고져 하나니 그대 등은 진심(盡心)하라."

하고 즉일 진군할 새, 길동이 스스로 선두가 되고 마숙(馬肅)으로 하여금 후군장(後軍將)을 삼아 정병 오만을 거느려 율도국 철봉산(鐵峰山)에 다다라 싸움을 돋우니, 태수 김현충(金顯忠)이 난데없는 군마(軍馬)가 이름을 보고 대경하여 일변 왕에게 보(報)하고 일지군(一枝軍)을 거느려 내달아 싸우거늘, 길동이 맞아 싸워 일합에 김현충을 베고 철봉을 얻어 백성을 안무(按撫)하고 정철(鄭哲)로 철봉을 지키오고 대군을 휘동(麾動)하여 바로 도성(都城)을 칠 새, 격서(檄書)를 율도국에 보내니 하였으되,

"의병장 홍길동은 글월을 율도왕에게 부치나니, 대저 임군은 한 사람의 임군이 아니요, 천하 사람의 임군이라. 내 천명을 받아 기병하매, 먼저 철봉을 파하고 물밀듯 들어오니 왕은 싸우고자 하거든 싸우고, 불연즉(不然則) 일찍 항복하여 살기를 도모하라."

하였더라.

왕이 남필에 대경 왈,

"아국이 전혀 철봉을 믿거늘, 이제 잃었으니 어찌 저당(抵當)하리오."

하고 제신을 거느려 항복하니, 길동이 성중에 들어가 백성을 안무하고 왕위에 즉한 후 율도왕으로 의령군을 봉하고 마숙·최철로 좌우상(左右相) 삼고 기여(其餘) 제장은 다 각각 봉작한 후 만조백관(滿朝百官)이 천세(千歲)를 불러 하례하더라.

왕이 치국(治國) 삼 년에 산무도적(山無盜賊)하고 도불습유(道不拾遺)하니, 하위 태평 세계러라. 왕이 백룡을 불러 왈,

"내 조선 성상께 표문(表文)을 올리려 하니, 경은 수고를 아끼지 말라."

하고 표문과 서찰을 홍부(洪府)에 부치니라. 백룡이 조선에 득달(得達)하여 먼저 표문을 올린대, 상이 표문을 보시고 찬왈,

"홍길동은 짐짓 기재(奇才)로다."

하시고 홍인형으로 위유사(慰諭使)를 하이사 유서(諭書)를 내리시니, 인형이 사은한 후 돌아와 모부인께 연유설화(緣由說話)를 고한대 부인이 또한 가자 하거늘, 인형이 마지못하여 부인을 뫼시고 발행하여 여러 날 만에 율도국에 이르니 왕이 맞이하와 향안(香案)을 배설(排設)하고 유서를 받자온 후 모부인과 인형으로 반기며, 산소에 소분(掃墳)한 후 대연을 배설하여 즐기더라.

여러 날이 되매, 유씨 홀연(忽然) 득병(得病)하여 졸하니, 선릉(先陵)에 쌍장(雙葬)하고 인형이 왕을 하직하고 본국에 돌아와 복명하온대 상이 그 모상(母喪)당함을 위유(慰諭)하시더라.

차설, 율도왕이 삼상(三喪)을 마치매, 대비(大妃) 이어 기세(棄世)하매 선릉

(先陵)에 안장한 후 삼상을 마치매, 왕이 삼자이녀를 생하니 장자·차자는 백
씨 소생이요, 삼자·차녀는 조씨 소생이라. 장자 현으로 세자를 봉하고 기여
(其餘)는 다 봉군(封君)하니라. 왕이 치국 삼십 년에 홀연 득병하여 붕(崩)하
니, 수(壽)가 칠십 세라. 왕비 이어 붕하매, 선릉에 안장한 후 세자 즉위하여
대대로 계계승승하여 태평을 누리더라.[67]

『홍길동전』의 마지막 부분인 이 글은 길동이가 조선에서 이룰
수 없었던 이상의 꿈을 가상의 공간 율도국에서 성취[68]하는 장면
을 보여 준다. 강력한 군사력과 정치력으로 왕이 되고, 부국강병을
이루며 개인적으로는 화목한 가정을 이루고 무병장수한다는 것은
개인이 꿈꿀 수 있는 최대의 복락이다. 왕조의 시조가 되어 대대
손손 왕위를 물려 주는 것 또한 그렇다. 그러나 길동은 현실에서
자신이 의병활동을 했던 때의 명분과 서얼로서 차별받은 사회적
부조리에도 불구하고, 그는 율도국에서 최고의 기득권 세력이 되고
두 부인을 얻어 서얼을 낳는다. 이와 같은 모순은 율도국이 현실
의 연장선상에서 욕망의 실현 대상이어야 한다는 당위성 위에서나
성립되는 것이다. 권오단의 『전우치전』에 등장하는 '길동'은 고소
설 『홍길동전』이 지니고 있는 이 모순을 현대적 사유에서 재해석
한다.

번호: 9558
게시자: 권오단(KOVEL)
등록일: 1999 - 10 - 14 00:07
제목: [전우치전 1] 조선의 무예에 혼이 나다 1

(중략)

---

67) 김기동, 전규태(편), 『홍길동전·이해룡전·정진사전·최척전』, 서문당, 1994, 41 - 3쪽
68) 이현국, 「〈홍길동전〉 소고 - '제도'의 서사적 기능과 그 의미를 중심으로」, 『어문논총』
　　27호, 경북어문학회, 1993, 201 - 219쪽.

허식은 늘그막에 제자를 하나 거두었는데 이름이 홍길동이었다. 어려서 총명하고 무예에도 소질이 있으므로 허식은 성심을 다하여 길동이를 가르쳤다. 길동이가 워낙 재주가 있는지라 가끔씩 최정이도 길동이를 찾아와 기문술수와 천문지리 등의 학문과 검술을 가르치곤 하였고 길동은 두 사람의 기대에 어긋나지 않고 두 사람의 학문과 무예를 골고루 자기 것으로 소화해 냈다. 그렇게 시간이 흘러 길동이 나이가 열아홉이 되던 어느 날 밤에 길동이는 허식의 방 안에 침울한 얼굴로 나타나서는 말했다.

“사부님 제가 학문과 무예를 배우는 이유가 뭡니까?”

길동이 다짜고짜 허식에게 물었다.

“이놈아! 그것은 장차 만백성을 편하게 하기 위함이지.”

허식이 대답하자 길동이 말했다.

“무릇 학문하는 자는 마음을 참되고 성실하게 하는 ‘성의(誠意)’에서 시작하여 천하를 태평하게 하는 ‘평천하(平天下)’에 이르게 한다 하셨습니다. 성의란 것은 수신(修身)이니 몸과 마음을 올바르게 닦는 것이 학문의 시작이요, 천하를 바르게 다스리는 것이 학문의 끝이 아닙니까? 그런데 백성을 편하게 하기 위한 관리들이 도리어 백성의 고혈을 빨아먹고 있으니 이것이 과연 학문을 배운 사람입니까?”

“그건 아니니라. 그래서 네가 어떻게 하겠다는 것이냐?”

“저로서는 도탄에 빠진 백성을 더 이상 두고 볼 수 없습니다.”

“그럼 네가 평천하하겠단 말이냐?”

허식이 물었다.

길동은 묵묵히 대답했다.

“할 수도 있지요.”

허식은 길동의 말에 깜짝 놀랐다. 이 말은 말 그대로 역모를 생각하고 있다는 말이었다. 유자광 일파가 무오사화를 일으킨 후부터는 백성들의 생활은 날로 피폐해지기 시작했다. 연산군은 국정은 제쳐 둔 채 주색에 빠져 정신을 못 차리고 있었고 고위대신들은 고위대신들대로 자신의 부를 축적시키면서 각처에 자신들의 농장을 확대시키고 있었다.

고관들이 이 지경이니 지방관리들은 그들의 비위에 맞추어 뇌물을 상납하고 벼슬을 추천받아 더욱 돈줄이 좋은 지방으로 파견을 가서 백성들을 착복하였다. 언관들의 세력이 땅바닥에 떨어진 지금은 아예 공공연히 관리들이 과도한 세금을 수탈하고 갖은 핑계로 콩깍지에서 콩 까듯 백성의 재물을 훑어가는 지경에 이르렀다. 설상가상(雪上加霜)으로 흉년이 겹치자 백성들의 등가죽은 등에 맞닿아 곳곳에 굶는 이가 태반이요, 산에는 나무뿌리와 풀뿌리, 소나무껍질을 벗겨 내는 사람들이 줄을 이었다.

“이 녀석아. 어디 가서도 그런 얘기는 하지 말거라.”

허식은 걱정스러워 조용히 꾸짖었다.

그러나 길동은 계속해서 말했다.

"요(堯) 임금께서 백성들이 배를 두드리면서 행복하게 살면서도 자신의 덕을 얘기하지 않은 것을 보고 기뻐하신 이유는 백성이 자신보다 위에 있다는 것을 알았기 때문입니다. 그 때문에 자신의 아들에게 왕위를 물려주지 않고 순(舜) 임금께 물려준 것입니다. 또한 우(禹) 임금은 어떠하였습니까? 순 임금은 홍수가 범람하여 백성이 근심하자 그 근심을 자기의 근심과 같이 생각하여 우 임금에게 왕위를 물려준 것이 아닌지요? 우 임금은 죽을 때까지 물길을 돌리기 위해 자신의 집 문 앞을 세 번이나 지나면서도 들어가지 않은 것입니다. 맹자(孟子)께서는 가혹한 정치가 호랑이보다 무섭다 하였습니다. 그러나 성난 백성들은 가혹한 정치보다 무서운 법입니다. 지금 바깥에는 가혹한 정치를 만나 백성들이 신음하고 있습니다. 저는 방관자로 있고 싶지 않습니다. 하늘이 저에게 주신 재주를 다하여 도탄에 빠진 백성들을 구하고 싶습니다."
길동이는 허식의 말에 굴하지 않고 주먹을 불끈 쥐며 말했다.
며칠 후 길동이는 어디론가 행적이 묘연해 버렸다.

길동이가 여기서 예로 든 '우' 임금의 사례는 바로 주인공 '전우치'가 도달해야 하는 목표점이다. 길동과 우치는 같은 이상을 갖고 있으나 그 이상을 실현하는 공간이 다르다. 길동은 자신을 뜻을 펼제3의 공간을 찾아 전이하고, 우치는 자신의 꿈을 현실에 구현하고자 한다. 이와 같은 이상적 유토피아 의식은 사이버 소설에서 두 하위 갈래의 소설에 맞먹는다고 할 수 있다. 제3의 공간을 찾아 이계 / 중원 / 미래 / 과거 등의 시간, 공간으로 떠나는 소설과 현실의 문제점을 타개하기 위해 현실의 타자를 맞대면하는 소설들이 바로 그것이다.

다음은 무명이 쓴 『천군(天軍)』[69]이라는 소설의 일부이다.

- 나 사령관이다. 제군들 모두를 잘 알고 있겠지만 지금 우리는 1594년 조선시대에 시간을 거슬러 왔다. 아마도 우리를 덮친 에너지막이 이런 일을 만들어 내지 않았나 생각되는데 확실한 것은 아무것도 없다. 우리가 다시 2002년으로 돌아갈 수 있을지도 난 확신할 수 없다. 지금으로서는 모든 것이 불확실하고 또 모든 것이 가능하기도 하다. 지금 우리에게 중요한 것은 우리

---

69) 무명, 『천군(天軍) 1 - 7(완)』, 청어람, 2003 - 4.

가 살아남는 것이고 또 우리의 맹세를 실행하는 것이다. 우리의 맹세를 잊지
않았을 것이다. 선택은 여러분에게 맡긴다. 하지만 어쩔 수 없는 일이 아닐까
나는 생각한다. 살기 위해선 우린 뭉쳐야 되고 아마도 싸워야 할지도 모르겠
다. 우리 지휘부의 생각은 이렇다. 기존의 명령체계는 더욱더 확고히 해 나갈
것이다. 이에 반하는 자는 엄한 벌로 다스릴 것이고 한반도에 대한제국 건설
을 기초로 전 세계를 도모할 것이다. 세부적인 안건은 지휘부에서 마련할 것
이고. 오늘 투표안건은 지휘부 신임안과 대한제국 건설안이다. 앞으로 한 시
간 후 전 함정별로 투표를 실시하겠다. 이상.

　　사령관의 성명은 모두들에게 충격적이었다. 하지만 그 파장은 오래가지 않
았다. 모두가 군인이었고 현실에 대한 인식은 이미 열흘 전부터 해 왔기 때문
에 망망대해에서 등대를 발견한 어부의 심정으로 흥분하는 사람도 있었다. 한
시간 후 진행된 투표는 만장일치로 가결되었으며 새롭게 참모부를 구성한 그
들은 세부사항을 검토해 나가기 시작했다. 최우선적으로 그들은 식량문제를
해결하기 위해서 지금의 제주도를 장악하기로 하고 함대를 제주도로 이동시
키기 시작했다. 만 명이 넘는 인원을 먹이기는 만만치 않았고 왜란으로 전국
이 황폐해져 본격적인 대한제국의 깃발은 가을부터 시작할 수 있을 것 같았다.

길동이 율도국에서 한 것처럼, 이 소설에 나타난 등장인물들은
우리 당대의 국제적 문제에서 약세가 된 대한민국을 변혁시키기
위해 우연히 말려 들어간 과거에서 의도적으로 무력 개혁을 시도
한다. 이들이 도착한 1500년대 임란 중인 과거의 조선은 율도국의
또 다른 기표이다. 과거의 조선은 현대의 문제를 해결하기 위해,
사회적 경제적 정치적 변혁과 재구성의 대상이 되는 것이다. 이와
같은 소설들은 한 걸음 더 나아가 과거 혹은 미래의 역사가 바뀌
었을 때를 상정하여 '대체역사소설'이라는 이름으로 유형화된다.

역사 군담소설인 『임경업전』, 『임진록』 등이 고소설 당대에 했
던 역할도 이와 유사할 것이라 생각된다. 임란을 둘러싼 조선인들
의 피해의식은 전쟁의 실제 결과와 상관없이 문학에서 만들어 낸
가상의 공간에서 욕망을 해소하는 유토피아 의식을 드러낸다. 사자
로 간 사명당의 설욕이야기는 그런 면에서 참으로 한국적이다. 일

본에 존재하지도 않는 온돌 난방의 상상력에 근거한 '빙(氷)'자 도술 이야기가 바로 그렇다. 한국적 문화 정체성 안에서 만들어진 타자의식에 근거해야만 가능한 상상력이기 때문이다.

대체 역사소설들이 보여 주는 상상력도 이와 같은 환상적 유토피아를 구현한다. 그리고 그것은 현실에서 불가능한 정치적 개혁과 실험이라는 점에서 우리의 당대성 담론에 뿌리박고 있다고 보인다.

반면에 탁목조의 『땅꾼』70)이라는 소설은 현대의 시공간에서 과거의 전설과 신화, 민담, 그리고 이상화된 선계 공간을 함께 포함시켜 우리의 현실 이면에 함축시킨다. '땅꾼'이란 이런 이질적인 세계를 한데 연결시켜 줄 수 있는 매개로서의 힘을 지닌 현실의 인간이다. 주인공은 현직 교사지만 '땅꾼'이 되기 위해 사표를 내고 이 세계에 들어서게 된다.

제목: 땅꾼[11회]
날짜 2004 - 08 - 19
조회/추천 759/7
선작수 358
공지 공지가 없습니다
옵션 글자 크기 8 9 10 11 12 13 14 15 <<<이전 이후>>>

땅꾼 - 와와(蛙蛙)의 와와(蝸蝸) 이야기

(중략)

"와와님, 저 왔습니다. 그리고 부탁하신 책 사 가지고 왔어요."
딸깍!
"음. 왔구나. 책을 사가지고 왔다고? 농담이었는데 정말로 사 온 모양이네? 어디 줘 봐."
그게 농담이었습니까? 농담은 농담처럼 하셔야지요.

---

70) 탁목조, 『땅꾼 1 - 5(완)』, 로크미디어, 2004 - 5. 이 부분은 유조아 사이트 연재본이다.

"참, 그리고 이거 어떠냐?"

딸깍! 딸깍! 딸깍!

와와(蛙蛙)는 장독 안으로 들어갔다 나왔다를 반복했고, 그에 따라서 뚜껑이 열릴 때마다 딸깍딸깍 하는 소리가 났다.

"기척도 없이 나타난다고 투덜거려서 내가 만든 거다. 문을 열 때마다 이런 소리를 나게 만들어야 하다니. 그래도 이젠 놀라지 않겠지?"

네, 그렇겠네요.

"자, 여기 책이요."

"음, 어디."

와와는 짧은 팔을 내밀어 책을 받아 들고는 책장을 넘겼다.

"음? 이거 와와 이야기네?"

와와? 그건 댁의 이름이잖아요. 그럼 그게 댁의 이야기라는 말씀입니까?

"야, 와와(蛙蛙)는 내 이름이고 와와는 다른 아이 이름이야. 아마 이천(二天)에 있을 걸?"

이 와와와 저 와와의 차이가 뭡니까 도대체. 그게 그거구만.

"나는 개구리 와(蛙)를 쓰는 와와(蛙蛙), 그 아이는 달팽이 와(蝸)를 쓰는 와와(蝸蝸). 어떻게 같다는 거냐?"

이 와와(蛙蛙)와 저 와와(蝸蝸). 그게 그거구만. 이럴 때는 한자식 이름이 정말 싫다.

"그럼 그 달팽이, 아니 우렁이가 왜 달팽이지? 아무튼 그 우렁각시 아는 사람이에요?"

"사람? 사람은 아니고, 우렁이지. 한때 유명했었던 이야기야. 원래는 이천의 존재가 인간계에서 그렇게 술법을 부리거나 하면 안 되는 거여서 벌을 내려야 하는가 아닌가로 떠들썩했거든. 뭐 워낙 일이 없는 세상이라 작은 일에도 들썩이기는 했지만 그때, 쓸데없이 사건을 만들었던 그 왕이라는 녀석 때문에 인간계에 미치는 파장이 작지 않아서 말이야. 덕분에 와와가 고생을 좀 했지."

이게 무슨 소리야. 이야기 속에서는 우렁각시가 남편을 도와서 왕과의 싸움에서 무사히 이기고 행복하게 살았다는 걸로 끝이 나지 않았나? 그런데 무슨 고생을?

제목: 땅꾼[12회]

날짜 2004 - 08 - 19

조회 / 추천 736 / 9

선작수 358

공지 공지가 없습니다

옵션 글자 크기 8 9 10 11 12 13 14 15   <<<이전   이후>>>

땅꾼 – 와와(蛙蛙)의 와와(蝸蝸) 이야기

"그거야 인간들이 저희들 좋으라고 내린 결론이고, 그 뒤에도 그 우직한 남편이랑 와와(蝸蝸)랑 둘이서 선계에 잡혀 와서 벌을 받느니 마느니 하고 서로 용서해 달라고 울고불고, 서로서로 자기가 벌을 받겠다고 나서고, 아무튼 그랬어. 뭐 결국에는 둘이서 같이 이천(二天)의 연못 하나를 지키는 벌을 받았지. 뭐 벌이라고 하기는 좀 이상하지만 둘이서 알콩달콩 잘 살고 있는 모양이야. 그 연못을 벗어나지는 못하지만 둘은 그런 것은 상관이 없다나 뭐라나. 더구나 그 남편 되는 사람도 덕분에 이천(二天)에 들 수 있게 되었으니 말이야. 물론 그 인간 원래는 그 생을 마치면 삼천이나 사천(四天)으로 갈 정도로 선력이 쌓여 있었는데 아무래도 상관없다고 이천에 틀어박힌 거지. 윤회를 마치지 못해서 껍질을 벗지 못했으니 그랬겠지만 말이야. 아무튼 그렇게 됐어."

무슨 말인지 모르겠다. 아무튼 그 우렁각시도 영물이었던 모양이군.

"참, 그런데 너 내가 그 우렁이처럼 밤사이에 집안일을 깨끗하게 해 줄지도 모른다는 기대를 했단 말이야? 호호호호. 너 참 웃긴다. 내가 지금까지 인간들을 별로 본 적은 없다만, 너 같은 생각을 하는 놈은 처음이다. 호호."

그게 그렇게 웃긴 일인가?

그게 전부 그 이상한 장독에서 나오니까 그런 것 아닙니까?

거기다가 부엌에 있다는 것도 그렇고.

"부엌? 여기가 어때서? 난 이런 곳이 마음에 들더라. 무엇보다 집에서 가장 습기가 많은 곳이잖아. 그렇다고 광이나 창고에 들어가 있을 수도 없고, 그리고 보니 내가 이 집을 장만한 것도 부엌이었는데."

"집이요? 그거 그러니까 그 장독 말씀입니까?"

"그래, 왜 이야기해 줄까?"

"네, 별로 할 일도 없으니 와와님 이야기나 듣지요."

"뭐 별 이야기는 없으니까 그냥 그러려니 하고 들어. 마침 여기도 그 이야기가 있네."

와와(蛙蛙)가 내가 사온 책을 들췄다.

"이야기요?"

"그래. 여기 콩쥐 팥쥐 이야기."

콩쥐 팥쥐? 그거 그러니까 착한 콩쥐랑 못된 팥쥐랑 나오는 이야기잖아. 서양식으로는 백설공주, 아니지 백설이 아니라 누구더라. ……

"누구긴 누구야 신데렐라 이야기지. 너 바보 아니냐?"

에, 맞군. 신데렐라 그러니까 재투성이 아가씨.

"맞아 그 이야기지. 음 그러니까 콩쥐 말이야 그 아이가 장독에 물 긷는 이야기 있지? 거기 내가 등장하잖아. 깨진 밑바닥을 막아서 독에 물을 가득 채울 수 있도록 해 주는 역할 말이야. 내가 그때는 별로 선력을 쌓지 못해서 선계에서 심부름 다닐 때거든. 그래서 우우랑 작작이랑 내가 왔었어."

우우? 그건 그럼 황소인가? 그리고 작작이면 참새. 음…… 한자로 쓰면 이렇게 되나? 우우(牛牛), 작작(雀雀)

"호호, 맞아 그렇게 되는 거야."

거참 선계의 이름 짓기는 정말 이상하네. 그럼 같은 두꺼비나 황소, 참새는 없다는 말인가? 어째 이런 식으로 이름을 정했지?

"아, 그건 아니야. 나도 걔들도 이름은 따로 있어. 그건 그냥 성이라고 보면 되는 거야. 그러니까 개구리 종류는 전부 와와, 소 종류는 전부 우우, 참새는 전부 작작, 이런 식이지. 그 뒤에 진짜 이름이 붙는 건데 그건 잘 안 알려 줘. 이름이란 것이 꽤나 중요한 거거든. 신분증 역할도 하는 거고 말이야."

에, 그럼 와와(蛙蛙) 님은 대외용으로 와와라는 이름을 쓰고 뭔가 중요한 일이 있을 때에는 정식이름을 쓴다는 건가? 그것 참.

"아, 아무튼 그래서 나하고 우우하고 작작이 선계의 명을 받아서, 밑 빠진 독에 물 붓기 성공시키고, 우우가 밭을 갈아 주고, 작작이 낟알을 까 주고 뭐 그랬지. 덕분에 콩쥐는 행복하게 살았다. 뭐 그런 이야기야. 그때, 내가 이 장독을 나중에 콩쥐 결혼하고 선물로 받았지. 그 후로 내가 고쳐서 쓰고 있는 거야. 우우는 그때 쟁기를 챙겼다나 어쨌다나 그렇고, 작작도 뭔가 받았다는데 그건 나도 잘 모르겠네."

그래도 고치긴 고친 모양이네. 밑 빠진 상태로 쓰고 있는 건 아닌 모양이지. 흠.

"그러고 보니 우우랑 작작이도 만난 지가 오래된 것 같네. 언제 한 번 찾아봐야지. 어디 있는지 알 수가 있나. 우우야 우직하니 어렵지 않겠지만 작작은 정말 정신없이 돌아다니는 녀석이라…… 어떻게 그 성격에 선도를 닦았나 몰라. 음."

와와님 그렇게 이상한 표정 짓지 마세요.

솔직히 귀엽긴 하다. 커다란 눈동자를 하늘로 향하고 멀뚱히 생각에 젖은 두꺼비라니.

헉, 내가 지금 무슨 생각을, 두꺼비가 귀엽다는 생각을 하다니 이게 정상일까.

"야, 그럼 난 들어간다. 나중에 보자."

딸깍!

음? 왜 저러는 거지? 설마 부끄러움을 타는 걸까?

과거의 세계가 현재로 회귀하여 실존하는 것처럼 현재화된다는 것은 그만큼 '현재-여기'를 타자화시킨다는 의미이다. '과거-거기'나 '미래-거기'보다 이와 같은 현재화가 지니고 있는 환상성의 진폭이 훨씬 더 크다. '과거-거기'나 '미래-거기'는 상상 속에

가능한 세계였기 때문에, 애초부터 시뮬라크르였다. 그러나 '현재
―여기'는 시뮬라크르가 아니라고 생각했는데, 시뮬라크르임을 발
견해 나가는 인식의 과정이 서사의 과정이 된다.

그런 점에서 고소설을 읽었던 그 시대 지평의 독자들과 오늘날
사이버 역사소설이나 판타지 소설을 읽고 있는 독자들은 같은 맥
락에 위치 지어질 수 있을 것이다. 그리고 그 맥락은 바로 타자성
이 만들어 내는 환상성의 지형도이며, 우리의 문화적 정체성이다.

4. 서사의 전통 계승과 일상문화, 상호 텍스트성

지금까지 살펴본 바로 재확인할 수 있었던 것은, 사이버 문학과
우리의 고소설 사이의 친연성이고, 그것은 또한 구비문학의 영역까
지 저변화되어 내려가는 우리 문화와 문학의 고유한 정체성이었다.
10대 청소년들이 고소설을 모르는 상태에서 판타지 소설을 창작해
도 길동이가 꿈꾸었던 '율도국' 공간과 같은 가상의 유토피아를 구
현해 낸다는 것은 바로 우리의 문화가 보여 주는 타자성의 보편성
을 의미하는 것이다.

그리고 이와 같은 사회적 현상, 문학행위의 이면에는 면면히 이
어 온 문학적 상상력의 현상학적 편향성이 내재되어 있다. 그리고
이 편향성이 이토록 줄기차게 문학작품 안에 구현될 수 있었던 이
유는 민중의 저변에 뿌리내린 일상성과 대중성의 힘이라는 것을
외면할 수 없을 것이다.

그러므로 우리 당대의 문학으로서 사이버 문학을 이해하는 데

있어서 뿌리 깊은 우리의 문학적 문화적 전통을 계승하여 우리의 일상에 구현시킨 상호 텍스트성을 배제한다면 우리는 온전한 전모를 파악하지 못하고 결국 겉으로 드러난 현상만을 쫓아다니기 바쁘게 될 것이다. 바꿔 말하면, 사이버 문학이 오늘날과 같은 성세를 보이는 이유는, 우리의 당대 문학이 분출하고 싶어 한 욕망이 사이버 매체를 만났기 때문이지, 사이버 매체가 있기 때문에 이런 문학이 있는 것은 아니라고 말하고 싶다.

처음에 던진 질문으로 다시 돌아가서, '사이버 문학은 어디에서 왔는가?'에 답해 보자.

우리 시대 우리 문학으로서 사이버 문학은 '우리의 문학전통으로부터 왔다'가 정답이 아닐까?

참고문헌

김기동, 전규태 편저, 『김희경전 · 전우치전』, 서문당, 1994.
김기동, 전규태(편), 『홍길동전 · 이해룡전 · 정진사전 · 최척전』, 서문당, 1994.
권오단, 『전우치전 1 - 6(완)』, 북소리, 2003.
무명, 『천군(天軍) 1 - 7(완)』, 청어람, 2003 - 4.
문우영, 『향공열전 1 - 7』, 드림북스((주)삼양출판사), 2008.
최진석, 『무법자 1 - 5(완)』, 자음과모음.
탁목조, 『땅꾼 1 - 5(완)』, 로크미디어, 2004 - 5.

강상순, 「고소설에서 환상성의 몇 유형과 환몽소설의 환상성」, 『고소설 연구』, 15집, 2003.
강상현, 「대안매체로서의 사이버공간의 가능성과 한계」, 『한국방송학보』 통권 14 - 1
김광순, 『한국고소설사』, 국학자료원, 2001.
김교봉, 「사이버 소설의 대중문학적 성격」, 『한국학논집』 제26집.
김성룡, 「한국고전소설의 환상성에 대한 연구」, 『국문학 연구』 70, 서울대, 1985.
＿＿＿, 「고전소설의 환상미학」, 『양포 이상택 교수 환력기념논총』, 상(上), 1998.
김재용, 「영웅소설의 두 주류와 그 원천」, 『한국언어문학』 제22집.
김현우, 「영웅소설의 변화와 대중성의 길」, 『한국학논집』 제27집.
박상천, 「매체의 변화와 문학의 변화 - 인터넷상의 사이버 문학을 중심으로」, 『한양어문』.
박성호, 「사이버 공간의 매체적 특성과 사회적 영향에 대한 연구 - 사이버 공간의 자유와 규제를 중심으로」, 『한국방송학보』 제17 - 1호, 봄, 2003.

손경목, 「통속문학과 대안적 대중문학의 가능성」.

송효섭, 「이조소설의 환상성에 대한 장르론적 검토」, 『한국언어문학』 제23집.

신동흔, 「현대 구비문학의 전파매체」, 『구비문학 연구』 제3집, 1996.

신동흔, 「일상의 문학과 문학교육」, 『문학과 교육』 제3호, 봄호, 1998년

신상성, 「디지털 문화와 사이버 문학의 새로운 긴장」, 『한국문예비평연구』.

오양호, 「디지털 시대와 한국 소설」, 『한민족어문학』 41집.

우찬제, 「욕망현시 소설유형론 연구」, 『한국언어문학』 제36집, 279 - 317쪽.

유성호, 「사이버 문학의 양상과 그 대응」, 『한국문예비평연구』, 한국문예비평학회, 양문각, 1998.

이상삼, 「조선전기 몽유소설의 미의식과 이념적 성격 - 중세후기 지식인 소설의 인물유형고 1」, 『한국문학 연구』 제18집, 동국대 한국문학 연구소, 1995.

이용욱, 「디지털 서사체의 미학적 구조(2) - '전자 종이'로서의 인터넷 게시판의 문학적 가능성」, 『어문연구』 43집, 2003.

이지호, 「옛이야기의 환상성(2)」, 『우리초등교육』.

이현국, 「『홍길동전』 소고 - '제도'의 서사적 기능과 그 의미를 중심으로」, 『어문논총』 27호, 경북어문학회, 1993.

장영우, 「국어국문학과 대중문화 - 통합과 확산」, 『국어국문학』, 131집.

조동일, 「영웅소설 작품 구조의 시대적 성격」, 『한국 소설의 이론』, 지식산업사.

한강희, 「사이버공간에서 글쓰기 행위와 가능성」, 『반교어문연구』 제12집.

볼프강 하우저, 『예술의 사회학』, 한길사, 1984.

1. 매체 변화와 타자성의 탈주변화

80년대 이후 인터넷을 중심으로 한 매체의 변화를 축으로 하여, 기존의 순수문학과 인터넷 기반 대중문학의 환상성에 대한 함의가 달라진다. 특정한 시대적, 사회적, 정치적 사건이 환상에의 욕망을 불러일으켰던 것에 비하면, 환상성을 둘러싼 개인적 요소가 더욱 증대되고, 개인끼리 교류하는 동호회적 성격을 뚜렷하게 나타낸다.

과거의 현대소설들이 개인을 중심으로 해서 낯선 타자성과 대면할 때, 환상성이 발생하고, 이를 통해 자신의 자아 정체성을 규명해가는 데 초점을 두었다면, 90년대 이후 본격화된 사이버 문학과 기타 하위 갈래들은 자신의 욕망을 적극적으로 환상성을 통해 타자에게 투사하는 방식을 선택한다. 따라서 이 시기 사이버를 중심

---

71) 2005년도 기초학문육성지원 인문사회분야 지원사업 심화연구분야(문화 연구)의 지원을 받은 '타자성의 환상적 지형과 한국문화의 정체성 형성 과정'(과제번호 2005－079－AS0107)의 결과임을 밝힙니다.

으로 발생한 문학과 기타 하위 갈래들은 타자성을 주변화시키는 배제의 순환을 벗어나 일탈함으로써 적극적인 문화 포섭의 대열에 들어서게 된다.

따라서 사이버 문학은 환상으로 제3의 시공간을 만들어 자신의 욕망을 구현하는 양상에 의존한다. 때로는 개인이 가진 정치적 신념의 실험이자 실현으로, 자신의 결여를 해소하는 낭만적 허구화의 형상화로, 기존의 대중문학이 지니고 있던 장르의 틀을 다시 재구성하여 환상성을 가미함으로써 기존의 문학과 대비되는 위치를 차지하게 된다.

과거의 정통 무협, 서구의 수입물로 간주되었던 판타지, 하이틴 로맨스 소설이 사이버 매체와 결합하고 최근 한국의 사회적 상황, 문화적 양상과 상호 작용하여 새로운 장르로의 변형이 이루어진다. 이로써 최근의 환상성 서사 텍스트들은 순수문학과 대중문학, 대중문학의 저변을 이루는 주변 예술들과의 상호작용에 의한 텍스트들까지 확장되어 나간다.

따라서 본 연구는 우리 문학에서의 환상성의 전통을 이루는 고전 서사와 개화기 서사, 현대 서사를 거쳐서 다양한 최근의 서사 텍스트에 이르기까지 우리 문학의 환상성이 어떤 지형과 분포를 그리면서 동질성을 확보하고 이질적 요소로의 변형을 통해 자신의 정체성을 자리매김해 왔는지에 주목하고자 한다.

이로써 기존 연구에서 사이버 매체, 혹은 대중문화의 각 하위 장르로서 각각 개별적인 것으로 규정지었던 사이버 문학, 만화, 애니메이션, 아동문학의 하위 갈래 문학을 환상성과 타자성의 관점에서 공시적, 통시적으로 새로운 시각을 통해 연계 고찰할 수 있게 된다.

2. 하위 갈래와 타자성의 환상적 지형

　매체에 따라 환상성을 타자와의 상호관계를 통해 드러내는 하위 갈래를 변별하고, 각각의 갈래가 어떤 환상성의 양식을 통해 타자와 관련을 맺는지 규명한다.

　사이버 서사문학 텍스트는 판타지, 무협, 로맨스 등의 기존 장르를 한국적 상황에 맞춰 변형함으로써 매체 변화에 따른 문학의 양식과 문화적 정체성을 드러낸다. 하위문화 주체는 적극적으로 현실에의 불만을 토로하며, 그 불만을 극복하기 위해 일상성을 탈피해 환상 속으로 들어가 기이한 시공간을 경험한다. 이계 진입, 환생, 대체역사, 정치적 이상의 실현, 국가나 영지의 경영, 게임의 가상현실, 무협의 중원세계, 이상화된 학원 공간 등 구체적이며 적극적으로 타자의 변혁을 시도한다. 사이버 서사 텍스트의 이런 경향은 기존의 어떤 서사 텍스트들보다도 타자와의 관계에서 적극적이며, 일상에 대한 강한 변혁의지의 시도이다. SF소설 텍스트는 당연시되어 온 일상을 의도적으로 변형시켜 타자화함으로써 일상에 대한 강한 변혁의지를 드러낸다. 서사만화 텍스트는 환상의 개입이 자연스럽고 일상화되어 있어 타자에 대한 몰아적 일치를 유도하는 경향이 있다. 동일한 소재의 서사 텍스트라도 게시판 소설과 종이책 소설, 서사만화 텍스트는 타자를 수용하는 정도에서 차이가 난다. 영상 이미지와 언어로 구성된 서사만화 텍스트는 환상성이 이질적이라는 느낌을 배제시키는 데 효과적이기 때문이다. 애니메이션의 경우, 표적이 된 수용계층에 따라 타자성은 이중적인 것으로 분화되어 나타난다. 검열의 기제에 따라 아동용과 성인용의 타자성은 환상성의 이질성에서 차이가 난다. 아동용이 도덕적이고 종교적인 경이로서의 환상성의 도구화라면 성인용은 SF와 유사하다. 아동문학 텍스트 역시 비슷한 궤를 걷는데, 전래동화라는 이름으로 전통 설화의 환상성을 수용한 것과 창작소설에서의 환상성을 수용한 작품이 다르다.

본 연구에서는 이처럼 각 하위 갈래의 연계성과 변별성에 주목하여, 하위문화 주체의 타자성에 대한 태도가 환상성으로 나타나는 양식을 서사전략의 차원에서 검토하고자 한다.

2.1. 사이버 서사문학 텍스트와 타자성의 변혁 시도

인터넷 게시판을 통해 연재되고 출판된 사이버 서사문학의 경우, 하위 장르에 따라 각각 판타지 소설과 무협소설, 역사소설, 그리고 인터넷 로맨스 소설 등이 포함된다.

이 소설들은 타자와의 상호작용에서 보다 적극적이다. 환상성은 타자와의 대면이며, 가상의 시공간을 창조해 냄으로써 타자와의 대면은 주체의 성장을 위한 도구가 된다. 따라서 이와 같은 소설들은 타자를 두려워하기보다는 타자를 활용하여 자신의 현실을 변혁시키고자 하는 적극성을 보여 준다. 예를 들어서 사이버 역사소설들은 시간여행이라든가 이계 진입과 같은 통로를 통해 새로운 텍스트 맥락을 만들고, 만들어진 세계 속에서 현실 세계의 맥락을 자신의 소망에 따라 적극적으로 재현한다. 따라서 이와 같은 타자성은 유희로서의 타자성이 된다.

사이버 문학은 아마추어들의 문학 속성을 지니고 있지만, 동시에 창작과 수용 과정에서의 강한 집단성을 드러낸다. 비슷한 취향을 가진 작가층이 모여서 창작 사이트를 만들고, 이 사이트의 게시판 형식을 통해 작품을 연재 형식으로 올려 공개한다.[72] 이와 같은 현상이 가능한 이유는 마니아 계층을 형성하면서 작가와 독자의 교류, 상호간 경계 허물기를 통해 소설이 그려 내는 타자성을 함께 공유하기 때문이며, 비슷한 연령대의 작가와 독자들이 유사한 사회적, 문화적, 역사적 배경을 함축하고 장르의 문법이라는 규칙에 동의하면서 창작과 수용이 행해지기 때문이다.

이 계통의 소설들은 특정한 시공간을 설정해 놓고, 그 시공간 안에서 벌어지는 인물의 행적을 통해 추상적 관념의 실현을 추구하는 경우가 많다. 그 과정에서 타자성과의 대면은 환상성의 개입으로 구현된다. 현대인이 우연한 기회에 과거의 역사로 돌아가 자신의 정치적 이상향을 실현한다거나[73] 가상의 게임공간이나 판타지적 세계, 이계의 공간에서 이상화된 타자와의 상호관계를 추구하는 것,[74] 무협의 틀을 빌려 영웅의 자기성장과 사회적 의미를 재규정하는 것 등이 그것이다.[75] 활발하게 이루어진 창작만큼이나 다수의 작품과 다양한 유형이 존재한다.

---

72) 은자림, http://www.etale.net/
　　삼룡넷 http://www.3dragon.net/
　　커그 http://www.fancug.net/
　　유조아 http://www.ujoa.com/
　　모기카페 http://mogi.dasool.com/
　　라니안 http://lanian.net/
　　문피아(구, 고무림) http://www.munpia.com/
　　북풍표국 http://www.newmurim.com/
73) 곽정민, 『환생군주 1 - 6』, 청어람, 2004.
74) 김상현, 『탐그루 1 - 15』, 명상, 1999.
75) 유기선, 『극악서생 1 - 9, 2부 1 - 4(완), 3부 (미완)』, 자음과모음, 2000 - 2008.

인터넷을 돌아다니며 이것저것 많이 끼적거렸습니다. 키보드를 두들기는 손끝에서 잉태되는 것은 부끄러운 졸작들입니다. 하지만 재미있게 봐 주시고 격려해 주시는 분들이 있어서 글 쓰는 것은 매우 행복한 일이라 생각됩니다.

그렇게 이번에도 새롭게 집필한 작품 『질풍의 쥬시카』를 여러분 앞에 조심스럽게 내밀어 봅니다.

복수에 미친 살인마의 이야기도, 강력한 힘을 지닌 검사의 활약도 써 봤지만, **진정으로 써 보고 싶었던 것은 치열한 일생을 살며 자신의 야망을 이루어 나가는 남자의 이야기였습니다.**

이 이야기를, 우리가 살고 있는 현실을 배경으로 펼칠 수 있다면 얼마나 좋았을까요. 애석하게도 저는 아직 제가 살고 있는 세상에 대하여 모르는 점이 참 많았습니다.

짧은 앎으로 어설프게 표현하느니, 차라리 직접 가상의 세계를 창조하기로 결심했습니다. 그래서 누구보다도 더 잘 아는 저만의 세계에서 이야기를 풀었습니다.

이 작품에서는 검, 마법, 몬스터 같은 휘황찬란한 환상의 요소는 등장하지 않습니다.

주인공은 오로지 한 명의 인간으로서, 그것도 가진 것 없는 건달의 아들로 태어나, 세상의 중심에 올라서서 절대적인 힘을 거머쥐게 됩니다. 부족하나마 그 파란만장한 일생을 표현하는 데 최선을 다하였습니다.

이제 감상은 여러분의 것입니다.

잘 부탁드립니다.[76]

이 예문은 사이버 문학이 가상의 세계와 성장의 서사를 채택하게 되는 과정을 잘 보여 주고 있다. 또한 그 과정이 현실의 타자성을 재인식하는 것과 궤를 함께 한다고 할 수 있을 것이다.

다음 예문은 『천봉무후』라는 무협소설의 작가 서문[77]이다. 이 글은 사이버 문학의 소통 과정에서 작가와 독자의 역할에 대한 중요한 사례를 보여 주고 있다.

무협을 읽으면서 오랫동안 기억에 남는 책이 없음이 언제나 안타까웠습니다.
너무 많은 책을 읽어서 책 내용들이 머릿속에서 뒤죽박죽으로 엉켜도 갈

---

76) 카 암, 「작가의 말」, 『질풍의 쥬시카 1』, 로크미디어, 4-5쪽.

77) 북미혼, 『천봉무후 1』, 영상노트, 2008, 5-6쪽.

증은 더해만 갔습니다.

그래서 제가 직접 쓰기 시작했습니다.

처음 볼 때 너무 재미있다고 생각하고 다시 봐도 역시 재미있다고 생각하고 또다시 보면서는 이 책은 소장하고 싶구나 하고 생각나게 만드는 책을 만들고 싶었습니다.

그리고 지금 『천봉무후』가 나왔습니다.

제 상상력을 최대한 발휘하여 가장 귀여운 여자를 만들고 싶었습니다. 누구에게나 사랑받는 여자를 탄생시키고 싶었습니다. 그리고 다행히 그런 여자가 저에게는 너무 가까이 있었습니다.

(하략)

2008년 6월
북미혼 배상

사이버 문학을 열심히 읽는 독자계층일수록 잠재적인 작가가 될 가능성도 높아진다. 소설 읽기 과정에 적극적으로 참여하여 작가와 의견을 교류하면서 소설의 진행에 영향을 미치는 상호작용을 수행한다. 그 일환으로 게임 시나리오, 만화, 패러디, 외전, 팬픽, 속편, 인물의 일러스트, 작품 속 세계지도 그리기 등 다양한 서브텍스트를 창작하여 부가하기도 한다. 이와 같은 과정은 작가의 홈페이지나 창작 웹사이트 공간을 통해 언제라도 활발히 이루어진다.

다음 글은 『하얀 늑대들 1 - 12(완)』의 작가 완결 후기이며, 작가와 독자, 인터넷 매체를 둘러싼 상호작용을 잘 보여 준다.

하얀 늑대들을 마치며[78]

하얀 늑대들을 써 나가면서 가장 많이 받은 메일은 아마도 '다음 권 언제 나와요?'라는 독촉과 '작가님 미워요!'라는 협박과(10권 이후), '카셀은 언제 강해져요?'라는 질문이 아닌가 싶다.

---

78) 윤현승, 『하얀 늑대들 12』, 파피루스, 2005.

자, 앞의 두 가지는 그렇다고 치고, '카셀은 언제 강해져요?'라는 질문에 대해서는 무척이나 답변 보내기 애매했다. 그거 참, 내가 뭐라고 대답하겠는가? 하얀 늑대들의 작가로서 남기는 마지막 글이니 결국 카셀 이야기를 하지 않을 수 없다.

믿거나 말거나 나는 1권 첫줄을 쓸 때부터 카셀의 운명은 정해 놓고 있었다. 중간에, 개인적으로 아는 친구들에게 주인공 죽이네 살리네 농담도 많이 했지만, 결국 내 하고 싶은 대로 주인공의 운명을 처리했다.

1부를 시작할 때 내 머릿속에는 온통 4권 하이라이트만 차 있었고, 2부 시작할 때는 7권 에필로그만 생각했고, 3부 쓸 때는 독자들에게 '미워요 편지' 백만 통(거짓말!) 받게 만든 '그 장면'만 거듭 그렸다. 중간에 몇 가지 에피소드가 변경되기도 하고, 어떤 인물은 더 중요해지고 어떤 인물은 더 희미해지고 했지만 그래도 '카셀은 끝에 이러저러한 일을 하고, 이렇게 될 거야.'라는 줄기만은 건드리지 않았다.

그래서 오히려 카셀을 따라 다니는 하얀 늑대들과 제이메르, 타냐, 라이 같은 두 번째 주인공들이 까다로워서, 카셀 자체를 쓰는 데는 주저함이 없었다. 그러나 나는 저 질문에 대답할 수 없었다.

인터넷 연재 사이트 드림워커에서 집필 당시, 내가 대놓고 '앞으로도 카셀, 칼 못 써요!'라고 써 놨더니 독자들끼리의 리플이 아주 볼만했다.

'그럼 마법을 배우나요?'

'마법 두루마리 하나 주우려나?'

'제 생각에는 아마 마법도 못 배울 거예요'

'그럼 권법이라도 배우겠죠.'

독자들은 카셀이 저런 식으로 강해지길 원했다.

후후훗, 재밌지 않은가? 자, 이제 12권까지 읽은 여러 독자 분들. 머릿속에 카셀을 그리라. 그리고 그가 최종보스인 죽지 않는 자들의 군주와 일대일 대결에서 마침내 승리한다!

으음.

뭐 누군가는 저런 모습을 보고 싶었는지 모르지만, 어쨌든 나는 그런 카셀을 그다지!!! 보고 싶지 않았다.

이런 내 고집을 끝까지 용납해 준 파피루스 사장님께 감사드리며, 처음부터 끝까지 변치 않는 관심으로 집필에 많은 도움을 주신 편집자 성영주 씨께 감사드리고, 이런 약해 빠진 주인공을 사랑해 준 독자들에게 또 감사드리며, 이 주인공 언제 세지는지 끝까지 보다가 지친 독자들에게는 뭐 조금 미안하고, 더불어 '혀 안 돌아가는 게 날 보는 것 같아!'라는 이상한 이유로 독자들의 사랑을 받아 버린 제이메르(……)에게 이상하게도 고맙고, 또한 '늑댄지 뭔지 아직도 쓰고 있냐? 길기도 하다.'라며 스토리가 늘어지지 않게 항상 자극을 주시는 그분께 사죄드리며, (아들래미, 아직도 가난합니다요, 어머니!) 홈페이지 찾아와서 부족한 작품 무지 부풀려서 감동해 주시는 손님 분들께 민망해하며, 이 책 사서 보는 분들께는 축복 있으라!

　하얀 늑대들 집필 과정에서 있었던 몇 가지 재미있는 일들에 대해서는 훗날 개인 홈페이지에서 공개하기로 하고, 작가의 말은 주저리주저리 늘어놓지 않고 여기서 끝내고자 한다. 그리고 마지막으로 '카셀 언제 강해져요?'라고 물었던 분들께 뒤늦게나마 답변을 드린다.

　"어때? 카셀, 강해졌지!"

　위와 같은 상호작용을 통해 사이버 문학은 단일 텍스트가 아니라 문화의 영역으로 확장되어 다양한 재생산의 가능성을 가진 문화적 출처로 부각되는 것이다.

<관련 사이버 서사문학 텍스트 목록>

작 가	작품명	장르	연 도	연재게시판	출판사	비 고
이영도	드래곤 라자 1 – 12	판타지	1998	하이텔	황금가지	초기 정전화, 게임화
	눈물을 마시는 새 1 – 4	퓨전	2003	하이텔	황금가지	한국적 판타지
	피를 마시는 새 1 – 8	퓨전	2005		황금가지	한국적 판타지
	오버 더 호라이즌	판타지	2004	하이텔	황금가지	중단편선집
김근우	바람의 마도사 1 – 6	판타지	1997	나우누리	무당미디어	최초 청소년 작가
	흑기사 1 – 10	판타지	2001	나우누리	황금가지	바람의 마도사 후속편
	괴수 1 – 7	퓨전	2005		북박스	전래동화 기반 한국적 판타지
이우혁	퇴마록 국내편 1 – 3	퓨전	1993	하이텔	들녘	PC 통신문학선두작
	퇴마록 세계편 1 – 4	퓨전	2000	하이텔	들녘	
	퇴마록 혼세편 1 – 6	퓨전	2000	하이텔	들녘	
	퇴마록 말세편 1 – 4	퓨전	2001	하이텔	들녘	
	왜란종결자 1 – 6	퓨전	1998		들녘	한국적 역사 판타지
	치우천황기 1 – 8(미완)	역사	2004		들녘	한국적 역사 판타지
김상현	탐그루 1 – 15	퓨전	1999	나우누리	명상	현대역사, 게임, 판타지의 퓨전
	하이어드 1 – 4	SF	2002	나우누리	마술램프	미래, 판타지의 퓨전
	네크로폴리스 1 – 4	판타지	2003	커그	시공사	
전민희	세월의 돌 1 – 10	판타지	1999	나우누리	자음과모음	
홍정훈	창세종결사 발틴 사가 1 – 10	판타지	2003	커그	북박스	신화의 재해석과 창조
	월야환담 채월야 1 – 7(완)	퓨전	2004	커그	파피루스	흡혈귀와 인간
	월야환담 창월야 1 – 10(완)	퓨전	2005	커그	파피루스	흡혈귀와 인간

작 가	작품명	장르	연 도	연재게시판	출판사	비 고
유기선	극악서생 1 − 9(완)	퓨전	2000	나우누리	자음과모음	무협, SF, 판타지 퓨전
	극악서생 2부 1 − 10(완) − 3부(미완)	퓨전	2004		자음과모음	
	마물정화재단 1 − 3(미완)	퓨전	2003	나우누리	자음과모음	한국적 현대 판타지
오승환	가을왕 1 − 6(완)	퓨전	2001	나우누리	청어람	판타지, 밀리터리, 정치
	1254동원예비군 1 − 5(완)	퓨전	2005	문피아	로크미디어	퓨전, 밀리터리, 타임슬립
송윤미	뉴라이프 1 − 7(완)	퓨전	2002	나우누리	청어람	퓨전, 환생, 현대
가우리	강철의 열제 1 − 17(미완)	퓨전	2004	은자림	파피루스	퓨전, 이계 진입, 정벌
임영기	삼족오 1 − 8(완)	역사	2004	문피아	청어람	역사, 무협
조항균	자유인 1 − 8(완)	퓨전	2004	유조아	청어람	판타지, 정치
평인	신쥬신건국사 1 − 7(완)	퓨전	2003	유조아	북박스	정치, 역사, 타임슬립
홍진성	붉은 황제 1 − 5(완)	판타지	2003	유조아	시공사	정치
최순옥	신군주론 1 − 5(완)	판타지	2001	나우누리	황금가지	정치
곽정민	환생군주 1 − 6(완)	퓨전	2004	유조아	청어람	역사, 정치, 환생
송정하	카르마의 구슬 1 − 10(완)	퓨전	2003	유조아	청어람	판타지, 정치, 이계
김진	마법입국 1 − 7(완)	퓨전	2004	유조아	발해	판타지, 현대, 정치
최현우	학사검전 1 − 6(완)	퓨전무협	2003	유조아	북박스	무협, 퓨전
조돈형	궁귀검신 1 − 8, 2부 1 − 9(완)	퓨전무협	2002	문피아	청어람	무협, 퓨전
한상운	특공무림 1 − 8(완)	퓨전무협	2004	유조아	로크미디어	무협, 시간여행, 현대
최진석	무법자 1 − 5(완)	퓨전무협	2005	문피아	자음과모음	무협, 퓨전
성상영	노동신공 1 − 6(완)	퓨전무협	2004	담비네	북박스	무협, 퓨전
	살인기계 1 − 6(완)	퓨전무협	2005	문피아	마루	무협, 퓨전, 시간여행
라이큐	부서진 세계 1 − 6(완)	퓨전	2006	문피아	스카이북	퓨전, 현대, 몬스터
프로즌	일곱 번째 기사 1 − 12(완)	퓨전	2006	문피아	환상미디어	판타지, 이계차원 이동, 정치
항상(그 자리)	고교평정화 1 − 6(완)	퓨전	2006	문피아	로크미디어	퓨전, 현대, 학교
	무당전설 1 − 6(완)	무협	2005	문피아	로크미디어	무협, 문화 정체성, 성장
김대산	김부장이 간다 1 − 9(완)	퓨전	2005	문피아	자음과모음	퓨전, 현대, 무협
	철인(김부장이 간다 2부) 1 − 6(완)	퓨전무협	2005	문피아	청어람	퓨전, 무협, 시간이동
강재영	위령촉루 1 − 5(완)	퓨전무협	2004	문피아	청어람	퓨전, 무협, 정치풍자
악필 서생	천룡전기 1 − 8(완)	퓨전무협	2007	문피아	로크미디어	퓨전, 무협, 시간이동, 정치
샤이 나크	수2법사 1 − 6(완)	퓨전	2008	문피아	파피루스	퓨전, 판타지, 차원 이동

2.2. SF소설과 일상의 타자화

반면에 SF소설은 다른 양상의 타자성을 보여 준다. SF소설의 타자성은 현실의 일상을 뚫고 들어오는 이질적 세계의 한 양상이다. 따라서 이와 같은 경우의 타자성은 기이함과 경외로서 현실 너머의 세계를 현실과 대비시켜 주는 기능을 수행한다.

SF소설들은 가까운 미래나 먼 미래를 배경으로 창작되지만, 실제 작가와 독자의 시야는 당대에 대한 재해석으로 맞춰진다. 그러므로 SF소설에서 나타난 미래는 결국 당대의 문제적 지평의 연장선에 불과하다. 문제적인 현실을 극단적으로 강화한 것이 SF소설에 나타난 시공간 배경이기 때문이다. 따라서 SF소설에 드러나는, 일상성을 뒤흔드는 타자성은 바로 현실의 이면에 이미 존재하고 있는, 잠복하고 있는 타자성이다.

이처럼 현실의 문제를 해소한 것으로 가정한 행복한 미래의 유토피아(utopia)가 오히려 디스토피아(distopia)임을 발견해 나가는 과정이 SF 서사의 가장 핵심을 이루는 담론이다. 따라서 미래 유토피아로서 타자성의 발현은 현실의 이면에 존재하는 부정적 측면을 오히려 극대화시킴으로서 디스토피아화된 미래를 통해 거울처럼 현실의 타자성을 비춰 낸다. 그러므로 SF소설의 극단적인 타자성은 현실에의 각성을 촉구하는 한 방식이라 보는 게 더 적합할 것이다.

이영수, 혹은 듀나(DJUNA)라는 필명으로 인터넷에서 SF소설을 창작 활동하는 작가가 있다. 한국적 SF 작가로 알려진 '듀나', 혹은 '이영수'는 작가 자신도 베일에 싸여 있다. 단수인지 복수작가들의 연합인지조차 은폐되어 있지만, 뛰어난 단편들을 중심으로 하여, 미래를 통한 현재를 잘 드러내고 있는 작품들을 연속하여 배출하고 있다. 그는 『나비전쟁』,[79] 『면세구역』,[80] 『태평양 횡단 특급』[81] 등의 단편 작품집을 통해 한국적인 SF의 철학적이고 인문학적인 사유의 틀과 폭을 보여 준다.

소설 『첼로』에서는 로봇이 이미 일상화된 시대, 로봇과 사랑에 빠진 한 여인이 인간 대신 기계의 육체를 탐하는 비정상적 상황을 보여 주고 있고, 기억이식을 통해 자신을 이미 죽어 버린 쌍둥이 언니의 복제물로 만들어 놓은 어머니에 대한 증오를 그린 『무궁동』 등은 '로봇 강아지'나 유전자 복제 기술을 이용한 '동물복제' 등의 현실과 맞물려서 뒤돌아보는 법 없이 앞으로만 나아가려는 우리의 발걸음을 멈칫하게 만든다. 이 밖에도 전 세계를 연결하는 전 지구적 스타일의 건축물, 사이버 살인마, 인간의 뇌를 자유자재로 지배하는 기계 장치 등의 이야기가 실려 있는데 작가는 이러한 이야기들을 통해 인간과 기계가 역전된 또 하나의 '멋진 신세계'를 보여 주고 있다.

한국의 현대문학사에서 SF의 역사는 그리 풍부한 편이 아니었으나, 디지털 매체가 발달하고 사이버 문학이 보편화되면서 SF의 마니아 계층이 자체 사이트를 만들면서 사이버 문학으로 함께 포괄되고 있다.[82]

그러나 영미문학 스타일의 순수한 SF소설은 아직도 드문 편이며,

---

79) 이영수(듀나), 『나비전쟁』, 오늘예감, 1997.

80) 이영수(듀나), 『면세구역』, 국민서관, 2000.

81) 이영수(듀나), 『태평양 횡단 특급』, 문학과지성사, 2002.

82) f - 월드, http://www.f-world.co.kr/
   sf 월드, http://myhome.naver.com/snuba94b/
   이원창의 sf 세상, http://brainlee.net/
   정크 sf http://www.junksf.net/

대부분 미래 시공간 배경을 가진 것으로서 판타지와의 퓨전 형태를 지닌 것이 더 많다고 할 수 있다.[83] 이는 작가계층이 과학의 문학 담론화에 익숙지 않은 것이 주요인인 듯하다. 오히려 한국적 SF는 보다 풍부한 인문학적, 철학적 사유를 토대로 깔고 우리의 문화적 정체성을 더욱 예민하게 드러내는 방향으로 작용한다.

이 외에도 복거일의 『파란 달 아래』, 『역사속의 나그네』 등이 한국적 SF의 한 영역을 개척하고 있으며,[84] 이들의 작품은 한국적 역사성에 대한 사유를 토대로 하고 있다. 미래 시공간 배경이거나 과거로의 이동을 전제로 한 시공간 배경이거나 모두 당대의 우리 사회 현실로 회귀하여 현실을 타자화하여 드러낸다는 공통점을 보여 준다. 미래 우주공간에서 사는 인물들 혹은 21세기에 태어나 16세기 조선을 살아가는 인물이지만, 그들의 삶이 형상화되는 시공간 배경의 이면에는 언제나 당대의 우리 사회현실이 이면으로 존재하기 때문이다. 따라서 이 소설들 속의 타자성은 바로 우리 당대의 현실이며, 타자성과의 상호작용을 통해 자아 정체성을 형성시켜 가는 과정은 당대 우리의 사회가 나의 내면에 타자화된 방식을 알아 가는 과정이다.

---

83) 임진운(2002), 『대공학자 1 - 9(완)』, 청어람, 2002 - 3.
84) 복거일(1992), 『파란 달 아래』, 문학과지성사, 1992.
_____(1991), 『역사속의 나그네 1 - 3』, 문학과지성사, 1991.

<관련 SF소설 텍스트 목록>

작 가	작품명	장 르	연 도	출 판	비 고
듀나(이영수)	나비전쟁	SF	1997	오늘예감	한국형 SF 단편소설집
	면세구역	SF	2000	국민서관	SF 단편소설집
	태평양횡단특급	SF	2002	문학과지성사	SF 단편소설집
노성래	바이너리 코드 1, 2	SF	1997	궁리	
복거일	역사속의 나그네 1－3	SF	1991	문학과지성사	장편
	파란 달 아래	SF	1992	문학과지성사	장편

<관련 SF소설 텍스트 연재 인터넷 게시판 목록>

연재 사이트	인터넷 주소
f－월드	http://www.f－world.co.kr/
sf 월드	http://myhome.naver.com/snuba94b/
이원창의 sf 세상	http://brainlee.net/
정크 sf	http://www.junksf.net/

2.3. 만화 텍스트와 타자에의 몰입

대중적 환상성의 깊은 토대를 제공하고 있는 또 다른 서사물로
서 장편 서사만화 텍스트들이 있다. 향유층에 따라 남성중심의 무
협, 액션만화와 여성 중심의 순정만화, 어린이 중심의 명랑만화로
분류되는데, 이와 같은 만화의 서사 속에는 환상성이 깊이 침투되
어 있다. 만화적 서사 안에는 현실보다 환상성 자체가 중시되는
경우가 많으며, 주체는 만화 속 서사 세계의 환상성을 자신의 세
계와 분리하지 않고 수용하게 되는 경우도 빈번하다. 따라서 만화
텍스트의 환상성이 지시하는 타자성은 몰아적 성격을 지니고 주체
와 타자의 동일시를 유도한다.

만화 속의 환상성은 낯설지 않은 타자의 모습으로 나타난다. 그

림 이미지가 지니고 있는 인위적 가공의 성향과 함께, 현실 맥락의 재현보다는 텍스트 맥락의 창조적 재구성에 더 초점이 맞춰지기 때문이다. 따라서 만화 속에 나타나는 텍스트 맥락은 이미 현실의 맥락과 중첩되어 있는 상태거나 병렬 평행 상태로 병존하고 있는 세계인 경우가 많다. 신일숙의 『아르미안의 네딸들』처럼 설정 자체가 이미 환상적인 텍스트 맥락에 놓여 있는 판타지 세계 내부의 이야기인 경우,[85] 그리고 강경옥의 『별빛 속에』처럼 은폐되어 감추어진 세계가 행위자를 중심으로 현실 세계의 맥락과 환상적 세계로 이원화되는 경우[86]가 바로 그것이다.

사이버 문학에서 이계로의 진입이 서사에서 중요한 맥락을 차지하고 있는 것처럼, 장편 서사만화에서는 현실과 병행되고 있는 환상의 세계가 중요한 의미를 차지하고 있다. 신일숙 『파라오의 연인 1−16(완)』[87]에서는 파라오의 유적에서 발굴되어 우리의 당대 현실에 존재하게 된 4000년 전 파라오와 관련된 의문의 미소년과 그를 둘러싼 인물들 사이의 욕망과 갈등을 보여 준다. 미소년 페닉시오를 둘러싸고 벌어지는 미스터리 사건들은 환상과 타자성의 문법을 따라 실현된다.

출판되어 대중적 인기가 검증된 서사만화 텍스트들의 경우 주변 타 서사 장르로의 연계가 잦다. 만화잡지를 통해 연재되면서 인기를 검증한 뒤 출판되거나 극장용 장편 애니메이션, TV 방송용 시리즈 애니메이션, 혹은 게임 시나리오의 확장, 소설로의 재생산, 디자인 캐릭터 등과 같이 다각적으로 사용되는 경우이다. 이에 따

---

85) 신일숙, 『아르미안의 네딸들 1−14』, 대원씨아이, 1996 외.

86) 강경옥, 『별빛 속에 1−18』, 서울문화사, 1996 외.

87) 신일숙, 『파라오의 연인 1−16(완)』, 서울문화사, 2003.

라 서사만화 텍스트는 다양한 장르 현상의 중심에 놓여 소스 콘텐츠로서의 역할을 수행하는 경우가 많다. 이명진의 만화「라그나로크」, 김진의 「바람의 나라」, 신일숙의 「리니지」 등은 게임 시나리오로 재창조되어 성과를 올렸으며, 이두호의 「머털도사」, 김수정의 「아기공룡둘리」 등은 애니메이션화되어 인지도가 더욱 높아졌다.

역으로 현실의 게임 문화에 익숙한 작가가 게임을 소설 속으로 끌어들여 소설을 창작하는 사례도 증가하고 있다. 단순한 패러디 소설에서 시작하여 본격적으로 게임의 가상세계를 소설화한 작품은 2000년대 들어 급증했다. 『Van 1 - 12(완)』[88]을 비롯하여 「테이머루트 1 - 8(미완)」 등 게임 속 세계를 무대로 하는 소설들이 게임을 선호하는 청소년층에게 폭넓게 읽혔다.

작가의 말[89]

저는 게임을 좋아합니다.
초등학교 시절 오락실에서부터 시작한 게임에 대한 애정을 이제 미숙한 솜씨지만 글로써 풀어 보려고 합니다.
첫 게임소설, 첫 1인칭 시점. 미숙한 점은 많겠지만, 새로운 시도와 새로운 도전은 제가 초심으로 돌아가게 해 주었습니다.
타성에 젖어 버리던 제가 새로운 도전으로 예전 같은 글을 쓸 수 있게 된 것 같습니다.
글을 읽으시는 모든 분께서 함께 웃고, 함께 미소 지어 주기를 바라며 쓴 글입니다.
즐거운 마음으로 이 책을 덮고 다음 권을 펼쳐 주시길 바랍니다.

2008년 6월
화풍객 배상

---

88) 광 희, 『Van 1 - 12(완)』, 커뮤니케이션그룹동아(동아북스), 2005 - 8.
89) 화풍객, 『테이머루트 1』, 마루출판사, 2008, 6 - 7쪽.

또한 사이버 문학 소설 중에서 청소년에게 인기가 많았던 작품은 장편 서사만화로 다시 재구성되어 출판되고 있다. 판타지 소설『이드』,90) 무협소설 『황제의 검』91) 등 특히 대중적 인기를 얻은 초기작들이 앞서서 만화화되었다.

소설 『이드』의 원작자 김대우는 공식적 작가 소개에 "1981년생인 그는 현재 관광 계열 대학에 재학 중이며, 무협, 판타지, 만화, 애니메이션 장르에 강한 중독 성향을 가지고 있다."고 공개함으로써 이와 같은 성향이 작가들에게 보편화되어 하위 갈래들과 매체들을 넘나드는 것이 전혀 이질적인 것이 아니라는 것을 증명하고 있다.

다양한 매체를 통해 축적된 작가들의 문화적 경험과 창작의 경험에 대한 진술들은, 이른바 하나에서 출발해서 다용도로 콘텐츠화되는 원소스 멀티유즈(one source multi use)의 기본적인 출처가 어떤 경로로 형성되고 있는지 보여 준다. 이와 같은 사실은 서사 장르 만화의 향유층이 아동 중심이라는 과거의 인식에서 벗어나 창작과 수용연령층이 확대되고, 대중문화의 성격을 더욱 뚜렷하게 드러냄에 따른 현상이라 생각된다.

<관련 서사만화 텍스트 목록>

작 가	작품명	장 르	연 도	출판사	비 고
신일숙	아르미안의 네 딸들1 - 14(완)	판타지	1996	대원씨아이	순정만화
	1999년생 1 - 4(완)	SF	2000	대원씨아이	순정만화
	리니지 1 - 12(완)	판타지	2002	대원씨아이	순정만화, 게임 시나리오화
	파라오의 연인 1 - 16(완)	판타지	2003	서울문화사	순정만화

90) 김대우, 『이드 1 - 18』, 북박스(랜덤하우스 중앙), 2001 - 2008.
91) 임무성 원작, J. Park 그림, 『황제의 검 1 - 8』, 북박스(랜덤하우스 중앙), 2008.

작 가	작품명	장 르	연 도	출판사	비 고
황미나	레드문 1 - 12(완)	SF	1997	서울문화사	순정만화, 게임 시나리오화
	B.S.T. 1 - 4(완)	퓨전	2000	학산문화사	역사, 판타지, SF, 무협 퓨전
이미라	남성해방대작전 1 - 9 (완)	판타지	1999	시공사	
	은비가 내리는 나라 1 - 7(완)	퓨전	2001	시공코믹스	전래동화 기반 퓨전 판타지
	선녀 파이팅 1 - 6(완)	퓨전	2004	시공사	전래동화 기반 퓨전 판타지
강경옥	별빛속에 1 - 18(완)	SF	1996	서울문화사	퓨전, SF
	노말시티 1 - 9(완)	SF	1997	서울문화사	퓨전, 미래
	펜탈＋샌달 1 - 3(완)	판타지	1999	시공코믹스	아동용
	두사람이다 1 - 4(완)	퓨전	2000	시공사	한국적 판타지, 현대와 과거
	라비헴폴리스 1 - 3(완)	SF	2000	시공사	순정만화
	거울나라의 수수께끼 1 - 2(완)	판타지	2003	시공사	순정, 판타지, 아동용
유시진	마니 1 - 4(완)	퓨전	1996	서울문화사	처용랑 이야기의 현대적 수용
전극진, 양재현	열혈강호 1 - 36(미완)	무협	1995	대원씨아이	현대적 무협, 게임화
이현세	남벌(완)	퓨전	1994	팀매니아	역사, 퓨전
	아마게돈(완)	SF	1996	해냄출판사	SF
	천국의 신화(완)	퓨전	1997	해냄출판사	역사, 신화 재해석
김성재, 김병진	천추1 - 15(완)	판타지	2001	학산문화사	동양판타지,
노미영	살례탑 1 - 11(완)	퓨전	2000	대원씨아이	역사, 동양판타지
김진	바람의 나라 1 - 21(미완)	퓨전	1998	시공사	역사, 동양판타지, 게임화
박성우	팔용신전설 플러스(완)	판타지	2003	세주문화	게임, 판타지, 무협 접목, 아동용
이명진	라그나로크(완)	판타지	1999	대원씨아이	판타지, 애니메이션, 게임화, 아동용
손희준, 김윤경	유레카	판타지	2000	학산문화사	가상 RPG 게임의 세계, 아동용
김수정	아기공룡둘리	판타지	1983	대원씨아이	애니메이션, TV시리즈, 캐릭터, 게임으로 확장, 아동용
이두호	머털도사	퓨전	1991	오늘	애니메이션, 게임 확장, 아동용
허영만	슈퍼보드	퓨전	1993	파랑새어린이	TV 시리즈, 게임, 캐릭터 확장, 아동용
	꼬마대장 망치	SF	2004	서울문화사	애니메이션화, 아동용

2.4. 애니메이션 텍스트와 타자성의 이분화

애니메이션은 아동용과 성인용이 분리되면서 환상성의 양상에서 차이를 보인다.

애니메이션은 성인용이라기보다 아동용이라는 사회의 인식이 강한 억제 틀로 작용하면서, 애니메이션에는 아동을 위한 세계관이 강력히 권장되는 담론이 일종의 검열기제처럼 작용하기도 한다. 따라서 TV판 애니메이션『검정고무신』처럼 어른의 시각에서 만들어진 '순수한 아동의 세계'가 어린이들에게 권장사항인 것처럼 일방적으로 요구되는 담론을 형성한다.[92] 애초에 대상 텍스트의 선정이나 생산과 소통의 맥락에서 교육적 담론과 자본주의적 채산성의 담론으로부터 자유로울 수 없기 때문이다. TV판 애니메이션 시리즈를 제작하는 데 드는 천문학적 비용이 대상 텍스트의 선정에서 사회적 효용성을 언제나 우선시하게 만든다.

따라서 어린이용 애니메이션에 나타나는 타자성의 담론은 언제나 성인의 입장에서 아동의 눈높이라 예측한 것에 도덕적 교화의 색채를 입혀 구체화된다. 그러다 보니 규범의 사회화 논리에 순종하지 않고 일탈이나 파괴를 시도하는 작품들은 아동용으로 적합하지 않은 것으로 여겨졌다.

자아와 타자의 경계선이 불분명한 아동들은 물활론적(物活論的) 사유에 익숙하다.[93] 따라서 어린이용 애니메이션에 나타나는 환상성은 타자와의 경계를 무너뜨리고 동일시가 가능한 환상의 양상을 보여 준다. 무생물인 사물을 대하면서 마치 생명을 지닌 존재처럼

---

92) 최기숙(2001), 『어린이 이야기, 그 거세된 꿈』, 책세상, 2004.
93) 임원재, 『아동문학교육론』, 신원문화사, 2002, 42쪽.

친숙히 여기고 대화하며 자신과 가장 잘 소통하는 존재로 여기는 현상이 바로 그것이다. 이와 같은 환상적 타자성을 기반으로 어린이 애니메이션의 상상력이 구성된다.

<아기공룡 둘리>의 경우, 어린이 입장인 둘리와 또치, 도우너, 마이클, 희동의 대척점에는 타자화된 성인으로서 길동 아저씨가 있다. 둘리의 정체성은 길동을 배척하고 만날 수 없는 '어머니'에 대한 그리움과 동일시를 통해 구현된다. 사회화를 요구하는 상징물인 길동 아저씨에 대한 둘리의 적대감에도 불구하고 '어머니에 대한 그리움'이라는 담론은 <아기공룡 둘리>가 드러내는 타자성을 사회적으로 용인하게 만든다.

<달려라 하니>, <오세암> 등도 유사한 타자성의 양상을 보여준다. '어머니'로 구현된 타자는 언제나 부재중인 타자이며 찾을수록 미끄러지는 기표와도 같다. 애니메이션에 나타난 인물들은 '어머니'를 좇는 과정에 자신의 성장을 이루게 되는데, 아버지 중심 가부장적 부계질서에 속한 우리 사회에서 '아버지'가 아닌 '어머니'가 타자의 기표로서 제시된다는 것은 한국적 문화 정체성의 타자화이다. 이는 본질적으로 여성적 시각이 아니라 남성적 시각에서 원초적 타자의 기표로 '어머니'라는 모성의 체계를 물활론적 사유 위에서 채택하기 때문인 것으로 보인다. 따라서 '어머니'는 '여성' 그 자체와 무관하게 이 아니라 '남성의 어머니'로서의 '모성'에 값하는 가치인 것이다.

성인용 애니메이션의 환상성은 서사만화의 환상성과 동일한 효과를 시도하지만, 실제로는 만화와는 다르게 수용된다. 따라서 성인용 애니메이션의 환상성은 어린이용처럼 물활론적, 몰아적 환상성이 아니라 현실 맥락을 매개로 한 텍스트 맥락의 환상성으로 재

구성된다. 그 과정에서 자아와 타자는 경계선이 명확하고, 타자성
은 주체의 욕망 위에서 환상이라는 도구를 통해 구체화되는 방식
을 채택하는 것이다.

　또 다른 양상으로서 아동용 애니메이션은 수용하는 아동을 위한
도덕적 수준을 감안하여 종교적, 혹은 윤리적 경이로서의 환상성인
경우가 많다. 예를 들어 <오세암>, <마리이야기> 등의 애니메이
션은 종교적 경이나 순수함에 대한 경이적 동경을 통해 낯선 환상
성을 문화적 포섭의 원리로서 텍스트 맥락에 자연스럽게 끌어들이
게 되는 것이다. 이 또한 사회적 규범의 사회화와 도덕적 효용성
에서 가장 무리 없이 어린이에게 허용 가능한 범주이기 때문이다.

<관련 애니메이션 텍스트 목록>

작　가	작품명	장르	연　도	제작사	비　고
김수정	아기공룡둘리	TV 시리즈	1998	KBS	아동용
	아기공룡둘리 - 얼음별대모험	장편 애니	1998	서울무비기획	아동용
이두호	머털도사	TV 시리즈			아동용
	머털도사와 108요괴	장편 애니			아동용
허영만	날아라 슈퍼보드	TV 시리즈	1999	KBS	아동용, 서유기 재해석과 수용
성백엽	오세암	장편 애니	2003	아이비전	종교적 경이
이성강	마리이야기	장편 애니	2001	엔터원무비	성장과 환상성
이현세	아마게돈	장편 애니	1995	우일	SF, 판타지
	블루시걸	장편 애니	1994	스타맥스	최초 장편 성인용
김문생	원더풀 데이즈	SF	2003	프라임	
양영순	누들누드 1, 2	옴니버스 애니	2001	서울무비기획	성인용
허영만	망치	장편 애니	2004	엔터원	아동용

2.5. 아동문학 텍스트와 타자의 수용

아동문학은 특히 전래동화라는 하위 장르에 의거하여 한국의 전통적 서사가 지닌 환상과 타자성의 상호관계를 적극적으로 수용하는 것이 관례화되어 있다. 민담의 수용은 아주 어릴 때부터 적극적으로 이루어지며, 작가 개인의 창작 작품에 의한 환상성의 수용에 비해 훨씬 규모가 크고 당연시된다.

전래동화와 위인전은 각각 설화와 전(傳)이라는 우리 고전 서사의 전통적 양식을 현대적으로 수용한 결과이다. 전래동화가 지닌 낯선 타자성의 대면은 어린이를 위한 윤리적 담론으로 채색되어 포섭되며, 위인전 역시 사실의 기록이라는 원래 의도 위에 윤리적, 환상적 개입이 부가되어 있다.

설화에서 비롯된 전래동화 텍스트는 본래 어린이용이 아니었어도 어린이를 위한 용도로 현대에 다시 재정비되어 기록문학화되고 출판된 것이다. 그러나 전설에 있어서의 비장미, 잔혹한 장면의 묘사, 민담에 있어서의 상하 전복의 담론과 같은 본질적 요소가 제거되기는 어렵다. 또한 구비문학으로서 오래 전승된 만큼 우리 문화의 정체성이 깊게 녹아 있어서 이야기 구조 자체에 들어 있는 어린이 교육에 부적절한 담론의 논리를 해체시키기도 쉽지 않다.

위인전 같은 경우, 당대의 사회적 필요성과 요구에 따라 위인전에 들어갈 위인들의 목록이 결정된다. 고선지가 70년대에 주로 선택되다가 80년대를 넘어서면서 고선지를 대체하여 장보고가 선택된 것도 같은 맥락이다. 강한 군사력으로 서역을 정벌한 고선지는 유신 군부 통치 시기에 의의를 부여받았고, 쿠데타를 시도한 반역자로서 장보고는 배제되었다. 그러나 80년대 이후 국제화와 자본주의적 경제논리가 군사력보다 사회에서 숭상되어야 할 덕목이 됨에 따라 고선지가 배제되고 장보고가 선택되었다. 마찬가지로 위인전의 대부분은 남성이고, 유일하게 선택되는 여성은 선덕여왕, 혹은 신사임당이다. 위대한 시인이었지만 시대의 규범과 불화했던 허난설헌보다 시적 완성도가 부족해도 모성과 교육의 역할 모델에 적합한 신사임당이 우선 선택된다.

위인전이 드러내는 위인들의 선택 목록은 이렇게 우리 당대의 욕망이 투사된 타자화의 결과라고 할 수 있다. 이와 같은 사회적 개입은 어린이를 위한 '교육적' 담론이라는 전제하에서 이루어진 것이다. 아동문학의 문화적 성향은 이와 같이 교육적 차원에서 대부분 윤리적인 목적을 위해 환상적 개입이 이용되는 성향이 짙다. 창작아동문학의 경우도 교육성을 배제할 수 없는 것이 아동문학의 현실이므로, 환상성의 개입은 물활론적 상상 위에서 도구화되어 사용된다.

권정생의 『강아지똥』[94]이나 마해송의 『바위나리와 아기별』[95] 또한 그렇다. 『강아지똥』은 생태주의적 관점에서 환경친화적 교훈을 이끌어 내기 위해 강아지 똥과 주변 사물들과의 대화를 물활론적 사유를 통해 드러내 보여 주고 있기 때문이다. 아동문학 최초의 창작동화로 꼽히고 있는 마해송의 『바위나리와 아기별』 역시 사물 사이의 물활론적 사유 위에서 상상력이 발현되는 양상을 보여 준다.

그러나 아동문학 중 우수한 작품들은 현실적 맥락을 토대로 텍스트 내부 맥락을 거듭난 현실 공간인 것처럼 현실의 첨예한 문제의식을 다루는 작품들도 다수 있다.[96] 예를 들어 『고양이 학교』[97]

---

94) 권정생, 『강아지똥』, 길벗어린이, 1996.
95) 마해송, 「바위나리와 아기별」, 『샛별』, 1923.

에서는 인간의 현실 세계와 병존하는 고양이들의 사회가 현실의 이면에 은폐되어 병렬세계로 존재함을 가정하여, 말하는 고양이들의 환상적 요소와 인간들과의 교류 접촉을 통해 타자성에 비친 현실 공간의 문제의식을 예리하게 드러낸다.

<관련 아동문학 텍스트 목록>

작 가	작품명	연 도	출판사	비 고
정채봉	오세암	1990	창작과비평	장편 애니메이션화
김진경, 김재홍	고양이학교 1 - 5	2001	문학동네	
김진경	거울 전쟁	2003	문학동네	
박재형	검둥이를 찾아서	1999	국민서관	
김요섭	꽃주막	2001	대교출판	
김종한	나무들이 입는 옷	2002	아동문예사	
김요섭	날아다니는 코끼리	2002	현암사	
이은하	머리에서 자라는 풀잎	2003	예림당	
박찬욱	샘마을 몽당깨비	1999	창작과 비평사	
김우경	수일이와 수일이	2001	우리교육	
안미란	씨앗을 지키는 사람들	2001	창작과 비평사	
김향금	아무도 모를거야 내가 누군지	2000	보림	
김요섭	푸른 연	2001	대교출판	
한예찬	해별이의 이상한 모험	2002	예림당	
이현주	바보온달	1984	새벗	
강소천	꿈을 찍는 사진관	1992	신구미디어	
권정생	밥데기 죽데기	1999	바오로딸	

---

96) 이재복, 『판타지동화세계』, 사계절, 2001, 212쪽.
97) 김진경, 김재홍, 『고양이학교 1 - 5』, 문학동네, 2001.

3. 사이버 매체 소설과 그 타자성의 성격

위의 구체적 논의를 토대로 사이버 매체 소설에 공통적으로 나타나는 타자성의 성격을 추출하면 다음과 같다고 할 수 있다.

첫째는 사이버를 매개로 해서 만들어진 특유의 문학 공간의 장과 그것을 기준으로 작동하는 타자성이 인위적으로 만들어졌다는 점에 주목해야 한다.

둘째는 이와 같은 타자성이 일상에서 출발하여 일상을 전복시키는 비일상의 영역으로 타자성이 구현된다는 것이다. 이때 구현되는 타자성은 현실의 결여를 대체하고자 하는 욕망의 구체화이다.

셋째는 이와 같은 과정이 변혁을 추구하는 방향으로 이루어지기 때문에 결국 현실로 회귀하여 일상(현실)의 변혁을 요구하는 편향성을 보여 준다는 점에 주목해야 한다. 그 과정은 고통스러운 성장의 과정이자 동시에 유희의 속성을 보여 준다.

이런 점에서 사이버 매체 소설과 그 타자성은 한국적 문화의 특성을 대중적 욕망과 기호에 맞추어 명확히 드러낸다고 할 수 있을 것이다.

3.1. 특수한 문학 공간의 장과 의도적으로 만들어진 타자성

특수한 문학 공간 안에서 타자성을 의도적으로 만들어 내는 사이버 매체 서사들은 특유의 공통성을 지니고 있다. 그것은 바로 하위 갈래의 서사문법에 따라 타자성의 양상이 각각 편차를 보인다는 것이다.

하위 갈래의 판타지 소설들은 평범한 인물에게 내재된 영웅서사의 발현을 보여 준다. 따라서 영웅서사가 펼쳐질 특유의 가상공간을 현실과 다르게 상정해야만 하므로, 환생이나 이계 진입, 대체역사, 게임 속 가상현실 등 현실이 아닌 이차 세계로서의 가상공간을 만들어 낸다. 이와 같은 가상공간들은 실제(현실)/가상(이상)의 이분법적 층위를 지니고 생성된다.

현실의 불만을 타개하기 위해 가상의 세계로 넘어간 사회적 소수자는 가상의 세계에 현실의 논리가 적용된다는 점을 알게 된다. 스모 선수 같은 비만 체격을 드러내기 싫어서 꽃미남 아바타를 만들어 가상 게임 '타나토스'에 접속한 유저가 실제 외모 아바타 시스템으로 전환되자 결국 다이어트에 몰입한다는 소설 『다이너마이트』[98]가 바로 그 사례이다. 서사의 진행 과정에서 '실제(현실)/가상(이상)'의 이분법적 층위는 결국 현실로 회귀하여 통합될 수밖에 없다는 인식에 도달하게 되기 때문이다.

이와 같은 논리는 하위 갈래 퓨전이나 SF, 대체역사 서사에서도 동일한 원리로 적용된다. 당대의 현실에 적응하지 못하여 자살을 시도한 주인공들, 혹은 현실 세계의 평범한 소시민이나 학생들이었던 주인공들은 특정 계기를 매개로 하여 가상으로 만들어진 이차 세계이자 다른 차원으로서의 이세계 진입, 혹은 과거 회귀나 환생하는 서사의 양상을 보인다. 이 경우, 그 세계에 들어간 사람들은 불만족스러웠던 현실의 경험과 사회체제가 그 세계를 재편성하고 효율적으로 이끌어 가는 데 적합하다는 사실을 재발견한다. 과거에 인식하지 못했던 우리 당대현실의 우월성을 증명해 가면서 그들은

---

98) 태 선, 『다이너마이트 1-8(완)』, 파피루스, 2007-8.

일상의 평범함이 이 세계에서 가장 비일상적이고 탁월한 지배력의 출처라는 사실을 새삼스럽게 재인식하는 것이다.

　　위의 사례는 사이버 문학의 환상성이 어떤 타자성을 통해 구체화되는가를 잘 보여 준다.

　　한편 판타지 소설 작가이자 영문학 번역자인 주인공이 이세계에 진입하여 자기희생을 통해 이세계를 구원하고 현실로 복귀하는 『일곱번째 기사』,[100] 1254년 대몽고 전쟁의 한복판에 떨어진 예비군 동원부대가 현실을 기준으로 과거 역사를 재편성하여 부국강병을 이루는 『1254 동원 예비군』[101]도 결국은 같은 궤를 걷는다. 일상으로서의 현실이 가상의 문학 공간 장에서 타자화됨으로써 현실을 비현실화하여 비로소 그 타자성을 재인식하게 되는 것이다. 따라서 서사에 구현된 타자성은 관념적으로 재구성되고 구체화되는 타자

---

99) 기천검, 『아트메이지 1－4』, 드림북스((주)삼양출판사), 2008.
100) 프로즌, 『일곱 번째 기사 1－12(완)』, 환상미디어, 2005－7.
101) 오승환, 『1254 동원예비군 1－5(완)』, 로크미디어, 2005.

성으로 귀결됨이 자연스러운 현상으로 떠오른다.

이와 같은 가상의 문학 공간은 게임소설에서는 게임 속 가상현실로, 판타지 소설에서는 이계나 서구적 중세사회로, 무협에서는 가상의 중원 공간에서 일반인의 세계와 다른 무인들만의 세계 '강호'로, SF소설에서는 미래 혹은 과거의 시공간으로, 현대를 무대로 한 퓨전 소설에서는 현실의 이면에 은폐되어 있으나 병존하고 있는 귀신, 요괴, 몬스터 등의 이질적인 세계 등의 다양한 양태로 기표화되어 드러난다.

<blockquote>

서 문

어디까지나 개인적인 재미로 시작한 것이라서 중국의 연호를 따온다거나 중국의 역사적인 고찰을 따르는 일반적인 무협의 흐름을 따를 생각은 절대 없습니다. 무협의 배경이 중국인 이상 어쩔 수 없이 따오긴 하지만, 역사적인 측면은 아닙니다. 어차피 무협소설 자체가 픽션입니다. 따라서 보시는 독자들이 받아들이기 쉽게 현대적인 역사관을(?) 은유적 또는 직유적으로 삽입할지도 모릅니다. 정확히는 제가 쓰는 글을 통해서 간접적으로 하고 싶은 말을 내뱉으려는 숨은 의도도 있습니다.[102]

</blockquote>

다음 예문은 프로즌의 판타지 소설 『일곱번째 기사』[103]가 인터넷 사이트 문피아(당시 고무림판타지)에 연재되던 당시에 독자의 질문 댓글에 작가가 답변을 한 내용이다. 여기에서도 중세역사물과 가상의 세계로 작가가 만들어 낸 판타지 소설의 차이를 지적하고 있다.

<blockquote>

일곱 번째 기사 - chapter 8 지화위굴(2)

음…… 이 소설은 중세의 모습을 아주…… 좀 많이 반영한 '판타지 소설'

</blockquote>

---

102) 묘 한, 『점소이 작삼 1』, 이가서, 2005, 5쪽.
103) 프로즌, 『일곱번째 기사 2』, 환상미디어, 2005.

입니다. 중세역사물이 절대 아닙니다. - - 당연히 마법과 판타지에 많이 차용
되는 요소가 첨가됩니다. 주인공이 현재 머물고 있는 공간이 이제 바뀌는
데…… 한 번에 많은 걸 바라시면…… ㅜ.ㅜ; 이제부터 뭔가 하나씩 둘씩 나
옵니다. 조금만 참아 주세요.

음 갑옷의 경우. 뭐가 낫다, 아니다를 말하고 싶은 게 아닙니다. 전 기본적
으로 기사들이 입었던 갑옷은 그 종류에 관계없이 대부분이 전투에 전혀 쓸
모 짝이 없다. …… 라고 생각하고 있기 때문에…… 주석에 뭔가 오해가 있
으신 것 같은데 레어니 유니크니 표현을 한 것은 순전히 '제작 단가적' 측면
입니다. - -; 이에 관련된 자세한 내용 역시…… 보시면 나옵니다.

초반보다 긴장감이 떨어진다 너무 늘어지는 거 아니냐고 하시는 분들이
많은데……

그것은 이게 바로 인터넷 연재이기 때문입니다. 그리고 초반이야 제가 2연
참 3연참을 하며 빨리 진행시켰기 때문이 아닐까…… 변명합니다. - -; 확실
히 지금은 좀 널널하죠. 하지만 아무도 없는 숲에서 홀로 생존하는 것과 그나
마 말이 통하는 사람들 속에서 '편입'과 '공존'을 함에 있어서는 그 긴장감이
많이 떨어질 수밖에 없다고 생각합니다만…… 변명이죠. 그러나 기다려 주십
시오. 팍팍 긴장하시게 될 겁니다.

이제 막 영지를 벗어났습니다. 전투도 나오고 마법도 나오고 삶과 죽음의
경계에서 헥헥거리는 등장인물들의 모습을 볼 수 있을 겁니다.

이제 뭔가 본격적인 사건이 태동하려고 합니다. 이제까지는 어떻게 해서든
이 세계의 기본적인 '환경'에 적응하고 편입하기 위해 노력을 했지만 지금부
터는 이 세계를 이루고 있는 '사회'에 편입하려 노력하기도 하고 맞서기도 하
고…… 싸우기도 하는 주인공의 모습을 볼 수 있을 겁니다.

어떤 세계의 기본적인 분위기에 적응하는 데 한 권 분량을 할애한 것은
개연성을 중요시하는 제 소설에서 당연한 분량입니다. 전 8권으로 예상하는
소설에 여차여차 반 권도 안 되는 분량에 뭔가 적응하는 사람을 그리는 것
은…… 네 솔직히 자신이 없습니다. - -;; 제가 잘나서가 아니라 스스로 이
정도는 돼야 사람이 적응하는 거 아닌가? 하는 생각이 듭니다. 제가 쓰는 소
설에 이 정도가 안 되면 스스로 용납이 안 됩니다. 물론 스피디한 전개는 스
토리상 상황이 돼야 써지지…… 도저히 안 되네요. 네…… 언제나 그렇지만
능력 부족! 용서해 주시길…… - -;;

여튼 그런데도 불구하고! 어떤 분들은 너무 빨리 적응하는 거 아니냐, 또
다른 분들은 조금 늘어진다.…… - -;

아…… 모든 분들을 딱 만족시킬 수 있는 글을 쓰지 못하는 제 탓입니다.
좀 더 노력하겠습니다. 아무래도 너무 큰 기대를 하시고 재미적인 측면이 슬
슬 사라지니 그러시겠지요.

아무리 노력해도…… 재미가 없으면 다 필요 없는 거 아니겠습니까? 저도
재미없는 장르소설을 용서하지 못합니다. 독자 여러분의 많은 질책과 성원 고

맙습니다.

저 많이 고민하고 더 많이 고생해서 꼭 재미있는 글을 쓰겠습니다.

오늘은 음반소개 그냥 넘어갑니다. 프롤로그 조회 수 1만을 보고…… 기쁨보다는 엄청난 압박감이 머리를 짓누르는 듯하여…… ㅜ.ㅜ; 아 별것도 아닌 그냥 판타지 소설에 너무 기대치가 높으신 거 아닌지……

naillen@nate.com

sn_kembel@hotmail.com

제 메신저 주소입니다. 뭔가 궁금하시거나 저랑 친해지고(아저씨랑 싶지는 않겠지만……) 싶은 분들은 메일이나 등록을 해 주시길…… 핫메일의 경우 거의 100명(도움 되는 사람은 별로 없음 - - ;)에 가까워 관리가 힘드니 기왕이면 네이트로……

등록하셔서 갈구셔도 됩니다. - - ; 댓글로 갈구시지 말고 기왕이면 메신저로 또는 쪽지로 갈궈 주세요. 그럼 좋은 밤 되세요. ㅜ.ㅜ 중압감에 눌린 아저씨는 이만……

그러나 이 가상의 인위적 문학 공간의 장은 타자성을 발휘되는 토대이자 기본적 조건을 제공하며, 다음의 사례가 보여 주는 것같이 작가에 의해 의도적으로 만들어졌음에도 현실의 정체성을 만들어 내는 타자성으로부터 결코 자유로울 수 없음을 보여 준다.

역시 프로즌의 『일곱번째 기사』 연재본에서 추출한 작가의 댓글을 예로 들고자 한다.

일곱 번째 기사 - chapter 8 지화위귤(終)

오늘부터 조아라에 연재가 될 겁니다. ……
여튼? 조아라에 연재가 될 겁니다. ……
여튼! 챕터 끝입니다.
'지화위귤'이라는 챕터 제목은 원래 귤화위지라는 고사성어입니다. 귤 강을 건너면 탱자가 된다. …… 라는 거죠. 그냥 제 맘대로 바꿨습니다. 탱자가 딴 세상 가니 귤이 된다. …… 정도랄까요? - _ - ;

글을 써!라는 여러분의 검은 오라가 섞인 주문 때문인지 거짓말처럼 몸이 딱 좋아졌네요. - - ;

제법 중요한 챕터라 사실 어제 일부 분량이 완성되어 있음에도 불구하고 아침부터 일어나 꽤 고심을 하며 수정을 가했네요. 5시간 동안 이 정도 밖에 못 쓰다니…… - - ; 반성.

예상대로 중세에 점쟁이?란 댓글이 꽤 올라왔네요. ^^;
우리가 자주 보는 타로카드나 러시안 집시카드는 중세부터 아주 유명했습니다. 귀족들도 몰래 보고는 했지요. 마녀사냥 시즌이 일어나기 전까지는 심지어 성직자들도 그런 점을 봤다는 기록이 있을 정도지요. 실제로 집시 중에 세례를 받은 자들도 꽤 있었습니다. 무슨 왕의 기병까지 됐다고 하네요.
저는 소설, 그중에서도 환상을 소재로 하는 판타지 소설은 작가는 속이고 독자는 속아 주는 관계라고 생각합니다. 작가가 할 일은 얼마나 그럴듯하게 포장해서 독자를 속이냐고 독자는 그 그럴듯함에 고개 끄덕이며 이야기를 재미있게 듣는 것이지요. ^^; 고로, 잘 속아 주시길 기대합니다!
제 세계관은 중세의 사실적 요소와 판타지만의 환상을 잘 버무려서 만든 세계이지, 꼭 유럽의 중세는 아닙니다. 그리고 그런 틀린, 제가 만든 부분은 여러분께 그럴듯한 이야기를 통해 이해시키고 끊임없이 세뇌(?)시키겠습니다.
PS. 축구선수 이름은 출판본에 당연히 수정됩니다. ^^; 비스무리하게요.
일곱 번째 기사는……. 다음 챕터를 향해 다시 달려갑니다!

다음에 언급할 이 글은 무협소설 『진가소사 1』에 실린 작가의 서문이다.[104]

책머리에

사람 이야기를 하고 싶었습니다.
사람 이야기야 문학에서 당연한 것이지만, 그래도 '사람 이야기'라고 적는 것은 소외와 해방이라는 뻔한 명제를 들먹이지 않아도 저에게 '사람'이란 여전히 익숙하지 않고 어려운 이야기이기 때문입니다.

(중략)

문학은 제게 본향 같은 것입니다. 낙서처럼 끼적거리던 시 쓰기를 그만둔 지가 언제인지 기억도 나지 않지만, 늘 한편에는 그리움으로 남아 있었습니다. 뜬금없이 소설이란 걸 쓰기 시작했습니다. 그것은 마치 최면이나 주문에 이끌린 채 빨려 들어간 환상 같은 경험이었습니다. 어제 읽던 책을 집어 들고 읽다 만 페이지를 찾아 읽는 것처럼, 감히 소설이라는 것을 어느 날부터 그냥

---

104) 항 몽, 『진가소사 1』, 동아발해, 2008, 3 - 7쪽.

쓰기 시작했습니다. 어쩌면 잠재의식에 남았던 본향에서 치유와 소통을 또 한 번 끼적거림으로 찾으려고 했는지 모르겠습니다.

저에게 강호와 무협은 전부터 소박한 인과만 있어도 어색하지 않은 안온한 피난처였습니다. 도무지 어림없어 보이는 치유와 소통이 초인들과 신기가 넘치는 강호라는 환상공간이라면 가능할 것도 같았습니다. 때로는 많은 것을 과감히 생략해도 어색하지 않은 원초적인 공간이라면, 치유와 소통 역시 날것 그대로 이루어질 것이라고 생각했습니다.

『진가소사』는 글자 그대로 진씨 집안의 작은 역사입니다.

진씨 집안의 두 부자 – 진가평, 진소명을 가공되지 않은 날것인 세계에 내려놓았습니다. 거대 담론에 끼인 개인이 아니라, 원초적인 생명력을 가진 존재로 서로 부딪히고 소통하고 어울리기를 바랐습니다. 그리고 그저 그들이 가는 대로 따라가기로 했습니다.

여태까지 그 둘을 따라오는 일은 내내 재미있고 매력적인 것이었습니다. 그런데 지금은 그 둘이 어디로 갈지는 또 모르게 되어 버렸습니다. **결국 단순하고 원초적인 환상공간으로 설정했던 강호 또한 사람 사는 곳이었습니다.**

이들 역시 역사와 사회라는 그 당시의 세계사적 담론에서 그리 자유롭지만은 않았던 모양입니다.

시원의 세계에서 조물주와 친구가 되고, 사해 밖에서 무궁의 문으로 들어가 무궁의 뜰에서 뛰어놀고, 만물의 근원에서 소유만 하고픈 세계에 자신을 다스려서 예로 돌아가고, 말보다 행동을 앞세워서 군주는 군주답게, 신하는 신하답게, 아비는 아비답게, 자식은 자식답게 살아야 하는 삶이 끼어들기 시작했습니다.

거기에 소외받는 민중과 함께하고 죽음을 무릅쓴 겸애와 실천으로 분쟁을 막고, 사람을 살려야 하는 당위와 법 앞에서 만인이 평등해야 하고, 교육을 통하여 올바른 사회를 건설해야 한다는, 다른 얼굴을 한 인문학적 담론까지 합세시켜 달라고 졸라댑니다.

결국 진가평 진소명의 강호 역시 다시 사람 문제로 돌아오고야 말았습니다.

그러나 아직까지 이들의 강호는 지금 제가 사는 세계, 자본주의 한국보다 훨씬 절박하고 신선합니다. 같은 자음과 모음의 기호를 글을 쓰고 있지만, 내일 있을 프레젠테이션과 모레 오후에 제출해야 할 기획서보다는 진가평 진소명의 뒤를 따라가는 것이 제게는 훨씬 매력적인 일이 분명하니까요.

끼적거림으로 시작한 글이었지만 어쩌다 독자라는 사회적 책임이 생겼습니다. **진가평 진소명의 강호에 질서라는 화두가 찾아왔다면, 제게는 독자라는 예기치 못한 책임이 찾아왔습니다.** 소가죽을 무릅쓰고 독자 여러분들에게는 이렇게밖에 말할 수 없을 것 같습니다.

"저는 진씨 일가를 따라오는 내내 굉장히 즐겁고 재미있기만 한 경험이었습니다. 여러분들도 그렇게 되길 바랍니다."

　가상공간 '중원'과 그 안의 '강호'는 결국 우리의 현실로 회귀하여 자신의 타자성을 드러내는 공간으로 귀착된다. 모든 소설이 '사람'과 '세계'의 문제를 제기하는 것처럼, 사이버 문학도 여전히 이 안에 살고 있는 것이다.

3.2. 일상 / 비일상의 욕망과 타자화

　사이버 문학이 구현하고 있는 환상성은 일상과 비일상의 대립구도로부터 온다. 일상의 규범과 반복이 권태를 불러올 때, 일상에 잠긴 인물은 비일상의 영역으로 넘어가 일상을 탈피하고자 욕망한다. 소설의 서사는 인물의 욕망을 좇아 비일상의 영역으로 인물을 밀어 넣는다. 그러나 비일상의 영역에서 인물이 발견하는 것은 일상의 가치에 대한 재인식이다.

　환상을 매개로 비일상에서 발견되는 것은 자신에 대한 타자화이며, 역으로 일상에서 자신의 내면에 있던 타자가 표면화되면서 자아 정체성을 재구성하게 되는 것이다.

　다음은 이계에 소환된 현실의 인간이 현실로 돌아오기 위해 애쓰는 과정에서 이계의 왕위에 오르고 자신을 희생할 수밖에 없었다는 내용을 보여 주는 오승환의 『가을왕』[105] 문피아 연재본 초반이다.

　　제1장 도서관의 이상한 손님 (3)

　　이름 모를 조그마한 동산이었다. 구릉지대가 넓게 펴져 있는 아이언월 바

---

105) 오승환, 『가을왕 1-5』, 청어람, 2001.

깥으로 어느새 한 10킬로미터 이상 떨어져 있었다. 그다지 거목(巨木)들은 아닌 그런 조그마한 잡목들이 우거진 기분 좋은 조용한 공간이었다. 난 예복(禮服)을 입고 있었지만 털썩 주저앉았다. 기분 좋은 흙 알갱이들이 손가락 사이로 잡혔다. 군대(軍隊)에서 전투복을 처음 지급받고 아무런 거리낌 없이 땅바닥에 앉을 수 있었던 그런 자유감을 오랜만에 만끽했다.

"짹. 짹."

새들이 울고 있었다. 오솔길보다 넓은 산길 아닌 산길 위에서 난 앉아 쉬고 있었다. 관도(官途)는 아니었지만 누가 보면 질겁할지도 몰랐다. 내가 지금 입고 있는 옷은 귀족의 옷이었다.

"후. 후후."

하지만 이 세상에 누가 나를 눈여겨본다는 말인가. 서울에서 태어나서 평범한 군복무는 아니었지만 하여간 국방의 의무를 마치고 회사를 다니던 그런 단순한 녀석, 하지만 그것마저도 이곳에서 날 기억해 주는 사람은 없다. 원래 나와는 다른 이런 옷을 걸친 이상한 손님일 뿐.

어차피 이런 생각하면 우울해질 뿐이다. 난 담배를 입에 물었다. 챙겨 나온 휴대용 발화기(發火基)를 이용해 불을 댕겼다. 이곳에 떨어져 늘어난 것은 오직 담배였다.

"휴우."

자리에서 일어섰다. **난 돌아갈 수 있다. 황금 일 톤을 가지고, 가서 행복하게 살 수 있다. 지금 우울해질 이유는 전혀 없었다.** 맞아! 저 꽃 참 예쁘잖아. 사소한 것으로 행복을 느껴야 하지. 그럼 그럼.

"힘내자. 아자!!!"

하지만 왠지 마음 한구석이 어딘가 서늘해졌다. 고작 몇 개월인데도 난 왜 이렇게 마음이 허전해지는 것일까.

벗어나고 싶었던 일상으로의 복귀에 대한 욕망은 서사에서 끊임없이 미끄러지는 기표로서 작용한다. 그러나 이질적 세계와 대비되어 현실의 일상이 뚜렷이 각인될수록 기표는 더욱더 미끄러져 거리가 멀어져 감을 재확인하게 되는 아이러니를 겪는 것이다. 따라서 일상의 비일상화, 가상의 일상화로서 이질적 세계와 대비된 현실의 일상이 서사 내에 타자로서 구현된다.

소설 『삭의 검, 바람의 제』[106]는 현대의 일상에 내재된 신비의

---

106) 예문은 문피아 연재본 중 일부이며, 비주얼 노벨로 재구성하기 위한 실험으로 연재한 것이기 때문에 일반적인 출판본의 형태가 없다.

세계를 그려 낸다. 일상의 세계와 신비의 세계는 경계선이 명확해야 하고, 서로 침범하면 안 되는 세계이다. 그러나 병렬하여 존재하는 두 세계의 갈등은 여전히 존재한다. 신비의 세계를 모르는 일상의 세계는 안온하나 일상을 바라보는 신비의 세계는 완전히 다른 관점으로 일상의 세계를 욕망하기 때문이다. 신비를 감추고 일상을 수호할 것인지, 신비의 힘을 드러내어 일상을 흡수할 것인지, 일상과 신비의 경계에 걸쳐서 두 세계를 함께 향유할 수 있을지, 소설은 끊임없이 의문을 제기한다.

달강(지은이)
글쓴 날 2006 - 07 - 10 21:31:17
고친 날 2006 - 07 - 10 21:37:14
읽은 수 1417[11K(6780자)]
제목 삭의 검, 바람의 제 - 강뢰의 군주 chap06 - Intersection06
글 보기 화면설정
댓글 부분으로 고치기 지우기

- 강뢰(鋼雷)의 군주(君主)
Monarch the thunderbolt of steel

- Chapter Six: 장야(長夜)
A Long Night -

        = Intersection: 지영 =

* 이 글은 조아라, 고무림판타지, 드림워커에서만 연재됩니다.
* 글에서 발견되는 오탈자 및 오류를 발견하신 분들은 저자의 전자우편 주소인 soph0408@empas.com으로 메일을 주시거나, 답글로 올려 주시면 감사하겠습니다.

　* 본 글의 내용은 모두 픽션이며, 내용 중에 등장하는 인물, 단체, 지명 등은 실제 사실과 아무런 관련이 없습니다.

(중략)

　[……아, 저…… 너무 주제넘은 것 같긴 하지만…… 신비 세계라는 곳은…… 사람이 그렇게 쉽게 죽어 나가는 그런 곳인가 해서요……]

　[……]

　[죄송해요…… 현우 선배도 그렇고, 지영 언니도 그렇고 다 자상하신 분들인데도…… 정작 싸움이 벌어지면 너무도 당연한 듯이 사람을 해치우는 모습이…… 조금 무서웠어요……]

　[……글쎄 어려운 문제네……]

　역시, 보통의 여자애처럼 패닉을 일으키지는 않더라도, 확실히 평범한 아이이긴 하네.

　[물론 일상과 신비는 인간의 생명에 대한 관점이 다르기는 해. 쉽게 말하자면, 일상 세계는 서로 죽이지 않아야 하는 의무가 있다면, 신비 세계는 서로 죽고 죽일 수 있는 권리가 있다고 말할 수 있겠지.]

　[……]

　강한 바람 때문인지, 구름 틈새로 잠깐 나온 듯한 달빛이, 블라인드 틈새를 타고 방 안에 쏟아진다.

　[솔직하게 말하면, 나나 수하 같은 경우가 신비 세계의 일반적인 예라고 보면 될 거야. 죽여야 할 때는 확실하게 적을 말살하지. 안 그러면 내가 죽임을 당하니까. 게다가 그런 와중에 일반인이 말려든다 해도, 사실 크게 신경 쓰지도 않아. 최소한 신비를 노출시키지만 않으면 된다고 생각하니까.]

　[……네……]

　[너무하다고 생각하지?]

　[……]

　[하지만, 확실히 현우는 조금 달라. 그 아이는 일상에 대해서 뭐랄까…… 동경 같은걸 품고 있는 아이니까. 일반적인 마법사들보다 인간적인 감각을 가지고 있는 거지. 그렇기 때문에 현우가 시은 양에게 보다 각별하게 대하는 것일지도 몰라.]

　[……]

　그저 조용히 듣고만 있는 시은.

　가는 달빛에 비친 어슴푸레한 방 안 가구들을 둘러보며 말을 잇는다.

　[현우는, 자기를 둘러싼 세상을 크게 세 가지 정도로 나누어서 보고 있어. ‘일상’은 동경하고 있고, 보호해야 할 대상으로…… 그리고 ‘신비’는 자신과 동등한 조건의, 공격해 오면 가차 없이 반격하는 대상으로…… 그리고]

　다시 어둠.

달빛의 파란 선이 구름에 가려, 방 안에서 사라진다.

[절대적으로 소멸시켜야 하는…… '일상을 침해 하는 신비.' 그렇게 세 가지…… 현우 기준으로는, 아무 대응도 할 수 없는 일상을 해치는 신비라는 건 용서할 수가 없나 봐. 그런 존재에 대해서는 절대 용서가 없었으니까.]

[……그런 모습이…… 그런 선배의 자세가 드문 것인가요? 신비 세계에서는?]

[……그렇지…… '신비를 일상에 노출시키면 안 된다'라는 가장 엄중한 법칙이 있기는 하지만, '어떤 방식을 써서든지 일상에 노출만 시키지 않으면 된다'는 관점하고, '일상에 피해를 주는 신비는 막아야 한다'라는 자세하고는, 비슷하긴 해도 엄청난 차이가 있는 거니까.]

[……]

[시은 양이 본 현우의 싸우는 모습…… 무서웠지?]

[……네…… 그렇게 순한 성격이던 선배가, 아무 거리낌 없이 사람을 죽이는 게…… 거짓말 같았어요. ……]

[……그건 그나마 상대가 인간이기 때문에 깨끗하게 싸운 거야. 현우는…… '인간이 아닌 것'들하고 싸울 때면, 이게 내가 알던 현우가 맞나 할 정도로 달라지지. 마치, 괴물을 죽이기 위해 자기가 괴물이 되는 것마냥……]

[……]

[그건…… 자신도 혼란스러운 여러 세상에 대처하기 위한, 현우 스스로가 만들어 낸 기준이라고 생각해. 시은 양에게 자상하게 대하는 현우도, 눈 하나 깜빡이지 않고 적을 죽이는 현우도, 똑같은 인물이니까.]

살짝, 시은 쪽을 돌아본다.

미세한 움직임도 없이, 그저 반듯이 누운 채로 천장을 향해 있는 시은.

[이런 말 하기는 좀 그렇지만, 힘이 모든 것을 규정하는 세계야. 신비라는 곳은…… 적어도 뛰어난 편에 속하는 현우가 시은 양을 지키고자 하는 마음은 진심이니까, 너무 무서워하지는 않았으면 해.]

[네…… 언니…… 말씀해 주셔서 감사해요……]

조용한 속삭임과 함께, 반대쪽으로 돌아눕는다.

이걸로 오늘 대화는 끝인가.

스스로 생각할 시간을 갖는 거겠지.

하긴, 한때 나조차도, 섬뜩할 때가 있었다.

'인간이 아닌' 존재들을 상대할 때의 현우의 모습.

그 장면을 처음 봤을 때는, 스승님께서 '대 마물용 병기'를 길러내신 게 아닐까 하고 고민했던 적도 있었으니까.

하지만, 스승님께서 현우에게 쏟으신 애정은, 친부모가 자식에게 쏟는 사랑보다도 오히려 깊고, 진실했다.

나조차도, 질투와 부러움을 느낄 정도였으니. ……

항상 경계에 서서, 양쪽 세계를 다 아우르려는 현우.

이제 막, 일상에서 신비로, 경계를 넘어 새로운 발걸음을 내딛는 시은.

둘의 인연이, 어떤 매듭을 지을지,
옆에서 지켜보는 것도 하나의 즐거움이겠지.

신비의 세계에 속한 자에게 일상의 세계는 욕망하는 타자성의 기표이다. 그러나 일상의 세계에 속한 자에게 신비의 세계는 동경하나 공포스러운 타자성으로 나타난다. 일상과 비일상을 대척점으로 제시한 이 소설은 두 세계의 긴장관계를 지켜보는 독자에게 자신의 현실과 타자의 환상적 지형도를 상기시키는 것이다.

반면에 일상과 비일상의 동전의 양면과도 같은 유사성을 통해 현실의 문제를 극복하려는 시도도 존재한다. 악필서생의 『천룡전기』가 바로 그러하다.

『천룡전기』를 마치며[107]

타사보르 이야기가 끝났습니다.

타사보르는 그리 독특한 인물이 아닙니다. 사회생활이라고 하는 껍데기를 벗겨 낸 우리네 맨 얼굴을 가진 인물입니다. 퇴근길 지하철에서 깜빡깜빡 졸고 있는 누군가일 수도 있고, 회사 근처 쌈 직한 소줏집에서 술잔을 기울이며 열변을 토하는 누군가일 수도 있습니다.

우리를 둘러싼 현실이 지극히 상식적이기를 바라지만 그렇지 않다는 현실을 가끔씩 깨닫곤 말없이 어금니를 깨물곤 하는 소시민이기도 합니다. 내 삶이 타인에 의해 부당한 피해를 입지 않기를 바라는 만큼 그 자신도 타인에게 피해 주기를 싫어하는 인물이기도 합니다.

내 것을 아끼고, 내가 좋아하는 것들에 관심을 기울이는 만큼 싫어하는 것들에 대해서는 무관심한-일상에 파묻혀 허우적거리는 샐러리맨이기도 합니다. 일세를 풍미한 영웅이라고 하기에는 너무도 모자란 점이 많은 그이지만, 그에게도 뚜렷한 한 가지 장점이 있습니다. 바로 너와 내가 다르다는 것을 인정할 줄 안다는 것입니다.

이미 지나가 버린 과거라는 시간적 배경 위에서 오늘을 살아가고 있는 우리네 답답한 모습을 재구성하고, 나름 그에 대한 해답을 찾아보고자 하였습니다. 답답한 우리의 현실을 허구의 공간에서나마 시원하게 풀어 버리고 싶었습

---

107) 악필서생, 『천룡전기 8』, 로크미디어, 2007, 349-52쪽.

니다. 그러나 결코 만족스럽지 않은 과거라 해서 그것을 단순히 내 입맛에 따라 재구성한다면 그것은 자기기만에 불과합니다.

그 시대의 사람들은 대체 왜 그런 선택을 했었는지, 다른 길은 없었는지, 정말 그럴 수밖에 없었는지, 그것이 정녕 최선일 수밖에 없었는지, 모두가 아니라면, 그렇다면 대체 어떻게 했어야만 하는지 수도 없이 많은 질문을 던지고 대답을 들어 보았지만 결론은 결국 마찬가지였습니다.

7백 년 전이나 지금이나 사람 사는 모습은 결국 마찬가지더라는 겁니다.

가진 자는 그것을 내놓지 않으려 합니다.

가지지 못한 자는 어떻게든 좀 더 나은 삶을 추구하지만 그것이 원천적으로 봉쇄될 때 분노합니다.

소수의 꿈을 꾸는 자들은 그러한 부조리들을 일시에 타파하고 새로운 세상을 건설하고자 하지만, 결국 그들 역시 새로운 세상에서는 그들이 그토록 타파하고자 했던 구시대의 가진 자들로 변신합니다.

그렇다면 정말 다른 방법은 없는 것이었을까요?

『천룡전기』는 그 해답을 건전한 다수에서 찾았습니다. 이것 역시 정답은 아닐 겁니다. 더 나은 해답이 반드시 있을 겁니다. 그 해답을 찾는 것은 어느 개인의 몫이 아니라 우리 모두의 몫이라고 생각합니다. 『천룡전기』에서 보여 준 팍스 코리아나라는 것도 결국은 타사보르 개인의 영웅적인 행위가 아닌 건전한 다수에 의해 완성된 것이니까요.

미숙한 저의 글을 사랑해 주신 독자님들께 감사드립니다. 좀 더 나은 글이 될 수 있도록 애정 어린 조언과 도움 아끼지 않아 주신 천룡품질관리단 여러분, 오붓하게 삼겹살에 소주라도 한 잔씩 나누고 싶은 마음 전합니다. 기획에서 출판까지 애써 주신 로크미디어 가족들에게도 감사드립니다.

다음 글에서는 더 나은 모습으로 찾아뵐 수 있도록 노력하겠습니다.

여름으로 가는 길목에서
악필서생 올림

현실을 벗어나면 곧 피안이자 유토피아에 도달할 줄 알았던 욕망이 오히려 현실에 대한 이해를 막았던 장애임을 깨달을 때, 사이버 문학은 비일상을 넘어 다시 현실의 일상성에 대해 진지한 의문을 던진다. 그리고 일상으로 다시 회귀하는 바로 그 순간, 자신의 자아 정체성을 형성하는 데 반드시 필요했던 것이 일상에 존재했던 타자라는 사실을 인식하게 된다. 따라서 타자와 자아의 상호

관계 속에 그들의 일상은 단순한 일상이 아니라 깨달음에 기반을
둔 현실로서 재편된다.

3.3. 변혁과 유희, 실험으로서의 타자성

사이버 문학은 더 나아가 환상성에 의해 만들어진 가상의 세계
에 자신이 인식한 현실을 투사하고, 그 세계를 이상화된 양상으로
변혁하고자 노력함으로써 역설적으로 타자화된 현실 세계의 변혁
을 꿈꾼다. 물론 그것은 작가 개인의 대리만족에 국한된 것이 아
니라 작가와 독자의 소통 속에 점진적인 사회의 변화를 꿈꾸는,
진보적인 정치적 성향을 지닌다.

강재영의 소설 『위령촉루(慰靈燭淚)』는 실제 한국에서 벌어졌던 미
군 장갑차 사건을 모델로 하고 있다. 실제사건의 경위는 다음과 같
다.108)

2002년 6월 13일 오전 10시 45분경 경기도 양주군 광적면 56번
지방도에서 미2사단 44공병대(캠프하우즈) 소속 미군 장갑차(운전
사 워커 마크 병장. 36세)가 앞서 가던 여중생 신효순(14. 조양중
2년), 심미선(14. 조양중 2년) 양 두 명을 치어 그 자리에서 숨지게
하는 사고가 발생했다. 신 양 등은 같은 동네에 사는 친구 생일잔
치에 가기 위해 갓길을 걸어가던 중이었고, 미군 장갑차의 오른쪽
궤도부분에 치어 장갑차가 몸을 그대로 밟고 지나가 어린 꿈을 피
워 보지도 못하고 억울하게 죽었다. 주한미군은 훈련 도중에 일어

---

108) 네이버 뉴스
　　　http://news.naver.com/main/read.nhn?mode＝LSD&mid＝sec&sid1＝102&oid＝
　　　047&aid＝0000006370

난 사고라고 하여 자체조사를 진행하였으며 진상을 밝히기 어려운 상황에서 고압적인 태도로 유가족을 회유 협박하는 등 부적절한 행동을 보여 분노를 자아냈다. 더욱이 자신들은 훈련 규정을 어긴 일이 없다는 말만 되풀이하고 있어 유가족을 비롯한 시민사회단체가 강력한 반발을 했다. 그 이후 네티즌과 시민들이 주도한 비폭력 촛불 시위가 매주 토요일 저녁 6시마다 미 대사관 앞에서 이어졌으며, 민중노래패 '우리나라'의 '장갑차라도 구속해'라는 노래가 발표되어 급속히 퍼졌다.[109]

『위령촉루』는 가상의 중원, 개방이라는 도시를 배경으로 유학자 가문인 '천추서원'을 내세운다. 고명한 유학자 조부 심명조, 후계자인 장손 심의령, 의령의 여동생 효령과 미령을 사건의 피해자로, 그리고 가해자로 무림의 절대세력 미려궁과 그 하수인들을 지목하여 사회적 의협을 지킬 것을 요구한다.

위령촉루(慰靈燭淚)[110]

글쓴이 강재영

- 어린 영혼을 위한 진혼곡 -

慰靈燭淚夜(위령촉루야) 억울한 넋 위로코자 촛불이 흐르는 밤
民淚拷義魂(민루고의혼) 촉루가 민루(民淚) 되어 의혼을 깨우누나
義靈斬狗徒(의령참구도) 의로운 칼 높이 들어 더러운 무리 참하려니
死而不亡魂(사이불망혼) 억울한 몸 스러져도 혼은 죽지 아니하네

---

109) 네이버 뉴스
http://news.naver.com/main/read.nhn?mode＝LSD&mid＝sec&sid1＝102&oid＝047&aid＝0000020975
110) 강재영, 『위령촉루 1-5(완)』, 청어람, 2003-4.
인용문은 문피아 연재본이며, 2003년 『Go! 무림, 신춘무협』 은상 당선작이기도 하다.

- 서(序)

무(武)를 말하고 협(俠)을 외치던 자들이여!
의(義)는 어디에 있는가?
협(俠)은 어디로 갔는가?

깃발 홀로 나부껴 펄럭이는데
그대들은 지금 어디에 있단 말인가!

아무도 깃발을 잡아 세우지 않는다면
나 홀로 움켜쥐고 달려가련다.

오라!
아직 마음속에 의협(義俠)의 두 글자 남아 있다면.
벼린 칼 높이 들어
저 불의(不義)한 무리에게 달려가자!
산산이 깨어져 부서질지라도
패배할지언정 굴복하지 않는다!

(중략)

제2권
@@@@ 030-9장. 개봉야화(開封夜火) (1)

　　연좌 대열의 군데군데 반디가 모여 있는 것처럼 작은 불빛이 반짝이고 있
었다. 흐르는 촉루(燭淚)를 이용해 불 켜진 초를 찻잔에 고정을 시켜 두 손으
로 가붓하니 받쳐 들고 있는 중이었다.
　　이제 전 중원에서 모여드는 학사들과 점차 불어나는 참여 성민들로 개봉
성 관저 앞에 모이는 인파는 거의 만여 명에 육박하고 있었다. 곳곳에 타오르
는 횃불과 촛불이 어우러져 개봉성 관저 앞은 대낮처럼 밝았다.
　　개봉성의 연좌에 촛불이 등장한 것은 추월각의 고아들 덕분이었다. 어른들
이 관저 앞에 모여 횃불을 밝히고 있을 때, 추월각의 고아들도 삼삼오오 손을
잡고 연좌에 참여했던 것이다.
　　서문추월이 죽은 이후 개봉성에 이름 높던 노니(老尼) 무진사태(無盡師太)
는 추월각의 아이들을 맡아 기르다 서문추월의 죽음에 얽힌 사연을 듣고 아
이들을 데리고 연좌에 참여했다.
　　아이들의 손에는 연등제(練燈祭) 때 쓰였던 황촉(黃燭) 도막이 들려있었고
백여 명의 아이들이 불을 밝힌 촛불의 향기는 어른들의 분노를 더욱 일깨우

는 기폭제가 되었다.

그날의 연좌를 마무리하며 한광후는 생활의 여유가 있는 참여자들에게 평화를 상징하는 촛불을 들 것을 제안했다. 황촉은 꿀을 짜낸 찌끼를 끓여 만든 밀랍(蜜蠟)으로 만들므로 일반 성민들에겐 사치품에 가까웠기 때문이다. 훨훨 타는 관솔불이 분노의 상징이라면 조용히 자신의 몸을 녹여 불을 밝히는 촛불이야말로 이 연좌의 본의에 참으로 어울린다 할 수 있었다.

그 후로 많은 참여자들이 찻잔과 초를 갖고 다녔다. 바람이라도 불어 촛불을 꺼뜨릴까 봐 찻잔 안에 초를 고정시켜 세우는 것이 유행처럼 번져 갔다.

일렁이는 횃불과 촛불 사이로 개봉성의 밤을 밝히는 기루(妓樓)의 기녀들이 품 안에 한가득 꽃을 안고 개봉성주의 관저 앞으로 모여들었다. 평상시와는 달리 간단한 화장을 한 기녀들은 관저의 대문 앞에서 저마다의 헌화(獻花)를 시작했다.

한 기녀가 심의령 앞으로 사뿐히 다가와 인사를 건넸다.

"비록 저희들이 웃음을 파는 처지지만 같은 또래 소녀들의 억울한 죽음을 그냥 보아 넘길 수가 없었어요. 저희들의 꽃이라도 더럽게 여겨 주시지 않는다면 효령, 미령 소저의 영전에 헌화를 하고 싶었답니다."

심의령은 두 손을 모아 정중하게 기녀에게 포권을 취했다.

"천만의 말씀입니다. 두 동생도 하늘에서 기뻐할 것입니다. 정말 고맙습니다."

심의령의 인사를 받은 기녀는 얼굴을 살포시 붉히며 고개를 숙여 인사하곤 총총히 동료들의 곁으로 돌아갔다.

바야흐로 개봉성 관저 앞은 신분도, 나이도, 성별도 초월한 뜨거운 가슴들만이 만나는 광장(廣場)이 되어 가고 있었다.

이 광경을 바라보며 흐뭇하게 미소를 짓던 한광후의 우렁찬 목소리가 울려 퍼졌다.

"다시 한번 힘을 모아 우리의 요구를 개봉성에 전달합시다. 여러분, 이제 곧 우리의 이 연좌를 전 중원에서 지켜보게 될 것입니다. 정의의 승리, 양심의 승리, 상식이 통하는 시대를 우리가 열어젖힐 것입니다."

한광후의 힘찬 선창을 따라 광장에 모인 인파는 그들의 요구사항을 외치기 시작했다. 사람이 많아 중간 중간에서 전달되어 꼬리에 꼬리를 무는 복창소리가 뒤섞여 개봉성 관저가 응웅거릴 지경이었다.

하나, 개봉성에서 벌어진 재판을 취소하고 다시 재판을 열라.

하나, 판관 위도천을 처형하고 새로운 재판을 열라.

하나, 살인자와 교사자인 마우간, 패일로, 이가려를 압송하라.

하나, 모두가 인정하는 정당한 재판을 열어 율법대로 처단하라.

꼬리를 물고 우렁우렁 울리는 긴 복창소리가 어느 정도 정리되자 한광후는 군중을 향해 외쳤다.

"미령이와 효령이, 심명조 학사님과 서문각주가 저 하늘에서 우릴 지켜볼 것입니다. 더 이상 고개를 숙이고 비탄에 잠겨 있을 수만은 없습니다. 힘차게

우리의 의지를 모아 흥겨운 한마당의 축제를 마련해 돌아가신 넋들을 위로하
고 우리의 힘을 북돋을 때입니다."
　한광후의 외침에 군중들은 힘찬 박수와 함성, 휘파람 소리로 화답했다. 장
기화될 수도 있는 대규모 군중의 연좌를 흥겹게 전개하기 위해 계획된 축제
의 장이었다.
　"오늘은 개봉성 최대의 유행으로 떠오른 만월루(滿月樓) 무희 분들의 합창
을 듣도록 하겠습니다."
　한광후의 소개에 이어 단상에는 악기를 든 삼십여 명의 무희단이 올라섰
다. 본래 기녀들이란 가무(歌舞)에 능숙한 법, 이제 이들은 처음으로 취객이
아닌 자신들의 의지를 담은 노래를 부르고 있었다. 개봉성의 모든 아이들도
따라하는 개봉성의 최대 유행가였다.
　"감사합니다. 여러분의 성원으로 저희 노래가 전 중원에 울려 퍼질 그날까
지 계속 불러 올리겠습니다. 저 하늘에서 우리를 지켜보고 있을 효령, 미령
소저에게 이 노래를 바칩니다."
　무희들의 가운데에 선 한 기녀의 인사말이 끝나자 힘 있으면서도 경쾌한
반주가 터져 나왔다. 요즘 최고의 인기를 끌고 있는 노래, '마차라도 처단해'
였다. 다년간 가무로 단련된 여인들의 맑고도 화창한 음색이 널리 울려 퍼지
기 시작했다.

　이게 무슨 일인가
　대체 무슨 일인가
　아니 도대체 이게 무슨 소리인가

　고삐 풀린 마차 몰아
　갓길 걷는 소녀들을 짓뭉개고도
　무죄라니 말이 되나

　그러면 우리 아이들은 도로 위에 들쥐인가
　마차 바퀴에 깔리고도
　말이 없는 고양인가

　마차라도 처단해
　말들이라도 처단해
　이제는 정말 참을 수가 없어

　지금 당장 처단해
　오늘 당장 처단해
　마차마저도 도망가기 전에

개봉성 관저에 있는 하인들의 입으로 미려궁의 요인들이 재수 없다고 마차를 버리고 간 것이 알려졌고 이에 농담 삼아 '마차라도 처단해야지.' 했던 말이 전해져 노래로 만든 것이 이 '마차라도 처단해'였다.

무거운 연좌의 분위기를 살리고 연일 계속되는 고단한 일정에 지친 이들의 힘을 돋우기 위해 시작된 이 노래 공연은 개봉성 최고의 화젯거리이기도 했다.

아이들이 부르는 노래야말로 그 시대의 밑바닥 정서를 가장 잘 드러낸다고 하던가. 아이들이 연일 시장통에서 불러 제끼는 이 노래야말로 효령이 미령이를 죽인 미려궁의 요인들에 대한 들불 같은 분노를 담아 중원 곳곳으로 퍼져 나가고 있었던 것이다.

『위령촉루』가 현실에 대한 날카로운 비판과 이상적 실현을 목표로 쓰인 알레고리적 소설이라면, 이영도의 『눈물을 마시는 새』[111]는 전적으로 만들어진 가상의 세계에서 정치에 대한 이상을 관념과 우화를 통해 간접적으로 드러내는 방식을 취한다.

> 제목: 눈물을 마시는 새 3 - 1. 관련 자료: 없음[52431]
> 보낸이: 이영도(jin46) 2002 - 04 - 03 00:25 조회: 3805
>
> 눈물을 마시는 새
>
> 3. 왕 잡아먹는 괴물 - 1
>
> (중략)
>
> "헤어지기 전에 이야기 하나를 들려 주고 싶소. 비형. 키탈저 사냥꾼들의 옛이야기요. 괜찮겠소?"
> "예? 아, 무슨 이야기죠?"
> "네 마리의 형제 새가 있소. 네 형제의 식성은 모두 달랐소. 물을 마시는 새와 피를 마시는 새, 독약을 마시는 새, 그리고 눈물을 마시는 새가 있었소. 그중 가장 오래 사는 것은 피를 마시는 새요. 가장 빨리 죽는 새는 뭐겠소?"
> "독약을 마시는 새!"

---

111) 이영도, 『눈물을 마시는 새 1 - 4』, 황금가지, 2003.
    인용문은 2002년 당시 하이텔에 연재되던 연재본이다.

고함을 지른 티나한은 모든 사람들이 자신을 쳐다보자 의기양양한 얼굴이 되었다. 하지만 케이건은 고개를 가로저었다.

"눈물을 마시는 새요."

티나한은 벼슬을 곤두세웠고 룬은 살짝 웃었다. 피라는 말에 진저리를 치던 비형은 떨리는 목소리로 말했다.

"다른 사람의 눈물을 마시면 죽는 겁니까?"

"그렇소. 피를 마시는 새가 가장 오래 사는 건, 몸 밖으로 절대로 흘리고 싶어 하지 않는 귀중한 것을 마시기 때문이지. 반대로 눈물은 몸 밖으로 흘려보내는 거요. 얼마나 몸에 해로우면 몸 밖으로 흘려보내겠소? 그런 해로운 것을 마시면 오래 못 사는 것이 당연하오. 하지만."

"하지만?"

"눈물을 마시는 새가 가장 아름다운 노래를 부른다고 하더군."

룬과 티나한은 알 듯 모를 듯하다는 얼굴로 서로를 쳐다보았다. 그러나 비형은 환한 표정이 되었다. 그 밝은 얼굴을 보며 케이건은 그대로 작별 인사까지 해치웠다.

"잘 가시오."

(중략)

제목: 눈물을 마시는 새 3 - 2. 관련 자료: 없음[52467]
보낸이: 이영도(jin46) 2002 - 04 - 04 00:49 조회: 3784

눈물을 마시는 새

3. 왕 잡아먹는 괴물 - 2

"피를 마시는 새가 가장 오래 살지. 누구도 내놓고 싶지 않은 귀중한 것을 마시니. 하지만 그 피비린내 때문에 아무도 가까이 가지 않아."
....

예. 눈물을 마시는 새에서는 사람과 인간이 서로 구별되어 사용되고 있습니다. 사람이라고 하면 나가, 도깨비, 레콘, 인간을 모두 가리키는 말이고 인간이라고 해야만 호모 사피엔스를 가리킵니다. 하지만, 만일 '인도주의'라는 말이 나온다면 그건 인간만의 도리를 가리키는 말은 아닙니다. 사람이 지켜야 할 도리지요.

좋은 밤 되세요.

제목: 눈물을 마시는 새 3 - 3. 관련 자료: 없음[52504]
보낸이: 이영도(jin46) 2002 - 04 - 05 00:44 조회: 3940

눈물을 마시는 새

3. 왕 잡아먹는 괴물 - 3

(중략)

"왕이 도대체 뭐죠?"

케이건은 아무 대답이 없었다. 비형은 옆으로 다가온 나늬의 뿔을 쓰다듬으며 계속 말했다.

"성주, 영주, 마립간, 추장, 족장. 세상에는 다른 사람들을 지배하고 이끄는 사람들이 있죠. 하지만 왕은 없어요. 왕이 되겠다고 돌아다니는 사람들만 있을 뿐. 뭐, 꽤 큰 도시를 차지하는 데 성공한 사람들도 있다고 들었어요. 물론 오래 못 갔지만. 저는 그자들이 다른 사람들을 지배하고 싶은 야망이 남보다 큰 사람들일 거라고 생각했어요. 야심이라고 하던가요? 아니, 지배욕인가?"

케이건은 묵묵히 비형의 말을 듣고 있었다. 비형은 고개를 죽 돌려 사방으로 멀어지고 있는 사람들을 둘러보며 말했다.

"뭐, 어쨌든 그게 제 단순한 생각이었죠. 왕이 되려는 자들은 다른 사람들을 지배하고 싶은 자들이다라는 거죠. 하지만 그렇지가 않더군요. 아주 당연한 건데, 그 생각을 떠올리지 못했어요. 왕이 되려는 자들은 그에게 지배당하고 싶은 자들을 가진 사람이었어요. 그 지배당하고 싶은 사람들이 중요한 거죠. 그에 비하면 왕이 되려는 사람들 자체는 별로 중요하지 않아요. 당신도 그래서 토디 씨를 건너뛰어 선지자를 상대한 거죠?"

케이건은 고개를 한 번 끄덕였다. 비형은 계속 말했다.

"예. 다른 사람들을 지배하려는 마음이 아무리 커도 아무도 그를 왕으로 여기지 않으면 그렇게 세상을 떠돌아다닐 수는 없는 거죠. 누군가가 있어야 해요. 그를 왕으로 떠받드는 사람들이. 그래야만 그는 모든 걸 버리고 그렇게 떠돌아다닐 수 있죠. 그렇다면, 왕은 도대체 뭐죠? 저는 정말 모르겠어요. 왕은 왕이 되고 싶어 하는 저 제왕병 환자들의 목표인가요, 아니면 그 제왕병 환자를 왕으로 만들고 싶어 하는 자들의 목표인가요?"

"눈물을 마시는 새요."

"네?"

토디의 모습이 지평선을 넘어가고 있었다. 케이건은 그 지평선을 바라보며 말했다.

"왕은 눈물을 마시는 새요. 가장 화려하고 가장 아름답지만, 가장 빨리 죽소."

"왕이 다른 사람의 눈물을 마시는 사람인가요?"

(중략)

눈물을 마시는 새

16. 독수(毒水) - 4

"그래. 네가 준 것. 다른 신들도 그들의 선민 종족에게 무엇인가를 준다고 하던데."

케이건은 무의식적으로 대답했다.

"자신을 죽이는 신은 도깨비들에게 불을 주었다. 도깨비들은 그들의 신만 큼이나 불을 자유로이 쓸 수 있다. 모든 이보다 낮은 여신은 레콘에게 무기를 준다. 성년이 된 레콘은 최후의 대장간에서 자신의 무기를 받는다. 발자국 없 는 여신은 수호자들의 신명, 즉 이름을 주었다."

"그런 것이군. 알았어. 그렇다면 너, 아니, 어디에도 없는 신이여. 당신 또 한 당신의 인간들에게 무엇인가를 주었을 겁니다."

"나의 인간 같은 것은 없다."

사모는 한숨을 내쉬었다.

"그렇다면 나는 왕으로서 내 전사 케이건 드라카에게 말해 주겠다. 케이건 드라카. 어디에도 없는 신이 그의 인간에게 준 것은 왕이다."

"왕이라고?"

케이건의 고개가 갸웃했다. 사모는 확신을 담아 말했다.

"그렇다. 너는 인간들의 눈물을 마시게끔 왕을 선물했다. 그리고 최후의 아라짓 전사이자 아라짓의 마지막 왕족인 네가 지명한 나는 너의 적법한 왕 이다. 나는 너의 눈물을 마시겠다. 그리고 나가에 대한 너의 증오와 함께 죽 겠다. 너는 그것을 알고 있었다. 너는, 아직도 나가를 사랑하고 싶었던 거다."

인간, 도깨비, 레콘, 나가 등의 각각 다른 존재가 남과 북으로 나뉘어 사는 세상. 각각은 수호신의 선민 종족으로 보호를 받고 선물을 받지만, 인간은 '어디에도 없는 신'이 '왕'을 선물로 주었 다. '왕'은 '새'의 우화로 비유된다. '피를 마시는 새'가 될 수도 있 지만, 진정한 '왕'은 '눈물을 마시는 새'가 되어야 한다. 타인의 피 를 마시고 화려하게 오래 사는 왕은 소외되고 고립되지만, 타인의 눈물을 대신 마셔 주는 새는 위대한 왕이어도 그만큼 자기 자신의 생명을 희생해야 한다.

이 종족 모두를 '사람'이라고 통칭하여 '인간' 중심의 우월주의적 사고에 일침을 가하는 작가는 현실의 난국을 타개할 방법을 위대한 정치 지도자와 그로 인한 세상의 조화로부터 찾아 제시하는 것이다.

이 소설이 보여 주는 것처럼, 사이버 문학의 현실에 대한 인식은, 그러므로 본질적으로 현실의 부조리함에 문제를 제기하고 개혁을 지향하는 방향성을 드러낸다. 그것은 문학활동을 통한 유희이기도 하며, 가상의 세계를 통해 이루어지는 타자성에 관한 다양한 실험의 과정이다.

4. 환상성의 서사적 전개, 타자성과의 대면 방식

사이버 문학은 일상에서 비일상으로, 다시 일상으로 회귀하고자 하는 과정에서 일상의 변혁을 지향하면서 다양한 서사적 전개 과정을 보여 준다. 그 과정은 타자성에 대한 탐색과 확인의 과정이며, 발견된 타자성은 바로 현실의 자아 정체성에 대한 재인식, 그리고 자신의 자아를 이루고 있는 내면화된 타자와 그 조건을 다시 맞대면하는 과정이기도 하다.

이 과정은 환상성의 발현에 따라 이루어지고, 환상이 왜 환상인지 깨닫게 될 때 종착점에 이르는 서사의 과정을 보여 주게 된다. 따라서 이와 같은 서사는 기존의 인물 내면이 성숙의 과정에 이르는 성장의 서사, 혹은 자아를 둘러싼 사회적 조건과 타자의 존재 양식을 깨닫게 되는 깨달음의 서사로 크게 나뉠 수 있다.

4.1. 개인의 성장 과정에 개입하는 환상성

사이버 문학의 서사 양식 중 가장 보편적인 것은 역시 개인의 성장 서사다. 미숙한 상태에서 시련과 고난을 겪고 투쟁을 통해 자신의 성장을 이룩하는 성장 서사는 우리의 신화적 영웅의 일대기와도 유사한 형태다. 무협이든 판타지이든 퓨전이든 게임이든 사이버 문학의 서사구조는 개인의 성장 과정을 드러내는 데 상당한 양을 투자하고 있다. 또한 이 텍스트를 읽는 독자들도 성장을 경험하는 인물에 자신을 투사하고 동일시하면서 성장을 간접적으로 경험하게 되는 것이다. 게다가 사이버 문학을 창작하는 작가는 대개 이미 사이버 문학을 읽어 온, 경험이 풍부한 독자이기도 하다. 텍스트를 통해 간접적인 성장을 충분히 경험한 독자는 장르문학의 대중적 문법에 익숙하므로 경험이 무르익으면 자신의 상상력을 기반으로 새로운 환상의 세계를 창조하려는 경향을 띤다. 그런 의미에서 사이버 문학의 독자들은 잠재적 작가라 일컬어질 수 있다.

다음의 글은 『숭인문(崇人門)』[112]이라는 소설에서 작가 서문을 인용한 것이다.

> 저는 오랫동안 무협소설을 읽어 온 독자였습니다.
> 항상 무협소설을 써 보고 싶다는 생각을 하고 있었습니다.
> 여러 번 글을 쓰다가 말고 또 다른 글을 쓰다가 말고를 반복했습니다.
> 제가 무협소설을 쓰면서 가장 어려웠던 것은 다음의 몇 가지 질문에 답을 구할 수 없는 것이었습니다.
>
> 왜 주인공은 강해져야 하는가.
> 왜 주인공의 적은 주인공에게 패배해야 하는가.

---

112) 이길조, 『숭인문(崇人門) 1』, 발해, 2008, 4 – 5쪽.

무협소설이 담고 있는 주제와 의미는 무엇이어야 하는가.

등장인물을 만들고 스토리를 만드는 것보다 위의 세 가지 질문에 답을 찾지 못해서 많은 글을 쓰다가 중지했습니다.

이제 여러분께 보이는 『숭인문』은 오랜 고민 끝에 쓰게 된 글입니다.

숭인문(崇人門)은 원래 창천문(蒼天門)이었습니다.

창천문은 문도들을 희생시켜서 강해지고 강호의 패권을 노리는 문파였습니다.

그러한 창천문이 멸문의 위기를 거쳐서 숭인문으로 다시 태어납니다.

이 글 숭인문은 문도를 아껴서 강해진 문파와 문도를 희생시켜 강해진 문파의 대결이 주 스토리가 될 것입니다.

문피아에 연재하는 동안 많은 분들이 관심을 가져 주셔서 출판까지 하게 되었습니다.

제 글을 읽어 주시고 여러 가지 조언을 해 주신 분들 모두께 진심으로 감사드립니다.

연재 글을 보시고 제 가슴이 아플 정도로 날카로운 지적을 해 주신 분들이 당시에는 야속하기도 했지만, 결국 퇴고의 과정을 거치면서 아픈 지적일수록 더 약이 된다는 사실을 깨달았습니다.

제 글을 보시고 격려해 주신 분, 비판해 주신 분 모두께 감사드립니다.

제가 글을 쓰는 데 너무나 세심히 도와주신 박현 작가님과 선배 작가 분 여러분께 감사드립니다.

제게 힘을 주신 기빙 님 외, 모든 문피아 독자 여러분께 감사드립니다.

위의 글이 언급하는 것처럼, 독자는 잠재적 작가이다. 그리고 독자에서 출발하여 자기 내면의 문제의식이 눈덩이처럼 커지면 작가로 전환한다. 작가가 되어 작품을 창작하는 과정은 가상의 세계에서 환상을 창출하는 과정이지만, 동시에 우리의 현실과 자아에 내재하고 있는 타자를 뼈아프게 대면하는 과정이다. 의도하건 의도하지 않았던 작가는 자신이 창출한 등장인물의 성장 과정에 자신을 투사한다. 그럼으로써 등장인물의 성장 과정은 바로 작가의 성장 과정이며, 작품 하나를 끝낼 때마다 작가는 성장을 재확인하고자 하는 욕망을 지닌다.

그러므로 성장의 서사 과정에 개입하는 환상성은 등장인물에만 국한된 것이 아니라 작가와 독자 모두에게 골고루 영향을 미친다고 봐야 하는 것이다.

아래의 글은 『중사 클리든』이라는 소설의 프롤로그이다.[113] 군대를 전역한 다음 날 일어나 보니 이계의 중사가 되어 있더라는 것이 이야기의 출발점인 것이다. 소설 속 인물화자 '나'는 사이버 문학을 통한 자신의 간접 경험과 지금 겪게 된 환상성의 현실을 대조하면서, 원하지 않았던 군대생활에 대한 저항으로 성장을 거부한다. 그러나 본인의 의사와 달리 모든 상황은 '성장'을 강제하고, 결국 주인공은 타자를 내면화하면서 환상성이 요구하는 성장의 조건을 수용하게 되는 것이다.

프롤로그

중학교 때 『영웅문』을 접한 후 나는 미친 듯이 무협에 빠져들었다. 그때 당시 나우누리, 하이텔, 천리안 등의 PC 통신이 한창 활성화되던 시기였다. 나는 각종 무협소설과 판타지 소설에 빠져들며 전화비만 20－30만 원으로 어머니의 독기 어린 손을 피해 다녀야만 했던 시절이 있었다.

전통 판타지 소설에 식상할 때쯤 고등학생이 판타지 세상으로 넘어가 종횡무진 하는 스토리에 열광했었고 그때 고등학생이었던 나는 대리 만족을 얻으며 나도 판타지 세상으로 넘어갔으면 하는 소원을 가지고 있었다.

하지만 한두 살 나이를 먹어 가면서 냉정한 현실에 굴복하게 되면서 신선하던 스토리는 어느새 정형화되어 식상해졌다. 그것들은 이후 퓨전 장르로까지 발전하게 된다. 고등학생이 판타지 세상으로 넘어가는 게 소설의 주류를 이루면서 오죽하면 이계 고딩 진입 깻판물 줄여서 이고깽이라는 단어까지 생겨날 정도였다.

그 후 고등학생 주인공이 판타지나 무협 세상으로 넘어가는 종류의 글들은 쳐다보지도 않게 되었다.

그런데 지금 이 상황은 어떻게 설명해야 되는 걸까. 난 고딩도 아닌데 대체 왜 넘어온 거지?

---

113) 취몽객, 『중사 클리든 1』, 로크미디어, 2007. 6－7쪽.

이 소설 텍스트가 암시하는 것처럼, 성장의 조건은 자발적인 것만이 아니라 오히려 타자성을 발견하는 과정에서의 강제적 개입이 더 빈도가 높다. 무협소설에서 죽음에 몰린 인물들의 성장 과정이 가장 보편화된 형태일 것이다. 그러므로 사이버 문학의 성장 과정은 그만큼 현실에 대한 문제제기의 속성을 지니고 있고, 조건을 만들어 내고 강제하는 존재로서의 타자에 대한 인식을 드러낸다.

4.2. 세계의 이면을 이루는 타자성에 대한 발견으로서의 환상성

자아와 타자성의 관계를 재발견하는 주체는 언제나 세계에 주목한다. 그래서 세계가 어떻게 만들어지는지, 세계의 문법, 원리가 어떤 식으로 인물의 성장에 개입하고 강제하는지 알고 싶어 한다. 사이버 문학은 이런 의문에 쉽게 접근할 수 있는 가상의 통로를 환상성을 통해 열어 준다. 환상성을 매개로 자아와 타자, 세계의 상호작용과 구성원리를 탐구하고 실험하는 게 가능하기 때문이다.

아래의 글은 검술도, 마법도 강한 재능도 없이 멸망의 끝에서 전 세계를 적으로 돌리고 혼자 성장해 가는 어린 소년의 이야기인 『빙하기』의 작가 서문이다.[114]

아마추어라 어쩔 수 없을까요?

글을 쓰다 보면 현실의 의문을 소설의 주인공에게 던져 주는 저를 발견합니다. 하지만, 반대로 소설의 주인공이 저에게 의문을 던질 때도 있습니다.

처음 이 글을 시작할 때 녀석은 저에게 의문을 던졌습니다.

내가 강해지려면 어떻게 해야 해?

자신이 탄생시킨 존재의 질문에 고민하는 작가라니. 나름 한심함을 느끼면

---

114) 강 문, 『빙하기 1』, 영상노트, 2008, 6-7쪽.

서도 흥미진진하게 받아들였습니다.

　흔히 강함의 밑바탕엔 노력과 재능이 꼽힙니다. 그러나 모두가 원한다면 움켜쥘 수 있는 노력과 달리 재능은 선천적으로 정해져 있는 불변이죠.

　재능이란 차별된 출발점에서, 노력이란 도움닫기는 결국 격차를 낼 수밖에 없습니다.

　조금 씁쓸하나, 그것은 현실도 마찬가지입니다. 아니, 소설보다 현실이 더 냉정하죠.

　역시 전 아마추어입니다.

　그 불공평함을 소설 속의 녀석에게까지 주기 싫었습니다. 그렇기에 노력과 재능에 하나를 더 첨가했습니다. 그 하나를 발견해 강해질지 어떨지는 녀석 하기 나름입니다.

　엉터리 답이지만 스스로 만족합니다.

　그리고 만약 녀석이 제가 준 답을 증명한다면 저 역시 현실에서 그것을 증명하고자 노력할 것입니다. 녀석에게 준 답은 저에게 준 답이나 마찬가지 니까요.

　불가능요?

　알 수 없습니다. 다만 소설이든 현실이든, 이 세상은 여전히 미지의 장소 랍니다.

강문 배상

소설이든 현실이든 알 수 없는 미지의 세계라는 말은 환상성이 지시하고 있는 타자성의 영역을 말한다. 미지의 영역은 인지할 수 없다는 그 자체로 공포의 영역이지만, 동시에 가능성의 영역이기도 하다.

작가 카이첼은 소설 『희망을 위한 찬가』[115]에서 이 공포와 가능 성의 영역을 '형이상학적 존재론'의 영역으로 확장시켜 조심스럽게 다룬다. 일상적인 현실의 이면에 자신을 감추고 있는 술법사와 연 금술사라는 존재들이 있다. 세상에서 가장 강했던 연금술사 아버지 박수행은 금지된 현자의 돌 술식을 독자적으로 만들어 호문클로스

---

115) 카이첼, 『희망을 위한 찬가』, 문피아에서 연재하여 완결. 형이상학적인 인문학적 사유를 드러내는 글의 속성상 대중적 출판에 어려움을 겪고 희망독자를 모아 자체 출판하여 배부 했다. 인용문은 문피아에서의 연재본이다.

로 박은결, 박미래 남매를 비밀리에 만들어 낸다. 그 이후 과도한 힘의 사용으로 반폐인이 되어 버린 아버지를 대신해 아들 은결은 도천시라는 가상의 공간에서 밤마다 인간의 부정적인 사념이 만들어 낸 사념체와 싸우면서 자신의 존재에 대해 고민하고, 인문학적 사유의 깊이를 통해 자아정체성을 각성해 간다.

(중략)

그렇지만, 은결은 알고 있었다. 자신은 오래 버틸 수 없다. 푸른 이빨의 말처럼 결국 자신은 푸른 이빨에 몸을 내어 주어야 한다. 온 몸을 휘돌고 있는 이 거대한 힘의 태반이, 자신의 것이 아닌 푸른 이빨의 것임을 생각해도, 이는 애당초 게임이 안 된다. 믿을 수 - 믿을 수 없을 정도의 힘이었다. 자신의 혈맥이 대체 어떻게 이런 힘을 소화하고 있는 것인지 이해가 안 될 정도로. 인정하기 괴롭지만 이것은 정말로 '신'적인 힘이었다. 쿠로사카의 말처럼, 자신이 죽었던 것이 옳았을지도 모른다.
　'거대한 - 힘?'
　문득, 어떤 생각이 은결의 뇌리로 스쳤다. 그는 지쳐 죽어 가는 병자의 표정 가운데서, 어렵사리 미소 지었다. 이, 힘이라면 - 할 수 있을지도 몰랐다. 자신의 힘이 아니지만, 어쨌거나 지금은 자신이 조정할 수 있는 힘이니까. 저열한 인간 인식의, 그 가련한 본능의 -
　은결은 씨익 - 미소 짓고는 손을 앞으로 내밀었다. 그리고 술식을 짜서 그곳으로 엄청난 힘을 몰아넣었다. 은결의 손 앞으로 텅 빈 원이 생겨났고, 그것을 덮으며 구형의 마법진이 이루어졌다. 은결은 떨리는 손으로 겨우 자신의 정신을 유지하며 텅 빈 이차원의 마법진에 오른손 검지를 가져다 댔다.
　'너, 너 대체 무슨 짓을 하려는 거냐!'
　은결의 머릿속에서 푸른 이빨이 외쳤다. 은결이 갑자기 엄청난 힘을 외부로 배출했기 때문이다. 그것은 푸른 이빨이 할 수 있는 가장 강력한 공격의

열 배를 가볍게 능가하는 에너지 용량이었다. 무슨 짓을 해도 은결의 몸이 자신의 것이 될 것임은 분명하지만, 이런 거대한 에너지의 운동은 그래도 좌시할 수 없는 일이다. 은결은 푸른 이빨의 당혹하는 모양이 참기 힘들게 우습다는 듯이 끅끅대며 손가락을 천천히 움직였다. 허공 가운데 에너지로 이루어진 기호가 점차 생겨나기 시작했다.

'미친 새끼 무슨-!' 푸른 이빨이 전력으로 은결의 몸과 정신을 공격하며 외쳤다. 그러나 무언가 단단히 결심한 듯 은결은 여전히 비릿한 미소로써 그 모든 공격을 흘려 넘기며, 떨리는 손가락을 움직였다. 손가락 끝을 따라 복잡한 기호가 새겨졌다.

"……그럼으로, 사대는 수로부터 시작한다. 그것은 낮은 곳에 거하며, 만물의 존재를 양육하는 생명의 어머니로서, 온 존재를 그 속에 품고, 세계로 퍼져 나가 그 힘을 만물 가운데 품도록 한다. 한 방울의 물은 아무것도 할 수 없지만 모여 대하를 이루고, 그 대하는 바다를 이루어 온 세상을 먹이고 살리는 근원이 되니, 가장 약하지만 실은 가장 강해, 우주를 움직이는 거시적 힘의 전체로서 존재한다. 이것이 곧 사대의 수며, 중력-이다!"

은결이 말을 끝내며 손가락을 떼어내자, 원의 1 / 4에 해당하는 부분에 새겨진 기호가 강렬한 빛을 뿜어냈다. 그리고 그 기호가 새겨진 영역 근처의 모든 영상이 기묘하게 일그러졌다. 어떤 다른 빛이나 에너지가 작용한 것이 아니었다. 단지, 빛이 굴절된 것이다. 그리고 텅 빈 채 주변을 감싸고 있던 구의 1 / 4에도 복잡한 진이 그려 넣어졌다. 은결은 만족한 듯 씨익 웃고는, 다른 1 / 4 구역에 검지를 가져다 대고 중얼중얼 거리며 기호를 집어넣기 시작했다. 불길함을 느낀 푸른 이빨이 외쳤다.

'너-대체, 무슨?'

은결은 끅끅 웃으며 말했다.

"이…… 병신아! 인간의 인식이란 저열하고, 한심하기 짝이 없어. 도가도 비상도의 한 문장을 새겨듣기는커녕, 현상학적 판단중지는커녕, 편견은커녕, 상식은커녕, 피부색은커녕, 국가는커녕, 민족은커녕, 지역은커녕, 미추의 인식조차-극복하지 못해…… 도무지, 아무리 아등바등 악을 써도, '해석'을 벗어나지 못해! 모, 못-견디게 저열하지. 지금-부터, 네놈이 볼 건, 그 저열한 인식의 한 극치야. 멋진 쇼니까, 잘…… 봐 두라고!"

푸른 이빨은 은결의 말을 이해할 수 없었다. 그것은 단지 터무니없는 횡설수설처럼 들렸다. 쿠로사카에게도 마찬가지였다. 그녀에게도, 지금의 은결은 어딘가 '망가져' 있는 것처럼 보였고 무척 불길하게 느껴졌다. 은결은 계속해서 손가락을 움직였다. 빛이 그의 손가락을 따라 기호를 이루어 나갔다.

"……이렇듯 대지는 너의 살과 뼈와 피의 근원을 이루니…… 세상을 보는 눈과 귀와 입과 코와 혀와 촉각의 실재는…… 모두 거기서 비롯되고 있다. 이렇듯 존재의 근원을 대지, 흙이 이루고 있으므로, 모든 존재함의 기저이며, 운동함의 기초이기도 해서-때림과 맞음이, 이 힘을 통해서만 가능하다. 그러므로 때리는 자와 맞는 자 사이에는 이 한 원리만이 존재하며, 실은 맞는다는 것도, 때린다는 것도 없는 허공의 결합에 불과…… 하다. 그 허망함을 한 줄기 에너지로 이어, 존재라는 환상을 이루어내는 이 힘이 곧 사대의 흙이며 대지인, 전자기력이다.”

은결은 손가락을 떼어냈다. 원의 1/4가 빛나더니, 그 부분에서 강렬한 전격이 지직거렸다. 구의 1/4에 기호가 채워졌다. 은결은 다시 검지를 떼고 다른 부분에 가져다 댄 다음 기호를 그리기 시작했다. 푸른 이빨은 이 기묘한 현상을 바라보며 지독한 불길함과 초조함에 휩싸였다. 이 미친놈이 대체 무슨 짓을 하려는 건지, 종잡을 수가 없었다. 보통이 아닌 것은 분명하겠지만, 지금 그리고 있는 진도 뭔지 알 수가 없었다. 그는 은결의 몸을 빼앗기 위한 공작을 계속하는 동시에 그의 기억을 훔쳐보기 위해 전력을 다 했다. 그러는 동안에도 은결은 진을 완성해 나가고 있었다.

“……함이 가능해짐으로, 이는 불이며 - 강핵력이다.”

은결은 또 진의 한 부분을 완성했다. 그 부분은 불꽃처럼 타오르며 주변의 공간을 이지러뜨렸다. 어마어마할 정도로 강렬한 힘이 느껴졌다. 그는 검지를 떼며 나머지 부분을 채워 넣기 시작했다. 그때 겨우 은결이 무엇을 하려는 건지 어느 정도 알아낸 푸른 이빨이 경악한 목소리로 외쳤다.

‘돌았구나 - ! 그만둬! 너도 죽는다!’

은결은 여유롭게 웃으며 푸른 이빨의 말을 받았다.

“후, 후후 - 너, 쪼다 아냐? 내가 내 목숨을 아까워할 것 같아? 너 정도의 악을 데리고 떠난다면, 나는 이 쓰레기 같은 세상에 나름대로 의미를 쌓았다고 말할 수 있겠지. 그럴 수 있다면 - 나는 아무것도 아쉽지 않아. 아무리 카미라도, 이 안에서 살아날 방도는 없어.”

잠시간 푸른 이빨의 말문이 막혔다. 그렇지만 이 부분에 대해 은결은 서슴없이 자신의 진심을 드러냈다. 그는 은결의 선명한 각오를 읽을 수 있었다. 은결은 자신의 목숨을 아까워하지 않았다. 거짓은 없었다. 그는, 오만했다. 물론 푸른 이빨에게 살아날 길이 없다는 것 역시도 사실이었다. 푸른 이빨은 방향을 바꿨다.

‘저, 저 여자가 죽는다! 죽이고 싶지 않지? 그러려고 내게서 벗어나려 한 거 아냐!’

푸른 이빨이 지적한 것은 물론 쿠로사카다. 은결은 낄낄댔다.

“일부러 죽일 생각은 없지만, 너하고 같이 죽는다면, 그녀도 기꺼워하겠지. 그렇기 때문에 나를 죽이려 한 것일 테고. 그리고 착각하지 마. 나는 그녀의 목숨을 구하기 위해 네게서 벗어나려 한 게 아냐. 그녀를 죽인다면, ‘내 손으로’ 죽여야 하기 때문인 거야. 너 따위, 쓰레기 같은 신에게 농락당할 수는 없으니까.”

‘이, 이 미친 새끼 - !’

그러한 공방이 얼마간 계속됐다. 결국 은결은 “이로써, 이는 바람이며, 약

핵력이다.”라는 말을 마지막으로 진의 나머지 부분을 메웠다. 화악, 강렬한 빛
이 일며, 그곳으로부터 신선한 바람이 불었다. 지, 수, 화, 풍의 사대 원리를
구현한 진이었다. 은결을 둘러싸고 있는 구도 이차원 마법진의 완성과 더불어
기호로 가득 찬 채 휘황한 힘의 흐름을 보여 주고 있었다. 그것은 우주의 원
리를 그 좁은 공간 안에 함축하고 있는 것 같았다.

그 장면을 지켜보던 쿠로사카는 원과 구의 내부를 가득 채우고 있는 기호
와 그들의 구성에 대해 어떤 깊은 황홀감을 느꼈다. 그것이 무엇을 위한 진인
지는 그녀로선 알 수 없었지만, 압도적인 힘과 기술만이 저것을 가능하게 한
다는 점은 이해할 수 있었다. 은결이 그려 낸 것은 자신이 사용한 감각차단
결계 따위는 비교도 할 수 없는 고차원의, 마치 하나의 완벽한 예술품 같은
진이었다. 하지만 어딘가, 결여되어 있는 진인 것 같다는 느낌도 들었다. 은결
은 자신이 그려 낸 진에 취한 듯 황홀한 표정을 지으며 말했다.

“아름답지? 저능한 카미야. 나는, 퇴마사가 아냐. 제마사도 아냐. 신관도
아니고, 제사장도 아냐. 무당도 아냐. 샤먼도 아냐. **나는 말야 — 무엇보다 연금
술사야. 연금술사란 말야 — 가련한 존재야. 세상을 그 자체로 받아들일 수가
없어서, 무언가 의미를 통해 세상을 재단해 받아들이지 않고서는 견딜 수가
없어서, 그래서 그 이면에 있는 원리를 읽고자, 읽고자 노력하는 이들이야.
그래서 그 끝에 존재하는 신의 마음, 우주의 원리 따위를 알고자 노력하는
거야. 한심하잖아? 저열하잖아? 인간적이잖아? 이건, 그 저열함의 한 궁극
점이지. 우주를 그 자체로 받아들이지 못하고, 단 하나의 원리로 모든 현상
과 전개를 설명하고자 하는 그 가소로운, 해석의 의지가 다다른, 가장 높은
봉우리.”**

푸른 이빨은 이미 은결의 말을 듣고 있지 않았다. 그는 은결의 몸을 차지
하는 것을 포기했다. 다만 자신의 모든 힘을 회수해 이 장소를 벗어나고자 노
력하고 있을 뿐이었다. 하지만 은결은 그런 카미의 기색을 읽고, 자신의 몸에
들어 있는 모든 카미의 힘을 운행해 푸른 이빨이 원래의 힘을 들고 달아나지
못하도록 안간힘을 쓰고 있었다. 지루한 공방이 계속된다면 은결에게 승산이
없지만, 불행하게도, 이 진이 발동될 때까지라는 전제를 붙인다면 상황은 정
반대가 된다.

“그러니 연금이란, 금을 만드는 게 목적이 아냐. 금이란 하나의 은유지. 모
든 세상의 저열한 것을, 신의 원리에 따라 고귀한 것으로 바꾸어 보겠다는 그
가련한 의지의 은유. 너는, 이해할 수 없겠지? 그러니까, 이 쓰레기 같은 세상
에서 아등바등대는 나는, 네게 농락당할 수 없어 — ”

은결은 오른손 엄지로, 검지를 그었다. 갈라진 검지 끝에서 핏방울이 떨어
졌다. 그것은 진의 정중앙에 모이며 둥그런 피의 구슬을 만들었다. 사대의, 우
주를 구성하는 4가지 힘이 그 혈액의 덩어리에 작용하기 시작했다. 은결은 그
둥근 핏덩어리에 손가락을 대고 갑자기 엄격한 표정을 지었다.

“……이로써, 모든 존재는 일원으로 돌아간다!”

은결이 외쳤다. 존재변환이 시작됐다. 죽음은 두렵지 않았다. 무의미만이
두려웠다. 푸른 이빨은 모든 것을 포기하고 도망쳤다.

　*사대와 사대기력의 연결은 자의적인 것입니다. 판타지 소설은 이렇게 연
결해도 욕먹을 일이 없다는 게 참 좋죠. 후훗.

　*으음, 일단 할 만큼 했으니, 좀 쉬겠습니다. 날씨도 덥고. ok?

　작가는 이 소설에서 존재를 규정하는 타자성을 언어와 기호, 그
리고 그 해석의 문제로 이야기하고 있다. '저열한' 인간의 욕망이
언제나 세계를 자신의 언어로 해석하고자 함이 타자성의 근원이라
고 지적한다. 그래서 은결은 위의 에피소드에서 문제가 된 타자성 -
자신의 몸을 차지하고 들어와 정신마저 삼키려는 일본의 카미(神)
푸른 이빨을 없애기 위해 언어와 기호를 활용하여 술식을 짜 진을
그리고 자신의 피를 더하여 연금술이라는 환상적 경로를 통해 자
신의 존재 자체를 일원으로 되돌리는 존재변환을 시도한다. 존재가
일원으로 돌아간다 함은 바로 자아와 타자의 경계 자체가 없어짐
을 의미하는 것이다. 은결에게 자아의 죽음은 곧 존재 자체의 완
벽한 소멸이지만 그것은 상대방인 타자, 카미 푸른 이빨에게도 마
찬가지인 것이다. 자아와 타자의 경계소멸은 존재의 죽음이지만 무
의미함은 아니다. 개인은 죽어도 사회와 세계는 자신의 과거 존재
와 죽음의 방식에 의미를 부여해 줄 것을 알기 때문이다. 그러므
로 진정 두려운 것은 개인의 죽음이 아니라 무의미, 곧 타자들의
해석의 영역 밖으로 벗어나 타자들의 인식에서 지워지는 것에 있다.
　작가 카이첼은 그런 면에서 타자성과 존재, 세계의 매개를 이루
는 언어와 해석, 환상에 대해 근원으로부터의 질문을 던진다. 그리
고 그 탐색의 과정은 바로 은결이 자신이 인간이 아닌 호문클로스

라는 것을 알아 가는 과정이고, 그렇기 때문에 결국 이 세계에서 타자로 존재할 수밖에 없다는 절망을 경험해 가는 과정이다. 보통 사람이 아니라 초월적인 사념체와 싸울 정도의 무력을 지닌 초인적 존재라는 것이 학교 친구들에게 알려졌을 때, 평범한 보통 사람이라는 타자를 연기하고 있던 은결의 절망은 최고조에 이른다. 그러나 소외와 멸망이라는 절망의 극한에서 은결은 타자화된 자신만이 세계의 멸망에 대한 대안이라는 사실을 재발견한다. 인간이라는 존재가 존재하기 위해 언어와 해석, 기호가 필요했던 것처럼 자신 역시 타인에게 타자가 되어 세상의 일부로서 존재해야 한다는 당위성의 재인식인 것이다. 그리하여 은결은 세계의 이면으로 스며들어 또 다른 타자가 되어 이 세상의 언어와 해석, 의미를 이루는 한 축이 된다.

이처럼 사이버 문학은 존재를 둘러싼 세계의 존재 원리를 탐색하고 눈에 보이는 현실 이상의 세계를 가상의 환상성을 통해 구체적으로 구현함으로써 자신의 내부에 내재한 타자성과 과감히 맞대면하고자 한다. 이와 같은 시도는 개인의 범위를 벗어나 결국 우리 사회에 대한 현실 인식의 문제로, 그리고 세계와 존재라는 형이상학적 영역에까지 문학 텍스트라는 간접화된 수단을 통해 사유하게 하는 것이다.

5. 문학과 문화의 경계 허물기와 타자성의 환상적 지형

개별 하위 장르 사이의 문화적 공통성을 추출하는 것은 현대에 와서 급속히 보편화된 환상성의 근원을 밝히고, 문화적 정체성을 규명함과 동시에 교육과 디지털 콘텐츠의 다양한 원천을 제공할 수 있는 방법이 될 것이다. 또한 기존 연구에서 각각 별개로 연구되어 왔던 하위 장르의 공통기반으로서 환상성을 재발견하고, 이 환상성을 타자성과의 상호작용에서 각각의 장르가 지니고 있는 개별특성을 재규정한다는 것은, 현대의 문화를 구성하는 각 장르 간의 연결고리를 찾아낼 수 있는 방법을 제시하는 것이다. 이로써 매체와 장르의 변화에 따라 하위문화 주체가 어떻게 타자를 환상성에 의해 적극적으로 변혁시키면서 문화의 주류로 부상시켜 왔는지 그 메커니즘을 밝히게 될 것이기 때문이다.

과거의 리얼리즘 문학 일변도의 주류소설이 주도했던 근대문학에 대한 인식은 이제 변화를 필요로 한다. 환상성은 문학, 특히 서사 갈래에서 허구성, 허구적 개연성 등의 본질을 이루는 주요 요소이기 때문이다. 리얼리즘 문학은 근대의 정신사에서 추출된 근대적인 현상일 뿐, 오히려 서사의 전통에서 보는 본질은 오히려 환상성을 지닌 문학 쪽으로 무게추가 급격히 기울어진다. 90년대 이후 우리 당대의 문학에서 환상성을 지닌 문학의 급부상과 함께 타자성에 대한 인식이 문학의 주요 이슈로 떠오른 것은 자연스러운 귀결이라 할 수 있을 것이다.

이처럼 환상성의 주류화에 의해 타자성의 환상적 지형을 매개로 하여, 만화에서 소설로, 소설에서 애니메이션으로, 게임 시나리오로 변형되어 복합적으로 넘나드는 장르의 경계선 허물기가 가능해진다. 환상성의 역동적 변화가 문학적, 문화적 전통에서 현대적 계승과 활용에 이르기까지 정체성의 원형과 변화의 원동력을 제공하기 때문이다. 또한 미래에 가능한 하위 장르의 개발, 디지털 콘텐츠로의 전환, 다양한 갈래로의 상호전환과 같은 예술 양식상의 변혁, 문학과 미디어 텍스트의 문식성 교육, 작가와 독자층의 저변화와 보편화 등 문학과 문화의 미래를 검토할 학문적 근거도 형성하게 된다. 이로써 서구나 일본과도 다른 한국적인 환상성의 문화적 양상과 정체성의 뿌리를 비교문화의 관점에서 규명함도 가능할 것이라고 생각한다.

타자성의 환상적 지형도와 우리 문화의 정체성을 이렇게 보다 큰 그림으로 그리는 것은 이 현상을 겪고 있는 우리의 당대에서 반드시 짚고 넘어가야 할 사안이 될 것이다. 부족하나마 우리 시대 우리 문학으로서 사이버 문학이 지니고 있는 당대성의 의미와 함께 고찰해 보았다. 그러나 아직도 많은 문제가 산적해 있음을 밝히지 않을 수 없다.

작품의 생산은 쏟아지는데, 읽고 비평하고 평가할 손과 눈은 부족하다. 또한 읽는 과정에서 매몰되지 않고 분석의 깊이를 유지하면서도 시야를 넓혀야 하고, 옥석을 가리는 기준을 제공해야 하며, 체계적 이해를 위해 갈래 체계의 기준을 세워야 한다는 문제들이 남아 있다. 많은 문제들이 남아 있지만, 이는 결국 기준과 체계의 문제로 귀결된다고 할 수 있을 것이다. 이어지는 2부, 3부의 각 글들은 바로 이 문제에 대한 고민의 흔적들임을 밝힌다.

참고문헌

강 문, 「빙하기 1」, 영상노트, 2008
강경옥, 「별빛속에 1-18」, 서울문화사, 1996
강재영, 「위령촉루 1-5(완)」, 청어람, 2003-4
고대 사회학과 대학원 정보사회 세미나팀, 「맥루한의 미디어에 대한 몇
　　　가지 논평」, 고대 대학원 총학생회 공동학술지 [석탑] 창간호,
　　　1998.3.
광정면, 「탄생군주 1-6」, 청어람. 2004
광 희, 「van 1-12(완)」, 커뮤니케이션그룹동아(동아북스), 2005-8
권정생, 「강아지 똥」, 길넛 어린이, 1996
기천검, 「아트메이지 1-4」, 드람북스((주)삼양출판사), 2008
김상현, 「탐그루 1-15」, 명상, 1999
김대우, 「이드 1-18」, 북악스(랜덤하우스중앙), 2001-8
김진경, 김재홍, 「고양이 학교 1-5」, 문학동네, 2001
김기범, 「사이버 범죄의 유형과 실태 - 사례를 중심으로」.
김문조, 박수호, 「정보사회와 종교: 정보통신의 활용과 의미」, 『敎育論
　　　叢』 28집, 1998.12.
김민정 외 저, 「사이버 커뮤니케이션에서 아바타 사용자의 자아 개념에
　　　대한 연구」, 『크로노스(한양대학교 사회과학대학 신문방송학과)』
　　　제48호, 겨울, 2002.
김보영, 「육체, 가상육체, 그리고 사이보그」, GBC 가우리 정보센터
김봉섭, 「WWW에 대한 욕망론적 접근 - 라캉의 '타자의식'을 중심으로
　　　- 」, GBC 가우리 정보센터.
＿＿＿, 「PC 통신에서의 언어폭력에 관한 연구」, 경희대 언론정보학과
　　　대학원, 1998.
김성철, 「정보화시대의 생활양식 정립을 위한 과제」, 『한국사회과학』,
　　　23권 1호, 2001.

김성훈, 이황, 「사이버스페이스에서 디자인 패러다임에 관한 연구」, 『디자인과학연구』, 14권 1호, 2001.

김 억, 「디지털 건축」, 『설명 건축』 제45권 9호, 2001.

김열규, 『고독한 호모디지털 – 사이버토피아를 꿈꾸는 인간의 자화상』, 한길사, 2002.

김옥순, 「정보화사회와 여성」.

김우필, 「디지털 테크놀러지의 문화·예술 혁명」, 2000년 문학의 해 문화관광부 후원 '인터넷문학세미나' 발표문, 2000.

김재국, 「과학소설의 사이버 문학적 가능성 고찰」, 『우암논총』, 18권, 1997.

______, 『사이버리즘과 사이버소설 – 디지털 시대의 새로운 소설과 이론』, 국학자료원, 2001.

김종회, 최혜실, 『사이버 문학의 이해』, 집문당, 2001.

김진영, 「네그리의 '사회적 노동자'론에 기반한 정보경제에 대한 일 분석」, 고려대 대학원사회학과 석사학위논문, 1998.

김현희, 최문경, 「정보사회와 젠더 – 과학, 기술, 그리고 컴퓨터」.

김흥규, 이종윤, 「가상공간에서의 아바타를 통한 다중적 자아의 요인 연구」, 『한국주관성연구학회』, 2002.12.

달 강, 「삭의 검 바람의 제」, 문피아 연재본

라도삼, 「16대 총선에 나타난 네트워크 활용 및 운영에 관한 연구」.

______, 「가상공간에 권력 – 욕망론적 접근: 들뢰즈·가타리의 욕망과 코드와 이론을 중심으로」, 『言論硏究』, 7권 1호, 1998.

______, 「가상공간의 전경과 삶의 단편들: '리니지'를 중심으로」, 『한국 언론 정보 학보』, 14호, 2000.

______, 「매트릭스 유감(?) – 가상공간(cyberspace) 미래 대한 단상」, '사이버 문화 연구실' 월례발표문.

______, 「엽기의 문화, 엽기의 인터넷: 상업적인 인터넷 문화에 대한 반성과 대안 모색」, 『정보와 사회』 제2호, 2000.12.

______, 「'금기'에 대한 문제설정: 구조와 탈구조의 경계를 넘어 – 이재용 감독의 <정사>에 대한 text 분석을 중심으로 –」, 『言論硏究』, 9권 1호, 1999.

______, 「한국 인터넷의 발전과 사이버 문화의 이해」, 『계간 사상』, 15권 2호, 2003.

______, 「가상공간의 담론체계와 하이퍼텍스트」, 『言論硏究』, 16권 1호, 1997.

류광수, 「정보화 시대의 민주주의」, 『한국학술진흥재단』, 1998.

마태송, 「바위나리와 아기별」, 『샛별』, 1923

묘 한, 「점소이 작삼 1」, 이가서, 2005

문성화, 「사이버스페이스와 현실 공간」, 『哲學硏究』 80호, 2001.

민경배, 「사이버스페이스의 규제와 통제」.

______, 「정치인 홈페이지, 무엇을 할 것인가?」.

______, 「정보사회로의 변화와 네트워크의 중요성」, 『청소년 문화포럼』 제5호, 2002.7.

______, 「전자 민주주의의 현황과 미래」.

______, 「전자 공론장으로서의 인터넷 게시판, 그 가능성과 한계」, 『언론개혁』 제4호, 2001. 겨울.

______, 「인터넷을 통한 소통의 확장과 대안 언론의 가능성」.

______, 「인터넷의 아이들」.

______, 「인터넷시대 대안미디어의 현단계와 가능성 - 오마이 뉴스의 실험을 어떻게 볼 것인가 - 」.

______, 「인터넷 내용등급제와 자율규제론의 허상」.

______, 「온라인 뉴스 게릴라 1년의 실험, 그 현재과 대안」.

______, 「사이버 문화의 이해 - 사이버와 현실 세계의 관계를 중심으로」, 숙명여대 대학원 학술제발표제, 1999.

______, 「사이버 현상과 새로운 문화형성의 과제」

______, 「CMC 도입에 의한 사회적 관계변화」.

______, 「정보사회에서의 가족 관계 변화와 가족 가치관의 제정립」, 고려대학교 사회학과 '가족 사회학 연습' 기말 보고서.

______, 「인터넷과 종교: 불교를 중심으로」.

복건일, 「파란 달 아래」, 문학과 지성사, 1992

______, 「역사속의 나그네 1-3」, 문학과 지성사, 1991

북미혼, 「천봉무후 1」, 영상노트, 2008

설성경, 김교봉, 『미디어 문학의 이해』, 새미, 2001.

성동규, 라도삼, 「성담론의 재구성과 인터넷 포르노」, 1999년 봄 방송
　　　학회 발표논문.

성동규, 라도삼, 「사이버네틱 영상 미디어의 발전에 다른 사회적 거리
　　　변화에 관한 연구」, 『사이버 커뮤니케이션 학보』, 5호, 2000.

성시정, 「사이버스페이스와 여성의 생활세계」, 『女性問題硏究』, 24권,
　　　1999.

송병순, 「정보사회와 종교 교육: 정보통신의 활용과 의미」, 『한국종교
　　　교육학회』, 6권 1호, 1998.

손상희, 「사이버공간에서의 캐릭터의 정체성에 대한 연구: A Study on
　　　the Identity of the Character in Cyber Space」, 『디지털디자인학
　　　연구』, 6권, 2003.

신기현, 「인터넷 이용 실태로 본 16대 총선」, 『한국동북아논총』, 16권
　　　1호, 2000.

신일숙, 「아르미안의 네딸들 1-14」, 대원아이씨, 1996

　　　　, 「파라오의 연인 1-16」, 서울문화사, 2003

악필서생, 「천룡전기 8」, 로크미디어, 2007

양승오, 「사이버커뮤니티 이용자의 규칙관련 행위에 관한 연구」, 경희
　　　대학교 대학원 신문방송학과 석사학위논문, 2002.

오승한, 「가을왕 1-5」, 청어람, 2001

　　　　, 「1254 동원예비군 1-5(완), 로크미디어, 2005

유종윤, 「인터넷 문화에 대한 연구」, ≪경상대신문≫ 제661～664호.

　　　　, 「21세기 한국문학에서 사이버리즘의 위상고찰 - '육체'의 문제
　　　를 중심으로」.

　　　　, 「사이버스페이스의 공간적 의미에 대한 탐구 - 윤대녕의 「나는
　　　카메라다」론」, 계간 버전업, 겨울호.

　　　　, 「사이버리즘, 해체, 정신분열: '육체시학' 서설」, 원대신문, 2002.
　　　4.2.

　　　　, 「대중문학과 사이버 문학의 접점 - SF 추리 소설에 나타난 통
　　　신적 상상력」.

유기선, 「극악서생 1부 1-9(완), 2부(완), 3부(미완)」, 자음과 모음,

2000-8.

윤현승, 「하얀 늑대들 1-12」, 파피루스, 2005

윤응기, 「부드럽지만 질긴 새로운 법이 다가온다」, 2002.

윤혜린, 「정보공간의 여성주의적 수용」.

이동헌, 「인터넷 콘텐츠(contents) 분석을 통해 본 정보사회의 전망」, 영남대 대학원 석사학위논문, 2001.

이성진, 「데일리클릭의 시각으로 본 온라인 저널리즘」, GBC 가우리 정보센터, 2001.

이용욱, 『사이버 문학의 도전』, 토마토, 1996.

______, 『문학, 그 이상의 문학』, 역락, 2001.

이정원, 「커뮤니케이션 형태와 성별이 의사결정 과정에서의 언어적 특징에 미치는 영향에 대한 연구: 대면 커뮤니케이션과 컴퓨터 매개 커뮤니케이션을 중심으로」, 성균관대 대학원, 1999.

이철재, 「디지털 건축의 형태분석에 의한 유형 연구(1)」, 『한국 실내디자인학회 논문집』 제25호. 1997.

이호종, 「사이버스페이스와 현실 공간의 관계에 관한 연구」, 『學術論叢』, 1999.

이희연, 「사이버스페이스의 공간적 분석과 지도화」, 『대한지리학회지』, 37권 3호, 2002.

______, 「사이버스페이스의 공간적 특성과 공간적 차별화 요인 분석」, 『대한지리학회 학술대회』, 2002.

이영도, 「눈물을 마시는 새 1-4」, 황금가지, 2003

이길조, 「숭인문 1」, 발해, 2008

이영수(듀나), 「나비전쟁」, 오늘예감,

__________, 「면세구역」, 국민서관, 2000

__________, 「태평양횡단특급」, 문학과지성사. 2002

임진운, 「대공학자 1-9(완)」, 청어람, 2002-3

임무성원작, S. park 그림, 「황제의 검 1-8」, 북박스(랜덤하우스 중앙), 2008.

정영태, 「온라인 성폭력: 가상공간에서의 여성배제」, 계명대 여성대학원 여성학과 석사학위논문, 1999.

정정호, 「'사이버스페이스 소설'의 미학과 정치학」, 『人文學硏究』, 27
　　　호, 1998.

정진홍, 『아톰@비트』, 푸른숲, 2000.

정호재, 「매끈한 공간에서 중심잡기: 부제 – 어떻게 우리는 웹을 바라보
　　　며 사랑할 것인가? 혹은 보르헤스의 신비한 예언」, 고려대학교
　　　학사학위논문, 2000.

주치수, 「인터넷 온라인광고의 문제점과 개선방안 연구」, 『論文集』, 11
　　　권, 2002.

천혜정, 「사이버스페이스에서의 낭만적 관계 형성에 관한 고찰」, 『한국
　　　가족관계학회지』, 7호, 2002.

채효정, 「사이버스페이스의 실재성, 공간성 및 기술적 세계 구성과 그
　　　정치철학적 함의에 대한 분석」, 『高凰論集』, 24권, 1999.

최은정, 「온라인에서 여성으로 살아가기」, 숙명여대 학원학술제 발표논
　　　문, 1999.9.

＿＿＿, 「네티즌의 갈등구조와 집합행동에 대한 사례 연구」, 제65회 고
　　　려대학교 사회학과 콜로키움, 2000.10.

최정윤, 「다 사용자 온라인 게임(MMPOG)의 상호작용과 가상현실 경험
　　　에 관한 연구 – 리니지를 중심으로 – 」, 이화여자대학교 대학원,
　　　신문방송학과 석사학위논문, 2000.

최혜실, 『모든 견고한 것들은 하이퍼텍스트 속으로 사라진다』, 생각의
　　　나무, 2001.

취몽객, 「중사 클리든 1」, 로크미디어, 2007

편집부, 『대한사이버 문학』, 오늘의 문학사, 2004.

허영, 「전략적 제휴를 통한 인터넷 비즈니스의 형태와 발전방향」, 네트
　　　로21, 2001.2.

항 몽, 「진가소사 1」, 동아발해, 2008

홍성태, 『사이버공간 사이버 문화』, 문화과학사, 1999.

＿＿＿, 「지적 재산권과 정보공유 운동」, 『계간 사상』, 15권 1호, 2003.

화풍객, 「테이머루트 1」, 마루출판사, 2008.

황상민, 『사이버공간에 또 다른 내가 있다(인터넷세계의 인간심리와 행
　　　동)』, 김영사, 2000.

황진구, 「청소년 정보화 실태와 인터넷 문화 - 청소년 정보문화 탐색을
위한 작은 제안 -」, 2000.7.
카　담, 「질풍의 쥬시카 1」, 로크미디어
카이첼, 「희망을 위한 찬가」, 문피아 연재본
태　선, 「다이너마이트 1-8(완)」, 파피루스, 2002-8
프로즌, 「일곱번째 기실 1-12(완)」, 환상미디어, 2005-7

GBC 가우리 정보센터, 「가상사회이다. 제1편: 왜 가상 '사회'인가」, 2002.
GBC 가우리 정보센터, 「가상사회이다. 제2편: 아바타(Avatar), 또 다른
나」, 2002.
GBC 가우리 정보센터, 「가상사회이다. 제3편: 사이버스페이스에서의
강간사건」, 2000.
GBC 가우리 정보센터, 「가상사회이다. 제4편: 가상 사회의 경제 시스
템」, 2000.
GBC 가우리 정보센터, 「가상사회이다. 제5편: 가상 사회의 건설」, 2000.
GBC 가우리 정보센터, 「디지털 건축」, 2001.
GBC 가우리 정보센터, 「몰입적 사회, 몰입적 재미: 온라인 게임의 세
계」, 2005.

<아동문학>

강병재, 하정희, 「유치원 교사 추천 동화에 나타난 비교육적 요소 분석」,
『열린유아교육연구』, 2000.7.
강은진, 현은자, 「환상동화와 사실동화에 대한 유아의 반응 비교연구:
소집단 그림책 읽기 활동을 중심으로」, 『兒童學會誌』, 1998.5.
공인숙, 「전래동화와 대학생의 편견 형성 판단: 백설공주, 콩쥐팥쥐, 장
화홍련전을 중심으로」, 『한국가정관리학회지』, 1994.6.
권용철, 「21세기의 동화문학 - 과학과 팬터지의 조화」.
권진숙, 「Symbol in den kunstmarchen von Eichendorff: 아이헨도르프의
예술동화에 나타난 상진성 -『물의 요정에 대한 동화』와 『대리

석상』」, 『어문학 연구』 제2집, 1989.

권태억, 「동화정책론」, 『歷史學報』 제172집, 2001.12.

김경중, 「兒童의 童話理解力 發達에 關한 硏究」, 『論文集』, 1987.12.

______, 「동화(marchen)의 특성과 교육적 기능에 관한 연구」, 『論文集』, 10권, 1988.12.

______, 「전래동화의 현대적 수용방안」.

______, 「한국과 독일의 전래동화에 대한 비교연구」.

김경철, 채미영, 「한국 전래동화에 나타난 아동관 분석」, 『열린유아교육 연구』 제6권 제3호, 2001.11.

김규수, 안연경, 소성숙, 「동화를 통한 통합적 도덕교육의 효과」, 『열린 유아교육연구』 제6권 제4호, 2002.2.

김기창, 「동화교육론」.

김만석, 「전래동화의 이질성 문제와 그 해결방도 - 特히 전래동화 『해 와 달』을 중심으로」

김미환, 「전래동화의 인간학적 진술과 교육학적 의미고찰: 전래동화의 교육인간학」, 『敎育哲學』, 1997.10.

김상삼, 「동화문학의 문제점과 부모의 역할」, 『독어교육』 제25집.

김상욱, 「초등학교 아동문학 제재의 위계화 연구」, 『國語敎育學硏究』 제12집, 2001.6.

김영주 外著, 「부모와 유치원 교사의 전래동화에 대한 인식」, 『한국가 정관리학회지』 통권 제56호, 2002.4.

김이구, 「시인 소설가들의 동화 쓰기」, 『월간 길』, 1993.3.

김자연, 「동화에서 남녀평등의 문제」, 『여성문학 연구』 통권 6호, 2001.12.

______, 「아동문학의 가치와 미래」.

김정란, 「설화의 동화화에 대한 연구(1): 뻬로의 『빨강 모자 Le petit Chaperon rouge』」, 『동화와 번역』 제1집, 2001.4.

______, 「설화의 동화화에 대한 연구(2): 뻬로의 『잠자는 숲 속의 미녀 LA BELLE AU BOIS DORMANT』」, 『동화와 번역』 제3집, 2002.8.

김정원, 심은희, 「한국 아동문학의 오늘과 pp.42 - 56 우리나라 전래동 화에 나타난 부모의 자녀 양육 행동」, 『열린유아교육연구』 제7 권 제2호, 2002.8.

김정철, 「그림형제의 구비동화와 구비전설에 대한 비교 연구」, 『독어교육』 제23집.

______, 「문화수업을 위한 문화사적 동화해석 - 그림형제 동화 속에 반영된 죽음의 문화에 대한 연구」.

김정헌, 「마해송 동화의 저항적 양상에 관한 연구」, 『청람어문학』, 13집, 1995.1.

김종철, 「Auf der Suche nach dem Ursprunglichen Mensch - tier - Verhalthis im Marchen」, 『독일어문학』 제17집, 2002.

김현숙, 「현대 아동문학의 팬터지 연구」, 동덕여대 대학원 국어국문학과 석사학위논문, 2001.

김화선, 「동화와 페미니즘의 만남: 전경린의 『여자는 어디에서 오는가』를 중심으로 살펴본 여성성의 의미」, 『여성문학 연구』, 2002.12.

김환희, 「설화와 전래동화의 장르적 경계선: 아기장수 이야기를 중심으로」, 『동화와 번역』, 2001.4.

______, 「바리공주 이야기 속의 전통과 현대: 무속신화의 동화화가 지닌 여러 문제점에 관한 고찰」, 『동화와번역』, 2001.12.

남경희·박응임, 「유아과학 교수자료 수집을 위한 한국 전래 그림동화의 내용분석」, 『兒童學會誌』, 1999.10.

노원혜, 「이야기를 지어보자 - 동화창작의 첫걸음」, 『동광』.

류혜원, 「한국과 일본창작동화에 나타난 성역할 특성의 비교」, 『兒童敎育』 제9권 제2호 2000.8.

리준수, 「동화에 대하야」.

박대환, 「Grimm 동화에 있어서의 여성인물의 특성」, 『독어교육』 제18집.

박춘희, 「아동문학 장르론」, 동국대학원 국어국문학과 석사학위논문, 1984.

박화윤, 안라리, 「그림 동화책에 묘사된 형제 관계의 특성」, 『유아교육논집』 제 23권 2호, 2003.

백명순, 「문학 담론의 변천을 통해 본 어린이기와 교육: 신화·민담·동화를 중심으로」, 고려대 대학원 교육학과 석사학위논문, 2000.

변병선, 「壬·丙 兩亂과 歷史小說」, 고려대 대학원 국어국문학과 석사학위논문, 1983.

선안나, 「21세기 한국 아동문학의 방향모색」.

손동인, 「한국전래동화사연구」.

______, 「전래동화의 피안자와 피안세계」.

송영규, 「동화의 전파에 관하여」, 『동화와번역』 2001.4.

송은주, 「동화활동과 질문유형이 창의성에 미치는 효과」, 『兒童敎育』 제14집, 1994.

신헌재, 「아동문학작품 선정을 위한 기준 고찰: 서사문학 장르를 중심으로」, 『先淸語文』, 1995.4.

______, 「동아시아 아동문학교육의 지향점」, 『문학교육학』, 12호, 2003. 겨울.

신현득, 「개작 전래 동화론」, 『한겨레아동문학대회 참고논문 3』.

오선영, 「대학생들의 동화의 인식에 관한 연구」, 『미래유아교육학회지』, 2002.

오현숙, 「아동화에 사용된 색채 심리 분석」.

우쾌제, 「한국적 서정과 환상의 회복」.

원유순, 「풍자와 해학으로 동화의 재미 회복 - 윤수천론」, - ,

원종찬, 「현덕의 아동문학」, 『민족문학사연구』 제6집, 1994.12.

유근원, 「國民學校 文學敎材 分析 硏究: 童話와 小說을 中心으로」, 고려대학교 국어교육학 석사학위논문, 1993.8.

유안진 외, 「세계 전래동화의 구조 및 내용 특성 비교 - 아시아, 유럽, 미주, 아프리카 지역 전래동화를 중심으로 - 」, 『대한가정학술지』 42권 5호, 2004.

이갑창, 「최태호 동화 연구」, 『청람어문학』, 1993.1.

이경화, 황해익, 「그림 동화책 시각 디자인 평가준거 개발을 위한 예비 연구」, 『유아교육논집』, 1998.

이남수, 「근대 한국 아동문학에 나타난 감상주의 연구」.

이미선, 「슈토름의 동화 『레겐트루데 Regentrude』에 나타나는 여성상과 조화의 세계」, 『독일어문학』 제19집, 2003.

이상진, 「한국창작동화에 나타난 '엄마'의 형상화와 성 역할 문제」, 『여성문학 연구』 6호, 2001.12.

이성훈, 「그림동화에 대한 구조분석」, 『중원인문논총』, 17, 1998.8.

______, 「그림 동화 『충성스러운 요한네스』에 나타난 구조적 문체적 특징 소고」.
이원수, 「아동문학의 위치와 기능」.
이정석, 「전래동화의 현대적 수용」.
이재철, 「민족주의와 한국아동문학의 전통성 - 소파 방정환 기념비 건립에 즈음하여 -」.
______, 「한국 아동문학의 과제와 전망」, 『문학사상』, 1993.5.
______, 「전래동화의 현대적 계승」.
______, 「한국아동문학의 어제와 오늘」, 『문학사상』, 1996.5.
이준구, 「문학교육의 기능: 아동문학을 중심으로」, 『국어교육』 제8집, 1964.3.
이지연, 박성희, 이동렬, 「한국 전래동화와 현대동화에 나타난 이타주의 내용분석」, 『교육학연구』 제40호, 2002.
이지호, 「그림동화의 내용 구성 방안 연구」, 『국어교육학연구』, 13집, 2001.12.
이진호, 「인성교육과 아동문학의 효용」, 『새국어교육』 53호.
이춘아, 「兒童文學에 나타난 男女의 役割에 關한 一研究」, 고려대 석사학위논문, 1981.
이평호, 「현진건의 역사소설 연구: 『무영탑』, 『흑치상지』를 중심으로」, 국민대 교육대학원 석사학위논문, 1994.
이현정, 「유치원의 교사용 그림동화에 대한 평가」, 『미래유아교육학회지』, 1999.3.
임원재, 『아동문학교육론』, 신원문화사, 2002.
장영은, 「Die Identitatsproblematic in den Marchen von Tieck en Bru dern Grimn: 티그와 그림형제의 동화에 나타난 정체성 문제」.
장은선, 「한국전래동화의 구조와 의미」.
諸海萬, 「한국아동문학의 역사와 현황」.
정대련, 「THE EDUCATIONAL MEANING OF IN A KOREAN FAIRY TALE: 전래동화에 나타난 '삶'의 교육적 의미」, 『교육학연구』, 1992.
______, 「유아용 창작동화에 나타난 사고방식 연구」, 『미래유아교육학

회지』, 2000.9.

정동숙, 「傳來童話를 통해 나타난 童心의 造形化」, 동덕여대 대학원 석사학위논문, 1996.

정미혜, 김진구, 「한국 전래동화에 나타나는 사회화도구로써의 복식분석」, 『복식문화 연구회지』 제2권 1호, 1994.

정부래, 「창작동화의 특징분석」, 『청람어문학』, 1990.

정선혜, 「한국 전래동화 속에서 잃어버린 모성찾기」, 『한국문예비평연구』.

______, 「韓國童話上에 나타난 어머니像: 傳來童話와 解放前創作童話를 中心으로」, 『兒童文學評論』, 1992.3.

______, 「田榮澤論: 휴매니즘을 통한 한국아동문학의 근간형성」, 『兒童文學評論』, 2001.3.

정은정, 「반편견 동화를 활용한 토의활동이 유아의 성역할 고정관념에 미치는 영향」, 『兒童敎育』 제12권 제1호, 2003.2.

정현선, 「동화와 애니메이션 '보기(viewing)'를 중심으로 한 멀티리터러시의 국어교육적 고찰」, 『국어교육』 제114호, 2004.6.

조대현, 「21세기를 지향하는 한국아동문학의 위상」, 『새교실』, 1970.6.

______, 주제발표 「전래동화의 가치와 현대적 수용방법」.

조희숙, 「한국 전래동화의 발달심리학적 분석 - 입사식 성격을 중심으로」, 『유아교육논총』 제5집, 1995.

______, 「한국 전래동화의 사회심리학적 해석: 등장인물을 중심으로」, 『유아교육논총』 제8집, 1998.12.

______, 「동물신랑 / 신부 모티프를 지닌 한국 전래동화와 미국 인디언 동화와의 비교연구: 공간구조와 변신유형의 발달심리학적 의미」, 『幼兒敎育硏究』 제23권 제4호, 2003. 12.

주종연, 「한국동화와 독일 Marchen의 비교연구시고: '그림동화'의 이입과정에 관하여」, 『韓國學論叢』 3집, 1981.7.

______, 「韓國의 傳來民譚과 독일 Grimm童話와의 比較硏究 Ⅱ: 『콩쥐 팥쥐』와 『Aschenputtel』」, 『語文學論叢』 제12집, 1993.2.

차봉희, 「Marchen und Rahmen」, 『독일문학』 제20집, 2003.

최경희, 「리얼리즘과 아동문학」.

최명표, 「동화의 환상성을 드러내는 방식」, 『兒童文學評論』 2001.3.

최미숙, 「한국의 아동문학 교육」, 『인문연구』, 2001.9.

최석희, 「그림 Grimm 동화에 나타난 여성상과 남성상」, 『독일어문학』 제11집, 1996.6.

______, 「그림 Grimm 동화의 이론과 실제」.

최선희, 「동화에 나타난 환상연구 – 강소천의 『인어』와 안델센의 『인어 공주』 비교를 중심으로 – 」, 『睡蓮語文論集』 제15집, 1988.

최 용, 「동화적 체험과 상상력의 숙성·감동의 깊이와 울림」, 『兒童文學評論』, 2000.12

최월례, 「최근 어린이 책 출판 경향과 전망」, 『문학교육학』 제12호, 2003. 겨울.

최윤영, 「Konstruktion des Judenkoopers: 문화적 구성물로서의 유대인의 몸」.

최지훈, 「동화문학의 예술성과 대중성」.

______, 「한국아동문학비평·연구사 시론」.

최지훈, 「동화작가 이준연론」, 『兒童文學評論』, 1991.9.

최용, 「정보화 사회 아동문학의 미래」.

클라우스 도데러, 「아동문학에 나타난 민족(국수)주의와 세계주의」.

湯銳, 「인류에게 있어 아동문학은 무엇인가?」.

편집부, 「한국아동문학작가작품고」, 『서문단』, 1991.10.

한복희, 「노발리스의 동화와 신화 – 『하인리히 폰 오프터딩엔』을 중심으로」, 『독일언어문학』, 2001.6.

현은자, 김세희, 「전래동화와 이솝우화의 인물에 대한 유아의 반응」, 『幼兒教育研究』 제16권 제2호, 1996.12.

홍성식, 「아동문학의 환상성 실현방식」, 『한국문예비평연구』, 2003.

홍정운, 「한국 근대역사소설 연구 – 1930년대 작품을 중심으로 – 」, 동국대학교 박사학위논문, 1987.

홍찬석, 김현민, 「동화책 캐릭터에 있어서 어린이 감성 요인과 색채 선호도 추출에 관한 연구」.

황정연, 「총체적 언어교육을 위한 동화교육 방법론 – 교육 연극의 방법을 중심으로 - 」, 『문학교육학』, 1999.

황진, 「헤세의 창작동화와 그의 소설작품에서의 마술적 요소와 시간문
　　제 고찰 I : 창작동화『플루트의 꿈』과 소설작품『싯다르타』를
　　중심으로」, 『독일언어문학』 제15집, 2001.6.

＿＿＿, 「헤르만 헤세의 창작동화와 그의 소설작품에서의 마술적 요소
　　와 시간문제 고찰 II : 창작동화『이리스』와 소설작품『슈테판볼
　　프』를 중심으로」, 『독일어문학』 제17집.

사이버 문학의 결과 내면

Ⅰ. 통신 공간과 유토피아
- 90년대 판타지 소설을 중심으로[116]

1. 들어가는 말

현실에의 불만족은 유토피아를 만들어 냄으로써, 꿈꿀 수 있는 다른 공간을 문학이라는 수단으로 성취한다. 80년대 한국 소설들이 리얼리즘에 뿌리내린 채 민중의 유토피아를 꿈꾸었다면,[117] 90년대 한국 소설들은 또 다른 형태의 유토피아를 꿈꾸었다. 컴퓨터의 급속한 보급과 인터넷 사용자의 폭발적인 확대가 영상 세대라 불리는 신세대와 만났을 때, 생활의 필수품이 되어 현실과 또 다른 세계인 가상세계, 곧 사이버 세계를 손쉽게 만들 환경을 이루었기 때문이다. 80년대의 유토피아가 종이매체에 바탕을 둔 잉크 글쓰기 상상력의 소산이었다면, 90년대의 유토피아는 사이버 매체

---

116) 이 글은 PC 통신이 주류를 이루었던 시점에 이화어문학회(1999)에서 발표하고, 『이화어 문논집 18집』(2000)에 수록했던 글이다. 따라서 인용된 글들은 주로 그 시점에 발표되었 던 PC 통신문학이 주류를 이루고 있음을 밝힌다.

117) 임철규, 『왜 유토피아인가 – 유토피아, 문학, 이데올로기에 관한 비평』, 민음사, 1994

에 바탕을 둔 전자 글쓰기의 상상력에서 산출되었다.

사이버 공간(cyber space)은 컴퓨터와 전화선을 통해 만들어진 연결망 위에 존재하는 공간이다. 따라서 실존하는 현실의 공간이 아니라 컴퓨터로 만들어 낸 가상공간이 또 하나의 일상적 공간으로 창조된 것이다. 물론 두 공간 사이에는 어느 정도 연계성이 있기는 하지만, 본질적으로 두 공간은 물질적 토대 자체가 다르고 불연속적이다. 현실 공간이 원자(atom)의 세계라면 가상공간은 비트(bit)의 세계이기 때문이다. 이렇게 현실 공간에서 생산된 문학작품과 달리 디지털 컴퓨터 기술로 구현된 통신 공간인 사이버 공간에서 이루어지는 문학을 그동안 잠정적으로 사이버 문학, 혹은 통신 문학이라고 불러 왔다.

그러나 구별하자면, 사이버리즘의 세계를 다룬 소설이거나 사이버네틱한 성향을 가진 문학작품들이 광의에서 '사이버 문학'(cyber literature)이라는 이름으로 불린다면, 통신으로 만들어진 사이버 공간을 통해 생산된 소설 작품들은 '통신소설'이라고 불린다.[118) PC 통신의 성격상 모든 의사소통은 구술의 형태를 띤 문자에 의존해 이루어지기 때문에 통신이 만들어 낸 통신 공간에는 처음부터 문학이 탄생할 가능성이 농후했다. '통신소설'은 일단 생성된 공간을 기준으로 불리는 명칭이기 때문에 통신소설 안에는 다양한 장르의 문학이 내포되어 있다. 이렇게 태어난 통신소설을 장르적 성격에 따라 하위분류하자면, 이른바 SF소설, 공포소설, 테크노 스릴러 소

---

118) 이용욱은 '통신문학'이 '사이버 문학'과 자주 혼동되고 있음을 지적한다. '통신문학'이 가상 공간과 문학적 글쓰기가 만나 만들어 내고 있는 성과물을 지시한다면, '사이버 문학'은 정보화 사회라는 변화한 시대 패러다임을 문학 안으로 끌어들이려는 의식적 실천 행위라 규정한다. 그래서 '통신문학'이 명사형이라면, '사이버 문학'은 동사형에 해당된다고 본다. 이용욱, 「사이버 문학의 정체성과 특징, 장단점」, 홈페이지 '사이버 문학론'에서.

설, 무협소설, 판타지 소설 등으로 나뉜다고 보기도 한다. 특히 '판타지 소설'이라고 불리는 신생 하위 장르는 90년대 들어 각 PC 통신의 문학 관련 게시판에서 높은 조회 수를 기록하면서 성황을 이루었고, 다수의 작가와 작품을 생산해 내, '단행본으로 출판'이라는 전통적인 종이 매체로 다시 태어나기도 했다. 80년대 일부 마니아 중심의 판타지 소설들이 90년대에 판타지 소설 붐으로 확대된 결과이다. 이런 현상은 본격문학론과 리얼리즘의 입장에서 오락성 위주의, 문학성이 결여된 대중문화의 일시적 유행에 불과하다는 비판도 받고 있다.[119]

그럼에도 불구하고, 통신 공간(사이버 공간) 안에서 이루어지는 문학 행위와 산출된 문학작품을 이해하는 것은, 문학의 위기설[120]이 심심찮게 대두되는 이 시점에서 새로운 대안으로서의 문학영역을 점검해 보는 데 필수적이다. 그런 의미에서 본고는 '판타지 소설'(환타지 소설)이라고 알려진 작품들에 초점을 맞추어 그들이 꿈꾸었던 대안세계로서의 유토피아를 살펴보고자 한다.

---

119) 하응백, 「판타지 소설의 허와 실」, 『문예중앙』, 1999, 봄.
엘리트주의적인 순수문학과 리얼리즘의 잣대로 판타지 소설을 재단했다고 통신상에서 격렬한 비난을 일으킨 바로 그 글이다.

120) 김욱동(1993), 『문학의 위기』, 문예출판사.
김성곤(1994), 「멀티미디어 시대와 문학의 미래」, 『문학사상』, 1994.11.
복거일(1995), 「전산 통신망 시대의 문학하기」, 『문예중앙』, 1995년 가을.
조형준(1995), 「문화의 새로운 지배양식과 문학의 위기론에 대한 소고」, 『문학동네』, 1995년 겨울.
강내희(1996), 「디지털 시대의 문학하기」, 『문화과학』, 1996년 봄.

2. 통신 공간과 90년대 판타지 소설

2.1. 판타지 소설의 등장

첫 등장 이래 통신소설은 자체의 장르 개념 없이 창작 공간의 구분에 따라 일반 소설과 구별되어 왔고, 작품량이 증가함에 따라 독자적인 장르 범주를 굳혀 나가게 되는데, 그중에서 가장 활발한 현상을 보여 준 것이 바로 '판타지 소설'이다. 통신 공간에서의 연재를 통해 인기를 얻은 작품들이 네티즌의 주목을 받게 되고, 점차 더 많은 네티즌들이 독자로서 또 아마추어 작가로서 창작에 참여하게 되는 확대 현상이 일어났다.

1996년 김근우의 『바람의 마도사 1－6』(무당미디어)를 필두로 이영도의 『드래곤 라자 1－12』(황금가지, 1998), 방지나의 『마왕의 육아일기 1－5』(자음과 모음, 1998), 김예리의 『용의 신전 1－6』(자음과 모음, 1998), 이수영의 『귀환병 이야기 1－4』(황금가지, 1998), 홍정훈의 『비상하는 매』(자음과 모음, 1999) 등이 통신 공간에서 아마추어 작가로서 성장하여 출판본 베스트셀러의 대열에 들어갔다. 2000년 10월까지 이렇게 출판된 '판타지 소설'은 약 40여 종에 이르며, 현재도 PC 통신에서는 밤을 새워 가며 작품을 올리고, 읽는 네티즌들로 성황을 이루고 있다.[121] 검색엔진을 통해서

---

121) 한국 3대 통신사(BBS)인 나우누리, 하이텔, 천리안과 유니텔, 넷츠고에서 각각 활발한 창작이 이루어지고 있다. 나우누리에서 go sf, go fan, 하이텔에서 go serial, go fntsy, 천리안에서 go serial, go fants를 치면 바로 창작 소설 게시판으로 들어갈 수 있다. 그리고 개인이 만든 홈페이지들에서도 저작권에 걸리는 판타지 소설의 다운로드 서비스 대신에 여러 작가들이 연합하여 자신들의 작품을 올리는 게시판을 따로 만드는 경우가 점차 일반화되고 있다.

검색해 보면 '심마니' 하나에 링크된 것만으로도 약 500여 개의 개인 홈페이지가 판타지를 하나의 주제로서 다루고 있을 정도로 네티즌은 판타지 소설에 친숙하고 우호적이다.[122]

이런 현상은 주 향유층인 네티즌의 세대론적 감각과 연관되어 있다. 10대 후반에서 20대 중반의 신세대면서 영상 세대로서 게임과 비디오, 애니메이션 등에 익숙한 신세대의 기호를 반영하는 것이다.[123] 이들은 일본의 판타지적인 만화[124]와 RPG 게임의 콘텐츠[125]가 그들의 상상력에 한 뿌리를 제공하고 있음을 스스로 인식하고 있다.[126]

기존 대중소설의 강자였던 무협소설을 누르고 통신 공간에서 '판타지 소설'이 우위를 차지하게 된 데에는 향유층의 이런 세대론적 관점과 출판사의 상업적 전략, 통신 공간의 새로운 글쓰기 방식이 한데 맞물린 결과라고 볼 수 있다.[127]

---

122) 각각의 검색엔진에서 '환타지'나 '판타지'라는 단어를 검색해 보면 엄청난 물량의 사이트들이 검색된다. 참고로 네띠앙(www.netian.com)에서는 디렉터리 190, 웹사이트 200여 개가, 라이코스(www. lycos.co.kr)에서는 카테고리 2, 웹사이트 150여 개가, 엠파스(www.empas.com)에서는 500여 개의 사이트가, 야후 코리아(www.kr.yahoo.com)에서는 카테고리 10여 개와 200여 개의 사이트가 검색됨을 알 수 있다(2000년 8월 기준임).

123) 『조선일보』, 1998.7.23.

124) '마법 소녀 리나'라는 제목으로 sbs에서 방영된 일본 애니메이션 시리즈 '드래곤 슬레이어즈'는 네티즌들 사이에서 판타지 서사의 한 전범으로 꼽힌다.

125) RPG 게임은 role playing game의 약자로서 게임을 하는 사람이 다양한 캐릭터 중에 하나를 선택하여 그 특징에 맞추어 게임의 스토리를 진행해 나가는 형태의 게임이다. 전자오락실의 일방적인 슈팅게임이나 벽돌 깨기와 달리 RPG는 게이머의 능동적인 전략에 따라 결과가 다양하고 과정이 차별화되며, 여럿이 네트워크로 연결되어 하는 머드 게임에 이르기까지 게임종류도 다양하다. '드래곤 랜스'나 '창세기전', '블레이드' 등에서 '스타크래프트'에 이르기까지 게임의 콘텐츠는 판타지적인 서사구조와 인물 구성에 상당히 의존하고 있다. 따라서 일부 작가들은 아예 게임의 등장인물을 염두에 두고 소설의 인물을 구성하며 일러스트를 그리기도 한다.

126) 이상균(1999), 「한국 판타지 문학의 현재와 미래」, 『'99 한국 판타지 문학 심포지엄』, 자음과 모음 개최, 1999.8.25.

127) 이용욱(1999), 「네버랜드의 문학, 환타지 소설」 이용욱 홈페이지 '사이버 문학론'에서.

　90년대 한국의 통신 공간에서 이루어진 이 작품들이 '판타지 소설'이라는 이름하에 나름대로 장르적 응집력을 갖추고자 노력했지만, 사실 비슷한 부류의 소설들은 이미 동양과 서양 양쪽에 다 존재해 왔었다. '환상적인 분위기를 매개로 하는 문학'이라는 광의적인 정의하에서 본다면 판타지 소설은 고대 이래로 늘 있어 왔다. 서구로 보자면 '원탁의 기사'와 같은 중세풍 로망스에서부터 고딕 소설들, 보르헤스, 디즈니사의 『곰돌이 푸우』, 동양의 『산해경』에서부터 『서유기』를 거쳐 장정일의 『보트하우스』에 이르기까지 다양했다.[128]

　이런 토대 위에서 볼 때 일반적인 의미의 '환상소설'은 소설의 본질인 '허구성'에 접근하는 본질적 속성으로서 90년대 한국 통신 공간에서의 '판타지 소설'과는 변별될 필요가 있을 것이다. 실제로 통신 게시판에서는 '판타지 소설'의 장르 정체성에 대한 논쟁이 끊임없이 벌어지고 있지만, 환상소설의 본질에 대한 것이라기보다는 대개 장르 형식을 둘러싼 정통성 논쟁에 가깝다. '판타지 소설'의 현대적 전범을 확립했다고 생각되는 영국의 톨킨이 쓴 『호비트』, 『반지의 군주』(반지전쟁), 『실마릴리온』 3부작[129]을 기준으로 한 에픽 판타지(ephic fantasy)와 일본적인 히로익 판타지(heroic fantasy), 기존의 무협지, 무협지와의 퓨전형태인 '환협지' 사이의 비교와 논박이

---

128) 김성곤, 「서구 환상문학의 역사와 이론」, 『한국 판타지 문학의 오늘 그리고 미래 - 99 한국 판타지 문학 심포지엄』, 자음과 모음, 1999.8.25.
　　　정재서, 「동양문학에서의 판타지의 역사와 이론」, 위의 책.

129) 이 3부작의 중세풍 기사도 로망스로부터 현대적인 판타지로의 눈부신 변화를 보여 준 최초의 걸작이라는 평가를 받고 있다. 현대적 판타지의 출발점이자 전형적인 틀을 제공하는 기준이라 보는 시점에서는 언제나 '정전'으로서 언급된다.
　　　Tolkin, J.R.R., 『호비트』(The Hobbit), 김종철(역)(도서출판 열음, 1979).
　　　＿＿＿＿＿, 『반지전쟁』(The Lord of the Rings), 김번, 김보원, 이미애 (공역)예문, 1991.
　　　＿＿＿＿＿, 『실마릴리온』(The Silmarillion), 강주헌(역)다솜미디어, 1997.

라는 장르 논쟁[130]이 반복되고 있기 때문이다.[131]

```
Nownuri
FAN                        환타지아-장편란                        1/360
                                                        (총 5393건)
  번호 올린ID    이 름   날 짜 읽음 쪽  제   목
 ───────────────────────────────────────────────────────────────
  10512 khai       심정영   02/11     2  33 The Forgotten Tales - 기억의 순례<서장
  10511 오래아내   홍성호   02/11   191  16 내 이름은 요타 - 2부 깨어나는 전설 #89
  10510 오래아내   홍성호   02/11   181  17 내 이름은 요타 - 2부 깨어나는 전설 #88
  10509 오래아내   홍성호   02/11   182  15 내 이름은 요타 - 2부 깨어나는 전설 #87
  10508 darkspwn   유민수   02/11   145  25 불멸의 기사 2부 (42)
  10507 yks10      유근숙   02/11    29  30 이노베이션(innovation)-193
  10506 황금기사   김재영   02/11     7   7 <STRIDER> 붉은 행성에 부는 바람 (19)
  10505 elem       박경배   02/11     7   7 이계. 그리고...4화
  10504 elem       박경배   02/11     7  13 혼돈의 바다 -34-
  10503 쥬디안     이은희   02/10   123  26 [크루세이더] 10.종결(9)
  10502 쥬디안     이은희   02/10   112  29 [크루세이더] 10.종결(8)
  10501 kwon0562   권남혁   02/10     9  16       Friendship (70)
  10500 666angel   이동호   02/10     4  11    ◀ 파멸의 영혼 ▶   3-3 (35)
  10499 666angel   이동호   02/10     2  13    ◀ 파멸의 영혼 ▶   3-2 (34)
  10498 666angel   이동호   02/10     7  12    ◀ 파멸의 영혼 ▶   3-1 (33)
 ───────────────────────────────────────────────────────────────
 명령어안내(C) 도움말(H) 초기화면(T) 이동(GO,P,A,N,B) 첫게시물(L) 종료(X)
 선택>
```

<나우누리 '환타지 동호회'(go fun)의 장편소설 연재 게시판>

그러나 장르의 이런 외적 형식을 따지기 전에 '환상적인 것'(fantastic)
은 상상력에 의존하여 욕망을 표출한다는 점에서 문학의 본질적인
속성에 맞닿아 있음을 고려해야 한다. 그것을 하나의 문학적인 리
얼리티로서 상승시킨다면 소설 속 리얼리티와 환상은 재현을 위한
보완적인 수법이 된다.[132] 캐서린 흄은 그런 의미에서 합의된 리얼
리티로부터 일탈하여 새 세계를 창조해 내려는 문학의 본질적 속
성에 환상소설을 위치시킨다.[133]

　본고는 그런 입장에서 '환상(적인) 소설'과 '판타지 소설'(Fantasy)

───────────────────────

130) 우지연(Yoni), 「장르, 무협, 판타지」, 하이텔 환동 비평 게시판 1028, 1999.5.20.

131) 하이텔 go fntsy, 나우누리 go fan.

132) 김성곤, 위의 글.

133) 황병하, 「환상문학과 한국문학」, 『세계의 문학』, 1997. 여름.

을 변별하고자 한다. '판타지 소설'은 보다 협소한 의미에서 현재 90년대 통신 공간에서 산출해 낸 통신소설의 한 전형적인 부류를 지칭하며, '환상소설'은 보다 광범한 의미에서 다양한 형태의 환상적인 소설을 포함한다. 환상적인 것이 작품의 중심 요소가 된다면 그것이 바로 장르로서의 환상소설이 될 것이기 때문이다. 또한 이런 환상성은 사이버 페이스 특유의 글쓰기 형태와 만났을 때 더욱 효과적인 소설형식을 만들어 낼 수 있다.

```
Nownuri
SF                          SF & FANTASY                        7/2560
                                                         ( 총  38386건 )
번호 올린ID    이  름   날 짜  읽음   쪽   제   목

73489 신조대협 이재현  02/10   23   25 [양과] -= 무한대전(無限大戰) =- [046]
73488 Nade    김문섭  02/10   64    1 [잡담] -_-;관련글 작성;
73486 Neri21  조범웅  02/10  121    2 [추천]작가네트
73485 아샤스   이재은  02/10   24    7 [이엘] god incarnate 번외..
73484 아샤스   이재은  02/10   66    3 [이엘] 소설을 쓰면서.. 느낀 점
73483 caffee  김준형  02/10   61    2 [잡담] 홈피 광고입니당 ^-^
73482 아히루스 이준범  02/10   96    1 [레블] 세 발 까마귀....
73481 심연의별 하나미  02/10   13   17 ◆◆◆ 아드리아의 전설 021 ◆◆◆
73480 파닝    이문희  02/10  134    2 [적염마녀님보다 더 주카] 도경님 나이쑤
73479 적염마녀 김수현  02/10  194    1 [축하] 꺄아~~도경님!!
73478 cain521 최지은  02/10   28   31 [단순판타지]아직 제목이 없습니다. 영영
73477 암흑폭풍 여인욱  02/10   17   16 [여행자] -26.
73476 heejun21 조형주  02/10   86    2 [추천] In The Blue Sky
&73475 샤프펜슬 전은철  02/10   39   20 < < 그녀는 루니아의 레이디 > > (62)
73474 록콜    이규석  02/10   38   16 [대마법사 레이크] -87-

명령어안내(C) 도움말(H) 초기화면(T) 이동(GO,P,A,N,B) 첫게시물(L) 종료(X)
선택>
<연합뉴스> 02/11 11:50 "약수터 10곳중 1곳 부적합"
```

<나우누리의 sf란 - 잡담과 의견제시, 추천, 작품 연재가 같이 이루어진다.>

2.2. 판타지 소설의 특성

사이버 공간에서 이루어지는 통신문학은 디지털 텍스트[134]로 이

---

134) 디지털 텍스트(digital text)는 문자언어로 이루어진 종이 텍스트와 대조적인, 전자언어로 이루어진 비물질적인 텍스트이며, 조작 가능성이 그 특징이다.

루어져 있으며, 멀티미디어적인 상상력과 함께 열려 있는 소통 구
조를 가진다는 것이 특징적이다.

첫째로 디지털 텍스트는 글쓰기의 매체가 기존 문학과 다르다는
것을 전제로 한다. 종이에 펜으로 쓰는 것이 아니라 워드프로세서
에 키보드로 작성된 텍스트이다. 디지털 텍스트는 최종 완결의 개
념이 희박하다. 수시로 수정과 보완이 가능하며, 반드시 작가 자신
에 의해 이루어지지 않아도 되기 때문에, '정전', '이본' 등의 개념
이 적용되기 어렵다. 또한 손쉬운 무한복사의 대상으로서 정보 공
유의 최전선에 서 있다. 그러므로 작가의 권위는 해체되며, 텍스트
자체가 끊임없이 유동한다. 물질에 토대를 둔 기의 자체가 없는,
떠도는 기표이다. 이런 디지털 텍스트가 통신 공간에 올려지면 이
런 특성은 더 강화된다. 특히 90년대 환상소설처럼 통신 게시판에
작가가 연재하는 형태가 그렇다.

여기에 소설을 올리는 사람은 대부분 아마추어들이다. 그들은 첫
소설을 올리기 전에 연재 예고를 하고, 소설을 올린 후에는 늘 조
회 수를 확인한다. 게시판에 들어온 독자들은 소설이 올라오자마자
읽고 의견을 게시판에 올려 보낸다. '버그'(소설에서 작가가 실수
한 부분)가 있다든가 어떤 점이 마음에 든다든가 아니면 재미없고
엉터리라는 혹평이나 '강추'(강력하게 추천함의 약자)라는 제목을
달아 게시판에 소개하기도 한다. 소설을 쓰는 사람들은 이런 비평
을 예민하게 접수하고 자신의 소설 본문 앞뒤에 '잡담'이라는 형태
로 거기에 대한 반응을 표현하며, 때로는 개인적인 사생활 이야기
도 스스럼없이 이야기한다.

<hr>

강내희, 「디지털 시대의 문학하기」, 『문학과학』, 1996. 봄.

　　모님께: 톨킨 FAQ는 가지고 있습니다. 신경 써 주셔서 감사합니다. 자이펀어나 드워프어는 그렇게 공을 많이 들이지는 않았습니다. 외국어 문법은 별로 사용하지 않았고…… 선어말어미, 동사 변화, 접간사 등 국적불명의 복합문법으로 창조해 낸 황당한 언어지요. 절대로! 분석하려고 시간 낭비하실 필요 없습니다. 타자[이영도 본인을 지칭하는 단어]도 바라지 않고, 타자는 등장인물들만 관찰해 주신다면 즐겁겠습니다. 하하하.

　　또 다른 모님께: 예! 더더욱 심기일전하여 키보드 패고, 모니터 째려보고, 담배 태워 죽이고, 술 잡아먹겠습니다(아무래도 격려 메일을 빙자한 저주 같은데……? 하하하!).

　　방영원 독자님과 그 친우 되시는 준희 군(성을 모름)에게 감사드리겠습니다.

　　후우우…… [드래곤 라자] 7편 올리고 세 번째 접속입니다. 초기화면 뜨는 데 2분, [하이텔]시리얼 찾아오는 데 2분, 제목 쓰는 데 2분 걸리네요. 우리를 미치게 하는 모든 것! 안녕전화[인터넷 서비스 업체명].

　　연재소설의 즐거움과 기대가 타자를 찾아오나?……XXX!135)

　독자의 의견에 따라 앞으로의 소설 줄거리를 수정하기도 하며, 버그 부분을 수정해서 다시 올리기도 한다. 따라서 독자는 작가와의 자유로운 의사소통을 통해 소설의 완성 과정에 얼마든지 능동적으로 개입할 수 있다. 실시간 쌍방향 소통이 이루어지도록 쪽지를 보내거나 즉각적인 채팅, 수시로 이루어지는 작가와의 대화를 통해 소설의 플롯에 의견을 반영시킨다. 그러다 보니 전통적인 작가와 독자의 역할분담은 해체되며, 독자에 의한 인터랙티브 픽션(interactive fiction)이 자연스러운 형태로 자리 잡는다.136)

　작가는 권위를 버리고 게시판 위에서 다른 독자들과 동등하게

---

135) 이영도의 『드래곤 라자』 나우누리 게시판 연재본 중 잡담에서 인용. [　　] 안의 것은 이해를 위해 필자가 덧붙인 것임.

　　『게시판 - SF & FANTASY (go sf)』 25174번 제목: [D / R] 앞을 보지만 뒤를 생각한다.……9.

　　올린이: iceroyal(김윤경) 98 / 01 / 10 01: 37 읽음: 1760 관련 자료 없음 6769 이영도(jin46).

136) 출판본 소설에서는 통신문학만이 지니는 이런 특성이 전부 배제된다. 잡담은 삭제해 버리고 기본 내용과 외전, 설정집만 부록으로 덧붙이며, 창조된 2차 세계를 고지도(古地圖) 형태로 만들어 속표지로 끼워 넣는 것이 일반적이다.

통신 공간 상의 ID로만 존재하는 익명성을 갖게 된다. 때로는 작가들이 모여서 공동창작의 형태로서 공통의 아이디어를 가지고 '릴레이 창작'을 하기도 하며, 작가가 제시한 아이디어를 가지고 팬클럽이나 동호회에서 창작을 주도하기도 한다.

인터랙티브 픽션의 형태로 이루어진 소설은 필연적으로 다성적 속성을 지니게 된다. 하나의 디지털 텍스트를 공유 공간으로 해서 작가와 독자에 의해 끊임없이 수정되고 리메이크되는, 또한 손쉽게 패러디 되거나 팬들에 의해 다시 쓰이는 소설 텍스트[137]는 다성적 속성을 계속 드러내면서 변화한다. 그러다 보면 발신자와 수신자가 끝없이 자리바꿈해 나가는 쌍방향으로 열린 소통 구조가 되는 것이다.

또한 작가가 소설을 창작할 때, 화면 모니터상 보이는 2 - 30줄이 소설의 한 장면을 구성하는 데 중요한 요인이 되기도 하고, 수직으로 스크롤되는 모니터 형태에 맞추어 텍스트를 디자인하는 작가의 시각적 감각이 작품의 인기도를 좌우하기도 한다. 또한 게시판 운영의 하이퍼텍스트[138] 방식에 따라 200줄 단위를 기준으로 '연재'의 형태로 소설을 분절시키는데, 이런 '분절'과 '연재'의 연속이라는 형태가 단행본으로 십여 권이 넘는 장편소설을 계속 쓰게 하는 원동력이 되기도 한다.

소설 구성을 볼 때, 인물 성격도 풍자적이며 외모와 장면이 강

---

137) 일반적으로 통신 공간에서 '팬 픽션'이라고 불린다. 현재 통신 공간에서 가장 활발하게 팬 픽션이 창작되는 대상 소설들은 『드래곤 라자』와 『드래곤 슬레이어즈』(마법 소녀 리나)이다.

138) 하이퍼텍스트(hyper text)는 한 문서에서 다른 문서로, 혹은 한 문서의 이쪽에서 저쪽으로 클릭 한 번에 넘어갈 수 있도록 링크시켜 놓은 형태를 의미한다. 하이퍼텍스트는 인터넷에서 보편적인 형태이며, 통신 공간상의 읽기 형태에서 기존의 선형적인 독해를 보다 입체적이고 독자가 능동적으로 선택할 수 있는 독해 형태로 바꾸어 놓았다. 프랑스에서 나온 소설인 『문 앞에서』와 같은 경우는 서사 구조 자체를 하이퍼텍스트 양태로 구성하기도 했다.

조된 묘사들, 그리고 장면 장면의 구성이 애니메이션의 장면 구성을 연상시킬 정도로 이 소설들은 멀티미디어 매체가 심어 준 상상력에서 자유스럽지 못하다. 환협지라고 비판받는 일부 소설들의 경우에는 시련을 통해 끝없이 능력이 업그레이드되는 게임처럼 주인공의 일직선적인 상승이 바로 소설의 서사구조로 단일화되기도 한다.[139) 그들의 멀티미디어적 상상력은 때로 비판의 대상이 되지만, 그러나 작품 안에서 성공적인 묘사가 이루어질 때, 그리고 작가나 독자들이 자신의 상상력을 '일러스트'(대개가 만화 스타일이다)로 그려서 통신 공간에 공개할 때, 그리고 자유분방한 상상력을 소설 텍스트로 전개시킬 때, 이 소설들이 지닌 환상적 속성은 더욱 살아난다.[140) 이럴 때 작가는 독자들이 제공한 소설 관련 멀티미디어 자료를 모아서 게시판에 올리는 감독자와 같은 역할을 수행하기도 한다.

검과 마법의 사용, 신화와 요정 이야기, 돼지머리 오크와 고블린, 드래곤, 호비트, 드워프(난쟁이 족), 엘프 등 인간 세계를 둘러싼 이종족(異種族)들의 이야기는 판타지 소설에서 자주 등장하는 소재들이다. 현실에서는 존재 불가능하지만, 가상현실에서 만들어진 소설 속에는 존재하는 것이 더 자연스럽게 받아들여지는 대상들이다. 그 현실감은 실제 현실을 벗어나 작가가 창조한 새로운 시공간의 세계에서 가능하다.[141) 사이버 통신 공간이 판타지 소설에 제

---

139) 여기에 해당되는 소설들은 『다크문』, 『가즈나이트』, 『묵향』 등이며, 보통 RPG게임 스타일과 가깝고 히로익 판타지(heroic fantasy)에 속한다고 생각되는 소설들이다.

140) 일러스트가 자주 올라오는 소설들은 여러 가지가 있다. 자매 작가인 방지나(가온비)와 방지연(치우)의 출판본 소설과 홈페이지에 직접 그려 올린 『마왕의 육아일기』, 『적우』의 일러스트들, 민소영 『검은 숲의 은자』, 그리고 독자들이 그린 『묵향』과 『마법의 검을 찾아서-내 이름은 요타』의 일러스트들, 그리고 개인 홈페이지의 대문을 장식하는 그림들, 홈피에 있는 각종 갤러리방의 그림들과 축전 형태로 서로 주고받은 그림들이 다 이런 형태의 일러스트들이다.

공해 준 환경과 텍스트 속성은 판타지 소설의 '세계 창조'에 날개를 달아준 격인 것이다. 그러나 판타지 소설을 읽는 대부분의 독자들은 '판타지 소설은 판타지 소설일 뿐이다.'라는 자세를 견지한다. 소설 속의 세계에 몰두하여 그 세계의 논리를 수용하되, 소설과 현실을 동일시하지는 않는다는 것이다.

> 한마디만 더 하자면…… 판타지는 판타지로 즐겨 주세요. 판타지에서 자주 나타나는 하프엘프라는 것이 있습니다. 이걸 굳이 분석하려고 들면 인간과 엘프의 DNA 분석에 대한 이야기까지 나와야 될지 모릅니다. 그렇지만 그건 너무도 판타지답지 못한 일이며 굳이 판타지를 읽는 이유가 사라지는 일입니다. 왜 판타지를 읽으시죠?
> 꿈은 아름답습니다. 하지만 현실과 만나면 곧 산산이 부서져 버립니다.[142]

판타지 소설에서 환상은 허구로 만들어진 세계가 가지고 있는 자체의 개연성으로만 존재하게 된다. 그래서 판타지 소설을 이해하는 것은 언제나 소설이 창조해 낸 이질적 세계, 그 세계의 속성에 달려 있으며, 그 세계의 시공간성에는 통신의 사이버 공간에서 현실 공간을 바라본 시각으로서의 유토피아가 담겨 있다. 현실에 대한 불만족의 표현, 그리고 욕망하는 대상으로서 새 세계를 창조하는 행위가 90년대 판타지 소설의 밑그림이다. 그러므로 90년대 한국에 등장한 환상소설은 또 다른 형태의 유토피아를 제시하는, 유

---

141) 무협지가 통신 공간에서 판타지 소설에 눌리는 듯한 인상도 여기에서 비롯된 것 같다. 무협소설은 이미 인쇄 매체에 적응된 장르이고, 멀티미디어적 상상력이나 하이퍼텍스트, 인터랙티브 픽션의 성격이 약하기 때문이다.

142) 이영도의 『드래곤 라자』 나우누리 게시판 연재본의 잡담에서 인용. '판타지란 무엇인가'에 대한 독자의 질문에 작가 이영도가 한 대답이다.
게시판-SF & FANTASY(go sf) 23507번 제목: [D / R]별은 바라보는 자에게 빛을 준다. 22.
올린이: iceroyal(김윤경) 97 / 12 / 16 21: 46 읽음: 1739 관련 자료 없음 6067 이영도(jin46) 357 line.

토피아 의식을 담론으로 담고 있는 소설의 한 유형인 판타지 소설로 읽혀질 수 있는 것이다.

3. 판타지 소설과 그 유토피아

3.1. 이차 세계의 창조

토도로프는 일찍이 『환상 문학 입문』(Fantastique)(1970)에서 환상의 성격을 규정하고 환상문학이 갖춰야 할 요건에 대해 제시한 바 있다.[143] 그러나 토도로프의 정의는 환상문학의 범주를 규정하기에는 지나치게 광범위하고 모호한 점이 많았기 때문에, J.R. 톨킨이 제기한 환상문학에 대한 견해가 보다 보편적으로 수용되고 있다.[144]

톨킨은 성공적인 환상을 이루기 위해 2차 세계(secondary world — 창조된 세계)의 성공적인 창조가 이루어져야 하고 그 이차 세계가 나름대로의 내적 리얼리티를 갖추어야 한다는 점을 강조한다. 톨킨 자신도 약 40년 동안 『반지전쟁』 3부작에서 이차 세계의 환상을 체계적으로 구축하기 위해 노력해 왔다. 소설 속에 구축된 환상은,

---

143) 토도로프의 정의는 상당히 고전적인 형태인데, 독자가 텍스트의 사건을 접하면서 주저할 때 '자연적'으로 이해하면 환상문학이고, '초자연적'으로 이해하면 경이문학이라 규정했다. 또한 알레고리적인 것은 환상문학이 될 수 없다고 했다.

144) 톨킨은 환상문학을 이해하는 데 필요한 여러 가지 용어들을 제안했다. '이차 창조자'(subcreator), '일차 세계'(primary world — 경험적 세계, 현실 세계), '이차 세계'(secondary world — 창조된 세계), '압도적 기이함'(arresting strangeness), '위험한 영토'(perilous Realm), '회복'(recover), '탈출'(escape), '위안'(consolation), '전화위복'(eucatastophe) 등이 그것이다.

이 이차 세계가 독자에게 '압도적 기이함'의 느낌을 주어 일차 세계에서 자주 경험한 낡은 실존에서 '탈출'하고, 일차 세계에 대해 새롭고 신선한 감각을 유지하게 해 줄 때 성공적인 것이 된다.[145]

그러므로 이차 세계의 성공적인 창조와 내적 리얼리티의 유지, 이 두 가지 요건에 환상소설의 미학이 좌우된다. 이차 세계의 이런 속성이 유토피아적 상징을 내포하고 있는 뿌리가 된다. 환상은 이차 세계를 경험함으로써 독자가 가지고 있는 일차 세계의 경험을 뒤흔들고, 미처 인식하지 못한 일차 세계의 모순을 날카롭게 인식시켜, 때로는 현실에 역으로 영향을 미치기도 한다. 그래서 판타지 소설의 작가들은 자신이 가지고 있는 사상이나 관념의 문학적 구현을 위해 환상이라는 도구를 사용하는 것을 당연시하기도 한다.[146]

사실 환상이란 일차 세계 이면의 보이지 않는 무한한 세계를 상상하여 잠정적으로 드러낸 것이며, 그것은 세계 인식 지평을 확대시키려는 욕망의 한 표현이다. 따라서 작가가 자신의 개성에 따라 이상적인 유토피아의 시공간을 상상하고 창조해 냄은 환상의 창조에서 자연스러운 방식이 된다.[147] 또한 거기에 현실의 부정적 측면

---

145) 미국의 SF, 환상소설 작가인 로저 젤라즈니는 『앰버 연대기』라는 연작 소설 시리즈에서 이계에 존재하는 '앰버'라는 한 행성이 본체이고, 우리의 지구와 기타 다양한 시공간은 모두 앰버의 왕족들이 상상해서 만들어 내는 그림자의 세계에 불과한 것으로 설정한다. 우리가 살고 있는 현실이 그의 소설 속에서는 만들어진 그림자의 세계이고, 진정한 세계의 본체는 '앰버'라는 이차 세계 공간 안에 따로 있다는 것이다. 플라톤의 동굴의 비유를 거꾸로 뒤집어 놓은 그의 이차 세계는 현실 세계를 거울처럼 반영하면서도 그 허위성에 대해 근본적 잣대를 갖다 댄다.

146) 출간 두 달 내에 45만 부를 판매하고, 총 조회 수 90만을 넘긴 『드래곤 라자』의 작가 이영도 씨는 한 인터뷰에서 이런 점을 지적했다. 인본주의적 관점에서 인간과 이종족의 상호관계를 통해 인간성 탐구를 부각시키고자 했던 자신의 견해에 판타지 소설의 이차 세계 창작이 효과적이어서 선택했을 뿐이라고 말이다.

147) Boia, Lucian, 『상상력의 세계사』, 김웅권(역), 동문선, 1998, 165-88쪽.

에 대한 날카로운 인식이 내재되고, 이상향이라 생각되었던 시공간의 부정적 측면을 발견해 가는 디스토피아 역시 유토피아 의식의 한 측면이 될 것이다.

3.2. 이차 세계의 유토피아

3.2.1. 세계 창조로서의 이차 세계

90년대 판타지 소설들이 만들어 내는 이차 세계는 다양성을 추구한다는 것이 특징이다.[148] 하나의 공간에서 다른 공간으로 넘어갈 때 그 공간 경계의 이동이 바로 서사가 이루어지는 과정이라고 로트만은 규정한 바 있다.[149] 그런 의미에서 하나의 시공간에서 다른 시공간으로의 전이해 가는 통로가 명확하거나 시공간의 구성이 한정적인 판타지 소설들은 경계가 명확한 만큼 더 명확한 유토피아 의식을 지니고 있다.

이영도의 『드래곤 라자』 같은 경우는 공간배경을 지구가 아니라 달이 두 개 뜨는 어딘가의 다른 행성으로 잡았으며, 인간이 유일한 지배 종족으로 자리 잡기 이전에 다른 이종족들과의 공존이 상식적이었던 고대 시기를 시대배경으로 잡았다. 그래서 마법사들과 칼을 쓰는 전사들, 왕족들, 절대적 존재인 드래곤들, 호비트와 드워프, 엘프, 페어리 요정, 그리고 인간을 습격하는 몬스터들(오크, 고

---

148) 톨킨의 소설에서처럼 90년대 판타지 소설들은 대개 초기부터 자신이 창조한 이차 세계의 설정을 자세히 적은 설정집과 이차 세계의 내적 리얼리티를 도와주기 위한 가상의 지도를 첨부하는 경우가 많다. 이런 설정집에서는 다른 소설들의 설정과 비교하여 설명하면서 자신의 독창성을 강조하기도 한다.

149) 유리 로트만, 『예술 텍스트의 구조』, 유재천(역),고려원, 1991.

블린, 오우거, 와이번 등)이 자연스럽게 등장한다. 인간도 민족과 신분에 따라 다양하다. 모험을 같이 하는 동료들도 폐위된 황태자, 일개 평민 초장이, 지방 영주의 사생아, 경비대장, 귀족, 도둑, 전향한 간첩 등 다양한 존재로서 구성된다.[150] 다른 종족을 지배하려 드는 인간 존재의 '후안무치'한 본연성을 줄여서 '후치'라는 이름을 갖게 된 주인공 소년은 영주의 사생아인 현명한 독서가 칼, 순진해 빠졌지만 용감하고 믿을 만한 경비대장 샌슨과 함께 수도로 여행을 떠난다. 고향마을을 습격하고 마을 사람들을 인질로 잡은 흉포한 블랙 드래곤 아무르타트는 영주에게 막대한 보석을 요구하는데, 일행은 국왕에게 변방의 이 사태를 보고하고 아무르타트에게 줄 보석을 구하기 위해 탐색과 모험, 성장하기 위한 여행을 떠나는 것이다. 그 과정에서 후치는 엘프, 드워프, 유쾌한 사제, 귀족의 사생아이자 버려진 자식인 드래곤 라자 소녀, 전향한 적성국의 간첩, 벼락을 무서워하는 여도둑, 마법사, 모험하러 왕위를 버리고 도망친 폐태자 등 다양한 구성원들과 함께 동행하며 '파티'를 이룬다. '파티'와 경험을 나누면서 그는 인간성에 대해 탐구하게 되며, 성장하고 성숙해진다.

> "이런 말을 들어 보셨는지. 인간이 별을 보면 별자리가 생기고, 인간이 숲 속을 걸으면 오솔길이 생긴다는."
> "그래. 들어보았다."
> "그렇습니다. 우리는 사물을 변화시킵니다. 정녕 저 드래곤마저도 마찬가지입니다. 저는 인간 때문에 변화해 버린 크라드메서라는 드래곤을 압니다. 그는 인간을 사랑하게 되었고, 인간화되어 버렸지요. 그리고 그 때문에 그는 비극을 맞이하게 된 것인지도 모르겠습니다. 하지만 저는 이상한 것을 깨달았습니다. 인간은 변화하지 않습니다. 인간은 주위의 모든 것을 변화시킵니다만

---

150) 이렇게 함께 여행을 떠나는 동료들은 판타지 소설에서 자주 등장하는 설정이며, 톨킨의 『반지 전쟁』 이래 이 인물군들은 파티(party)라는 용어로 불려 왔다.

인간 자체는 변하지 않습니다."

"변하지 않는다고?"

"루트에리노 대왕께서 드래곤 로드를 물리치고 나서 바뀐 것이 무엇입니까? 그 전에는 드래곤이 인간을 지배했고, 지금은 인간이 인간을 지배합니다. 하지만 그때도 인간은 이간이었고 지금도 마찬가지입니다. 인간 자체는 아무것도 바뀐 것이 없습니다. 보다 높은 문명을 가지게 되었는지 모르겠습니다만, 글쎄요. 문명은 변화가 아닙니다. 문명, 법, 도덕, 사회, 철학, 국가……. 모두가 인간의 도구일 뿐이며 그 도구가 변한 것이지 인간은 전혀 변화하지 않았습니다. 우리가 더 발달했을까요? 아니오, 전사가 보다 예리한 검을 가지게 되었다고 해서 그 전사가 발달한 것은 아닙니다. 그 전사는 변화하지 않았습니다. 그리고 우리들의 도구인 문명이 발달했다고 해서 우리가 발달한 것은 아닙니다. 역사라는 것은…… 인간의 변화를 나타내는 것이 아니라 인간의 도구의 변화를 기술해 온 것입니다."

그래. 그리고 그것이 루트에리노 대왕과 핸드레이크의 문제였지. 루트에리노 대왕은 드래곤의 지배가 없어지면 우리는 만물을 변화시키며 발달할 것이라고 믿었지. 그는 문명과 발달을 혼동한 것이었어. 그리고 핸드레이크는 모든 종족을 발달시키려고 했지. 하지만 변화할 수 없는 인간으로서 변화를 꿈꾸었으니 그는 모순을 내재하고 출발한 것. 그 닮은꼴의 머저리 영웅들.

"하지만 대륙의 서쪽, 이곳에서 인간의 그 종족의 역사에서 처음으로 무서운 도전을 받았습니다. 아무르타트가 바로 그것이죠."

"아무르타트가……"

"그렇습니다. 아무르타트는 변화하지 않습니다. 그는 인간화시킬 수 없었습니다. 그래서 반대로 우리 헬턴트의 주민들이 변화했습니다. 그 변화의 모습은 저로서는 정확하게 묘사할 능력이 없습니다. 왜냐하면 이것은 인간에게 일어난 최초의 변화이고, 따라서 비교해 볼 다른 대상이 없습니다. 제가 아직 나이 어리다는 점 때문이기도 하겠지요. 하지만 복수를 포기하는 영주님과 저의 아버지, 그리고 저의 모습을 볼 때 대충은 짐작할 수 있습니다."

"그런가."

"아무르타트가 변화하지 않는 이유는…… 글쎄요. 그가 했던 말들 중 몇 가지가 대답이 될 것 같습니다. 그는 석양의 감시자, 즉 모든 것의 마지막에 서서 기다리는 자입니다. 변화의 종결점에서 기다리는 자, 즉 그 자체로서 더 이상의 변화 가능성이 없는 최후를 의미하는 자이기 때문이 아닌가 생각합니다. 어쨌든…… 그는 인간이 가지는 복수심이라는 것을 이해는 하지만 받아들이지는 않습니다. 마치 절벽이나 강물처럼. 그러니 우리가 포기할 수밖에 없습니다. 그리고 그것이 헬턴트 주민다운 선택입니다."[151]

---

151) 이영도의 『드래곤 라자』 나우누리 연재본.
　　화자인 후치가 동료들과의 모험으로 성숙해진 후, 고향에 돌아와 아무르타트에게 인질로 잡힌 영주와 영주민들을 구해 와서 영주와 나누는 마지막 대화 부분이다.

드래곤과 몬스터들이 없다면, 그리고 '드래곤 라자'라는 맹약의 존재가 인간과 드래곤을 매개하여 인간이 드래곤이 폭주하지 않도록 지배할 수 있다면 자신의 세계가 더 안전해질 거라는 후치의 처음 생각은 그 과정에서 변화한다. 오히려 드래곤과 몬스터들의 존재가 인간의 이기심을 막고 인간의 독주를 막아 줄 것이라는 생각에 아무르타트를 먼 후일을 위해 도피시키게 되는 것이다. 타자로서 이종족의 존재에 대한 깊은 이해, 그리고 이종족들이 바라보는 시각에서의 인간 정체성에 대한 이해가 그의 인간 존재론을 다시 재구성해 준다.

『드래곤 라자』가 보여 주는 이차 세계는 이렇게 인간의 본질을 이해한 인간들이 이종족들과 평화롭게 공존하는 미래의 이상향을 제시한다.

『엘야시온 스토리』(안소연 작 나우누리 ID roadless)[152]와 『아샨타』(최윤정님 hitel ID 사막의 꿈)[153]는 한 세계에서 다른 세계로 건너가는 경계 통로가 명확한 소설들이다. 현대 한국에서 미지의 이차 세계 '엘야시온'으로 전이된 주인공 윤시나는 철저한 계급사회인 이차 세계에 적응하면서 자신의 정체성을 찾아 나간다. 그 과정에서 이차 세계와 일차 세계는 서로 비교되고, 이차 세계는 일차 세계의 모순을 적나라하게 확대 재생산하여 보여 준다. 예를 들어 이차 세계에도 이종족으로서의 몬스터가 있다. 그러나 그 몬

게시판－SF & FANTASY(go sf) 30922번 제목: [D / R]석양을 향해 나는 드래곤······21 올린이: 천사가브(김윤경) 98 / 04 / 22 22: 41 읽음: 33 관련 자료 없음 이영도(jin46) 379line.

152) 나우누리 환타지 동호회 판타지아 장편란에 계속 연재하다가(go fan) 2000년 8월에 자음과 모음에서 단행본으로 출간되었다.

153) 연재하다가 출판을 이유로 연재 중단, 2000년에 자음과 모음에서 총 9권으로 완결되어 출판되었다. 복잡한 스토리 전개와 야오이적 성격으로 논란이 많은 작품이다.

스터는 인간족의 부정적인 내면 요소 하나하나가 독립적으로 형상화된 거울과 같은 존재로 간주된다. 따라서 인간의 나쁜 면이 없으면 몬스터도 없으며, 몬스터를 대면하는 인간은 언제나 자기 존재의 부정적인 면을 거울처럼 들여다보게 되는 것이다.

『아샨타』는 이차 세계에서 평범한 존재로서 살았던 '아빌라르 네오 하월(줄여서 라르)'이라는 한 인물이 이차 세계에서 이상향으로 간주된 신성의 세계로 들어가면서 벌어지는 일을 그려 내고 있다. '아샨타'는 강력한 권력과 신성함을 지닌 삼차 세계의 이름인데, 이차 세계의 사람들이 이상향으로 인식하고 있는 것과 달리 라르가 본 삼차 세계 '아샨타'는 모순에 가득 찬 디스토피아적 세계이다.

한편 소설 속에서 서로 다른 시공간을 넘나들면서 서사 진행을 구성하는 이런 소설들과 달리, 서로 다른 세 개의 시공간이 병렬 배치된 소설도 있다. 『탐그루』(김상현 작)는 동일한 사건 전개의 상징을 둘러싸고 세 개의 시공간에서 각각 세 가지의 이니시에이션 스토리가 교차된다. 동일한 하나의 이야기 마디가 모티프가 되고, 그 모티프는 하이퍼텍스트들이 서로 링크되는 지점이다. 독자는 작가의 안내에 따라 서로 다른 차원으로 구성된 상상의 세계를 선택하여 독해해 나가게 되는 것이다.

화자인 '나'는 소드 앤 매직 시리즈의 프로게이머인 소년인데, 길에서 만난 한 노인으로부터 우연히 받은 랩탑 안에 '세헤라자드'라는 이름의 영혼 캡처 파일이 있다는 것을 발견한다. 노인은 자신의 딸이 없던 그 파일을 차마 지우지 못하고 '나'에게 삭제해 달라는 조건으로 그것을 준 것이다. 그러나 가상과 현실이 공존하는 공간 안에서 프로그램이자 인간인 '세헤라자드'는 자신의 생명이 삭제당하지 않도록 '바르도 대륙'이라는 다른 시공간에 존재하는

'수르카'라는 소년의 이야기를 천일야화처럼 해 나간다. 여기가 링크의 갈림길이다. 이 소설은 '마법은 언어이고, 언어는 마음이며, 마음은 칼이다.'라는 명제 아래 '나'의 이차 세계, '세헤라자드'가 살고 있는 '어스넷'(인터넷에 해당된다)의 가상공간(삼차 세계), 그리고 고아 '수르카'가 성장해 나가는 '바르도 대륙'(사차 공간)이 계속 교차된다. 마법과 칼로 상징되는 인간과 세계의 관계가 가상 공간과 현실 공간의 중첩을 통해 하나의 의미망으로 수렴된다.

『세월의 돌』(전민희 작, 나우누리 ID 모래의책)은 나우누리에 연재하다가 출판된 작품이다.[154] 세월의 흐름과 돌의 고정성을 '아룬드나얀'이라는 보석 목걸이와 마법 봉인을 매개로 해서 한데 압축시킨 작품이다.

이 소설에서는 일 년이 14달이며, 각 달은 고유의 명칭과 전설을 가지고 점성술사의 달력에 의한 기록으로 그 시간을 상징한다. 천재적인 마법사 에제키엘 파르시냐크에 의해 그의 생명을 대가로 200년 전에 봉인된 그의 동료들인 드워프의 수장, 엘프의 수장, 아스테리온의 무녀는 아룬드나얀의 주인이 된 점원 파비안에 의해서 풀려나 함께 여행을 하게 된다. 여행을 통해 완전한 힘과 지혜를 지녔다고 생각되는 고대 이스나미르국의 존재를 알게 되고, 그들을 멸망시켰던 '분열'이 200년 전에 다시 시작되려다가 에제키엘의 봉인에 의해 지금으로 연기되었음을 알게 된다. 에제키엘의 후손인 파비안은 목걸이의 보석을 찾아낼 때마다 고대 이스나미르로 생각되는 영상을 보게 되는데, 그것은 마치 일차 세계인 현대 지구, 우리의 현실사회를 연상시킨다.[155]

---

154) 전민희 『세월의 돌』은 전 10권으로 자음과 모음에서 출판되었다(2000.5.). 섬세하고 부드러운 문체와 재기 넘치는 장면들로 많은 네티즌들의 주목을 받았던 소설이다.

이렇게 해서 『세월의 돌』에 구현된 이차 세계가 만들어 낸 삼차 세계는 다시 우리의 일차 세계인 경험의 세계로 회귀하게 되는 것이다. '분열'은 서로 다른 두 세계의 경계선이 무너지는 붕괴 과정이며, 등장인물들은 분열의 시간 흐름을 돌처럼 고정시키고자 노력했던 것이다. 세계의 구원자로서 예정된 인물인 파비안은 희생과 상실을 그 대가로 치르게 된다. 판타지 소설의 주인공들 중에 상당수가 이렇게 평범한 인물에서 변화하여 자기 세계를 위기에서 구하는 메시아적 역할을 수행하기도 한다.[156]

90년대에 나온 판타지 소설들은 이렇게 각자 다양한 이차 세계를 유토피아의 한 형태로서 자신의 소설에 창조하고 있다. 그러나 물론 통신 공간에 있는 판타지 소설이 모두 서로 다른 유토피아로서의 이차 세계를 제시하는 뛰어난 작품이라고 보기는 어렵다. 기존 본격문학의 잣대로서 이 텍스트들을 평가하기에는 문제가 있지만, 기본적으로 문장과 문체가 다듬어진 소설, 그리고 이차 세계의 구체화, 구성의 긴밀함, 그리고 인물 성격의 창조 등에서 미달하는, 그래서 게시판에서 무수히 나타났다 그대로 사라지는 작품들도 다수 있기 때문이다. 그러나 예로 든 이 소설들 외에도 내적 리얼리티가 살아있는 이차 세계를 지닌 다양한 소설들이 통신 공간 안에는 존재한다.

인터랙티브 픽션, 그리고 하이퍼텍스트의 성격으로 인해, 각 소설들의 이차 세계는 어느 정도 작품들 사이의 상호 텍스트성에 의

---

155) 통신 공간에서 이런 복선들은 대개 독자들의 왕성한 호기심에 의해 논란거리로 떠오르고, 때로는 알아맞히기 퀴즈 같은 형태가 되기도 한다. 『세월의 돌』이 연재되는 동안 아룬드 나얀 목걸이의 정체, 파비안의 정체성, 무녀인 유리카의 정체, 소설의 결말 등은 창작 연재 게시판에서 자주 흥밋거리로 떠올랐었다.

156) 『세월의 돌』, 『비상하는 매』, 『성검을 찾아서』, 『초롱 카르세아린』, 『마경의 기사』, 『드래곤 라자』 등이 모두 이 범주에 들어간다.

존한다. 톨킨의 작품을 가장 전형적인 것으로 상정하는 사고방식이
나 소설에 덧붙이는 설정집 자체가 그렇고, 소설의 구성 단계, 그
리고 네티즌들이 생각하고 있는 장르의 전형성 자체가 바로 그 틀
을 형성하기 때문이다. 여행이라는 시공간 이동을 통해 이니시에이
션을 경험하는 주인공들, 그들의 사고가 발현되는 방식, 함께 일행
이 되는 다양한 파티 구성원들의 존재, 이질적 공간의 이질적 존
재들, 작가가 구현하고자 한 관념, 세계에 대한 그들의 인식 등과
같은 요소가 때로는 막연한 추상성에 머물러 소설의 개성과 다양
성을 저해하는 요소로 역효과를 낼 수도 있다.[157]

3.2.2. 일탈로서의 이차 세계

판타지 소설은 창조된 이차 세계를 즐기는 독자에게 경험적 세
계로부터 일탈하여 가상의 세계를 마음껏 즐길 수 있다는 즐거움
을 제공한다. 판타지 소설이 읽기에 즐거운 이유는 일상성의 세계
가 환상의 세계에 의해 탈피되고, 새로운 관점에서 일상을 바라보
기가 손쉽게 행해지기 때문이다. 판타지 소설에서 일탈의 과정은
곧 서사가 진행되는 과정이며, 환상이 시작되는 지점이다. 일상생
활에 균열이 생길 때 판타지 소설의 인물들은 이차 세계로 전이되
는 경험을 하게 된다.

소설 속 주인공들은 이차 세계의 구성 안에서 전면적인 일탈을
경험한다. 미성년으로서 안주하던 자기 세계의 파괴, 그리고 '모험'
과 '여행'으로 상징되는 다른 세계로의 전이, 그 과정은 언제나 일

---

157) 각 통신사의 창작 연재란에는 언제나 이런 면에 대한 우려가 끊이지 않는다. 문체가 미숙
　　하다는 질책에서부터 스스로의 아마추어리즘에 대한 반성, 판타지 장르의 미래를 걱정하
　　는 목소리까지 우려의 글은 언제나 지속적으로 올라오고 있다.

상성의 파괴과정이며, 어떤 형태로든 성숙의 단계에 이른다.

때로 판타지 소설들이 그로테스크하다거나 잔혹한 장면, 에로틱한 요소들을 가지고 있다고 간주된다면, 그것은 바로 그런 일탈의 과정에 있기 때문이다. 그 자체가 일상으로부터의 일탈이다. 따라서 환상소설들이 꿈꾸는 일탈은 때로는 그 이상향이 디스토피아로 판명된다고 하더라도 그 자체로서 언제나 이상향을 지향하고 있다.

유민수(ID 다크스폰) 작인 『마경의 기사』[158]와 『불멸의 기사』도 이상향을 추구하는 과정에서 일탈을 경험하는 소설들이다. 『마경의 기사』는 전형적인 중세 로망스 분위기의, 정의의 편에 선 기사와는 정반대로 대립하는 구도를 가지고 있다. 원제 '라이컨 슬로프'(반인 반수의 늑대 인간)가 의미하는 것처럼 이 소설은 인간 위주가 아니라 인간들에게 생존을 위협당하는 이종족 몬스터들의 입장에서 쓰였다. 중심인물은 인간으로서는 여성, 몬스터로서는 남성이며, 인간이자 라이컨 슬로프이고 기사이자 용의 지배자인 복합적인 인물이다. 이 인물을 통해 인간의 독선이 몬스터의 시선에서 밝혀지고, 몬스터의 선악과 인간의 선악이 만난다. 공과 사, 국가와 개인, 여성과 남성, 이종족과 인간, 주변성과 중심 등 각종의 경계가 허물어지고, 성과 속, 선과 악의 이분법적 경계야말로 무의미한 것으로 간주되는 일탈의 시공간이 소설 속의 이상향으로서 성립된다.

『불멸의 기사』가 보여 주는 이차 세계의 일탈은 보다 특이하다. 이 소설은 중세 기사들의 한 전형을 보여 주되, 목적을 위해 수단방법을 가리지 않는 잔혹함을 치밀한 묘사 속에 어두운 분위기로

---

158) 『마경의 기사』는 출판 시 제목이고, 연재할 당시에는 『라이컨 슬로프』라는 제목으로 연재되었다. '라이컨 슬로프'는 늑대인간이라는 의미이다.

보여 준다. 그리고 그 잔혹함의 동기가 바로 자신을 감추고 다른 사람의 가면을 쓴 채 살아가는 사람의 자기방어에서 비롯된 것임을 알게 한다. 이 소설의 환상성은 구원인 줄 알았던 그 일탈 상태가 영원히 지속됨으로써 저주가 된다는 것, 곧 영원한 생명을 벌로 받게 되는 디스토피아의 발견 과정에서부터 온다.[159]

판타지 소설에서 일탈은 곧 소설 서사의 시작이며 판타지 소설이 욕망하기를 멈추지 않는 한 이 장르의 본질적인 속성을 구성한다. 일탈은 그 자체로 판타지 소설이 추구하는 유토피아의 한 속성을 구축하게 되며, 일상을 벗어나 일상을 다시 바라보게 하는 시각을 제시함으로써 유토피아에 대한 비판적 시각을 제시하기도 한다.

3.2.3. 알레고리로서의 이차 세계

토도로프는 고전적인 의미에서 알레고리는 환상소설의 범주에 들 수 없다고 정의한 바 있다. 그러나 자신 이외의 다른 의미를, 그것도 명백하게 교훈적인 의미를 지시한다고 보는 협소한 알레고리의 개념을 벗어나, 거울에 비친 대상처럼 그것을 통해 다른 기표를 지시하는 광의의 개념으로 본다면, 판타지 소설에 나타난 이차 세계야말로 알레고리적 성격이 짙다고 할 수 있다.

여러 소설들이 이차 세계를 통해 일차 세계를 다시 지시하고 있는데, 『세월의 돌』의 고대 이스나미르 왕국의 멸망, 『탐그루』[160]의

---

159) 『불멸의 기사』는 나우누리 환타지아 장편란(go fan 6)에서 3부가 계속 연재 중이다. '영원한 생명'은 곧 '죽지 못하는 저주'라는 역설적 진리가 2부에서 더욱 강조된다. 1부는 완전히 창조된 시공간이었지만, 2부는 나폴레옹 시대의 근대 유럽을 시공간 배경으로 삼고 있다. 각 권마다 존재론에 대한 주제를 하나씩 정해 놓았으며, 현재 7권까지 너와나미디어에서 출판되어 있다.

노골적인 이름 붙이기와 사건 구성이 그 한 예이다. 『탐그루』에서 바르도 대륙의 수르카는 용병으로서 한 도시의 진압작전에 참여하게 되는데, 그 과정 자체가 광주 사태를 연상시킨다. 용병들은 칼에 의존해 귀족을 타도하고 신분제를 철폐하기 위해 유혈 혁명을 일으키는데, 결국은 그들 자신이 귀족의 악습과 전철을 그대로 밟게 된다. 이것은 제5공화국에 대한 우화이다. 소설의 말미에서 주인공이 발견하게 되는 고대의 유적에 대한 묘사는 현대의 한국 땅에 존재하는 미군부대의 시설임을 암시한다. 그리고 상업 자본가 계급은 '자이벌'(재벌)이라는 이름으로 불리고, 연재 당시의 IMF에 대한 시각을 소설 속에 교묘하게 짜 넣기도 했다.

그런 의미에서 『탐그루』는 일차 세계의 역사를 이차 세계에 반영함으로써 알레고리적인 기호로 가득 찬 이차 세계를 구성하고 있는 것이다. 그럴 때 판타지 소설은 저항담론으로서의 사회적 역할을 수행하게 된다.

판타지 소설들을 구성하고 있는 요소 중에 마법의 체계, 연금술, 마력으로서의 '마나'의 설명이 자주 등장한다.[161] 이것은 이차 세계에 발현된 현대적인 과학기술 체계의 대체물들이라고 할 수 있을 것이다.[162] '마나'는 일종의 에너지이며, 마법사는 마나의 운용을 통해 하나의 물질 상태를 다른 물질 상태로 전환시키는 매개체로서의 존재이다. 반면에 칼이나 검, 그리고 칼을 사용하는 전사들은 권력과 권력을 추구하는 인물군을 대체한다.

---

160) 김상현, 『탐그루1 - 12』(명상. 1999).

161) 같은 마법이라고 해도, 서구에서는 시약과 마법적 도구(지팡이와 같은 아이템)을 사용하는 연금술적 마법을 주로 사용하고, 일본에서는 정신력의 집중에 의해 운용되는 마법을, 한국적 판타지에서는 범우주적인 기와 개인 에너지의 절충적 형태로 간주하는 경향이 있다.

162) '마나'에 의해 운용되는 마법의 형태는 열역학 제1, 제2법칙인 에너지 총량 불변의 법칙과 엔트로피를 연상시킨다.

또한 판타지 소설들은 특정한 철학적 관념이나 신화적 개념 등을 소설의 이차 세계를 통해 구현하고자 한다는 의미에서도 알레고리적이라고 할 수 있다. 이영도의 『드래곤 라자』 후속작 『퓨처워커』는 '미래를 걷는 자'로서의 무녀를 통해 '시간'과 '공간'의 철학적 의미를 탐색한다.

이렇게 소설 속에서 한 시공간에서 다른 시공간으로의 이동이 일어난다면 각각의 시공간이 함축하고 있는 관념을 상호간 명백하게 대비시켜 주는 효과를 낸다.[163)]

이런 이유로 판타지 소설의 이차 세계는 그 자체가 일차 세계가 지닌 모순을 전경화시키는 거울로서의 역할을 수행한다. 따라서 판타지 소설에서 이차 세계를 받아들이는 독자는 일차 세계에 대한 지시 의미를 보다 쉽게 수용하게 된다. 그것은 바로 일차 세계로서의 현실에 대한 문제제기와 비판의식이다. 판타지 소설의 주 독자층인 신세대가 제기하는 이런 문제의식들은 문학적으로 간접화되어 판타지 소설이라는 한 장르 형식으로 수렴된다.

그것이 이상적인 유토피아를 제시하는 것이건, 아니면 이상향이라고 생각했던 유토피아가 디스토피아로 판명 나고 현 세계야말로 유토피아였다는 것을 깨닫는 데 이르건 간에, 이차 세계의 관념을 파악하는 것은 바로 그 소설의 유토피아 의식을 이해하는 것이다. 그리고 유토피아 의식은 필연적으로 독자와 작가가 속해 있는 현재의 경험세계에 대한 평가를 텍스트 안에 끌어들이는 담론이 된다. 그런 의미에서 판타지 소설의 유토피아 의식은 타짓ㅇ을 인식해 가는 과정의 알레고리적 성격을 지니고 있다고 할 수 있다.

---

163) 김라민(Elbereth), 「팬터지의 시공간」, 하이텔 환동 게시판, 333.

4. 통신 공간과 그 유토피아

90년대 판타지 소설들은 탄생한 시공간의 특성에 의해 특유의 글쓰기 텍스트 형태를 지니게 되고, 그들이 표방하는 세계를 창조하는 상상력과 유토피아 의식 또한 변별적이다. 그러나 이 소설 텍스트가 통신 공간에서 유통되는 것을 살펴보고, 일상 공간과 통신 공간을 대비해 본다면, 통신 공간 자체가 일상 공간의 모순을 대체할 대안으로서의 유토피아적 성격을 지니고 있음을 알 수 있다.[164]

중학생이라도 문학에 관심이 있으면 이영도와 동등하게 게시판을 사용할 수 있다는 점에서 통신 공간은 문학을 지망하는 사람들에게 평등한 공간이다. 또한 익명성을 보장하는 ID라는 통신 공간의 페르소나는 민주적 평등 사회를 통신 공간 안에 제공한다. 쉽게 소설을 창작하고 평가를 받으며, 자신의 개성을 발휘할 수 있다는 점에서 분명히, 통신 공간은 신세대들에게 억압된 사회에서 이룰 수 없는 장점을 보여 준다.[165] 마음껏 자신의 세계를 창조하면서 그동안 자유로운 일탈을 경험하고, 긴장과 흥분을 느끼고 싶은, 그리고 다른 한편으로 자신의 경험 세계에 대해 비판적 발언을 민주적으로 할 수 있는 공간이 있다면, 그것이야말로 그들에게 새로운 유토피아이기 때문이다.[166]

---

164) 하이텔의 판타지 동호회로 들어가기 위해서는 반드시 '이차 세계로 들어가는 문'의 형태를 지나가도록 하이퍼텍스트 형태로 디자인되어 있다. 이 그림은 하이텔에 텔넷으로 접속한 후 그림 파일로 갈무리한 것이다.

165) 김병익, 「신세대와 새로운 삶의 양식, 그리고 문학」, 『문학과 사회』, 1995.6.

166) 최근 인기리에 연재되고 있는 『무한의 진인』, 『죽음의 서』, 『검마전』, 『사이케델리아』 등은 모두 같은 출발점을 가지고 있다. 억압적인 교육환경에 처한 고등학생들의 학교 탈출이 곧 이차 세계로의 탈출이 된다. 이 일탈과정에서 소설의 주요 인물들은 하고 싶은 말을 자유롭게 할 공간을 가지게 된 것이다.

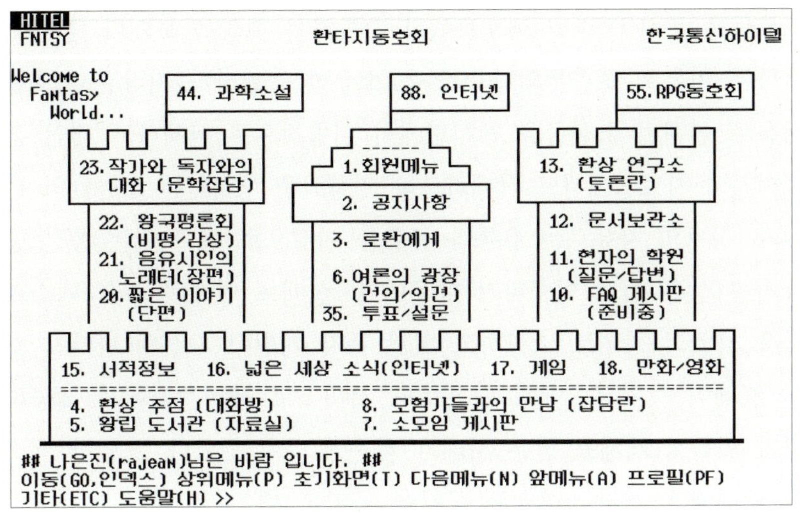

<하이텔의 판타지 동호회로 들어가는 대문
－그 자체가 이차 세계로 들어가는 관문처럼 디자인되어 있다.>

그러나 그들의 유토피아는 언제나 현실과의 연결고리를 지니고 있을 수밖에 없다. 전화료와 통신비가 없으면 통신 공간 자체가 차단되는 것이 지금의 현실이며, 또한 자신의 문학적 소양이 부족하다면 조회 수가 한 자리 숫자에 그치는 것을 보면서 좌절할 수밖에 없기 때문이다. 따라서 통신 공간의 유토피아가 통신소설 작가들에게 유토피아로 남기를 원한다면 수준 높은 소설들이 얼마나 지속적으로 창작될 지, 그리고 통신 공간과 현실 공간에서 어떻게 동시에 받아들여질 수 있을지에 달려 있다고 할 수 있다. 아이러니컬하기는 하지만, 통신 공간에서 출발하고 완결된 소설들도 결론적으로 출판이라는 제도적 형태로 수렴되어야 제대로 평가받은 것으로 간주하는 이중성이 우리의 현실이기 때문이다.

그럼에도 불구하고 현재 현실의 문학 공간에 책으로 출판된 텍스트들은 통신 공간의 텍스트들과 충돌하는 현상을 보인다. 출판되었다는 이유로 초판본의 저작권을 소유한 출판사가 저작권 보호를 이유로 연재된 소설들을 게시판에서 일방적으로 삭제하고 개인 홈페이지의 자료실에서도 삭제하도록 영향력을 행사하는 오늘날의 현실과, 정보의 자유로운 유통과 공유를 이상으로 삼고 있는 통신 공간의 이상은 서로 어긋나기 때문이다. 실제로 연재된 소설 텍스트들을 파일의 형태로 소장하고 있던 독자 개인이 자신의 판타지 소설 홈페이지 자료실에서 다운로드 서비스로 네티즌들에게 제공하다가 법률적 제재를 받은 사례가 최근에 다수 있었다. 동일한 텍스트가 이렇게 서로 다른 두 공간에 놓였을 때 서로 다른 유토피아를 꿈꾼다는 것은 우리 시대의 아이러니이며 과도기적인 한계이다.

5. 나가는 말

　정보화 사회로 접어들면서 컴퓨터와 인터넷 사용의 폭발적인 증가는 현실 공간이라는 시공간 층위 외에도 또 다른 하나의 시공간 층위를 덧붙여 주었다. 전화선과 컴퓨터가 만나 이루어낸 네트워크 상의 통신 공간은 그 공간에 들어가고자 희망하는 모든 자에게 현실의 불만족을 대체하고자 하는 이상향에 대한 욕망을 실현시킬 수 있는 대상으로 다가오게 된다. 특히 정보화와 멀티미디어에 익숙한 신세대의 감각은 자연스럽게 통신 공간이 만들어 낸 가상현실을 문학행위의 장소로 삼게 되며, 그 결과 90년대 후반 한국의 문학은 통신 공간이라는 e공간에서 다른 형태의 전자적 글쓰기라는 방식을 탄생시키게 되었다.

그것은 '판타지 소설'이라는 이름으로 널리 유포된 '환상소설'이며, 통신 매체의 특성상 유동하는 기표로서 하이퍼텍스트와 인터랙티브 픽션의 형태로 창작되고 유포되었다. 이차 세계의 창조를 핵심으로 하는 판타지 소설은 나름의 타자성과 유토피아 의식을 보여 주었다. 독창적인 이상향을 창조하고, 현실 세계에서 일탈하여 자유와 즐거움을 느끼는 이 텍스트들은 유토피아가 디스토피아가 되어 가는 과정을 소설로 추적해 가기도 하면서 일차 경험 세계인 현실에 대한 날카로운 비판의식을 알레고리적인 형태로 드러내기도 하였다.

인터넷 사용인구의 폭발적인 증가와 인터넷 전용선, PC방, 컴퓨터 보급과 사용이 일상화되어 가고 있는 지금, 우리 사회가 정보화 사회로 바뀌게 되는 것은 이미 기정사실이며, 패러다임의 변동이라고 일컬어질 만큼 사회에 큰 영향을 미치게 될 것이다. 그러나 과연 우리의 통신 공간에서 출현한 현재의 90년대 '판타지 소설'이 지금 기대받는 것만큼 우리 소설의 패러다임을 대체하게 될 것인가에 대해서는 역시 판단을 유보하고 기다려야 할 것이다.

김근우, 『바람의 마도사 1-6』.

김상현, 『탐그루 1-15』.

안소연, 『엘야시온 스토리』(미완성, 연재 중) 나우누리 환타지아 장편 게시판.

유민수, 『마경의 기사』(연재 시 제목 '라이컨슬로프'), 『불멸의 기사 1-4』.

이영도, 『드래곤 라자 1-12』, 황금가지.

______, 『퓨처워커1-7』

이예리, 『사하』(미완성, 연재중단) 나우누리 SF 게시판

이상균, 『하얀 로냐프 강1-5』(자음과 모음, 1999).

이수영, 『귀환병 이야기 1-4』, 『패리어드 이야기』, 『쿠베린』(미완성, 연재 중) 나우누리 SF.

전동조, 『묵향』, 『묵향외전』(미완성, 연재중단).

전민희, 『세월의 돌』(미완성, 연재 중) 나우누리 SF 게시판(자음과 모음, 1999).

홍정훈, 『비상하는 매』(자음과 모음, 1999).

김라민, (Elbereth), 「팬터지의 시공간」, 하이텔 환동 게시판, 333.

김병익, 「신세대와 새로운 삶의 양식, 그리고 문학」, 『문학과 사회』, 1995.6.

김성곤, 「서구 환상문학의 역사와 이론」, 『한국 판타지 문학의 오늘 그리고 미래-99한국 판타지 문학 심포지엄』, 자음과 모음, 1999.8.25.

김성훈(가야의 꿈), 「환타지 통합성과 톨킨」, 나우누리 환타지아 비평게시판6, 1995.4.15.

김우필, 「네티즌과 사이버리즘」, 『통신문학의 미래를 위한 모색-하이

텔 문학관 심포지엄』, 1999.12.28.

　　　http://www1.hitel.net/event/20csym.

김재인, 「사이버 예술의 도전」, 하이텔 작은 모임 '이다', 1997.5.24.

김주연, 「대중문화 시대의 대중문학」, 『문예중앙』, 1999. 봄.

김흥년, 「통신문학과 그 발전 방향」, 하이텔 문학관, 1997.4.3.

　　　　, 「사이버 페이스와 사이버리즘 문학」, 『통신문학의 미래를 위한 모색 ─ 하이텔 문학관 심포지엄』, 1999.12.28.

　　　http://www1.hitel.net/event/20csym.

남재일, 「영상 세대와 문학의 전략」, 『문예중앙』, 1999. 봄.

송경아, 「판타지 문학의 가능성 ─ 판타지 소설은 무엇을 할 수 있고 무엇을 할 수 없는가」, 『한국 판타지 문학의 오늘 그리고 미래 ─ 99한국 판타지 문학 심포지엄』, 자음과 모음, 1999.8.25.

송수현(하이엘프), 「환타지 단편의 경향에 대해 ─ 첫 번째 하이텔 환타지 동호회 추천 단편 모음집을 읽고」, 하이텔 환동 비평 게시판 1802, 1999.12.4.

우지연(Yoni), 「장르, 무협, 판타지」, 하이텔 환동 비평 게시판 1028, 1999.5.20.

우찬제, 「디지털 시대의 새로운 감각과 'PC 통신문학'의 가능성」, 하이텔 문학관 심포지엄, 1997.5.15

　　　http://www1.hitel.net/event/20csym.

유일한, 「21세기의 구전문학」, 『통신문학의 미래를 위한 모색 ─ 하이텔 문학관 심포지엄』, 1999.12.28.

　　　http://www1.hitel.net/event/20csym.

이상균, 「한국 판타지 문학의 현재와 미래」, 『한국 판타지 문학의 오늘 그리고 미래 ─ 99한국 판타지 문학 심포지엄』, 자음과 모음, 1999.8.25.

이성욱, 「문학으로서의 판타지, 오락으로서의 판타지」, 『한국 판타지 문학의 오늘 그리고 미래 ─ 99한국 판타지 문학 심포지엄』, 자음과 모음, 1999.8.25.

이용욱, 『사이버 문학의 도전』(토마토, 1996).

　　　　, 「사이버 문학의 정체성에 대한 시론 ─ 위기를 넘어설 대안의

모색을 위하여」, 『외국문학』, 1999. 봄.

______, 「사이버 문학의 정체성과 특징, 장단점」 홈페이지 '사이버 문
　　학론' http://dreamwith.new21.net

______, 「'사이버 문학'에 대한 몇 가지 오해에 대하여」 홈페이지 '사
　　이버 문학론'.

______, 「정보화 시대의 문학, 그 문학적 상상력의 세 가지 토대」, 『문
　　학정신』, 1997. 가을.

______, 「사이버 문학 논의에 대한 비판적 점검 - 발언공간을 축으로
　　한 시각 차이를 중심으로」.

______, 「네버랜드의 문학, 환타지 소설」 홈페이지 '사이버 문학론'.

______, 「문학 패러다임으로서의 사이버리즘」, 『통신문학의 미래를 위
　　한 모색 - 하이텔문학관 심포지엄』,
　　1999.12.28http://www1.hitel.net/event/20csym

임철규, 『왜 유토피아인가 - 유토피아, 문학, 이데올로기에 관한 비평』
　　민음사, 1994.

장석주, 「글쓰기와 글읽기의 혁명적 전환 - PC 통신과 미래의 문학」, 『문
　　학사상』, 1994.11.

정재서, 「동양문학에서의 판타지의 역사와 이론」, 『한국 판타지 문학의
　　오늘 그리고 미래 - 99한국 판타지 문학 심포지엄』, 자음과 모
　　음, 1999.8.25.

하응백, 「판타지 소설의 허와 실」, 『문예중앙』, 1999. 봄.

황병하, 「환상문학과 한국문학」, 『세계의 문학』, 1997. 여름.

황순재, 「사이버 공간에서 환상적 글쓰기」, 『오늘의 문예비평』, 1996.
　　겨울.

「사이버 문화예술 21세기 주도할까」, 『경향신문』, 1999.9.12. 박성휴 기자.

하이텔 문학관 환타지 동호회 게시판(go fntsy).

나우누리 SF / Fantasy 게시판(go sf).

나우누리 환타지 동호회 환타지아 게시판(go fan).

기타 개인 홈페이지들 500여 개……

1. 들어가기

종이책 중심의 쓰기와 읽기[167]로부터 컴퓨터를 매개로 한 디지털 매체로의 변화가 최근 약 20년 동안 문학의 창작과 수용환경을 급격히 변화시켜 왔다.[168] 특히 컴퓨터의 네트워크 연결로 만들어진 가상의 사이버 공간이 인터넷망을 타고 그 영역을 넓혀 감으로써 창작과 독서 행위의 성격을 변화시키는 데 크게 기여하게 되었다.

사이버 공간 안에는 여러 형태의 문학이 존재하며, 이들을 부르는 명칭도 아직 통일된 바가 없다. 사이버 공간 안에서 창작되었다 하여 '사이버 문학'[169]이라 부르기도 하고, 웹상에 게시판이라

---

167) 장, 조르주(1995)『문자의 역사』, 시공디스커버리 총서001(시공사, 2001), pp.196 - 7.
168) 강내희(1996), 「디지털 시대의 문학하기」,『문학과학』, 1996. 봄.
　　최혜실(1999), 「디지털 서사의 미학」,『디지털 시대의 문화 예술』, 문학과 지성사.
169) 이용욱(1998), 「전자언어, 버추얼 리얼리티, 그리고 사이버 문학」,『버전업』봄.

는 인터페이스를 갖추고 있다는 점에서 '게시판 문학',[170] 혹은 초기에 하이텔에나 천리안, 나우누리 등 거대 PC 통신사의 BBS에서 시작되었기 때문에 '통신문학'[171]이라 불리기도 한다. 생산된 작품 중에는 순수문학 창작도 있지만 대중적 소설들이 많았기에 무협, 추리, SF, 판타지 소설이라는 오프라인상의 하위 장르명으로 지칭되기도 했다.

90년대 중반에 시작하여 후반에 이르기까지 다수의 연구자들이 이 현상에 관심을 가지고 있었다. 미래 문학의 대안이 될 수 있을 것인지의 가능성을 검토하는 것에서부터 출발하여, 문학작품이 생산되고 유통되는 양식에 이르기까지 논의가 이루어졌다. 특히 판타지 소설은 창작과 수용에서 가장 활발한 움직임을 보인 사이버 문학의 특정 하위 장르로 양식화되는 현상을 보였다. 그럼에도 불구하고 본격적인 순수문학의 서사적 문법론에 의한 도식적 판단[172]을 벗어나, 판타지 소설의 양식과 서사적 문법을 읽어 낼 독자적인 독법은 아직 활성화되지 않았다. 그것은 전문적인 연구자층과 아마추어적인 작가, 독자와의 거리가 아직도 멀리 벌어져 있기 때문이다. 대중화된 장르문학에 불과한 것이라는 비난이나 미래문학의 대안으로서 판타지를 반열에 올려 성급히 확정짓는 것 사이에는 머나먼 간극이 있는 게 오늘의 현실이다.

따라서 현존하는 소설의 다양한 양식을 검토한다는 입장에서 출발하여, 판타지 소설의 서사적 문법과 그들의 상상력이 발현되는 양식을 살펴볼 필요가 있다. 디지털 시대의 문학 창작과 소통을

---

170) 김진량(2001), 『인터넷, 게시판, 그리고 판타지 소설』, 한양대 출판부, 2001
171) 장석주(1994), 「글쓰기와 글읽기의 혁명적 전화 – pc 통신과 미래의 문학」, 『문학사상』, 11월.
172) 하응백(1999), 「판타지 소설의 허와 실」, 『문예중앙』, 1999. 봄.

이해하기 위해서는 디지털의 환경이 서사적 문법을 어떤 양식으로 활성화시키고 있는지, 그리고 과거의 서사들과는 어떤 식으로 연계되고 있는지가 규명되어야 하기 때문이다.

미래의 우리 소설문학은 현재의 소설문학이 존재하는 양식에서 비롯될 것이란 관점으로 본다면, 분명 이 과정은 필요한 절차가 될 것이다. 그러나 여기에는 난점이 있다. 사이버 공간에서 소통되는 소설의 독자는 곧 잠재적인 미래의 작가라고 보이기 때문이다. 바꾸어 말하자면 선행 작품과의 상호 텍스트성을 토대로 해서, 독자가 기존의 패턴을 끊임없이 변형시켜 나가는 창작방식이 독창성을 확보하는 첫째 원리라 전제되고 있기 때문이다.[173] 독자와 작가, 아마추어와 프로 사이를 넘나드는 이런 성향 때문에 정형화된 특정 서사문법을 이 장르의 양식이라고 확정 짓기는 참으로 어렵다. 때문에, 이런 소설의 설정 바탕에 깔려 있는 핵심요소를 찾아 서사성의 원동력을 짚어 내는 작업이 필요하다.

이 시점에서 신화는 각별한 의미를 지닌다. 레비스트로스의 신화학에서 "자연을 아날로그라고 한다면 문화의 개념은 디지털이다."라고 규정한 김열규는 그 변별점을 연속성과 불연속성에서 찾았다.[174]

특히 신화적 요소의 현대적 차용으로서의 신화성은 핵심구도가 되어 소설 전체의 서사적 문법과 세계관을 지배하기 때문이다. 또

---

173) 실제로 통신망이나 인터넷의 소설 연재 게시판들은 종종 표절시비로 시끄럽다. 문장이나 문체에 대한 표절이 아니라 설정에 대한 표절이 항상 문젯거리이다. 독자가 스스로 작가가 되기로 결심했을 때, 우선 하는 일은 소설의 설정을 짜는 것이다. 시대적 공간적 배경이나 줄거리 라인을 거칠게라도 짜 놓고, 인물 설정과 세계관을 만들어 나가야 하는데, 별도의 부록으로 설정판을 덧붙일 정도로 본격화된다. 얼마나 특이하게 설정을 잡는가가 소설의 성패를 좌우한다는 인식 때문이다.

174) 김열규, 「정보화 사회와 문학」, 인제대인문사회과학논총 4권 1호, 1997, 8쪽.

한 이렇게 차용된 신화는 가장 현대적이고 최근의 서사 양식인 사이버 소설을 가장 원초적인 형태의 서사로서의 신화와 이어주는 연결고리가 된다. 전통적 서사의 차용을 통해 현대적 세계관을 구현하며, 시대의 특성을 동시에 발현할 수 있는 방식이 신화의 차용이다. 더구나 사이버 소설에서 높은 비중을 차지하는 여성성에 대한 것을 고려한다면, 현대의 디지털 문화의 산물인 사이버 소설과 신화성, 여성성은 상호간에 밀접한 관계로 이어져 있다.

사이버 소설의 특징적인 요소는 인물과 세계에 대한 상상력이며, 그것이 소설 전체를 움직여 간다. 따라서 사이버 소설의 장르적 양식으로서 서사성을 풀어 나가는 핵심 키워드는 인물 캐릭터에 대한 상상력이 소설의 서사성과 연관되는 방식이다. 이를 위하여 사이버 소설의 존재 양상과 소통 양식에서부터 출발점을 찾아 나가기로 한다.

2. 캐릭터를 이루는 상상력과 사이버 소설의 서사성

현재 사이버상에 유통되고 있는 소설들은 파일 모음집으로 압축하여 내려 받기 하는 경우가 아니라면, 대부분은 인터넷 게시판에 연재하는 문서 형태로 존재하는 것이 일반적이다. 하이텔이나 나우누리, 천리안 같은 거대 통신사들도 텔넷 접속이 아니라면 전용 브라우저를 사용하여 일반 웹브라우저와 유사한 인터페이스(interface) 환경을 제공[175]하고 있다.

---

175) 프로그램의 소스 형태가 아니라 모니터 위에 나타나는 시각화된 형태로서의 프레임이다.

통신사 게시판이나 웹사이트의 게시판에서 연재 중인 소설의 대부분은 용량이 제한되어 있는 게시판의 인터페이스 환경에 맞추어 제작된다. 또한 작가가 소설을 창작할 때, 화면 모니터상 보이는 2-30줄이 소설의 한 장면을 구성하는 데 중요한 요인이 되기도 하고, 수직으로 스크롤되는 모니터 형태에 맞추어 텍스트를 디자인하는 작가의 시각적 감각이 작품의 인기도를 좌우하기도 한다. 또한 게시판 운영의 하이퍼텍스트[176] 방식에 따라 200줄 단위를 기준으로 '연재'의 형태로 소설을 분절시키는데, 이런 '분절'과 '연재'의 연속이라는 형태가 단행본으로 십여 권이 넘는 장편소설을 계속 쓰게 하는 원동력이 되기도 한다. 단편을 올릴 수는 있지만 장편 모두를 한 회에 올릴 수는 없기 때문에, 이런 소설들은 대개 분절한 에피소드들의 연속으로 이루어진 장편소설들의 일간 연재 형태를 갖추고 있다. 다수의 인원이 동시에 접속하여 글을 올리기 때문에 한 작가가 게시판에 연참으로 올리기는 어렵다.[177] 만약 독자가 한 작가의 특정 글을 연속적으로 읽고 싶다면 게시판 목록을 먼저 일일이 검토해야 하고, 작가의 아이디나 소설 제목을 검색어로 하여 별도 게시판을 생성한 후에, 그 게시판의 글을 읽어 나가야 한다. 일종의 비선형 하이퍼텍스트 형태[178]라고도 할 수 있다.

---

176) 하이퍼텍스트(hyper text)는 한 문서에서 다른 문서로, 혹은 한 문서의 이쪽에서 저쪽으로 클릭 한 번에 넘어갈 수 있도록 링크시켜 놓은 형태를 의미한다. 하이퍼텍스트는 인터넷에서 보편적인 형태이며, 통신 공간상의 읽기 형태에서 기존의 선형적인 독해를 보다 입체적이고 독자가 능동적으로 선택할 수 있는 독해 형태로 바꾸어 놓았다. 프랑스에서 나온 소설인 『문 앞에서』와 같은 경우는 서사 구조 자체를 하이퍼텍스트 양태로 구성하기도 했다.

177) 나우누리 SF 게시판에서는 3개 이상의 글을 연속으로 올리는 것은 게시판 '도배'로 금지된다.

178) 종이책에 쓰인 일반 텍스트는 일차원적 선형 구조이지만, 게시판은 마디의 부분적 연결에 의한 비선형적 텍스트로서 마디의 연결지점이 어떻게 이어지느냐에 따라 중층적 구조를 별도로 형성할 수 있다는 장점이 있다.

요즘은 독자의 이런 노력을 줄여 주기 위해 작가별 작품별 별도 게시판을 자체 계정으로 퍼 오거나 링크, 작가의 직접 연재 등으로 나누어 서비스하는 개인 홈페이지들이 증가하고 있는 추세이다.179) 이런 게시판은 작가별, 소설별로 독립된 별도의 게시판이 있기 때문에 자유 게시판 형태와는 다르다. 자체 심사를 거쳐서 독립 게시판을 부여한다. 자유 게시판에 소설을 올리다가 독립 게시판을 받는다면 작가로서 인정을 받았다는 표시가 되기도 한다.

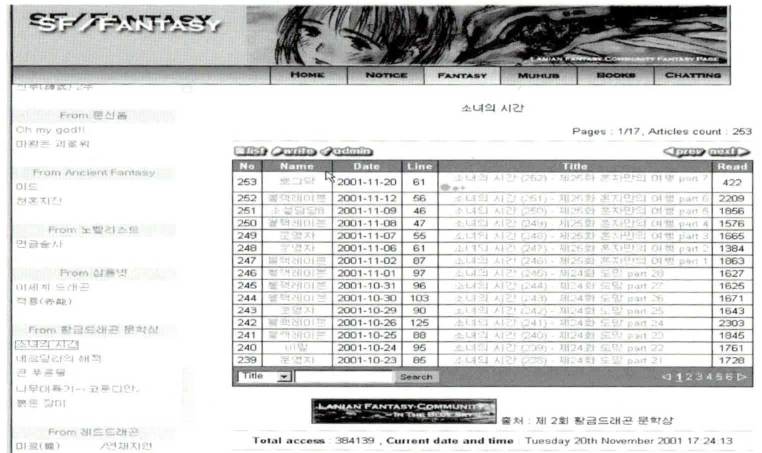

라니안 사이트의, 판타지 – 타통신 연재란 – 황금드래곤(민음사) 사이트 – '소녀의 시간' 게시판

　　이런 현상은 주 향유층인 네티즌의 세대론적 감각과 연관되어 있다. 작가층과 독자층 모두 남녀 구별 없이 10대 후반에서 30대

---

179) 선두주자에 해당되는 개인 홈페이지들이 있다(2002년 11월 기준 웹 주소이다.).
　　　라니안 www.lanian.net
　　　정안홈 www.jnovel.net
　　　타지 판타지 http://tasy.new21.net/main.htm
　　　라다가스트 http://radagast.xt.st/sp_rada/sp_rada.html
　　　피엘 http://hoyanet.new21.net/

중반에 이르는, 신세대면서 영상 세대로서 게임과 비디오, 애니메이션 등에 익숙한 신세대의 기호를 반영하는 것이다.[180] 이들은 일본의 판타지적인 만화[181]와 RPG 게임의 콘텐츠[182]가 그들의 상상력에 한 뿌리를 제공하고 있음을 스스로 인식하고 있다.[183] 이들은 모두 디지털 환경을 이루는 컴퓨터와 인터넷, 정보통신에 익숙한 세대들이다. 이런 공통점을 기반으로 작가는 동시에 독자가 되며, 독자는 언제든지 작가에 버금가는 역할을 할 수도 있다. 기존 대중소설의 강자였던 '구'무협소설을 누르고 통신 공간에서 '판타지 소설'이 우위를 차지하게 된 데에는 향유층의 이런 세대론적 관점과 출판사의 상업적 전략, 통신 공간의 새로운 글쓰기 방식이 한데 맞물린 결과라고 볼 수 있다.[184]

통신사의 경우 독자는 작가의 글을 읽고 동등하게 게시판에 잡담이나 비평, 감상이라는 제목으로 글을 올리기도 하고, 웹에서는 작가의 글 밑에 리플 형식으로 다수의 글을 자유롭게 달기도 한다. 따라서 이런 사이버 소설들은 작가와 독자의 소통이 즉각적이고

---

180) 『조선일보』, 1998.7.23.

181) '마법 소녀 리나'라는 제목으로 sbs에서 방영된 일본 애니메이션 시리즈 '드래곤 슬레이어즈'는 네티즌들 사이에서 판타지 서사의 한 전범으로 꼽힌다.

182) RPG 게임은 role playing game의 약자로서 게임을 하는 사람이 다양한 캐릭터 중에 하나를 선택하여 그 특징에 맞추어 게임의 스토리를 진행해 나가는 형태의 게임이다. 전자 오락실의 일방적인 슈팅게임이나 벽돌 깨기와 달리 RPG는 게이머의 능동적인 전략에 따라 결과가 다양하고 과정이 차별화되며, 여럿이 네트워크로 연결되어 하는 머드 게임에 이르기까지 게임종류도 다양하다. '드래곤 랜스'나 '창세기전', '블레이드' 등에서 '스타크래프트'에 이르기까지 게임의 콘텐츠는 판타지적인 서사구조와 인물 구성에 상당히 의존하고 있다. 따라서 일부 작가들은 아예 게임의 등장인물을 염두에 두고 소설의 인물을 구성하며 일러스트를 그리기도 한다. 게임소설, 소설작가가 게임 시나리오 작가가 되는 등 경계도 모호하다.

183) 이상균(1999), 「한국 판타지 문학의 현재와 미래」, 『'99 한국 판타지 문학 심포지임』, 자음과 모음 개최, 1999.8.25.

184) 이용욱(1999), 「네버랜드의 문학, 환타지 소설」 이용욱 홈페이지 '사이버 문학론'

열려 있다.[185]

독자의 의견에 따라 앞으로의 소설 줄거리를 수정하기도 하며, 버그 부분을 수정해서 다시 올리기도 한다. 따라서 독자는 작가와의 자유로운 의사소통을 통해 소설의 완성 과정에 얼마든지 능동적으로 개입할 수 있다. 실시간 쌍방향 소통이 이루어지도록 쪽지를 보내거나 즉각적인 채팅, 수시로 이루어지는 작가와의 대화, 소설 본문 밑에 리플 달기 등을 통해 소설의 플롯에 의견을 반영시킨다. 그러다 보니 전통적인 작가와 독자의 역할분담은 해체되며, 독자에 의한 인터랙티브 픽션(interactive fiction)이 자연스러운 형태로 자리 잡는다.[186]

작가는 권위를 버리고 게시판 위에서 다른 독자들과 동등하게 통신 공간상의 ID로만 존재하는 익명성을 갖게 된다. 때로는 작가들이 모여서 공동창작의 형태로서 공통의 아이디어를 가지고 '릴레이 창작'을 하기도 하며, 작가가 제시한 아이디어를 가지고 팬클럽이나 동호회에서 창작을 주도하기도 한다.

독자는 작품의 실수를 지적하고 의견을 제시하며, 작가는 때로 독자 의견을 수용하여 스토리와 플롯, 캐릭터 성격 등을 수정하였음을 공표한다. 연재되는 중에 수시로 멀티미디어적 상상력으로 만들어진 인물들의 그림이나 배경음악, 지도, 패러디, 외전 등이 부텍스트로서 작가 독자 가리지 않고 생성되어 첨부되기도 한다.[187]

---

185) 이영도의 『눈물을 마시는 새』 챕터2 - 1(2002.3.26 연재분)의 마지막 부분을 예로 든다. 「챕터2. '눈물처럼 흐르는 죽음' 편 시작합니다. 재미있는 질문이 있군요. '비아스 마케로우는 약술사다. 그런데 불사에 가까운 나가에게 왜 약이 필요하냐.' (중략) 약이라는 것이 꼭 질병을 치료하는 물질인 것만은 아니라는 말로 대답을 대신합니다. 나머지 상상은 독자 분들의 즐거움. 좋은 밤 되세요.」

186) 출판본 소설에서는 사이버 문학만이 지니는 이런 특성이 전부 배제된다. 작가의 잡담과 독자의 리플은 삭제해 버리고 기본 내용과 외전, 설정집만 부록으로 덧붙이며, 창조된 2차 세계를 고지도(古地圖) 형태로 만들어 속표지로 끼워 넣는 것이 일반적이다.

소설 구성을 볼 때, 인물 성격도 풍자적이며 외모와 장면이 강조된 묘사들, 그리고 장면 장면의 구성이 애니메이션의 장면 구성을 연상시킬 정도로 이 소설들은 멀티미디어 매체가 심어 준 상상력에서 자유스럽지 못하다. 환협지라고 비판받는 일부 소설들의 경우에는 시련을 통해 끝없이 능력이 업그레이드되는 게임처럼 주인공의 일직선적인 상승이 바로 소설의 서사구조로 단일화되기도 한다.[188] 그들의 멀티미디어적 상상력은 때로 비판의 대상이 되지만, 그러나 작품 안에서 성공적인 묘사가 이루어질 때, 그리고 작가나 독자들이 자신의 상상력을 '일러스트'(대개가 만화 스타일이다)로 그려서 통신 공간에 공개할 때, 그리고 자유분방한 상상력을 소설 텍스트로 전개시킬 때, 이 소설들이 지닌 환상적 속성은 더욱 살아난다.[189] 이럴 때 작가는 독자들이 제공한 소설 관련 멀티미디어 자료를 모아서 게시판에 올리는 감독자와 같은 역할을 수행하기도 한다.

이렇게 인터랙티브 픽션의 형태로 이루어진 소설은 필연적으로 다성적 속성을 지니게 된다. 하나의 디지털 텍스트를 공유 공간으로 해서 작가와 독자에 의해 끊임없이 수정되고 리메이크되는, 또한 손쉽게 패러디되거나 팬들에 의해 다시 쓰이는 소설 텍스트[190]

---

187) 이 부분들은 각 해당 사이트에서 소설 연재란만큼이나 중요한 구성요소들이다. 설정, 창작을 위한 자료실, 감상과 추천, 비평, 갤러리(그림자료실), 패러디 소설란 등은 소설 연재 사이트의 중요 메뉴들이다.

188) 여기에 해당되는 소설들은 『다크문』, 『가즈나이트』, 『묵향』 등이며, 보통 RPG게임 스타일과 가깝고 히로익 판타지(heroic fantasy)에 속한다고 생각되는 소설들이다.

189) 일러스트가 자주 올라오는 소설들은 여러 가지가 있다. 자매 작가인 방지나(가온비)와 방지연(치우)의 출판본 소설과 홈페이지에 직접 그려 올린 『마왕의 육아일기』, 『적우』의 일러스트들, 민소영 『검은 숲의 은자』, 그리고 독자들이 그린 『묵향』과 『마법의 검을 찾아서 - 내 이름은 요타』의 일러스트들, 그리고 개인 홈페이지의 대문을 장식하는 그림들, 홈피에 있는 각종 갤러리방의 그림들과 축전 형태로 서로 주고받은 그림들이 다 이런 형태의 일러스트들이다.

190) 일반적으로 통신 공간에서 '팬 픽션'(줄여서 '팬픽')이라고 불린다. 현재 통신 공간에서 가장 활발하게 팬 픽션이 창작되는 대상 소설들은 『드래곤 라자』와 『드래곤 슬레이어즈』(마

는 다성적 속성을 계속 드러내면서 변화한다. 그러다 보면 발신자와 수신자가 끝없이 자리바꿈해 나가는 쌍방향으로 열린 소통 구조가 되는 것이다.

웹 게시판 특유의 열려 있는 작가-독자의 소통 구조 때문에 연재 중에 세계관 설정의 변화라든가 같은 제목을 단 에피소드의 분할 게시 방식, 추가 에피소드의 삽입, 스토리 라인의 방향과 비중 조절, 삭제하고 리메이크하기, 부인물을 중심으로

<『마법의 검을 찾아서』의 등장인물 '레나드'의 일러스트>

다시 서술하는 외전의 형태로 가지 쳐 나가기 등 융통성 있는 창작 과정으로 서사물이 성립된다.

완결된 작품은 게시판에서 삭제되어 오프라인에서 종이책으로 출판되고, 게시판에는 거의 대부분 연재 중인 미완성 작품들만이 남아 있게 된다. 그러므로 서사 진행 과정의 열림과 현재성은 웹 게시판 소설들의 서사성을 규정하는 중요한 요소이다.

판타지 소설들의 경우, 환상성의 개입에 의해 일상적 세계에서 가상의 세계로의 차원 이동이나 이질적 시공간의 존재를 상정하여 소설을 구성하는 세계관을 별도로 제시하는 게 관례다. 사전에 설정된 세계관의 틀 안에서 이 이차 세계[191]는 다양한 환경과 문화, 존재들로 채워진다. 그러므로 구성원들에 대한 상상력과 세계에 대

법 소녀 리나)이다.

191) 이 개념은 판타지의 양식 틀을 잡았다는 평가를 받는 톨킨에 의해 만들어졌다. 톨킨은 성공적인 환상을 이루기 위해 이차 세계(secondary world - 창조된 세계)의 성공적인 창조가 이루어져야 하고 그 이차 세계가 나름대로의 내적 리얼리티를 갖추어야 한다는 점을 강조한다.

한 상상력이 맞물릴 때 서사가 시작된다. 그리고 세계를 이루는 조건과 인물로서의 캐릭터가 부조화를 이룰 때 서사를 진행시켜 나갈 강력한 동력원이 형성된다.

3. '몸'과 '성', '사회적 지위'의 부조화에서 출발하는 정체성 탐색의 서사

소설의 중심은 주로 캐릭터와 세계와의 갈등에 놓여 있고 그 갈등은 캐릭터가 세계와 부조화를 이루고 있는 데서 온다. 대개 사이버 소설로 창작되는 판타지 소설들은 화자나 관찰 대상인 주 인물의 부조화에서 출발한다. 특히 신체 조건으로서의 '몸'의 외면적 구현 상태와 섹슈얼리티, 사회적 지위의 부조화로 인한 정체성의 혼란이 자기안의 타자성을 인식하게 하고 주 인물들을 정체성 탐색의 여정으로 내몬다. 서사의 진행 과정은 바로 공간의 경계선을 넘어 자신의 정체성을 탐색해 나가는 과정이며, 그 결과 어떤 결말에 도달할 것인가보다는 탐색 과정 자체의 에피소드들을 보여주는 것에 치중한다. 이런 유형의 서사에서는 물리적 현존으로서 고정된 몸, 성, 사회적 위치라는 것이 없다. 설사 있다 하더라도 환상성의 개입에 의해 육체의 속박을 끊어 버리기 때문이다. 게다가 부조화에서 시작하기 때문에 서사는 항상 유동적으로 변화해야만 한다.

1차 세계에서 2차 세계로 넘어가면서 주 인물의 몸과 성별은 통째로 뒤바뀌기도 한다. 평범한 여고생이 2차 세계로 전이하면서 특이한 능력을 지닌 남성의 몸에 영혼의 형태로 삽입되는 『은의 왕국』, 이계로 가면서 남성의 몸이 여성의 몸으로 바뀐 『방문자』, 저주에 걸려 남성의 몸이 여성의 몸으로 바뀐 『프린세스 조슈아』, 저주 때문에 상황에 따라 본체인 남성에서 여성의 몸으로 수시로 뒤바뀌는 『카티스』 등 많은 사례가 있다. 일탈을 꿈꾸던 차에 뜻밖에 몸과 성의 뒤바뀜을 경험한 이들은 뒤따라온 자기 정체성의 혼란으로 갈등한다. 낯선 세계 속에서 정체성의 조화를 회복해야 한다거나 뒤바뀜으로 인해 져야 할 사회적 책임 때문에라도 타자성에 대한 탐색의 서사는 필연적이다.

몸이 바뀌어도 본래의 성을 유지하는 경우도 있지만, 대개는 사회적 지위나 능력의 현격한 변화를 겪게 되는데, 그럴 경우 외모의 화려한 변화가 일차적이다. 남녀 모두 평범했던 외모로부터 이 세상 사람 같지 않은 아름다운 외모로의 변화는 바로 외모의 수준에 맞는 사회적 지위나 능력으로의 이동을 의미한다.[192] 그러나 이는 사회적 '미의 규범'이라는 타자성의 또 다른 내면화이다.

이종족으로 변화하거나 이종족과의 혼합형도 있다. 왕자가 죽은 후 최고의 미모를 가진 실버드래곤으로 다시 태어나는 『에티우』, 힌두교의 신들이 인간의 육신을 지니고 환생하는 『춤추는 자들의 왕』, 남자아이에서 라이컨슬로프로, 다시 여기사로 변화하는 『마경의 기사』, 천사를 복제했으되 인간의 인격을 갖추고 키워진 실험체 『더 로그』, 자아를 가진 검이 인간의 육신에 들어와 영혼을 지배하면서 독립된 존재가 되는 『다크 세이버』 등 다양한 사례를 끊임없이 만들어 낸다.

---

192) 성영신(2001), 「소비와 광고 속의 신체 이미지와 에로티시즘」, 『문학으로 보는 성』, 김종희 최혜실 엮음, 김영사, 2001.

　몸과 성의 변화를 다양한 방법으로 연결해 내고 있다고 해도 신체라는 물리적 존재는 소설 속 서사를 진행시켜 나가는 데 필요한 상상력을 구축한다. 요는 변화 후의 신체가 성과 젠더라는 관점에서 어떤 방향으로 구현되고 있는가 하는 것이다. 변화는 항상 신체적 지표를 동반한다. 이른바 몸에 새겨지는 문자로서의 자국이자 기호인 셈이다.[193]

　『춤추는 자들의 왕』에서 신들의 환생체는 그들만이 확인할 수 있는 이마의 인장을 가지고 있다. 각성 정도에 따라서 인장의 진하기와 인간성 상실이 반비례하게 된다. 『더 로그』의 카이레스는 실험체의 특징으로서 빨간색 보석안(눈동자)을 지니고 태어났으며, 『데로드 앤 데블랑』의 란테르트는 숙명에 접근할 때마다 머리색이 점차 탈색된다.

　이 외에도 신체적 지표는 소설들에 공통적으로 나타난다. 그것은 주로 외모로 드러나는 아름다움의 요소이다. 여성이나 남성이나 모두 여성적이거나 비현실적인 중성의 아름다움과 젊음의 유지로 구현된다. 미소녀, 꽃미남이라 일컬어지는 이들의 미모는 사람의 눈을 현혹시키고 끌어들이는 연약한 겉모습에 감추어진 무한한 능력에 의해 특징지어진다. 그 능력은 사회적 지위나 권력에서 오는 능력, 마법과 검술의 능력, 탐색의 과정에서 획득하거나 몸의 변화를 통해 얻은 능력이다. 여자로 착각할 만큼 긴 검은 머리와 날씬한 미모로 묘사된 대마법사이자 어째신, 거상, 긴 생명력을 갖춘 『비상하는 매』의 페르아하브(남성), 잃어버린 기억을 찾아 방황하다가 자신이 신적 존재인 몽환계의 왕임을 알게 되는 『거울의 왕국』의 아이온(남성) 등이 그렇다. 이들의 미모는 자신들의 능력에 뒤따르

---

193) 브룩스, 피터(1993), 『육체와 예술』, 이봉지 한애경 옮김, 문학과 지성사, 2000.

는 숙명의 표지이며, 은폐에서 노출로 가는 여정이 바로 서사의 진행 과정이 된다. 또한 이는 '미'에 대한 한국적 문화정체성과 담론을 여과없이 드러낸다.

4. 이상화된 '몸'과 '성'의 소유로 얻어지는 권력

캐릭터들의 신체적 지표로 공통되는 뛰어난 외모에 대한 상상은 패턴이 있다. 머리카락이 아주 길고 특이한 색깔을 하고 있다거나 특이한 눈동자 색깔, 갸름한 얼굴형, 흰 피부, 날씬한 몸매, 길고 예쁜 다리, 가냘픈 팔, 길고 가는 손가락 등이 자주 등장하는 신체 묘사의 패턴이다. 현실의 기준에서 볼 때, 이것은 대부분 현대 한국의 신세대 젊은이들이 꿈꾸는 이상적인 여성의 미모이다. 그러나 이 여성적 미모는 남성에게도 동시 적용된다.[194] 때로는 여성이라 착각되거나 중성적이기 때문에 남성에게도 흠모의 대상이 될 수 있는 매력의 근원이다. 또한 현실에서는 결코 도달할 수 없는, 미끄러지는 욕망의 기호이다.

여성성이 아름다운 외모만 아니라 강한 능력의 소유로 변질되는 동시에 남성성의 특징은 여성적 아름다움과 능력의 조화라는 점에서 기존의 인식과 달라진다. 이렇게 기존 관념으로서의 남성성은 겉으로 드러난 여성성 밑에 감추어진다. 남녀 공통으로 적용되는 신체의 표지는 여성 작가든 남성작가든 공통적으로 꿈꾸고 있는 이상형을 여성적 외모로 갖춘 주요 캐릭터에 부여하는 것이다.

---

194) 성영신, 위의 글.

서사의 진행 과정에서 이런 결말은 캐릭터의 신체적 표지로 이미 예상 가능하다. 그러므로 진행 과정에서 독자를 끌어들이는 요소는 바로 과정 그 자체가 된다. 작가는 신체적 표지로서 성적 특성을 묘사하면서 자신의 이상형과 자기 동일시를 통해 나르시즘적인 감성에 빠진다. 그리고 독자는 캐릭터의 몸에 대한 묘사와 움직임에 대한 서술을 읽는 동안 관음적인 바라보기로서의 시각적 즐거움을 느낀다. 가상현실에서 만들어진 몸과 성의 조화는 에로티시즘의 영역을 소설에 불러들인다. 보이는 것을 즐기는 작가와 보는 것을 즐기는 독자 사이의 공감대를 유지하기에는 좋은 조건인 것이다.

열려 있는 서사로서 에피소드의 삽입과 나열을 통해 소설이 장편으로 길어질수록, 결말까지 이르는 과정이 지연될수록, 외전과 팬픽, 패러디, 캐릭터 일러스트 같은 부텍스트가 점차 증가할수록 공감대의 조건은 더욱 좋아진다. 심지어 중간부분을 잘라 읽어도 서사를 이해할 수 있을 정도로 캐릭터와 캐릭터에 의존하는 서사의 진행은 일치하게 된다. 그리고 그렇게 해서 더 늘어나는 조회 수는 즉각 게시판에 반영되어 점점 독자를 끌어들이는 매력으로 심화된다.

이렇게 독자와 작가층의 적극적 참여와 소통에 의해 성립되는 서사라는 점에서, 현대 한국의 IT 세대가 만들어 낸 디지털 시대의 서사는 같은 신화를 공유하는 집단의 결속력을 강화하고 집단의 제사와 예배를 통해 계승되는 신화와 통하는 점이 있다. 사이버 문학이 소통되고 있는 사이버 공간은 신화적 세계의 공간이 되고, 거기에서 산출된 소설은 신화적 세계와 구조적 유사성을 가지고 있다. 흔히 우리가 판타지 소설이라 부르는 사이버 문학의 한 분야에서 이런 특징은 더욱 집중적으로 나타난다.

5. 여성성의 신화화

신화적 세계에 대한 상상력은 그 세계를 이루는 구성원들에 대한 상상력으로 구체화되며, 구성원을 이루는 인물들이 구현되는 방식에 대한 고찰은 그 세계의 관념을 읽는 방법을 제공하는 도구와도 같다. 그런 의미에서 소설에 나타난 인물들에 대한 상상의 방식을 신화화라는 관점에서 다시 살펴볼 필요가 있다.

하이텔 최고의 조회 수를 기록하고 출판, 판매되면서 게임과 애니메이션, 라디오 방송 드라마로도 제작된, 사이버 판타지 소설의 고전이라 일컬어지는 이영도의 『드래곤 라자』,[195] 『눈물을 마시는 새』[196] 또한 세계와 캐릭터에 대한 상상력에서 시작된다.

『눈물을 마시는 새』의 경우 다음과 같다. 이 세계에는 네 종족이 사는데, 하나는 곡물을 먹는 더운 피를 가진 인간이고, 둘째는 레콘이라 불리는 전사종족으로서 거대한 새와 비슷한 외모를 가지고 있다. 셋째는 나가라 불리는 종족인데, 뱀의 비늘과도 같은 피부에 찬 피를 가지고 행성의 절반을 차지하는 숲의 영역에서 도시를 이루고 산다. 성인식과 동시에 심장을 적출해서 오랜 생명을 유지하는 나가족들은 추위에 약하고 정신적 언어인 '니름'을 사용한다. 넷째는 도깨비로서 불을 다루는 능력과 예술혼이라 불릴 상상력을 지닌 존재이다. 서사는 심장 적출을 거부하고 나가 사회를 탈출하는 '륜 페이'를 대사원으로 보호해 데리고 가는 임무를 지닌

---

195) 이영도, 『드래곤 라자1 - 12』, 황금가지, 1998.

196) 이영도의 최근작 『눈물을 마시는 새』는 2002년 3월부터 하이텔 창작 연재란에 연재되어 완결되었으며, 연재당 4000이 넘는 조회 수를 기록하면서 네티즌들 사이에 명작이라는 평가를 받고 있는 작품이다.

레콘 '티나한', 도깨비 '비형', 인간 길잡이 '케이건 드라카'의 만남
에서 시작된다.

세계를 이루는 조건과 인물로서의 캐릭터가 부조화를 이룰 때
갈등이 시작되며, 서사를 진행시켜 나갈 강력한 동력원이 형성된다.
소설의 중심은 주로 캐릭터와 세계의 갈등 과정에 놓여 있고 그
갈등은 캐릭터와 주어진 세계와의 부조화가 원인이다. 이런 이유로
사이버 소설로 창작되는 판타지 소설들은 대개 화자나 관찰 대상
인 주 인물의 부조화란 조건이 충족될 때 출발할 수 있다. 그래야
만 일상으로부터의 일탈이 가능하고, 그 일탈은 서사적 전개의 시
발점이 될 수 있기 때문이다.[197]

특히 신체 조건으로서의 '몸'의 외면적 구현 상태와 성(섹슈얼리
티로서의 성),[198] 사회적 지위의 부조화로 인한 정체성의 혼란이
주 인물들을 정체성 탐색의 여정으로 내몬다. 서사의 진행 과정은
바로 공간의 경계선을 넘어 자신의 정체성을 탐색해 나가는 과정
이며, 그 결과 때로는 어떤 결말에 도달할 것인가보다는 탐색 과
정 자체의 에피소드들을 옴니버스처럼 보여 주는 것에 치중한다.
가상의 세계로서 창조된 2차 세계 안에서 서사가 출발하는 『드래

---

197) 소설 속 주인공들은 이차 세계의 구성 안에서 전면적인 일탈을 경험한다. 미성년으로서
안주하던 자기 세계의 파괴, 그리고 '모험'과 '여행'으로 상징되는 다른 세계로의 전이, 그
과정은 언제나 일상성의 파괴과정이며, 어떤 형태로든 성숙의 단계에 이른다.
졸고, 「통신 공간과 유토피아—90년대 판타지 소설을 중심으로」, 『이화어문학회』, 18집,
156쪽.

198) 섹스(sex)란 생물학적 성을 의미하는 것으로서 본질적 관점에서 보는 성이다. 성별
(gender)이란 사회적으로 구성되는 남녀의 정체성을 의미하는 것이다. 생물학적인 성과
사회적 성별(남성성과 여성성)의 구별은 남성 중심 사회에서 권력을 가진 남성들이 여성
들에게 사회적으로 부과한 것일 뿐이라는 개념을 이끌어 낸다. 섹슈얼리티(sexuality)란
성적인 욕망들, 성적인 정체성 및 성적 실천을 의미하는 것으로 성적인 감정과 성적 관계
를 모두 포괄한다.
한국성폭력상담소 엮음, 『섹슈얼리티 강의』, 동녘, 1999, 23—5쪽.

곤 라자』, 『눈물을 마시는 새』와 같은 소설들은, 현 세계의 설정이 보여 주는 자체적 모순과 은폐된 허위의식을 인식하고 탐색해 나가는 과정과 일치한다.

일탈을 꿈꾸던 차에 뜻밖에 몸과 성의 뒤바뀜을 경험한 이들은 뒤따라온 자기 정체성의 혼란으로 갈등한다. 익숙지 않은 몸의 틀, 낯선 사회적 역할을 요구받는 상황에서 혼란은 당연한 것이다. 그러나 정체성의 조화를 회복해야 한다거나 뒤바뀜으로 인해 져야 할 사회적 책임 때문에라도 탐색의 서사는 필연적이다.

몸이 바뀌어도 본래의 성을 유지하는 경우도 있지만, 대개는 사회적 지위나 능력의 현격한 변화를 겪게 되는데, 그럴 경우 외모의 화려한 변화가 일차적이다. 『극악서생』[199]에서 군에서 제대하고 귀가하던 길에 평범한 외모의 하사 진유준은 우연히 미래에서 온 한 여성을 만나 과거 무협 속의 세계로 끌려 들어온다. 그는 사파 최고의 우두머리이자 허약한 천재 미남, 비화곡주 진하운의 몸속으로 들어간다. 평범하고 대충 남성적 외모의 진유준은 여성적 미모와 잔혹한 성격을 지닌 진하운의 역을 연기함으로써 생존해 나간다. 진하운의 몸과 사회적 역할에 자신의 모든 것을 맞추어야 했던 대한민국 제대 군인 진유준의 이야기는 현대 한국 사회에 두고 온 원래의 몸으로 돌아가기 위해 계속된다.

사이버 소설은 이렇게 주로 몸의 변화에 연관되는 성과 권력을 획득하는 과정을 소설적 상상력으로 보여 준다. 몸과 정신, 개성과 사회성의 부조화에서 출발하는 서사는, 이렇게 성과 사회적 지위의 변화로 인해 대부분 캐릭터의 변모를 함께 수반한다. 그러나 그 변

---

199) 하이텔 시리얼란에서 99년 연재 시작. 한동안 연재중단 상태로 있다가 2002년에 다시 연재 시작함.
유기선(2000), 『극악서생』, 1 - 5, 자음과 모음.

화는 대부분 여성성에 대한 지향을 보여 준다. 특히 외모에 있어서 현저한 여성화 경향을 알 수 있다. 여성적 미모와 여성이 지닌 신과 인간과의 교감능력으로 인한 사제 신분, 마법적 능력 등은 등장인물이 지닌 여성성을 신성화시키는 데 기여한다.

캐릭터에 변모에 대한 상상력은 특히 특정 신체 부위나 특징적인 신체의 한 형태가 여성성을 극대화하고 남성성을 이면에 감추는 것으로 구체화된다. 이런 신체적 지표는 대개 특정한 신체 부위에 집중적으로 모이는 성향이 있다. 예를 들어서 머리카락의 색, 마음을 상징하는 심장, 초월적 능력을 상징하는 눈, 등이 그것이다. 남녀 모두 평범했던 현실의 외모로부터 이 세상 사람 같지 않게 아름다운, 비범한 외모로 변화한다. 그것은 바로 그 외모의 수준에 맞는다고 생각되거나 그 수준을 요구하는 사회적 지위나 능력으로의 이동을 의미한다.[200] 본인의 본질이나 상황에 관계없이, 주어진 신체나 혈통에 의해 요구받는 비범함이야말로 서사적 전개의 과정에서 주인공이 반드시 해결해야 할 과제로 등장하게 된다.

이 과정은 때로는 전형적인 여성 메시아 신화의 구현 양상을 보여 주기도 한다. 평범한 한 인간의 변모가 신화를 현세에 이끌어 내는데, 그 역할은 주로 남성이 아니라 여성에게 주어진다. 그 경우 남성은 주로 대립되는 파괴자로서의 역할을 맡게 된다. 『눈물을 마시는 새』에서 세계를 구하는 희생자로서의 '왕'은 결국 륜 페이의 누나인 사모 페이가 맡게 되며, 나가의 남성 사제들과 케이건 드라카는 파괴자로서 대립한다. 또 『카르마의 구슬』이나 『소녀의 시간』은 미모와 능력이 구현된 여성이 정치적 변혁의 핵심

---

200) 성영신(2001), 「소비와 광고 속의 신체 이미지와 에로티시즘」, 『문학으로 보는 성』, 김종희 최혜실 엮음, 김영사, 2001

위치에서 사회적 메시아로서의 역할을
수행한다. 남성이 메시아 역할을 수행
하는 것에 비해 사이버 소설로서의 판
타지 소설은 여성에게 이 역할을 넘기
는 비중이 더 높다고 할 수 있다. 따
라서 소설 속 서사에서 핵심적인 신화
적 인물 역할은 주로 여성성의 상징을
지닌 자나 여성에게 넘겨짐으로써 여
성에 대한 또 다른 신화화를 이룩해
낸다.

소설 『카티스』의 저자가 그린 남녀
주인공의 일러스트

　　비록 소설 속 상상력이 몸과 성의
변화를 다양한 방법으로 연결해 내고 있다고 해도, 등장인물의 신
체라는 물리적 존재는 소설 속 서사를 진행시켜 나가는 데 필요한
상상력을 구축하는 기본적 요소로 작동한다. 요는 변화 후의 신체
가 몸에 새겨지는 문자로서의 자국이자 기호로서 어떻게 구현되고
있는가 하는 것인데,[201] 이것 또한 여성적인 외모와 연관된다.

　　캐릭터들의 신체적 지표로 공통되는 뛰어난 외모에 대한 상상은
패턴이 있다. 머리카락이 아주 길고 특이한 색깔을 하고 있다거나
특이한 눈동자 색깔, 갸름한 얼굴형, 흰 피부, 날씬한 몸매, 길고
예쁜 다리, 가냘픈 팔, 길고 가는 손가락 등이 자주 등장하는 신체
묘사의 패턴이다. 현실의 기준에서 볼 때, 이것은 대부분 현대 한
국의 신세대 젊은이들이 꿈꾸는 이상적인 여성의 미모이다. 그러나
이 여성적 미모는 남성에게도 적용되며, 때로는 여성으로 착각되거
나 중성적이기 때문에 남성에게도 흠모의 대상이 될 수 있는 매력

201) 브룩스, 피터(1993), 『육체와 예술』, 이봉지 한애경 옮김, 문학과 지성사, 2000

의 근원을 이룬다. 이 매력은 이계의 존재와 이질적인 존재를 끌어들여 포용할 수 있는 최대의 힘으로서 신화적이고 주술적인 권력의 근원이 되는 동시에, 또한 현실에서는 결코 도달할 수 없는, 미끄러지는 욕망의 기호로서 가상 세계에 존재한다.

> 순간 나는 할 말을 잃었다. 검푸른 눈동자와 검푸른 머리칼, 살짝 웨이브를 타고 있는 그녀의 머릿결은 마치 검은 비로드 같고 눈동자는 깊이를 가늠할 수가 없다. 서큐버스처럼 관능적인 붉은 입술과 아직 앳된 모습이 남아 있는 큼직한 눈동자, 잡티 하나 없고 한번 만져 보고 싶은 발간 살결에 관능과 순수의 줄을 아슬아슬하게 쥐고 있는 신비한 분위기, 그리고 높지도 낮지도 않은 섬세한 콧날과 이목구비…… 그리고 도전적이고 장난기 넘치는 표정은 그냥 이…… 이럴 수가. 나는 가슴을 망치로 두들겨 맞은 것처럼 숨도 제대로 쉬지 못하고 그녀를 바라보았다. 아름답다. 정말 예쁘다든가 미인이라든가 하는 흔한 이야기가 아니다. 감탄, 아름다움에 찬탄한다는 이 느낌을 인간에게서 느낄 줄이야.202)

아름다운 외모만 아니라 강한 능력의 소유로 여성성도 변질된다. 동시에 남성성의 특징은 여성적 아름다움과 능력의 조화를 추구한다는 점에서 변화를 보인다. 이렇게 기존 관념으로서의 '강한 남성'에 대한 남성적 신화는 겉으로 드러난 여성적 외모 밑에 감추어진다. 따라서 남녀 공통으로 적용되는 신체의 표지는 외모와 상반되지만, 감추어져 있는 잠재적 능력으로 규정된다. 여성 작가든 남성작가든 이성에 대해 공통적으로 꿈꾸고 있는 이상형이 바로 이런 형태이다. 소설 속 인물인 남성에 대한 외모 묘사나 여성에 대한 외모 묘사는 '여성적 미모 밑에 감춰진 능력'이 공통적이며, 작가는 이런 특성을 의도적으로 캐릭터에 부여한다.

---

202) 나우누리 연재본 『더 로그』 제8화 Queen of the spade 4 삽질의 여왕?

　　페르아하브는 그 큰 로브를 벗어 놔서 그 용모를 확실히 알 수 있었는데
정녕 숨 막히게 아름다운 용모였다. 길고 윤기 나는 검은 머리칼과 깊은 검은
눈. 그리고 좀 짙지만 눈에 잘 어울리는 눈썹. 키가 크고 눈썹이 짙지 않았다
면 누가 봐도 여자로 생각할 용모였다. 더군다나 복색이나 장신구 등도 여성
적인 것을 달아서 해와 달의 모습을 본뜬 귀걸이를 양쪽 귀에 달았고 머리칼
도 허리까지 오도록 기르고 목부터 뒷머리만 약간 땋아서 목이 드러나 보였
다. 목은 단단히 단련되어 있지만 피부가 워낙에 좋아서 역시 남자 목 같진
않았다. 또 검은 머리칼 사이에 그레이 엘프의 서클렛을 끼고 있었다.203)

　　이런 캐릭터에서 외모의 아름다움과 신체적 능력, 사회적 지위
에서 나오는 권력은 별개가 아니다. 외모가 아름다우면 능력과 권
력도 탁월한 것으로 그려지기 때문이다. 그러나 이상화된 몸은 아
무나 소유할 수가 없고 오직 숙명을 가진 자, 서사를 진행시켜 나
가야 할 열쇠를 가진 캐릭터에게 표식으로 주어진다. 본래 여성으
로서 지닌 여성성을 극대화하든, 남성이 여성성을 도구로 해서 목
표에 이르게 되든, 정체성 확인을 위한 탐색의 결과 이 캐릭터들
은 몸과 성의 조화를 내면과 외면에서 모두 획득하게 된다. 그리
고 그 시점에서 사회적 지위와 그에 따르는 권력을 자신의 것으로
소유하게 된다. 서사의 진행 과정에서 이런 결말은 캐릭터의 신체
적 표지로 이미 예상 가능하다. 그러므로 진행 과정에서 독자를
끌어들이는 요소는 결말에 대한 호기심이라기보다는 바로 과정 그
자체가 된다. 연재 과정 자체가 열린 결말로 연결되는 것도 그 때
문이다.

　　작가는 신체적 표지로서 성적 특성을 묘사하면서 자신의 이상형
과 자기 동일시를 통해 나르시즘적인 감성에 빠진다. 그리고 독자
는 캐릭터의 몸에 대한 묘사와 움직임에 대한 서술을 읽는 동안

---

203) 홍정훈(1997), 『비상하는 매』 제2화 생명의 돌, 나우누리 연재본.

관음적인 바라보기로서의 시각적 즐거움을 느낀다. 가상현실에서 만들어진 몸과 성의 조화는 에로티시즘의 영역을 소설에 불러들인다. 보이는 것을 즐기는 작가와 보는 것을 즐기는 독자 사이의 공감대를 유지하기에는 좋은 조건인 것이다. 따라서 남성성의 강함은 여성적 외모 밑에 은폐되어야 할 충분한 이유가 된다.

메시아적 여성, 이계의 존재와 인간의 소통자로서의 여성, 매혹시키고 화해시키는 존재로서의 여성과 여성성에 대한 신화화가 자연스럽게 전면에 나서서 인물의 겉과 안을 구성한다.

열려 있는 서사로서 에피소드의 삽입과 나열을 통해 소설이 장편으로 길어질수록, 결말까지 이르는 과정이 지연될수록, 외전과 팬픽, 패러디, 캐릭터 일러스트 같은 부텍스트가 점차 증가할수록 공감대의 조건은 더욱 좋아진다. 심지어 중간부분을 잘라 읽어도 서사를 이해할 수 있을 정도로 캐릭터와 캐릭터에 의존하는 서사의 진행은 일치하게 된다. 그리고 그렇게 해서 더 늘어나는 조회수는 즉각 게시판에 반영되어 점점 독자를 끌어들이는 매력으로 심화된다. 따라서 신화적 여성성에 의존하지 않는다면, 서사의 진행도, 판타지 소설의 특징인 신화적 세계관도 유지되기가 어렵다.

사이버 공간에 연재되고 있는 소설들이 주로 무협이 아니라 판타지 소설인 이유도 여기에서 나온다. 무협소설은 과거의 장르소설적 성격과 달라졌음을 증명하기 위해서라도 판타지와의 퓨전 형태를 적극적으로 모색한다. 또한 판타지와 무협의 퓨전은 동시대적인 타 장르와의 퓨전으로도 연결된다. 이른바 게임 시나리오와 소설의 넘나듦이 그렇고, 만화적인 게임 캐릭터와 소설 캐릭터가 동일한 방식으로 구현되고 묘사되는 것이 그렇다.

텍스트 위주의 가상 사회에서는 육체적 신원이 존재하지 않는다.

반면 그래픽 위주의 가상 사회에서는 자신을 나타낼 그래픽 개체가 필요하기 때문에 어떠한 형태로든 가상적인 육체의 신원을 가지게 된다.[204] 이러한 가상적인 육체의 신원을 흔히 아바타(avatar)[205]라고 부른다. 신이 현세에 존재하기 위한 외형이자 껍질로서의 아바타가 사이버 공간에서 적극적으로 활용되고 있는 것이다. 최근에 '아바타'라는 사이버 공간 내 분신을 권장하는 사이트가 점차 증가하고 있는데, 이 '아바타'의 개념과 작가의 이상형이 구현된 소설 내 인물, 그리고 게임 캐릭터 사이에는 상호 유사점이 존재한다는 것도 주목할 만한 일이다. 아바타는 현실 세계와 가상세계를 이어 주며, 익명과 실명의 중간 정도에 위치한다. 또한 아바타로 묘사되는 인물의 외형은 사이버 소설이 지향하는 인물의 신화적 속성을 잘 드러내 준다. 과거의 네티즌들은 사이버 공간의 익명성에 매료되었지만, 이제는 자신을 개성적으로 표현하고 꾸미려는 욕구를 느끼게 되어 이 두 가지를 모두 충족시켜 주는 새로운 아바타 개념이 생겨나게 되었다.

아바타는 사이버 세계에 존재하는 소설 속 세계와 게임 속 세계, 그리고 현실 세계의 관계를 보여 준다. 그러나 각각이 별개의 세계 속에 각각 독립적으로 존재한다는 것은 사실상 불가능하다. 따라서 사이버 세계에 드러난 소설의 양태는 현실 세계의 양태에 대하여 상대적 독립성을 갖고 상호 영향을 주고받는다고 할 수 있을 것이다.[206] 사이버 소설에 나타난 서사성과 캐릭터의 남성성, 여성

---

204) 사이버 문화연구소 웹진, 「가상 사회이다. 제2편: 아바타(Avatar), 또 다른 나」, 1999.

205) '아바타'는 분신(分身), 화신(化身)을 뜻하는 말로, 사이버 공간에서 사용자의 역할을 대변하는 애니메이션적 분위기의 캐릭터이다. 사용자 자신의 실체와 상관없이 선택에 따라 조합하여 초상을 만들고, ID와 함께 내세운다. 그래픽 위주의 가상세계에서 자신의 육체를 대변하는 가상육체이기 때문이다.

206) 민경배(1999), 「사이버 문화의 이해 - 사이버와 현실 세계의 관계를 중심으로 - 」 숙명여

성의 신화화는 바로 우리 현실 세계의 연장
선상에 놓여 있다. 동시에 사이버 세계가
현실 세계의 미시적·거시적 권력관계에 끊
임없이 영향력을 행사할 수도 있다면, 사이
버 세계의 소설이 보여 주는 신화적 양상은
다양한 양상으로 우리의 현실을 변화시키고
있는 것이다.

포털 사이트의
아바타

6. 나가기

　디지털 매체가 만들어 낸 사이버 공간에서 현재 창작되고 소통
되고 있는 우리의 소설들은 독특한 양식을 구현하고 있다. 사이버
소설, 혹은 통신문학, 게시판 문학, 하위 장르로서 판타지 소설이
라 불리는 이런 유형의 소설들은 디지털에 의한 서사라는 점에서
주목할 만한 가치가 있다. 더구나 가장 현대적인 글쓰기와 읽기로
이루어졌음에도, 그 내용의 주축이 신화적 세계의 재구성이라는 점
이 이 소설들의 핵심 특징들을 이끌어 낸다.

　신화나 전설의 소재들을 차용함으로써 시공간적 배경을 현실과
다른 이차적 가상공간 세계로 설정하며, 작가가 의도한 관념을 소
설 속 세계에 구현하기 위한 방법으로 신화나 전설의 이야기 구도
를 차용하기도 한다.

　평범한 인간이 신화적 인물로 성장해 나가는 과정과 메시아적

___

대 대학원 학술제 발표논문, 1999.9.

구도가 주류를 이루며, 이것은 신화를 소설 속에 현재화시키는 역할을 한다. 그 과정은 신화적 세계관과 인물의 신화화에 의존하게 되는데, 인물의 신화화는 주로 여성성의 신화화에 의해 이루어진다. 남성성의 상징인 강함과 권력도 여성적 아름다움이 가지고 있는 매혹이나 포용력의 이면에 감추어질 때 그 의미를 인정받는다.

서사의 동력원은 인물 캐릭터가 지니고 있는 신체와 성의 부조화로부터 시작되는데, 그 부조화는 현실에 존재하는 작가의 결여가 욕망하는 이상형으로 가기 위한 전 단계이다. 이 소설들의 주요 작가와 독자가 10대에서 30대에 이르는 젊은 계층이라는 점을 생각할 때, 이런 이상형은 그들의 세대의식, 문화적 환경, 공통의 욕망과도 관련이 있다.

현실에서 욕망하는 것에 대한 충족을 사이버 소설이 제공하고 있으며, 작가와 독자가 별개로 분리되지 않기 때문이다. 현재 인터넷에 접속하여 판타지 소설을 읽고 있는 독자들은 잠재적인 미래의 작가인 동시에 비평가들이다. 그들은 가상의 세계에 대한 상상력과 독창성을 추구하되 항상 현실에 발을 붙이고 있는 사람들이다. 따라서 사이버 소설의 환경을 지배하는 제 요소, 사이버 소설에 등장하는 허구의 세계에 대한 인식과 형상화 방식, 서사적 전개의 양식은 모두 현실의 연장선상에 있다. 신화적 요소를 차용하여 소설을 구성하려고 하는 것도 신화적 요소가 현실을 거울처럼 반영함으로써 현실에 대한 비판의식이나 관념을 형상화하기에 적합하기 때문이다.

디지털이라는 매체가 사라지지 않는 한 그들의 세대의식과 거기에서 나오는 서사의 양식은 사이버 공간의 문학이라는 이름으로 지속될 것이다. 그러나 현재 사이버 소설의 쓰기와 읽기의 프레임

을 형성하고 있는 인터페이스가 다른 양식으로 바뀐다면, 소설의
서사문법과 캐릭터에 대한 상상력도 함께 변화하게 될 가능성이
높다. 그러나 신화가 지니고 있는 정제된 본질은 계속 유지될 것
이다.

다양한 변수와 변화 가능성에도 불구하고, 사이버 소설은 여전
히 연구해야 할 가치가 있다. 미학적 완성도를 판별하는 것도 중
요하지만, 오늘날 사이버 세계 속에 존재하는 소설들의 서사적 양
식을 연구하려면 출발점에 서 있는 지금 이 시점에서 연구해야만
한다는 것 때문이다. 소설과 현실은 같이 변동하고 있으며, 생성과
소멸을 거듭하면서도 지속되어 나갈 것이기 때문이다.

강내희(1996), 「디지털 시대의 문학하기」, 『문학과학』, 1996. 봄.

김라민(Elbereth), 「팬터지의 시공간」, 하이텔 환동 게시판, 333.

김병익, 「신세대와 새로운 삶의 양식, 그리고 문학」, 『문학과 사회』, 1995.6.

김성곤, 「서구 환상문학의 역사와 이론」, 『한국 판타지 문학의 오늘 그리고 미래-99한국 판타지 문학 심포지엄』, 자음과 모음, 1999.8.25.

김성훈(가야의 꿈), 「환타지 통합성과 톨킨」, 나우누리 환타지아 비평게시판6, 1995.4.15.

김열규, 「정보화 사회와 문학」, 인제대인문사회과학논총 4권 1호, 1997.

김우필, 「네티즌과 사이버리즘」, 『통신문학의 미래를 위한 모색-하이텔 문학관 심포지엄』, 1999.12.28.
http://www1.hitel.net/event/20csym

김재국(1999), 「사이버환경의 변화와 소설의 등장」, 『현대소설연구11』.

김재인, 「사이버 예술의 도전」, 하이텔 작은 모임'이다', 1997.5.24.

김주연, 「대중문화 시대의 대중문학」, 『문예중앙』, 1999. 봄.

김진량(2001), 『인터넷, 게시판, 그리고 판타지 소설』(한양대 출판부, 2001).

김흥년, 「통신문학과 그 발전 방향」, 하이텔 문학관, 1997.4.3.

______, 「사이버 페이스와 사이버리즘 문학」, 『통신문학의 미래를 위한 모색-하이텔 문학관 심포지엄』, 1999.12.28.
http://www1.hitel.net/event/20csym

남재일, 「영상 세대와 문학의 전략」, 『문예중앙』, 1999. 봄.

민경배(1999), 「사이버 문화의 이해-사이버와 현실 세계의 관계를 중심으로-」 숙명여대 대학원 학술제 발표논문, 1999.9.

사이버 문화연구소 웹진, 「가상 사회이다. 제2편: 아바타(Avatar), 또 다른 나」, 1999.

성영신(2001), 「소비와 광고 속의 신체 이미지와 에로티시즘」, 『문학으로 보는 성」, 김종희 최혜실 엮음(김영사, 2001).

송경아, 「판타지 문학의 가능성 – 판타지 소설은 무엇을 할 수 있고 무엇을 할 수 없는가」, 『한국 판타지 문학의 오늘 그리고 미래 – 99한국 판타지 문학 심포지엄』, 자음과 모음, 1999.8.25.

우찬제, 「디지털 시대의 새로운 감각과 'PC 통신문학'의 가능성」, 하이텔 문학관 심포지엄, 1997.5.15

　　　http://www1.hitel.net/event/20csym

유일한, 「21세기의 구전문학」, 『통신문학의 미래를 위한 모색 – 하이텔 문학관 심포지엄』, 1999.12.28.

　　　http://www1.hitel.net/event/20csym

이거룡 외(1999), 『몸, 또는 욕망의 사다리』(한길사, 1999).

이용욱(1998), 「전자언어, 버추얼 리얼리티, 그리고 사이버 문학」, 『버전업』 봄.

　　　, 『사이버 문학의 도전』(토마토, 1996).

　　　, 「사이버 문학의 정체성에 대한 시론 – 위기를 넘어설 대안의 모색을 위하여」, 『외국문학』, 1999. 봄.

　　　, 「사이버 문학의 정체성과 특징, 장단점」 홈페이지 '사이버 문학론' http://dreamwith.new21.net

　　　, 「'사이버 문학'에 대한 몇 가지 오해에 대하여」 홈페이지 '사이버 문학론'.

　　　, 「정보화 시대의 문학, 그 문학적 상상력의 세 가지 토대」, 『문학정신』, 1997. 가을.

　　　, 「사이버 문학 논의에 대한 비판적 점검 – 발언공간을 축으로 한 시각 차이를 중심으로」

　　　, 「네버랜드의 문학, 환타지 소설」 홈페이지 '사이버 문학론'.

　　　, 「문학 패러다임으로서의 사이버리즘」, 『통신문학의 미래를 위한 모색 – 하이텔문학관 심포지엄』,

　　　1999.12.28http://www1.hitel.net/event/20csym

장석주(1994), 「글쓰기와 글읽기의 혁명적 전환 – pc 통신과 미래의 문학」, 『문학사상』 11월.

정재서, 「동양문학에서의 판타지의 역사와 이론」, 『한국 판타지 문학의 오늘 그리고 미래-99한국 판타지 문학 심포지엄」, 자음과 모음, 1999.8.25.
최혜실(1999), 「디지털 서사의 미학」, 『디지털 시대의 문화 예술』, 문학과 지성사.
하응백, 「판타지 소설의 허와 실」, 『문예중앙』, 1999. 봄.
황병하, 「환상문학과 한국문학」, 『세계의 문학』, 1997. 여름.
브룩스, 피터(1993), 『육체와 예술』, 이봉지 한애경 옮김(문학과 지성사, 2000).
장, 조르주(1995) 『문자의 역사』, 시공디스커버리 총서001, 시공사, 2001.

라니안 홈 www.lanian.ne.ky
라다가스트 홈 http://radagast.boxbox.net
정안 홈 www.jnovel.net
하이텔(창작 연재란) http://www.hitel.net/
나우누리(SF/FANTASY 게시판) http://www.byulnow.com/
기타 소설 연재 사이트들

1. 사이버 역사소설과 신세대 정치 담론

90년대 이후 한국문학에서 사이버 공간 내 문학들은 양적 팽창을 거듭해 왔다. 사이버 문학들에 대한 기존의 학술적 접근은, 주로 디지털 문학의 존재 양상과 특질에 초점이 맞춰지거나 생산된 문학 텍스트들의 장르적 성격을 해명하는 데 주력해 왔으나, 이와 같은 접근방식은 기존 문학과의 변별 논리 위에서 세대론적 분할론의 양상을 보여 주었다. 그러나 사이버 공간에서 새롭게 생산된 제 문학들은 한국문학의 전통성을 토대로 도출된 것이지, 어느 날 갑자기 새로 출현한 것이 아니다. 신화나 전설, 영웅소설의 맥을 따라 한국문학은 허구적 서사의 방식으로 과거의 역사를 재해석하고 당대의 담론을 덧씌워 작품을 생산하고 향유해 왔다. 최근의

---

207) 이 논문은 2004년도 학술진흥재단 신진교수연구지원사업(과제번호A00101)의 지원에 의하여 연구되었음.

사이버 역사소설 붐 또한 전통이라는 보편성을 토대로 깔고, 그 위에 현대 사회에 대한 동시대적 담론을 담아 구체적으로 형상화하여 재편성한 것이다. 따라서 사이버 문학에서 '역사'를 소재로 한 소설들의 재등장은 정치적, 사회적으로 특수한 양상의 담론을 담지하고 있다고 본다. 또한 이 담론들은 동시대의 정치의식을 드러내는 방식이 될 것이다.

실제의 역사가 제도권 안에서 국가에 의해 걸러진 의미에 따라 일방적으로 전달되거나 대중매체의 공식담론에 의해 상투적으로 이미지화되고 있다면, 사이버 소설이 드러내는 역사에 대한 담론은 실천적인 저항의 경향을 가지고 있다. 개인이 체험한 경험으로부터 재현된 역사, 이상적이라 생각하는 정치와 제도를 가진 허구적 이상세계로서의 역사가 사이버 소설이 드러내는 역사의 새 양상이다. 따라서 개인과 사회의 관계를 '소설쓰기'라는 담론 행위를 통해 재정립하고자 하며, 역사의식을 통해 새로운 자아를 성립시킬 가능성을 작가와 인물과 독자의 관계로서 규정하기도 한다.

우리의 역사를 재편성하는 사이버 역사소설들은 대체 역사소설, 타임슬립이나 차원 이동을 통한 과거로의 회귀 등 다양한 방식을 통해 재서술된다. 혹은 이계 진입을 통해 새로운 세계에서 영지 경영이나 정치적 지도자가 됨으로써 이상화된 새 국가를 건설하고 정치적 이상향을 실현하려 노력하는 과정을 보여 준다. 과거 『홍길동전』에서 홍길동이 건설하려고 했던 율도국의 이상은 현대의 사이버 역사소설 작가들에게도 이어지고 있으며, 현대의 사이버 역사소설 작가들이 꿈꾸는 이상향으로서의 역사의 재구성은 바로 현대 우리 사회의 정치적 상황에 대한 작가들의 인식을 반영한다. 과거를 통해 현대를 재조명하고 미래를 기획하려는 강한 욕망이 사이버 역사소설의 창작동기를 강화하고 있기 때문이다.

본 연구는 현대의 사이버 역사소설들이 어떤 방식으로 정치적 이상향을 드러내고, 구성하고 있는지 고찰함으로써 우리의 서사적 전통 위에서 사이버 역사소설의 의미를 재구성하고자 한다. 서사물에 구조화된 정치적 이상향의 담론 양식을 살펴보는 것이, 바로 현재의 우리 사회에 대한 담론으로 연계되며, 작품의 생산자와 독자층 사이의 이데올로기적 공감대의 핵심으로서 이 양식의 서사물이 존속할 수 있게 되는 원인으로 작동하기 때문이다. 따라서 역사소설이 사이버 공간 내에서 창작될 때 함축되어 나타나는 사회적 담론과 미학적 완성도 두 가지를 작품 텍스트들의 내부와 외부에서 동시에 조망하는 연구가 될 것이며, 국문학적 전통 위에서 통시적 흐름과 함께 당대의 동시성을 공시적으로 보는 연구의 방식을 취하게 될 것이다. 이는 기존의 역사소설 연구가 보여 주었던 방식과의 변별점이 될 것이다. 장르 특질에 대한 연구나 시대별 분리에 따른 공시적 연구, 특정 작가론이나 고전 서사체에 한정되어 이루어진 연구가 다루지 않았던 새 영역으로서의 역사소설에 대한 규명을 목표로 하기 때문이다.

역사소설에 대한 기존의 검토는 대부분 역사성과 문학성의 상호관계, 장르적 속성으로서의 대중성이나 통속성, 혹은 작가론이나 작품론의 차원, 혹은 역사소설의 사적 흐름에 대한 고찰을 중심으로 해서 이루어졌다. 특히 역사성과 문학성의 상호관계에서, 역사소설 특유의 이중성 문제가 중시되었는데, 그중에서 어느 쪽에 무게중심을 싣는가에 따라 대상 소설 작품에 대한 평가가 달라지곤 했다. 역사성의 재현에 얼마나 충실했는가,[208] 혹은 작가의 역사의

---

208) 오성호, 「김동인 소설의 반 역사성」, 『역사비평』, 1989년 겨울호, 역사문제연구소, 1989,

식이 얼마나 투철했는가가 바로 문학성에 대한 평가인 것처럼 인식되곤 했다.209)

두 번째 문제로서 역사소설의 장르적 속성을 논할 때는 흔히 역사소설의 창작방법론이나 장르적 정체성의 문제가 함께 언급되었다. 대중성에 대한 부정적 평가에 부딪힐 때마다, 월탄 박종화를 비롯한 역사소설 작가들은 옹호론210)의 일종으로서 '역사를 통해 현실을 인식한다'는 식으로 역사의 허구화를 통해 역사성을 고양시킬 수 있다는 점에서 스스로 역사소설을 도구화하는 논리를 펴기도 했다.

> 나는 역사소설의 형태를 빌려서 문학으로 사회에 참여하고 있는 것이다. 역사소설의 주인공을 통해서 현대인간들과 대화를 하면서 이 땅, 이 조국을 아름답게 건축해 보자는 것이다.211)

세 번째 유형으로서 역사소설을 다룰 때는 주로 대표작가나 작품들을 중심으로 개별논의가 이루어졌다.212) 앞의 두 유형에 비해 예술미학적인 평가가 더 가미되기는 했지만, 작가의 전기적 요소213)나 작품의 배경이 된 역사적 소재 역시 배제될 수 없는 연구의 요소였다. 동일 사건을 소재로 한 작품의 구성이나 인물 설정, 세계관 등이 종종 비교의 대상214)이 되었으며, 연구의 결론은 문학성이

---

193 - 201쪽.

209) 백낙청, 「역사소설과 역사의식」, 『창작과 비평』, 1967 봄 외.

210) 염상섭, 「역사소설의 시대」, 『조선일보』, 1934.12.20.

211) 박종화, 「삼국풍류 서문」, 『한국삼대작가선집』, 삼성출판사, 1970.

212) 집중적으로 다루어진 역사소설가는 이광수, 김동인, 염상섭, 박종화, 현진건, 채만식, 홍명희, 박태원 등이다.

213) 조진기, 「작가와 역사해석 - 춘원, 동인, 월탄의 역사소설을 중심으로」, 『영남어문학』 제1집, 1974.

나 역사성 혹은 양자의 조화로서의 미학에 머물렀다.[215]

네 번째 유형으로서 역사소설의 사적 흐름을 다루는 것은 크게 보면 두 가지 양상으로 나뉜다. 첫째는 연대별 구분에 의해 특정 시대의 역사소설을 동질하게 연구하는 것,[216] 혹은 역사적 흐름에 따라 문학사적 관점에서 역사소설을 통시적으로 다루는 것이다.[217]

사이버 소설에 대한 연구는 최근의 디지털 서사체에 대한 연구가 급격히 진전되면서 사이버 문화에 대한 논의와 병행하여 본격화되고 있다. 그러나 존재 양식으로서의 디지털 문화적 속성[218]에 주 초점이 맞춰지고 있으며, 본격적인 개별 작품론은 거의 다루어지지 않았다. 이런 현상의 이면에는 미학적인 함량 미달이라는 순수문학 측의 강력한 의견제시와 함께, 기존 문학에서의 평가와 동일한 잣대를 들이댄 것이 주요 원인으로 존재하고 있다.

사이버 소설은 기존 문단 소설과 다르게 아마추어 작가들에 의한 자기 반영적 서사가 많고, 작가와 독자, 작품 간의 상호작용에 의해 완성을 이루어 나가는 열려 있는 미완의 서사이기도 하다.[219]

---

214) 신용협, 「역사소설과 시점문제 – 단종애사와 대수양의 경우」, 『우리어문연구』, 우리어문학회, 1985 외.

215) 변병선, 「임 · 병 양란과 역사소설: 임진록, 임경업전, 박씨전을 중심으로 한 역사소설의 유형분석과 그 소설사적 의의」, 고대 국문과 석사학위논문, 1983 외.

216) 홍성암, 「역사소설의 양식 고찰 – 해방 이후의 작품을 중심으로 – 」, 『한국학논집』, 한양대학교 한국학연구소, 1987.
　　　홍효민, 「역사소설의 근대문학적 위치」, 『현대문학』, 1958.8. 164쪽.

217) 박계홍, 「한국역사소설사(1장 – 3장)」, 『어문연구(제3집)』, 1963.
　　　＿＿＿, 「한국역사소설사(4장 – 7장)」, 『어문연구(제3집)』, 1963.
　　　홍성암, 「역사소설의 사적 고찰 – 형성 과정을 중심으로」, 『한양어문』, 한국언어문화학회, 1986.
　　　홍효민, 「역사소설의 사적 고찰」, 『현대문학』, 1955.2. 43쪽.

218) 박상천, 「매체의 변화와 문학의 변화 – 인터넷상의 사이버 문학을 중심으로」, 『사회이론』(인터넷의 빛과 그림자), 한국사회이론학회, 2001, 202 – 227쪽.
　　　이용욱, 「디지털 서사체의 미학적 구조(2): '전자종이'로서 인터넷 게시판의 문학적 가능성」, 『어문연구』 43집, 2003, 561 – 579쪽 외.

또한 장르적 관습성에 의존하여 창작하되, 작품의 개별성을 보존하고 차별화시키기 위해 장르적 관습을 배격하는 이중적인 성향을 지닌 서사이다. 같은 하위 갈래 범주에 소속되더라도, 갈래의 전형성을 탈피하고 타 작품과 차별화되기를 추구하며, 독창성으로 자신의 존재가치를 증명하려는 욕구 또한 크다. 그런 의미에서 사이버 역사소설은 기존 역사소설의 관습을 배격하고 신선함을 추구하는 장르적 속성으로부터 배출된 것이다. 대체 역사소설이 등장과 동시에 화려한 주목을 받았던 것에 비하면,[220] 사이버 역사소설은 등장한 이후에도 극소수 연구자의 주목을 받았을 뿐이다.[221] 더구나 사이버 역사소설이 담고 있는 정치적 이상향의 담론을 과거의 서사적 전통과 함께 통시적인 연계성 위에서 검토하면서 공시적인 특수성을 찾으려고 한 연구는 현재까지도 없다고 봐야 할 것이다.

따라서 본고는 사이버 역사소설에 나타난 정치적 이상향에 대한 담론을 분석하고, 그 의미를 추출함으로써, 허구적 미학에 의한 역사의 재현이 어떤 방식으로 정치적 실천 담론을 함축하고 있는지 밝히고자 한다.

---

219) 오양호, 「디지털 시대 한국 소설」, 『한민족어문학』 41집, 2002, 313 - 335쪽 외.

220) 김명석, 「SF 영화 〈2009 로스트 메모리즈〉와 소설 『비명을 찾아서』의 서사 비교」, 『문학과 영상』, 2003 봄·여름, 71 - 102쪽.

221) 송승철, 「가상역사소설론: 허구적 역사 구성과 실천적 관심」, 『실천문학』, 1993년 겨울, 292 - 310쪽.
    황국명, 「현대소설의 가상현실재현 전략과 정치적 환상연구」, 『한국문학논총』 35집, 한국문학회, 2003.
    ____, 「한국현대성장소설의 정치적 환상 연구」, 『한국문학논총』 제25집, 한국문학회, 1999.12. 333 - 383쪽.

2. 역사소설 양식과 정치적 이상향의 전통

2.1. 고전서사체의 역사소설 양식과 정치적 이상향의 담론

공시태로서의 사이버 역사소설 양식의 기원을 확인하기 위해, 통시적인 역사소설 흐름의 검토가 전제되어야 한다. 따라서 설화와 고전소설 중 영웅의 서사나 전기의 형태를 가진 서사체의 양식을 먼저 검토한다. 특히 과거의 역사적 사건을 기술하는 서사 양식을 드러내는 영웅서사의 군담류나 정치적 이상향을 표방하는 몽자류 소설들, 군신관계를 다루는 소설들을 중심으로 역사소설과 정치적 이상향의 담론을 추출할 수 있다.

정도(正道)를 꿈꾸되 권도(權道)로서 제시하는 것이 이와 같은 소설들의 정치적 이상 형태이다. 물론 소설에 따라 편차가 있지만 유교적이자 도교적인, 혼합화된 한국적 문화 기반의 이상향을 허구적으로 구성해 내기도 하며, 특정한 공간으로서 그 이상향을 대변하기도 했다. 동양적인 낙원으로서 무릉도원의 서사적 의미는 바로 정치적 이상향이기 때문이다. 고전 서사체의 개별 작품에 따라 각기 다른 이상향을 보여 주며, 특유의 각 공간들은 서사의 행위주체인 영웅적 인물에 의해 추구되었다. 따라서 이상향이 서사화되는 그 과정은 특유의 정치적 실천철학에 의해 구현된다. 그러나 홍길동이 찾아낸 제도와 율도국의 건설은 개인에 의해 만들어진 개인화된 욕망 실현으로서의 이상향이란 한계를 지니고 있기도 한다.

이와 같은 이상향들은 현실에 대한 대안으로서의 이상향이며, 현실에 불만족할 때, 그 대척점에 설 수 있는 뒤집힌 거울로서의 이상향이기도 하다. 타자성에 기반을 둔 정치적 이상향의 담론이기 때문에, 이상향을 이루는 서사적 양식에 대한 미학적 탐구를 통해 현실의 결여감을 더욱 두드러지게 나타낼 수 있는 것이다. 영웅적 서사의 일대기를 중심으로 한 전(傳) 양식과 함께 『임진록』과 같은 민중의 소망을 담은 역사 소재의 고전 서사체들, 혹은 『금오신화』나 설화류가 보여 주는 우화적 세계, 알레고리적 세계들이 바로 이와 같은 정치적 이상향의 대표적인 형태를 이루었다. 그리고 근대 이후 아동문학으로서의 위인전과 전래동화, 개화기 소설을 거쳐 현대소설로 그 맥락이 이어져 나가게 된 것이다.

역사소설이라면 역사적인 인물이나 사건을 소재로 하되, 사건의 나열이 아니라 작가의 상상이 독자에게 문학적 흥미를 줄 수 있어야 하고, 동시에 일정한 수준 이상의 역사성이 담보되어 있어야 한다는 것이 일반적인 평가이기 때문이다.[222] 따라서 역사소설의 예술미학적 인식은 '역사에서 테마를 잡아 작가의 생생한 예술가적 조탁을 거쳐 작품으로 형상화되어야' 하며, 역사적 사건이 허구화되면서 역사성과 문학성을 동시에 요구하게 된다고 본다. 역사와 허구적 서사를 분리하는 이원론적 관점은 소재와 완성, 원인과 결과라는 이분법적 관점과도 상응하는 것이다. 동양, 특히 우리나라에 있어서 현대적 역사소설의 뿌리는 정사와 전(傳)을 분리하는 역사기술의 관습에서 출발하며, '전'의 양식은 고대소설을 거쳐 현대 아동문학의 위인전 양식으로 연계된다. 전, 고대소설, 위인전의 공통분모를 이루고 있는 것은 바로 전기 양식이며, 이 전기는 한국적 특수성과 결합하여 '영웅의 일대기' 양상을 이룬다.[223]

---

222) 윤고종, 「역사소설과 산문정신」, 『펜』, 1955.12. 49쪽.
223) 조동일, 「영웅소설 작품구조의 시대적 성격」, 『한국 소설의 이론』, 지식산업사, 1977.

2.2. 근대 이후 역사소설 양식과 정치적 이상향의 담론

전통적인 역사소설 연구방법론이나 창작방법론의 차원에서 개화기와 90년대 이전 역사소설들의 담론을 살펴보는 과정이 필수적이다. 개화기 역사 서사의 두 갈래를 이루는 계몽적 서사와 신소설의 서사로부터 이광수, 김동인, 염상섭, 박종화를 거쳐 본격화되는 근대 역사소설의 갈래, 가족사 연대기를 표방한 가족의 서사, 리얼리즘을 표방한 대하역사 역사소설들에 함축된 정치적 담론들을 추출하는 작업이 후속 작업으로 이루어졌다.

작가 자신의 역사의식이 창작의 동기가 되거나, 현실 상황에 대한 반작용으로서 희망의 담론으로서 허구화된 역사 안에 정치적 의식을 담거나 하면서, 근대 이후 역사소설은 작가의 역사의식, 정치적 의식과 밀접한 관련성을 지니게 된다. 예술미학적 의식을 표방하는 역사소설들은 역사에서 소재를 구해 작가의 허구적 예술화 과정을 거쳐 재형상화의 과정을 거치기 때문이다. 따라서 작가와 독자에게 있어서 주요하게 수용되는 요소는 역사적 사건의 실재성이나 실증의 여부라기보다는 그 시대환경과 제도, 의식 속에서 활동했던 인간의 형상화에 대한 문학적 환기이다. 따라서 역사적 사건이 허구적 문맥으로 들어오게 되면 역사소설 특유의 양식에 따라 역사성과 문학성을 동시에 요구하게 된다는 것이 역사소설이 지닌 양면성이다. 실체로서의 역사보다는 재구성된 역사가 소설이 지향하는 역사이기 때문에, 역사의 재현과 문학성 사이에는 정치성의 요소가 개입된다. 더구나 현실에 대한 반작용으로서 역사소설의 창작을 시도할 경우, 소재는 과거의 역사이지만 독자는 현실의 알레고리로서 과거의 역사를 문학적으로 수용한다. 더 나아가 과거의 역사는 희망하는 미래에 이르기 위한 정치적 도구로서 역사소설의 양식을 지니고 문학화되기도 한다.

서구의 역사소설이 근대적 양식으로 시대와 병행하여 출현했던 것에 비해, 우리의 역사소설은 과거로부터의 풍부한 영웅 서사와 역사전기적 요소를 계승했다는 연계점을 가지고 있다. 이것은 대단한 전통이자 장점인 반면에 이런 전통을 가진 장르의 속성상, 애초부터 역사기술의 문제나 영웅의 삶을 문학의 틀 안에서 기록한다는 전제를 벗어날 수 없다는 것이 한계점이기도 하다. 장보고 소재 서사의 역사소설 양식 역시 우리나라 역사소설의 주류에 해당되는 영웅서사이자 역사전기 서사의 범주에 들어간다. 더구나 민족주의적 세계관이 시대의 난관을 돌파할 대안점으로 제시되었던 개화기 이후부터, 우리의 역사소설은 동일한 정치적, 사회적 배경 요소를 이면에 깔고 근대로 유입되었다. 정사 뒤에 덧붙여진 열전, 고전소설로부터 시작해 역사소설의 초기 작가였던 단재 신채호, 춘원 이광수로부터 역사소설의 장르를 정립한 월탄 박종화, 장르의 영역을 확대한 유주현 등에 이르기까지, 우리의 역사소설들은 특유의 서사적 양식을 공유해 왔다.[224]

주인공을 설정함에 있어 왕, 장군, 고승 등 역사상 유명인을 선택하고, 사건을 전개할 때는 주인공에 밀착된 역사상 중요사건을 핵심 모티브로 하여 전개해 나가는 것이 기본적인 역사소설의 양식이다. 그러다 보니 사회적 갈등의 양상이 전면화되기보다는 시대적 국가적 요청에 부응한 개인의 우수성이 영웅의 조건으로서 더 부각된다. 또한 정사(正史) 중심의 교과서적 역사관이 주축이 되기

---

224) 홍성암, 「역사소설의 양식 고찰 – 해방 이후의 작업을 중심으로」, 『한국학논집』 제11집, 284 – 7쪽.

때문에 유교적 윤리덕목과 권선징악의 주관적 도식이 평가의 주요
한 잣대가 되기도 한다. 자칫 흥미가 떨어질 수 있는 이런 요소를
극복하기 위해 흥미소가 될 만한 모티브가 중간에 삽입되는데, 특
히 감상적인 연애담과 가상의 무협담, 대중의 욕망을 대리 실현하
는 것으로서 권력의 성취 등의 오락적 요소가 성인용에 걸맞게 두
드러진다. 역사소설들은 대체로 역사적 소재의 무게가 실린 윤리적
덕목과 함께 대중적 오락성, 이 두 가지를 예술적으로 조화시킨
작품이 우수한 작품이 될 것이라는 기대를 받아 오게 마련이다.
역사소설에 대한 이런 이중적 잣대는 신문 연재를 통해 장편 역사
소설의 기틀을 마련한 월탄 박종화의 역사소설의 기능에 대한 언
급[225]에서도 나타난다. 이른바 역사의식이라는 이름으로 지칭되는
작가의식은 역사소설의 대중적 형태가 지닌 가벼움을 보충하는 것
으로서 인식되고 있다는 것이다. 따라서 역사소설에는 역사에 대한
작가의 강한 의도가 반드시 전제되게 마련이다.

　‘실록대하소설’이라는 이름이 붙은 하위 장르에서도 이런 현상은
마찬가지다. 역사기록인 실록의 형태를 빌려 역사적 사실을 있는 그
대로 기술하되 비역사적 인물을 주인공으로 등장시켜 그들의 행동
으로 소설로서의 허구를 확보하는 방법을 택하기 때문이다. ‘실록’
이라는 이름은 리얼리티를 강조하는 장치가 되며, 그만큼 허구화된
부분의 예술적 정교함도 강하게 요구받는다. 더 나아가 역사소설에
있어 최상의 단계는 일반적으로 ‘문학’이라는 예술양식이 갖는 인간
과 현실의 내면적 구조적 탐구와 조형미라는 보편적 속성을 ‘역사’
라는 소재에서 발굴해 조화시키는 것으로 생각된다. 역사학은 역사
적 사실, 곧 사료와 고증에 토대하여 이루어지는 것이라면, 문학으

---

225) 박종화, 「삼국풍류 서문」, 『한국삼대작가선집』, 삼성출판사, 1970.

로서의 역사소설은 역사에 기반을 둔 역사적 상상력을 통해 특정 시대의 총체성을 담아 내는 예술이라는 것이 지금까지 역사소설을 보는 일반화된 관점이었기 때문이다.226) 따라서 소설은 역사의 빈 부분을 메우는 상상력의 소산으로 간주되기도 했다. 정사기술의 공적 영역에 드러나지 않은 개인의 삶의 역사를 재구성하는 데는 작가의 상상력이 필수적이고, 상상력이 작동되는 한 그것은 특정한 지향성과 이데올로기를 담고 있을 수밖에 없기 때문이다. 이처럼 역사에 대한 작가의 기술태도에서 드러나는 역사소설의 작가의식은 바로 역사소설에 대한 관념과 창작의 동기, 소통의 구조, 수용에 대한 요구를 형성한다.227) 독자들은 장편 역사소설을 읽으면서 자신이 알고 있는 역사적 사실과 허구화된 영역을 변별해 나간다. 작가가 교묘히 섞으면 섞을수록 역사와 문학의 영역은 독서 과정에서 변별을 둘러싼 원심력과 구심력의 역장을 형성한다. 역사와 문학의 이중적 잣대가 적용될수록 역사소설의 문학성은 높아지고, 혼합의 방식은 작가의 역사인식과 문학적 독창성을 증명하는 수단이 된다.

3. 사이버 역사소설의 양식과 담론

3.1. 사이버 역사소설의 양태

기존의 역사소설 개념은 협소한 범주로 해석되어 왔다. 역사를

---

226) 박태순, 「역사의 서사적 구조와 서사문학」, 『사회평론』, 4월, 147-8쪽.

227) 김경수, 「역사의 공동(空洞)과 역사소설의 위상」, 서평, 김원우 『우국의 바다』론, 549-60쪽.

소재로 허구화된 소설, 특히 장편소설이나 대하장편소설이 이 개념의 범주에 들어갔으며, 또한 근대적 소설이나 현대소설의 차원에서 이광수 이후의 소설에 주로 적용된 개념이었다. 본고에서는 기존의 개념을 구성하고 있는 '역사 / 소설'의 이분법적 사고를 넘어서서 역사의 본질보다는 역사를 어떻게 보고 있으며, 현재의 관점에서 어떻게 다원적으로 수용하는가 하는 상대적인 역사 개념을 적극적으로 수용한다.[228] 이 관점에서 보는 역사소설의 개념 틀은 역사의 소설적 허구화 과정에서, 유토피아적 계기를 강력히 끌어들이며 동시에 정치의 문제가 문학 속으로 자연스럽게 유입되고 용해될 수 있게 만들어 주는 장점이 있다. 이에 의존한다면 역사소설이 특유의 정치적 담론을 어떤 형식으로 드러내고 은폐하며, 기존의 담론에 대해 저항적 태도를 취하는지 살펴볼 수 있는 근거가 될 것이다.

역사소설이 드러내는 역사지향 담론은 유토피아적 계기를 강력히 함축하고 있다는 점에서 고도로 정치적인 담론을 품고 있다. 90년대 이후 등장하기 시작한 대체 역사소설들은 위기의 현실 세계를 발전적으로 극복하려는 유토피아적 열망을 함축하고 있으며, 가상의 역사를 내세움으로써 현재의 현실인식을 투철하게 만들기 위한 일종의 '낯설게 하기'와 같은 역할을 수행한다.

사이버 역사소설은 인터넷 게시판을 통해 연재되다가 일정한 조회 수를 기록하거나 선풍적인 인기를 끌게 되면, 오프라인에서 장편소설의 형태로 재출간된다. 그 과정에서 작가와 독자는 인터넷 게시판과 답글, 채팅과 쪽지 등을 주고받으면서 지속적인 상호작용을 한다. 역사의식과 정치의식을 둘러싼 독자들과의 토론이나 의견

---

228) 칼 만하임, 『이데올로기와 유토피아』, 임석진 역, 청아출판사, 1991.
　　A. O. 올드리지, 「루카치 이후의 역사소설」, 『외국문학』, 겨울호, 1989.
　　Hayden White, 천형규(역), 『19세기 유럽의 역사적 상상력 – 메타역사』, 문학과 지성사.

교환은 작품의 성향과 과정, 결말에 이르는 과정에서 중요한 기준을 제시하는 잣대로서의 역할을 담당하고 있다. 사이버 역사소설은 대체역사의 양식을 도입하여, 과거로 돌아가 과거 역사를 재구성하고 적극적으로 변화시킴으로써 현재의 역사를 재구축하려는 강력한 욕망을 드러낸다. 기점으로 삼는 역사적 시기는 다양하다. 고조선, 삼국시대, 고려, 조선, 개화기, 모든 시기가 소설적인 관점에서 다시 쓰이고 역사의 축이 바뀜으로써 현대가 달라진다. 과거로 돌아간 현대인은 영웅이 되어 서사를 주도하며, 이와 같은 인물은 작가의 역사의식과 연계된 정치의식을 드러낸다. 서사의 진행 방향 또한 정치적 이상향을 역사 속에 구현함으로써 실험적 담론의 양상과 병행된다.

역사소설이라는 하위 장르로 구태여 구획을 나누지 않더라도, 사이버 소설 중에는 정치적 담론을 풍부하게 담고 있는 소설들이 다양한 양태로 존재한다. 예를 들어, 하위분류하자면 시간 공간 배경상 가상의 이계가 설정되어 있어서 판타지 소설로 분류되지만, 동양적 세계관과 유교적 정치철학이나 현대적인 민주주의적 정치철학을 등장인물로서의 영웅에 의존해 실천해 나가는 소설들이 있다.

이영도의 『눈물을 마시는 새』는 동서양이 혼합된 퓨전으로서 간주되지만, 그 핵심은 정치 지도자에 대한 담론이다. 또한 『신군주론』이나 『카르마의 구슬』, 『붉은 황제』 등의 소설들은 각각 정치 지도자가 펼치는 정책과 국가경영을 통해 이상향을 실현시켜 나가는 소설이기도 하다. 국가 경영을 통한 정치적 이상향의 실현은 장편소설로서 인터넷 게시판에 연재되는 동안, 그 과정에 초점이 맞춰진다. 결말이 어떻게 구성되나 하는 것은 독자에게는 중요한 요소가 아니며, 경영하는 과정 자체에 관심이 있기 때문이다. 실제로 이와 같은 소설 중에는 결말짓기가 유보되고 있는 소설들이 다수 있으며, 때로는 현실의 정치적 변동에 따라 과정의 변동이 연동된다.

이와 같은 정치적 이상향의 사이버 역사소설들은 우리의 전통 서사체 영웅군담류의 소설이 지닌 서사행정과 유사한 흐름을 타고 있다. 때로 그들이 꿈꾸는 이상향은 정치적으로 공자의 대동(大同)적 이상사회와 유사하거나 그리스적 대안 이상사회인 민주적 낙원으로서의 아르카디아(Arcadia)와 유사한 상상력을 기반으로 이루어지기도 한다.

3.2. 역사소설의 사적 전개와 이상향 담론

우리의 전통적인 서사물들 중에서 신화나 전설, 민담에 나타난 영웅의 서사는 특정한 시공간성을 전제로 하여 특정한 서사의 전개방식 영웅의 서사행정이라는 것으로서 발전시켜 왔으며, 영웅의 일대기 서사는 고전소설에서 영웅의 서사, 혹은 영웅 군담류 소설이라는 형태로 구현되었다.[229] 가문소설이나 영웅소설, 여성 영웅소설 등의 형식으로 이어져 온 이 서사의 양식은 때로는 효나 충이라는 유교적 이데올로기[230]를 겉으로 내세우면서도 그 과정에서는 지배담론에 반하는 저항적 담론을 포석으로 사용한다.[231] 소설에 나타난 이상향이 반드시 유교적 정치철학에 의거하여 구성되는

---

229) 임성래, 「영웅소설의 출현동인 연구」, 『배달말』, 배달말학회, 1995.

230) 조민환, 「노자의 이상향에 관한 연구 - 노자의 소국과민을 중심으로」, 『동양철학』(제4집), 1993.
　　　전세영, 「공자의 정치적 이상향에 관한 연구 - 대동(大同) 소강(小康)을 중심으로」, 『한국정치학회보』, 한국정치학회, 1991.

231) 박용식, 「고소설에 그려진 충의 윤리 - 군담소설과 역사소설을 중심으로」, 『어문연구(통권 제 106권)』, 2000.

것만이 아니고 도교적, 혹은 불교적, 민간신앙적 요소가 교묘히 결부되면서 독자로서의 서민대중이 꿈꾸는 욕망의 실현체 양상이 되는 것이 바로 그것이다.232)

개화기에 이르러 신채호 등이 주도한 경험적 서사체로서의 계몽적인 역사 전기문학과 신소설 작가들에 의한 허구적 서사체로서의 신소설 두 가지가 상호 양분된 역사소설의 개념으로 수용되었다. 특히 작가의 정치관 및 사회의식을 전개시키기 위해 의도적으로 동물 우화 등 알레고리 형식을 차용하여 창작한 전자류는 전형적인 정치 소설로서 평가된다. 이와 같은 정치 소설은 풍자와 비판이라는 방식으로서 현재의 정치적 상황을 소설이라는 양식으로 드러냈다. 따라서 이 시기 정치소설의 정치적 담론은 노골적인 계몽담론과 함께 비판의식을 노정화시킨 것이 주였다고 할 수 있다. 예외가 있다면 신채호 초기 소설에서 전통적 설화의 양식을 받아들인 일부 소설들이 이상향을 제시하고 추구하는 정치적 의식을 보였다는 것이다.

이광수, 김동인, 박종화 등에 이어진 현대의 역사소설은 근대적 의식과 리얼리즘의 적극적 수용이라는 점에서, 과거의 영웅 서사와는 별개의 것으로서 일반에게 수용되었다.233) 전통적 역사소설이 몽환성이나 환상성, 적강구조 등을 적극적으로 사용했던 것에 비해,234) 환상성은 근대 역사소설이 배격해야 할 황당무계의 요소로서 치부되었다. 이 편향은 객관성과 과학성, 역사적 실증주의, 서구에 대한 이상화로서의 근대화를 같은 차원에 놓는 이데올로기가

---

232) 신태우, 『하층영웅소설의 역사적 성격』, 아세아 문화사, 1995.
233) 정창범, 「역사소설과 리아리티」, 『현대문학』, 1955.10. 166쪽.
234) 김성룡, 『한국고전소설과 환상 미학』, 집문당, 1998.

뿌리라고 할 수 있을 것이다.

그러나 장편 신문 연재 양식을 통한 역사소설의 확장은, 역사소설을 쓰는 것에 대한 박종화의 변론에도 불구하고 역사소설이라는 장르를 주류인 순수문학의 영역이 아니라 통속적인 대중소설의 영역으로 편입시키게 되는 계기가 되었다.[235) 객관적 현실성의 역사소설과 대중성과 통속성을 담고 있는 역사소설로 이중 분류하는 방식은, 각각 작가의 역사인식이 얼마나 투철한지, 인물이 시대와 불화하며 어떻게 고뇌하고 있는지, 하는 엄숙주의의 담론에 따라 대하역사소설과 대중적 역사소설을 양분시키기도 하였다.

이 시기 역사소설들은 인물에 대한 비중이 상대적으로 높았는데, 역사적 사건의 서사적 재현보다 그 시대 상황 속에 위치했던 인간들의 삶에 대한 문학적 환기가 우선시되는 경향 때문이었다. 가공의 인물을 역사적 사건의 관찰자로 내세우거나, 역사적으로 실존했던 인물을 중심으로 해서 허구적으로 재현하는 방식이 주로 사용되었으며, 작가는 특정 인물과 거리를 좁힘으로써 선과 악의 심판자적 역할을 하는 동시에 자신의 정치적 가치관을 드러내었다. 또한 과거에 비중을 두고 과거를 현실감 있게 재현함으로써 현재에 대한 결여감을 과거의 재해석과 의미부여를 통해 대리 충족시키는 방식을 사용하였다. 현재에 대한 부정적 인식이 투사된 과거의 허구적 재현은 때로는 현재에 대한 거울로서 이상화된 과거라는 복고주의적 담론을 양산하였다.

---

235) 김현우, 「영웅소설의 변화와 대중성의 길」, 『한국학논집』, 계명대학교 한국학연구소, 2000.

3.3. 대체 역사소설과 이상향의 정치적 담론

80년대 이후 등장한 역사소설들은 과거와 다른 미학적 양식을
채택함으로써, 역사소설의 존재 양식을 바꾸고 있다. 복거일의 『비
명을 찾아서』를 비롯한 대체 역사소설이 출판되면서, 역사를 분리
된 과거가 아닌 현재의 연장선상에서 보는 관점이 일반화되기 시
작한다. 역사적 사실을 불가역적이고 불연속적이며 고정된 것으로
서 간주하던 관념이 가역적인 동시에 연속적이고 가변적인 것으로
간주되기 시작한 것이다. 이 외에도 복거일의 『파란 달 아래』, 『역
사속의 나그네』 등이 대체 역사소설에서 더 나아가 한국적 SF의
한 영역을 개척하고 있으며,236) 이들의 작품은 한국적 역사성에 대
한 정치적 사유를 토대로 하고 있다.

이와 같은 관점은 역사에 대한 재해석과 재현의 방식, 소재로서
의 활용도와 주제의식의 긴장도를 더욱 높이는 효과를 가져온다.
작가는 역사해석에 적극적으로 개입하여 과거의 역사를 재편성하
며, 더 나아가 현재와 이어진 과거를 아예 자신이 꿈꾸는 이상향
의 미래를 위해 변혁시킨다. 따라서 역사소설의 흐름은 변혁의 동
기와 과정에 초점이 맞춰진다. 이 현상은 전문작가만이 아니라 아
마추어 작가들이 인터넷이라는 매체를 사용해 사이버 문학의 영역
에 진입함으로써 보다 본격화된다. 대체역사와 연계된 SF소설은
다른 양상의 정치적 이상향을 가진 타자성을 보여 준다. SF소설의
타자성은 현실의 일상을 뚫고 들어오는 이질적 세계의 한 양상이
다. 따라서 이와 같은 경우의 타자성은 기이함과 경외로서 현실

---

236) 복거일, 『역사속의 나그네 1 – 3』, 문학과지성사, 1991.
　　　　, 『파란 달 아래』, 문학과지성사, 1992.

너머의 세계를 현실과 대비시켜 주는 기능을 수행한다.

SF소설들은 가까운 미래나 먼 미래를 배경으로 창작되지만, 실제 작가와 독자의 시야는 당대에 대한 재해석으로 맞춰진다. 그러므로 SF소설에서 나타난 유토피아적, 혹은 디스토피아적 미래는 결국 당대의 문제적 지평의 연장선에 불과하다. 문제적인 현실을 극단적으로 강화한 것이 SF소설에 나타난 시공간 배경이기 때문이다. 따라서 SF소설에 드러나는, 일상성을 뒤흔드는 타자성은 바로 현실의 이면에 이미 존재하고 있는, 잠복하고 있는 타자성이다. 그러므로 SF소설의 극단적인 타자성은 현실에의 각성을 촉구하는 한 방식으로서 강력한 정치적 담론을 형성해 보여 준다.

한국의 현대문학사에서 SF의 역사는 그리 풍부한 편이 아니었으나, 디지털 매체가 발달하고 사이버 문학이 보편화되면서 SF의 마니아 계층이 자체 사이트를 만들면서 사이버 문학으로 함께 포괄되고 있다.[237] 한국적 SF 대표 작가로 알려진 '듀나', 혹은 '이영수'는 작가 자신도 베일에 싸여 있다. 단수인지 복수작가들의 연합인지조차 은폐되어 있지만, 뛰어난 단편들을 중심으로 하여, 미래를 통한 현재를 잘 드러내고 있는 작품들을 연속하여 배출하고 있다.[238] 그러나 영미문학 스타일의 순수한 SF소설은 아직도 드문 편이며, 대부분 미래 시공간 배경을 가진 것으로서 판타지와의 퓨전 형태를 지닌 것이 더 많다고 할 수 있다.[239] 이는 작가와 독자 계

---

237) f - 월드, http://www.f-world.co.kr/
　　　sf 월드, http://myhome.naver.com/snuba94b/
　　　이원창의 sf 세상, http://brainlee.net/
　　　정크 sfhttp://www.junksf.net/

238) 듀나(이영수), 『나비전쟁』, 오늘예감, 1997.
　　　＿＿＿＿＿＿, 『면세구역』, 국민서관, 2000.
　　　＿＿＿＿＿＿, 『태평양횡단특급』, 문학과 지성사, 2002.

239) 임진운, 『대공학자 1 - 9(완)』, 청어람, 2002 - 3.

층이 과학의 문학 담론화에 익숙지 않은 것이 주요인인 듯하다.

3.4. 사이버 역사소설의 양식과 이상향의 정치적 담론

3.4.1. 사이버 역사소설의 인물론 – 역사를 주도하는 영웅

인물의 차원에서, 과거의 역사소설이 실존인물인 영웅의 인간적 고뇌와 역사적 행보에 초점을 맞추어 독자의 동일시와 대리충족을 꿈꾸게 했다면, 사이버 역사소설에 나타난 인물들은 보다 다양하게 허구화된 형태를 지닌다. 실존인물은 서사의 시간, 공간 배경의 틀을 제공하는 위치로 물러나고 역사소설의 주체는 변혁을 꿈꾸는 허구적 인물이 된다. 이 인물은 강한 동기로 과거의 정치적 개혁과 혁명을 시도하며, 그 결과 현재를 변화시키는 원인이 된다.

라니안 사이트(www.lanian.net)에서 연재되고 있는『신쥬신건국사』의 경우, 기동훈련 중 선조 때로 타임 슬립한 특수부대 대원들이 각자 조선 사회에서 요직에 오르며 그들이 꿈꾸었던 이상사회를 실현해 가는 과정을 보여준다. 국내의 내치와 제도 정비, 외교와 전쟁을 통한 영토 확장에 이르기까지, 그들의 행보는 조선과 대한민국의 역사가 완전히 바뀔 때까지 위기와 극복이라는 장치를 통해 지속된다. 삼룡넷 사이트(www.3dragon.spo.com)에 연재하다가 완결되어 출판과 동시에 삭제된『카르마의 구슬』은 여성 영웅의 서사이다. 이계의 인물이되, 현 세상에 던져졌다가 여기서 준비된 인물이 되어 다시 이계로 돌아가 자신의 정치적 포부를 실현하는 여성 영웅이 등장한다.

사이버 역사소설에 등장하는 인물들은 대체로 의도적이건 본의

가 아니었건 간에 변화를 주도하는 핵심세력의 위치에 놓인다. 갈
등하고 고뇌하다가도 그들은 자신의 정치적 이상을 펴기 위해 변
화를 시도한다. 희생과 포부의 실현과정을 통해 이상향을 구축한다
는 점에서 그들은 고도로 정치적인 담론을 드러내는 인물들이다.
아울러 인물들은 서사의 진행과 함께 자신의 모호한 정체성을 탐
색해 간다. 인물의 정체성 탐색과 정치적 이상의 실현은 같은 궤
를 밟고 있다. 정치 지도자의 자격과 책임, 의무를 고뇌하며, 사회
역사와 개인의 관계, 인간 본연의 속성에 이르기까지 보다 존재론
적인 의미까지 탐색하게 된다. 무협의 틀을 빌려 영웅의 자기성장
과 사회적 의미를 재규정하는 것 등이 그것이다.[240]

　활발하게 이루어진 창작만큼이나 다수의 작품과 다양한 유형이
존재한다. 열심히 읽는 독자계층일수록 잠재적인 작가가 되며, 소설
읽기 과정에 적극적으로 참여하여 작가와 의견을 교류하면서 소설
의 진행에 영향을 미치는 상호작용을 수행한다. 그 일환으로 게임
시나리오, 만화, 패러디, 외전, 팬픽, 속편, 인물의 일러스트, 작품
속 세계지도 그리기 등 다양한 서브텍스트를 창작하여 부가하기도
한다. 독자는 자신과 동일시된 허구적 인물의 사상과 정치적 이상
을 함께 공유하며 교류하고, 텍스트 외부에서 창작 과정을 지원하
거나 부텍스트로서 재생산에 참여하기도 하는 적극적인 독자가 됨
으로써 작가와 상호작용을 통해 텍스트의 완성을 시도해 간다.

　사이버 문학은 아마추어들의 문학 속성을 지니고 있지만, 동시
에 창작과 수용 과정에서의 강한 집단성을 드러낸다. 비슷한 취향
을 가진 작가층이 모여서 창작 사이트를 만들고, 이 사이트의 게
시판 형식을 통해 작품을 연재 형식으로 올려 공개한다.[241] 마니아

---

240) 유기선, 『극악서생 1 - 9, 2부(완), 3부(미완)』, 자음과모음, 2000.

계층을 형성하면서 작가와 독자의 교류, 상호간 경계 허물기를 통해 소설이 그려내는 타자성을 함께 공유하기 때문이며, 비슷한 연령대의 작가와 독자들이 유사한 사회적, 문화적, 역사적 배경을 함축하고 장르의 문법이라는 규칙에 동의하면서 창작과 수용이 행해지기 때문이다.

3.4.2. 사이버 역사소설의 시공간성 — 이동과 창조의 적극적 혁명

사이버 역사소설은 역사를 소설 속으로 끌어들이는 허구화 방식도 변별된다. 배경으로서의 특정 시대의 시공간성을 규정하는 것이 기존의 방식이었다면, 사이버 역사소설은 보다 다양한 시공간성을 차용한 허구화 방식을 시도한다.

이 소설들은 타자와의 상호작용에서 보다 적극적이다. 이 갈래의 특징 중 하나인 환상성은 타자와의 대면 방식이다. 가상의 시공간을 창조해 냄으로써 타자와의 대면은 주체의 성장을 위한 도구가 된다. 따라서 이와 같은 소설들은 타자를 두려워하기보다는 타자를 활용하여 자신의 현실을 변혁시키고자 하는 적극성을 보여 준다. 예를 들어서 사이버 역사소설들은 시간여행이라든가 이계 진입과 같은 통로를 통해 새로운 텍스트 맥락을 만들고, 만들어진 세계 속에서 현실 세계의 맥락을 자신의 정치적 의도에 따라 적극

---

241) 은자림, http://www.etale.net/
　　　삼룡넷 http://www.3dragon.net/
　　　커그 http://www.fancug.net/
　　　유조아 http://www.ujoa.com/
　　　모기카페 http://mogi.dasool.com/
　　　라니안 http://lanian.net/
　　　고무림 http://www.gomurim.com/(현 문피아 http://www.munpia.com)
　　　북풍표국 http://www.newmurim.com/

적으로 재구성한다. 따라서 이와 같은 타자성은 유희로서의 타자성이 된다.

이 계통의 소설들은 특정한 시공간을 설정해 놓고, 그 시공간 안에서 벌어지는 인물의 행적을 통해 추상적 관념의 실현을 추구하는 경우가 많다. 그 과정에서 타자성과의 대면은 환상성의 개입으로 구현된다. 현대인이 우연한 기회에 과거의 역사로 돌아가 자신의 정치적 이상향을 실현한다거나[242] 가상의 게임공간이나 판타지적 세계, 이계의 공간에서 이상화된 타자와의 상호관계를 추구하는 것[243]이 그것이다. 이와 같은 상호작용을 통해 사이버 문학은 단일 텍스트가 아니라 문화의 영역으로 확장되어 다양한 재생산의 가능성을 가진 문화적 출처로 부각되는 것이다. 『쥬신건국사』, 『한제국건국사』, 『시간의 조정자』처럼 같은 공간에서 시간성을 거슬러 올라간 인물들이 현재를 변화시키기 위해 미래를 꿈꾸며 과거를 변혁시키는 것은 변형된 대체 역사소설에 해당된다.

차원 이동을 통해 새로운 세계로 간 뒤, 이계를 실험무대로 삼아 자신의 정치적 이념을 현실화시키는 『가을왕』, 『소드엠페러』, 『레벨』 등의 남성 영웅 지도자들과 『루스벨』, 『카르마의 구슬』 등에 나타난 여성 영웅 지도자들은 보다 적극적으로 자신의 정치적 이상향을 꿈꾸고 실현시킨다. 이른바 이계 진입 소설이라 불리는 이와 같은 소설들도 정치적 담론과 이상향의 실현이라는 점에서 사이버 역사소설과 동일한 문제의식을 지닌 소설들이다.

또한 판타지나 무협이라는 기존 장르의 형태 안에서 개인의 정치적 이상을 펼치는 소설들도 등장한다. 『지크』나 『신군주론』, 『레

---

242) 곽정민, 『환생군주 1-6』, 청어람, 2004.
243) 김상현, 『탐그루 1-15』, 명상, 1999.

바단의 군주』, 『붉은 황제』와 같은 소설들이 여기에 해당되며, 정치 경제적으로 국가나 영지를 통치하고 경영하면서 작가 자신이 지닌 정치성에 대한 담론을 적극적으로 실험한다.[244]

정치적 이상향에 대한 갈망은 현실에 대한 불만족에서부터 온다. 홍길동이 이 땅을 떠나 율도국을 건설했던 것처럼, 전설상의 이어도가 가상의 바다에 있어야 하는 것처럼, 역사소설이 정치적 담론을 담고 있을 때, 그것은 현실에 대한 불만 토로와 대안으로서의 이상향을 지시하게 된다.[245]

다음 글은 태제라는 작가가 쓴 『Rebirth 담덕』[246]이라는 소설의 필자서문이다.

필자서문(筆者序文)

과거 우리나라는 대륙을 호령하는 아시아의 대제국(大帝國)이었습니다.

태곳적 신시(神市)로부터 시작하여 대제국 고구려(高句麗), 그리고 해동성국인 발해(渤海)에 이르기까지 우리는 드넓은 만주와 대륙 일대를 지배하는 강성한 민족이었습니다.

그러나……

어느 순간부터 우리는 중국을 상국(上國)으로 모시는 처지가 되어버렸습니다.

중국에 여러 왕조들이 차례로 성립될 때마다 우리는 그들에게 사대(事大)의 예를 다해야만 했습니다.

단지 상국이라는 명분하에 잦은 수탈과 간섭을 일삼아 왔지만, 우리는 참을 수밖에 없었습니다.

허나 우리는 분명히 알아야만 합니다!!

과거 치우천황과 광개토태제께서 살아 계실 때만 하더라도 저들은 감히 우리 자랑스러운 한민족 앞에서 고개를 들 수 없었음을 말입니다.

---

244) 김한식, 「문학 속의 혁명과 유토피아」, 『사회비평』 제13권, 1995.

245) 김종회, 「유토피아 소설의 상상력과 현실의식」, 『어문연구』(통권 제59호, 제60호 합집), 1988.
　　 김진영, 「세이렌, 미메시스, 유토피아 – Th. 아도르노의 미학이론」, 『사회비평』 제22권, 1999.

246) 태 제, 『Rebirth 담덕 1 – 10(완)』, 소드북(랜덤하우스중앙), 2005 – 6.

그럼에도 불구하고 저들은 감히 우리 민족의 자랑스러운 역사를 왜곡고자
합니다.
　　우리의 옛 땅인 만주를 자신들의 고토라 주장하고, 한민족(韓民族)을 자신
들 한족(漢族)의 후예라고까지 말합니다.
　　한민족의 위대한 역사를 잘 알고 있는 저들이기에 우리 역사를 왜곡시키
고 깎아 내리기에 분주하나, 우리는 그저 수수방관(袖手傍觀)만 하고 있을 따
름입니다.
　　저들의 잘못된 행위에 대해 항의하고 비판해야 마땅할 정부마저도 제대로
된 사료 하나 없이 단지 침묵으로 일관할 따름입니다.
　　이대로는 안 됩니다.
　　이대로 지속된다면, 과거 우리의 위대한 조상들이 갈고닦았던 저 민족의
터전을 송두리째 한족(漢族)에게 빼앗겨 버릴지도 모르는 일입니다.
　　현재를 살고 있는 단군왕검(檀君王儉)의 후손들이여!
　　이제는 일제히 일어날 때입니다.
　　우리의 뿌리, 과거를 알지도 못한 채 현실에만 만족하는 태도 따위는 벗어
던져야 합니다!
　　역사는 우리의 근본입니다. 우리의 자긍심입니다.
　　우리 후손들은 제대로 된 역사를 알아야 할 권리가 있습니다. 그리고 그
일을, 지금 우리가 해야만 합니다.
　　우리가 분분히 일어설 때, 대한민국의 역사가 바로 설 때 우리는 저 위대
한 조상님들의 얼을 이어받는 자랑스러운 한민족이 될 것입니다.

　　지닌 바 재주가 없어 글로써 마음을 대신하는 필자 배상!!

이 글은 역사에 대한 재해석을 강력히 요구하는 정치적 선동성
을 드러내는 글이다. 그 이유는 역사와 민족의 자부심이라는 자국
중심주의적 논리와 담론 위에 이 작품이 형성되고 있기 때문이다.
이와 같은 성격을 가진 작품들은 역사에 대한 이해와 해석을 정치
적 담론을 펼치기 위한 도구로 인식하는 성향이 있다. 위의 작가
태제는 『Rebirthe 담덕』에 이어 『Rebirthe 연개소문』[247]을 출간하
면서 역사 속 중요 인물들을 대상으로 『Rebirthe **』시리즈를 계
속 내겠다는 의지를 보여 주기도 했다.

---

247) 태제, 『Rebirthe 연개소문 1 - 8(완)』, 소드북(랜덤하우스중앙), 2006 - 7.

과거 시대나 이계를 주 무대로 삼는 것은 역시 허구화와 정치적 이상 실현과정의 용이함 때문이다. 고전 서사체가 꿈이나 적강형 소설의 양식을 통해 현실과 이계를 넘나들면서 정치적 이상향을 만들어 냈다면, 사이버 소설들은 시간여행이나 차원 이동을 통해 정치적 이상향을 구축하고 있는 것이다. 따라서 이동과 새 시공간의 창출은 이상향의 시공간성 창조에 필수 불가결한 요소로 떠오른다.

3.4.3. 사이버 역사소설의 서사구조 – 투쟁과 성취의 실천 과정

사이버 역사소설의 서사가 이루어지고 작동되는 흐름을 고찰하면, 과거 영웅의 일대기가 보여 주었던 서사행정이 아직도 강력한 영향력을 행사하고 있음을 알 수 있다.

과거로의 회귀나 이계 진입, 차원 이동 등은 액자소설적 구도로서 액자 안과 밖의 세계가 이질적인 세계라는 것을 전제로 한다. 형식상으로는 이질적이고 분리된 세계이되, 작가와 독자에게 있어서는 내용상 동질적인 세계로 성립된다. 내부 액자 세계에 있어서의 정치적 성공은 바로 외부 액자 소설의 정치적 성공에 값하기 때문이다. 액자의 안과 밖은 때로는 현실과 이계, 이계와 현실, 판타지적 이계와 무협적 중원세계, 무협적 무림세계와 현실의 교차점을 보여 주기도 한다.

서사적 진행 과정은 바로 정치적 행보의 과정이고, 인물의 정체성 탐색의 과정이며, 투쟁을 통해 성취하는 과정이 된다. 전통적인 영웅의 서사가 보여 주는 탄생과 성장, 좌절과 극복을 통해 성취에 이르는 과정이 바로 그것이다. 서사적 진행의 요소로서 투쟁과 성취 사이의 긴장관계는 인물과 작가의 밀접한 거리에 의한 시점

과 초점화의 활용 방식, 현재 우리의 세계를 연상시키는 어휘와
언어적 차용으로도 나타난다.

4. 사이버 역사소설에 나타난 이상향의 정치적 담론의 의미

사이버 서사문학 텍스트는 판타지, 무협, 로맨스 등의 기존 장르
를 한국적 상황에 맞춰 변형함으로써 매체 변화에 따른 문학의 양
식과 정치적 담론을 드러낸다. 문학의 주체는 적극적으로 현실에의
불만을 토로하며, 그 불만을 극복하기 위해 일상성을 탈피해 환상
속으로 들어가 기이한 시공간을 경험한다. 이계 진입, 환생, 대체
역사, 정치적 이상의 실현, 국가나 영지의 경영, 게임의 가상현실,
무협의 중원세계, 이상화된 학원 공간 등 구체적이며 적극적으로
타자의 변혁을 시도한다. 사이버 서사 텍스트의 이런 경향은 기존
의 어떤 서사 텍스트들보다도 타자와의 관계에서 적극적이며, 일상
에 대한 강한 변혁의지의 시도이다. 현실의 연장선상에서 미래를
만들어 내는 SF소설 텍스트는 당연시되어 온 일상을 의도적으로
변형시켜 타자화함으로써 일상에 대한 강한 변혁의지를 자신의 정
치적 담론으로 드러낸다.

사이버 역사소설은 하위 갈래로서의 특성을 명확히 하면서도,
문학행위 주체의 타자성에 대한 태도가 정치적 이상향을 구축하는
데 주요한 동기가 된다고 할 수 있다. 이처럼 사이버 역사소설은
자체의 미학적 구성방식을 통해 특정한 정치적 담론을 담고 있다.
그것은 대안으로서의 이상향 건설의 과정이고, 또한 현실의 디스토

피아를 탈출하고 불식시키기 위한 유토피아 의식의 충족 과정이다.[248] 이상향을 구축하고 있는 과정에서는 정치적 담론도 실현되고 있는 과정이므로, 소설은 결말구조보다 과정의 구축에 더 많은 의미를 부여한다. 그러나 결말에 이르렀을 때, 때로 사이버 역사소설은 이상향에 대한 문제제기를 한다.[249]

완벽한 이상향이라 믿었는데, 그것은 항상 문제점을 노출하면서 디스토피아적 상황으로 끌어내려진다. 때로는 이상향에 진입해 체험을 통해 디스토피아임을 깨닫고 제3의 이상향을 추구하거나(『엘리시움』) 현실에 복귀하여 현실의 이상형을 탐색해 나가기도 한다. 역사 다시 쓰기를 통해 자아 정체성을 확립시키는 글쓰기가 되는 것이다.[250] 매체로서의 사이버 세계 자체가 정치 동호회나 정치 전문 사이트의 게시판을 통하지 않고서도 정치적인 저변을 확대시키고 대중화가 가능하게 만드는 통로가 된다고 볼 수 있다.[251]

현실에 없기 때문에 이상향인 경우도 있지만, 추구하는 이상향의 논리 자체가 개인의 체험적 서사에서 비롯된 경우, 주관적인 정치적 경향이 소설에 강하게 드러나기도 한다. 더구나 과거 역사로의 회귀를 말하는 소설일수록 우파적인 경향이 짙어지면서 현재에 대한 불만이 강력한 국가에 대한 이상화로 드러나는 것이 소설 속 정치적 담론의 다양성을 방해할 수 있다는 점에서 한계가 될 것이다.

---

248) 이종숙, 「역사속의 유토피아」, 『외국문학』, 1987년 가을호, 1987.
　　　이한구, 「유토피아와 반 유토피아」, 『철학과 현실』 제13권, 1992.
249) 김경한, 「모어의 유토피아: 르네상스 휴머니즘의 정치성 재고」, 『비평과 이론』 제3권, 1998.
250) 박인찬, 「미국의 포스트모더니즘 역사소설 - 역사 다시쓰기와 저항적 자아찾기」, 『실천문학』, 1998년 가을호, 1988.
251) 정철희, 「한국대중정치의 사회적 조건」, 『98후기 사회학발표문 요약집』, 한국사회학회, 1998, 22 - 31쪽.

참고문헌

1. 대상 작품

임진록, 임경업전, 유충렬전, 박태보전, 윤지경전
복거일,『비명을 찾아서』, 문학과 지성사, 1995.
______,『역사속의 나그네』, 문학과 지성사, 1991.
이문열,『장려했으니, 우리 그 낙일(落日)』.
아이페르(uioa, com ID),『조선왕조실록 - 선조』.
백호(uioa, com ID),『다시 쓰는 조선사』.
가우리(uioa, com ID),『대한민국』.
카이로스(uioa, com ID),『알버크의 작은 영주』.
한류비(uioa, com ID),『레바단의 군주 1, 2부』.
이영도,『눈물을 마시는 새』.
엑사일런(lanian, net ID),『LoE 추방자의 군주』.
신유철(lanian, net ID),『다물(多勿)』.
헤드헌터(lanian, net ID),『신쥬신건국사(神朝鮮建國史)』.
이상민(lanian, net ID),『쥬신제국사』 등 다수.

라니안(www.lanian.net)
삼룡넷(www.3dragon.spo.com)
유조아 닷컴(www.ujoa.com)
커그(www.fancug.net) 외 다수

2. 연구논저

강남순, 「이데올로기와 유토피아」, 『기독교 사상』, 1992년 2월호, 1992.

공임순, 「역사소설의 양식과 이순신의 형성문법」, 『한국근대문학 연구』 제7호, 2003.

김강호, 「역사소설론 시고」, 『국어국문학』, 18 - 19합집, 137 - 153쪽.

김경한, 「모어의 유토피아: 르네상스 휴머니즘의 정치성 재고」, 『비평과 이론』 제3권, 1998.

김명석, 「SF 영화 <2009 로스트 메모리즈>와 소설 『비명을 찾아서』의 서사 비교」, 『문학과 영상』, 2003 봄·여름, 71 - 102쪽.

김성룡, 『한국고전소설과 환상 미학』, 집문당, 1998.

김종일, 『문학사는 어쨌든, 계속 다시 쓰여질 것이다』 한국문화사, 2000.

______, 「역사소설론 서설」, 『한민족문학 연구』 7집, 189 - 196쪽.

김종회, 「유토피아 소설의 상상력과 현실의식」, 『어문연구』(통권 제59호, 제60호 합집), 1988.

김진영, 「세이렌, 미메시스, 유토피아 - Th. 아도르노의 미학이론」, 『사회비평』 제22권, 1999.

김치홍, 「역사소설연구 서설」, 『새국어교육』, 한국국어교육학회, 1977.

김현우, 「영웅소설의 변화와 대중성의 길」, 『한국학논집』, 계명대학교 한국학연구소, 2000.

김한식, 「문학 속의 혁명과 유토피아」, 『사회비평』 제13권, 1995.

문철주, 「역사소설에 나타난 역사의식」, 『어문학교육(제9집)』, 1986.

민현기, 「해방직후 역사소설연구」, 『어문학(통권 제70호)』, 2000.

박계홍, 「한국역사소설사(1장 - 3장)」, 『어문연구(제3집)』, 1963.

______ , 「한국역사소설사(4장 - 7장)」, 『어문연구(제3집)』, 1963.

박상준, 「과연 인류의 앞날은? - 유토피아, 디스토피아, 에코토피아」, 『과학동아』, 1998년 4월호, 1998.

박용구, 『역사소설입문』, 을유문고.

박용구, 「역사소설의 사견(私見)」, 『문예』, 통권 17호, 1953.6. 67쪽.

박용식, 「고소설에 그려진 충의 윤리 - 군담소설과 역사소설을 중심으로」,

『어문연구(통권 제106권)』, 2000.

박인찬, 「미국의 포스트모더니즘 역사소설 – 역사 다시쓰기와 저항적 자
　　　아찾기」, 『실천문학』, 1998년 가을호, 1988.

박종홍, 「윤백남의 역사소설고」, 『국어교육연구』 제17권, 1985.

반성완, 「루카치의 역사소설 이론과 우리의 역사소설」, 『외국문학』,
　　　1984년 겨울호, 1984.

백낙청, 「역사소설과 역사의식」, 『창작과 비평』, 1967. 봄.

변병선, 「임·병 양란과 역사소설: 임진록, 임경업전, 박씨전을 중심으
　　　로 한 역사소설의 유형분석과 그 소설사적 의의」, 고대 국문과
　　　석사학위논문, 1983.

복거일, 『쓸모없는 지식을 찾아서』, 문학과 지성사, 1996.

______, 『五丈原의 가을』, 문학과 지성사, 1988.

서동훈, 「동양정신과 소설」, 『문예운동』, 통권 제33호, 1982, 177 – 182쪽.

서병훈, 「인간과 유토피아: 다시 시작하는 역사」, 『사상』, 1992년 겨울
　　　호, 1992.

송기섭, 「민족주의와 역사소설 – 거암 선생의 『한국역사소설사』」, 『어문
　　　연구』 30집, 1998.

송백헌, 「한국근대 역사소설연구」, 『국어국문학』 제89권, 1983.

송승철, 「가상역사소설론: 허구적 역사 구성과 실천적 관심」, 『실천문
　　　학』, 1993년 겨울.

신재홍, 『한국몽유소설연구』, 계명문화사, 1994.

신태우, 『하층영웅소설의 역사적 성격』, 아세아 문화사, 1995.

안회남, 「역사소설에 대하여」, 『중앙신문』, 1945.12.5.

염상섭, 「역사소설의 시대」, 『조선일보』, 1934.12.20.

오성호, 「김동인 소설의 반역사성」, 『역사비평』, 1989년 겨울호, 역사문
　　　제연구소, 1989.

이상옥, 「역사소설의 한 가능성」, 『외국문학』, 1990년 봄호, 1990.

이재선, 『한국 현대소설사』, 홍익사.

이종숙, 「역사속의 유토피아」, 『외국문학』, 1987년 가을호, 1987.

이한구, 「유토피아와 반 유토피아」, 『철학과 현실』 제13권, 1992.

이화용, 「서양근대정치사상의 이해(15) – 토마스 모어 – 유토피아와 정치

현실」, 『사상』, 2003년 여름호, 2003.

임성래, 「영웅소설의 출현동인 연구」, 『배달말』, 배달말학회, 1995.

임화, 『조선 신문학사』, 인문평론, 1940.

장병호, 「이념혼란 시대의 이상향 찾기」, 『비평문학』 제12호, 1998.

전세영, 「공자의 정치적 이상향에 관한 연구 – 대동(大同) 소강(小康)을 중심으로」, 『한국정치학회보』, 한국정치학회, 1991.

전수용, 「역사소설 개념의 와해 혹은 그 확산에 대하여」, 『현대영미소설』, 한국현대영미소설학회, 2001.

전태국, 「칼 만하임의 유토피아 개념」, 『외국문학』, 1987년 가을호, 1987.

정창범, 「역사소설과 리아리티」, 『현대문학』, 1955.10.

정철희, 「한국대중정치의 사회적 조건」, 『98후기 사회학발표문 요약집』, 한국사회학회, 1998.

조민환, 「노자의 이상향에 관한 연구 – 노자의 소국과민을 중심으로」, 『동양철학』(제4집), 1993.

조수학, 「역사와 역사소설」, 『대동한문학(제10집)』, 1998.

조진기, 「작가와 역사해석 – 춘원, 동인, 월탄의 역사소설을 중심으로」, 『영남어문학』 제1집, 1974.

최효순, 「외국문학이 한국문화에 끼친 영향: 독일의 역사소설 이론과 한국의 역사소설 연구에 나타난 그 수용의 문제」, 『인문과학』, 성균관 대학교 인문과학연구소, 1999.

한식, 「역사소설의 재인식 필요」, 『동아일보』, 1937.10.3 – 7.

한영환, 「한국 근대 역사소설 연구」, 『연구논문집』 2집, 성신사대 인문과학 연구소, 1969.

홍성암, 「역사소설의 사적 고찰 – 형성 과정을 중심으로」, 『한양어문』, 한국언어문화학회, 1986.

______, 「역사소설 연구방법론 서설」, 『한국학논집』, 한양대학교 한국학연구소, 1986.

______, 「역사소설의 양식 고찰 – 해방이후의 작품을 중심으로 –」, 『한국학논집』, 한양대학교 한국학연구소, 1987.

홍효민, 「역사소설의 근대문학적 위치」, 『현대문학』, 1958.8.

______, 「역사소설의 사적 고찰」, 『현대문학』, 1955.2.

황국명, 「현대소설의 가상현실재현 전략과 정치적 환상연구」, 『한국문
　　학논총』 35집, 한국문학회, 2003.
＿＿＿, 「90년대 소설의 환상성, 그 상상력의 모험」, 『외국문학』, 1997
　　년 가을호.
＿＿＿, 「한국현대성장소설의 정치적 환상 연구」, 『한국문학논총』 제
　　25집, 한국문학회, 1999.12.

A. O. 올드리지, 「루카치 이후의 역사소설」, 『외국문학』, 1989년 겨울
　　호, 1989.
Hayden White, 천형규(역), 『19세기 유럽의 역사적 상상력 – 메타역사』,
　　문학과 지성사.
칼 만하임, 『이데올로기와 유토피아』, 임석진 역, 청아출판사, 1991.
헤겔, 『역사속의 이성』, 임석진 역, 지식산업사, 1997.
루카치, 『역사소설론』, 이영욱 역, 거름, 1993.

Davis, Gregory H. 1981. *Technology – Humanism of Nihilism; A Critical
　　Analysis of the Philosophical Basis and Practice of Modern Technology*,
　　Washington, D.C.: University Press of America.
Davis, J.C. 1983. *Utopia & The Ideal Society: A Study of English Utopian
　　Writing 1516 – 1700*, Cambridge: Cambridge University Press.

Ⅳ. 한국 현대소설에 나타난 학교교육 문화
-폭력과 저항의 담론-

1. 학교 체험과 현대소설의 서사

‘미성년자라면 배워야 하고, 배우려면 학교에 가야 한다.’ 이것이 오늘날 우리에게 통용되고 있는 우리 사회의 상식이다. 따라서 성인은 학교의 과정을 마친 자이고, 미성년자는 학교를 통과하고 있는 학생으로서 규정된다. 성인과 미성년을 가르는 관습적인 규정의 한 축에는 이처럼 ‘학교’라는 제도가 위치하고 있다. 여기에서 ‘학교’라 함은 근대 이후의 공교육제도에 의해 시행되고 있는 제도로서의 ‘학교’를 의미한다. 국가가 주도하여 전 시민에게 평등하게 실시하는 교육의 기회로서, 학교는 곧 교육이고 교육이 곧 학습이라 동일시되고 있기 때문이다. 그러나 이러한 축소 환원론은 바로 교육의 획일성, 경직성, 편협성으로 연결되어 90년대 이후 ‘학교 붕괴’, ‘교실 붕괴’라는 교육의 대위기론을 빚어낸다.252)

---

252) 정유성, 「새로운 학교교육모형의 탐색」, 『교육이론과 실천』 제11권 제1호, 2001, 78-

초등학교 6년, 중학교 3년, 고등학교 3년. 총 12년간의 공교육 기관을 경험해 본 대한민국 국민이라면 누구나 피부로 느껴 본 학교의 모순점이 있다. '학교'라는 제도적 공간 안에서 벌어지는 갈등과 충돌은 '힘'의 양상으로 드러나며, 제도와 권력, 개인과 개인의 지위와 능력 간의 상충된 갈등은 현대 한국 사회의 간접화된 체험 양상과 그 맥락을 같이한다. 개인의 학교 체험은 특수한 것인 동시에 시대적 보편성으로 받아들여지고, 이 체험은 역사와 사회, 그 속의 개인에 대한 서사적 이해로 확장된다.

학교 체험이 보편적인만큼 학교 체험에 대한 현대소설의 서사 역시 다각적인 양상으로 드러난다. 본고는 사회적, 역사적 맥락에서 사회적으로 보편화된 제도교육으로서의 학교교육 문화의 체험이 개인에게 미친 영향을 드러내는 방식으로서 현대소설 작품들을 살펴보고자 한다. 개인의 경험이 현대소설의 서사에 구현되는 방식, 즉 그 양식을 검토함으로써, 제도와 개인의 문제에 대한 담론의 차원으로 이 모순점을 보다 깊이 있게 다룰 수 있을 것이기 때문이다. 소설은 개인의 경험에서 출발하여 가장 사회적인 인식에 도달하게 하는 일종의 통로가 될 것이다.

2. 집단 속 개인의 서사

근대 이후 실시되기 시작한 공교육제도의 역사는 현대소설의 역사와 시기적으로 유사하다. 그러나 개인 체험의 서사적 대응으로서

83쪽.

현대소설에 공교육의 문제가 본격화되어 나타나는 것은 공교육의 모순점이 격화된 뒤로부터 시간적 거리가 있다. 개인의 내면 체험이 소설이라는 양식으로 구현되어 일반 독자들에게 보편적 사건으로 수용되기까지 소요되는 기간을 생각하면 더욱 그렇다. 따라서 소설이라는 문학적 양식이 학교라는 공교육제도의 모순을 화두로 들고 나와 전면화시키고 있다면 이미 그 모순이 커질 대로 커진 상황이며, 미봉책으로 마무리될 수준이 아니라는 의미이기도 하다.

공교육의 위기는 대부분 교육주체의 소외와 사회변화에 대한 적응의 실패에서 오는 것으로 생각되고 있다. 사회는 산업화, 정보화를 거치면서 빠르게 변화하는데 사회의 원동력이 될 인간을 교육하고 키워야 할 학교교육이 그 변화를 따라가지 못하고 있기 때문인 것이다. 사회는 다양성과 변화를 요구하고 있는데, 학교는 과거 지향적이고 획일적인 폐쇄적 체제를 고집하고 있다는 것이 공교육을 둘러싼 부정적 담론의 뿌리를 이룬다.[253] 교육주체 중 누구도 오늘의 공교육제도와 그 제도가 빚어낸 문화에 만족을 표시하지 않는다. 국가의 입장에서는 공교육이 투자에 비해 국가의 이데올로기 재생산 기능을 제대로 수행하지 못하는 비효율성의 대표자이자 체제에 대한 저항의 근원을 빚어내는 온상이다. 교사의 입장에서는 교육활동이 제도적으로 획일화되면서 표준화와 객관성에 치우쳐 교사의 교육권이 침해되고 수동적인 관리자 차원으로 격하됨에 자괴감을 느낀다. 학부모들은 입시경쟁을 둘러싼 욕망을 충족시키기 위해 공교육을 무시하고 사교육을 선택함으로써 학교교육을 더욱더 형식적 의례로 만든다. 학생들에게 있어 학교는 수용소의 또 다른 이름이며, 의무적으로 발을 들인 이상 자신의 의사나 재능과

---

253) 이두휴, 「공교육의 위기와 희망」, 『교육철학』, 1999, 76-9쪽.

는 아무 상관없이 수업 받고 시험 치며 감시와 처벌을 받는, 필요
악의 대명사처럼 인식되고 있다. 입시위주의 교육이라 비난하면서
또한 입시에 도움이 되지 않는다고 비난하는 이중성 속에서 누구
나 쉽게 문제라 인정하면서 손가락질할 수 있는 대상이 현재 우리
의 교육문화가 된 셈이다.

이와 같은 모순점은 바로 제도권 사회와 거기에 소속된 개인 사
이의 문제에서 비롯된다. 집단으로서의 국가와 교사, 학생, 학부모
개인의 문제, 그리고 집단으로서의 학교와 개인, 집단으로서의 학
급과 개인, 가족과 개인의 문제이다. 그리고 그 문제의식의 첨병을
드러내어 사회적으로 논란화시킬 수 있는 것이 서사의 힘이기도
하다.

약 백여 년의 역사를 가진 한국의 현대소설사에서, 교육의 문제
를 본격적으로 제기한 것은 사실상 60년대 이후이다. 그 이전에
교육은 모든 문제를 감수하고라도 필사적으로 통과해야 할 최고의
기회였다. 유교의 숭문주의 전통하에서 교육의 기회는 곧 계층과
사회적 신분 상승의 직통로가 되기 때문이다. 따라서 일제 식민치
치하의 군국주의적 교육은 동시대 문학에서 저항의 담론으로서 펼
쳐질 여지가 거의 없었다. 검열이라는 막강한 기제와 함께 도구로
서 순응의 대상이 되었기 때문이다. 그러나 60년대를 넘어서면서
미성년 학생으로서 개인의 학교교육 체험은 성인이 된 70 - 80년대
이후 소설 작품으로서 본격화되어 나타난다.

근대 산업화 사회에서 도구화된 개인의 소외의식, 정치적 억압
에 대한 반발과 함께 결부되면서 개인의 학교 체험은 단순한 학교
체험이 아니라 정치적, 제도적, 사회적 축소판으로서의 '학교'라는
특수한 한 지점에서의 체험으로 변질된다. 따라서 70년대 이후 한

국의 현대소설에 나타난 '학교'라는 공간성은 특유의 시대성과 결부되어 정치적 알레고리의 한 양식으로 첨예한 문제의식을 드러내는 방식이 된다.

소설가 전상국은 전후세대 작가로서 70년대 후반에 창작활동을 활발히 전개하기 시작한 작가이다. 전상국의 사회적 문제의식은 전후 한국현대 사회의 내재적 모순과 갈등에 맞춰져 있으며, 한국전쟁으로 파괴된 가족의 가족사 탐색으로서 시대적 흐름을 추구하는 것[254]과 함께 학교라는 공간에서 펼쳐지는 동시대의 모순에 대한 탐색,[255] 이 두 가지 방향으로 나뉜다.[256] 그에게 있어서 이 두 가지는 별개의 것이 아니다. 역사의 모순이 현재 남한의 체제 모순을 빚어내고, 남한의 체제 모순이 학교라는 제도적 공간의 모순을 개인에게 체험토록 하는 것이기 때문이다. 따라서 그의 소설에 나타난 학교 공간의 모순점은 가장 개인적인 것이자 사회적인 것이고, 우리 모두의 것이 된다.

그런 의미에서 전상국은 보란 듯이 소설 「돼지새끼들의 울음」에서 아예 화자를 한 개인이 아니라 집단화된 '우리'로서 내세운다. '우리'는 최달호 선생님이 지배하는 '3학년 8반'으로서의 일체감을 위해 스스로를 닦아세우고 있기 때문이다.

> 무단조퇴. 우리들 한 덩어리로 탄탄하게 조여진 기계뭉치에서 나사 하나가 풀어져 나간다는 것은 용서할 수 없는 일이었다.

254) 중편 『아베의 가족』(1979년 제6회 한국문학상 수상작)과 같은 작품이 대표적이다.

255) 단편 「돼지새끼들의 울음」(1975, 『현대문학』 9월호), 「偶像의 눈물」(1980, 『세계문학』 봄호), 「投石」(1988, 『현대문학』, 11월호, 제4회 윤동주 문학상 수상) 등이 이 계열의 대표작들이다.

256) 박덕규, 「남한체제의 모순과 도덕주의적 세계 – 전상국의 소설」, 『술래 눈뜨다 – 전상국 자선대표작품집』, 청아출판사, 1994, 382 – 3쪽.

'나'라는 하나의 개체를 위해서 '우리'를 다치게 하는 못난이가 결코 아님을 우리들은 스스로 그 얼마나 자랑스러워했던가. 대를 위해서 소를 버릴 줄 알아야 한다.

그것이 3학년 8반이었던 것이다. 다른 반이 선망해 마지않은 바도 바로 그런 점에 있었다.

몇 년의 세월이 지난 지금에도 우리들은 그 시절의 완벽한 질서와 철저하게 다져진 반의 단결력에 대해 막연한 동경과 예찬의 정을 금할 수 없는 것이다.257)

동일한 목표를 제시함으로써 집단의 논리를 정당화하는 것, '대를 위해서 소를 버릴 줄 알아야 한다.'는 최 선생님의 논리는 개인을 파괴하고 '우리'만 남겨 둠으로써 극단을 향해 간다. 입시라는 목표 아래 학생들은 최 선생님에게 '돼지새끼'라는 명칭으로 통일된다. 이 관점에서 학생 개인의 위상이란 없으며, 단지 집단을 위해하는 요소로 간주된다.

어떻든 이들 자기 시간이 필요하다고 생각한 몇몇 아이들이 의논 끝에 담임의 오후시간 활용방침에 이의를 제기하였다. 우리들 모두가 오후시간 활용에 이의 있음.

"이 돼지 같은 새끼들!"

담임은 노발대발 우리들 앞에서 그들을 개 패듯 했다. 매 맞은 부모들이 우르르 들고 일어났다. 교장실을 찾아 강력히 항의했다. 폭력교사. 그리고 오후시간 활용의 강제성.

담임이 교장실을 들락거리고 – 우리는 뒤숭숭한 기분으로 기다려 보았다.

담임시간. 우리는 숨을 죽였고 느닷없이 투표가 시작되었다. 오후시간 활용에 대한 찬반 의사를 묻는 것이었는데 결과는 놀랍게 나타났다. 놀라지 않을 수 없는 것은 64명 중 60명이 담임의 방침이 좋다는 소위 지지표가 나왔다. 먼저 이의를 제기하여 매까지 맞은 그 열댓 명은 어떻게 된 것이냐?258)

---

257) 전상국(1975), 「돼지새끼들의 울음」, 『술래 눈뜨다 – 전상국 자선대표작품집』, 청아 출판사, 1994, 42쪽.

258) 전상국(1975), 「돼지새끼들의 울음」, 『술래 눈뜨다 – 전상국 자선대표작품집』, 청아 출판사, 1994, 47쪽.

개인의 힘은 집단의 힘 앞에서 무력하다. 더구나 그 집단이 권력의 직접적 영향력 아래 있다면 더더욱 무력하다. 학교교육의 체험은 개인에게 무력함을 깊이 각인시키는 직접적인 체험의 양상이 된다. 이 무력감은 저항할 수 없는 폭력의 형태로 강조되어 나타난다. 공지명의 소실 「광기의 역사」[259]가 그리하며, 90년대 후반에 나우누리 우스개 게시판에 연재되어 300만이 넘는 폭발적인 조회수를 기록한 인터넷 게시판 소설 『구타교실』[260]이 그 사례이다. 『구타교실』의 작가 박상욱은 글을 쓰게 된 동기를 다음과 같이 제시한다.

> 우스개 게시판 – 우스개(go HUMOR), 12899번
> 제목: [구타교실] – 3 – 지옥의 체력단련 편~
> 올린이: yiyap(박상욱) 98/08/18 17:32 읽음: 3570 추천: 100 관련 자료 없음
>
> * 이 글은 진행상 어쩔 수 없는 픽션을 제외하고 대부분 논픽션에 가까운 글입니다. 성원에 감사 드리며 최소 100부까지는 갈 예정입니다. 사회의 무자비한 폭력에 힘없이 노출된 분들께도 이 글을 바칩니다.
>
> 우스개 게시판 – 우스개(go HUMOR), 13791번
> 제목: [구타교실] – 14 – 항쟁과 피의 진압 편~
> 올린이: yiyap(박상욱) 98/08/26 22:27 읽음: 3208 추천: 100 관련 자료 없음
>
> * 이 글은 본인의 체험을 바탕으로 흥미를 위해 소설의 기법을 차용한 글입니다. 어디까지가 현실이고 어디까지가 허구인지 판단의 몫은 여러분께 드립니다. 구타를 위해 정신봉으로 수없이 죽어 넘어져 간 오동나무, 박달나무 그 밖의 나무들에게 이 글을 바칩니다.[261]

---

259) 공지영, 「광기의 역사」, 『존재는 눈물을 흘린다』 창비, 1999
260) 박상욱, 『구타교실 1, 2』 시공사, 1999년 출간.
    출간 이전에 yiyap이라는 ID로 하이텔 우스개 게시판에 98년 10월 27일 – 99년 8월 18일에 이르기까지 약 100편의 글을 연재했다. 편당 5000 – 6000이 넘는 폭발적인 조회수를 기록하였으며, 숱한 쪽지와 답글, 체험사례 등의 동조를 얻은 글이다.
261) 박상욱, 『구타교실』 연재 당시의 연재본, 1998년 8월 18일자, 26일자. 게시판 글.

학생으로서 자신의 체험을 성인이 된 이후 익명의 형태로 바꾸어 인터넷에 올린 그의 글은 소설이 아님을 주장하기 위해 굳이 소설 연재 게시판이 아닌 우스개 게시판을 빌려 올려졌으며, 유사한 체험을 가진 독자들의 사례 글이 연재될 때마다 머리글로서 같이 들어가는 형태가 되었다. 논픽션에 가깝다는 작가의 주장, 글에서 벌어진 학교교육문화 체험의 리얼리티에 대한 독자의 폭발적인 공감에도 불구하고, 이글은 인터넷 소설로 장르 지어졌고 종이책으로 출간되었다.

공수부대 출신으로서 월남전 특전사였던 교사 변형태, 이른바 학생들 사이에서 '똥행패'로 통하는 그는 무자비한 구타로 교실을 통솔하는 교사이다. 입시전쟁하에서 그의 폭력은 구타가 아니라 지도로서 미화되고, 화자인 최동혁은 그 밑에서 살아남아야 할 무력한 일개 학생으로 묘사되며, 이 양상은 학교에 국한된 것이 아니라 사회 전반의 문제로 확대된다.

그러나 집단 속에 흡수되는 개인의 무력감과 고통은 교사에게 있어서도 마찬가지다. 최시한의 연작 소설집 『모두 아름다운 아이들』262)에 수록된 소설들263)은 교사와 학생의 집단 속 개인의 무력감이 학교라는 제도화된 공간을 통해 어떻게 만들어지는지 보여준다. 「허생전을 배우는 시간」에서 '왜냐 선생님'은 끊임없이 '왜냐?'고 질문을 던져 학생들에게 기존의 관습을 받아들이지 말고 개인으로 사고하고 살아가라고 요구하지만, 위험분자로서 학교에서 쫓겨난다. 전상국 소설의 최달호 선생이 실력파 고3 선생으로서 인

---

262) 최시한, 『모두 아름다운 아이들』, 문학과지성사, 1996.

263) 최시한, 「구름그림자」, 「허생전을 배우는 시간」, 「반성문을 쓰는 시간」, 『모두 아름다운 아이들』, 「섬에서 지낸 여름」 등으로 구성되어 있으며, 고등학생 '선재'의 고민과 방황을 다룬 성장소설들로 주목받아 왔다.

정을 받는 것과 상반된 결과를 빚는 것이다.

교육현장에서 개인은 언제나 집단 속에 흡수되거나 갈등의 요소로서 분리되어 존재하든가 선택을 강요받는다. 이와 같은 강제성은 시대의 정치적 요소와 그 궤를 같이하고 있으며, 학교는 사회의 축소판으로서 새로운 공간의 의미로 다시 재구성된다. 그것은 집단을 유지하려는 힘과 벗어나려는 개인의 힘겨루기에 대한 서사이다.

3. 체제 유지와 일탈의 서사

공교육제도하에서 학교는 교육의 제공 주체인 국가에 의해 국가 이데올로기의 재생산을 교육이라는 형태로서 시행하도록 요구받는다. 따라서 교육은 권력에 의한 은폐된 담론을 강제화된 규범의 형태로 재현할 수밖에 없다. 더구나 상급학교 입시에 의해 전 단계 교육이 지배받을 수밖에 없는 현행 교육제도와 학벌 위주 학력사회의 분위기는 학교의 체제 유지용 억압과 제제를 더욱 강화시킨다.

교육의 수혜자여야 할 학생, 교육권을 지닌 교사에게 있어서 이것은 이상과 현실의 분리라는 괴리감으로 나타난다. 집단을 유지하는 것은 국가와 사회, 권력의 주도층이 원하는 것이고, 개인의 독자성은 여기에 저항하고 벗어나려는 것으로 방향 지어진다. 민주주의를 표방하고 있는 교육의 원리와 상관없이, 교육의 현실은 집단적 획일화를 위해 개인을 억압하기를 요구한다. 따라서 학교 현장은 억압함으로써 유지하려는 힘과 일탈함으로써 벗어나려고 하는 힘의 역장으로서 재형성된다.

　이문열 소설『우리들의 일그러진 영웅』264)은 시종일관 이런 힘겨루기 양상을 보여 준다. 반을 지배하는 급장 엄석대와 전학생 한병태의 힘겨루기, 엄석대의 권력 체제 유지와 붕괴에 따른 소설의 서사적 진행이 바로 그것이다. 엄석대의 권력은 모두의 암묵적 동의하에서 이루어지며, 전체주의적 성향을 지니고 있다. 엄석대 개인의 도덕성과 권력의 정당성은 그리 연관관계가 없다. 그러나 엄석대의 천하는 밑으로부터의 개혁이 아니라 위로부터의 개혁, 새로 온 의욕적이고 젊은 새 담임에 의해 하루아침에 깨져 버린다. 개혁을 시도했던 한병태는 오히려 권력에 흡수되어 단물을 맛보고, 엄석대의 권력이 담임에 의한 상위 권력에 의해 깨지는 것을 목격한다.

　개인의 개혁의지는 일탈로 간주될 뿐, 체제를 깰 정도의 파괴력이 없다. 전상국 소설「돼지새끼들의 울음」이나「우상의 눈물」또한 그렇다.「돼지새끼들의 울음」에서 '우리'는 최 선생을 향한 '음모'를 꾸민다. 빈부에 따라 학생을 차별하는 그의 태도에 분노를 느끼고 선생에게 특별대우를 받는 열두 명 부잣집 학생을 오히려 '돼지새끼'라고 부른다. 그리고 종례하러 들어서는 최 선생한테 슬리핑백을 뒤집어씌우고 '선생님, 우리가 왜 돼지새끼입니까?'로 시작되는 결의문을 낭독하고 중구난방 항의하는 거사를 일으킨다. 그러나 '임금님 귀는 당나귀 귀'식의 거사가 끝난 후 거기서 발견한 것은 권위 넘치는 '최 선생'이 아니라 '머저리'였다. 마술처럼 권위의 옷을 벗고 추락해 버린, '왜소하고 짜부라진 사내'에 불과했던 것이다. 문제는 그 이후 변혁을 시도한 개인들의 반응이다. 터무니

---

264) 이문열(1987),「우리들의 일그러진 영웅」,『세계의 문학』여름호.
　　　「우리들의 일그러진 영웅 — 이문열 중단편전집 4」, 도서출판 둥지, 1994.

없이 울어 버림으로써 스스로 추락한 권력자로서의 최 선생에게
자신을 동일시하여 선생과 학생 모두 '돼지새끼들의 울음'에 불과
한 행동이 되어 버린 것이다. 결국 교사와 학생, 모두 학교라는 울
타리를 넘지 못하고 울어 버리는 돼지새끼로 상징화된다.

교실 쿠데타를 둘러싼 체제 유지와 일탈의 서사는 전상국 「우상
의 눈물」에서 좀 더 다른 양상으로 복합화되어 나타난다. '자율'이
라는 낱말로 학생들을 배후 조종하는 담임 김 선생은 반장 임형우
와 공모하여 모두가 두려워하는 재수파 학생 7명과 그들의 우두머
리 폭력학생 문제아 최기표를 통제한다. 담임은 화자인 '나'(이유
대)를 첩자로 만들어 이용하려 하고, 최기표를 학급의 공적인 일에
끌어들인다거나 어려운 가정형편을 핑계로 미담의 주인공으로 포
장시켜 버림으로써 기표를 무력화시키려고 한다. 선생과 공모자 반
장의 협력은 기표와 재수파의 미담을 영화화하는 데까지 이르러
기표에 대한 두려움을 거세해 버린다. 아무도 무서워하지 않는 기
표, 부끄럽고 수줍어하는 아이가 되어 버린 기표는 무단결석하고
가출함으로써 학교의 영역을 벗어나 버리고 그것으로써 자신의 의
사를 표현한다. 그러나 그것은 저항하는 의지가 아니라 여동생에게
남긴 편지에 쓰여 있는 그대로 '무섭다. 나는 무서워서 살 수가 없
다'는 도피에 불과한 것이다.

개인의 저항은 개인 차원의 일탈로서 간주될 뿐, 변혁의 힘을
얻지 못한다. 최시한의 연작소설 『모두 아름다운 아이들』 또한 마
찬가지이다. 선재는 누나와 같이 사는 고아인데, 누나는 선재를 부
양하고 학교 공부시키는 데 삶의 가치를 걸고 있다. 그러나 선재
는 감수성 예민한 아이로서 '철학자'라는 별명이 붙을 정도로 구름
을 몽상하는 아이다. 학교라는 제도권을 벗어나 검정고시 준비하는

친구에게 열심히 편지를 쓰는 유일한 아이이며, '왜냐 선생님'을 이해하고 말더듬이 윤수의 또 다른 가치를 발견하는 아이이다. 그러나 그는 언제나 경계에 서 있고 자신의 의사를 명확히 하지 못한다. 말더듬이로 자신을 잘 표현하지 못해도 행동으로 옮길 수 있는 윤수와 달리 선재는 언제나 어중간하다. 저항하는 것도, 일탈하는 것도, 동조하는 것도, 적극적으로 앞서 나가는 것도 아닌 것이 선재다. 그러나 그의 자의식과 상관없이 주변은 '학교'의 잣대와 기준에 따라 선재를 규정한다. '반성문을 쓰는 시간'에서 친구들과 같이 시를 써서 발표하고 노래 부르고 춤추는 축제를 준비하던 선재는 불온한 모임을 했다는 이유로 무기정학에 처해진다. 그리고 반성문을 써서 제출하라는 처벌을 받게 된다.

> 나는 그날 그 교정 길에서부터 죄인이 되었다. 그 이전의 내가 무엇이었는지는 모르겠지만, 적어도 죄인이 아니었던 것만은 분명하다. 하지만 죄는 예전부터, 어쩌면 내가 태어나기 훨씬 전부터 있었고, 그 대가를 치르는 법과 용서받는 법까지도 이미 마련되어 있었다. 나는, 아니 우리들은 미처 그걸 알지 못했었다. 어느 시간에, 우리들이 그 집으로 발을 옮기던 어름의 어느 순간인가에, 그 죄와 벌은 철컥, 차꼬처럼 우리의 발목에 채워졌다.
> 우리한테 잘못이 없다는 항의에 대해 학생주임 선생님(어쩌면 그분이 이 반성문을 읽으실지도 모르겠다.)께서는 이렇게 대답한 셈이다. 항의를 하는 행동 자체가 반성할 줄 모른다는 증거다. 그 항의 행동까지가 반성의 대상에 포함된다. …… 그러면, 그분이 바라는 반성이란 입을 꽉 봉하고 오로지 뉘우치기만 하는 것이다. 여러 선생님께, 그분들 모두가 참석한 회의의 결정에, 그 결정을 떠받치는 학칙 몇 조에, 경찰서에서 온 공문에, 학생의 도리와 분수라는 것에, 집회 신고 규정에…… 오직 따르고 복종하기만 하면 되는 것이다. 그렇다면 죄는, 그것들에 따르지 않을 때 짓는 것이다. 그런 게 죄라고? 이렇게 나를 옥죄고 있는 죄가 바로 불복종의 결과란 말인가? 이상한 일이다.[265]

어중간했던 선재가 죄인이 되는 논리는 '학교'를 지배하고 있는

---

265) 최시한, 「반성문을 쓰는 시간」, 『모두 아름다운 아이들』, 문학과지성사, 1996, 108-9쪽.

복종과 배제의 논리이다. 체제 유지를 위한 복종과 배제의 논리가
선재를 문제아로 규정짓고 학교의 울타리 밖으로 내보낸다. 사회의
그 어느 곳보다도 목적을 위한 수단이 정당화되는 영역, 목적 달
성을 위해 복종과 배제가 일상화된 영역, 적자생존과 경쟁의 논리
가 모든 것에 앞서는 영역, 소설 속에서 그것은 바로 '학교'라 불
리는 교육현장이 된다.

  박상욱의 『구타교실』은 그 첨병에 서 있다. 『구타교실』의 모델
이 된 학교는 작가가 체험한 모교이며, 이미 그 학교는 영화 <말
죽거리 잔혹사>, <두사부 일체> 등의 배경이 된 학교로도 알려
져 있다. 입시성적에서 최고를 거두는 학교로서 그 이면에는 체제
유지를 위한 억압의 논리가 존재한다. 여기에서도 학생 개인은 무
력하기 그지없다. 집단봉기는 오히려 힘에 눌려 와해되고 더 처참
한 결과를 빚어낸다. 최하위 피지배계층의 입장인 학생의 눈에 학
교는 총체적인 부패의 현장으로 보인다. 일제 시대 스파르타식 교
육을 최고라 주장하면서 입만 벌리면 칼 찬 '나까무라 선생'을 외
치는 이사장, 여선생을 성적 대상으로 보는 호색한 김학렬 이사장,
부업으로 가출한 고등학생을 고용해 단란주점을 경영하고 문제를
일으킨 학생의 학부모에게 전화해 촌지를 갈취하는 함춘봉 교무과
장, 실력은 없는데 윗사람에게 아부하면서 임시직 자리를 유지하는
똥걸레 송성문 선생 등은 모두 학교를 부패시키는 주체들이다. 그
리고 학생 개인들은 무기력하게 동조함으로써 이 부조리를 키워
낸다. 문제의식은 있으되 행동으로 옮기지 못하는 M고 학생들 역
시 '학교'를 둘러싼 모순의 방조자인 것이다.

     우스개 게시판 - 우스개(go HUMOR), 14454번

제목: [구타교실] - 25 - 구타엔 휴일도 없다 편~
올린이: yiyap(박상욱) 98/09/03 12:45 읽음: 2721 추천: 100 관련 자료 없음
'금합미봉은 학생 혈이요, 상내촌지는 학부모고라
M고등교시 뺨루낙이요 구타성고처 괴성성고라'

철제 캐비닛에 들어 있는 아름다운 몽둥이는 학생들의 피요
책상 속에 건네지는 촌지는 학부모들의 기름이라
M고 등교 시 뺨에 흐르는 눈물
구타소리 높은 곳에 괴성소리 높았더라.[266]

　　이런 모순에도 불구하고 변형태 선생은 탁월한 실적을 올리는 우수교사로서 학교를 위해서 반드시 필요한 존재, 최고의 선생으로서 오히려 교육부의 표창을 받는다. 변형태 선생이 표창을 받게 되는 이유는 학생들이 교육현장에서 피부로 느끼는 현실과 제도의 격차 때문이다. 억압 아래 놓인 학생들은 일탈할 권리는커녕 어중간하게 소극적으로 지낼 권리조차 없다.

우스개 게시판 - 우스개(go HUMOR), 13529번
제목: [구타교실] - 11 - 김일성과 통행패~
올린이: yiyap(박상욱) 98/08/24 13:57 읽음: 3478 추천: 100 관련 자료 없음

[구타교실] - 11 - 김일성과 통행패~
　　M고의 하루는 고달픈 일과의 연속이었다. 막노동 나가는 것도 아니고 그렇다고 예전 귀신 잡는 '송추 공수 방위'처럼 새벽 일찍 출근해야 되는 것도 아닌데 세계 군복 콘테스트에서 꼴찌 했다는 우리나라 군복보다 더 칙칙한 인민복을 입고 제 죽을 묘 파러 삽 들고 가는 심정으로 새벽녘에 학교로 향해야 했다. 이곳이 학교가 아니라 차라리 삼청교육대였다면 '그래 어차피 삼청교육대야 엿 같은 데니 어쩔 수 없지' 하고 참겠지만 엄연히 이곳은 교육부에서 인가를 내준 고등교육기관이 아니더냐. (중략) 나중에 설문 결과가 알려졌다. 1번 항목은 95% 일치했다. '저희 학교는 민주화된 교육 체제 아래서 존경하는 이사장님, 교장님, 사랑으로 가르치시는 선생님들 밑에서 행복하게

---

266) 박상욱, 『구타교실』 연재 당시의 연재본, 1998년 9월 3일자, 게시판 글.
　　　국어교과서에 수록된 『춘향전』의 시를 작가가 패러디한 시이다.

학생들은 의사소통이 거부된 상태에서 일방적인 지도와 억압을 받는다. 해법은 현장을 일탈해 나가 버리거나 쿠데타처럼 봉기하는 것이지만 그 어느 것도 학생들에게는 일방적으로 불리하다. 따라서 시키는 대로 숨죽이고 경쟁에 내몰린 채 일방적으로 교육받는 것이 학생들이 체험한 학교교육의 현장이며, 규범을 추종하는 배제의 논리가 그 핵심 담론이 된다. 따라서 피억압자로서의 학생들은 다른 방식으로 자신들만의 학교를 구성한다. 비공식적인 '일진회'의 구성이라든가 소설, 만화, 영화 등의 창작을 통해 자신이 주체화되어 상상 속의 학교를 건설하는 것이다.

청소년들이 창작한 서사 텍스트에서의 '학교'는 한국 내 어디에도 없는 학교이다. 이 학교들은 그들이 체험하는 현실의 대척점에 서 있는 가상의 학교이며, 이상적이고 낭만이 있는 학교의 형태를 지닌다.

4. 이상화와 낭만의 서사

인터넷이 발달하면서 『구타교실』처럼 인터넷에 자신이 창작한 소설을 연재하는 청소년 계층이 증가하였다. 『구타교실』 같은 경

---

267) 박상욱, 『구타교실』 연재 당시의 연재본, 1998년 8월 24일자, 게시판 글.

우 학교 체험에 기반을 두고 소설의 기법을 가미한 것이지만, 이른바 '학원물'이라는 소재별 분류에 들어가는, 전혀 다른 대중적 하위 장르의 소설들은 그들이 꿈꾸는 이상적 학교의 구체화를 서사적 형상화로써 보여 준다.[268]

예를 들어 인터넷 로맨스 소설은 십대 소녀들이 주 창작자이자 향유층인데, 이 인터넷 로맨스 소설에 나타나는 낭만적 사랑의 배경이 되는 '학교'는 현실의 학교와 상당히 다르다. 남학교와 여학교가 분리된 경우가 많은 현실과 다르게, 이 학교들은 남녀공학, 특히 남녀 합반인 공학을 꿈꾼다. 교복이나 두발규제도 자유롭고 개방적이며, 교사들은 젊고 매력 있으며 실력도 좋고 융통성 있는 화끈한 성격으로 묘사된다. 강제적이거나 집단적인 보충학습이나 야간자율학습은 존재치 않고, 학교의 시설 환경 또한 쾌적함을 추구한다. 학부모들에게 에어컨을 기증받아도 전기요금 때문에 여름 보충학습기간에 에어컨 없이 공부하는 것이 현실의 학교라면, 청소년들이 창작한 가상의 학교는 언제나 쾌적한 고급 학교다. 여학생 취향의 로맨스나 판타지 소설에 나타나는 학교는 대체로 이렇다.

남학생 취향의 무협이나 이른바 퓨전장르의 서사에서는 좀 다른 양식의 학교가 나타난다. 교사와 학생, 교장과 교사의 상하관계로 대변되었던 권력의 일방통행 규칙은 이 학교에서 다른 논리로 바뀐다. 힘을 추구하되, 그것은 학생들 사이의 권력 문제로 치환된다. 교사와 학교 제도의 억압은 먼 배경으로 물러나고, 문제가 되는

---

268) 황국명, 「현대소설의 가상현실재현 전략과 정치적 환상연구」, 『한국문학논총』 35집, 한국문학회, 2003.
　　　, 「90년대 소설의 환상성, 그 상상력의 모험」, 『외국문학』, 1997년 가을호.
　　　, 「한국현대성장소설의 정치적 환상 연구」, 『한국문학논총』 제25집, 한국문학회, 1999.12.

것은 학생들 사이의 폭력적 관계, 이른바 '일진회'와 '짱'으로 규정
지어지는 서열관계이다.

　　2009년 5월 2일.
　　3개 방송사에서 연합하여 조사한 설문에 고교생들의 폭력이 사회문제 1위
로 올라왔다. 2위인 실업문제가 12%인 데 반하여 고교생 폭력문제는 72%나
되었다. 그 원인 중에서 고교생들 사이에서 '4월의 피바람'이라 불리던 19일
간의 고교생 난투극이 가장 큰 비중을 차지했다. 4월 2일에 마산의 한 고등학
교에서 일어난 살인사건을 시작으로 4월 21일에 신준후가 체포되기까지 132
명의 고교생이 죽음을 당하는 일대사건이었다. 그것이 배경이 되어 1000명이
넘는 고교생들이 자퇴를 했고 5개 고교가 문을 닫는 일이 벌어졌으며 연이은
고교생 조직살해사건이 한 달 평균 5명을 기록했다.
　　그에 대한 원인으로서 실리적 입장을 갖추지 못했던 정부의 허술한 교육
방침이 첫 번째로 선정되었다. 1990년 후반부터 시작된 IMF의 영향으로 청소
년들에 대해 소홀한 정책을 폈다는 것이 시민들의 주장이며, 그들이 주장하는
가장 큰 문제점은 청소년들의 사회활동이 2000년의 10년간 극단적으로 위축
되었다는 사항이었다.
　　시민들은 정부에 대대적인 반발을 일으켰다. 이에 대해 정부에서는 청소년
을 위한 특별대책 위원회를 구성하고, 2009년 10월 18일에 담화문을 발표했
다. 그것은 청소년 선행 지도법의 탄생이었다. 그리고 그 법령에 따라 문교부
와 검찰청이 서로 연합하여 세계 어느 나라도 시행을 했던 예가 없었던 뜻밖
의 사건을 일으켰다.
　　청소년 선도 도시 계획안.
　　청소년 선행 지도법의 3장 1안에 제시된 '지도 대상의 청소년은 미대상 청
소년에게 직접적인 영향을 미칠 수 없게 한다.'를 근거로 하여 만들어진 시행
령이었다. 이것은 전국 각 도의 한 지역을 선정하여 그곳을 '청소년 선도 도
시'라 명명하고, 도내의 지도 대상 청소년을 모두 그곳에 격리하여 선도하겠다
는 내용이었다. 즉, 하나의 도시가 지도 대상으로 선정된 불량 청소년들의 격
리수용소가 된 것이다. 국내뿐 아니라 전 세계가 이 사항에 대해 경악했다. 문
교부의 통계로 결정된 지도 대상 청소년들은 총 21만 5천 명. 그들 모두가 '선
도 도시 계획법'에 따라서 지정된 격리도시로 전학을 명령받았다. 그때 50만에
달하는 전투경찰들이 동원되었고, 12명의 사망자가 발생하는 난투극도 벌어졌
다. 이것은 대대적인 논란이 되었으나 정부는 결정을 번복하지 않았다.[269]

---

269) 홍성화, 『타락고교 1』, 자음과 모음, 2001. 나우누리 무림동 무협 게시판 연재본 제1화.

이 소설은 『타락고교』[270]라는 제목으로 나우누리 무림동 무협게
시판에 연재되었다. 작가는 '레디오스 성화'라는 ID의 대학생이었
고, 디자인을 전공하면서 만화동아리 활동과 함께 만화 스토리 작
가로도 일한 경력이 있다. 70년대 이후 출생자답게 이 세대는 일
본만화와 애니메이션, 무협과 판타지 등의 대중적 서사 장르에 익
숙하며 특유의 정서를 공유하고 있다. 이 소설 역시 영화 <화산
고>처럼 고등학교를 배경으로 해서 무협지 특유의 '협'의 논리에
따라 학교와 사회의 질서를 개혁하고 재편성하려는 이상화의 논리
를 따르고 있다.

> "우리가 청소년 선행 지도법으로 쓰레기 취급을 받을 때 제일 분노했던
> 건 너야, 명진성. 공부를 못하는 우리들이 쓰레기가 되지 않으려면, 막노동을
> 하고 청소부가 되고 이삿짐을 나르며 즐겁게 담배를 피워 그것을 쓰레기통에
> 곱게 넣어 줘야 하는 거야? 그게 원래 우리들의 생각이었던가? 혹시 공부를
> 잘해서 가죽 회전의자에 턱하니 앉은 놈들이 규정해 놓은 건 아닐까 생각해
> 본 적은 없었어? 우리가 쓰레기통에서 벗어나기 위해 선택해야 할 것이 정말
> 우리들의 육체를 혹사시키며 평생을 보내는 거라고 생각해? 그렇다면 가라."
> "무슨 말인지 모르겠어. 우린 앞으로 뭐가 되는 거지?"
> "역사 이래 가장 큰 힘을 가진 감사원이 되는 거다. 우리의 옳지 않은 것
> 을 고칠 수 있고, 저들의 옳지 않을 것을 고칠 수 있는."
> "그래서 네가 도원(桃園)이었군."
> 명진성은 쓸쓸하게 웃었다.
> "이상향. 네가 무릉도원을 일으켰을 때, 난 코웃음을 쳤었지. 결국은 전국
> 짱이 되기 위해서 수작을 부린 거라고. 그래서 네가 날 불렀을 때, 난 가지
> 않았다. 네가 원했던 건 그때도 이거였냐?"
> "아니."
> 도원이 다시 명진성의 어깨에 손을 올리며 웃었다.
> "그때는 하늘이었다."[271]

---

270) 홍성화, 『타락고교 1-4』, 자음과 모음, 2001-2. 나우누리 무림동 무협 게시판 연재본.
271) 홍성화, 『타락고교 1』, 자음과 모음, 2001. 나우누리 무림동 무협 게시판 연재본 제5화.

청소년들에 의해 창작되고, 주로 그들에 의해 향유되고 있는 대중 서사물의 하위 장르들은 각각 자신의 논리에 따라 학교를 재구성한다. 제도권의 울타리에 갇혀 있는 공교육으로서의 학교 대신에, 그들은 학교를 이상화시키고 개혁하며 학생이 주도하는 쾌적한 가상의 학교라는 담론을 펼쳐 나간다. 거기에는 경쟁과 배제의 논리가 없으며, 자신들이 원하는 교육의 방향이 간접적으로 제시되어 있다. 그것은 바로 '즐거움'으로서의 학교이며, '자유'로서의 학교이다. 그런 의미에서 『타락고교』, 『구타고교』와 같은 이 소설들의 제목은 반어적 강조의 궤를 따르고 있다고 할 수 있을 것이다.

이는 구세대로서의 부모와 교사세대, 신세대로서의 학생세대 사이의 문화적 갈등의 양상을 띤다.[272] 변화하는 사회와 학생집단에 대한 교육체제의 부적응 현상이며, 청소년 세대가 바라는 학교문화와 기존 학교문화와의 갈등이나 저항의 표출인 동시에 현행 교육제도와 교육문화에 대한 비판의식이 첨예하게 들어 있기 때문이다.

5. 폭력으로서의 체험, 저항으로서의 서사

'우리의 학교교육이 위기상황'이라는 국민적 합의를 반영하듯이, 한국의 현대소설작품들은 교육현장으로서의 '학교'를 주 배경으로 삼아 개인의 학교 체험을 서사화함으로써 보편화시키는 길을 택해 왔다. 이 작품들이 제기하는 문제의식은 바로 오늘날 '학교붕괴'라

---

272) 이종각, 「21세기 학교와 교실, 어떻게 달라져야 하는가」, 한국교육과정평가원 2주년 기념 세미나 발제원고자료집, 71－95쪽.

는 이름으로 우리가 느끼고 있는 문제의식과 상통하는 바가 크다. 경제적 급성장과 파행, 정치적 후진성, 전통과 현대, 탈현대가 문화적으로 뒤섞인 혼잡한 형태[273]의 사회에서 이루어지고 있는 교육이기 때문이다. 따라서 근 100여 년의 모순이 축적되어 나타나고 있는 현상이라 할 수 있다. 이런 관점에서 본다면, 오히려 '학교붕괴'는 일종의 저항담론에 해당된다. 기존 학교교육의 핵심적 지배담론을 구성해 온 '학교에서 공부 잘해서 성공하고 출세하라'는 제도적 권유가 흔들리고 붕괴하고 있다는 증거이기도 하다. 이른바 성적 이데올로기, 학력 이데올로기의 허구성을 간파하고 학교라는 제도의 존재방식 자체에 의문을 제기하고 근대 공교육 체제에 대한 도전을 넘어서서 새 방식의 교육제도와 문화를 갈구하는 것이기 때문이다.

60년대 이후 한국의 현대소설 작품들 중에서 '학교'를 배경으로 교육문화에 대한 체험을 다루는 서사들은 모두 이와 동일한 맥락에서 나온다. 그들의 학교 체험은 그다지 긍정적이거나 즐겁지 않았다. 제도가 지닌 권력에 굴종하는 억압의 과정, 사회 순응의 훈련 도구가 바로 '학교'였기 때문이다. 따라서 개인의 사회화를 위한 학습과 교육이 학교와 동일시되는 한, 학교는 언제나 폭력적 지배의 현장으로서 시대의 정치적 기류와 등가의 것으로 여겨졌다. 학교를 반드시 통과해서 사회에 나가야 할 개개인들에게 학교교육은 상대적으로 멀든 가깝든 간에 폭력 체험을 안겨 주었으며, 학교교육문화가 지닌 폭력적 지배논리는 바로 교육의 논리가 되었다.

현대소설의 서사는 개인의 체험을 토대로 이와 같은 논리에 대항하는 저항담론으로서의 서사적 논리를 펼친다. 현실의 모순을 첨

---

273) 김호기, 『한국의 현대성과 사회변동』, 나남출판사, 1999.

예하게 드러냄으로써 인식을 유도하는 동시에 서사적 대안을 제시하는 것이 그 방식의 하나이다. 그러나 현재 우리의 현대소설에서 제시하는 대안은 아직도 확고하게 동의를 얻은 비전이 없다. 『우리들의 일그러진 영웅』이나 「돼지새끼들의 울음」, 「우상의 눈물」, 「광기의 역사」, 『구타교실』이 보여 주듯이, 개혁을 꿈꾸는 쿠데타는 언제나 소극적이고 수동적이며 역으로 감정적으로 공감함으로써 용납하고 해결하는 차원에 도달하기조차 한다. 반면에 『반성문을 쓰는 시간』에서처럼 개인의 소극적 방기는 배제의 논리에 따라 일탈현상으로 간주되어 강경한 처벌의 대상이 된다.

학교의 현실을 반영함으로써 문제를 제기하는 고발의 서사가 이런 한계를 지니고 있다면, 청소년층이 자기 세대의 논리에 따라 전개해 나가는 대중적 서사물의 서사에 나타난 '학교'는 가상의 영역에 존재함으로써 이상화된 낭만의 학교가 된다. 현실의 결여태를 보충하기 위한 소극적 저항담론으로서 만들어지는 가상의 학교는 결과적으로 교육을 둘러싼 세대 간 인식과 요구가 얼마나 멀리 떨어져 있는지를 서사의 형식으로서 보여 주는 방식인 것이다.

그러니 결국 학교교육문화의 서사적 체험은 권력의 제도화에 대한 이의 제기의 양상으로 다시 우리 당대의 사회 현실로 수렴된다. 학교교육의 위기를 둘러싼 교육계의 공방처럼, 우리 또한 여기서 다시 문제의 원점으로 돌아오게 된다. 그러나 문학, 특히 허구적 서사물로서의 현대소설에 교육의 문제를 직접 물어보는 것은 현명한 방식이 아니다. 소설의 문제제기와 서사적 해답 역시 허구적으로 간접화된 것이기 때문이다. 허구적 서사물은 허구적 서사물의 논리에 따라 읽고, 상상하며 독자가 선택적으로 자신의 경험에 의해 재구성하여 완성되어야 하는 것이다. 이것이 바로 폭력으로서의

학교교육문화 체험과 저항담론으로서의 서사적 논리, 개별 서사물
로서의 소설작품과 독자에 대한 해답이다.

참고문헌

1. 소설 텍스트

공지영, 「광기의 역사」, 『존재는 눈물을 흘린다』, 창비, 1999.
이문열, 『우리들의 일그러진 영웅 - 이문열 중단편전집 4』, 도서출판 둥지, 1994.
전상국, 「돼지새끼들의 울음」, 『술래 눈뜨다 - 전상국 자선대표작품집』, 청아출판사, 1994.
______, 「우상의 눈물」, 『술래 눈뜨다 - 전상국 자선대표작품집』, 청아출판사, 1994.
______, 「투석」『술래 눈뜨다 - 전상국 자선대표작품집』, 청아출판사, 1994.
최시한, 「구름그림자」, 『모두 아름다운 아이들』, 문학과지성사, 1996.
______, 「허생전을 배우는 시간」, 『모두 아름다운 아이들』, 문학과지성사, 1996.
______, 「반성문을 쓰는 시간」, 『모두 아름다운 아이들』, 문학과지성사, 1996.
______, 「모두 아름다운 아이들」, 『모두 아름다운 아이들』, 문학과지성사, 1996.
______, 「섬에서 지낸 여름」, 『모두 아름다운 아이들』, 문학과지성사, 1996.

박상욱, 『구타교실 1, 2』, 시공사, 1999.
______, 『구타교실』, 나우누리 우스개 게시판 1998.10.27 - 1999.8.8일까지 연재본.
홍성화, 『타락고교 1 - 4』, 자음과 모음, 2001 - 2.
______, 『타락고교』, 나우누리 무림동 무협 게시판 연재본.

2. 관련 연구 논저

김덕현, 「공교육과 교원양성 정책」, 『중등교육연구』 제1집, 1989.

김호기, 『한국의 현대성과 사회변동』, 나남출판사, 1999.

나병현, 「공교육의 내실화와 학교교육체제의 변화」, 『교육철학』 제27집, 2001.

박덕규, 「남한체제의 모순과 도덕주의적 세계 – 전상국의 소설」, 『술래 눈뜨다 – 전상국 자선대표작품집』, 청아출판사, 1994.

신현석, 「공교육 정상화를 위한 학교와 정부의 역할」, 『한국교육학연구』 제9권 제1호, 2003.

유상덕, 「21세기의 학교교육과 학력개념의 재검토」, 『한국교육연구소소식』, 2001.

이두휴, 「공교육의 위기와 희망」, 『교육철학』, 1999.

이재승, 「학교교육 개선을 위한 내용, 방법적 측면의 노력」, 『교육발전논총』, 1999.

이종각, 「21세기 학교와 교실, 어떻게 달라져야 하는가」, 한국교육과정평가원 2주년 기념세미나 발제원고 자료집.

정유성, 「새로운 학교교육모형의 탐색」, 『교육이론과 실천』 제11권 제1호, 2001.

주삼환, 「학교교육 개선의 교육철학적 방향」, 『교육발전논총』, 1999.

채구묵, 「청소년 비행의 원인과 치유방안 – 입시위주의 학교교육으로 인한 스트레스와 비행과의 관계를 중심으로 – 」, 『사회복지연구』 제10호, 1997.

황국명, 「현대소설의 가상현실재현 전략과 정치적 환상연구」, 『한국문학논총』 35집, 한국문학회, 2003.

______, 「90년대 소설의 환상성, 그 상상력의 모험」, 『외국문학』, 1997년 가을호.

______, 「한국현대성장소설의 정치적 환상 연구」, 『한국문학논총』 제25집, 한국문학회, 1999.12.

3부

사이버 문학과 지평의 확대

Ⅰ. 장보고 소재 서사 텍스트의
양식과 담론

1. 장보고 소재 관련 서사와 텍스트

　오늘날 과거의 역사에 대한 관심이 증가되고, 역사의 현장과 장면, 그 시대를 살았던 특정 인물에 대한 논의가 활발하게 전개되고 있다. 이는 지금 우리가 처한 현실로서의 당대에 대한 시대인식이 주요 원인으로 배후에서 작동하고 있음을 의미한다. 과거 회귀, 혹은 역사의 재해석 작업은 현실의 결여태에 대한 상대적 추구의 모양새를 갖추기 쉽기 때문이다.

　이제 여기서 1300년 전 특정 인물인 '장보고(張保皐, ?~846)'의 삶과 그 삶이 서사적으로 허구화되고, 진술된 담론의 방식에 주목함은 같은 동기에서이다. 특정한 역사적 시기, 그 시대를 살았던 한 인물의 삶을 그 시대의 지평으로 재구성함은 서사적 허구화라는 특정한 진술방식의 필터를 통해 그 근본 의도와 동기를 간접적 방식으로 드러낸다. 장보고 소재 서사들의 일차적 존재 양태는 역

사 기술의 양식이지만, '책'의 형태로 기록된 '역사'를 소재로 허구
화 과정을 거쳐 이차적 텍스트들이 생산되었다. 따라서 허구적 서
사 텍스트를 정확히 독해하기 위해서는 재료를 제공한 역사의 기
술방식부터 관련 서사 텍스트들을 점검해 나가는 것이 필요할 것
이다.

장보고를 둘러싼 기존 연구는 크게 인문사회과학 영역과 자연과
학 영역으로 나뉜다. 자연과학 영역에서는 주로 항해술과 선박, 조
선 등을 다루었고, 인문사회과학 영역에서는 사회와 경제, 문화 부
분이 주로 다루어졌다. 특히 청해진을 둘러싼 무역이나 경제적, 문
화적, 국제적인 교류의 양상에 주 초점이 맞추어져 왔다. 그러나
어문학 영역에서는 장보고를 둘러싼 특유의 이데올로기라는 관점
때문에 장보고의 서사가 진술된 방식을 문제 삼는 담론의 양식에
대해서는 거의 다루어지지 않았다. 교과서의 기술양식을 문제 삼은
논문은 있었으나, 역사 교과서 텍스트에 국한되어 다루어졌기 때문
이다.274)

사실, 역사 교과서의 역사 기술은 항상 독특한 담론의 양식으로
이루어진다. 역사는 대부분 승자 입장에서 기록되기 때문에, 역사
에 있어서 패자였던 쪽은 어떤 형태로든지 왜곡을 경험하게 된다.
그러니 모든 역사의 기술 과정에서 객관적인 사실의 완벽한 기록
이라는 것은 불가능하다. 과거의 기록들은 있는 그대로의 사실들을
기록한 것이 아니며, 과거 사람들의 '조건 지어진(conditioned)' 시
각이 투영된 기록이다. 일반적으로 '사실'이라고 여겨지는 과거 사
건들에 대한 '역사적' 설명이 '허구적' 설명보다 진실을 담고 있다

---

274) 윤재운, 「교과서에 보이는 장보고 관련 서술의 문제점과 제언」, 『2003년 고려사학회 가
을학술대회 – 국사교과서의 해양 관련 인물』, 고려사학회, 2003.

는 것은 증명하기 어렵고, 관습적 구분의 경계선도 지켜지기 어렵다.275) 역사의 기술은 기술 과정에서 제도권 이데올로기의 유입과 사료 선정 단계의 첨삭, 진술 과정의 정치적 담론화로 인해 언제나 '경험된 것으로서의 역사'로 기술되기 때문이다.276)

교과서를 중심으로 한 장보고 관련 역사 기술은 이와 같은 관점에서 상대적이고 다원론적 입장에 의거해 다시 읽힐 수 있을 것이다. 장보고 관련 연구의 가장 큰 장애가 되고 있는 부분은 바로 이와 같은 진술의 장벽이며, 그 진술을 둘러싼 그 시대의 정치적 담론과 아울러 장보고를 바라보는 데 있어서 통제된 우리의 시각과 당대담론의 장벽이다.277) 그러므로 장보고 진술을 둘러싼 정치적 담론에 초점을 맞추어 재해석하는 것은 가장 일차적으로 거쳐야 할 텍스트 독해 작업의 기초가 될 것이다. 과거 장보고의 행적이 기록된 역사 텍스트들은 장보고의 출생과 성장, 번영에 대한 객관적 정보전달의 기록에 치중하기보다는 개인적인 몰락이나 기존 사회로부터의 일탈 과정에 부정적인 시각을 덧붙여 더 많은 분량의 평가를 기록하고 있기 때문이다. 이것은 전적으로 기득권자로서 역사적 승리자이자 장보고의 대항인물세력인 신라 왕족들과 귀족들의 시각이 반영되고 있다는 것을 의미한다.278) 이 시각에 유교적 덕목이 덧붙여져서 조선시대를 거쳐 현재에 이르기까지 장보고 서사에 대한 이중적 시각을 형성해 왔다.

왜곡됨이 전제된 역사 관련 텍스트의 진술 이외에, 오늘날 장보

---

275) Peter Heehs, 「Myth, History, and Theory」, History & Theory 33(1), 1994, 1－19쪽.

276) Hayden White, 천형규(역), 『19세기 유럽의 역사적 상상력－메타역사』, 문학과 지성사.

277) 다이안 맥도웰, 『담론이란 무엇인가』, 임상훈(역), 한울, 1992.

278) 서윤희, 「청해진 대사 장보고에 관한 연구－신라 왕실과의 관계를 중심으로」, 『진단학보』, 진단학회, 2001.

고를 둘러싸고 가장 많이 생산되고 있는 주요 텍스트는 역시 아동을 대상으로 한 동화 텍스트이다. 특히 위인전이라는 특유의 서사 하위 장르의 범주가 주를 이루었다. 이 위인전 텍스트들은 상호텍스트성으로 연계되어 상호간 영향을 주고받는 가운데 지속적으로 재생산되었다. 불행히도 아동문학으로서의 위인전은 언제나 특정 이데올로기의 강력한 재생 매체로서 지목받아 왔다. 전래동화나 신데렐라 류의 옛이야기가 가지고 있는 특유의 세계관이 오늘날 지식인의 관점에서 바람직하지 못한 선입관을 반복적으로 드러내듯, 위인전은 선정 과정과 전달방식, 읽기 활동을 둘러싼 소통 구조에서 왜곡된 담론과 정치적 인식을 아동에게 심어 줄 가능성이 상당히 높다. 「한국을 빛낸 100명의 위인들」이라는 동요에 포함된 위인들의 명단이 말해 주듯이, 위인전에 수록된 인물들의 가치 평가는 제도권에서 아동이 모방하기를 원하는 인물들에게 기준이 맞춰져 있다. 따라서 위인전 전집에 수록된 인물의 선정기준, 인물에 대한 묘사나 인물의 일생에 대한 가치평가의 진술은 기본적으로 객관적이지 못할 수 있고, 더 나아가 왜곡된 역사진술을 허구화 양식을 통해 확대 재생산하는 장치가 될 수도 있다.

장보고의 위인전 또한 여기에서 대동소이하다. 위인전의 목록에 장보고가 오른 것도 80년대 후반 이후이며, 주류를 이루는 위인의 한 사람으로 위치를 굳힌 것은 90년대 중반부터라고 할 수 있다. 청해진의 설치와 번영을 둘러싼 해상무역 발전의 양상을 강조하기는 하나, 장보고 개인의 욕망과잉과 판단 착오가 청해진이 멸망하고 신라의 국력이 쇠퇴하는 데 중요한 역할을 했다고 기술하여, 위인의 삶을 평가하는 데 도덕적 교훈의 근거로 삼고 있기 때문이다. 따라서 아동 대상 '위인전'으로서의 장보고 일대기는 양식과 담론의 차원에서 비판적으로 읽혀야 하고, 다시 쓰여야 한다.

위인전이 아동에게 심어 놓은 장보고의 일생에 대한 부정적 평가는 성인기에 이르러 역사소설의 영역에도 영향을 미친다. 기존에 존재했던 역사상 타 소재들에 비해 장보고의 드라마틱한 삶이 역사소설의 소재로서 채택된 것은 80년대 후반 이후의 소수 작품에 불과하다.[279] 현대 장편 역사소설의 대표주자인 월탄 박종화 역시 장보고를 소재로 역사소설을 창작하지 않았다. 그간 장보고의 삶이 역사소설의 소재로 채택되기 어려웠던 것은 1300여 년의 세월을 격해 고증이 어렵고 자료가 될 만한 역사적 기록이 부족했다는 것이 가장 큰 표면적 이유이다. 그러나 그 이면에 존재하는 것은 사실 장보고 개인의 삶을 '반역'으로 결론 내린 지배세력의 가치관이 내린 부정적 평가이다. 오랜 기간 굳건히 지속되어 내려온 이 유교적 관념이 이끌어 낸 부정적 평가, 또한 이 평가에 침식된 일반의 인식이 문제의 가장 큰 원인이 된다. 지배 이데올로기의 담론이 하위 담론에 대해 종속을 요구하고 통제하는 것과 같은 맥락인 것이다.

역사소설은 역사성과 문학성의 양면적 결합에 의해 역사에 대한 인식을 대중에게 가장 잘 전파할 수 있는 양식 중의 하나이다.[280] 그러므로 장보고에 대해 일반화된 역사진술과 아동문학기의 오염된 담론을 바로잡아 독자에게 수용시킬 수 있는 효과적인 방편은 바로 비판적으로 재창조된 양식의 역사소설을 보급하는 것이다. 또한 역사소설로서의 『장보고』는 장보고의 삶과 행적을 둘러싸고 영

---

279) 실제로 대표적인 작품은 송지영, 박광서, 최인호 세 사람의 장편 역사소설에 국한된다. 단재 신채호 이후 풍부하게 생산된 역사소설의 총량에 비하면 극히 미미하다 할 수 있는 수준이다.

280) 조수학, 「역사와 역사소설」, 『대동한문학』 제10집, 1998.12. 101 − 2쪽.

웅의 전통적인 서사, 정치적 이상향의 서사, 비극적인 영웅의 서사
에 이르기까지 다양한 의미망을 생산해 낼 가능성을 가지고 있는,
전통적 서사 양식의 현대적 계승에 필요한 다차원적 보고가 된다.

본고는 위와 같은 사유에서 장보고를 둘러싼 역사진술과 아동문
학으로서의 위인전, 성인을 위한 역사소설을 함께 연계하여 그 양
식과 담론을 아울러 검토하기를 주장한다. 장보고에 대한 그릇된
인식을 바로잡고 대중화시키기 위한 가장 빠른 방식은 장보고를
둘러싼 담론을 이해하는 하는 것이며, 담론을 이해하기 위해서는
담론이 함축되어 들어가는 문학적 양식을 검토하는 것이 가장 빠
른 지름길이기 때문이다. 따라서 지금까지 학술적 논의의 방향에서
소외되어 왔던 장보고를 둘러싼 담론들을 공정하게 재검토하고, 그
담론의 양상에 내포된 이데올로기와 왜곡을 유도하는 의미 생산의
메커니즘을 밝혀 내고자 한다. 역사적 기록의 진술과 아동문학으로
서의 위인전, 성인문학으로서의 역사소설 세 가지의 담론 양상을
비교하는 과정에서 이 담론의 이데올로기와 의미 생산의 메커니즘
은 상호 텍스트성으로 연계되어 있음을 밝혀낼 수 있을 것이기 때
문이다.

연구의 결과 공정한 평가 아래 풍부한 장보고 서사의 재생산을
유도하고, 담론의 생산 방식을 이해함으로써, 왜곡된 현상을 독자
가 비판적으로 수용할 수 있게 할 기반을 닦아 두고자 한다. 이를
기초로 동화, 위인전, 애니메이션, 게임 시나리오, 텔레비전 사극,
역사 소재 영화, 대체 역사소설, 사이버 상의 역사소설이나 게임
시나리오에 이르기까지, 장보고의 서사가 다양한 양식으로 보편화
되고 대중적으로 보급될 수 있을 것이기 때문이다.

2. 역사 기술 양식으로서의 장보고 서사

고려시대에 간행된 김부식의 『삼국사기』와 일연의 『삼국유사』는 장보고에 대한 가장 기본적인 내용이자 비교적 풍부한 콘텐츠를 담고 있다. 당대의 평가가 아니고 약 4세기의 세월이 지난 후의 평가이기에 고려시대의 관점을 반영하고 있다 할 수 있겠지만, 이후 대다수 장보고 관련 서술은 모두 이 두 권의 역사책을 근거로 이루어졌다.281) 두 권의 기록을 비교하면 다음과 같다.

기록의 구성과 분포도를 보면 다음과 같다. 김부식의 『삼국사기』는 본기(本紀) 28권, 지(志) 9권, 연표(年表) 3권, 열전(列傳) 10권으로 구성된 책이다. 이 중에서 중심을 이루고 있는 본기에 수록된 관련 서사는 「권10 흥덕왕 3년」, 「권10 희강왕 2년」, 「권10 민애왕 1년」, 「권10 신무왕」, 「권11 문성왕 1년」, 「권11 문성왕 7년」, 「권11 문성왕 8년」 등 총 7곳에 보인다. 그러나 이 기술은 연대기적 질서에 따른 왕조의 기록이다. 그러므로 신라의 왕조교체를 둘러싼 혼란은 명확히 드러나되, 장보고 개인에 대한 기록은 왕조와 관련될 때만 부수적으로 언급되는 것일 뿐이다. 따라서 본기에서 장보고의 비중은 「권 10 흥덕왕 3년」에서 처음으로 왕조와 관련을 맺을 때, 그의 신원을 해명하는 정도로, 나머지는 왕조중심 기술에서 관련될 때만 나타난다. 편년체 정사기술에 따른 원칙이 비교적 충실히 지켜지고 있으며, 개인의 일대기는 '열전'이라는 양식으로 별도로 묶여 있는데, 이 또한 김유신과 김양에 관련되어 부분적으

---

281) 장득진, 최근영, 『장보고 관련 서술의 종합적 검토』(재)해상왕장보고기념사업회, 2002, 11 - 21쪽.
　　인용된 역사기술의 번역문은 이 텍스트에서 추출한 것이다.

로 수록되고, 장보고 개인은 정년과 함께 엮여서 기록되었다.

먼저 최초의 등장이자 신원을 해명한 『삼국사기』「권 10 흥덕왕 3년」의 기사를 보면 다음과 같다.

> 3년(828) 봄 정월에 대아찬 김우징(金祐徵)을 시중으로 삼았다. 2월에 당나라에 사신을 보내 조공하였다. 3월에 눈이 3자나 내렸다. 여름 4월에 청해대사(淸海大使) 궁복(弓福)은 성이 장씨(張氏)인데, 일명 보고(保皐)라고도 하였다. 당나라 서주(徐州)에 들어가 군중소장(軍中小將)이 되었다가 후에 본국으로 돌아와 왕을 찾아뵙고 군사 1만 명으로 청해(淸海)를 지켰다. 청해는 지금(고려)의 완도(莞島)이다. ……

이 기술에 따르면, 궁복의 계급에 대한 기사는 없고, '성이 장씨'라는 기록과 함께 두 개의 이름이 올라 있다. '궁복'이 공식적인 이름으로 되어있고, 후대에 알려진 이름 '보고'는 별칭인 것이다. 그러므로 그의 본명은 '장궁복'인 것이다. 당에 들어갔다가 돌아온 동기와 과정은 언급되어 있지 않은 채, 결과만 간략히 기술되어 있다.

이 기사와 함께 이후 다른 장보고 소재 서사에 반복되는 핵심 기사들을 중심으로 하여, 추려서 제시한다.

> …… 아찬 우징은 청해진에 있으면서 김명이 왕위를 빼앗았다는 소문을 듣고 청해진 대사 궁복에게 말하였다.
> "김명(金明)은 임금을 죽이고 스스로 왕이 되었고, 이홍(利弘)은 임금과 아버지를 억울하게 죽였으니 같은 하늘 아래 함께 살 수 없는 자들이다. 바라건대 장군의 군사를 빌려서 임금과 아버지의 원수를 갚게 해 주시오."
> 궁복이 말하였다.
> "옛사람의 말에 의로움을 보고도 실행하지 않는 자는 용기가 없는 사람이라 하였으니, 내 비록 용렬하지만 명령대로 따르겠습니다."
> 드디어 군사 5천 명을 나누어 그의 친구 정년(鄭年)에게 주면서 말하기를 "그대가 아니고서는 이 화란(禍亂)을 평정할 수 없다."고 하였다. ……

『삼국사기』「권10, 민애왕 1년」 중

이 기사에 따르면, 장보고가 왕실의 역사에 적극적으로 개입하게 된 동기는 참으로 유교적이다. 개인의 이익과 관계없는 이타적이고 유교적인 동기인 것이다. 효와 충, 의와 용, 우정이 그를 평가하는 덕목으로 드러난다. 그러나 그의 몰락 과정을 나타내는 기사는 이 덕목과 무관한 것으로 시각이 바뀌었으며, 그 내용은 다음과 같다.

7년(845) 봄 3월에 청해진대사 궁복의 딸을 아내로 맞이하여 둘째 왕비로 삼으려 했으나, 조정의 신하들이 간하여 말하였다.

"부부의 도리는 사람의 큰 윤리입니다. 그러므로 하(夏)나라는 도산씨(塗山氏)로 인하여 흥하였고 은(殷)나라는 신씨(신氏)로 인하여 번창하였으며, 주(周)나라는 포사(褒姒) 때문에 망하였고 진(晉)나라는 여희(驪姬) 때문에 어지러워졌습니다. 그러한즉 나라의 존망은 여기에 있는 것이니 신중해야 할 일이 아니겠습니까? 지금 궁복은 섬사람(海島人)인데, 그의 딸이 어찌 왕실의 배우자가 될 수가 있겠습니까?"

이에 왕이 그 말에 따랐다.

『삼국사기』「권11, 문성왕 7년」 중

장보고의 유교적 덕목에 대한 평가는 이 기사에서 무효화 된다. 단지 이 기사에서 문제 삼고 있는 것은 그의 과거 업적이 아니고 현재의 사회적 출신인데, 그것도 구체적인 계층에 대한 언급이 아니라 단지 '지금 섬사람'이라는 그들의 기준에 따른 규정이다. 앞의 기술과 비교해 볼 때 청해가 장보고의 고향이라든가 하는 추정 내용과도 무관하다. 기술자는 지배계층의 시각에 동조하여 골품 계급제도에 의한 국가체제 유지에 더 큰 무게를 실어 주는 것이다. 뒤이은 기술은 이에 대한 장보고의 반응이며, 그 결말에 대한 역사 기술자의 시각을 보여 준다.

8년(846) 봄에 청해진 궁복이, 왕이 자기의 딸을 맞아들이지 않은 것을 원
망하여 청해진을 근거지로 하여 반란을 일으켰다. 조정에서는 장차 그를 토벌
하자니 뜻하지 않을 우환이 있을까 두렵고 그냥 방치해 두자니 그 죄를 용서
할 수 없었으므로, 근심하고 염려하여 어떻게 해야 할 바를 알지 못하였다.
무주(武州) 사람 염장(閻長)은 용감하고 굳세기로 당시에 소문이 나 있었는데,
(그가) 와서 아뢰었다.

　"조정에서 다행히 저의 말을 들어 준다면, 저는 한 명의 병졸도 수고롭게
하지 않고 맨주먹을 가지고서 궁복의 목을 베어 바치겠습니다."

　왕이 그에 따랐다. 염장은 거짓으로 나라를 배반한 것처럼 꾸며 청해진에
투항했는데, 궁복은 장사(壯士)를 아꼈으므로 의심하지 않고 불러들여 높은
손님으로 삼고 그와 더불어 술을 마시면서 매우 즐거워하였다. 궁복이 술에
취하자 (염장이) 궁복의 칼을 빼앗아 목을 벤 후, 그 무리들을 불러 달래니 엎
드려 감히 움직이지 못하였다.

『삼국사기』「권11, 문성왕 8년」 중

　이 기사에 따르면 갈등의 정점에서 장보고는 몰락에 이르는 것
이 당연한 것으로 여겨지고 있다. 특히 그의 행사는 정치적 관점
에서 '반란'으로 강력히 규정되고 있으며, 사유는 '딸을 맞아들이
지 않은 것을 원망'하는 개인적인 이유이다. 유교적 입장에서 이
두 가지 사유는 부도덕함을 증명하는 강력한 동인이다. 역사의 기
술자는 과거 장보고의 업적을 도덕적으로 높이 사던 관점을 전복
시키고, 상대적으로 국가 권력의 대행자로서의 염장을 도덕적으로
높이 평가하면서 장보고의 어리석음을 의도적으로 대비시킨다. 이
지점이야말로 장보고에 대한 이후의 평가와 장보고 소재 서사 텍
스트의 재생산 여부를 좌우하는 중요한 분기점이 되었던 것이다.
　이제 『삼국사기』에 수록된 「장보고·정년」 열전의 기술방식을
지금까지 살펴 본 정사의 기술방식과 대비해 보기로 한다.

　장보고(張保皐: 신라본기에는 弓福으로 되어 있음)와 정년(年은 連으로도
되어 있음)은 모두 신라 사람이다. 그들의 고향과 부조(父祖)는 알 수 없다.

두 사람이 모두 싸움을 잘하였는데 정년은 그 밖에도 바다 밑으로 들어가 50리를 가면서도 물을 내뿜지 않았다. 그 용맹과 씩씩함을 비교하면 장보고가 정년에게는 조금 미치지 못하였으나 정년이 장보고를 형이라 불렀다. 장보고는 나이로 정년은 기예로 항상 맞서지 않으려고 하였다. 두 사람이 모두 당나라에 가서 무령군 소장(武寧軍 小將)이 되어 말을 타고 창을 쓰는 데 대적할 자가 없었다.

후에 장보고가 귀국하여 대왕(홍덕왕)을 뵙고 말하기를 "중국의 어디를 가보나 우리 사람들을 노비로 삼고 있습니다. 청해(淸海)에 진(鎭)을 설치하고 해적들이 사람을 약취(掠取)하여 서쪽으로 가지 못하게 하기를 바랍니다." 하였다. 청해는 신라 해로(海路)의 요지로서 지금 완도(莞島)라는 곳이다. 대왕이 장보고에게 군사 1만 인을 주어(청해에 진을 설치하게 하니) 그 후로 해상에서 우리나라 사람들을 파는 자가 없었다.

장보고는 이미 귀하게 되었는데 정년은 당나라에서 직업을 잃고 배고픔과 추위를 무릅쓰며 사주(泗州)의 연수현(漣水懸)에 있었다. 어느 날 정년이 그곳의 수장(戌將) 풍원규(馮元規)를 보고 말하기를, "나는 본국으로 돌아가 장보고에게 의지할까 하오." 하니 풍원규가 대답하기를 "그대와 장보고의 사이가 어떠한가. 어찌하여 가서 그 손으로 죽으려 하는가." 하였다. 그러자 정년은 "굶어 죽는 것이 싸우다 쾌히 죽느니만 같지 못하다. 하물며 고향에서 죽는 것임에랴." 하고, 마침내 그곳을 떠나 장보고를 찾아갔다. 장보고가 그를 맞이하여 함께 술을 먹으면서 마음껏 즐기는데, 술자리가 끝나기 전에 왕(민애왕)이 살해되고 나라가 어지러우며 임금이 없다고 하는 소식이 들어왔다. 장보고가 군사 5천 명을 나누어 정년에게 주며, 정년의 손을 잡고 울며 말하기를, "그대가 아니면 이 화란(禍亂)을 평정할 수 없을 것이요." 하였다. 정년이 국도에 들어가 배반한 자를 베고 왕(우징 즉 신무왕)을 세웠다. 왕은 장보고를 불러 재상(宰相)으로 삼고 정년으로 대신하여 청해를 지키게 하였다(이것은 신라의 전기와 매우 다르나 두목(杜牧)이 전(傳)을 짓기도 하였으므로 남겨둔다.).

『삼국사기』「권44, 열전 장보고 · 정년」중

이 기술을 살펴보면, 특이한 점 두 가지가 발견된다. 첫째는 열전의 기술자 김부식이 참조한 전대의 역사기술에 대한 인지와 비교의식이다. 그는 『신라본기』, 『신라전기』를 기본 정보의 출처로서 제시하고 있으며, 자신의 기술에 대한 진위 비교의 기준으로 사용하고 있다. 정사 기술에서 그의 명명을 '궁복'으로 일관했던 것에 비해, 여기서는 '장보고'라는 이름으로 대표하고 있는 것도 그것과 궤를 같이한다. 『신라본기』에 따르면, 장보고의 공식 명칭은 '궁복'이고, 그의 전성기 공식 명칭은 '장보고'로 이원화되어 있음을 추측게 한다. 이 열전은 그의 불행한 말로를 언급하지 않고 있으며, 그의 생애 중 전성기에 치중하여 그의 덕목을 보여 주는 데 기사를 다 할애하고 있다. 그러므로 실전되어 비교할 수 없지만, 『신라본기』의 기록과 『삼국사기』의 기록은 태도를 달리하고 있음을 추측할 수 있다. 『신라본기』가 반역자로서 폄하된 기록이라면, 『삼국사기』, 특히 김부식 개인의 의견이 강하게 반영된 열전에서는 그의 업적이 유교적 덕목에 의해 높이 평가되고 있는 것이다.

둘째는 열전 서술의 출발점에서의 차이이다. 김부식이 이 열전 기록 뒤에 달아 놓은 '논하여 가로되' 이후 부분에서, 그는 안녹산의 난 때 곽분양과 이임회의 사례에 열전보다도 많은 양을 할애하여 장보고와 정년의 사례로 치환시켜 보고 있다. 정사에서 단 한 줄 언급된 정년에 대한 기사가 열전에서 장보고와 대등하게 등장한 이유는 중국 역대 고사의 덕목과 일치시키기 위함이다. 그는 이런 의도를 합리화시키기 위해 단서조항을 열전의 마지막에 붙인다. "신라 전기와 매우 다르나 두목이 전을 짓기도 하였으므로 남겨둔다."라는 기사가 바로 그것이다. 심지어 그는 앞의 정사에서 기록된 장보고 생애의 결말조차 정년을 부각시키기 위해 바꿔 버린다. "신무왕이 장보고를 불러 재상으로 삼고 정년으로 대신하여 청해를 지키게 하였다."라니, 분명히 이 기록은 일탈된 것이다. 그러니 김부식에게 있어, 두목이 직접 곽분양과 이임회의 사례와 비교해 적어 놓은 장보고와 정년의 사례는 가히 절대적인 가치의 잣대를 제공한 것이라고 할 수 있다. 자신이 기술한 열전 뒤에 두목의 찬사(讚辭)를 적고, 송기(宋祁)의 언급으로 "아마 원망과 해독으로써 서로 끼치지 않고 나라의 우환을 생각한 것은 진(晉)나라에 기해(祁奚)가 있고 당나라의 곽분양과 장보고가 있었다. 누가 동이(東夷)에 인물이 없다고 하겠는가?"고 덧붙였다. 그러나 자신의 개인적인 평가는 직접 적지 않았다. 이런 관점에서 김부식이 열전에 수록될 인물의 명단에 장보고와 정년을 함께 묶고, 정사에 기술된 역사적 결말을 비틀어 가면서까지 열전을 기록한 이유는 명백하다. 을지문덕의 지략과 동등한 비중의 위용을 가졌다고 해도, '동이인'으로 명명된 그가 당나라에서 제시한 유교적 덕목에 합당한 인물로서 인지되었기 때문인 것이다. 열전이 전성기에 대한 기록으로 끝을 낸 것도 같은 동기이며, 그의 몰락이 유교적 배덕과 어리석음 때문인 것으로 묘사되는 것 역시 그 궤를 같이한다. 그의 열전 기록은 사실 위주의 기록이 아니고, 외국인의 문학작품에 수록된 것을 재구성하여 수용한 기록인 것이다. 결국 김부식이 장보고란 인물에 대해 기록한 역사기술은 그의 유교적 잣대에 따라 이중적으로 이원화된 태도의 결과임을 일관되게 보여 준다.

장보고에 대한 기록의 다른 한 축을 이루고 있는, 총 5권 2책 구성을 가진 『삼국유사』에 실린 장보고 관련 역사 서술의 기사는 다음과 같다.

제45대 신무대왕이 왕위에 오르기 전에 협사(俠士) 궁파(弓巴)에게 말했다. "나에게는 이 세상을 같이 살아나갈 수 없는 원수가 있다. 네가 만일 나를 위해서 이를 없애 준다면 내가 왕위에 오른 뒤에 네 딸을 맞아 왕비로 삼겠다." 궁파는 이를 허락했다. 마음과 힘을 같이하여 군사를 일으켜 경주로 쳐들어가서 그 일을 성취하였다. 그 뒤에 이미 왕위를 빼앗고 궁파의 딸을 왕비로 삼으려 하매 여러 신하들이 힘써 간하였다. "궁파는 아주 미천한 사람이니 왕께서 그의 딸을 왕비로 삼으려는 것은 옳지 못합니다."하니, 왕은 그 말을 따랐다.

그때 궁파는 청해진에서 진을 지키고 있었다. 왕이 약속을 어기는 것을 원망하여 반란을 일으키려고 하자 장수 염장(閻長)이 이 말을 듣고 왕께 아뢰었다. "궁파가 장차 충성스럽지 못한 일을 하려 하니 소신(小臣)이 가서 그를 제거하겠습니다." 왕은 기뻐하며 이를 허락했다.

염장은 왕의 뜻을 받아 청해진으로 가서 길을 안내하는 자를 통해 말했다. "나는 왕에게 조그만 원망이 있어서 그대에게 의탁하여 몸과 목숨을 보전하려고 합니다." 궁파는 이 말을 듣고 크게 노하였다. "너희들이 왕에게 간해서 내 딸을 폐하고 어찌 나를 보려 하느냐?" 염장이 다시 사람을 통해서 말했다. "그것은 여러 신하들이 간한 것이고 나는 이 일에 관여하지 않았으니 나를 혐의치 마십시오." 궁파는 이 말을 듣고 청사로 그를 불러들여서 물었다. "그대는 무슨 일로 여기에 왔는가?" (염장이 말하기를)"왕의 뜻을 거스른 일이 있기에 그대의 막하(幕下)에 의탁해서 해를 면할까 하는 것입니다." "그렇다면 다행한 일이요." 하고 궁파는 말하고 술자리를 마련하여 크게 기뻐하였다. 염장은 궁파의 긴 칼을 빼어들어 그를 베어 죽였다. 그러자 휘하에 있던 군사들은 놀라서 모두 땅에 엎드렸다. 이에 염장은 이들을 이끌고 서울로 와서 왕에게 복명하였다. "이미 궁파를 베어 죽였습니다." 하니 왕이 기뻐하여 그에게 상을 내리고 아간(阿干)의 벼슬을 주었다.

『삼국유사』「권2 신무대왕·염장·궁파」

역사적 사실에 대한 정보를 놓고 본다면, 분명 『삼국사기』와 『삼국유사』의 기사에 차이가 있다. 예를 들어 장보고의 딸을 왕비로 삼으려 한 주체, 그리고 장보고를 암살한 권력의 주체와 태도가 다르다. 『삼국사기』의 문성왕은 『삼국유사』에서 그 아버지 신무왕으로 바뀌고, 암살을 둘러싼 왕의 태도는 『삼국유사』가 훨씬 적극적이다. 이름도 '궁복', '장보고'가 아닌 '궁파'라는 새 이름이 등장한다. 그에 대한 사회적 지위, 인식에 대한 설명도 『삼국사기』와 다른 요소가 있다. 그는 '협사'로서 칭해졌으며, 개인적 욕망에 의해 혁명에 개입한 것이 아니다. 당나라 장수로서의 경력도 삭제되어 있으며, 청해진의 창설자임도 감추어져 있다. 단지 그는 정세에 대한 판단이 상당히 감정적이고, 정치적 술수에 희생당한, 어리석은 일개 무인 정도로 묘사된다. 이 기술에 따르면, 그의 '반란' 동기는 왕의 배덕과 기만 때문이고, 또한 자신의 어리석음 때문에 몰락한 것이다. 그 결과 그의 시대적 위치는 정확도가 떨어지고, 사회적 비중에서도 염장보다 뒤로 밀리는 것으로 규정된다. 역사, 사회적 맥락은 장보고 개인의 맥락 저 너머로 물러난다. 그의 업적과 성장 과정이 생략되고, 몰락의 과정을 중심으로 서술된 이 기사가 보여 주듯이, 『삼국유사』 기술자의 시각에서 장보고는 주체가 아니라 정치권력에 이용당한 대상자에 불과할 정도로 위축되며, 그를 움직였던 동인은 유교적 관념이 아니라 개인적인 호오(好惡)의 감정인 것으로 기술된다.

조선 초 대표적인 유학자이자 유교적 통치기반을 형성하는 데 큰 역할을 한 권근은, 개인적인 역사에 대한 서술을 시도한 책에서 장보고에 대한 평가를 남김으로써, 후대의 시각에 기본적인 시야를 마련했다. 권근 자신의 시문집인 『양촌선생문집』(陽村先生文集)은 총 40권 10책으로 이루어져 있는데, 그는 『동국사략론』(東國史略論)이라는 글에서 장보고가 신무왕의 유교적 대의명분을 위해 일어난 것을 군신의 의리로서 긍정적으로 평가한다. 유교의 도덕적 사관이 드러나 있는 이 글은 "장보고 등이 역적 김명을 토벌하여 죽이고 김우징을 세웠으니 이는 정말 복수와 역적 토벌의 의리를 얻은 것이다. 마땅히 아름다운 말을 덧붙여 만세에 신하나 아들 된 자의 권계로 삼아야 할 것이다."라고 서술하고 있다. 그러나 장보고 몰락을 불러온 납비문제를 둘러싼 신무왕과의 반목, '반란'이라 기술된 후반의 생애는 전혀 언급되지 않고 있다. 신무왕의 쿠데타를 도운 것에 대한 충효론은 이후로도 다른 역사기술, 특히 정사 이외 유학자들이 개인 문집을 통해 자신의 세계관, 역사관을

피력한 글에 반복되어 나타난다.[282] 납비문제 이후 후반의 생애가
언급된 소수의 글들은 신분제도의 한계를 뛰어넘으려고 한, 실현
불가능한 지나친 야망이라는 관점에서 개인적 원망과 부도덕함으
로 규정되는 흐름을 탄다.

이런 관점들은 역사의 적자로서 지배계층의 시야가 전적으로 장
보고 소재 서사의 진술방식을 지배하고 있다는 것을 의미한다. 서
로 간에 상충되고, 기술자의 시각에 따라 재편성된 이 기술들은
'역사'라는 이름으로 '사실 혹은 진실'의 관점에서 후대의 역사 기
술과, 그것을 토대로 허구화 과정을 거쳐 나온 기타 장보고 소재
서사 텍스트들의 뿌리가 된다. 따라서 이후에 출현하는 장보고 소
재 서사 텍스트들은 이중의 딜레마를 안은 채 서술의 책무에 직면
하게 된다.

첫째는 부족한 정보를 상상력을 통해 허구화하는 과정에서 사실
과 허구 사이의 강박관념을 진실성으로 치환하는 문제, 둘째는 인
물에 대한 재평가라는 관점에서 장보고를 재해석할 시, 평가의 잣
대를 제공하는 관념의 가치중립성에 대한 딜레마이다. 이제 아동문
학으로서 위인전 장보고의 서술 양식과 거기에 내포된 의미, 그리
고 성인문학으로서 장편 역사소설의 서술 양식과 내포 의미를 이
데올로기와 담론의 관점에서 재조명하기로 한다.

---

282) 장득진, 최근영, 『장보고 관련 서술의 종합적 검토』 (재)해상왕장보고기념사업회, 2002,
11 - 21쪽.

3. 전기 양식으로서의 장보고 서사

　정사 기록과 열전 기록으로 양분된 역사 서술의 전통은 사마천의 『사기』로부터 비롯되었다고 알려져 왔다. 장보고에 대한 최초의 종합적 기술인 『삼국사기』 또한 동일한 형식을 보여 준다. 그런 의미에서 '정사'는 '사실'(fact)의 개념으로, 열전의 '전'은 허구(fiction)의 개념으로 대응하여 이해되어 왔다. 따라서 장보고 소재 서사는 일차적으로는 역사 텍스트로, 이차적으로는 역사를 소재로 허구화된 문학의 텍스트로서 양분되어 생각되었다 해도 크게 틀리지 않을 것이다. 역사소설이라면 역사적인 인물이나 사건을 소재로 하되, 사건의 나열이 아니라 작가의 상상이 독자에게 문학적 흥미를 줄 수 있어야 하고, 동시에 일정한 수준 이상의 역사성이 담보되어 있어야 한다는 것이 일반적인 평가이기 때문이다.[283] 따라서 역사소설의 예술미학적 인식은 '역사에서 테마를 잡아 작가의 생생한 예술가적 조탁을 거쳐 작품으로 형상화되어야' 하며, 역사적 사건이 허구화되면서 역사성과 문학성을 동시에 요구하게 된다고 본다.

　역사와 허구적 서사를 분리하는 이원론적 관점은 소재와 완성, 원인과 결과라는 이분법적 관점과도 상응하는 것이다. 동양, 특히 우리나라에 있어서 현대적 역사소설의 뿌리는 정사와 전(傳)을 분리하는 역사기술의 관습에서 출발하며, '전'의 양식은 고대소설을 거쳐 현대 아동문학의 위인전 양식으로 연계된다. 전, 고대소설, 위인전의 공통분모를 이루고 있는 것은 바로 전기 양식이며, 이 전

---

283) 윤고종, 「역사소설과 산문정신」, 『펜』, 1955.12. 49쪽.

기는 한국적 특수성과 결합하여 '영웅의 일대기' 양상을 이룬다.[284]

　　장보고 소재 서사에서 장보고는 '영웅'의 범주에 포함되는 인물이자 그의 일생에 대한 진술은 바로 '영웅의 일대기'가 된다. 기존의 서사물들에서 축적된 장르적 관습은 고정된 틀로서의 유기적 구성을 제공하는 동시에, 영웅의 출생에서 사망에 이르기까지 일생을 기록하는 과정 자체가 하나의 내적 형식으로 규범화된다는 보편성을 얻게 된다. 그 위에 인물 개인의 삶에서 비롯된 특수성과 흥미를 유발시키는 모티브가 편입되면서 대중화의 길을 열게 된다.[285] 그러나 전해지는 과거의 기록 정보 자체가 제한적인 장보고 소재 서사의 경우, 보편적 형식의 틀과 제한된 정보 위에 차별화된 문학성과 허구적 상상력으로서 재편성됨을 통해, 텍스트 자신의 존재가치를 증명해야 한다는 이중의 부담을 안게 되는 것이다. 이렇게 역사적 상상력으로서 역사적 사실과의 거리나 공백을 메움으로써 허구적 서사물을 완성하려는 시도는, 전통적 영웅의 일대기를 적극 수용하는 아동문학으로서의 위인전 양식보다 성인을 위한 장편 역사소설에서 더욱 두드러지게 나타난다.

3.1. 아동문학으로서의 위인전 양식과 장보고 서사

　　아동문학계에서 위인전은 아동문학의 한 장르로 위인의 업적 및 일화 등을 역사적 사실(史實)에 입각하여 적은 글 또는 책이라 규정되어 통용된다.[286] 그러나 아동문학의 범주에서 위인전은 사실상

---

284) 조동일, 「영웅소설 작품구조의 시대적 성격」, 『한국 소설의 이론』, 지식산업사, 1977.

285) 안근수, 「통속적 영웅소설의 내적 형식과 욕망」, 『어문논집』 54 – 5쪽.

286) 김상형, 「위인전」, 『국어대사전』, 금성출판사, 1991.

약간 특수한 위치라 할 수 있다.

아동문학의 범주를 규정할 때, 일반적 규정에 따르면, 크게는 아동을 독자로 하여 문학성을 갖춘 글, 즉 전통적인 문학 장르에 속한 문헌만을 포함시키는 것이 있고, 보다 넓은 관점으로는 아동의 삶에 가치 있는 모든 문헌을 포함시키는 것도 있다.287) 전자는 아동문학의 문학성을 강조한 것이고, 후자는 아동문학의 대상자로서 아동에 대한 교육을 강조하는 입장이다. 게다가 전통적 문학 장르를 기준으로 아동문학을 분류하면 논픽션(non-fiction) 계통으로 분류되는 위인전은 아동문학 범주에서 빠지게 된다. 그러나 최근의 아동문학 출판 붐과 함께 탈장르적 관점에서 양식 중심으로 아동문학을 분류하게 되면 위인전은 전기(biography) 양식으로 분류되어 아동문학의 범주에 귀속된다.288) 장점과 약점을 지닌 인간으로서 실수와 성공을 반복하는 주인공을 묘사한 위인전은 아동에게 문학적 감동을 불러일으키며, 미래에 대한 의지와 꿈, 역경을 헤쳐 나가는 방법 등을 실천적으로 환기시키기 때문이다. 또한 역사적 근거를 가진 실존인물에 대한 이야기이므로 사실에 기초한 역사적 인식과 역할 모델을 제시할 수 있다는 장점을 가지고 있는 것이 위인전이다. 그러나 역으로 위인전은 어린이의 세계관 형성에 그만큼 악영향을 미칠 수 있는 직접적 요소도 가지고 있다고 할 수 있다. 역사의 실재성, 진리에 대한 여과 없는 수용이 위인전이라는

---

287) 강문희, 이혜상, 『아동문학교육』, 학지사, 1997.

288) 예를 들어서 큐리난(Cullinan)은 아동문학 유형을 그림책(picture books), 전래동화(folklore), 환상적 동화(fantasy), 과학적 정보(science fiction), 시가와 시(verse & poetry), 사실적 동화(realistic fiction), 역사적 동화(historic fiction), 전기(biography), 논픽션(nonfiction), 다문화 이해를 위한 책(books for multicultural understanding)으로 분류한 바 있다. 김영주, 「우리나라 위인전에 나타난 아버지 역할 내용 분석」, 『대한가정학회지』 제38권 10호, 2000, 54-6쪽.

양식을 통해 직접적으로 아동에게 흡수되기 때문이다. 따라서 아동이 경험하는 위인전 텍스트의 진술 양식에 담겨 있는 담론의 구조는 텍스트를 접하는 아동에게 강렬한 영향력을 행사하며 모방하도록 강제할 수 있다.

최근 우리나라의 출판시장에서 아동용 출판물은 상승세와 함께 지각변동을 겪어 왔다. 정확한 통계숫자는 잡히지 않지만, 대략 1-14세 범주의 아동을 위한 출판시장은 확대일로를 걷고 있다. 최근 약 5년간 어린이 책은 일반도서보다 월등히 많은 분량이 출판되었으며, 단행본 6천억 원, 방문판매 약 1조 원, 학습지류가 약 3조 원 규모의 출판시장을 형성했다고 한다. 양상도 다양해지면서 6, 70년대 세계명작 전집류의 방문판매 중심에서 80년대 들어 단행본 시장이 형성되고, 90년대 이후 폭발적 증가추세를 탔다. 외국 출판물의 번역, 창작 작가층의 확대, 입시나 학습용 도서, 오락용 도서에 이르기까지 다변화되는 것이다.[289]

장보고 소재 위인전 서사 또한 이 물결을 타고 변화해 왔다. 80년대 중반까지 출판된 위인전 전집류 중에서, 국내 위인의 목록에 『장보고』는 거의 포함되지 않았다. 80년 후반부터 시작하여 90년대 중반을 넘어서면, 국내 위인전 전집 목록에 『장보고』가 들어가는 비율이 절반을 넘어선다.[290] 그만큼 선정 과정에서의 인지도가 보편화되고 있다는 의미일 것이다. 2000년대에 들어서면 논술과 사고력 훈련을 이유로 텍스트 앞이나 뒤에 질문이나 학습이 가능하도록 별도 영역을 추가하는 경우도 증가했다. 위인전 목록을 놓

---

289) 조월례, 「최근 어린이 책 출판 경향과 전망」, 『문학교육학』 제12호, 345-7쪽.

290) 2004년 10월 기준으로 국내 28종류 어린이 위인전기 전집 중 17종류에 『장보고』 위인전이 들어가 있으며, 비율로 따져서 약 60% 정도임을 확인했다.

고 볼 때 장보고가 유표화되는 방식도 점차 인지도와 평가 비중이 높아지고 있음을 반영한다. 무작위 배열에서부터 가나다순 배열, 시대순 배열, 중요도 비중에 따른 배열에 이르기까지 장보고의 위상은 점차 상승하고 있다. 장보고의 삶을 명사구로 규정하여 부제로 붙이는 데에 있어서도 동일한 양상을 보인다. '해상왕 장보고', '바다의 왕 장보고', '청해진을 설치한 해상왕 장보고', '해상무역으로 신라의 경제를 이끈 바다의 제왕' 등 후대로 올수록 점차 구체화되면서, 당대가 원하는 모방의 대상이 명시된다.

독자로서의 어린이도 세분화된 대상으로 분리된다. 저학년용 그림 위주 위인전, 역사적 지식을 전달하는 방식에 충실한 고학년용 위인전, 문학적 완성도를 높인 비전집 단행본 위인전에 이르기까지 수요에 따라 공급되는 서적의 양태가 다르다. 상업적 마케팅 전술에 근거하고 있기 때문이겠지만, 수요에 발 빠르게 맞춰 변동하는 아동용 출판시장의 특성을 잘 반영하는 사실이 아닐 수 없다. 따라서 영향력을 행사하는 대상의 폭도 그만큼 넓어졌다고 할 수 있을 것이다.

아동 출판시장에서의 양적 증가와 인지도 상승에도 불구하고, 그러나 과거 역사 서술에서 반복되었던 장보고에 대한 평가의 이중적 딜레마는 아동문학으로서의 위인전에서도 역시 지속되고 있다. 더구나 역사와 문학 사이의 경계 흔들림은 이런 혼란을 더욱 가속화시키고 있으며, 현시대의 욕망에 맞추어 과거를 끌어들이는 방식이라는 위인전의 선정 기준이 문제를 더욱 확산시킨다. 특히 역사를 새롭게 재해석하고자 한다는 것을 위인전 서술의 기본 동기로 내걸었거나 현대의 과제를 풀어 가는 해답의 방식으로 역사적 인물과 그 삶의 배경을 끌어다 대었을 경우, 위인전을 기획한

출판사의 상업적 의도가 여기에 편승하여 위인전 기술자의 이면에 감추어진 사회의 정치적 욕망을 가감 없이 드러낼 수도 있는 것이다. 그 결과 맹목적인 민족주의와 국력의 신장, 외교적 국제위상의 강화, 현재의 경제적 난관에 비교되는 과거에의 미화, 정치적 군사적 경제적 지도자로서의 유교적 덕목과 계몽주의를 아예 서문에서부터 노골화시키고, 아동의 독서에 적극 개입하며, 독해의 모범답안으로서의 질의응답과 독자 독후감으로 위인전을 마무리하기도 한다.

어린이가 주 수용자기 때문에 텍스트는 문자와 그림의 병행전략을 선택하는데, 고학년용일수록 문장 의존도가 높고, 저학년용일수록 그림 의존도가 높아지면서 그림과 문장의 상호작용도가 중요해진다. 그러나 그림동화 자체는 쓰거나 읽기에 편안한 장르인 건 아니다. 글을 읽고 그림을 읽고 양자의 관련 양상을 읽어 내기까지 3중의 읽기가 필요하기 때문이다. 선형적 글과 비선형적 이미지를 동시에 받아들이기 위해서는 글과 그림의 비중과 연결 관계, 미적 효과도 중요하다.291) 게다가 아동문학의 특성상 그림과 문장의 상호작용 효율성이 중요하며, 전체 스토리가 간결해지기 때문에, 역사서술의 기본 텍스트인 『삼국사기』나 『삼국유사』에 가장 가까운 원형적 모습을 보여 준다. 그러므로 역사 텍스트 서술에 나타난 진술의 이중적 가치판단 태도가 어린이용 위인전에서도 비슷한 담론의 양상으로 반복될 수밖에 없다. 게다가 허구적 형상화로 역사기록의 공백을 메워 가더라도, 역사적 사실의 기록을 증명하는 데서 벗어나면 안 된다는 장르 자체의 이중적 성격이 이런 확대 재생산을 더욱 부채질한다. 이미지화된 그림을 수록하기 위해

---

291) 이지호, 「그림동화의 내용 구성 방법 연구」, 『국어교육학연구』, 13집, 2001. 381 – 6쪽.

서는 고증을 거쳐야 한다고 주장한다든가 사실임을 증명하기 위해 유적지의 사진이 병기된다든가 하는 양식이 그것을 반영한다.

일반인이 쉽게 범하는『삼국사기』,『삼국유사』에서 유도된 오독이 무비판적으로 받아들여져 금과옥조인 것처럼 전체 서사에서 반복되기도 한다. 예를 들어 역사서술에서 장보고와 정년이 함께 언급되기 때문에 '의형제'라는 설정으로 형상화된다거나, 오해의 여지는 있을지언정 전혀 언급되지 않은 사실, 곧 '두 사람의 고향은 완도'라거나 하는 것이 그것이다. 오히려『삼국사기』는 장보고의 가족관계, 고향 등은 전혀 알 수 없다고 명시하고 있다.

대상자가 아동이니만큼 플롯도 단순화되어 연대기적 순서로서의 스토리와 상당부분이 일치하기 때문에, 전통적인 영웅의 일대기 양식과 유사해지기도 한다. 도입부분에서 부분적으로 시간의 순서가 역전되어 있는 것을 빼고는 대부분의 위인적 텍스트가 거의 연대기적 순서를 일직선으로 따르고 있다. 단지 차이가 있다면 출발점으로서의 '고귀한 출생' 요소가 역사적 기록의 부재로 인해 변경되어 있다는 것뿐이며, 출세와 성장 과정에서 선한 조력자와 악역으로서의 상대자가 보조자로 나서는 것은 일치한다. 주체인 장보고는 대부분 선한 역할 모델을 수행하고, 권력투쟁에 몰두하는 신라 왕실은 악한 역할 모델이자 오늘날 분열된 정치가들에 대한 알레고리적 의미로도 읽힌다. 이처럼 주인공인 위인은 선한 역할 모델을 벗어나면 안 되기 때문에, 위인전 텍스트의 구성 면에서도 영향을 미친다. 때로는 성장의 정점에서 위인전을 끝내기도 하고, 납비 문제를 둘러싼 결말의 몰락 과정은 장보고 자신의 안타까운 희생으로 미화되기도 한다. 또한 장보고의 죽음과 청해진의 붕괴는 바로 국운의 붕괴로 연계되어 설명됨으로써 강력한 계몽담론으로 전체가 변동되기도 했다. 그러나 계몽담론화가 이루어지는 바로 그 순간, 위인전의 담론은 수용자에게 동의만을 요구할 뿐 비판적 수용의 여지는 위축되며, 아동에게 지배 담론의 세계관을 직접 각인시키게 되는 부작용으로 이어진다. 더구나 위인전은 읽기 행동을 통해 세계관의 수용과 실천적 모방이라는 행동양식을 독자에게 직접적으로 강제할 수 있는 양식이다. 어린이에 대한 도덕적 교훈의 교육이라는 지배 담론이 전제되는 한, 위인전은 문학적 허구화보다 계몽담론의 양상으로 기울어지기 쉬운 것이다.

3.2. 성인문학으로서의 장편 역사소설 양식과 장보고 서사

서구의 역사소설이 근대적 양식으로 시대와 병행하여 출현했던 것에 비해, 우리의 역사소설은 과거로부터의 풍부한 영웅 서사와 역사전기적 요소를 계승했다는 연계점을 가지고 있다. 이것은 대단한 전통이자 장점인 반면에 이런 전통을 가진 장르의 속성상, 애초부터 역사기술의 문제나 영웅의 삶을 문학의 틀 안에서 기록한다는 전제를 벗어날 수 없다는 것이 한계점이기도 하다. 장보고 소재 서사의 역사소설 양식 역시 우리나라 역사소설의 주류에 해당되는 영웅서사이자 역사전기 서사의 범주에 들어간다. 더구나 민족주의적 세계관이 시대의 난관을 돌파할 대안점으로 제시되었던 개화기 이후부터, 우리의 역사소설은 동일한 정치적, 사회적 배경 요소를 이면에 깔고 근대로 유입되었다. 정사 뒤에 덧붙여진 열전, 고소설로부터 시작해 역사소설의 초기 작가였던 단재 신채호, 춘원 이광수로부터 역사소설의 장르를 정립한 월탄 박종화, 장르의 영역을

확대한 유주현 등에 이르기까지, 우리의 역사소설들은 특유의 서사적 양식을 공유해 왔다.[292]

주인공을 설정함에 있어 왕, 장군, 고승 등 역사상 유명인을 선택하고, 사건을 전개할 때는 주인공에 밀착된 역사상 중요사건을 핵심 모티브로 하여 전개해 나가는 것이 기본적인 역사소설의 양식이다. 그러다 보니 사회적 갈등의 양상이 전면화되기보다는 시대적 국가적 요청에 부응한 개인의 우수성이 영웅의 조건으로서 더 부각된다. 또한 정사(正史) 중심의 교과서적 역사관이 주축이 되기 때문에 유교적 윤리덕목과 권선징악의 주관적 도식이 평가의 주요한 잣대가 되기도 한다. 자칫 흥미가 떨어질 수 있는 이런 요소를 극복하기 위해 흥미소가 될 만한 모티브가 중간에 삽입되는데, 특히 감상적인 연애담과 가상의 무협담, 대중의 욕망을 대리 실현하는 것으로서 권력의 성취 등의 오락적 요소가 성인용에 걸맞게 두드러진다. 역사소설들은 대체로 역사적 소재의 무게가 실린 윤리적 덕목과 함께 대중적 오락성, 이 두 가지를 예술적으로 조화시킨 작품이 우수한 작품이 될 것이라는 기대를 받아 오게 마련이다. 역사소설에 대한 이런 이중적 잣대는 신문 연재를 통해 장편 역사소설의 기틀을 마련한 월탄 박종화의 다음과 같은 언급에서도 나타난다.

　　나는 역사소설의 형태를 빌려서 문학으로 사회에 참여하고 있는 것이다.
　　역사소설의 주인공을 통해서 현대인간들과 대화를 하면서 이 땅, 이 조국을
　　아름답게 건축해 보자는 것이다.[293]

---

292) 홍성암, 「역사소설의 양식 고찰 – 해방 이후의 작업을 중심으로」, 『한국학논집』 제11집,
　　　284 – 7쪽.
293) 박종화, 「삼국풍류 서문」, 『한국삼대작가선집』, 삼성출판사, 1970.

  이른바 역사의식이라는 이름으로 지칭되는 작가의식은 역사소설의 대중적 형태가 지닌 가벼움을 보충하는 것으로서 인식되고 있다는 것이다. 따라서 역사소설에는 역사에 대한 작가의 강한 의도가 반드시 전제되게 마련이다.

  '실록대하소설'이라는 이름이 붙은 하위 장르에서도 이런 현상은 마찬가지다. 역사기록인 실록의 형태를 빌려 역사적 사실을 있는 그대로 기술하되 비역사적 인물을 주인공으로 등장시켜 그들의 행동으로 소설로서의 허구를 확보하는 방법을 택하기 때문이다. '실록'이라는 이름은 리얼리티를 강조하는 장치가 되며, 그만큼 허구화된 부분의 예술적 정교함도 강하게 요구받는다. 더 나아가 역사소설에 있어 최상의 단계는 일반적으로 '문학'이라는 예술양식이 갖는 인간과 현실의 내면적 구조적 탐구와 조형미라는 보편적 속성을 '역사'라는 소재에서 발굴해 조화시키는 것으로 생각된다. 역사학이 역사적 사실, 곧 사료와 고증에 토대하여 이루어지는 것이라면, 문학으로서의 역사소설은 역사에 기반을 둔 역사적 상상력을 통해 특정 시대의 총체성을 담아내는 예술이라는 것이 지금까지 역사소설을 보는 일반화된 관점이었기 때문이다.[294] 따라서 소설은 역사의 빈 부분을 메우는 상상력의 소산으로 간주되기도 했다. 정사기술의 공적 영역에 드러나지 않은 개인의 삶의 역사를 재구성하는 데는 작가의 상상력이 필수적이고, 상상력이 작동되는 한 그것은 특정한 지향성과 이데올로기를 담고 있을 수밖에 없기 때문이다. 이처럼 역사에 대한 작가의 기술태도에서 드러나는 역사소설의 작가의식은 바로 역사소설에 대한 관념과 창작의 동기, 소통의 구조, 수용에 대한 요구를 형성한다.[295] 독자들은 장편 역사소설을

---

294) 박태순, 「역사의 서사적 구조와 서사문학」, 『사회평론』, 4월, 147 - 8쪽.

읽으면서 자신이 알고 있는 역사적 사실과 허구화된 영역을 변별
해 나간다. 작가가 교묘히 섞으면 섞을수록 역사와 문학의 영역은
독서 과정에서 변별을 둘러싼 원심력과 구심력의 역장을 형성한다.
역사와 문학의 이중적 잣대가 본격적으로 적용될수록 역사소설의
문학성은 높아지고, 혼합의 방식은 작가의 역사인식과 문학적 독창
성을 증명하는 수단이 된다.

　　장보고 소재 장편 역사소설들[296]도 동일한 방식으로 창출되고
유통되며, 수용된다. 영웅의 서사이자 역사전기 서사이며, 작가가
특정한 시대의식에 대한 의도를 담아 창작한 것이라는 점에서 그
렇다. 기본적으로는 『삼국사기』의 관점을 수용하면서도, 『삼국사기』
의 공백부분은 작가의 상상력으로 채워져 있다. 그러나 대부분 성
인독자를 의식하여 상상력 부분의 사건과 사건의 진행에 연결고리
를 제공하는 리얼리티의 핍진성을 돕는 장치들이 제공된다. 당나라
로 건너가게 된 동기를 성취하여 애국하고자 하는 내면적 욕망으
로 제공하건, 노비로 잡혀 간 사랑하는 여인을 추적하여 건너가는
것으로 하건, 사료(史料)의 공백은 서사적 필연성을 요구한다. 또
한 이 서사적 필연성을 제공하는 작가의 상상력은 역사에 대한,
문학에 대한, 사회에 대한 작가 자신과 배후조종자로서 사회의 담
론 양식을 드러낸다.

　　박광서의 『소설 장보고』는 '영웅은 호색이다'라는 영웅소설을
통속화시키는 전통적 관념에 형상화의 상당부분을 기대고 있다. 따

---

295) 김경수, 「역사의 공동(空洞)과 역사소설의 위상」, 서평, 김원우 『우국의 바다』론, 549 –
　　60쪽.
296) 박광서, 『소설 장보고: 청해의 별 상, 하』, 외길사, 1990.
　　송지영, 『소설 장보고: 송지영 대하역사소설 상, 중, 하』, 호암출판사, 1993.
　　최인호, 『해신 1, 2, 3』, 열림원, 2003.

라서 장보고는 여성편력을 따라 자신의 삶을 완성하고, 작가는 이에 따라 사건의 단계별 전개를 이어 주는 개연성의 틀을 구성한다. 신문 연재소설의 특성이자 대중적 오락성을 구현하고자 한 결과이다.[297] 그러다 보니 인물의 선악 대립구도는 더욱 평면화되어 도식적 획일성으로 굳어지며, 입신양명에 이르는 과정이 서사의 핵심이 된다. 독자는 입신양명에 이르는 주인공 장보고를 따라 자신의 욕망을 투영하기 때문에, 이 장면의 묘사는 길고, 몰락에 이르는 과정은 상당히 짧다. 송지영은 '대하역사소설'이라는 제목을 달고 『소설 장보고』를 썼는데, 반체제 지식인이자 진보적 사관을 가지고 있었던 그는 박광서의 소설의 남녀관계 축보다 장보고와 정년 사이의 감정적 기복에 더욱 많은 영역을 할애했다. 단편이나 중편 규모였던 아동문학으로서의 위인전에 비해 장편 역사소설은 작가의 상상력에 의존하여 긴 분량을 채워서 유기적으로 구성해야 한다는 요구를 더 많이 받는다. 게다가 연재의 형식을 따라 긴밀한 구성도와 주제의식을 일관되게 유지하려면 허구적 형상화에 작가의 역량이 긴밀히 요구된다. 그런 점에서 장편 역사소설로서의 장보고 서사는 아쉬운 측면이 있다. 박광서는 전문작가이기는 하나 역사적 수용과의 조화가 부족하고, 송지영은 지식인으로서의 인식이 앞서고 문학적 구성도가 약하기 때문이다.

또한 역사 기술에서 보여 주었던 윤리적 담론의 이중적 딜레마는 소설의 양식에서도 개선되지 않았다. 오히려 허구적 형상화가 개입되는 부분에서 작가 자신의 개인적, 혹은 우리 시대의 욕망이 과다히 투사되는 양상으로 확대된다.

---

297) 안근수, 「통속적 영웅소설의 내적 형식과 욕망」, 『어문논문』, 54 – 65쪽.

나는 이 소설을 쓰면서 위대한 역사 속의 한 인물을 오늘에 다시 재조명
해 보려고 노력하면서, 스스로 많은 것을 배우고 깨달았다. 사실 장보고만큼
파란 많은 일생을 살다 간 풍운아도 없었던 것 같다. 수천 년 우리 역사 속에
서 지금까지 삼해의 해상권을 장악한 무역왕도 일찍이 없었다. ……안으로
안으로, 한반도만으로 만족하며 움츠러들려고만 했던 천 년 신라의 역사 속에
서 장보고는, 그 세력을 해상으로 확장하여 출몰하는 해적들을 소탕하고, 멀
리 일본과 산동 반도를 연결하는 한중일 삼각해상무역을 독점 장악하는, 자랑
스럽고도 통쾌한 한민족의 기상을 보는 것이다. 이름 없는 일개 평민 출신으
로 삼해에 이름을 떨친 풍운아의 야망과 함께 젊음으로써 가질 수 있는 진솔
한 사랑과 우정, 그리고 그에게서 떼칠 수 없던 진한 동포애를 보면서 천 년
후, 오늘을 사는 우리에게 많은 것을 깨우쳐 준다. 그리고 이런 위대한 선조
를 두었다는 데에 뿌듯한 자부심을 갖는다. 중국과 일본의 사가들도 그저 지
나칠 수 없었던 위대한 인물을 왜 우리는 그저 신라 조정에 반기를 들었던
한 인물로 과소평가하려 해 왔던가. 옛날이나 지금이나 다름없는 권력층의 갖
은 권모술수와 간계에 의해 불운한 끝을 맺었지만, 그가 남긴 역사 속의 발자
취는 우리를 자랑스럽게 한다.[298]

위와 같은 작가 박광서의 논조는 장편 역사소설로서 세 장보고
소설 텍스트의 공통적인 접점이다. 위인전에서부터 반복된 이 논조
는 민족주의적 당위론으로서 시대의 요청에 따라 현대에도 지속적
으로 반복 재생산된다. 따라서 이 논조에 기대는 한 역사소설은
민족적 이념성의 구현 양식으로 선호될 수밖에 없다.[299] 현 상황에
대한 저항담론인 동시에 민족적 대안 제시의 역할을 수행하기를
요구받는 것이다.

최인호의 『해신(海神)』은 이와 같은 역할 수행의 첨병에 서 있
다. 최인호의 소설은 소설의 일반적 양식보다는 다큐멘터리와 유사
한 양식을 추종한다. 소설의 화자가 내포되어 흔적을 감추는 것에
비해, 다큐멘터리는 내레이터 전면에 나서서 진술의 전권을 휘두를
수 있기 때문이다.

---

298) 박광서, 「작가의 말」 중에서, 『소설 장보고 상(上)』, 외길사, 1990.
299) 송기섭, 「민족주의와 역사소설」, 『어문연구』 제30집, 1998, 241쪽.

“바다를 지배하는 자가 곧 제국을 지배할 것이다.”

장보고는 키케로의 말처럼 천하무적의 신라선단을 이끌고 남해를 다스렸으며, 또한 라이샤워의 말처럼 해양제국을 다스렸던 바다의 제왕이었다.

그 영웅을 잃음으로써 우리 민족은 함께 바다를 잃었던 것이다.

장보고.

역사 속에 패자부활전을 통해 다시 부활하여 살아난 장보고.

그는 해적들에 의해서 팔려 가는 동족인 신라노예들을 보고 분노하였던 인본주의자였으며, 또한 우리나라 불교사상 처음으로 달마의 신법으로 종지(宗旨)로 삼는 ‘구산선문(九山禪門)’이 들어올 때 이를 강력히 후원하였던 종교개혁자이자 사상가이기도 했었다. 멸망한 백제국 출신의 미천한 해도인으로 태어났으나 자신의 신분에 절망치 아니하고 중국으로 건너가 무공을 세워 군중소장까지 이르렀던 꿈꾸는 미래인(未來人)이었으며, 또한 당나라에 머물고 있던 신라인들을 하나로 모으기 위해서 적산법화원이란 절을 세웠던 민족의 지도자이기도 했었다.

21세기.

바야흐로 국경도, 이데올로기도 없어진 시대에 오직 경제적 무한경쟁시대에 돌입한 21세기에 장보고야말로 우리가 반드시 본받아야 할 위대한 무역왕이었던 것이다.

당나라와 일본뿐 아니라 저 먼 아라비아 반도까지 이끄는 대무역의 바닷길을 개척하였던 다국적 기업이었으며, 흥덕대왕의 개혁의지를 그대로 실천해 보였던 ‘무역지인간(貿易之人間)’의 현신이었다. 주일 미대사였던 라이샤워가 표현하였듯, ‘상업제국(Commercial Empire)을 건설하였던 위대한 무역왕(Mrchant prince)이었으며, 우리나라 역사상 유일무이한 단 한 사람의 세계인이었던 것이다.[300]

앞의 박광서 글이 소설 본문과 분리된, 외부에 덧붙여진 작가 서문이었다면, 동일한 내용에 이데올로기적 담론이 더 구체적으로 강화된 이 글은 소설 본문 내부에 위치한 글이다. 이 차이가 바로 이전의 장보고 소재 서사와 최인호의 소설이 분리되는 지점이다. 최인호 소설의 화자는 작가 자신과 동일시되는 전지적 화자이자, 동시에 자신의 편력을 통해 장보고를 탐색하는 과정을 서술하는 서술자이다. 역사의 신비 벗기기라는 탐색의 과정을 제기함으로써

---

300) 최인호, 『해신 3 - 해신 장보고』, 열림원, 2003, 197 - 8쪽.

역사와 소설의 현실적 융합을 시도한 이 소설은, 그러나 역설적으로 보다 더 신비화된 과거로의 탐색으로 기울어질 수밖에 없다. 일본에서 신격화된 신라명신과 장보고의 동일시는 민족주의적 작가의 서사의지를 세계화라는 명목으로 확장시키는 단서가 된다. 두 요소 사이의 현실적 거리는 허구적 서사화의 개연성이라는 이름으로 역사적 인과관계의 필연성이 결핍되어 있다는 것을 덮어 버리기 때문이다. 따라서 최인호의 소설은 역사와 문학을 동일시하면서 담론을 보다 더 노골적으로 드러내는 양식이 된다.

우리 사회 당대의 정치적 장보고 이야기가 서사적 문맥에서 풍부한 의미망을 지니고 있음에도 불구하고, 여태껏 문학의 영역에서 본격적으로 다루어지지 않았기 때문에 서사적 가능성 또한 깊이 있게 언급될 수 없었다. 지금껏 살펴본 것에도 불구하고, 위인전기에서 역사소설에 이르는 길은 장보고 서사의 가능성 중에서 아주 일부에 불과하다. 제대로 정립된 서사 유형은 다양한 재생산의 진폭을 지니고 있기 때문이다. 역사소설로서도 풍부한 코드를 지니고 있었지만, 장보고 서사는 인접 영역으로 확대하여 매체를 달리한 서사물로서도 가능성이 높다. 애니메이션, 게임 시나리오, 영화 시나리오, 드라마 시나리오, 사이버 역사소설로서의 대체 역사소설 등이 그것이다. 해상 무역의 본거지라는 점에서 장보고 서사는 온라인 게임 '거상'과 같은 RPG게임의 틀을 갖추고 있으며, 특정 캐릭터를 선택해 키워 나가는 사용자는 대체역사와 같은 개인별 시나리오를 통해 시대와 역사성을 더욱 잘 이해하게 될 것이다. 시대와 불화하는 선구자적 영웅이자 좌절하는 비극적 영웅의 캐릭터로서 장보고 서사는 영화나 TV사극에서 퓨전형태로 차용될 여지가 있으며, 어린이들을 위한 애니메이션 캐릭터로서도 적절하다.

우리의 여건상, 디지털 세대의 성장에 따라 이와 같은 방향으로 진행될 가능성은 상당히 높아 보인다. 그러나 장보고 소재 서사의 존재를 가능하게 한 담론에 대한 비판적 재검토가 없이는 위와 같은 가능성들은 제 역량을 발휘하지 못하고 사장될 수도 있다. 그러므로 이제 담론으로서의 장보고 서사를 다시 검토해 보기로 한다.

4. 담론으로서의 장보고 서사

역사소설은 보통 역사에서 테마나 소재를 잡고 작가의 생생한 예술가적 구축을 거쳐 형상화되는 문학작품이라고 일반적으로 생각된다. 따라서 역사적 사건의 정확한 서사적 재현에 의미를 두는 것이 아니라 그 시대 분위기와 사건 속에서 생활했던 인간들에 대한 문학적 환기가 더 중시된다. 역사적 사실이 허구적인 간접화를 통해 허구화될 때 역사성과 문학성은 동시에 한 텍스트 위에서 요구받게 될 수밖에 없다. 그것이 역사소설의 양면성이다. 그러나 장보고 서사를 둘러싼 담론의 양상들은 좀 다르게 나타난다. 지배계급의 권력 담론에 의해 장보고 서사는 예나 지금이나 일그러진 형태로서 이어져 내려왔다. 좌절한 혁명가라기보다는 개인적 욕망을 추구하다가 몰락한 시대착오적 지도자, 충효의 윤리를 배반한 반란자로 그려지기도 했고, 국제화 시대를 표방하는 현대에 이르러서는 국제화를 천 년 전에 시행한 안목을 가진 위인으로서 예찬받는 정반대의 평가를 받기도 한다.[301] 특히 과거의 역사서술은 전자 쪽으

---

301) 우　윤, 「IMF시대에 찾아보는 역사 속의 인물 4: 해상왕 장보고의 꿈」, 『통일한국』 6월

로 기울고, 역사서술을 토대로 허구적 형상화를 이루어 낸 위인전, 장편 역사소설 등은 후자 쪽으로 무게추가 기울고 있다.

그러나 양쪽의 평가 모두 장보고 서사를 정치적 의도에 의해 담론으로써 재형성하고 있다는 점은 동일하다. 장보고 담론의 출발점을 살펴본다면, 현재 우리가 드러내는 역사지향적 담론이 지니고 있는 독특한 유토피아적 지향성을 발견할 수 있다. 실제를 위기 상황으로 진단하고 발전적으로 극복하려는 유토피아적 열망이 바로 그것인데, 장보고는 그 시대에 이 열망을 정치적 실천으로 옮겼던 사람이며, 그 결과가 '청해진'인 것이다. 이 유토피아적 열망은 장보고 서사가 가지고 있는 허구적 형상화의 양식으로서 영웅 서사를 찾아낼 수 있다. 출생과 성장, 좌절과 극복을 통해 성취에 이르는 개인으로서의 영웅, 장보고는 영웅의 서사요소를 갖추었다. 또한 상황과 시대에 의한 비극적 결말로 삶의 종지부를 찍음으로써 실패한 혁명가의 운명을 걸었다. 역사적 혁명을 꿈꾸는 자로서 장보고는 정치적 이상향을 꿈꾸었으며, 본토와 분리된 별도의 공간으로서 청해진을 통해 자신의 이상세계를 구축했다.[302] 홍길동이 현실의 불만을 해소하고 정치적 이상향을 제도 율도국 건설에서 실험했던 것처럼, 장보고 또한 '청해진'이라는 공간으로써 자신의 이상향을 특유의 정치적 담론과 함께 풀어냈던 것이다.[303]

이 공간은 국가적 운명의 확대, 국운의 성장, 세계화의 주체로 등극하고자 하는 국가적 열망의 집약체이다. 따라서 과거의 식민지 배라든가 신라 왕실의 정치투쟁을 부정적 시각으로 보고, 장보고의

호(통권 제174호), 평화문제 연구소, 1998.

302) 장병호, 「이념혼란 시대의 이상향 찾기」, 『비평문학』 제12호, 1998.

303) 이종숙, 「역사속의 유토피아」, 『외국문학』, 1987년 가을호, 1987.
    이한구, 「유토피아와 반 유토피아」, 『철학과 현실』 제13권, 1992.

가능성과 미래를 높이 사는 것은 바로 이와 같은 제국주의를 둘러싼 양가성 때문이다.304) 서로 다른 갈등의 담론이 충돌하는 긴장관계가 그 안에 내포되어 있음에도 불구하고, 장보고 소재 서사가 오늘날 재해석되고 재수용되면서 과거 역사 텍스트의 유교적 덕목의 도식적 틀을 벗어나려고 하는 이유도 바로 이와 같은 담론으로서의 이데올로기적 효용성이 원인이다. 오늘날 장보고의 재해석 붐과 함께 장보고 서사가 주목받고 있는 이유는 정치적 담론이 장보고에 대한 담론의 틀과 제도를 만들고 있기 때문인 것이다. 장보고 서사는 이와 같은 지배 담론에 종속된 하위 담론의 한 형태이다. 이렇게 장보고 서사 자체는 이미 문학적 구성 위에 역사적 요소와 함께 정치의 문제가 자연스럽게 유입되고 용해되는 코드적 속성의 제 요소를 복합적으로 지니고 있다. 이런 장보고 서사의 속성을 잘 이용한다면 역으로 정치적 왜곡의 담론을 벗어 던지고, 장보고 서사 자체가 지닌 원래적 정치적 담론의 의미망에 따라 보다 더 풍부한 서사체로의 재생산도 가능할 것으로 보인다.

기존의 장보고 관련 텍스트들은 단선적인 인식의 양상 가운데 내면에서 두 개의 서로 다른 이데올로기가 딜레마로서 충돌하는 경향이 있었다. 장보고 관련 역사 기술과 아동문학으로서의 위인전, 현대소설로서의 역사소설을 포함하여, 장보고 관련 서사와 기술은 모두 대동소이한 모습을 보여 준다. 장보고의 성공과 청해진의 번영에 이르는 과정에 초점을 맞출 뿐, 실제 번영의 양상은 생략되고, 정치 투쟁에 희생되어 몰락하는 과정으로 바로 넘어가고 있기 때문이다. 그렇지 않다면 장보고 삶의 마지막 과정을 생략하고 번영의 절정기에서 서사를 성급히 단절시키고 유보시키기도 한

---

304) 강진구, 「한국 소설에 나타난 제국주의 욕망 탐구」, 『어문논문』.

다. 이와 같은 자세는 장보고 서사에 내포된 대리욕구 충족으로서의 욕망의 실현과 오락성의 근원이 된다. 그럼으로써 장보고 서사의 대중화 가능성은 더욱 높아지게 된다. 담론의 이데올로기성을 의도적으로 드러내든, 의도적으로 감추든, 세 유형의 서사 텍스트들은 모두 장보고를 둘러싼 서사를 같은 방식으로 보고 있다고 할 수 있다.

본고는 역사 기술 텍스트와 아동문학으로서의 위인전, 역사소설을 모두 검토하여, 각각의 텍스트 특성을 살펴보고, 상호 텍스트성을 전제로 어떻게 텍스트의 의미망이 연결되고 있는가 살펴보고자 하였다. 그 결과 현재 생산되고 있는 장보고 관련 텍스트들은 상호간 모방과 모사로 인해 다양성이 결여되어 있음을 알 수 있다. 또한 초기에 생성된 정치적 담론의 역사 텍스트가 계속 복제되면서 담론 또한 고정적인 양상을 띠고 있다. 장보고 관련 서사 텍스트들은 다양성과 창조성의 여지가 부족한 것으로 인식되었으며, 재생산되는 과정에서 장보고의 삶을 왜곡시킨 담론은 지속적으로 이어져 내려왔다.

역사소설과 위인전은 모두 일차 텍스트로서 역사 기술을 근거로 한다. 그러나 역사 기술 자체에도 지배자의 입장에서 장보고를 몰락시킨 역사적 승리자의 시각이 들어가 있다. 그러므로 일차 자료 제공자로서의 역사 기술 텍스트는 장보고에 대한 편협한 시각을 제공하고 일반화시키는 데 있어 가장 큰 원인 중 하나이다. 또한 이것은 지속적으로 확대 재생산되어 왔다고 할 수 있다. 유교적 덕목을 내세워 장보고를 논함을 정당화시키는가 하면, 반란자로 낙인찍어 위협요소를 제거하는 정치적 이용물이기 때문이다. 단지 현대적 재생산은 유교적 덕목의 가치보다 경제적 이익, 세계 속의 국가 위상이라는 점을 표면적으로 내세 우고 있다는 차이가 있다.

　담론 분석의 방식으로 인문학적 근거를 찾아 담론의 정치적 왜곡양상을 밝힌다면, 장보고의 전기나 장보고를 소재로 한 서사 텍스트의 재생산 과정에서 왜곡된 인식의 장애물을 제거할 수 있을 것이다. 또한 아동문학으로서 왜곡된 인식을 내포한 위인전이 어린이의 세계관에 미치는 부정적 영향을 사전에 예방할 수 있을 것이며, 서사 텍스트의 생산자에게 비판적인 글쓰기를 통해 역사적 경험을 재구성함으로써 자신의 자아 정체성도 다시 재규정할 수 있게 될 것이다.305) 아울러 장보고를 둘러싼 일반 대중의 인식 틀을 깨뜨리고 보다 풍부하고 다양한 장보고 서사들로서 대중문화의 저변화를 이룰 것이며, 역사소설을 통한 비판적 역사의식으로, 장보고 서사가 지니고 있는 저항 담론과 함께 이데올로기적 속성을 인식하게 도움을 줄 수 있다.

---

305) 박인찬, 「미국의 포스트모더니즘 역사소설 — 역사 다시 쓰기와 저항적 자아 찾기」, 『실천문학』, 1998년 가을호, 1988.

참고문헌

1. 장편 역사소설 텍스트

박광서, 『소설 장보고: 청해의 별』, 외길사, 1990.
송지영, 『소설 장보고: 송지영 대하역사소설』, 호암출판사, 1993.
최인호, 『해신』, 열림원, 2003.

2. 아동문학 위인전 텍스트

곽옥미 글, 김순금 그림, 『바다의 왕 장보고』, 『어린이 중앙 인물 이야기』 제15권, 중앙m&b, 2003.
김광채 엮음, 김석배 그림, 『장보고』, 『별빛문고 어린이 위인전 1－50』 제26권, 바른사, 2003.
김용란 글, 황찬 그림, 『바다의 왕자 장보고』, 『국사편찬위원회가 뽑은 한국 역사 인물 100인』, 지경사, 2003.
김종상 글, 하일식 감수, 『장보고(해상무역으로 신라의 경제를 이끈 바다의 제왕』, 『역사학자 33인이 추천한 역사인물 동화』 제7권, 파랑새 어린이, 2004.
김한룡 글, 윤만기 그림, 『장보고』, 『밀레니엄 북스1－44권』 제23권, 태서출판사, 2004.
김한룡 엮음, 『장보고』, 『위인전기』 제21권.
대산 편집부, 『장보고』, 『역사를 움직인 사람들 1－32』 제5권, 대산출판사, 2000.
박덕규 글, 김영주 그림, 『장보고』, 『어린이 위인전기 한국편 3』, 금성출판사, 1995.

어효선 글, 이형진 그림, 『장보고』, 『큰별 큰빛 세계 위인전기』, 교학사, 1993.

이동렬, 『장보고, 고선지, 김대성』, 『삼성당 한국 위인 전기 전집⑤』, 삼성당, 1992.

정용채 글, 최병선 그림, 『청해진을 설치한 해상왕 장보고』, 『중앙문고』 제115권, 중앙출판사, 2003.

조대현 글, 최정수 만화, 『장보고』, 『소설만화 한국의 위인 ①』, 대교출판, 1994.

조한순 글, 최정은 그림, 『장보고』, 『탐구시리즈 1-3 한국의 위인』, 국민서관, 1994.

지성훈 그림, 편집부 엮음, 『한국의 위인과 역사』, 지식서관, 1999.

편집부 엮음, 이영호 감수, 『초등학생이 꼭 알아야 할 교과서 인물 348명』, 두산동아, 1999.

한국뉴턴편집부, 『장보고』, 『글로리아 위인전기』 제12권, 한국뉴턴, 2001.

해오름 글, 김영곤 그림, 『초등학생이 꼭 읽어야 할 교과서 속 한국인물 100』, 대교출판, 2002.

3. 관련 연구 논저

권덕영, 「장보고 약전」, 『경북사학』, 경북사학회, 2002.

김경욱, 「청해대사 장보고의 일생」, 『국향사료보』, 광주전남사료조사연구회(국향사료보), 1992.

노덕호, 「나말 신라인의 해상무역에 관한 연구 – 장보고를 중심으로」, 고려대학교교육대학원, 역사교육전공, 1983.

서윤희, 「청해진 대사 장보고에 관한 연구 – 신라 왕실과의 관계를 중심으로」, 『진단학보』, 진단학회, 2001.

신성재, 「9세기 전반의 신라정치사회와 장보고 세력」, 『학림』, 연세대학교 사학연구회, 2003.

우 윤, 「IMF시대에 찾아보는 역사 속의 인물 4: 해상왕 장보고의 꿈」, 『통일한국』 6월호(통권 제174호), 평화문제 연구소, 1998.

월간해양한국편집실, 「장보고의 선박, 항해술, 무역」, 『해양한국(월간해
　　　　양한국)』, 한국해사문제연구소, 1999.
윤병진, 「장보고 대사와 청해진」, 『국향사료보』, 광주전남사료조사연구
　　　　회(국향사료보), 1991.
윤재운, 「교과서에 보이는 장보고 관련 서술의 문제점과 제언」, 『2003
　　　　년 고려사학회 가을 학술대회 – 국사교과서의 해양 관련 인물』,
　　　　고려사학회, 2003.
장득진, 「장보고 관련 서술의 종합적 검토: 국사교과서와 한국사 개설
　　　　서를 중심으로」, 해상왕장보고 기념사업회, 2002.
정청주, 「장보고의 생애와 활동」, 『여수대학교 논문집』, 여수대학교, 1999.

강진구, 「한국 소설에 나타난 제국주의 욕망 연구」, 『어문논집』.
김강호, 「역사소설론 시고」, 『국어국문학』, 18 – 19합집, 137 – 153쪽.
김영주, 「우리나라 위인전에 나타난 아버지 역할 내용 분석」, 『대한가
　　　　정학회지』, 38권, 2000.
김종일, 『문학사는 어쨌든, 계속 다시 쓰여질 것이다』, 한국문화사,
　　　　2000.
＿＿＿, 「역사소설론 서설」, 『한민족문학 연구』 7집, 189 – 196쪽.
김치홍, 「역사소설연구 서설」, 『새국어교육』, 한국국어교육학회, 1977.
김현우, 「영웅소설의 변화와 대중성의 길」, 『한국학논집』, 계명대학교
　　　　한국학연구소, 2000.
김한식, 「문학 속의 혁명과 유토피아」, 『사회비평』 제13권, 1995.
문철주, 「역사소설에 나타난 역사의식」, 『어문학교육(제9집)』, 1986.
박계홍, 「한국역사소설사(1장 – 3장)」, 『어문연구(제3집)』, 1963.
＿＿＿, 「한국역사소설사(4장 – 7장)」, 『어문연구(제3집)』, 1963.
박용구, 『역사소설입문』, 을유문고.
박용구, 「역사소설의 사견(私見)」, 『문예』, 통권 17호, 1953.6. 67쪽.
박인찬, 「미국의 포스트모더니즘 역사소설 – 역사 다시쓰기와 저항적 자
　　　　아찾기」, 『실천문학』, 1998년 가을호, 1988.
박태순, 「역사의 서사적 구조와 서사문학」, 『사회평론』 4월.
반성완, 「루카치의 역사소설 이론과 우리의 역사소설」, 『외국문학』, 1984

년 겨울호, 1984.

백낙청, 「역사소설과 역사의식」, 『창작과 비평』, 1967. 봄.

서병훈, 「인간과 유토피아: 다시 시작하는 역사」, 『사상』, 1992년 겨울호, 1992.

송기섭, 「민족주의와 역사소설 – 거암 선생의 『한국역사소설사』」, 『어문연구』 30집, 1998.

신헌재, 「아동문학작품 선정을 위한 기준 고찰 – 서사문학 장르를 중심으로」, 『선청어문』 23집.

안근수, 「통속적 영웅소설의 내적 형식과 욕망」, 『어문논집』.

이종숙, 「역사속의 유토피아」, 『외국문학』, 1987년 가을호, 1987.

이재철, 「민족주의와 한국아동문학의 전통성」.

이지호, 「그림동화의 내용 구성 방법 연구」, 『국어교육학연구 13집』, 2001.

이한구, 「유토피아와 반 유토피아」, 『철학과 현실』 제13권, 1992.

이현석, 「문학적 가치 판단의 객관성 문제」, 『새한영어영문학』 45권 2호, 2003.

임성래, 「영웅소설의 출현동인 연구」, 『배달말』, 배달말학회, 1995.

장병호, 「이념혼란 시대의 이상향 찾기」, 『비평문학』 제12호, 1998.

전태국, 「칼 만하임의 유토피아 개념」, 『외국문학』, 1987년 가을호, 1987.

정현선, 「동화와 애니메이션 '보기(viewing)'를 중심으로 한 멀티리터러시의 국어교육적 고찰」, 『국어교육 114집』, 2004.6.

조수학, 「역사와 역사소설」, 『대동한문학(제10집)』, 1998.

조월례, 「최근 어린이 책 출판 경향과 전망」, 『문학교육학』 제12호.

홍성암, 「역사소설 연구방법론 서설」, 『한국학논집』.

＿＿＿, 「역사소설의 양식 고찰 – 해방 이후의 작품을 중심으로」, 『한국학논집』 제11집.

A. O. 올드리지, 「루카치 이후의 역사소설」, 『외국문학』, 1989년 겨울호, 1989.

Hayden White, 천형규(역), 『19세기 유럽의 역사적 상상력 – 메타역사』, 문학과 지성사.

칼 만하임, 『이데올로기와 유토피아』, 임석진 역, 청아출판사, 1991.

Ⅱ. 전쟁의 역사화 방식과 공유 기억의 문화적 재생산306)

1. 전쟁의 역사화와 문화적 수용의 과정

　　최근 한국의 역사에서 범국민적 경험의 공유를 통해 사회문화적
으로 가장 큰 변동을 일으켰던 사건은 역시 전쟁이라 할 수 있
다.307) 그런 의미에서 본 연구는 '전쟁의 역사화 방식과 공유 기억
의 문화적 재생산'이라는 표제로 한국의 현대 사회와 문화를 가장
극적으로 변화시킨 전쟁의 역사화 과정과 문화적 수용 양상에 관
한 총체적 분석을 수행하고자 하였다. 이를 위해 전쟁 체험의 공
간적 기념비화 과정, 소수자와 하위 주체의 문화적 재배치 과정,
대중적 문화 기억의 형성 과정, 디지털 텍스트를 통한 시뮬라크르
화 과정을 중심으로 분석한다. 본 연구는 객관적 사실의 기록보다
선택적 기록의 주관성을 내세우는 신역사주의적 맥락에서 현재 한

---

306) 본 논문은 이화여자대학교 한국문화연구원의 독회 지원으로 작성되었음.
307) 김　철, 「국민이라는 노예: 한국문화의 기억과 망각」, 삼인, 2005.

국 사회를 구성하고 있는 문화적 틀의 내면을 고찰하였다.

한국에서 발생한 전쟁에 대한 연구는 주로 전쟁의 기원에 대한 외교적, 정치사적 연구에 집중되어 왔으며, 전쟁 이후에 발생한 문제에 관해서는 전쟁의 사후 처리 문제, 이념적 승화 과정, 이데올로기 논쟁과 가족의 이산, 국가주의와 민족주의적 관점을 중심으로 논의되어 왔다. 문학·문화 분야에서는 전쟁을 중심으로 한 민족 분단과 가족 이산,[308] 반공이데올로기와 분단 콤플렉스, 개인의 기억에 남은 상흔[309]과 이후 한국 사회에서의 젠더적 담론화,[310] 국가와 민족적 정체성과 개인의식을 중심으로 한 서사 분석이 시행되었다.

사회과학과 인문학 분야에서의 최근 성과는 동국대학교 한국문학 연구소에서 간행한 『전쟁의 기억, 역사와 문학』[311]에 집적되었는데, 공공의 기억을 만들어 내는 국가와 민족의 거시사의 차원에서부터 평범한 개인들의 미시사적 차원에 이르는 세부 주제 연구를 포괄하고 있다. 그리고 최근에는 구술사를 중심으로 한국전쟁을 체험한 개인의 경험에 대한 연구[312]도 시작되고 있다.

---

308) 김양선, 「증언의 양식, 생존·성장의 서사 — 박완서의 재현 소설 『그 산이 정말 거기 있었을까』를 중심으로」, 『한국문학 이론과 비평』, 15, 2002.6.

309) 서경식 외 저, 김경윤 역, 『단절과 세기 증언의 시대: 전쟁과 기억을 둘러싼 대화』, 삼인, 2002.

310) 이임하, 『여성, 전쟁을 넘어 일어서다 : 한국전쟁과 젠더』, 서해문집, 2004.
손종업, 「전후소설 속의 여성적 형식」, 『어문연구』 24, 한국어문교육연구회, 1996.
이선미, 「한국전쟁과 여성가장 : '가족'과 '개인' 사이의 긴장과 균열 — 1950년대 박경리와 강신재 소설의 여성가장 형상을 중심으로」, 『여성문학 연구』.
이인영, 「전쟁, 기억, 여성 정체성 — 최윤의 『벙어리 창』과 크리스타 볼프의 『크리스타 T.에 대한 추념』 비교」, 『카프카 연구』, 12, 2004.

311) 동국대학교 한국문학 연구소 편, 『전쟁의 기억, 역사와 문학』 상·하, 월인, 2005.

312) 김경학 외, 『전쟁과 기억 — 마을 공동체의 생애사』, 한울, 2005.
문제안, 『8·15의 기억 : 해방 공간의 풍경, 40인의 역사 체험』, 한길사, 2005.
윤형숙, 「구술사와 기억 : 한국전쟁과 지역민의 대응」, 『한국문화인류학』, 35-2집, 2002.8.
이용기, 「마을에서의 한국전쟁 경험과 그 기억」, 『역사문제연구』 6, 2001.
한건수, 「구술사와 경합하는 역사 : 사회적 기억과 차이의 정치학」, 『한국문화인류학』 35

그러나 전쟁 체험이 구체적으로 한국인의 일상생활에서 차지하는 문화적 위상이나 역할, 민족-국가 공동체로 호명하는 방식에서 발생하는 역사화 과정의 일반적 특성에 관한 연구는 거의 이루어지지 않았다. 또한 조선시대의 임진왜란과 병자호란, 1950년대의 한국전쟁에 이르기까지 개별화된 역사적 사건으로 기술되는 전쟁의 기록들이 어떻게 상호적인 연계성을 확보하며 문화적으로 재구축되는지에 관한 관심도 제기되지 않았다. 전쟁의 체험을 다루는 교육적 방식의 획일성 문제는 여전히 이념 논쟁으로부터 자유롭지 못하며, 각종 기념관을 건립함으로써 전쟁의 결과와는 무관하게 민족혼을 환기시키고 애국심을 제고하려는 국가사업에 관해서도 전면적이고 비판적인 검토가 이루어지지 않고 있다.

전쟁은 종결된 것으로 논의되지만, 가족의 이산이나 신체의 상해, 질병, 고아, 노동력의 상실로 인한 경제 능력의 상실 등의 문제는 여전히 불충분한 '원호' 제도 속에 방치되어 있으며, 공적으로 기려지고 추모되어 왔던 '유공자'들과 그 유족들은 전쟁으로 인한 개인적 문제들을 여전히 사적인 문제로 감당해야 하는 불편부당함 속에 놓여 있다.

특히, 전쟁이라는 특수 상황 속에서 가족의 이산, 신체 상해, 혼혈 출생 등으로 인해 이중적 고통을 겪어야 했던 전쟁고아, 상이군, 전쟁미망인, 혼혈고아의 문제를 포함하여 이념적 대립으로 인해 국가적 타자로 지목되어 왔던 월북자, 납북자, 실향민 등의 인권 문제에 이르기까지, 전쟁은 여전히 현대 한국 사회의 정체성 형성과 문화적 재구축 과정에 영향을 미치는 살아 있는 역사적 경험으로 의미화되고 있다.

- 2집, 2002.

한국의 대중들이 향유하는 대중 서사물에서는 문학성이나 역사성, 사상적 의미와는 무관하게 한국의 전쟁 체험이 현대인의 욕망을 자극하고 민족적 자긍심을 환기시키는 대체 역사 내용을 제공하는 콘텐츠로서 소비되고 있다. 온라인상에서 사이버 역사물로 재현되는 전쟁 시뮬레이션 게임의 내용은 역사적으로 종결된 전쟁 스토리가 게임 유저의 국제적 관계론, 한국의 위상에 대한 민족적 욕망을 반영하여 시뮬라크르로 재현되는 과정을 보여 준다. 이러한 것은 전쟁 체험이 사후적인 문제로서가 아니라 현대 한국의 국가적, 민족적, 국민적 차원의 문화 구성물로 기능하고 있음을 보여 준다.

이에 본 연구에서는 한국의 전쟁 체험의 공간적 기념비화 과정, 소수자와 하위 주체의 문화적 재배치 과정, 대중적 문화 기억의 형성 과정, 디지털 텍스트를 통한 시뮬라크르화 과정을 통해 국가적, 민간적, 문예적 차원에서 역사화되는 방식을 밝힘으로써, 한국에서의 전쟁 경험이 '공유 기억'을 표상화하고 담론화하는 과정[313]에서 '한국'과 '한국인'의 정체성이 형성되는 과정을 규명하고자 한다. 전쟁의 경험이 문화적으로 재구축되는 과정에서 발생한 기억의 전유 방식이 민족과 국가 단위의 사고로 응집되어 역사화되는 방식에 영향을 미친 기억 구조의 작동 방식[314]을 규명하는 것은 본 연구가 기존의 전쟁 관련 연구를 종합하는 방식으로서가 아니라, 현대적 맥락에서 민족과 국가 단위로 존재하는 한국 사회의 문화적 구성물과 향유 방식의 작동 원리를 규명한다는 의도를 포함하고 있다.

---

313) 박정석, 「전쟁과 '빨갱이'에 대한 집단 기억 읽기 - 해남의 한 마을을 중심으로」, 『역사비평』, 역사문제연구소, 2002.

314) 안병직, 『세계의 과거사 청산: 역사와 기록』, 푸른역사, 2005.
　　　최문규 외, 『기억과 망각 - 문학과 문화학의 교차점』, 책세상, 2003.

2. 전쟁 체험의 공간적 기념비화

한국에 설립된 전쟁 관련 역사 기념관은 역사적으로 실재했던 전쟁에 대한 공유 기억의 형성을 통해 국가 정체성을 유지하고 관람객들에게 국가 단위의 역사 내용을 인지시키는 기능을 창출해 왔다. 전쟁에 기여한 참전자들을 국민적 영웅으로 기리고 추모하는 형식으로 공간을 구성하고, 그 세부 내용을 결정하는 과정에서 국가와 민족적 정체성은 애국심과 동포애를 환기시키는 방향으로 과거와 현재를 연결 짓는 전시 기획의 가장 일반적인 작동 원리로 기능하고 있다.[315] 실제로 전쟁 관련 기념관들은 국가와 민족 단위의 공동체적 정체성을 구성하고 재현하며 확산시키는 계몽과 교육의 장으로 활용되고 있으며, 이러한 기획 의도는 관람객의 동선과 시선을 통제하는 효율적이고 획일화된 공간 구성에 의해 설계되어 있다. 이는 기념관이 갖고 있어야 할 본래적인 의미, 즉 사료의 보존과 해석의 자율성, 감상자의 창의적 역할을 최소화함으로써, 국민적 공유 기억의 확인과 교육의 장으로서 역사를 문화적으로 재구축하는 배타적인 문화적 힘을 발휘해 내고 있다.[316]

기념관의 구성은 실증 자료가 불충분할 경우 전쟁에 부여하는 이념과 의미를 상상력으로 복원함으로써 채워진다.[317] 사건을 입체적인 장면으로 연출해서 전시하고 위공자의 묘소와 생가를 재현하

---

315) 서울역사박물관, 『21세기 박물관의 역할과 발전 방향』, 경인문화사, 2005.
　　성혜영, 『박물관이 나에게 말을 걸었다』, 휴머니스트, 2004.
316) 전진성, 『박물관의 탄생』, 살림, 2004.
　　＿＿＿, 『역사가 기억을 말하다』, 휴머니스트, 2005.
317) 박찬경, 「전쟁기념관의 미학과 분단의 기억」, 『당대비평』 4, 1998.

며 확인이 불가능한 인물의 초상화를 상상적으로 재현하여 전시한
다. 역사적 사건을 쉽게 이해시킬 수 있다는 점에서 적극적으로
활용되고 있는 상상적 복원 방식은 관람객들에게 전쟁과 관련된
이미지와 의미를 단일하게 전달하고 그것을 영속화했다는 점에서
탁월한 계몽의 방식으로 채택되었다. 기념물의 복원 기준은 당대
국가가 창출하기 원하는 국가-국민 이미지이다. 현충사 이순신
장군의 영정이 시대에 따라 무인에서 문인으로 변모되었으며, 유관
순 열사의 영정이 최근에 대체되어 전시된 것 등은 인물에 대한
전시조차 전시 당시의 시대적 욕망을 투영한 타자화의 과정을 거
쳤음을 보여 준다. 그 과정에서 '역사적 실증'은 최소한의 역사적
고증 방식으로 제한되며, 국가-민족 단위의 결속력을 강화하는
수준에서 제한된 상상적 해석만이 가능하다.[318] 본 연구에서는 이
처럼 시대적, 이념적 필요에 따라 재구된 기념물들의 상상적 복원
방식에 대한 분석을 통해 국가-국민 공유 기억이 만들어 가는 문
화적 재생산의 의미를 규명한다.

기념관 내부와 외부에 설치된 기념적 조형물은 전시 공간을 예
술적 공간으로 변용시키는 기능을 담당한다.[319] 그러나 전쟁 관련
기념관에 설치된 조형물들 또한 내부적으로 전시된 기념물들과 마
찬가지로 관람객에게 단일한 경험을 유도하기 위한 목적에서 배치
되었다. 기념관의 상이성에도 불구하고 각 기념관에 설치된 조형물
이나 디오라마 전시물들은 유사성을 지니고 있으며, 감상자들에게
동일한 감성을 유도하거나 획일한 감상 내용을 조장하는 강한 경

---

318) 김형곤, 「한국전쟁 사진과 집합기억: 전쟁기념관에서의 한국전쟁 사진전시회에 대한 연구」,
　　　『한국언론학보』 49-2집, 2005.
319) 김미정, 「1950·60년대 한국전쟁 기념물-전쟁의 기억과 전후 한국국가체제 이념의 형
　　　성」, 『한국근대미술사학』, 2002.

향성을 보이고 있다. 기념 대상에 대한 다양한 이해를 촉발함으로써 관람객을 참여시킬 수 있는 예술 작품이 부재하고 일방적인 계몽과 교육의 설치물이 채택되어 전시되는 것이다. 기념적 조형물의 일종이라 할 수 있는 전시실 디오라마는 전달하고자 하는 당시 상황을 쉽게 이해시킬 수 있다는 교육적인 이점으로 인해 기념관에 필수적으로 설치되어 있다. 그러나 디오라마 전시는 과거에 대한 이해를 시각적·청각적으로 획일화하는 강렬한 선정성을 내포한다. 따라서 본 연구에서는 현장 답사를 통해 독해와 감상의 자율성이 배재되어 교육적이고 계몽적인 목적으로 배치된 조형물들의 존재 현황과 구성 방식을 분석하고, 안에서 반복적·폭력적으로 강화하고 있는 기억의 구도를 규명하고자 하였다.

그러나 한국의 전쟁 관련 기념관은 그 기념 대상에 따른 내용적·형식적 독자성이 부족하다. '추상 – 개념' 기념관인 독립기념관, 전쟁기념관 등은 '사건 – 공간', '인물 – 추모', '군사 – 유물' 기념관의 실제적 전시 내용이 명확히 구분되지 않을 뿐더러 상호간 섭적이고 특화되어 있지 않다. 각 전시 공간은 방대한 자료를 중앙집권적으로 수용하여 방사적으로 확산시킨 국가 기획의 일환이라는 비판으로부터 자유로울 수 없는 이유가 여기에 있다. 역사나 전쟁 자체, 국가주의를 반성의 대상으로 삼지 않고 재현의 대상으로만 삼은 채, 역사적인 기억을 국민에게 동일하게 환기시킴으로써 국가의 정체성을 각인시키는 문화적 기제나 통제 방식이 작동하고 있다. 전쟁에 대한 다양한 해석, 예를 들어 전쟁을 겪은 일반인들의 기억, 전쟁에 참가한 군인에 대한 인간적인 접근과 이해를 전하는 기념관이 필요하다. 특히 6·25에 대한 경험은 적과 아군으로 나눌 수 없는 복잡하고 미묘한 경험인 만큼 이분법적인 접근이

아닌 다양하고 새로운 공간 구성을 요구한다.[320]

각 기념관의 독자성을 보여 줄 수 있는 특별전시의 경우도 특정 기념일을 중심으로 비슷한 테마가 반복되는 등 재현의 독자성을 확보하지 못하고 있다. 각 기념관의 상설전시를 차별화함과 동시에 그에 걸맞은 특별전의 기획이 필요하다. 기념관 관람이 자발적인 시민 참여로 이루어지기보다 학생단체관람 등 주로 획일적인 주입식 교육의 차원으로 자리하고 있다는 것도 문제이다. 국민은 오직 '보는 자', 관람객으로서만 참여가 가능하고, 국민과 기념관은 상호 의사소통이 이루어지지 않고 있다. 기념관에서 기획하는 교육 프로그램이 주로 단체 관람객으로 동원될 수 있는 학생들을 대상으로 하고 있다는 점도 획일적인 주입식 계몽이 기념관의 주요한 목적임을 보여 준다. 기념관에서 주최하는 백일장, 공모 등의 포상제도도 국민이나 관람객을 수동적으로 '선택받는 자'가 되게 한다는 점에서 그 운영 방식을 재고할 필요가 있다. 평소 특별전이 없는 경우, 그 전시공간을 시민에게 개방함으로써, 국민이 단순히 만들어진 기억을 '보는 자'에서 벗어나 스스로의 기억을 '만드는 자'로 주체적인 관람객이 될 수 있도록 기회를 창출할 필요가 있다. 기념관 운영 재원 마련을 위해 기념관 내에 예식장, 연회장 등을 개장하는 방식보다는 지역문화의 특성과 기념관의 취지에 맞게 문화콘텐츠를 개발할 필요가 있다.

---

320) Assmann, Aleida, 변학수 외 역, 『기억의 공간』, 경북대학교출판부, 2003.

3. 소수자와 하위 주체의 문화적 재배치

한국전쟁의 참전과 가족의 피난을 통한 이산 체험은 '전쟁고아', '혼혈고아', '상이군', '미망인' 등, 가족 중심의 사회에서 가족 구성원이 해체되면서 가장의 보호를 받지 못하는 무수한 하위 주체를 양산해 내었다.[321] 이들은 전후 혼란기의 국가 관리 체제하에서 가족이라는 범주를 벗어나 국가적, 공적 관리의 대상으로 호명되었으며, 가정이라는 공간 바깥에 위치하는 '국민'으로서의 지위를 지닌 대상자로 통제된다. 이에 본 연구에서는 전쟁의 희생자들 중에서도 최소한의 관심만을 받아 왔던 '전쟁고아'와 한국전쟁의 특수성상 존재할 수밖에 없었던 '혼혈고아'의 문제,[322] 참전자로서 부상 귀환병으로 돌아온 '상이군'을 대상으로 그들이 역사화되는 과정과 담론화되는 실제의 양상을 밝힘으로써 전후의 국가 관리 체제에서 이들이 '국민'으로 호명되는 작동 방식을 규명했다.

첫째, 한국전쟁과 이산 체험을 통해 보호자를 상실한 '고아'와 '혼혈고아'의 존재 현황을 밝히고, 귀한 부상병 '상이군'이 전후 혼란기의 한국 사회에서 재배치되는 방식을 살펴보았다. 전후 이들이 한국전쟁의 이중적 피해자이자 주변인으로 호명되어 '원호'의 대상으로 분류되면서 '동포애'를 환기시키는 한편, '가족' 단위로 '국민'을 통합하는 문화 정책의 시행 과정을 알 수 있다. 특히 '고아'

---

321) 五味川純平, 서혜영 역, 『전쟁과 인간: 군국주의 일본의 정신분석』, 길, 2000.
　　藤原歸一, 이숙종 역, 『전쟁을 기억한다』, 일조각, 2003.
　　早川紀代 編, 『軍國の女たち』, 東京: 吉川弘文館, 2005.
　　Ambrose, Stephen E. 외, Cowley, Robert 편, 이종인 역, 『만약에 1: 군사 역사편』, 세종연구원, 2003.
322) 김기수, 「전쟁실종과 혼인」, 연세대 법학회, 『연세법학』, 1, 1957.

를 '입양'하는 과정에 국내외를 막론한 여성의 참여를 강조함으로써 가족 구성원을 보호하는 '모성'의 국가적 호출을 시행하는 과정이 여기에서 개입된다.

둘째, 한국전쟁 이후 국가적 차원의 '보훈' 대상으로 다루어진 '상이군'과 그 유가족에게 경제적인 생계 보조가 행해지는 방식, '원호'의 국민적 참여를 통해 '동포애'를 상기시키는 국민적 상징으로 거론되는 과정을 규명했다.

셋째, 전후 국가 관리 체제하에서 '상이군'이 보훈과 포상의 대상으로 조명되면서 명예롭게 기려지고, 나아가 '호국의 얼'과 '자유수호대'로 표상화되는 과정에서부터는 이들에 대한 국가적 관리가 민간으로 전이되고 점차 범죄의 표적이라는 부정적 대상으로 변모하는 담론화 과정의 실제를 추적했다. 현재까지 상이군의 존재 현황과 포상과 보훈의 실제에 대한 명확한 통계 조사조차 정리되어 있지 않으며, 그들을 '원호' 대상자로 분류하고 관리하는 실제 내역들에 대한 분석도 미비한 실정이다. 따라서 이들을 담론화하는 방향이나 취지에 대한 분석도 이루어지지 않았다.

넷째, 전쟁고아, 혼혈고아, 상이군의 신체를 국가가 관리하는 과정의 실제를 밝히고, 상해를 입거나 장애를 가진 상이군의 신체가 문학 담론에서 서사화되는 방향과 관점을 분석하고, 이를 통해 전쟁 체험의 물리적 영토화 과정을 확인한다. 6.25전란으로 발생한 전쟁고아들의 대다수가 국립, 시립, 도립, 사립 고아원에 수용되었지만, 이들에 대한 사회적 처우는 양로원, 감화원, 나병환자 수용소 등과 같은 '후생시설단체'로 포괄되어 일괄적으로 처리되었다. 본 연구에서는 전쟁고아와 영아 유기의 실태와 고아원의 수용 현황의 실제를 신문 매체와 통계 자료를 통해 추적한다. 국민으로서의 고아 관리와 입양 기획의 실제를 밝히고 고아 노동의 내역과 양부모 결연 방식에 대한 국가 기획의 실천 과정을 드러낸다. 고아들의 국내적 수용 이외에 국제 입양을 추진하게 된 연원과 과정을 규명하며, 특히 국제 입양의 대상자로 혼혈고아가 채택된 이유 및 그들의 입양 이후의 삶의 기록을 추적한다. 이후 이들이 대중 담론에 수용되는 과정이나 문학적으로 형상화되는 방식을 밝힌다. 그 과정에서 입양과 국제 관계, 호혜의 미국과 어머니의 나라로서 대한민국이 호출되는 과정을 살피고, 국가적 상처인 전쟁이 하위 주체의 육체에 각인되었을 때 개인적인 불운의 영역으로 축소되어 거론되는 과정을 살핀다. 이와 아울러 소년 범죄자로서의 고아상이 형성되는 문화화 과정을 고찰한다. 위의 문제들이 전쟁 이후 문학적으로 담론화되는 과정을 통해 전쟁고아의 생애담, 성장담에 나타난 전쟁 기억의 개인화 방식을 규명하는 것이다.

다음으로 전쟁에서의 부상으로 노동능력을 상실한 상이군인들의 취업 현황과 실제 생계의 방식을 조사함으로써, 이들에 대한 보훈의 실제적인 내역 및 국가 관리 방식, 사회적 수용 방식을 알 수 있다. 특히 상이군에 대한 관리가 '특전'의 형태로 담론화되는 과정, 국가적 경제 보조금 지급과 신체적 장애를 치료하기 위한 병원 및 정양원 등의 후생 사업의 실제가 여기서 나타난다. 각종 직업 알선 단체와 직업 양성소, 대학 입학 특전 등 후생 사업의 실제 내역이 바로 이것이다. 상이군을 위문하는 방편으로 스포츠와 노래, 음악, 춤 등의 문화적 행사가 개최되었는데, 이는 국가 단위의 행사에서부터 군사단체, 미군, 부인회, 소년단체, 학교, 지역사회 등 민간단체를 망라하는 활동으로 이어졌다. 문화적 차원의 보훈과 위문 문화의 실제 구성 방식을 통해 이들은 문화적으로 타자화된다. '상이군인'에 대한 국가 관리 체제가 약화된 이후 전후 책임을 민간화하는 차원에서 이들이 애국심을 고취시키고 동포애를 환기시키는 '국가적 표상물'로서 언급되는 담론이 형성되어 간다. 상이군의 사회적 귀환 내역의 실제를 밝히기 위해, 이들의 사회적 귀환 방식이 정당한 사회 구성원으로서의 경제적, 생산적 몫을 담당하게 하는 데 모아지기보다는 정상인보다 투철한 희생정신을 강조함으로써 그들의 사회적 생존력을 설득하거나 '애국심'에 호소함으로써 공동체 의식을 강화하는 방편으로 활용되고 있음에 주목했다.

전쟁고아, 혼혈고아, 상이군이 전후 한국 사회의 주변인이자 하위 주체로 호명되는 과정에 대한 실제 자료에 대한 일차적 담론 분석을 바탕으로, 이들이 문학적 텍스트에서 국가 전란으로 상처 입고 장애를 가진 신체가 폭력적인 전쟁을 환기시키는 불우의 증거물로 수용되는 과정, 강제적 상행위나 범법 행위자로 조명됨으로써, 이들이 부정적인 인물로 타자화되는 과정의 문화 사회적 의미를 규정해야 한다. 이러한 과정은 상이군에 대한 국가적 '관리'의 시선이 호혜적인 '원호'에서 '처리'해야 할 부정적 대상자로 변용되는 실제의 사회상과 관련된다. 이처럼 '상이군'이 '동정'이나 '이해'를 넘어서 '의혹'과 '경계'의 대상으로 포획되는 과정과 이에 연관되는 실제적인 수사학적 기제들이 주 분석의 대상이 되었다.

이를 통해 최종적으로는 전쟁 기억이 처리되는 방식을 국가적, 사회적, 개인적 차원에서 층위를 달리하여 분석하고, 이들에 관한 담론화가 문화적으로 소비되는 실제를 보게 된다. 이를 위해 먼저 신체 상해와 장애 기억에 대한 담론화를 통해 전쟁의 상처를 소비하고 불행의 기억을 상품화하는 방식의 근원이 밝혀졌다. 나아가 전쟁을 체험한 세대가 사후적으로 이를 유년의 기억으로 소환하는 과정에서 기억의 승화 방식을 통해 이데올로기적으로 일정한 지향성을 가지고 투항함으로써 계몽 담론으로 재배치되는 과정을 분석한다.

4. 대중적 문화 기억의 형성 과정

개인적 경험으로서의 어떤 사건이 '역사적'이라는 의미를 부여받기 위해서는, 그 사건을 기억하는 개인의 체험을 넘어서 문화적 맥락 속에서 집단이 공유하는 의미를 획득해야 한다. 이렇게 형성된 공유 기억은 일정하게 지속하는 것이 아니라, 시간의 변전 속에서 사건의 실체를 넘어서 당대적 맥락에서 재구성되게 마련이다. 이때 기억이 축적되고 유전되는 주요 매개체가 '문화'이다. 문화적 생산물을 통해, 직접 경험하지 못한 사건이 감각적 표상으로 포착됨으로써 마치 자신이 직접 경험한 듯한 실감으로 전쟁에 대한 이미지가 각인된다. 전쟁 미체험 세대에게 전쟁은 문화라는 매개를 통해 경험되고 기억되는 것이다.[323] 역사적 사건에 대한 기억의 재구성이 현재적 사건의 해석에 어떠한 영향을 미치는가의 문제와 현재적 사건의 해석이 역사적 사건에 대한 기억을 어떻게 재조직하는가의 문제를 함께 다루기 위해 허구화된 서사와 신문·잡지 매체의 기사를 비교, 대조할 필요가 있다.

첫째, 사건을 직접 다루는 일간지를 통하여 전쟁의 과정 속에서

---

323) 노동환 외, 『그들이 본 한국전쟁』, 눈빛, 2005.
　　노민영, 『다시 보는 한국전쟁: 끝나지 않은 전쟁』, 한울, 1991.
　　유영익, 『한국과 6·25전쟁』, 연세대학교 출판부, 2002.
　　이선교, 『제2차 한국전쟁: 끝나지 않은 전쟁 6·25를 말한다』, 봄, 2003.

전쟁의 체험과 그것이 전달되는 방식을 고찰했다. 국가적 기획이 의도적으로 작동하기 전인 전쟁의 과정과 직후의 사건은 비교적 '사건과 사실'로서의 체험 내용으로서 제시된다. 이때 가장 문제적으로 부각되는 집단은 상이군인, 전쟁미망인, 납/월북자와 그의 가족이다. 본 연구에서는 정기간행물과 서사 텍스트에서 다루어진 사건의 유형을 분류하고 그것이 기사화되거나 소설로 구조화되는 과정에서 발견되는 '시각'의 변화를 살핌으로써, 전쟁의 체험이 집단적으로 공유되는 원형을 추적했다. 둘째, 이와 아울러 '사상계'를 중심으로 한 지식인 잡지를 통하여 전쟁의 담론이 지식화되어 가는 과정을 고찰했다. 전쟁의 담론은 일상적 경험으로서의 전쟁에 의미를 부여하는 것으로부터 출발하며, 그 의미화 작업에는 지식인들이 적극적으로 개입한다. 따라서 국가의 기획에 기여하는 지식의 논리와 이것이 교육 등의 실제 현장에 적용됨으로써 전쟁에 대한 공유 기억을 조직화하는 방법, 전쟁과 그 담론에 대한 재해석을 통해 기억의 재구축 작업이 진행되는 방식을 분석했다. 셋째, 일상의 기억이 지배하는 '서사물'들을 통해 개별적 경험으로서의 사건이 어떻게 문화적 기억으로 남아 공유되고 전승되는지 살펴본다. 이때 대상이 되는 서사물은 전쟁을 주요 모티프로 다루는, 대중적인 영향력이 비교적 강했던 소설이다. 즉, 베스트셀러 혹은 스테디셀러로 자리 잡고 있는 소설, 영화나 드라마로 영상화된 소설, 적극적이고 두터운 지지를 받고 있는 '전쟁소설(military fiction)'을 주요 대상으로 한다. 이러한 서사물에서 분석해 낸 전쟁 기억의 유형을 분류하고 그 변이 과정과 의미를 추출하였다.324)

---

324) 김승환, 『분단문학비평』, 청하, 1987.
　　　동국대학교 한국문학 연구소 편, 『전쟁의 기억, 역사와 문학』 상·하, 월인, 2005.
　　　＿＿＿＿＿＿＿＿＿＿＿＿＿, 『한국전후문학 연구』, 이회문화사, 2002.

서사 속에서 재현되고 재구축되는 전쟁 기억의 양상은 크게 두 부류로 나뉠 수 있다.

첫째, 전쟁의 피해자, 이데올로기의 희생자로서의 기억은 가장 주요한 흐름이다. 특히 가족의 수난을 통해 재현되는 전쟁은 우리 모두가 피해자라는 대중적 의식을 자극한다.[325] 전쟁 기억의 주요한 시각적 표상은 터지는 폭탄, 머리에 짐을 이고 아이를 업고 걸리면서 걷는 흰옷 입은 여성, 국방색 옷을 입고 다리 한쪽을 잃어 목발을 짚거나 손 한쪽을 잃어 갈고리를 대신 끼운 채 담배를 물고 거친 눈빛으로 세상을 쏘아보는 상이군인이다. 이들은 모두 전쟁의 피해자들이면서 배제된 존재들이다. 가족 혹은 이웃인 이들에 대한 서사 내적 시선은 동정과 공포 혹은 경멸이다. 이러한 양가적 시선은 수용자에게도 전달된다. 이러한 문화적 생산물에 대한 분석을 통해 국가와 사회가 주도한 배제의 원리와 그것이 공유되는 양상을 밝히고자 한다. '빨갱이'는 잔인한 학살의 주체로서 기억된다. 따라서 빨갱이와 적대관계를 형성하는 모든 이는 '아군', '우리 편'이 된다. 이때 재편되는 것은 애국과 매국의 질서이다. 소련과 '북괴'에 연결되지 않는다면 과거의 매국적 친일 행위 역시

문중섭, 『전쟁문학』, 한누리, 1994.
유학영, 『1950년대 한국 소설 전쟁, 전후 소설 연구』, 대한교과서, 2004.
이기원 외, 『한국전쟁과 세계문학』, 국학자료원, 2003.
윤정헌, 「한국현대 전쟁소설 연구」, 『국어국문학』, 국어국문학회, 1997.
윤종혁, 「전쟁문학의 역사적 배경」, 『홍대논총』, 홍익대학교, 1985.
홍경표, 「한국 현대 전쟁소설 연구 - 6.25 전쟁소설의 전개양상」, 『국문학 연구』, 12, 1989.

325) 권명아, 「문예영화와 공유 기억 만들기 - 한국전쟁의 경험과 역사의 재구성」, 『한국문학 연구』 26, 동국대학교 한국문화연구소, 2003.12.
김광수, 「한국전쟁소설 주인공의 속성과 그 구조적 특성」, 『한국문학 연구』 5, 동국대학교 한국문화연구소, 1982.
김권호, 「전쟁 기억의 영화적 재현—한국전쟁기 지리산권을 다룬 영화들을 중심으로」, 『사회와 역사』 68, 한국사회사학회(문학과 지성사), 2005.12.

재평가의 대상이 될 수 있다는 입장이 그것이다. 이러한 시각의 재편이 서사 속에서 인물과 플롯의 구성에 어떻게 관여하고 수용자와 상호 소통하는지 밝혀 준다.

아버지의 부재에 따라 가정에서 어머니 혹은 누이가 생계를 담당하면서 아버지의 존재는 부정되고, 어머니의 존재는 긍정된다. 그악스럽게 그려지는 어머니상 이면에는 내포작가의 동정의 시선이 자리함으로써 수용자 역시 그러한 시선에 공감하게 된다.326) 이념은 전쟁이라는 차원과 결부되어서는 언제나 부정적인 것으로 배제된다. 그런데 이때 '이념'은 언제나 공산주의 혹은 사회주의 이념만을 지칭한다. 부모에 대해 자식 세대가 갖는 이러한 시선을 분석함으로써 전쟁에 대한 기억이 조직되는 양상을 드러낸다.

한편, 전쟁을 치르면서 식민지 시대 혹은 그 이전의 심상공간이 대폭 변화하게 된다. 이른바 '아메리칸 드림'이 그것이다. 미국은 경제의 기반이 되어 주고 공동체를 지켜 주는 시혜의 나라로 기억된다. 그러나 실제 경험에서는 '양공주'를 양산하고 퇴폐적인 문화를 퍼뜨리는 야만의 나라로도 기억된다. 이와 함께 한국전쟁을 기회로 재기할 수 있었던 일본에 대한 적대감과 전쟁 말기에 급작스럽게 개입함으로써 통일을 이루는 데 가장 큰 방해자로 인식되었던 중국에 대한 경멸감은 더욱 강화된다.

둘째, 정치적 변화, 매체의 다양화와 함께 서사에서 전쟁의 기억은 이전의 공유 기억에 저항하는 형태로 나타난다. 이전의 피해자로서의 의식에서 벗어나 전쟁과 역사의 경험을 적극적으로 해석하고 전유하는 문화적 움직임을 찾고 의미를 부여하고자 했다. 이에

---

326) 김현아, 『전쟁과 여성: 한국전쟁과 베트남 전쟁 속의 여성, 기억, 재현』, 여름언덕, 2004.
_______, 『전쟁의 기억, 기억의 전쟁』, 책갈피, 2002.

따라 이른바 본격문학이라고 지칭되는 서사물에서는 국가의 기획에 의해 은폐된 소수자들과 역사적 경험에 적극적으로 의미를 부여한다. 1990년대 이후 서사물에서는 '아비는 공산당원이었다' '아비는 빨치산이었다'는 모티프가 '안티테제에서' 점차로 아들 세대의 '테제'로서 기억된다. 또한 '80년대'적 감수성으로 인해 소위 '주의자'에게 혁명적 낭만성이 덧씌워지기도 한다. 역사 속에서 망각을 강요받았던 국가 이데올로기의 희생자들에 대한 기억을 복원하려는 작업 역시 진행되고 있다. 이에 실제적 경험의 발굴과 망각된 기억의 복원과의 관련성이 규명되어야 할 것이다.

직접 체험 세대와 미체험 세대의 비율이 변화하고 점차로 역전되면서, 전쟁에 대한 기억 역시 변한다. 역사상 실재하는 전쟁에 상상력을 부여한 경우, 이순신이나 계백, 을지문덕 등 역사적 영웅으로 일컬어지는 인물을 중심으로 서술함으로써 국가적 영웅을 우국적으로 소비하는 사례가 된다. 가상 역사 혹은 대체 역사라는 형식으로 가상의 전쟁을 상상적으로 재구성하는 경우, 전쟁에 승리한다는 가상적 설정을 통해 우국적 이데올로기를 유포한다.[327] 이 두 유형 모두 피해자로서의 기억을 보상받으려 하는 욕망에 의해 적극적으로 역사적 사건을 재구성한다. 영웅의 위대한 승리라는 서사를 통해 기억을 변형시킴으로써 현재를 재구성하려는 것이다.

국가는 스스로의 조직을 유지, 강화하기 위해 국가적 재난에 개인들을 '국민' 혹은 '전사'로서 호출한다. 그러나 전쟁이 종료된 이

---

327) 김문수, 「한국전쟁기 소설의 이데올로기 수용 양상 연구」, 『우리말글』, 18, 우리말글학회, 1999.
　　김정훈, 「한국전쟁과 담론정치 - 민족해방전쟁으로서의 한국전쟁과 반공규율사회의 형성」, 『경제와 사회』, 한국산업사회학회, 2000.
　　박신헌, 「한국전쟁기 소설에 나타난 애국의식의 특징연구」, 『어문학』 제59호, 한국어문학회, 2005.

후에는 국가에 의해 동원되었던 '전사'의 이름을 지워 버림으로써 그들을 배제시킨다. 호출과 배제의 기준이 국가의 이익으로 설정됨으로써 국가에 의해 포섭되지 못한 자들은 소수자가 된다.[328] 한국전쟁이 낳은 소수자는 전쟁의 상처가 육체에 각인된 상이군인, 전쟁미망인, 납／월북자와 그들의 가족이다. 이러한 역설이 개인들에게 모순된 경험으로 기억된다. 전쟁은 국군, 국기, 국가(國歌) 등 국가적 상징물이 환기하는 경건하고 숭고한 아우라로 기억되는 한편, 개인의 경험을 통해 전쟁 기억을 재현하는 서사물에서 전쟁은 소수자의 고난과 소외로서 각인되는 것이다.[329] 이러한 양가적 기억이 현재의 문화생산물에도 반영되어 한편에서는 망각된 소외의 경험을 복원하려는 노력으로, 다른 한편에서는 수난의 기억을 변형해 위대한 영웅의 창조와 강한 국가의 상상으로 재현된다.[330]

5. 디지털 텍스트와 시뮬라크르화

이 분야는 전쟁을 둘러싼 공유 기억의 역사화가 오늘날 당대의 우리 문화의 한 축을 이루고 있는 사이버 문화에서 어떤 양식으로

328) 권명아, 「한국전쟁과 주체성의 서사 연구」, 연세대 대학원 박사학위논문, 2002.
329) 안남일, 『기억과 공간의 소설현상학』, 나남출판, 2004.
　　김문수, 「한국전쟁기 소설연구」, 대구대학교 박사학위논문, 1997.
　　김형규, 「1950년대 한국 전후소설의 서술행위 연구: 전쟁 기억의 의미화를 중심으로」, 아주대 대학원 박사학위논문, 2004.
　　문종호, 「1950년대 한국 소설의 주제형상화 방법 연구」, 대구가톨릭 대학원 박사학위논문, 2001.
　　박신헌, 「한국전쟁 전후기 소설의 현실의식 연구」, 경북대학교 박사학위논문, 1992.
　　이국환, 「한국 전후소설의 인물 연구」, 동아대학교 박사학위논문, 2000.
330) 이봉일, 「전후소설과 이데올로기의 상관성 연구」, 경희대학교 박사학위논문, 2000.

재구축되고 있는지 밝히는 데 그 목적이 있다. 따라서 온라인 문화 콘텐츠의 주요 향유층인 신세대가 공유 기억을 습득하고 재구축하는 문화적 방식의 하나로서, 전쟁 소재 사이버 RPG 게임과 온라인상으로 제작, 유통되는 사이버 역사소설에 주목하고자 했다.

온라인상으로 게임을 즐기고 하이퍼텍스트를 소비하는 수용자의 주축을 이루는 신세대들은 학교에서 교과서적 역사의식을 경험하는 것 이외에 사적 공간에서의 취미 생활로서 역사-콘텐츠를 향유하는 주된 통로로서 인터넷을 활용한다. 온라인 게임과 하이퍼텍스트에서 다루어지는 역사물과 가상 역사로 재구성된 전쟁 시뮬라크르 콘텐츠는 제작자와 수용자의 공통된 인식에 기반을 두고 있다. 게임 유저와 인터넷 소설의 소비자들은 개인적 취미로서 '역사적 지식'을 활용하지만, 사실상 그 내용은 게임 유저와 콘텐츠 제작자 간에 상호 합의에 의해 구축되는 '가상 역사-정보'를 통해 역사적 공유 기억을 재구축하는 과정으로 구성되고 있다. 이에 본 영역에서는 게임과 게시판 소설 중에서 전쟁체험을 역사화하고 있는 대상 텍스트들을 선정하고, 이들이 전쟁에 대한 공유 기억을 문화적으로 재생산하는 방식을 서사적 담론에 의거하여 살펴봄으로써 당대 신세대의 정치적 욕망구조를 조망하고자 했다.

종이책과 조형물을 통해 공유되던 역사에 대한 기억은, 이제 디지털문화를 기반으로 한 사이버 세계의 영역으로 확장되었다. 기억을 실어 전달하는 매체가 사이버 매체로 확장되면서, 사이버 매체 특유의 실시간 정보의 대중적 공유와 전파가 가능해졌다. 동일한 사이버 텍스트를 통해 역사 정보를 구성하고 저장함으로써 기억을 공유하는 방식의 급속한 확장과 보편적 유통이 가능한 환경이 갖추어진 것이다. 인터넷을 통한 사이버 공간에서의 정보 형성과 유통망의 확대 보급으로 인해 온라인에서의 정보적 접근이 용이하고 익숙해진 청소년과 젊은 계층들은, 국가 단위의 역사적 지식 역시 이념적, 정치적으로 접근하기보다는 세대적 필요성과 욕망 구조에 따라 재조직하여 게임과 사이버 소설 등의 문화 향유의 매개적 수단으로 간주하는 경향을 보여 준다. 이들은 학습 대상으로서의 역사-지식을 문화적 유희의 수단으로 재조직하여 역사-정보로서 재구성하며, 필요에 따라 민족-국가 단위의 역사에 대한 공유 기억도 재조직하는 문화 향유 방식을 보편화하고 있다. CD 싱글게임에서 온라인상의 첨단 멀티게임에 이르기까지, 그리고 게임 시나리오의 소설화, 소설 속의 게임 시나리오 제작, 소설 속에서 역사를 다루는 방식의 변혁으로 이와 같은 변화는 갈래 경계를 넘어 하나의 현상을 만들어 내고 있는 것이다.[331] 이와 같은 현상에서 출발하여 공유 기억이 사이버 매체의 게임과 역사소설 텍스트에서 어떤 형태로 재구축되고 있는지 살펴보는 것이 요구된다. 특히 '전쟁'을 둘러싼 역사적 체험의 공유 기억에 주목하여 살펴봄으로써 현대의 문화적 양상을 보다 심층적으로 독해할 수 있다.

신세대는 전쟁을 경험하지 않았다. 군대는 갔다 왔어도 전투상황을 경험한 것은 거의 없으며, 전쟁을 역사적 체험으로 인식하려는 문화적 모색에도 관심을 기울이지 않는다. 오히려 신세대에게 전쟁은 기정사실로서 받아들여야 할 공유 기억의 집합체라기보다 자신들이 원하는 이상을 실현할 수 있는 보조 수단으로서 인식되는 경향이 크다. 이러한 것을 가능하게 한 것은 인터넷을 통한 사이버 공간에서의 텍스트의 형성과 유통 방식이다. 게임 유저와 사

---

331) 이정엽, 『디지털 게임, 상상력의 새로운 영토』, 살림, 2005.
전경란, 『디지털 게임의 미학: 온라인 게임 스토리텔링』, 살림, 2005.
김원보 외, 『컴퓨터 게임과 문화: 컴퓨터 게임, 인류 최후의 혁명은 시작되었다』, 이룸, 2005.

이버 텍스트 소비자로서의 신세대 수용자들은 과거에 실재했던 경험으로서의 '전쟁'이 지니는 역사적 의미를 탐색하기보다는 온라인상에서 재해석된 '전쟁' 게임 프로그램을 통해 정보화된 전쟁 프로그램을 향유하고 소비한다.332) 이들이 전쟁체험을 역사화하는 대표적 영역은 사이버 매체를 기반으로 한 게임과 사이버 역사소설이다. 이러한 관점에서 이 연구에서는 우선 역사 소재 시뮬레이션 게임의 역사 정보 활용 방식과 매뉴얼 구성 방식에 주목했다.

전쟁을 직접 경험하지 않은 세대임에도 불구하고 게임에 익숙한 신세대는 누구보다도 전쟁에서 사용되는 무기, 전황 분석, 전략과 전술의 운용에 관심 있어 한다. 하위 갈래에 상관없이 RPG 게임은 군사적 전략 전술의 활용을 요구하며, 밀리터리 관련 게임, 역사 특히 전쟁을 통한 세력 확장과 국가경영을 목표로 하는 게임들은 이 분야의 지식이 필수적이기 때문이다. 이와 같이 개인적 흥미에서 출발했더라도, 우리 역사에 실재했던 전쟁을 소재로 한 게임들은 게임 플레이를 통해 유저가 전쟁을 반복적으로 재경험하게 한다. 그리고 더 나아가 게임 유저의 욕망과 기대에 따라 구조화된 역사 정보를 온라인상에서 유통되는 역사-정보로 호환시키는 방식으로 게임 시나리오가 형성된다. 선풍적 인기를 끌었던 '임진록' 시리즈와 '거상' 시리즈의 경우, 조선과 일본, 중국 3국에 소속된 인물의 역할을 선택할 수 있고, 인물의 역할을 수행하는 게이머는 게임의 성공적 플레이를 위해 이용할 수 있는 모든 요소를 이용한다. 기존 역사에서 구축된 조선에 대한 기억, 특정 인물에 대한 규범적인 공유 기억은 유저에겐 참고 대상일 뿐, 게임의 규

---

332) 설성경, 「임진왜란 관련 한일 역사서사문학의 성격」, 『비교한국학』, 10, 국제비교한국학회, 2002.

범으로 작동되는 것이 아니기 때문이다. 전쟁에 대한 기억도 마찬
가지이다. 게임은 선택한 인물 역할의 승리를 지향하기 때문에 전
쟁의 결과는 역사기록과 일치되어야 할 필요도 없고, 오로지 유저
가 게임을 구축해 나가는 과정이자 수단으로서의 의미가 중요해진
다. 따라서 전쟁에 대한 유저의 공유 기억은 전승되는 것이 아니
라 게임 속 가상의 세계를 위해 재편성되고 재구축되는 양상으로
나아간다.

둘째, 사이버 역사소설을 대상으로 가상 역사와 대체 역사로서
의 하이퍼텍스트 형성 방식을 규명한다. 사이버 역사소설이란 기존
의 역사소설과 달리 인터넷 게시판 연재 형태로서 창작되는 소설
들을 말한다. 신세대들의 창작 무대인 인터넷 게시판에서 역사소설
창작의 비중은 의외로 높은 편이다. 특히 과거의 역사로 회귀하여
역사 진행 방식에 적극적으로 개입함으로써 현재를 형성하는 기원
의 서사 구조를 변환시키게 된다.

전쟁을 둘러싼 기억은 피해자로서의 기억을 수용하는 것을 의도
적으로 기피하고 피해자로서의 기억을 전복시켜 전쟁을 정치적 승
리의 발판으로 바꾸는 데 초점이 맞춰진다. 『1254 동원예비군 1-
5』(오승환, 2005)과 같은 소설은 현대의 동원예비군이 고려시대로
돌아가 대몽고전쟁을 통해 고려를 강한 국가로 재건설하는 과정을
가상의 역사로서 만들어 낸다. 임진왜란을 배경으로 남북한 군인들
이 힘을 합쳐 일본군에 대항할 수 있도록 이순신 만들기 프로젝트
를 수행하는 『천군 1-7』(무명, 2003)도 같은 발상을 보여 준다.
기존의 임진왜란에 대한 기억은 소설 『왜란종결자 1-5』(이우혁,
1998)에서 완전히 재편성된다. 전쟁의 발발 원인은 인간세상의 것
이 아니라 환계와 영계라는 다른 차원의 세계로 돌려지고, 전쟁의

진행과 승리 과정 또한 국가적 역사적 관점이 아니라 인간존재론의 관점으로 재해석된다. 전쟁을 둘러싸고 보편적으로 수용되던 기존의 국가주의 혹은 민족주의적 시각은 새로운 공유 기억의 재생산으로 인해 인간중심주의의 뒤로 물러나게 되는 것이다. 이와 같은 소설의 한 갈래로 대체 역사소설이 있는데, 대체 역사소설은 사이버상에서 보다 다양한 갈래의 변형을 통해 대중화되어 역사에 대한 공유 기억을 다시 만들어 낸다.

사이버 공간에서 민족 – 국가 단위의 역사적 사실로서의 공유 기억은 게임과 플롯 단위의 서사적 정보로 대체된다. 온라인상에서 유통되는 텍스트의 역사 정보 제작 방식은 역사 기억을 정보화하고, 민족 – 국가 단위의 공유 기억을 매뉴얼에 따라 변용이 가능한 정보 단위로 저장하고 변형시켜 유통하는 형태로 나타난다.[333] 최소한의 정보 단위로 편성된 게임 시나리오와 사이버 역사소설상에서 역사는 전쟁에 대한 인식을 바꾸고 전쟁이 사회에 미치는 영향력을 유희적으로 확인하는 정보 단위로 대체된다. 전쟁의 수동적 피해자가 적극적 창조자로 변신하는가 하면, 전쟁의 흐름을 역사적 사실과는 달리 창의적으로 조율함으로써 실재했던 전쟁의 기억은 가상적으로 구성되는 시뮬라크르의 영역으로 전이되는 것이다. 이러한 시뮬라크르의 세계는 민족 – 국가 단위의 공유 기억을 재확인하는 것을 목적으로 삼는 것이 아니라 매뉴얼 내에서 작동되는 사용자의 독자성을 중시한다. 전쟁체험과 역사에 대한 공유 기억은 사이버 서사라는 특이한 양상 아래서 이질적인 양상으로 재구축된다. 이러한 과정은 다음과 같은 텍스트 분석을 통해 드러난다.

---

333) 최유찬, 『컴퓨터 게임과 문학』, 연세대학교 출판부, 2004.
　　 한국게임산업개발원, 『가상현실과 게임』, 한국게임산업개발원, 2002.
　　 한혜원, 『디지털 게임 스토리텔링: 게임 은하계의 뉴 패러다임』, 살림, 2005.

　첫째, 온라인 텍스트의 역사 정보 제작과 유통 방식을 규명하기 위해 역사 기억의 정보화와 저장, 변형 과정을 분석한다. 분석의 대상 텍스트는 전쟁 체험의 과정에 사용자와 수용자가 직접 개입하는 온라인 게임과 사이버 역사소설이다. 이들을 대상으로 실재했던 역사적 공유 기억이 온라인 게임 매뉴얼과 인터넷 소설의 연재 단위로 형성되는 정보의 단위화 방식, 전체 서사를 구성하는 다원적, 다층적 시나리오 맵의 매트릭스화 방식을 분석했다. 둘째, 역사 정보의 환유 시스템에 나타난 수용자의 욕망 구조를 분석한다. 분석의 대상 텍스트로는 온라인상에서 유통되는 최소한의 정보 단위가 가상 역사와 대체 역사를 구성하는 요소로 채택되어 서사를 형성하고 유통된 실제 텍스트이다. 이 경우에 역사 – 정보는 가상 공간에서 전사되어 실험적으로 응용된다. 이 단계에서 전쟁은 정치적 이상을 실현하기 위한 도구로서 변용되어 역사 정보는 실재했던 역사 기억과 환유적 관계를 맺고 작동된다. 온라인 게임 '문명' 시리즈나 '군주 온라인'과 같은 경우처럼 정치적 경제적으로 국가를 재건하기 위한 역사 시뮬레이션 갈래의 게임들에서 이와 같은 성격이 명확히 드러난다. 국가 경영 게임에서 전쟁의 결과는 수량화되고, 국가적 이데올로기를 제시하고 운영하는 목적에 부합될 때 합리적 수단으로 받아들여진다. 게임의 전쟁 체험은 소수자의 입장에서가 아니라 주도자의 입장에서 경험되며, 기억은 통제자인 유저의 입장에서 완전히 재구축되어 게임하는 모든 플레이어에게 동일한 패러다임으로 형성되는 것이기 때문이다.

　사이버 역사소설의 경우, 일차적 텍스트에 의한 공유 기억에 의거하여 새 공유 기억을 온전한 가상의 세계를 새로 설정하여 실험적으로 탐색해 나간다. 우리의 역사와 무관한 새로운 시뮬라크르로서의 세계 안에서 원하는 정치적 이상을 전쟁이라는 수단을 통해 실현해 나가고자 하기 때문이다. 『신군주론 1-5』(최순옥, 2001), 『붉은 황제 1-5』(홍진성, 2003), 『자유인 1-8』(조항균, 2004) 등의 텍스트들이 전형적인 이차 텍스트의 양상을 보여 준다. 지도자가 되어 정치적 이상을 실현해 나가는 과정에서, 전쟁은 필수적 선택이며, 전쟁을 둘러싼 공유 기억은 완전히 재구축되어 정치 담론 안에 내포되어 드러나게 된다.

사이버 매체를 기반으로 한 게임과 사이버 역사소설은 전쟁 체험과 역사화를 완전히 다른 방식으로 재향유하도록 한다. 수용자 개인이 만들어 나가는 개별 시뮬라크르 속의 전쟁 체험은 보다 적극적이고 수단화된, 주도자의 체험으로서의 전쟁이다. 이전의 전쟁 체험의 역사화가 보여 온 방식과는 대조적인 양상을 보이는 것이다. 여기에서는 온라인상에서 형성되고 유통되는 전쟁 소재 게임과 사이버 역사소설의 주요 향유층이자 소비층인 신세대가 게임의 원리와 텍스트 구성 방식에 따라 작동시키는 전쟁 관련 공유 기억의 정보화 메커니즘을 드러내고자 하였다. 이를 통해 국가-민족 단위로 기록되고 수용되며 전승되는 공유 기억으로서의 역사와는 달리 사이버 공간에서 역사-정보가 문화 소비와 향유의 대상으로 만들어지고 향유되는 과정을 밝힐 수 있기 때문이다.

6. 공유 기억의 표상화와 담론

실제 발생하는 사건은 개인의 경험 속에서만 실재한다. 그러나 개인적 경험으로서의 어떤 사건이 '역사적'이라는 의미를 부여받기 위해서는, 그 사건을 기억하는 개인의 체험을 넘어서 문화적 맥락 속에서 집단이 공유하는 의미를 획득해야 한다. 집단의 내부에서 동의된 감각적 표상은 '공유 기억'을 구성한다. 동일성의 단위를 구성하는 특정 집단 내의 공유 기억은 일정하게 지속하는 것이 아니라, 시간의 변전 속에서 사건의 실체를 넘어서 당대적 맥락에서 재구성된다. 공유 기억은 특정 사회의 이념적 필요성이나 집단의 존속을 중심으로 초점화되고 공식화된 역사화 방식이며, 이 공유 기억의 틀과 내면에는 역사적 사건을 둘러싼 정치, 사회, 문화적 처리방식을 특유의 역사화 방식에 근거하여 담론화한 형태가 존재하고 있다.

이때 기억이 축적되고 유전되는 주요 매개체가 '문화'이다. 직접 경험하지 못한 역사적 사건은 감각적 표상물로 구축된 문화적 생산물을 통해 실제의 경험과 유사한 체험으로 각인된다. 전쟁의 경우 이를 직접 체험하지 못한 세대에게는 문화적 매개를 통해 경험되고 기억되는 효과를 갖는다. 이를 '문화기억'이라 정의한다. 문화기억은 공공의 기억으로서의 공유 기억을 전파하는 한편, 집단적 기억과 일치하지 않는 개인의 체험과 기억을 문학적 서사화라는 방식을 통해 이질적인 형태로 생산함으로써 공식적인 기억의 표상과는 분리된 저항기억을 형성하기도 한다. 이러한 기억의 재구조화 작업에 따라 현재적인 여론이 재형성됨으로써 과거의 사건은 다시 변형을 거쳐 공유 기억으로 변용된다.

따라서 과거의 사건이 기억으로 응집되어 어떻게 유전되고 재생산되는가를 추적함으로써, 즉 주요한 전쟁들이 당대의 역사적 맥락을 넘어 현재에 기억으로 형성되는 과정을 규명하는 작업은 현대

한국 사회의 욕망 구조를 판독할 수 있는 단서로 작용한다. 과거는 현재에 의해 상기되고 일깨워진 기억들의 재구성 형식으로 존재하기 때문이다. 이는 역사적 사건에 대한 기억의 재구성이 현재적 사건의 해석에 어떠한 영향을 미치는가의 문제와 현재적 관점에서의 역사적 해석이 역사적 공유 기억을 어떻게 재조직하는가의 문제와 함께 고찰해야 할 분야이다.

특히 전쟁은 그것을 정당화하는 위로부터 강제되는 이념과 기획이 전면화되는 가운데, 개개인의 체험의 영역에서는 국가의 기획에서는 배제된 다양한 현실이 중층적으로 부딪히는 매우 극적인 경험과 기억을 구성한다. 전쟁은 그 전개 과정에서 일상에서 발생하지 않는 소수자와 하위 주체를 생산해 내었는데, 이들은 전후의 국가 관리 체제에서 '국민'이라는 이름으로 호명되지만, 회복할 수 없는 개인의 신체 상해나 침해된 인권 등에 대한 전면화된 관심의 영역에서 배제되어 점차로 소외와 차별화의 과정을 경험하게 된다. 이들은 '동포애'나 '애국심'을 환기시켜 민족－국가의 정체성을 형성하는 매개자로 간주되지만, 일상적 경험은 예외적인 소수자의 영역으로 처리됨으로써, 역사의 전면에서 배제되었던 것이다. 일상의 차원에서 보면, 전쟁이라는 현실은 국가와 민족, 사회와 개인에 이르는 다양한 계층과 층위, 서로 다른 개인과 사회적 경험들이 아물 수 없는 아픔으로 중층을 이루고 있다. 이런 점에서 전쟁의 기억은 끊임없이 현재화되고 재구성되는 역사 형성의 매개이다.

전쟁에 대한 학제적 연구의 필요성은 여기에서 비롯된다. 전쟁은 정치학, 역사학, 사회학, 문학, 문화 분야에서 광범위하게 조명되어야 한다. 그중에서도 기억을 중심으로 한 전쟁 담론은 공유 기억을 만들어 내는 국가와 민족의 거시적 차원에서부터 평범한 일상을 살아가는 개인들의 삶에 이르는 폭넓고 역동적인 면모를 보여 줄 수 있다.

따라서 본 연구는 각각 이질적인 영역에서 개별적으로 연구되어 왔던 부분들을 통합적으로 고찰함으로써 한국적 문화 정체성을 이루어 나가는 방식을 규명하려 했다. 한국의 전쟁 체험의 공간적 기념비화 과정, 소수자와 하위 주체의 문화적 재배치 과정, 대중적 문화 기억의 형성 과정, 디지털 텍스트를 통한 시뮬라크르화 과정을 통해 국가적, 민간적, 문예적 차원에서 역사화 되는 방식을 재조명했다. 한국전쟁의 경험이 공유 기억을 표상화하고 담론화하는 과정을 통해 '한국'과 '한국인'의 정체성의 형성에 미친 영향을 파악하고, 더 나아가서 문화적으로 재구축되는 과정에서 발생한 기억의 전유 방식이, 민족과 국가 단위의 사고로 응집되어 역사화되는 방식에 영향을 미치는 기억의 작동 방식을 밝혔다. 이를 위해 공간의 역사화 과정에 필요한 현장답사와 공간 분석을 공동으로 시행하며, 신문, 잡지 매체의 독회, 서사와 영상, 디지털 텍스트를 분석했다.

첫째, 전쟁 관련 기념관이 전시·형상화하는 공간 구성을 비판적으로 분석하는 작업은 민족-국가 중심의 기억의 형성과 역사적 콘텐츠 생산에 따른 한국과 한국인으로서의 정체성 형성에 관한 욕망을 판독해 낼 수 있는 중요한 수단이다. 국내 전쟁 관련 기념관들의 존재 현황과 운영의 실제에 대한 현장 조사를 바탕으로, 관람객의 동선과 시선에 관한 국가주의적, 민족주의적 통제의 방식을 넘어서 상호적 의사소통을 창출하고 한국 사회의 미래적 가치를 제공할 수 있는 기념관 운영 방식에 관해 제언하고자 했다.

둘째, 전후 혼란기의 '전쟁고아'의 존재 현황과 고아원 수용의 문제, '국민'으로서의 고아 관리와 결연식, '혼혈고아'의 국제 입양 문제, 입양과 국제 관계, 호혜의 미국과 모국 대한민국의 국가 이미지 표상화 과정을 규명하고, 전쟁고아가 불운의 증거물로서 사회적으로 호명되거나 소년 범죄자로서 조명되어 부정적 대상의 표적으로 지목되는 사회적 과정을 규명했다. 또한 '상이군'들이 명예로운 포상과 보훈의 대상자로 선별되고 관리되는 국가 관리 체제의 변화와 그 과정에서 발생하는 '동포애'와 '호국 정신'의 형성 과정을 살펴보았다. 전쟁기억이 처리되는 방식을 국가적, 사회적, 개인적 차원에서 층위를 달리하여 분석하고 이들에 대한 담론화가 문화적으로 소비되는 실제를 규명하기 위한 것이다.

셋째, 전쟁을 담론화한 사건기사, 지식인 담론, 소설, 대중 서사물 등을 중심으로 한국전쟁이 창작-수용층의 공유 기억의 형식으로 응집되어 유전되고 재생산되는 방식을 추적함으로써 현재 한국 사회의 욕망 구조를 판독하고자 했다. 이를 위해 대중 매체와 대중 서사에서 한국전쟁이 담론화되는 방식과 문화적으로 재생산되어 온 과정을 살펴봤다. 전쟁미망인, 실향사민과 납북자, 월북자의 형상화 방식과 서사적 배치 문제, 국가 이데올로기의 형성 과정, '빨갱이'의 표상화 과정, 가족 이산과 민족 정체성 형성의 관련성, 공동체적 상상의 산물로서의 국가 이미지 등에 관한 분석을 시행했다.

넷째, 전쟁을 둘러싼 공유 기억의 역사화가 오늘날 당대의 우리 문화의 한 축을 이루고 있는 사이버 문화에서 어떤 양식으로 재구축되고 있는지를 밝혀 보았다. 사이버 매체를 기반으로 한 게임과 사이버 역사소설은 수용자 개인이 만들어 나가는 개별 시뮬라크르(simulacre)를 형성한다. 신세대적인 역사의식은 개인이 재창조함으로써 보편화시키는 역사화의 방식이며, 전쟁의 공유 기억은 이 맥

락을 따라 재구성된다. 그러므로 신세대의 사이버 문화에 의한 역
사는 기록되고 수용되며 전승되는 것이 아니라 만들어지고 향유되
는 것이다. 이 연구에서는 게임 시나리오의 실질적인 진행 과정상
에서 전쟁 내용이 재구축되는 상상 구조를 규명하고, 게임 유저의
욕망에 내재한 한국과 한국인의 이미지를 고찰했다.

　본 연구는 기존 연구가 사회적, 역사적 맥락에서 전쟁체험과 기
억의 양상을 부분적으로 다루었던 것과는 달리 한국문화의 정체성
을 둘러싼 사회의 욕망이 기억의 양상을 만들어 내는 방식에 주목
하고자 하였다. 이 방식은 기억의 역사화 방식이라는 담론 분석에
근거하여 이질적이라 생각되는 사회의 제 현상을 통합하여 동일한
문화적 논리로 일관되게 파악할 수 있는 유효성을 지닌다. 이에
따라 본 연구는 현대 한국 사회의 문화적 정체성을 이루는 큰 축
을 밝혀 내는 동시에 보다 통합적이면서도 활용 가능한 연구를 지
향한다.

참고문헌

1. 자 료

국방군사연구소, 『한국전쟁피해통계집』, 1996.
___________, 『한국전쟁지원사』, 1997.
국사편찬위원회, 『자료대한민국사』 제1집 – 제17집.
내무부 치안국, 『국립경찰통계연보』 제4호, 1957.
내무부 통계국, 『대한민국통계연감』, 1953 – 1960.
대한적십자사, 『이산가족백서』, 1976.
보건사회부, 『한국아동복지사업(1949 – 1958)』, 1958.
『동아일보』, 『조선일보』, 『한국일보』, 『사상계』, 『신동아』.

2. 단행본

김철, 『국민이라는 노예: 한국문화의 기억과 망각』, 삼인, 2005.
김경학 외, 『전쟁과 기억 – 마을 공동체의 생애사』, 한울, 2005.
김승환, 『분단문학비평』, 청하, 1987.
김원보 외, 『컴퓨터 게임과 문화: 컴퓨터 게임, 인류 최후의 혁명은 시
        작되었다』, 이룸, 2005.
김현아, 『전쟁과 여성: 한국전쟁과 베트남 전쟁 속의 여성, 기억, 재현』,
        여름언덕, 2004.
_____, 『전쟁의 기억, 기억의 전쟁』, 책갈피, 2002.
노동환 외, 『그들이 본 한국전쟁』, 눈빛, 2005.
노민영, 『다시 보는 한국전쟁: 끝나지 않은 전쟁』, 한울, 1991.
동국대학교 한국문학 연구소 편, 『전쟁의 기억, 역사와 문학』 상 · 하,

월인, 2005.

__________________, 『한국전후문학 연구』, 이회문화사, 2002.

문제안, 『8·15의 기억: 해방 공간의 풍경, 40인의 역사 체험』, 한길사,
　　　2005.

문중섭, 『전쟁문학』, 한누리, 1994.

박상우, 『게임, 세계를 혁명하는 힘』, 씨엔씨미디어, 2000.

박태균, 『한국전쟁』, 책과 함께, 2005.

서경식 외 저, 김경윤 역, 『단절과 세기 증언의 시대: 전쟁과 기억을 둘
　　　러싼 대화』, 삼인, 2002.

서울역사박물관, 『21세기 박물관의 역할과 발전 방향』, 경인문화사, 2005.

성혜영, 『박물관이 나에게 말을 걸었다』, 휴머니스트, 2004.

안남일, 『기억과 공간의 소설현상학』, 나남출판, 2004.

안병직, 『세계의 과거사 청산: 역사와 기록』, 푸른역사, 2005.

유영익, 『한국과 6·25전쟁』, 연세대학교 출판부, 2002.

유학영, 『1950년대 한국 소설 전쟁, 전후 소설 연구』, 대한교과서, 2004.

이기원 외, 『한국전쟁과 세계문학』, 국학자료원, 2003.

이선교, 『제2차 한국전쟁: 끝나지 않은 전쟁 6·25를 말한다』, 봄, 2003.

이임하, 『여성, 전쟁을 넘어 일어서다: 한국전쟁과 젠더』, 서해문집, 2004.

이정엽, 『디지털 게임, 상상력의 새로운 영토』, 살림, 2005.

전경란, 『디지털 게임의 미학: 온라인 게임 스토리텔링』, 살림, 2005.

전진성, 『박물관의 탄생』, 살림, 2004.

______, 『역사가 기억을 말하다』, 휴머니스트, 2005.

최문규 외, 『기억과 망각 ─ 문학과 문화학의 교차점』, 책세상, 2003.

최유찬, 『컴퓨터 게임과 문학』, 연세대학교 출판부, 2004.

한국게임산업개발원, 『가상현실과 게임』, 한국게임산업개발원, 2002.

한혜원, 『디지털 게임 스토리텔링: 게임 은하계의 뉴 패러다임』, 살림,
　　　2005.

황송문, 『분단문학과 통일문학』, 성문각, 1989.

五味川純平, 서혜영 역, 『전쟁과 인간: 군국주의 일본의 정신분석』, 길,
　　　2000.

藤原歸一, 이숙종 역, 『전쟁을 기억한다』, 일조각, 2003.

早川紀代 編,『軍國の女たち』, 東京: 吉川弘文館, 2005.

Ambrose, Stephen E. 외, Cowley, Robert 편, 이종인 역,『만약에 1: 군사 역사편』, 세종연구원, 2003.

Assmann, Aleida, 변학수 외 역,『기억의 공간』, 경북대학교출판부, 2003.

Hickman, Craig R., 김해경 역,『전략게임』, 오롬시스템, 1994.

Poundstone, William, 박우석 역,『죄수의 딜레마: 존 폰 노이만, 핵폭탄, 게임이론』, 양문, 2004.

Weinrich, Harald, 백설자 역,『망각의 강 레테』, 문학동네, 2004.

3. 학위논문

권명아,『한국전쟁과 주체성의 서사 연구』, 연세대 대학원 박사학위논문, 2002.

김문수,『한국전쟁기 소설연구』, 대구대학교 박사학위논문, 1997.

김형규,『1950년대 한국 전후소설의 서술행위 연구: 전쟁 기억의 의미화를 중심으로』, 아주대 대학원 박사학위논문, 2004.

문종호,『1950년대 한국 소설의 주제형상화 방법 연구』, 대구가톨릭 대학원 박사학위논문, 2001.

박신헌,『한국전쟁 전후기 소설의 현실의식 연구』, 경북대학교 박사학위논문, 1992.

이국환,『한국 전후소설의 인물 연구』, 동아대학교 박사학위논문, 2000.

이봉일,『전후소설과 이데올로기의 상관성 연구』, 경희대학교 박사학위논문, 2000.

4. 정기간행물

권명아,「문예영화와 공유 기억 만들기 – 한국전쟁의 경험과 역사의 재구성」,『한국문학 연구』26, 동국대학교 한국문화연구소, 2003.12.

김광수, 「한국전쟁소설 주인공의 속성과 그 구조적 특성」, 『한국문학
　　　연구』 5, 동국대학교 한국문화연구소, 1982.
김권호, 「전쟁 기억의 영화적 재현 – 한국전쟁기 지리산권을 다룬 영화
　　　들을 중심으로」, 『사회와 역사』 68, 한국사회사학회(문학과 지성
　　　사), 2005.12.
김기수, 「전쟁실종과 혼인」, 연세대 법학회, 『연세법학』, 1, 1957.
김문수, 「한국전쟁기 소설의 이데올로기 수용 양상 연구」, 『우리말글』,
　　　18, 우리말글학회, 1999.
김미정, 「1950・60년대 한국전쟁 기념물 – 전쟁의 기억과 전후 한국국
　　　가체제 이념의 형성」, 『한국근대미술사학』, 2002.
김양선, 「증언의 양식, 생존・성장의 서사 – 박완서의 재현 소설『그 산
　　　이 정말 거기 있었을까』를 중심으로」, 『한국문학 이론과 비평』,
　　　15, 2002.6.
김정훈, 「한국전쟁과 담론정치 – 민족해방전쟁으로서의 한국전쟁과 반공
　　　규율사회의 형성」, 『경제와 사회』, 한국산업사회학회, 2000.
김형곤, 「한국전쟁 사진과 집합기억: 전쟁기념관에서의 한국전쟁 사진
　　　전시회에 대한 연구」, 『한국언론학보』 49 – 2집, 2005.
박신헌, 「한국전쟁기 소설에 나타난 애국의식의 특징연구」, 『어문학』
　　　제59호, 한국어문학회, 2005.
박정석, 「전쟁과 ‘빨갱이’에 대한 집단 기억 읽기 – 해남의 한 마을을
　　　중심으로」, 『역사비평』, 역사문제연구소, 2002.
박찬경, 「전쟁기념관의 미학과 분단의 기억」, 『당대비평』 4, 1998.
설성경, 「임진왜란 관련 한일 역사서사문학의 성격」, 『비교한국학』, 10,
　　　국제비교한국학회, 2002.
손종업, 「전후소설 속의 여성적 형식」, 『어문연구』 24, 한국어문교육연
　　　구회, 1996.
유임하, 「전후소설과 대중문화의 상호연관」, 『한국문학 연구』 20, 동국
　　　대학교 한국문화연구소, 1998.
윤정헌, 「한국현대 전쟁소설 연구」, 『국어국문학』, 국어국문학회, 1997.
윤종혁, 「전쟁문학의 역사적 배경」, 『홍대논총』, 홍익대학교, 1985.
윤형숙, 「구술사와 기억: 한국전쟁과 지역민의 대응」, 『한국문화인류학』,

35 – 2집, 2002.8.

이선미, 「한국전쟁과 여성가장: '가족'과 '개인' 사이의 긴장과 균열 – 1950년대 박경리와 강신재 소설의 여성가장 형상을 중심으로」, 『여성문학 연구』.

이용기, 「마을에서의 한국전쟁 경험과 그 기억」, 『역사문제연구』 6, 2001.

이인영, 「전쟁, 기억, 여성 정체성 – 최윤의 『벙어리 창』과 크리스타 볼프의 『크리스타 T.에 대한 추념』 비교」, 『카프카 연구』, 12, 2004.

한건수, 「구술사와 경합하는 역사: 사회적 기억과 차이의 정치학」, 『한국문화인류학』 35 – 2집, 2002.

홍경표, 「한국 현대 전쟁소설 연구 – 6.25 전쟁소설의 전개양상」, 『국문학 연구』, 12, 1989.

Ⅲ. 문학과 영화의 수사학적 상상력과 제목의 상호 텍스트성

1. 문학과 영화의 제목 공유, 경계와 권력

영상의 시대라 일컬어지는 21세기, 영화의 등장과 함께 영화의 주요 소재원으로서 문학의 가능성은 영화의 출발 초기부터 중요시되어 왔다. 소통으로서 자신을 검증한 문학 텍스트는 영화화하기에 적합한 콘텐츠였으며, 문학을 영화화하는 것은 영화제작에서 자연스럽게 높은 비중을 차지했었다. 그런 관점에서 문학과 영화의 상호관련성은 대개 영화의 원작이라는 관점에서 문학과 영화의 경계선이나 영향관계를 검토하거나 각색과 편집의 문제에 주목하여 논의되어 왔다.[334] 문학의 입장에서 이는 경계의 확장이었으며, 문학작품을 동시대에 맞춰 다시 향유하는 방식의 테두리 안에 놓는 것이었다. 그러나 이제 문학과 영화의 관계에 대한 기존의 논의 시각은 변화를 겪어야 할 시점에 봉착했다.[335] 문학과 영화의 분리

---

334) Robert Richardson, 『영화와 문학』, 이형식 옮김, 동문선, 2000.

경계나 영역의 문제가 아닌, 창조의 원동력으로서의 상상력과 그 상상력이 표출되는 표현의 기제로서 수사학적 관점에서의 은유와 환유, 제유 등의 기제가 검토되어야 할 시점이다. 이는 문학과 영화의 경계선을 상호매체성이라는 관점에 입각하여 공존 공유로, 상호간 생성의 순환관계에 따른 함수관계를 보다 근원적으로 해명할 수 있는 방법론을 모색하는 과정이 될 것이기 때문이다.

90년대 이후 한국문학과 영화는 '제목'을 서로 주고받으면서 이와 같은 상호관계를 세워 왔다. 제목은 각 텍스트의 간판이자 의미의 최종 압축판으로서, 텍스트의 의미작용을 텍스트 시작에 제시하고, 예상하게 하며 해석의 결과에 이르는 안내자의 역할을 한다. 따라서 문학의 영역에서만이 아니라 시각적 이미지나 영상의 영역에서도 제목은 모호한 의미해석을 벗어나 보다 명확한 의미 규정을 유도하는 핵심 키워드가 되는 것이다. 따라서 제목은 구조적 의미작용의 결과물이며 의미창출의 핵심 기제로서 텍스트 안과 밖의 경계를 그어 주고 메타텍스트로서의 독점적인 권력을 생성한다.336) 텍스트 생산자로서 '누가 이것을 제목으로 선택하고 의미 규정하는가?'와 함께 수용자가 '어떤 작품을 선택하고 의미를 규정하는가?'에 대해 독점적 권력을 행사하기 때문이다. 원작이 되는 문학작품을 읽어 본 관객도, 읽어 보지 않은 관객도 제목이 주는 이미지의 지평선 안에서 영화를 대면하고, 해석의 과정에 막대한 영향을 받는다.337) 그러므로 동일한 제목을 공유하고 있는 문학 텍

---

335) 한국영상문화학회, 『이미지는 어떻게 살고 있는가 — 영상문화학을 위하여』, 생각의 나무, 1999.

336) 사사키 겐이치, 「예술 작품 표제의 기호학 — 두 텍스트의 상호관계」, 한국기호학회, 『기호학연구』, 1997, 337 – 9쪽.

337) 장미경, 정유경, 「국내 영화 메인타이틀 디자인에 관한 연구」, 한국일러스트아트학회, 『일러스트레이션학 연구』, 2001, 206 – 7쪽.

스트와 영화 텍스트의 매개 과정을 상상력과 의미작용의 차원에서 수사학적 관점으로 접근하는 것은 단순한 영향관계를 벗어나 텍스트 생성의 기제를 밝히고 영화와 문학의 관계에서 보다 바람직한 영역을 확보하는 동시에 한국의 문화적 정체성에 도달하는 한 방식이 될 수 있을 것이다.

2. 텍스트 생성의 수사학과 상상력의 기제

1980년대, 영화관에서 삶을 마친 기형도 시인의 삶과 시 세계는 동시대에 성장기를 함께한 영화 관련 인사들에게 세계의 한 축을 이루는 문학적 감수성을 제공했다. 그 결과 90년대 말 이후 한국 영화에는 기형도 시인의 시 제목을 영화의 제목으로 자주 차용하였다. 시를 영화의 서사성으로 전환하는 과정에서 영화는 시의 소재를 일부 사용하거나 맥락과 분위기를 일부 차용, 혹은 완전히 새로운 텍스트로 재생산되었다.

1989년 발표된 기형도 시인의 「질투는 나의 힘」은 2002년도 박찬옥 감독 창작 시나리오로 영화화되었는데, 32회 로테르담 영화제에서 타이거상, 24회 청룡영화상 각본상을 수상하고 한국 시나리오 걸작선 중의 하나로 출판됨으로써 텍스트의 미학적 탄탄함을 증명하였다. 24회 '오늘의 작가상'을 수상한 이만교 원작소설 『결혼은, 미친 짓이다』(2000)는 2002년에 시인 유하 감독의 시나리오로 영화화되었다. 유하 감독은 도발적 화두를 던지는 제목에 반해서 소설을 영화화하기로 결심하였다고 한다. 한편 1989년에 발표된 기형도 시인의 시 「빈 집」은 1995년에 신경숙 소설 『빈 집』으로 서사 텍스트로 재생산되었으며, 김기덕 감독 시나리오에 의해 2004년에 영화 <빈 집>으로 만들어졌다. 시와 소설, 영화는 단지 '빈집'이라는 표제와 남녀의 애정관계라는 소재를 공유할 뿐, 실재 텍스트 내부의 이야기성은 완전히 다른 별개의 텍스트를 이룬다.

위에서 예로 든 작품들 이외에도 다수의 작품들이 이와 같은 기제를 따라 제작되었다. 이 작품들의 공통적인 연결고리는 문학과 영화 텍스트 간 표제의 공유이다. 표제 하나를 가지고 각각 다른 텍스트가 순차적으로 생성되었다는 점에서 각각의 텍스트는 소통 과정에서 특유의 상호작용 과정을 거쳤음을 짐작할 수 있다. 텍스트의 안과 밖을 이어 주는 표제로서의 상호작용은 내용의 동일함과는 다른 차원에서의 동질성을 형성한다.[338] 시에서 소설로, 시에서 영화로, 소설에서 영화로 각각 이질적인 매체와 갈래를 같은 표제 아래 하나로 묶어 주는 이 차원은 이른바 상상력의 기제라는 보다 본질적인 영역에서 비롯된 것이라 할 수 있다.

본고는 이와 같은 상상력의 기제를 수사학의 관점으로 규명하고자 한다. 수사학에 대한 전통적인 개념은 아리스토텔레스 이래 설득을 위한 언어표현이란 개념이 중시되었다.[339] 그러나 또 다른 수사학자 피셔는 세계가 다른 사람들이 세상을 우리의 눈으로 보도록 설득하는 상징과 상징적 구조의 이야기로 만들어졌다고 주장한다.[340] 따라서 이야기는 세상을 어떻게 보는지 반영하는 것이며,

---

338) 이건청, 「한국시의 표제에 관한 연구」, 한국언어문화학회, 『한국언어문화』 20, 2001. 157쪽.

339) 장 경, 「문학해석과 창조적 은유 - 폴 리쾨르의 문학이론을 중심으로」, 한국불어불문학회, 『불어불문학 연구』, 1996, 679 - 81쪽.

340) Timothy Borchers, 『수사학 이론』, 커뮤니케이션북스, 2007, 227쪽.

독자와 작가의 이야기를 공유하는 것은 상황과 갈래, 커뮤니케이션 미디어 안에서 일어난다. 그러므로 이야기의 형태로 만들어진 특정한 가치관은 사람들 사이의 공통 경험으로서 문화적 재생산을 통해 확장되고 집단의 문화공유와 세계관의 형성에 기여한다. 그러므로 이는 단어나 언어표현의 수사학적 차원이 아니라 인식과 문화의 생성과 공유라는 새로운 수사학의 차원에 접근하는 것이다.[341] 텍스트 중심적인 수사학의 패러다임과 맥락 중심적인 문화학의 패러다임이 결부되어 다양한 텍스트의 매체 간 연합이 의미화되는 궤적은 담론과 인식론적 수사학의 차원으로 규명 가능한 영역이 된다.

수사학에서 상상력의 인식 기제는 대상에 대한 사유의 방식으로서 이질적인 두 대상을 하나의 지평으로 묶어 나가는 비유의 방식과 밀접한 관련을 맺는다. 이 지점에서 은유는 단순한 표현의 문제가 아니라 세계에 대한 인식과 담론을 내포한 특유의 상호 의미작용으로서 의의를 지니게 된다.[342] 표제를 공유하는 원작 텍스트와 영화 텍스트는 이질적인 두 대상을 연합시키는 비유의 인식론적 차원에 함께 놓인다고 할 수 있다. 기존의 문학 원작과 각색된 영화라는 직접적이고 일차원적인 관점을 벗어나 보다 간접화된 문화적 재생산의 가능성에 대한 규명의 길이 여기서 비롯된다. 시발점이 된 문학작품은 표제로 상징화되어 하나의 기호를 형성하고,

---

341) 오형엽, 「수사학적 시학의 은유와 환유 연구」, 한민족어문학회, 『한민족어문학』, 2004, 328－31쪽.
　　　이승종, 「은유와 해석－현대해석학의 논점」, 한국해석학회, 『해석학연구』, 1995.
342) 김종도, 『인지언어학적 원근법에서 본 은유의 세계』, 한국문화사, 2004, 53쪽.
　　　유경민, 「은유에 의한 의미확장」, 한국어의미학회, 『한국어의미학 5』, 1999. 183쪽.
　　　황희숙, 「은유와 인식」, 철학연구회, 『철학연구』, 1999.
　　　Feng, Xiaohu, 「텍스트 결속성을 야기시키는 도구로서의 개념적인 은유」, 한국독어독문학회, 『독일문학』, 1999, 241－3쪽.

이 기호는 영화라는 매체에서 다시 의미를 재생산하면서 사회의 담론 영역에 적극적으로 개입하게 되는 것이다.

본고에서는 기형도 시 「빈 집」과 신경숙 소설 『빈 집』, 그리고 김기덕 영화 <빈집>, 이 세 텍스트를 통해 동일한 표제를 공유하고 있는 각각 다른 갈래와 매체의 작품이 의미를 생산해 나가는 과정을 은유라는 수사학적 상상력의 기제에 의해 살펴보고자 한다.[343]

3. 기형도 시 「빈 집」의 은유

기형도 시인은 당대 영화판에 소속된 사람들에게 특정한 문화적 향수의 아이콘이자 상징으로 큰 역할을 해 왔다.[344] 따라서 90년대 이후 영화와 제목의 표제 공유 현상에서 가장 빈번하게 표제를 제공해 준 시인이기도 하다. 영화 <봄날은 간다>, <빈 집>, <질투는 나의 힘> 연극 <위험한 가계, 1969> 등이 모두 기형도 시인을 원천으로 삼고 있다. 같은 서사 갈래가 아닌, 서정시가 영화의 서사로 연계되는 특이한 현상이 여기에서 나타난다. 동시대 시인의 경험과 감수성의 공유라는 문화적 차원의 인식이 이 같은 현상의 저변에 깔려 있다.

---

343) 기획주제 발표 시 영화 네 편을 선택하여 〈질투는 나의 힘〉은 환유의 상상력으로, 〈결혼은, 미친 짓이다〉는 제유의 상상력으로, 〈빈 집〉은 은유의 상상력으로, 〈혈의누〉는 아이러니의 상상력으로 각각 변별하여 분석, 발표되었다. 그러나 본고에서 모두 다루기에는 규모가 적합하지 않아 일차적으로 은유의 상상력과 〈빈 집〉에 논의를 국한하였다. 나머지 작품들과 상상력의 기제 유형은 차후에 다시 논의할 것이다.

344) 현장 영화인 20인의 추천도서 – 기형도 『짧은 여행의 기록』, 살림출판사
http://www.cine21.com/Magazine/mag_pub_view.php?mm＝005001001&mag_id＝36166

빈 집

사랑을 잃고 나는 쓰네

잘 있거라, 짧았던 밤들아
창밖을 떠돌던 겨울 안개들아
아무것도 모르던 촛불들아, 잘 있거라
공포를 기다리던 눈물들아
망설임을 대신하던 눈물들아
잘 있거라, 더 이상 내 것이 아닌 열망들아

장님처럼 나 이제 더듬거리며 문을 잠그네
가엾은 내 사랑 빈집에 갇혔네

− 1989, 『현대시세계』 봄[345]

이 시는 간결하면서도 특유한 은유의 체계를 드러내 보여 준다.[346] '사랑을 잃고 나는 쓰네'라는 첫 구절에서 제시한 그대로, '잃어버린 사랑'의 구체적 등가물들이 사례로 2연에서 나열되어 제시된다. 그러므로 1연에서 '나는 쓰네'에서 '무엇을 쓰는가?'에 대한 구체적 재현물들이 2연의 '짧았던 밤들', '창밖을 떠돌던 겨울 안개들', '아무것도 모르던 촛불들', '공포를 기다리던 눈물들', '망설임을 대신하던 눈물들'이다. 이와 같은 구체적 재현물들은 모두 '더 이상 내 것이 아닌 열망들'이므로 '잘 있거라' 이별을 고해야 하는 대상들이 된다. 이와 같은 대상들은 모두 단수가 아닌 복수들이다. 하나로 고정된 대상으로서의 사랑이 아니라, 잃어버린 사랑의 자리를 차지해서 들어온 대체물들이자 확장된 인접 영역의 것으로서 환유를 지향하는 것이다. 그러므로 인접 확산된 이 대체

---

345) 기형도, 『기형도 전집』, 문학과지성사, 1999, 89쪽.
346) 김옥순, 「언술은유와 기형도의 시」, 한국기호학회, 『기호학연구』, 1999.

물들은 '아무것도 되지 못한 것'으로서 '빈 집'이라는 공간에 들어가야 할 대상들이다. 그러므로 막연한 혼돈 속에서 화자는 '장님처럼 나 이제 더듬거리며' 빈 집의 '문을 잠그네'라는 행동을 취한다. 사랑이 있었다면 '빈 집'의 공간은 존재하지 않는다. 그러나 사랑을 잃고 쓴 것들은 이별의 대상으로 '빈 집'을 채워야 할 것들이다. 그러나 이렇게 함으로써 화자는 역설적으로 '가엾은 내 사랑'을 '빈 집'에 '가두는' 효과를 빚어낸다. 따라서 '빈 집에 사랑이 갇혔네'라는 마지막 행은 첫 행의 '사랑을 잃고 나는 쓰네'와 연계되어 다시 순환과 재생산의 무한궤도에 올라서게 된다.

'잃어버린 사랑'과 '쓰네'라는 창작의 궤도, 그리고 무한한 등가물들과 확장 영역의 구조적 가능성이 바로 이 시 「빈 집」이 지니고 있는 의미 확장의 기제이다. 사전적 의미의 '빈집'을 벗어나 개인의 내면풍경을 사랑의 '획득 / 상실'의 공간화를 통해 다양한 등가물로의 치환 가능성을 보여 줌으로써 의미확장의 가능성을 제시했기 때문이다. 이제 제목으로서의 '빈 집'은 재규정된 의미의 체계를 지니고 다른 텍스트로 확산될 기본 조건을 갖추게 된 것이다. 기형도 시 중에서 이 시가 특히 텍스트 재생산의 주체인 소설가나 영화감독들로부터 매혹적인 대상으로 떠오르게 된 것도 이와 같은 요소에 힘입은 바 크다고 할 수 있을 것이다. 시 자체에 내재된 잠재력이 표제를 공유하도록 하는, 각자 다른 갈래와 매체에서 상상력을 적극 불러일으키는 원동력이 되기 때문이다.

4. 신경숙 소설 『빈 집』의 환유

　　1995년에 발표된 신경숙 단편소설 『빈 집』[347]의 서두는 기형도 시 「빈 집」의 전문을 제시하는 것으로부터 시작한다. 그러나 서사 갈래의 속성에 맞추어, 이 소설은 기형도 시가 지니고 있던 서사적 해석을 벗어나 신경숙의 소설에 맞는 또 다른 서사의 '이야기'를 만들어 낸다. '빈집'은 소설에서 중요한 공간으로 설정되고, 이 '빈집'의 공간성을 '그녀'와 '나', '두 마리 고양이'라는 세 인물의 축에 의해 재규정함으로써 '빈집'의 의미는 기형도 시의 범주 위에 만들어진 또 다른 상상력의 기제를 형성한다.

　　세 인물의 구도는 '빈집'을 둘러싼 원심력과 구심력의 밀고 당기기를 보여 준다. 그녀가 살던 집은 '빈집'의 상태이고, 그 '빈집'에 '나'가 드나든다. '나'는 기타를 연주하는 사람이지만 '그녀'는 소리를 듣지 못하고 '두 마리 고양이'는 보고 듣지만 소통할 수 없다. '그녀'는 소리를 듣고 싶은 욕망에 집을 비우고 이사하러 떠나고 '나'는 꿈을 위해 '스페인'으로 가기를 희망하지만 여전히 그녀의 '빈집'을 맴돌 뿐, 떠나지 못한다. '나'와 '그녀'의 공간은 '빈집'을 둘러싸고 원심력과 구심력으로 어긋나 있다. 그가 주워 와 '그녀'에게 떠맡긴 흰 고양이 '흰순이'와 그녀가 기르던 점박이 고양이 '점박이'는 두 사람 사이의 매개로서 기능한다. 이사 가지 않고 '빈집'을 지키고 있던 그녀의 점박이, 그녀를 따라 이사 트럭에 올라탔다가 홀로 돌아온 그의 흰순이는 이와 같은 원심력과 구심력의 방향성이 교차되어 변형되었음을 대변한다. 기형도가 '잃어버

---

347) 신경숙, 『빈 집』, 예문, 1995.

린 사랑'의 확장된 등가물들을 '빈 집'에 넣고 잠금으로써 구심력을 표방하고 원심력으로의 역설적 무한궤도에 올라섰다면, 신경숙 소설에서의 '빈 집'은 원심력과 구심력의 핵심 축을 이루는 동일 공간이 된다.

사랑을 상실한 공간이 '빈 집'이라는 점에서 기형도 시가 모티브를 제공했지만, 신경숙 소설의 '빈 집' 공간은 사랑을 추구하는 남성과 여성의 교차공간이자 동시에 빌 수밖에 없는, 비어 있는 공간의 의미로 재생성된 것이다. 시에서 소설로의 갈래 변환은 기형도 시의 은유적 공간 '빈 집'에서 서사의 교차와 인접관계로 전이되어 가는 환유의 기제를 따라간다.

집의 공간과 소리와의 상호작용 또한 이와 같은 환유의 한 축을 이룬다. 소리로서의 기타연주에 집착하나 제대로 소리를 내지 못하는 '나', 듣지 못하나 소리를 듣고 싶어 하는 '그녀'는 '집'이란 공간을 공유한다.

> 어느 날 그가 그녀에게 쥐가 있나 보다고, 아주 가까운 데서 생쥐 소리가 들린다고 해도 그녀는 설마 쥐가 있을라구요 하는 표정을 지었다. 그러던 그녀가 어느 날은 쥐덫을 사다 베란다에 설치한 뒤 노트에 썼다. 정말이었어요. 새벽에 세면장에서 생쥐가 비누를 갉아먹고 있는 걸 봤어요. 그는 새벽에 그녀의 세면장에서 비누를 갉아먹고 있는 생쥐의 모습이 어땠을까를 떠올려 보려고 했지만 떠올려지지가 않았다. 그는 쥐의 소리만 듣고 그녀는 쥐의 모습만 봤을 뿐이었다. 소리는 모습보다 질기다.[348]

그러나 같은 공간에 있다고 해서 동일한 것을 경험하는 것은 아니다. 소리의 유무에 따라 두 남녀는 인접한 다른 세계를 볼 뿐, 등가물을 공유할 수는 없다. 따라서 인물들의 욕망은 소리를 따라

---

348) 신경숙, 위의 책.

환유를 이루며 끊임없이 미끄러져 나간다.[349]

> 두통? 그는 눈을 번쩍 떴다. 두통 때문이라고? 그녀는 단 한 번도 그에게 머리가 아프다는 말을 해 본 적이 없었다. 그쪽에서 기타 줄 위에서 춤추듯 움직이는 그쪽 손가락을 보고 있으면 내 귀는 그 손가락들이 내는 소리가 들린다고 했지만 나는 그 무슨 대가를 치르더라도 단 한 번이라도 좋으니 그쪽 손가락이 가장 자리에서 새어 나오는 진짜 소리를 듣고 싶은 욕망이 싹텄어요. 그 소리 속에 사랑하고 욕망하고 후회하며 살아가는 모든 것이 다 담겨 있을 것만 같았어요. 나는 그날부터 두통에 시달렸어요. 그쪽의 손가락이 튕기는 소리를 한 번만 한 번만 내 귀로 듣고 싶어 한 그 순간부터요.[350]

듣지 못하는 소리에 절망하여 그녀가 그 집을 떠난 후, 소리 없는 침묵만 남아야 할 '빈 집'은 오히려 여러 가지 소리로써 자신의 존재 있음을 주장한다. 집 지키는 데 가장 좋은 것은 '거위'라는 수위의 주장에 따라 빈 집을 지키며 경계하는 거위의 소리, 이웃 집에서 나는 여러 소음, 망치 소리 등 빈 집을 둘러싼 주변의 소리가 '빈 집'을 '비어 있지 않은 집'으로 전이시킨다.

> 한 번만 당신이 내는 소리를 듣고 싶어 한 대가가 너무 슬퍼요. 너무 아파서 이젠 사람이라고 할 수도 없어요. 어느 날 자다가 일어나 찬물에 머리를 넣고 나와 머플러로 침대와 내 머리를 묶어 두고 배 위에 양손을 포개고서 한 번만 그쪽 손가락이 내는 소리를 듣고자 했던 원을 놓았어요. 그러니 머리가 편안해졌습니다. 안녕, 내 사랑. 차라리 이 빈 집에 들어와 이 편지를 읽지 말길. 내가 집 정리를 하는 줄 알면서도 그쪽의 또 다른 마음이 모른 척하였듯 차라리 내가 두통 때문에 그쪽을 버리고 가는 걸 영원히 모르길. 그러면 뒷날 그쪽 마음에 내가 가엾을는지.
> 아아아, 그는 소리를 지르며 편지를 떨어뜨렸다. 하지만 그의 비명은 쾅쾅거리는 망치 소리를 이기지 못했다. 무엇에 놀랐는지 뜰의 거위들 꽉 외마디

---

349) 오형엽, 「수사학적 시학의 은유와 환유 연구」, 한민족어문학회, 『한민족어문학』, 2004. 정과리, 「정신분석에서의 은유와 환유」, 『은유와 환유 - 기호학연구 제5집』, 한국기호학회 엮음. 문학과 지성사, 1999, 16 - 22쪽.

350) 신경숙, 위의 책.

를 지르며 파드득거렸다. 망치의 쾅 소리와 거위의 꽉 소리 사이로 어디선가 찌익 하며 생쥐가 지나갔다.

> 철커덕 철커덕 지하철 지나가는 소리, 자동차 끼익 급정거하는 소리, 후다 닥 계단을 뛰어가는 소리, 오래된 아파트 무너뜨리는 소리, 셔터 내리는 소리 속에 끼어 있을 때마다 그는 생각했었다. 저 소리 소리들이 결국 살아가고 싶 은 욕망을 균열 지게 할 거라고. 봄이 돼도 햇빛이 들지 않는 그늘진 육교를 지나거나, 강습 시간은 늦었는데 트럭과 소형차들 속에 끼어 움직이지 않는 버스. 기타를 메고 거리를 내다보면서도. 그런데 그녀는?[351]

이렇게 해서 소리는 욕망이 되고, 공간을 채우는 존재가 되며, 그 공간에 들어선 자를 소리와 공간과 존재로서 동일시하여 전이 되게 만드는 역할을 한다. 이 시점에서 '빈 집'은 단순한 '빈 집'이 아니라 인물과의 대등한 계열체 등가물로서 은유화되는 경지에 이 른다. 라캉이 지적한 것처럼 환유는 지연된 은유이고, 은유는 추월 된 환유이기 때문이다.[352]

> 그는 편지를 처음과 같이 책에 끼워 두었다. 그가 그러고 있는 동안 위층 의 쾅쾅 망치 두들기는 소리, 스튜디오 뜰의 거위가 꽉 - 거리는 소리, 어디선 가 생쥐가 찌익 - 하며 몸을 숨기는 소리가 그치지 않았다. 빈방에 홀로 앉 아 있는 그의 귀에 망치, 거위, 생쥐 소리들이 채워져 그는 감각을 잃어 가며 앉아 있다.[353]

'빈 집'의 공간과 동일시화되어 무생물화되어 가는 인물들은 '두 통'으로 환유화된 욕망이 '피'와 '생명'의 문제로 전이되는 경험을 하게 된다. '그녀'와 동일시된 '점박이'가 '나'의 이마에 상처를 내 고, 교통사고에서 돌아온 '흰순이'는 그녀의 피를 몸에 묻히고 오

---

351) 신경숙, 위의 책.
352) 정과리, 「정신분석에서의 은유와 환유」, 『은유와 환유 - 기호학연구 제5집』, 한국기호학회 엮음. 문학과 지성사, 1999, 22쪽.
353) 신경숙, 위의 책.

며, 이웃집 남편은 칼을 들고 달아나는 아내를 쫓아간다. 이 과정은 환유의 인접성에 의존하고 있으나 나의 피가 그녀의 편지에 떨어져 '사람' / '사랑'이라는 글자의 혼을 불러일으키는 것처럼, '피'는 '공간'과 결부될 때 은유적 압축의 기제를 따라 스스로 의미를 모호하게 다층화시킨다.

그가 그녀의 청에 의해 기타를 켤 때 그녀의 무릎 위에 나란히 웅크린 채로 아무 소리도 듣지 못하는 그녀 대신 그의 기타 소리를 듣던 점박이였다. 그는 덫에 갇혀 온몸이 겁으로 단단해진 생쥐들이 찌익 찍―거리는 소리 속에서, 위층의 탕탕거리는 망치 소리에 약이 올라 등 털과 꼬리털이 뻣뻣해진 점박이의 카르릉 카르릉 소리 속에서, 피 묻은 셔츠의 팔소매를 이마에 동여 맨 채로 세 살 때 실명한 로드리고의 아라훼스 협주곡을 튕겼다. 로드리고, 아무것도 볼 수 없는 눈으로 어떻게 왕궁의 영화와 향수를 느낄 수 있었을까. 그래, 거기라면 고원 여기저기에 왕궁이 흩어져 있는 아란훼스라면, 아름다운 자연에 둘러싸여 있는 아란훼스라면. 왜 달라졌을까? 처음 그녀가 그의 손가락을 봤을 때 그녀는 그의 손가락 움직임만 보고서도 소리를 들을 수 있다고 했는데, 무엇이 그 소리를 넘어 그녀로 하여금 한 번만이라는 원을 품게 하였을까.

그의 손가락은 그의 슬픔을 타고 한 번도 가본 적이 없는, 그러나 봄이 오면, 혹은 여름이 오면, 가을이거나 겨울이 오면, 다시 또 봄이 오거나 여름이 오면, 가을이 오면, 혹은 겨울이 오면 가 볼지도 모를 스페인의 사방에 흩어져 있는 고성과 폐허, 아란훼스나 알함브라 궁전에서 있을 아직 만들어지지 않은 그의 추억을 연주했다. 거위와 생쥐와 어미 쥐와 고양이와 망치 소리를 상대로 기타를 뜯는 그의 모습은 고즈넉했으나, 그의 손은 그가 낼 수 있는 최대한의 음량을 어느 순간 넘어가고 있었다.

창에 어리는 눈처럼 그의 마음에 그녀가 어렸다. 스페인에 가면 시작만 할 것이야. 곡이 끝난다는 이미지조차 머릿속에서 지워 버릴 것이야. 시계는 열둘까지의 숫자를 두 번 돌면 하루가 지날 테지만, 스물여덟 번 돌면 쉽사리 일이 잘 테지만, 그곳에서 나는 그것을 거스를 것이야. 내 소리로 시간을 정할 것이야. 그의 기타 소리가 깊어지자, 베란다 문 앞에서 발광을 하던 점박이가 천천히 돌아와 흰순이의 등에 제 얼굴을 묻고 땅바닥에 이따금 바르르, 떨던 흰순이가 먼저 잠들었다. 이어 점박이가 잠들었다. 쥐덫 속의 생쥐가 잠들고, 어미 쥐가 갇힌 새끼들 곁에서 잠들고, 위층의 망치 소리가 잠들었다. 싱크대 밑의 바퀴벌레와 천정을 기어가던 거미도 납작하게 엎디어 잠들었다. 그래, 소리여, 자유로이 쾅쾅, 찌익찍, 꽉, 찌익, 가르릉을 넘어가라, 울타리를

넘고, 하수구를 넘고, 공기를 넘고, 행렬을 넘고, 자꾸만 멀리 가서, 그녀의
귓결, 그 어두운 속에 닿아라. 그는 기타를 기타 집에 넣어 어깨에 메고, 그녀
의 편지가 끼워진 책을 처음대로 선반 위에 올려놓았다. 그는 방안의 불을 끄
고 쥐나 고양이가 잠이 깨지 않게 가만가만 걸어 문밖으로 나와 빈 집의 문
을 잠그는데 옆집에서 막 켜는 텔레비전 자정 뉴스 소리가 확 퍼져 나왔
다.354)

'빈 집'이라는 공간과 '소리'가 하나의 존재로서 결부되었을 때,
듣지 못하는 '그녀'와 기타를 제대로 연주하지 못하는 '나'의 어긋
남은 비로소 유사성을 찾아 교차지점을 이루게 된다. 보는 것과
소리를 내고 듣는 것이 다르지 않을 때, 최대한의 소리는 모든 소
리를 잠재우고 비로소 '빈 집'의 내면 본질로서의 침묵에 도달한
다. 그러나 외부에서 확산된 소리는 바로 이사 가던 그녀의 트럭
이 교통사고 나서 그녀가 사망했을 거라는 추측의 TV 뉴스이다.
확실한 것은 아무것도 없는 가운데, "그는 눈 속에 서서 그녀가
살았던 3층을 한 번 올려다봤다. 그녀가 없는 빈 집의 창은 어두
웠다. 빈 집을 뒤로 하고 고개를 떨어뜨리는 그의 내부가 빈 집만
큼 어두워졌다."는 소설의 진술은 욕망의 환유적 결과물이 결국
'빈 집'이라는 공간의 내면화라는 환유적 은유임을 암시하는 것이다.
　기형도 시의 '빈 집'이 은유를 통해 환유에 도달하는 상상력의
내적 구조를 보여 주었다면, 신경숙 소설의 '빈 집'은 환유를 통해
은유에 도달하는 상상력의 내적 구조를 보여 주었다고 할 수 있다.
이후 '빈 집'은 김기덕 영화 <빈 집>355)에서 다시 차용되는데,
이 영화 역시 이와 같은 수사학적 상상력의 기제를 따르고 있다.

---

354) 신경숙, 위의 책.
355) 김기덕 감독, 〈빈 집〉(3 – Iron, 2004), 2004 – 10 – 15 개봉/88분/멜로/15세 이상 관람가.

5. 김기덕 영화 〈빈 집〉의 은유와 환유

김기덕 감독의 영화 〈빈 집〉의 공식포스터를 보면, '빈 집'의 표제 글자 디자인 또한 미완성으로 비어 있고, '빈 집'의 텅 빈 모서리 위에 세 등장인물의 역학 관계가 그려져 있다. '아내'를 부여잡고 있는 '남편'(민규)과 아내(선화)의 에로티시즘 대상인 '그'(태석), 그리고 일체의 수식을 벗어 버리고 공중에 떠 있는 정체 불명의 '그' 사이의 연관관계가 시각적 기호 아래 내포되어 있는

<영화 『빈 집』 공식 포스터>

것이다.356) "문을 잠그고 나서는 순간 아내의 빈곳으로 그가 들어선다. ……."는 문구가 병기되어 이 영화가 환유의 기제를 따라갈 것임을 추측하게 한다. 영화 〈빈 집〉은 오프닝 타이틀에서부터 마지막 엔딩 타이틀에 이르기까지 이와 같은 의미생성의 역동성으로 가득 차 있는 미디어 텍스트이다.

신경숙의 소설 『빈 집』이 소리로써 존재를 논했던 것과 달리, 이 영화는 사운드트랙만 있을 뿐, 주요인물인 '그'(태석)와 '그녀'(선화)의 대사는 거의 삭제된 것처럼 드러나지 않는다. '그녀'의 한

---

356) 장미경, 정유경, 「국내 영화 메인타이틀 디자인에 관한 연구」, 한국일러스트아트학회, 『일러스트레이션학 연구』, 2001. 206-7쪽.

두 마디 대사를 뺀다면, 이 영화는 전적으로 시각기호에 의존하여 공간과 존재에 대해 말하려 한다.[357] 그러나 이 영화에서 '보다'라는 행위는 리얼리즘적 재현의 재확인과는 거리가 멀다. 영화를 보는 동안 관객은 간략한 사건의 줄거리 이면에 존재하는 '현실/환상'의 대립구조와 긴장관계를 따라 끊임없이 '보다'의 진위를 의심해야 하기 때문이다.[358]

영화 <빈 집>의 오프닝 타이틀 화면

영화의 오프닝 타이틀은 전체 의미구조의 프롤로그로서 강한 상징적 의미를 지닌다. 영화 <빈 집>의 경우, 딱딱 골프공 치는 소리와 함께 하얀 골프공이 초록색 연습용 그물망을 반복적으로 치

---

357) 「김기덕과 〈빈 집〉에 관한 모든 것(1) ‒ 씨네 21 스페셜」, 『씨네 21』, 2004.10.6.

358) 존 버거, 『본다는 것의 의미』, 박범수 옮김, 동문선, 2000.
　　기 고티에, 『영상기호학』, 유지나·김혜련 옮김, 민음사, 1997.
　　김성도, 「말·글·그림 ‒ 융합 기호학의 서설」, 『영상문화와 기호학 ‒ 기호학연구 제7집』, 한국기호학회, 2000. 88 ‒ 101쪽.
　　임철규, 『눈의 역사 눈의 미학』, 한길사, 2004.

는 것으로부터 시작
한다. 그물망 너머에
는 자신의 내면을 고
통스럽게   성찰하는
고전적 여성의 조각
상이 있으며, 골프공
을 따라 카메라와 관

객의 시선은 출렁이는 그물망 너머 흔들리는 여성을 주시하게 되
는 것이다. 그리고 비어 있는 'ㅂ'자로 이루어진 '빈 집'이라는 문
자가 세로로 떠오르고, '3-iron'이라는 영어 어휘가 가로로 병기
된다. 여성과 골프공으로 상징되는 타자의 상호작용이 바로 한글표
제 '빈 집'과 영어표제 '3-iron'의 연결고리 위에서 이중적으로 이
루어짐을 예시한다.[359] 공간과 인물의 존재 영역에 폭력성이 개입
됨을 의미하는 것이다.

　이 영화의 서사는 '빈 집'을 둘러싼 사실과 환상의 전복 경계선을
따라간다. '그(태석)'는 빈 집을 찾아 들어가 일상생활을 영위하고
골프연습도 하면서 살아간다. 그러나 그 집에는 남편 민규에게 종

---

359) 「김기덕과 〈빈 집〉에 관한 모든 것(3)-정성일 평론가가 김기덕 감독과 나눈 두 번째 인
　　터뷰-씨네 21 스페셜」, 『씨네 21』, 2004.10.6.
　　정성일-영어 제목이 '3 Iron'인데. 이것은 골프에서의 3번 아이언 채를 말하는 것입니다.
　　사실 두 제목이 뉘앙스가 너무 다르기 때문에, 이 영화가 한국과 외국에서 받아
　　들여지는 방식이 다르기를 기대한 것은 아닌가 싶습니다. '빈 집'이라는 제목이
　　추상적이고 개념적이고 영화에 서정성을 담는 반면 '3 Iron'은 폭력적인 이미지
　　를 지니고 있습니다. 그렇게 해야 할 필요가 있었습니까. 혹시 서로 다른 아이디
　　어가 결과적으로 한 편의 영화로 모이게 된 것은 아닙니까.
　　김기덕-3번 아이언이 가지는 강력한 폭력성의 의미는 골프가 부르주아 운동으로 여겨지
　　지 않는 외국에서 그 뉘앙스가 더 잘 살 것이라 생각했고, '빈 집'은 한국에서 더
　　욱 편리하게 쓰일 수 있는 제목이라고 생각했습니다.
　　정성일-그렇다면 감독님 자신은 '3 Iron'이 더 적절한 제목이라고 생각하는군요.
　　김기덕-그렇죠.

속되어 예속적 삶을 사는 아내(선화)가 있었다. 사진이나 이미지로 집의 일부분이 되어 자기 존재를 죽이고 살던 선화는 태석의 일상 생활 너머에 존재하면서 지켜보고 있는 시선으로 나타난다.

중첩된 시선과 응시의 복잡한 상호작용은 '누가 누구를 보고 있는가'라는 주체와 대상의 문제에서 혼란을 유도한다. 디지털 카메라 속, 혹은 액자 속의 사진으로만 존재하는 선화에 비해 태석은 현실적 존재로 보인다. 그러나 태석을 지켜보는 선화의 시선은 '빈집'에 살고 있는 것은 선화이며, 밀고 들어온 환상 속의 존재가 태석이라 주장한다. 남편 민규와 선화의 폭력적 관계를 유리창 너머로 바라보는 태석의 관점은 골프 연습망과 함께 유리창에 시각화되어 비추임으로써 이중적 시각의 교차를 보여 준다.

　선화의 신체를 전이시킨 환유로서 선화의 옷은 선화를 지켜보는 태석이 바닥에 펼쳐 놓은 옷으로 교체되고, 이로써 선화는 남편과 남편의 집을 '빈 집'으로 놓아 두고 태석과 함께 '집'을 떠나 다른 '빈 집'에서 일상생활을 영위하는 순례여행을 떠난다.
　두 사람의 여정은 '지켜보다'와 '공격하다'의 두 행위를 반복한다. '빈 집'들은 타인의 삶의 공간화로써 동일시되는데, 두 사람은 타인의 삶과 공간을 지켜봄으로써 자기 삶의 정체성을 만들어 나가며, '3 - iron'으로 표상된 골프채를 휘두르는 폭력성을 서로 주고받는다. 남편 민규 또한 같은 방법으로 태석에게 폭력을 휘두르며 '교도소'라는 개인만 존재하는 빈 공간으로 집어넣어 억압한다.

　　두 행위축의 균형이 무너졌을 때, 태석은 존재와 비존재 두 경계선을 무화시키는 존재의 방식을 탐구한다. 유리창 / 사진 / 그림자 / 체중계 등 영화는 자신의 시각적 도상을 등가물로 삼아 존재와 공간의 문제를 반복적으로 제기한다. 교도소에서 태석은 타인의 뒤에 숨어 스스로 그림자가 되고 자 신의 외형을 공간화시키는 옷마저 벗어 던짐으로써 자기 존재를 은폐하는 데 성공한다. 선화의 집에 돌아온 태석은 실재하는 선화와 벽에 걸린 선화의 이미지 사진 사이에 그림자로서 존재하며, 남편의 그림자로 숨어서 선화에게 이중의 의미가 된다. 선화의 시선은 남편을 보고 있는 것 같지만 사실은 태석을 보고 있다. 포스터가 보여 주거나 스틸 사진들이 보여 주는 것처럼 이때 남편과 태석의 존

재론은 현실과 환상이 전복되어 드러난다.

그림자였던 태석은 거울에 반사된 시선을 통해 선화에게는 실체로서 다가오고, 체중계에 올라 자신의 체중을 재던 선화는 눈금의 변화를 통해 태석의 존재를 확인한다. 그러나 두 사람이 같이 올라섰음에도 최후의 눈금은 '0'을 가리킨다. 두 사람이 올라서 있는 눈금 '0'의 저울이 흐릿하게 확대되면서 물질적 현존이 무화되는 이 순간, "우리가 살고 있는 세상이 꿈인지 현실인지 알 수가 없다"는 엔딩 크레딧이 떠오르면서 한글과 영어가 병기된 자막이 화면의 핵심을 차지하게 된다.

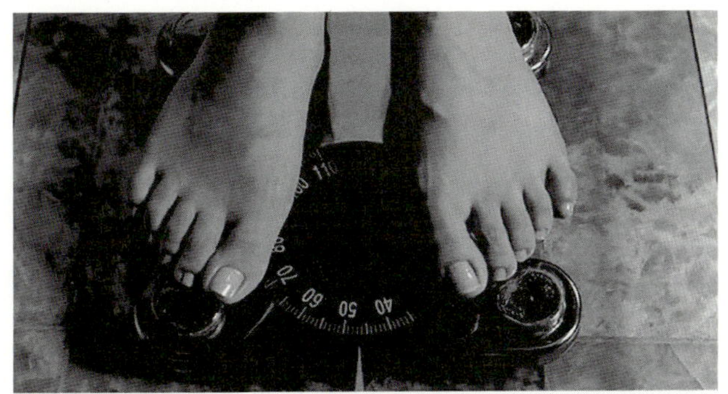

선화 혼자의 몸무게

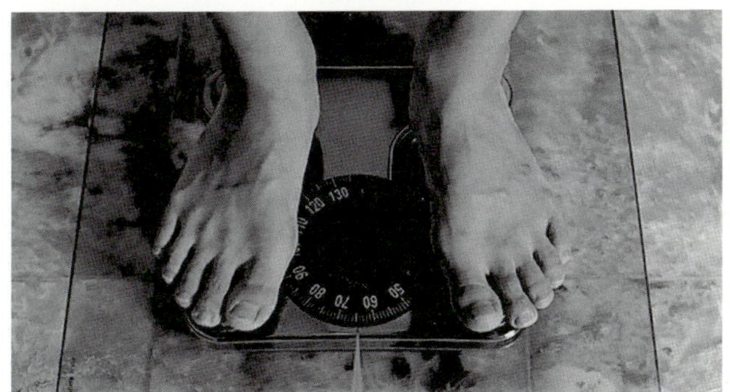

태석 혼자의 몸무게

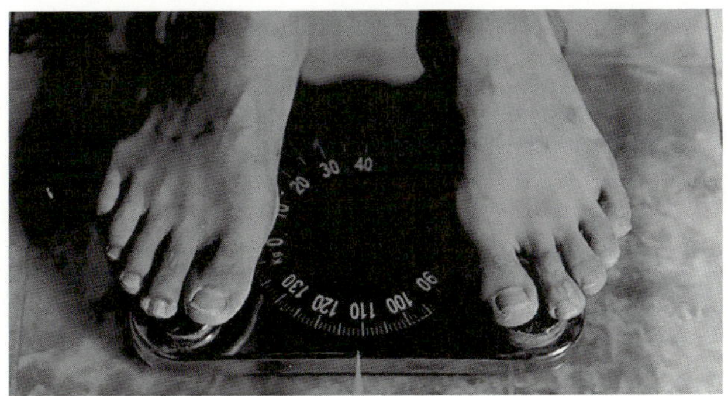

혼자지만 합쳐진 두 사람 몸무게

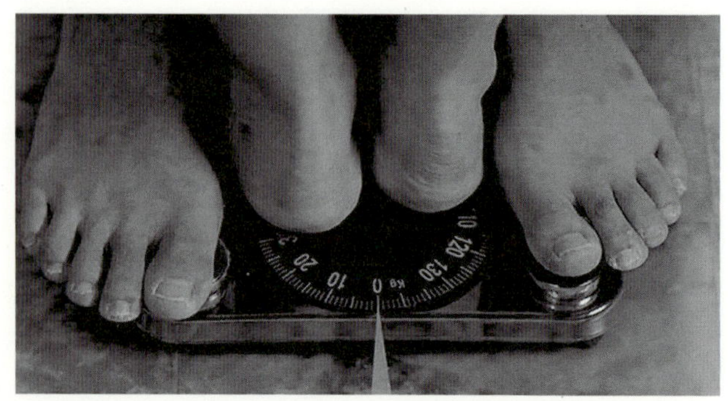

두 사람이 합쳤어도 'O'으로 돌아간 몸무게

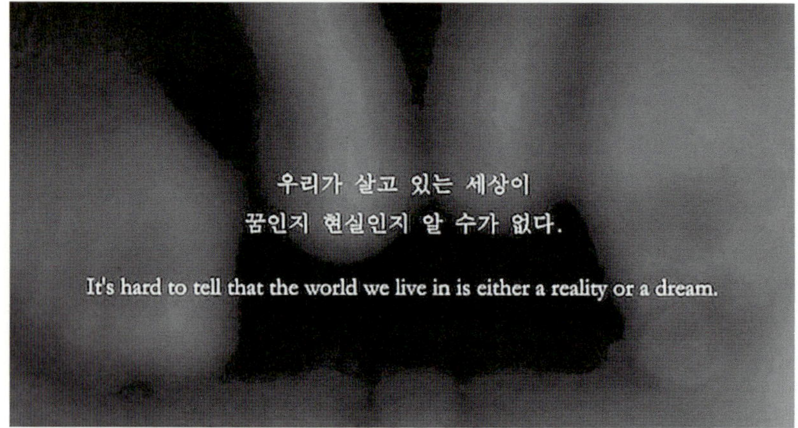

엔딩 타이틀의 자막

마지막 장면의 반전이 존재와 비존재, 현실과 비현실의 경계를 전복시키는 것처럼, 이 영화의 서사는 끊임없이 환유의 중첩을 통해 의문을 제기해 나간다. 태석이 선화의 꿈을 꾼 것인지, 선화가 태석의 꿈을 꾼 것인지는 교차하고 중첩된 환유일 뿐 진위의 재현과는 무관하기 때문이다.

기형도 시 「빈 집」에 나타난 '빈 집'이 나의 일부를 잃어버린 사랑이라 하여 빈 집에 가두고 떠난 것이라면, 신경숙 소설 『빈 집』은 '그녀'가 떠난 '빈 집'을 교차점으로 하여 '그녀'와 '나'가 만나는 것이며, 김기덕 감독의 영화 <빈 집>은 '그녀'와 '그'가 '빈 집'을 채우고자 하는 욕망에 대한 이야기이다. 기형도 시의 내적 논리는 유사한 등가물을 확장해 나가는 은유적 환유로서 은유를 보여 준다면, 신경숙 소설은 전위된 환유의 내적 구조로서 은유로 회귀한다. 반면 김기덕 감독의 영화 <빈 집>은 환유와 은유의 중첩과 교차를 통해 은유로 회귀하는 구조를 보여 준다. 이와 같은 텍스트 내적 논리를 토대로 하여, 기형도의 시는 신경숙의 소설에 은유적 상상력을 통해 영향을 미쳤으며, 또한 김기덕 감독의 영화 텍스트에도 은유적 모티브를 제공했음을 알 수 있다.

6. 확장된 문학성, 의미작용과 담론의 수사학

관객들은 영화를 선택하기 전에 제목과 포스터, 포스터에 적힌 카피라이터를 유심히 본다. 선택에 영향을 미치는 것은 제목과 내용을 압축한 표상적 문구, 그리고 포스터에 드러난 이미지의 해석학이기 때문이다. 그런 의미에서 영화 제목은 작품 생명력과 생존에 무척 큰 지배력을 행사한다. 흥행에 성공한 작품 가운데 그 원천을 문학에 둔 영화들이 많은 이유가, 바로 문학 텍스트로서 검증된 것이라는 관객의 사전 지식과 문화적 배경으로부터 비롯된 것이다.[360] 문학의 선체험과 예상되는 영화 텍스트의 대비 과정은 문학 텍스트의 제목을 공유하고 있는 영화들에게 더욱 뚜렷하다.

---

360) 영화진흥위원회 http://www.kofic.or.kr/ 사이트의 역대 흥행 작품 집계 참조.

<결혼은, 미친 짓이다>처럼 특유의 이데올로기와 담론을 내재한 표제들의 다양한 해석의 태도와 함께 영화와 문학의 상호작용에서 새로운 영역을 형성해 내었다.

기형도 시 「빈 집」에서 출발하여 신경숙 소설 『빈 집』, 김기덕 감독의 영화 <빈 집>에 이르는 '빈 집'이라는 도상 아이콘의 차용과 해석 태도, 내포한 담론의 변별점이 바로 그렇다. 은유에서 환유로, 다시 환유에서 은유로 귀환하고 있다는 점에서, '빈 집'의 도상을 둘러싼 상상력은 세계에 대한 인식의 방식으로서 수사학적 은유로 수렴된다. 이질적인 두 세계의 분리를 유사성에 의해 압축하여 수립된 도상 아이콘 '빈 집'이 존재와 공간이라는 세계에 대한 인식을 각각 다른 상상력의 기제에 의해 텍스트로 재생산되는 것이다. 이와 같은 재생산의 과정은 바로 소통의 과정이며, 공유 대상 텍스트에 대한 의미의 규정 과정이자 텍스트 자신의 의미작용을 통해 새로운 담론을 형성하려는 욕망의 과정이기도 하다.

이와 같은 현상은 단순한 영향관계의 선후로서 문학과 영화의 상호 텍스트성을 종속적으로 보는 것에 대한 저항인 동시에 문학 텍스트의 갈래 제한을 벗어나 영화 텍스트의 미학적 독자성을 확보하는 경로이기도 하다. 그러므로 문학성을 보다 확장시켜 세계관으로서의 수사학을 텍스트 생산과 해석을 지배하는 상상력의 영역으로 끌어올리는 방식이며, 문학과 영화의 상호텍스트성에 새로운 길을 열어 줄 수 있는 사고의 전환이기도 하다. 또한 한국문화에 근거한 이데올로기와 정치성의 담론, 한국 영화의 문화적 정체성을 탐색하는 열쇠를 제공해 줄 수 있을 것이다.

참고문헌

기형도,『기형도 전집』, 문학과지성사, 1999.

신경숙,『빈 집』, 예문, 1995.

김기덕 감독, ＜빈 집＞(3 – Iron, 2004), 2004 – 10 – 15 개봉 / 88분 / 멜로 / 15세 이상 관람가

영화진흥위원회 http://www.kofic.or.kr/

영화 ＜빈 집＞ 공식 홈페이지 http://www.sonyclassics.com/3iron/

고부응,「은유, 환유, 그리고 정치학」, 한국영어영문학회,『영어영문학』제50권1호, 2004.

고위공,「문학과 영화: '매체교체'의 양상」, 한국미학예술학회,『미학·예술학연구』, 2005.

김무규,「문학을 바라보는 영화: 문학과 영화의 관계에 대한 한 가지 관점」, 문학과 영상학회,『문학과 영상』 2004 가을·겨울, 2004.

김상욱,『현대소설의 수사학적 담론분석』, 푸른사상사, 2005.

김성도,「말·글·그림 – 융합 기호학의 서설」,『영상문화와 기호학 – 기호학연구 제7집』, 한국기호학회, 2000.

김옥순,「언술은유와 기형도의 시」, 한국기호학회,『기호학연구』, 1999.

김용희,「대중문화 1세대의 문화적 기억과 망각 – 유하 시집『세운 상가 키드의 사랑』, 영화『말죽거리 잔혹사』를 중심으로」, 한국문학 연구학회,『현대문학의 연구』27, 2005.

김은미,「한국영화의 흥행 결정 요인에 관한 연구」, 한국언론학회,『한국언론학보』제47권 2호, 2003.

김욱동,『은유와 환유』, 민음사, 1999.

______,『수사학이란 무엇인가』, 민음사, 2002.

김종도,『인지언어학적 원근법에서 본 은유의 세계』, 한국문화사, 2004.

남궁영,「영화 관람 동기에 관한 일고찰」, 한국주관성연구학회,『주관성

연구』, 2001.

사사키 겐이치, 「예술 작품 표제의 기호학-두 텍스트의 상호관계」, 한
　　　국기호학회, 『기호학연구』, 1997.

서명수, 「영화에서의 환유와 은유」, 한국기호학회, 『기호학연구』, 1999.

안정효, 「원작 소설은 영화가 아니다」, 현대소설학회, 『현대소설연구』,
　　　2004.

오형엽, 「수사학적 시학의 은유와 환유 연구」, 한민족어문학회, 『한민족
　　　어문학』, 2004.

윤현진, 「대중 시각 이미지의 두 가지 시선-1950년대와 1990년대 영
　　　화포스터의 생산과 소비」, 『한국근대미술사학』, 한국근대미술사
　　　학회, 2002.

유경민, 「은유에 의한 의미확장」, 한국어의미학회, 『한국어의미학 5』,
　　　1999.

이건청, 「한국시의 표제에 관한 연구」, 한국언어문화학회, 『한국언어문
　　　화』 20, 2001.

이승종, 「은유와 해석-현대해석학의 논점」, 한국해석학회, 『해석학연
　　　구』, 1995.

이영미, 「소설의 각색 과정에 나타나는 문제 고찰」, 현대문학이론학회,
　　　『현대문학이론연구』, 2006.

이향만, 「소설 각색영화와 비평의 패러다임: 미국 소설 영상 읽기」, 문
　　　학과 영상학회, 『문학과 영상』 2003. 가을·겨울, 2003.

임철규, 『눈의 역사 눈의 미학』, 한길사, 2004.

장경, 「문학해석과 창조적 은유-폴 리쾨르의 문학이론을 중심으로」,
　　　한국불어불문학회, 『불어불문학 연구』, 1996.

장미경·정유경, 「국내 영화 메인 타이틀 디자인에 관한 연구」, 한국일
　　　러스트아트학회, 『일러스트레이션학 연구』, 2001.

전범수, 「국내 영화관람객의 영화 소비 행동-영화관람 집단별 관람동
　　　기, 선택기준, 의존미디어, 선호장르의 비교」, 한국방송학회, 『한
　　　국방송학보』 제17-2호, 2003 여름.

전성기, 『인문학의 수사학적 탐구: 언어학, 번역학, 수사학』, 고대출판
　　　부, 2007.

정과리, 「정신분석에서의 은유와 환유」, 『은유와 환유 - 기호학연구 제5
      집』, 한국기호학회 엮음. 문학과 지성사, 1999.

정기철, 『상징, 은유, 그리고 이야기』, 문예출판사, 2002.

______, 「영화 장르의 사회적 소비 구조」, 한국방송학회, 『한국방송학
      보』 제18 - 3, 2004.

천정환, 「새로운 문학 연구와 글쓰기를 위한 시론」, 『민족문학사연구』,
      2004.

피종호, 「영화의 디스포지티브와 자기반영성」, 한국카프카학회, 『카프
      카연구』 제12집, 2004.

한국영상문화학회, 『이미지는 어떻게 살고 있는가 - 영상문화학을 위하
      여』, 생각의 나무, 1999.

황희숙, 「은유와 인식」, 철학연구회, 『철학연구』, 1999.

홍재현, 「영화 관객의 매체 수용 과정에 관한 연구 - 영화 <거짓말>을
      중심으로」, 한국언론학회, 『한국언론학보』 제45호 특별호, 2001.

존 버거, 『본다는 것의 의미』, 박범수 옮김, 동문선, 2000.

Feng, Xiaohu, 「텍스트 결속성을 야기시키는 도구로서의 개념적인 은유」,
      한국독어독문학회, 『독일문학』, 1999.

기 고티에, 『영상기호학』, 유지나 · 김혜련 옮김, 민음사, 1997.

Robert Richardson, 『영화와 문학』, 이형식 옮김, 동문선, 2000.

Timothy Borchers, 『수사학 이론』, 커뮤니케이션북스, 2007.

Zoltan Kaveces, 『은유: 실용입문서』, 이정화 외 공역, 한국문화사,
      2003.

「김기덕과 <빈 집>에 관한 모든 것(1) - 씨네 21 스페셜」, 『씨네 21』,
      2004.10.6.

색 인

3. 작가 색인

4. 용어색인

논평 40
능동적 소통 82

다큐멘터리 345
담론의 이데올로기 322, 351
담론화 42, 47, 126, 276, 319,
　　360, 365~368, 382, 384, 385
당대의 계승자 86
당대의 담론 95, 257
대면 27, 39, 40, 114, 117, 118,
　　135, 162, 164, 212, 278,
　　279, 393
대사 319, 324, 407
대상물 18, 21
대안매체 82
대안세계 195
대중 15, 20, 53, 82, 99, 267,
　　321, 341, 352, 360, 385
대중문화 연구 53
대중서사물 308, 360, 385
대중성 59, 81, 84, 89, 96, 110,
　　259, 260, 273
대중적 환상성 127
대체역사 116, 139, 270, 274,
　　283, 347
대하역사소설 273, 343, 344
도덕적 교화 132
도서대여점 6
도식성 90
도피 19, 211, 300
독립기념관 363
동시대적 담론 258
동아시아학 54, 55
동일시 24, 127, 132, 133, 163,
　　205, 241, 248, 276, 277, 290,
　　300, 309, 346, 347, 403, 404,
　　410

동일화 28, 41
동포애 345, 361, 365, 366, 368,
　　383, 385
동호회 114, 199, 203, 211, 220,
　　221, 234, 284
동화 49, 320, 322, 335
드래곤 80, 204, 208~211, 232
드워프 80, 204, 208, 209, 213
등가물 398, 399, 401~403, 411,
　　414
디스토피아 124, 208, 212, 216,
　　217, 219, 223, 275, 283, 284
디오라마 362, 363
디지털 문학 17, 23, 42, 43, 50,
　　51, 82, 257

라니안 사이트 232, 276
라이컨 슬로프 216
로맨스 소설 85, 95, 96, 115, 117,
　　305
리메이크 203, 235, 236
리얼리즘 소설 36
리얼리티 87, 199, 206~208, 214,
　　227, 236, 267, 297, 342, 343
릴레이 창작 203, 234

마니아 118, 125, 195, 275, 277
만화 52, 55, 59, 115, 120,
　　127~130, 133, 174, 197, 204,
　　233, 235, 249, 277, 304, 307
망각 357, 360, 373, 374
맞대면 100, 104, 162, 173
매국 371
매스미디어 82
매체 간 연합 396
매트릭스화 방식 380

나은진 

▌약력

이화여대 대학원 국문과, 문학박사
이화여대 인문과학대학 국어국문학 전공 전임강사
이화여대 사범대 국어교육과 조교수

▌주요논문 및 저서

「김소월 시 해설」
「박태원 소설의 기호학적 연구」
『1950년대 우리 소설의 세 시야-장용학, 손창섭, 김성한의 서사적 모형』
『한국현대작가연구』, 김상태 외 공저
『박태원과 모더니즘』, 김상태 외 공저
외 다수

우리시대 우리문학, 사이버문학
사이버 소설과 타자성의 환상적 지형도

초판인쇄 | 2008년 11월 30일
초판발행 | 2008년 11월 30일

지은이 | 나은진
펴낸이 | 채종준
펴낸곳 | 한국학술정보㈜
주　소 | 경기도 파주시 교하읍 문발리 513-5 파주출판문화정보산업단지
전　화 | 031) 908-3181(대표)
팩　스 | 031) 908-3189
홈페이지 | http://www.kstudy.com
E-mail | 출판사업부　publish@kstudy.com

등　록 | 제일산-115호(2000. 6. 19)
가　격 | 28,000원

ISBN　978-89-534-5960-1 93810 (Paper Book)
　　　　978-89-534-5961-8 98810 (e-Book)